창선감의록

한국
고전
문학
전집

010

창선감의록

이지영 옮김

문학동네

머리말

　박사학위 논문에서 다뤘던 작품이라서 가볍게 보고 『창선감의록』 교주와 번역에 덤벼든 것이 4년 전이었다. 『창선감의록』의 이본異本 비교로 학위를 받은 뒤, 언젠가는 『창선감의록』의 교주본과 번역본을 내보고 싶었기에 시작한 일이었다.

　『창선감의록』 번역본은 이미 시중에 여러 종이 출간되어 있었지만, 그럼에도 또다시 번역을 하겠다고 나선 것은 기존 번역에 대한 아쉬움 때문이었다. 대중의 눈높이에 맞춘 『창선감의록』 번역본들은 대부분 1917년 신구서림에서 출간된 활자본을 저본底本으로 하고 있었다. 그런데 학위 논문을 준비하면서 살펴보니, 신구서림본은 상업 출판물의 특성이 강한 이본이었다. 한문본에서는 섬세하게 서술된 대목이 신구서림본에서는 생략되거나 축약되어 있기도 했다. 따라서 『창선감의록』이 권선징악의 이데올로기만 강조한 따분한 소설로 비춰질 우려가 있었다.

　한문본을 원본으로 한 주석 및 번역도 있었다. 이내종 교수의 번역본은 충실한 이본 조사를 바탕으로 했다는 점에서 높이 평가할 만하다. 그러나 원본에 충실하게 번역하다 보니 현대의 독자들이 흥미를 가지고 읽기에는 한계가 있는 듯했다. 또한 작품의 문맥을 파악하기에는 주석이 미흡했다.

이러한 기존 번역과 주석본의 한계와 문제점을 넘어서기 위해 우선 한문본 『창선감의록』을 대상으로 꼼꼼하게 주석 작업을 하는 데 주력했다. 이를 통해 문구 하나하나가 어떤 문헌을 인용하고 있는지, 또 어떤 맥락에서 사용되었는지를 가급적 상세하게 밝히고자 했다. 다음으로 작품에 등장한 지명과 공간의 사실성을 규명하는 일에 집중했다. 『창선감의록』의 작자는 지리지 등을 통해 얻은 지식으로 공간적 배경을 구성했는데, 이 같은 특징을 드러내기 위해서 중요한 지명의 경우에는 지도를 통해 위치를 밝히고 그 배경을 설명하고자 했다. 그리고 작자가 글자수를 맞추어 시적으로 표현한 대목에서는 서술어를 생략하고 대구가 되도록 번역했고, 등장인물의 대화에서는 구어를 사용하여 장면이 생생하게 전달되도록 했다. 번역은 원작에 충실하되 서술의 묘미를 느낄 수 있도록 고어 투보다는 현대소설의 문체에 가깝게 했다.

끝도 없이 계속될 것만 같던 작업이 우여곡절 끝에 드디어 마무리되었다. 그러나 후련함보다는 걱정이 앞선다. 능력과 안목이 부족하다 보니 빠뜨린 부분도 있을 것이고, 오역도 있을 줄 안다. 번역도 순조롭지만은 않았다. 원본의 품격을 살리면서도 소설의 묘미가 살아 있는 맛깔스러운 문체를 구사하는 일이 참으로 어려웠다.

다만, 『창선감의록』의 가치를 부각시키는 데 조그만 힘을 보탰다고 자평하면서 부끄러운 결과물을 세상에 내보낸다. 더 나은 주석과 번역은 훗날 또 다른 번역자, 또 다른 주석자의 몫으로 남겨둔 채.

이 책을 만드는 과정에서 현대소설 문체에 가깝게 고칠 수 있도록 지원과 조언을 아끼지 않은 문학동네 편집부에 이 자리를 빌려 고마운 마음을 전한다.

2010년 7월

이지영

차례

창선감의록

교주본 창선감의록彰善感義錄 _287

◉─ 이 책에서 사용한 저본은 국립중앙도서관에 소장된 한문필사본(의산 고 4545)이다.

◉─ 이 책은 현대어역과 원문 및 교주를 앞뒤로 나누어 수록하였다.

◉─ 작품의 이해를 돕기 위해서 이 책의 앞뒤에는 공간구성도, 인물관계도, 인물에 대한 소개, 작품에 등장하는 역사적 인물의 실제 행적, 명나라 관직에 대한 해설을 수록하였다.

◉─ 현대어역은 고전소설에 대한 전문지식이 없는 독자들을 위한 것으로, 다음의 원칙에 따라 번역하였다.
① 한문의 특성으로 인해 원문을 그대로 번역할 경우 문맥을 파악하기 어려울 때는 직역하지 않고 문맥이 매끄럽게 이해되도록 번역했다.
② 원문에서 전고典故를 인용한 대목은 가급적 본문에서 풀어서 서술하였다. 다만, 원문의 어휘와 표현을 그대로 살릴 필요가 있는 경우에는 첨주를 사용했으며, 상세한 설명이 필요한 경우에는 각주로 설명하였다.
③ 등장인물의 이동경로 및 지리적 배경의 이해를 돕기 위해 중간에 지도를 넣었다.

◉─ 원문과 교주는 원문에 대해 보다 깊이 있게 접근하려는 독자를 위한 것으로, 다음의 원칙에 따라 작성하였다.
① 원문은 띄어쓰기, 표점, 인용부호 등을 사용하여 편리하게 읽도록 하였다.
② 교감에 이용한 이본은 서울대학교 규장각 소장본, 고려대학교 만송문고 소장본, 한남서림 현토본 등이다. 주석에서 이들은 각각 규장각본, 만송본, 석인본, 현토본 등으로 약칭한다.
③ 저본의 글자가 다른 이본과 다르거나 오탈자가 있는 경우 원문의 글자를 고치고 하단의 교감주를 사용하여 다음과 같이 표시하였다.

예1 국립중앙도서관 소장본에는 '雖'라고 했는데, 다른 이본들에는 '雖有'인 경우 원문에 '雖有'로 적고 다음과 같은 교감주를 달았다.

[교감] 雖有 : 국도본 雖.

예2 국립중앙도서관 소장본 및 규장각 소장본, 한남서림 현토본 등에는 '蝟張'이라 하고 고려대학교 만송문고본에서는 '蟻張'이라고 했는데, '蝟結'이 보다 적절한 표현이라 생각되는 경우.

[교감] 蝟結 : 국도본, 규장각본, 현토본 蝟張, 만송본 蟻張.

④ 원문에서 전고를 인용한 경우 주석에서 출전을 밝히고 해당 대목의 번역과 원문을 함께 실었다. 인용된 문장은 " "안에 넣고 번역을 먼저 적고 그 뒤에 〔 〕를 이용하여 해당 원문을 넣었다.

⑤ 인용한 구절의 출전을 밝힐 때는 『 』에 책제목, 「 」에 장제목 혹은 작품 제목을 넣었다.

⑥ 원문의 이해를 위해 필요한 경우 주석을 달아 원문의 글자와 유사한 용례를 제시하였다.

화씨 집안 사람들

화　욱　개국공신 화운의 칠대손. 엄숭이 정권을 장악하고 언관을 탄압하자 사
　　　　직하고 소흥으로 귀향한다.

성부인　화욱의 누나이자 성준의 어머니. 젊은 나이에 과부가 되어 화욱의 집에
　　　　서 함께 산다.

심　씨　화욱의 첫째 부인이지만 남편의 사랑을 못 받는다. 화춘의 친모.

요　씨　화욱의 둘째 부인. 태강을 낳고 요절한다.

정　씨　화욱의 셋째 부인. 화진의 친모.

화　춘　화욱의 맏아들. 자(字)는 경옥. 맏아들이지만 어리석고 거친 성품으로 화욱
　　　　의 사랑을 받지 못한다.

화　진　화욱의 둘째 아들. 형옥. 총명하고 어진 성품으로 화욱의 기대를 한 몸에
　　　　받는다.

성　준　화욱의 누나 성부인의 아들. 젊어서 과부가 된 어머니에 대한 효심이 깊다.

화빈선　요씨의 딸. 태강. 요씨가 일찍 죽는 바람에 어려서부터 정씨가 키운다.

조월향　화춘의 첩. 화춘과 통정한 후 그의 첩이 된다. 음란하고 욕심이 많아 간
　　　　부 범한과 간통하고 재산을 훔쳐 달아난다.

임　씨　화춘의 아내. 임윤의 누이동생. 현숙하고 어진 부인이지만 남편 화춘에
　　　　게 실망하여 잠자리를 거부한다.

윤씨 집안 사람들

윤　혁　이부시랑을 지냈지만 엄숭이 충신을 모해하자 사직하고 고향 산동으로
　　　　돌아간다.

조　씨　윤혁의 부인.

윤옥화　윤혁의 딸이자 윤여옥의 쌍둥이 누나. 홍염. 정숙하면서도 부드러운 성
　　　　품을 지녔다. 후에 화진과 혼인한다.

윤여옥 윤혁의 아들이자 윤옥화의 쌍둥이 동생. 장원. 잘생긴 용모에 성품이
       다정다감하다.

남씨 집안 사람들

남 표 강직한 성품 탓에 엄숭의 전횡을 상소하다가 악주로 유배를 가게 된다.

한 씨 남표의 부인.

남채봉 남표와 한부인의 딸. 광아. 아버지를 닮아 강한 성품을 지녔다. 후에 화
       진의 부인이 된다.

진씨 집안 사람들

진형수 산서제독 등을 지낸 관리. 조문화의 모함으로 운남으로 유배된다.

오 씨 진형수의 부인. 남채봉에게는 먼 고모뻘이 된다.

진채경 부모의 사랑을 듬뿍 받은 대갓집 아가씨지만, 기지를 발휘하여 위기를
       모면할 수 있는 대담함이 있다. 친척인 윤여옥과는 어려서 정혼한 사이다.

진창운 진형수의 아들이자 진채경의 오빠.

백씨 집안 사람들

백 경 한림편수 등을 지낸 관리. 남장한 진채경을 윤여옥으로 알고 누이동생
       과 정혼시킨다.

백 씨 백경의 누이동생. 윤여옥의 부인이 된다.

엄씨 집안 사람들

엄 숭 남표 등 충신을 모해하고 조정의 정치를 어지럽히는 간신. 역사적으로
       도 실존했던 인물이며, 『창선감의록』에서는 엄숭의 간신으로서의 이미
       지를 그대로 수용하여 허구화하였다.

엄세번 엄숭의 아들. 아버지와 함께 권력을 마음대로 휘두르다가 처형됨. 엄숭
과 마찬가지로 역사적으로 실존했던 인물이다.

엄월화 엄숭의 첩 홍씨 소생의 딸. 아버지와 달리 예의와 의리를 아는 여성. 후
에 윤여옥의 첩이 된다.

그 밖의 주요 등장인물

범   한 화춘의 친구. 권모술수를 잘 쓰며 여색을 밝히는 인물이다. 화춘의 첩
조씨와 통간하고 화씨 집안의 재물을 훔쳐 달아난다.

장   평 화춘의 친구. 어리석은 화춘을 꾀어내 재물을 얻어낸다.

하춘해 태학사 하언의 아들. 하언은 실존했던 인물이지만 하춘해는 가공 인물
이다. 사형당할 위기에 처한 화진을 구해내고 도와준다.

유성희 개국공신 유통해의 후손. 유통해는 실존 인물이지만 유성희는 가공인
물이다. 독살당할 뻔한 화진을 구하고 화진이 전쟁에 나갈 수 있게 추천한다.

유이숙 화진의 유모 계화의 남편. 화진의 인품에 감화되어 유배지까지 그를 따
라간다.

왕   겸 하춘해의 일을 봐주던 겸인이었다가 하춘해의 명으로 화진을 모시면서
그 인물됨에 감화된다.

청   원 남채봉의 어머니 한씨에게 관음화상을 그려달라 부탁하는 서촉의 여
승. 훗날 독약을 먹고 죽을 위기에 빠진 남채봉을 구하여 서촉으로 데
려간다.

곽선공 수적의 해를 입고 물에 빠진 남표 부부를 구출하여 서촉으로 데려가는
신비한 인물.

【 주요 등장인물 관계도 】

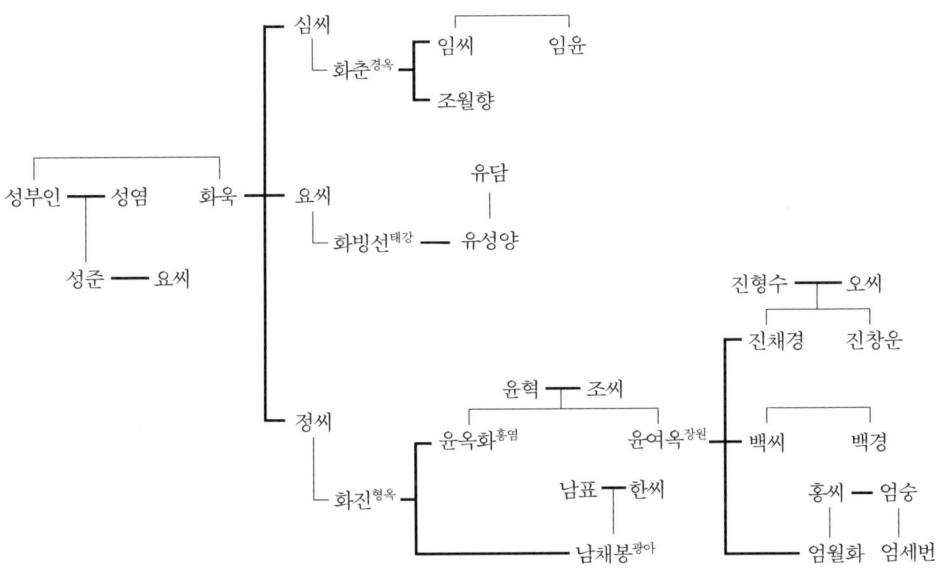

심씨
└ 화춘^{경옥} ── 임씨   임윤
                  조월향

성부인 ── 성염   화욱 ── 요씨   유담
성준 ── 요씨   └ 화빙선^{태강} ── 유성양

                                진형수 ── 오씨
                                진채경   진창운

                윤혁 ── 조씨
                윤옥화^{홍염}   윤여옥^{장원}   백씨   백경
정씨
└ 화진^{형옥}   남표 ── 한씨   홍씨 ── 엄숭
                        남채봉^{광아}   엄월화   엄세번

┌─┐   남매·형제 관계

│   부모와 자식 관계

──   부부 관계

창선감의록 공간지도(지명의 순서는 『창선감의록』의 이야기 전개 순서를 따랐다)

1 **북경 순천부** 화욱의 서울집
2 **절강 소흥부** 화욱의 고향집
3 **남경 응천부** 윤여옥 남매와 남채봉의 출생지
4 **산동 제남부** 윤혁의 고향집
5 **호광 형주부** 남표 일가가 엄숭의 화를 입는 곳
6 **호광 악주부** 진채경의 집
7 **운남** 진형수의 유배지
8 **섬서 서안부** 유성희의 고향
9 **사천 성도부** 화진의 유배지
10 **운남 광남부** 명나라 군대의 본진
11 **광동 경주부와 뇌주부** 서산해의 만화국

창선감의록

효자는 아버지에게 귀향을 권하고
아버지는 쌍옥으로 아들의 혼사를 정하다

　무릇 사람이라면 남자거나 여자거나 귀하거나 천하거나, 반드시 충효를 근본으로 삼아야 한다. 형제간의 우애나 부모 자식 간의 사랑, 착한 일을 즐기고 덕을 행하려는 마음이 모두 여기에서 비롯되기 때문이다. 자손이 잘되고 부귀영화를 누릴 수 있는 복은 이미 먼 곳에서부터 시작되니, 그 기반이 튼튼하면 잠시 위태롭더라도 나중에는 편안하게 되나 기반이 충실하지 못하면 잠시 복을 누리더라도 나중에는 위태롭게 된다. 이는 당연한 이치이다.

　나는 요즘 천식으로 집에서 몸조리를 하며 지낸다. 가끔 부인네들에게 여항閭巷, 민간의 한글소설을 읽으라 하여 듣곤 하는데 그중에 『원감록寃感錄』이란 것이 있었다. 서로 복수하고 원수를 갚는 내용이 몸이 떨리고 뼈가 시릴 정도로 끔찍하지만, 착한 일을 하면 반드시 흥하고 나쁜 짓을 하면 반드시 망한다는 점은 사람을 감동시켜 교훈이 될 만하다.

　옛날 화운花雲 장군이 명나라 태조를 도와 싸우다가 태평부太平府에서 죽을 때의 일이다. 그 부인 고씨^{顧氏}가 절개를 지켜 남편을 따라 죽은 뒤, 어린 자식이 으앙으앙 울며 물속에서 이레 동안을 버티다 살아났으니, 이것이 하늘의 뜻이 아니겠는가? 다음은 그 후손에 관한 이야기이다.

화운의 칠대손 병부상서 여양후^{汝陽侯} 화욱^{花郁}은 명나라 세종^{世宗} 황제 때 사람이었다. 가정^{嘉靖, 중국 명나라 세종 때의 연호(1522~1566)} 14년에 과거 급제한 후 벼슬이 형부시랑 내각판사에 이르렀으며, 가정 24년에는 몽고 추장 길랑^{吉囊}을 물리친 공으로 여양후에 봉해졌다.

화공은 성품이 올곧고 엄격했으며 정치와 제도에 통달하여 황제가 중용했다. 후에 여러 번 공을 크게 세워서 지위가 병부상서, 도찰원의 도어사를 거쳐 제독 및 섬서군무사에 이르렀다.

화공의 서울집은 북경의 만세교 남쪽에 있었다. 집안에는 부인이 셋이었는데, 첫째 부인 심씨^{沈氏}는 공부시랑 심확^{沈確}의 딸이었고, 둘째 부인 요씨^{姚氏}는 태자소부 요관^{姚瓘}의 손녀였으며, 셋째 부인 정씨^{鄭氏}는 이부상서 정옹^{鄭雍}의 딸이었다. 심씨는 말을 잘하고 제법 인물이 있었지만 시기심이 강했다. 아들 춘^瑃이 있었는데, 사람됨이 보잘것없어 화공이 그리 사랑하지 않았다. 그러나 정부인은 조용하고 기품이 있었으며 마음도 어질었다. 요부인이 불행히도 일찍 죽으면서 임종 때 그 딸을 정부인에게 부탁했는데, 정부인은 그 아이를 친자식처럼 정성껏 가르치고 돌보았다. 이런 까닭에 화공은 정부인을 더 아끼고 존중했다.

가정 23년 2월, 화공은 기린이 품속으로 뛰어드는 꿈을 꾸었는데 이날 정부인이 아들을 낳았다. 아이는 이마의 뼈가 유달리 튀어나왔고 우는 소리 또한 씩씩하여 화공이 무척 사랑했다.

당시 태상경 성염^{成琰}의 아내였던 화공의 누이는 일찍 남편을 잃고 화공의 집에서 함께 지내고 있었다. 성품이 현명하고 강직한 데다가 집안 살림을 법도에 맞게 잘하여, 화공은 부인을 형처럼 섬기고 집안 일을 전부 성부인成夫人에게 맡겼다. 성부인에게는 준儁이라는 아들이 있었는데 또한 재능이 있어서 화공은 준의 공부를 격려하고 살펴주었다.

심씨는 남편이 정부인의 자식만 사랑하고 자신이 낳은 아이는 사랑하지 않는 것을 크게 시샘했다. 그러나 화공과 성부인이 두려워서 감히 내색하지는 못했다.

정부인의 아들이 자라 서너 살이 되자, 채 자라지 않은 짧은 머리는 양쪽으로 다팔거리고 이마는 앞으로 불쑥 튀어나왔다. 똑똑한 말을 하여 사람들을 놀라게 하는가 하면 눈에서는 반짝반짝 총기가 흘렀다. 정부인이 『효경孝經』을 읽을 때면 아이는 책상 옆에 앉아 가만히 듣고 있다가 부인이 읊조리는 구절을 외우곤 했는데, 제법 그 뜻도 이해하고 있었다. 그러니 화공은 늘 "이 아이가 내게는 연성벽連城璧*"이라 하며, 이름을 보배 '진珍'으로 짓고 자字를 '형옥荊玉'이라 하면서 더욱 사랑했다.

요부인이 낳은 딸 빙선聘仙은 자가 태강太姜으로, 성품이 우아하고 총명했다. 형옥 공자는 태강 아가씨와 함께 글을 익혀 아홉 살에 이미 『시경詩經』과 『서경書經』 『논어論語』를 모두 외웠다. 또한 문장은 맑고 씩씩했으며, 도량이 크고 원대했다.

하루는 화공이 조회를 마치고 돌아와 정부인 방으로 들어왔는데, 미간에 근심이 어려 있었다. 정부인이 옷깃을 바로 하고 물었다.

"나리, 무슨 언짢은 일이라도 있으십니까?"

공은 한동안 긴 한숨만 내쉬더니 말했다.

"황상께서는 원래 어질고 사리에 밝으셨소. 그런데 엄숭嚴嵩이 정권을 잡은 뒤로 날이 갈수록 나랏일이 어그러지고 있소. 그래서 어사御史

---

* 연성벽(連城璧): 전국시대 진(秦)나라 소왕(昭王)이 탐내어 열다섯 개의 성과 바꾸자 했던 아름다운 옥.

남표南標가 언관으로서 상소를 올렸는데, 상소는 받아들여지지 않고 도리어 멀리 귀양을 가게 되었다오. 언관은 나라의 눈과 귀인데, 눈과 귀를 막고서도 망하지 않은 자는 거의 없었소."

부인은 듣고 아무 말 없이 탄식만 할 뿐이었는데, 이때 화진 공자가 앞으로 나서더니 무릎을 꿇고 말했다.

"『시경』에 '무지개가 동쪽에 있으니 사람들이 감히 말하지 못한다螮蝀在東. 莫之敢之'는 말이 있습니다. 또한 공자孔子께서는 '조짐을 보고 떠난다色斯擧矣'고 하셨습니다. 남어사가 소인배의 잘못을 비판하다가 스스로 화를 입게 되었으니, 지금이 바로 그때입니다."

화공이 크게 놀라 공자의 손을 잡고 부인을 돌아보며 말했다.

"이 아이의 말은 내가 미처 생각지 못했던 바요. 부인은 무슨 복으로 이처럼 기특한 아이를 낳았소?"

잠시 후에 성부인이 들어왔다. 공이 방금 전 일을 성부인에게 전하자 부인이 공자의 등을 쓰다듬으며, "이 아이는 화씨 집안에 복을 가져다줄 행운의 별이야'라고 말했다.

공은 곧바로 성부인과 의논하여 사직辭職하고 고향으로 돌아가기로 결정했다. 그리고 며칠 뒤에 표문表文을 올려 벼슬을 그만두고 고향에 돌아가 뼈를 묻게 해달라고 간절히 빌었다. 공의 재주와 덕을 아끼던 황제는 손수 조서詔書를 내려 만류하고자 했지만, 평소에 화공을 꺼리던 엄숭이 황제의 옆에서 윤허하실 것을 권했다. 그리하여 황제는 병부상서, 도어사, 섬서군무사 인수印綬*를 환수하고 여양후의 작위로 고향으로 돌아가라 명하며, 특별히 흰 비단과 무늬 있는 비단을 하사했다. 공은 입궐하여 황제의 은혜에 감사드린 후 그날로 온 가족을 이끌고 소흥紹興. 지금의 절강성(浙江省) 소흥시으로 향했다.

---

* 인수(印綬): 관직에 임명될 때 황제로부터 받는 관인(官印)과 이를 허리에 다는 끈.

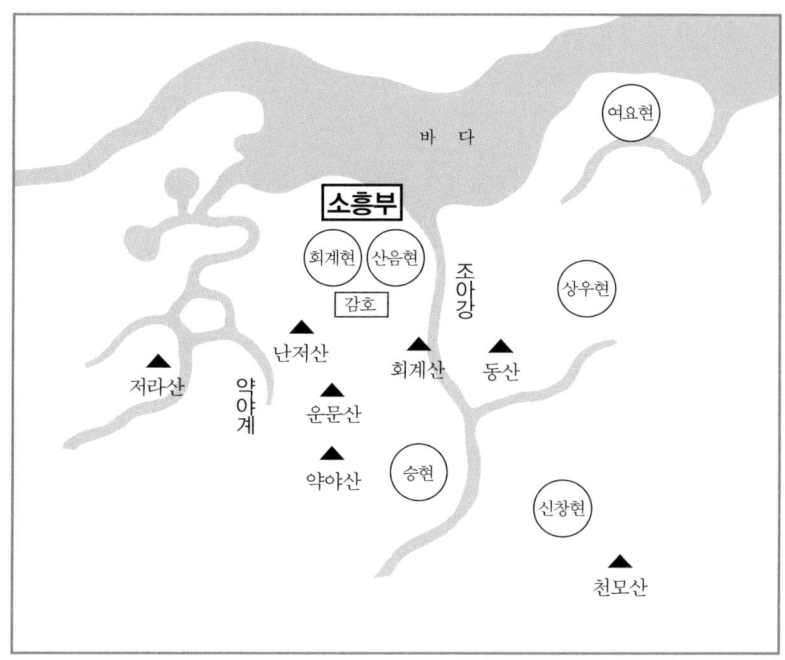

소흥부 『대청일통지』의 「소흥부도」 참조

『창선감의록』 본문에서는 동서의 방향이 바뀌어 있어 실제 위치와는 다르다. 『절강통지』 등 동쪽을 왼쪽에, 서쪽을 오른쪽에 그린 지도의 영향이 아닌가 한다.

그해 공은 이미 맏아들 춘의 혼례를 치러서 형부상서 임준林俊의 손녀를 며느리로 맞이했다. 임씨는 비록 외모가 빼어나지는 않았지만 덕성을 갖춘 인물이었다. 그래서 공은 기뻐했지만, 춘은 심히 불쾌해했다.

공이 마침내 소흥에 이르렀다. 소흥은 고대 은나라 때의 양주楊州 지역으로, 북쪽으로 산음山陰이 있고 서쪽으로는 상우上虞가 있었다. 동남쪽으로는 운문산雲門山과 난저산蘭渚山이 오르락내리락하였으며, 조아강曹娥江*과 감호鑑湖는 천하의 명승이었다.

---

* 조아강(曹娥江): 한(漢)나라의 효녀 조아가 아버지의 시신을 찾지 못하자 빠져 죽은 강.

화공의 조상은 대대로 소홍부 동쪽 삼십 리 밖의 월왕성越王城 아래에 터를 정하고, 산을 깎아 누대를 세우고 물을 끌어들여 연못을 만들었으니, 화려한 집은 구름에 닿고 무늬기둥이 알록달록하였다. 또 진귀하고 아름다운 나무가 빽빽하게 줄지어 있으며, 푸른 하늘에는 학이 울고 둑 위에는 사슴이 뛰놀았다.

굴레를 벗어버리고 홀가분하게 고향으로 돌아온 공은 두 아들, 조카와 함께 이리저리 노닐었다. 바라던 바를 이루어 마음이 흡족하니 지나간 모든 일은 뜬구름 같았다. 공은 자주 "내가 만년에 편안한 것은 진이 덕분이야"라고 말하곤 했다.

한편 심씨는 정당正堂. 안방 취성루聚星樓에, 성부인은 취하당翠霞堂에 기거했으며, 동쪽 수선루壽仙樓에는 정부인이, 서쪽 설매당雪梅堂에는 임씨가 있었다. 그리고 녹영당綠影堂에는 성부인의 아들인 성준의 아내 요씨가 있고, 수선루 왼편 홍매당紅梅堂에는 태강 아가씨가 있었다. 공은 백화헌百花軒에 있으면서 두 아들을 한송정寒松亭과 죽우당竹友堂에 있게 하였고, 쌍취정雙翠亭은 성생成生. 성준의 서실이었다.

이듬해 삼월 맏아들 춘은 열네 살, 둘째 아들 진은 열 살이 되었으며, 성생은 나이가 열아홉이었다. 공은 세 사람과 함께 후원의 상춘정賞春亭에서 봄날을 즐기다가 세 사람에게 각각 칠언절구 두 수를 지으라 하였다. 모두가 명에 따라 시를 지어 올리니, 공이 먼저 성생의 시를 읽고는 감탄하며 말했다.

"침후沈厚. 침착하고 중후함하고 온중溫重한 것이 진실로 군자의 글답구나!"

다음에 춘의 시를 읽었는데, 공이 갑자기 화를 내면서 종이를 던져버렸다.

"어린 자식이 이리도 막돼먹었으니 우리 집안이 망할 징조다."

춘은 놀라서 황급히 머리의 관을 벗고 당 아래로 내려갔다. 성생이 나아가 말했다.

"명을 받들어 갑작스레 시를 짓다 보면 잘못 지을 수도 있습니다. 혹 흡족하지 않으실 수 있지만 그렇게까지 말씀하시다니요."

공이 말했다.

"아니다, 아니야. 시를 잘 짓고 못 짓고를 탓하는 것이 아니다. 경박함과 음탕함이 시에 가득하니, 이런 놈은 앞으로 집안을 어지럽힐 게다."

그러고는 오래도록 미간을 찡그리며 언짢아했다. 그러다가 진이 쓴 시를 보고는 흐뭇해서 입이 다 벌어지니 그 온화한 표정이 봄빛처럼 따스했다. 시는 다음과 같았다.

담장의 버드나무 하늘하늘 늘어지고院柳鬘鬘綠影斜
따뜻한 빛 가벼이 창문에 스미네和氣輕透小牕紗
원앙은 마주보며 연못에서 목욕하고鴛鴦對浴金塘水
나비는 쌍쌍이 섬돌 꽃에 날고 있네蝶蛺雙飛玉砌花

종려나무 푸른 잎이 봉황 깃처럼 자라고翠葉棕櫚長鳳尾
새로 얽은 시렁 위로 포도넝쿨 올라가네更將新架上葡萄
난간머리 앵무새가 봄노래를 부르는데欄頭鸚鵡傳春語
향기 머금은 시녀가 복사꽃을 지나가네侍女含香過碧桃

공이 즐겨 보다가 성생에게 보여주었다. 성생은 두세 번 읊조리더니 자신도 모르게 무릎을 단정히 모으며 감탄했다.

"여유롭고도 아름다운 품이 당나라 초기 시의 율격이 있습니다. 또 화려하면서도 맑고 굳세니 당나라 왕건王建이 지은 궁중시와 의경意境이 흡사합니다. 시인의 재주가 이 정도면 더 이상 바랄 나위가 없겠습니다."

"이 아이는 요람을 갓 면했을 무렵부터 식견이 남달랐다. 이제 시 짓는 재주마저 뛰어나니 타고난 능력이 참으로 놀랍다. 또 두 편의 시를 보니 모두 왕공王公으로 부귀를 누릴 상이구나. 우리 집안을 망칠 아이는 춘이고, 집안을 일으킬 아이는 진이야."

그리고 다시 정색을 하고 춘을 나무랐다.

"우리 집안은 대대로 충효와 법도를 전통으로 하고 있다. 오로지 바른 도로써 마음을 단속하여 혹 술 마시고 농담하는 자리라도 음란하거나 예의에 어긋나는 말은 하지 않았다. 그런데 너는 지금 아버지와 형 앞에서조차 이처럼 어지럽고 방탕하니 참으로 경악할 일이다. 이후로는 마음을 고쳐먹고 행실을 닦으며 일거수일투족 모두 네 아우를 본받아 화씨 집안이 네 손에서 엎어지지 않도록 해라."

춘은 무안하고 창피했다. 그래서 물러가 그날 밤 어머니 심씨에게 말했다.

"소자가 지나치게 사랑을 받았던 탓에 노느라고 학업을 소홀히 하였으니, 책망하시는 것도 당연합니다. 그렇지만 오늘 대인께서는 지나치게 노여워하시면서 '화씨 집안이 네 손에서 망한다'고까지 하셨습니다. 자식으로서 어찌 마음 상하지 않을 수 있겠습니까? 또 대인께서 소자로 하여금 진이에게 무릎을 꿇고 매사를 배우라 하시는데, 진이가 비록 재주가 유달리 뛰어나고 행실이 볼 만하다고는 해도 세상에 어떤 형이 아우에게 배운단 말입니까?"

심씨는 이 말을 듣자 버럭 분통을 터뜨렸다.

"상공께서 원래 요망스런 정씨 년과 간사스런 아들 진이에게 미혹된 나머지 오래전부터 춘추시대 진헌공晉獻公과 원소袁紹가 그랬던 것처럼 맏아들의 자리를 빼앗으려 했지. 그렇지만 여태껏 빌미를 마련하지 못했던 것이야. 이제 이미 서리가 내렸으니 얼음이 얼 날도 멀지 않았다履霜 堅氷至矣. 내가 차라리 머리를 부딪쳐 죽고 말지, 네가 곽황후郭皇后의 아들 동해왕東海王처럼 어머니가 쫓겨난 뒤 뜻을 잃고 머리를 숙이는 꼴을 어찌 보겠느냐?"

이후로 심씨와 춘은 공연히 정부인 모자를 원망하면서 자나 깨나 이를 갈았다. 또 심씨는 정부인 손에서 자란 태강 아가씨까지 미워했다. 성부인이 이를 알고 공자^{公子}와 아가씨의 앞날을 깊이 걱정했다.

그러는 사이 한두 해가 지나갔다. 춘이 날이 갈수록 행실이 사나워지고 말이 거칠어지자 임씨는 개탄하며 눈물로 충고했다.

"서방님께서는 법도 있는 집안에서 나고 자라셨으니 성인의 가르침을 잘 아실 겁니다. 그런데 요즈음 보면 혹 어른에 대해 함부로 말씀하시고 하시는 행동도 아름답지 않습니다. 비록 어리석고 모자란 저이지만 한심하게 여기지 않을 수 없습니다. 맹자께서도 '사람이 현명한 아버지와 형이 있어 가르침을 받을 수 있는 것은 복이다^{故人樂有賢父兄也}'라고 하셨습니다. 아버님의 지극한 덕행과 도련님의 효성스러움은 서방님께서도 모두 눈으로 보시고 쑥 증기를 쐬듯 감화를 받으셨을 것입니다. 옛사람이 이르기를 '삼밭에서 자란 쑥은 지탱해주지 않아도 저절로 곧다^{蓬生麻中 不扶而直}'고 하였기에, 낭군께서 이토록 행실이 없으실 줄은 생각도 못 했습니다. 더구나 정부인께서는 주^周를 세우신 무왕^{武王}의 어머니 태사^{太姒} 같은 덕을 지니셨고, 도련님은 왕위를 거절하고 다른 나라로 도망간 춘추시대 조^曹나라의 자장^{子臧} 같은 절의가 있으십니다. 이런 분들을 얼토당토않게 의심하시니, 이런 말을 듣고도 귀를 씻지 못하는 것이 한스럽습니다."

춘은 그래도 잘못을 고치지 않았다. 그러자 임씨는 스스로 팔자가 기박하여 남편이 바르지 못한 것을 원망하면서 마침내 몸을 지키며 잠자리를 허락하지 않았으니, 부부간이라 하나 은근한 정이 없었다. 이 때문에 혼인한 지 오래도록 자식이 없자 춘은 화를 냈다.

은퇴하여 한가로워진 이후로 화공은 산수에 마음을 붙여 때때로 돛단배에 노를 저어 약야강^{若耶江}의 물결을 거슬러 올라가기도 하고, 천모산天姥山 원숭이가 우는 소리를 듣기도 했다. 또 옛 유적을 둘러보며 감개한 생각에 잠기기도 했는데, 동산東山에서는 동진東晉의 재상 사안謝安이 은거하던 일을 생각하며 탄식했고, 오문吳門에서는 왕망王莽이 정권을 잡자 세상을 버리고 오시吳市의 문지기로 숨어 살았던 매복梅福을 애도했다. 이처럼 한가로이 즐기면서 다시는 세상일에 마음을 쓰지 않았지만, 매번 역사책을 읽다가 나라가 망하는 대목이나 임금과 신하의 잘잘못이 드러나는 대목에 이르면 느꺼워 눈물이 옷깃을 적시지 않을 때가 없었다.

그러던 어느 날 화공은 동자에게 거문고와 작은 표주박 술을 들린 채, 두 아들과 성생을 데리고 후원 북쪽의 뒷산에 올랐다. 단풍이 물든 시냇물과 국화꽃이 만발한 벼랑에 서서 세속을 초탈한 마음으로 휘파람을 불기도 하고, 거문고를 타거나 술잔을 기울이기도 하고, 혹 역사를 풍자하며 읊조리기도 하니, 마음이 편안하여 돌아갈 것도 잊고 있었다.

그때 갑자기 언덕 주변의 소나무 아래에 누군가 서 있는 것이 보였는데, 행색으로 보아 지체 높은 사람인 듯했다. 머리에는 윤건綸巾, 청색 실을 두른 두건을 쓴 평상복 차림의 말쑥한 모습이었다. 공이 자세히 그 얼굴을 보니 다른 사람이 아니라 바로 이부시랑 윤혁尹爀이었다. 공은 반갑고도 놀라워 황급히 일어나서 두 손을 모으고 인사했다.

"형이 어찌 서서 보기만 하고 진즉에 왔다고 알리지 않았습니까?"

시랑이 웃고 자리에 앉으며 말했다.

"멀리서 바라보니 하늘에 있는 선동仙童이 형의 옆에 내려와 있는 듯해서 그냥 구경하면서 어찌할까 망설이고 있었습니다."

그러고는 공자의 손을 잡고 물었다.

"이 아이가 형의 자제분인지요?"

"그렇습니다."

시랑이 또 성생과 춘을 가리키며 물었다.

"저 두 젊은이도 형의 슬하 자식들입니까?"

"하나는 제 아이이고, 저기 조금 큰 아이는 자형인 성태상경의 아들입니다."

"태상경이면 바로 백온伯溫이 아닙니까?"

"맞습니다."

그러자 시랑이 성생을 이끌어 앉히고 손을 잡으며 탄식했다.

"자네의 아버지와 이별한 뒤로 벌써 열아홉 해가 바뀌었지만, 아직까지 내 마음속에서 잊히지 않는다네."

그리고 공과 그동안의 안부 인사를 나누었다. 시랑이 강개하게 탄식하며 말했다.

"형이 조정을 떠난 뒤로 조정 일이 날이 갈수록 더 망극해져서 저도 또한 제 몸을 지키려고 벼슬을 그만두고 고향으로 돌아왔습니다. 몸은 좀 편안해도 폐하를 생각할 때마다 저절로 눈물이 흐르니 형이라고 저와 사정이 다르겠습니까?"

공은 이 말을 듣고야 비로소 시랑 역시 벼슬을 그만둔 사실을 알고 시랑에게 물었다.

"산동山東이 여기서 천여 리나 떨어져 있는데, 중회仲晦, 윤혁의 자께서 무슨 일로 이렇게 멀리까지 왔습니까?"

시랑이 대답했다.

"산수를 둘러보려고 이곳저곳을 다니다가 여기까지 왔습니다."

공과 시랑은 서로 손을 잡고 백화헌百花軒으로 돌아왔다. 술과 밥이 들어오고, 두 사람은 즐겁게 담소를 나누었다. 시랑은 공자를 사랑하여 붙잡고 놓을 줄을 모르더니 화공에게 물었다.

"아드님의 혼처를 이미 정하셨는지요?"

공이 대답했다.

"아직입니다."

그러자 시랑이 크게 기뻐하면서 말했다.

"제 나이 마흔이 되도록 자식이 없다가 우연히 한 번에 아들딸 쌍둥이를 얻었습니다. 지금 둘 다 열두 살인데, 재주나 용모가 그리 못나지 않으니 부모 된 마음에 좋은 배필과 짝 지어주고 싶어서 사내아이는 이미 진평중陳平仲의 딸과 혼인을 약속했고, 딸아이는 마땅한 혼처를 찾지 못해 사윗감을 구하려고 세상을 두루 돌아다녔습니다. 그러다가 오늘 다행히 아드님을 만나니 차마 손을 못 놓겠습니다. 이것이 다 하늘의 뜻이 아닌가 하는데 형의 생각이 어떠신지 모르겠습니다."

공은 기꺼이 허락하며 말했다.

"아이의 나이는 점점 들어가는데, 제가 이처럼 궁벽한 시골에 있으니 좋은 며느릿감을 구하기가 쉽지 않았습니다. 그런데 형이 제 아들을 못났다 여기지 않으시고 이렇게 사위로 허락하시니 참으로 감격스럽고 다행스럽습니다."

시랑이 다시 공자의 손을 잡으며 흐뭇함을 이기지 못했다. 그러더니 다시 얼굴이 어두워지면서 옷깃을 여미고 깊은 한숨을 쉬며 말했다.

"제가 또 구구한 사정을 말씀드리려 하는데 불쌍히 들어주시렵니까? 지난번 남자평南子平이 악주岳州, 지금의 호남성(湖南省) 악양시(岳陽市)로 유배 갈 때 배 위에서 도적떼를 만나 온 가족이 화를 입고 그 딸만 겨우 살아남았습니다. 제가 양녀로 삼아 지금 산동山東에 데리고 있는데, 나이는 제 딸아이와 같고 그 자태와 덕성이 옛 숙녀라도 미치지 못할 만큼 뛰어나지요."

공은 미처 다 듣기도 전에 참담하여 눈물이 샘솟았다.

"자평이 정말 끔찍한 일을 당했군요. 폐하께서 엄숭 하나 때문에 바른말 하는 신하를 죽이셨습니다. 제가 오랫동안 폐하를 모셨는데 폐하의 잘못이 이 지경에 이르렀으니 이 또한 죽을죄입니다."

시랑이 다시 말했다.

"딸아이가 그 아이의 품성을 좋아하는 데다가 또 사정을 딱하게 여겨 잠시도 떨어지지 않으며 같이 살고 같이 죽자고 하니 가련한 일이지요. 그리고 자평이 한을 품고 죽었으니 물에 빠진 넋이 세상에 바랄 바라고는 그 어린 딸 하나뿐입니다. 아드님처럼 훌륭한 사위를 얻으면 아마도 자평의 혼을 위로할 수 있을 터이지만, 세상에 아드님 같은 사람을 어떻게 또 얻겠습니까? 제가 보니 아드님은 포부가 크고 뛰어나서 머지않아 틀림없이 아주 귀한 사람이 되겠습니다. 부인을 서넛 둔다 해도 분에 넘치지 않을 겁니다. 그러니 형은 부디 이 아우의 마음을 잘 헤아리시고 또 억울하게 죽은 남자평을 불쌍히 생각하시어 자평의 딸도 아드님에게 시집가도록 허락하십시오."

화공이 다 듣고 나서 강개한 마음으로 허락하니, 윤시랑이 무척 기뻐했다.

윤시랑은 며칠 머무는 동안에도 공자를 사랑하여, 다정스레 손을 잡으며 말마다 '우리 사위' 하며 애틋해했다. 공자도 시랑이 너그럽고 도량이 큰 어른이고 벼슬에 연연하지 않는 풍모를 지닌 것을 보고 우러러 마지않았다.

시랑이 돌아가면서 화공에게 말했다.

"형의 두터운 은혜로 두 딸아이를 모두 아드님에게 맡기게 되었으니 이제 저의 소원은 다 이루어졌습니다. 허나 길이 아득히 멀어 서로 소식을 전하기 어렵습니다. 그러니 혼인할 기한을 대략이라도 정하고, 아드님의 신물信物을 얻어, 돌아가 두 딸에게 주었으면 합니다."

화공이 대답했다.

"아들이 이제 막 열두 살입니다. 앞으로 삼 년 후, 제가 별일이 없으면 직접 아들을 데리고 산동으로 가서 좋은 날을 가려 혼례를 올리도록 하지요."

그리고 공자에게 홍옥 팔찌와 청옥 노리개를 상자에서 꺼내오도록 하여 시랑에게 주었다.

"이 물건은 저희 집안에 대대로 내려오는 귀중한 보물입니다. 두 따님에게 전해주십시오."

시랑이 받아서 짐 속에 잘 넣어두고 화공과 공자를 여러 번 돌아보다가 떠났다.

사나운 부인이 못된 마음을 품고
망나니 아들은 음탕한 마음을 드러내다

이날 화욱은 성부인과 정부인에게 윤시랑과 정혼한 일을 말해주었다. 그러자 성부인이 기뻐하며 말했다.

"군자께서 살아 계실 때 항상 윤중회가 참 괜찮은 사람이라고 칭찬하셨지. 그러니 그 딸이라면 분명 덕성이 있을 게다. 그리고 남어사 또한 깨끗하고 절개가 있는 사람이니 그런 아버지의 딸이면 어찌 범상하겠느냐?"

그런데 정부인은 묵묵히 있다가 가만히 탄식하였다.

"태강이가 진이보다 한 살이 더 많은데도 상공께서는 아직도 혼처를 구할 생각도 하지 않으셨습니다. 그러다가 갑자기 진이 혼사부터 정하시니 제 마음이 불편합니다. 더구나 제가 요 몇 년 사이 정신이 명하고 오락가락하는 걸 보면 아무래도 살날이 얼마 남지 않은 듯합니다. 요부인이 임종하실 때 부탁하신 일을 생각하면 저승에 가서 뭐라 말해야 할지 걱정스럽습니다."

화욱은 정부인의 그런 마음이 고마웠다. 그래서 바로 매파 여럿을 불러서 좋은 사윗감이 있는지 두루 물었다. 그러자 한파韓婆라고 하는 자가 광록시光祿寺 소경少卿인 유담柳儋의 아들 성양聖讓이 군자의 풍모가 있다며 추천하였다. 평소 화욱은 유광록이 맑은 덕을 가진 줄 알고 있었고, 게다가 그는 자신과 같은 고향 사람이었다. 곧바로 성생을 시켜 유공자를 만나보도록 했다.

유공자를 만나고 돌아온 성생은 그가 공손한 사람이더라고 고했다. 화욱은 크게 기뻐하며 유광록에게 혼사를 청했다. 유광록 또한 태강 아가씨가 정숙하다는 말을 귀가 따갑도록 들어왔던 터라 다행히 여기며 기꺼이 허락하고, 이듬해 봄에 혼례를 올리기로 약속했다.

그런데 그해 겨울 11월에 화욱과 정부인이 모두 병들어 위중했다. 공자 남매는 마음이 타들어가 흐느끼며 끼니를 걸렀고, 목욕재계하고 하늘에 기도하면서 정성을 다했다. 그러나 상서와 부인의 목숨이 다하고 말았으니, 공자와 아가씨의 호천지통昊天之痛. 부모를 여읜 슬픔과 이상지원 履霜之寃. 서리가 내리면 돌아가신 부모님을 그리워하는 마음을 어찌하랴.

숨을 거두던 날 저녁, 부인은 아가씨를 앞으로 오게 하여 뺨을 부비면서 슬피 울었다.

"요부인이 돌아가실 때 너를 부탁하셨는데, 지금껏 이룬 일 없이 도리어 너를 이처럼 슬프게 하고 혼인을 어긋나게 하는구나. 돌아가 무슨 면목으로 부인을 만나겠느냐? 너는 앞으로 몸가짐을 바르게 하고 낭군을 잘 섬겨라. 덕을 닦아 복을 기르며 아들 낳고 딸 낳으면 나하고 부인이 땅속에서나마 웃을 수 있을 게다."

부인이 별세한 지 사흘 뒤, 화공 역시 병이 위독해져서 아이들을 성부인에게 부탁하고 세상을 하직했다. 공자와 아가씨는 한순간에도 여러 번씩 정신을 잃었다. 성부인이 흐느끼며 이들을 보살피면서, 아들 준과 함께 초상과 종상을 치르며 공과 부인의 장례를 지냈다. 그리고 집안일을 잘 관리하여 위엄과 은혜를 적절히 쓰니 화공이 살아 있을 때와 다름없었다.

화공의 부음을 들은 유광록은 눈물을 흘리며 아들 유성양에게 말했다.

"훌륭한 사람이 죽었구나. 지난번에 화공이 우리 집에 청혼했을 때, 나는 그 사람의 덕을 존경하던 차라 사돈 맺는 것이 기뻐 흔쾌히 허락하였다. 이제 화공이 죽었다 해서 그 약속을 저버릴 수는 없다. 너는 모쪼록 화씨 집안을 오가면서 사위로서 도리를 다하거라."

이때부터 유생은 날마다 화씨 집을 방문했다. 갈 때마다 슬픔으로 수척해진 공자의 모습을 보면서 감탄하며 진정으로 아꼈고, 공자 또한 유생이 신의를 지키는 것을 보고 감동하여 서로 친밀해졌다.

아! 어떤 사람이든 덕에는 감화되기 마련이다. 그런데 저 화춘이란 놈은 도대체 무슨 심사란 말인가? 춘은 아버지를 대신하여 가장이 된 후로 눈을 부릅뜨고 포악한 짓을 일삼으며 여린 누이와 병든 아우를 잡죄는 데 온 힘을 다 쏟았다. 그러나 하인들을 매질하여 입을 막으며 위엄을 세웠으므로 하인들은 두려워서 감히 성부인에게 이 사실을 알리지도 못했다. 다만 화춘은 성부인을 어려워하였으므로 인륜에 크게 벗어난 행동은 감히 하지 못했다.

어느 날 성태상의 아우인 성위成瑋가 남경의 추관으로 있다가 벼슬을 그만두고 동성桐城의 옛집으로 돌아가서 성부인을 초대했다. 성부인이 떠나면서 임씨에게 말했다.

"동성이 백 리 이상 멀지는 않으니 내가 열흘 안에는 돌아올 것이네. 그러나 진이 남매 때문에 걱정되어 마음을 놓지 못하겠어."

또 춘을 불러서 간곡히 당부했다.

"『시경』에 '시체가 쌓인 언덕에서도 형제는 서로 찾는다原濕裒矣 兄弟求矣'고 하였고 '여러 사람 중에서 형제만 한 이가 없다凡今之人 莫如兄弟'고 하였다. 너는 진晉나라 효자 왕상王祥이 아버지가 돌아가신 후에도 계모가 낳은 동생과 우애 있게 지냈다는 말을 못 들었느냐? 게다가 진이 남매가 실낱같은 목숨이 겨우 붙어 오늘내일하는 걸 보면 동기로서 제 피를 베어 먹여서 그 목숨을 대신할 마음이 안 드느냐?"

말을 마치며 잠연潛然히 눈물을 흘리니 춘도 얼굴빛이 변했다.

부인이 떠나자 심씨는 주먹을 불끈 쥐고 빰을 씰룩거리며 이리처럼 으르렁댔고, 정당正堂의 시녀 계향과 난향이 그 비위를 맞추느라 분주했다.

하루는 요부인의 유모 취선이 아가씨를 만나 울면서 말했다.

"그토록 어질고 착하셨던 나리와 부인께서 아가씨와 도련님을 버리고 가시는 바람에 외로운 두 분이 갑작스레 쓰라린 고통을 겪으셨고, 옥이 부서지고 구슬이 잠기어 숨만 겨우 붙어 있으십니다. 차라리 이 늙은이가 먼저 죽어서 보지 않았으면 합니다."

아가씨는 눈물을 삼킬 뿐 대답이 없었다. 취선이 또 울면서 말했다.

"성부인이 집을 떠나신 뒤로 수선루 시녀들이 무수히 참혹하게 형벌을 받았고, 무사한 나머지도 오금이 저려 숨을 죽이고 있으니 목숨이 마치 그물에 걸린 토끼나 다름없습니다. 정부인이 남에게 무슨 잘못을 했다고 아씨께서 이런 고통을 받으십니까?"

아가씨는 여전히 대답이 없었다.

난향이 창밖에 숨어 있다가 뛰어 들어가 심씨에게 고자질하니, 심씨는 난향과 계향에게 아가씨를 끌고 오게 하여 발을 동동 구르며 꾸짖었다.

"빙선이 너, 천한 것이 감히 흉한 마음을 품고 못된 자식과 공모하여 맏이의 자리를 빼앗고자 하며, 먼저 첫째 부인을 제거하려고 천한 종년 취선과 일을 꾸몄겠다?"

아가씨는 어이없어 말없이 구슬 같은 눈물만 뚝뚝 흘리고 있었다. 심씨는 다시 공자를 불러와서 마루 아래에 꿇리고, 쇠로 된 등긁개로 난간을 두들겨 부수면서 큰 소리로 잘못을 하나하나 말했다.

"너, 천한 자식 진이, 성부인의 힘을 믿고 선군先君. 돌아가신 아버지을 기만하여 적장자의 자리를 뺏으려 하다가 하늘이 돕지 않아 실패하자 다시 요망한 누이, 험악한 시비侍婢와 함께 발칙한 일을 공모한 게로구나!"

공자가 통곡을 하며 심씨를 우러러보고 대답했다.

"사람이 사는 데 오륜이 중요하며 오륜 중에서도 부자의 인륜이 가장 중요합니다. 아버지와 어머니는 하나입니다. 소자가 비록 무상無狀, 아무렇게나 함부로 행동하여 버릇이 없음하지만 어찌 차마 그런 말씀을 하십니까? 소자는 돌아가신 아버님의 핏줄로 슬하에서 어머니를 모셨는데 어찌 이런 말씀을 소자에게 하십니까? 누님이 아무리 취선과 무슨 말을 했다고 해도 그건 사사로운 마음에서 한 말이니 그리 큰 죄가 아닙니다. 말하던 중 원망까지 이른 것은 취선의 잘못인데, 어찌 누님까지 함께 원망하였다고 하십니까? 또한 규수의 몸이 남자와 다르니 오명이 가해지는 일은 더욱 차마 못 할 일입니다. 천만 바라건대 어머니께서는 조금이나마 측은히 여겨주십시오."

아가씨가 강개하게 말했다.

"오라버니나 동생이나 제게는 모두 똑같은 골육입니다. 무슨 이유로 여기서 빼앗은 것을 저쪽에 주겠습니까? 세 어머니 중에 두 분이 모두 돌아가시고 이제 한 분만 혼자 남아 계시니, 사람이라면 마땅히 만수무강을 빌 것입니다. 그러니 오늘 하신 말씀은 당치도 않습니다."

심씨가 크게 화를 내며 쇠막대기를 집어 아가씨를 때리려 하였다. 공자는 목 놓아 울었고, 임씨가 심씨의 손을 붙잡고 눈물을 흘리며 아가씨를 구했다. 그러자 심씨는 더욱 화가 나서 하인배들을 시켜 공자를 끌어내라 하고 임씨를 나무랐다.

"너도 못된 무리들과 한통속이 되어 나를 없애려느냐?"

이때 당황한 하인배들이 겹문 밖에 나가서 울고 있었는데, 마침 유성양이 밖에서 들어오다가 베옷이 찢어지고 머리칼이 헝클어진 공자가 쫓겨나가는 것을 보았다. 깜짝 놀라서 물었으나 공자는 부끄러워 대답하지 못했다. 유생은 무슨 일이 있었음을 짐작하고 화춘에게 묻기 위해 악차堊次. 상중에 머무르는 초막로 갔다.

그러나 춘은 그곳에 없고, 아이종 말이 큰도련님은 한송정에서 낮잠을 주무시고 있다고 했다. 유성양이 한송정으로 가보니 과연 큰도련님이란 자가 다리를 봉창에 걸고 코를 드렁드렁 골면서 잠에 빠져 있었고, 벗어놓은 옷이 주위에 어지럽게 널려 있었다.

유성양이 쯧쯧 혀를 차며 말했다.

"도척盜跖과 유하혜柳下惠*처럼 형과 아우가 다른 것은 세상에 드문 일인데, 이런 형제가 또 나타날 줄 어찌 알았을까!"

유생이 발로 차서 깨우며 겁을 주었다.

"그대 집에 큰일이 났으니 얼른 가서 보오."

춘이 말했다.

"무슨 일인데 그러오?"

"가서 보면 알 것이오."

춘이 급히 안채로 들어갔다. 그때 심씨는 계향을 시켜 아가씨에게 매질을 하고 있었고, 취선은 마루 밑에 엎드려 있었는데 이미 오륙십 대를 맞아서 목숨이 위태로운 지경이었다. 심씨는 춘이 오는 것을 보자 손뼉을 치고 날뛰면서 야단스레 아가씨와 취선의 말을 덧보태고 꾸며대며 춘을 자극하는 데 여념이 없었다. 춘이 말했다.

"진이 남매가 이런 마음을 품은 건 소자도 또한 오래전부터 알았습

---

* 도척(盜跖)과 유하혜(柳下惠): 춘추시대의 인물들로 형제간이다. 유하혜는 추앙받는 현인이었던 반면, 도척은 수천 명의 부하를 거느리며 강도짓을 하던 천하의 악당이었다.

니다. 그렇지만 저 둘이 고모님에게 붙어 있으니 지금 갑자기 어쩔 수는 없습니다. 아까 유생을 보니 벌써 이 사단이 난 것을 알고는 낯빛이 좋지 않았고, 얼마 안 있으면 고모님도 오십니다. 그러면 틀림없이 한바탕 큰일이 날 것이니, 지금은 분을 참고 덮어두셨다가 훗날을 기다리시는 것이 좋겠습니다."

심씨가 가슴을 치면서 땅바닥에 엎드려 발악을 했다.

"성씨 집 늙은 과부가 내 집을 차지하고 앉아 음흉한 속셈을 품고 있으니 틀림없이 우리 모자를 죽이고야 그칠 게다. 내가 비록 힘없고 약하지만 그 늙은 과부하고 사생결단을 내야겠다. 유생은 남의 집 사람인데 어떻게 우리 집 안채에서 일어난 일을 안 거냐? 이건 분명 진이가 유생에게 고해바쳐서 내 허물을 퍼뜨린 까닭이야. 이 분을 풀지 못하느니 차라리 네 앞에서 자결을 하고 말겠다."

춘이 할 수 없이 공자를 끌고 들어와 모진 매질을 더했다. 공자는 이미 그 어머니와 형을 어쩔 수 없다는 것을 알기에 한마디도 변명하지 않다가 스무 대가 넘자 기절하고 말았다. 심씨는 공자를 끌어내 행랑에 가두라고 했다. 임씨가 급히 자기 유모에게 몇 가지 약물을 들려 보내 공자의 목숨을 구하고 눈물을 흘리며 하늘에 빌었다.

"하늘이 참으로 화씨 집안을 망하게 하시려는 것이 아니라면 바라건대 이 몸으로 도련님의 목숨을 대신하소서" 하며 밤새도록 통곡했다. 이날 밤 과연 공자가 생도生道를 얻었다.

네댓새 뒤, 동성의 성추관 집에서 하인이 와서 아가씨와 공자에게 성부인의 편지를 전하며 이들의 안부를 물었다. 춘은 몹시 두려운 나머지 공자에게 직접 답서를 쓰게 하려고 공자의 처소로 갔다. 매 맞고 쫓겨난 뒤로 형의 얼굴을 보지 못해 답답하고 슬퍼 마음을 추스르지 못하던 공자는, 천만 뜻밖에 형이 직접 오자 기쁜 마음이 가득하여 눈물이 종횡으로 흘러내렸다. 그리고 모든 것을 다 제 탓으로 돌리며 용서받지 못할 사람인 양 하니 어리석고 못된 춘으로서도 감동하지 않을 수 없었다.

예니레 후에 성부인이 돌아왔다. 성부인이 심씨와 한훤寒喧. 날씨를 묻는 일상적인 인사을 마친 뒤에 임씨를 돌아보며 물었다.

"내가 여기 와서 진이 남매를 통 볼 수 없으니 무슨 일이 있는 겐가?"

임씨는 부끄럽고 당황하여 아무 말도 못 하고 춘은 되도 않는 말로 둘러대니, 부인이 바로 시녀를 시켜 공자와 아가씨를 불러오라 했다. 춘은 심씨 몰래 이미 공자를 원래의 방에 옮겨둔 터였다.

아가씨가 명을 받들어 이르렀는데, 옥 같은 얼굴이 참담하여 예전 같지가 않았다. 그리고 공자는 움직일 수가 없어서 적당한 핑계를 대어 회답을 보내왔다.

"어쩌다가 감기에 걸려 꼼짝 못하고 앓고 있으니 일어나 가서 뵐 수가 없습니다."

이 말을 들은 부인이 매서운 기색으로 춘을 뚫어져라 쳐다보았다. 춘은 지은 죄를 알기에 황겁하여 어쩔 줄 몰랐다. 일이 다 탄로 나자 심씨는 선수를 쳐서 성부인을 겁주려고 대성통곡하며 말했다.

"부인이 진이 남매에게 빠져서 매사에 저희 모자를 의심하시니 살아도 죽느니만 못합니다."

칼을 빼들고 목을 베려는 시늉을 하니 춘과 임씨 그리고 태강 아가씨가 급히 말렸다. 성부인은 안색을 더욱 매섭게 한 채 돌아보며 냉소했다.

"자네가 스스로 돌아보아 허물이 없다면 틀림없이 이리 하지 않겠지."

그리고 성생에게 명했다.

"너는 진이 방으로 가서 시녀에게 진아를 들것에 실어오라고 해라."

성생이 명을 어기지 못하고 분부대로 공자를 들것에 싣고 데려왔다.

부인은 공자를 보고 놀라서 얼굴이 하얗게 되었다. 공자의 몸을 몸소 살펴보려는데 공자가 손을 뿌리치며 말했다.

"소질小姪이 상중이라 슬퍼하던 차에 감기까지 걸려 얼굴이 예전 같지 않을 뿐이지 따로 아픈 곳은 없습니다. 고모님께서는 뭘 이리도 번거롭게 애를 쓰십니까?"

공자의 몸에는 여기저기 회초리 자국과 피딱지가 선명했다. 이를 본 부인은 격분하여, 좌우에 있던 시녀에게 하인을 불러 춘을 묶어 땅바닥에 끌어내리라 하였다. 그러고는 소리를 높여 꾸짖었다.

"너, 불초하고 패악한 자식아! 죽은 네 아비의 뼈가 채 마르기도 전에 이처럼 동기를 참혹하게 해치다니, 이건 오랑캐나 짐승들도 차마 못 할 짓이다. 틀림없이 죽어 넋이 된 네 아비가 분하고 원통한 나머지 황조皇祖, 돌아가신 할아버지와 황고皇考, 돌아가신 아버지께 아뢰어 네 명줄을 끊고야 말 것이야. 또한 '내가 어린 아들과 연약한 딸을 누님에게 맡겼는데 끝내 보호하지 못하고 못된 아들 춘이 거리낌 없이 흉악한 일을 저지르도록 이를 막지 못하셨군요' 하며 나를 원망할 것이다. 그러면 내가 무슨 면목으로 죽어서 아우를 만나겠느냐? 이제 너를 후련하게 때려서 너로 하여금 매 맞는 아픔을 알게 하겠다."

춘은 머리를 숙이고 잘못했다 빌면서 넋이 다 날아갔고, 심씨는 기가 꺾이고 간이 오그라들어 한마디도 하지 못했다. 공자는 마루 밑으로 기어 내려가 머리를 숙이고 울었다. 성생이 또 나아가 말렸다.

"춘이 비록 무상하지만 상복을 입고 있습니다. 지금 그에게 매를 댄다면 공자孔子께서 '상복 입은 자를 보면 수레 위에서 경례하였다凶服者式之'고 한 뜻에서 크게 어긋납니다. 어머니, 부디 세 번만 더 생각하십시오."

부인은 이미 공자의 안타까워하는 마음이 불쌍한 데다가, 또 임씨의 얼굴을 보아 마지못해 춘을 용서했다.

부인이 공자의 손을 잡고 통곡하며 춘에게 말했다.

"사람이 부모를 우러러 의지하고 살다가 부모가 죽으면 의탁할 곳 없는 외로운 인생인데, 다행히도 한두 형제라도 있으면 서로 의지하여 살면서 아프거나 가려운 곳이 있으면 서로 돌봐준다. 예로부터 형제를 팔다리에 비유하는 이유는 바로 이 때문이다. 지금 어떤 사람이 칼을 들고 네 팔을 자른다면 너는 틀림없이 아파서 마땅히 원수를 갚으려 할 게다. 그런데 지금 너는 스스로 칼을 잡고 있는 모양이 아니냐. 나와 죽은 아우나 빙선과 진이는 모두 배다른 남매 사이다. 그런데도 서로 진심으로 사랑하여 죽으나 사나 잊지 못하는 걸 너도 또한 두 눈으로 보았을 게다. 그런데 너는 무슨 마음이더냐? 성인께서 말씀하시기를 '사람이 누가 잘못이 없으리오? 고침이 중요하다'고 하셨다. 지금 네가 뉘우쳐 딴사람이 되고 예의와 도덕을 따라 행동한다면 충분히 다시 어진 이가 될 수 있을 게다. 방탕했던 상商나라 왕 태갑太甲도 스스로 잘못을 고쳤고, 아들을 죽이려던 순舜임금의 아버지 고수瞽瞍도 허물을 고치고 행복을 누렸다. 그러니 너는 노력해라."

춘은 황겁하여 "네, 네" 할 뿐이었다. 이로부터 심씨 모자가 납작 엎드려 감히 꼼짝도 못했다.

아! 부인네들은 천성이 나약해서 소신을 강하게 밀고 나가는 사람이 드물다. 그러나 성부인 같은 사람은 참으로 여섯 척 어린 고아를 맡길 만한 사람이었다.

시간은 빠르게 지나가서 어느덧 삼 년이 지났다. 춘은 바로 현관玄冠, 길복(吉服)에 사용하는 검은색 관을 쓰고 신코에 장식을 하는 등 의상이 화려해졌다. 그러나 공자와 아가씨의 풍수지탄風樹之嘆, 부모 잃은 자식의 슬픔과 육아지통蓼莪之痛, 부모에게 효를 다하지 못한 자식의 슬픔에 끝이 있을 수 있으랴!

그즈음 성부인은 집안일을 임씨에게 맡겨두고 있었다. 임씨는 한결

같이 성부인이 하던 대로 집안일을 처리하였으며 제사를 정성으로 받들었다.

유광록의 집에서는 심씨가 포악하다는 말을 듣고 날마다 아가씨를 걱정하다가, 아가씨가 삼년상을 마치자마자 좋은 날을 택하고 예의를 갖추어 혼례를 치렀다. 성부인은 기쁨과 슬픔이 교차하는 가운데 절차에 따라 계단에서 아가씨를 보내면서 옷매무새를 봐주고 손수건을 채워주며 당부했다.

아가씨가 유씨 댁에 이르러 폐백을 마치자 유공은 아가씨를 보면서 안타까워하며 탄식했다.

"네 아버님께서는 그토록 넓고 크신 덕을 지니신 분이셨는데, 오래 사시지 못하고 일찍 가셨지. 이 나라를 위해서 안타깝고 슬픈 일이 아닐 수 없다. 이제 너를 보니 더욱더 마음이 아프구나."

구슬 같은 눈물이 아가씨 뺨에 흐르니 마치 해당화가 이슬을 머금은 듯했다. 유공 부부는 불쌍히 여기며 사랑하였다. 이후로 유성양은 공자를 더욱 사랑하여 매일같이 화씨 집에 와서 종일 공자와 함께하곤 했지만 한송정에는 한 번도 가지 않았다.

이때 화춘에게는 두 사람의 친구가 있었다. 승현嵊縣 사람 범한范漢이란 자는 술과 계집질에 빠진 방탕한 인물로 교활하고 속임수에 능하며 남의 처첩과 간통하는 것을 능사로 하였으며, 여요餘姚 사람 장평張平이란 자는 아비가 죽었는데 장사는 지내지 않고 서울과 시골을 두루 떠돌아다니며 윷과 바둑 노름으로 횡재하기를 즐기는 사람이었다. 이 둘은 춘이 멍청하고 돈이 많은 것을 보고 오가며 사이가 가까워지더니, 스스로를 생사를 함께할 막역한 친구라 하면서 매일 밤마다 모여 술 마시고 떠들어댔다.

하루는 춘이 갑자기 긴 한숨을 쉬니 뭔가 마음에 담아둔 걱정거리가 있는 듯했다. 범한이 춘에게 물었다.

"경옥이 자네는 좋은 집안 귀공자로서 재산은 산처럼 쌓여 있고 모든 일을 마음대로 할 수 있는데, 지금 무슨 일로 그리도 근심 어린 얼굴을 하고 있소?"

춘이 주저하다가 한참 뒤에야 말을 했다.

"내 평생 소원은 예쁜 여자와 혼인하는 일이었소. 그런데 아내 임씨는 그리 예쁘지도 않은 데다가 근래에는 사이마저 나빠져서 마음이 우울하다오. 손바닥에서 춤추었다던 한漢나라 성제成帝의 조비연趙飛燕이나 걸음마다 연꽃이 피었다는 제齊나라 동혼후東昏侯의 반비潘妃 같은 절세 미인을 얻고 싶기는 하나 이목이 넓지 않아 지금껏 얻지 못하였소. 그런데 지난달 보름께 우연히 서쪽 정원 이화정을 이리저리 거닐다가 동쪽의 이웃집 담장 아래에 옥 같은 여인이 붉은 복사꽃 한 떨기를 들고 있는 것을 보았는데, 바람에 날아갈 듯한 그 모습이 그윽한 난초 같아서 마음이 붕 뜬 듯 정신을 차릴 수 없었다오. 마침내 옥팔찌를 던지니 미인이 주워서 품에 넣고 어여쁘게 웃고는 손가락으로 꽃나무 수풀 속의 작은 집을 가리키고는 가버렸다오. 그날 밤 내가 달빛을 타고 담장을 넘어 들어가보니 과연 깁창비단으로 바른 창을 단 작은 방에 촛불이 가물가물하였소. 그 여자가 말하기를, 자기는 원래 선비 집안 출신의 조씨인데, 집이 가난한 탓에 아비는 등짐 장사하러 갔다가 절강에서 죽었고, 지금은 병든 어미와 함께 살면서 수놓아서 입에 풀칠을 한다고 했다오. 며칠 사이에 서로 떨어지지 못할 만큼 사랑이 깊어져서 꼭 둘째 부인으로 맞이하겠노라 분명한 맹서까지 하였소. 그러나 우리 집에 계신 고모의 성격이 엄하고 굳센 탓에 무서워서 말도 떼지 못하고 있소."

범한이 껄껄 웃으며 말했다.

"경옥은 참 못났구려. 대장부가 자기 집안일을 스스로 처리 못 하고 어찌 다른 집안의 과부에게 조종당하고 사시오?"

장평도 따라 웃으며 말했다.

"경옥은 얼굴이 예쁘장하게 생겼으면서 못생긴 여자에게도 사랑받지 못하고, 또 어린 나이가 아닌데도 늙은 할멈에게 구속당하면서 마음에 둔 미인이 동쪽 담장 밑에서 비웃고 야유하도록 하는구려. 경옥은 관을 쓰고 갓끈을 매고는 스스로 남아라고 하기에 부끄럽지도 않소?"

말을 다하자 두 사람은 손뼉을 치며 크게 웃었다. 춘은 고개를 숙이고 아무 말도 하지 않다가 한참 뒤에야 탄식하며 말했다.

"우리 집 사정을 그대들이 알 수는 없을 게요."

이후로 춘은 조씨에게 푹 빠져서 대낮에도 자주 만나곤 했지만, 성부인을 두려워하여 몰래 만났기에 범한과 장평 외에는 아는 사람이 없었다.

그해 4월, 성부인이 공자에게 말했다.

"네가 이미 장성한 나이가 되었는데 혼사가 자꾸만 늦어지는구나. 모쪼록 산동으로 찾아가서 윤공의 뜻을 저버리지 말도록 해라."

공자는 자기 한 몸도 위태롭고 괴로워서 돌볼 수 없는 판에 두 아내까지 거느려 돌아오면 여러 모로 처신하기 어려울 듯하여, 마침내 부드러운 목소리로 대답했다.

"이 조카도 아내 맞이할 마음이 없는 것은 아닙니다. 그렇지만 초토初土, 부모의 상를 겪고 난 뒤부터 기력이 쇠하여서, 당장 큰 병에 걸리지는 않았지만 정신이 어득어득한 것이 마치 안개나 구름 속에 있는 듯합니다. 그러니 몇 년 마음을 다스리고 정신을 수양하여 온전한 사람이 되면 그때 가서 아내를 맞으려 합니다. 옛사람들은 모두 서른 살에 비로소 아내를 맞이한다고 하였고 또한 마흔이나 쉰 살에야 장가를 간 사람도 있는데, 지금 제 나이 열다섯입니다. 몇 년 뒤라도 늦지 않습니다."

이미 공자의 마음을 눈치챈 부인은 화진의 처지가 가여웠다.

"네 말이 이치에 맞는 듯도 하구나. 그러나 아우가 살아 있을 때 윤공과 분명히 약속하기를 '아이가 올해 열두 살이니 지금으로부터 삼 년 뒤에 가서 혼례를 올립시다' 하였다. 그러니 지금 이미 삼 년이 지났는데 아무 소식도 없다면 윤공이 사정도 모르고 초조히 기다리면서 의심하지 않겠느냐? 내가 이미 준이에게 떠날 채비를 하고 함께 가라 일러두었으니 다른 말은 말거라."

공자는 어쩔 수 없이 명을 받들어 성생과 함께 길을 나섰다.

배를 돌려 청성산에 이르고
동정호에서 초혼하다

처음에 윤시랑은 북경에서 벼슬을 할 때 남어사南御史와 이웃해 살고 있었다. 두 사람 모두 자녀가 없어서 함께 걱정을 하고 있었는데, 윤공이 응천부윤이 되었을 때 부인 조씨趙氏가 별 두 개가 품속으로 떨어지는 꿈을 꾸었다. 그날부터 태기가 있더니 달수가 차자 딸 아들 쌍둥이를 낳았는데, 두 아기의 용모가 붉은 옥처럼 빛났다. 윤공 부부는 기뻐하면서 딸의 이름은 옥화玉花라 짓고 자는 홍염紅艶이라 했으며, 아들은 이름을 여옥汝玉이라고 하고 자를 장원長遠이라 했다.

같은 해에 남공南公의 부인 한씨韓氏도 태몽을 꾸었다. 달이 차서 딸을 낳았는데, 온 방 안이 다 흰해서 마치 진주가 처음 조가비를 열고 나오는 듯했고, 우는 소리는 단혈丹穴에 사는 어린 봉황이 우는 것 같았다. 그래서 남공은 채봉彩鳳이라고 이름을 짓고 자는 광아光娥라 하였다. 두 집안에 아이가 태어나자 그늘진 골짜기에 봄이 돌아온 듯 화창한 기운이 가득했다.

아홉 살이 넘도록 홍염 아가씨와 장원 공자는 목소리나 행동거지가 너무나 비슷해서 공자가 아가씨의 옷을 입으면 같은 방에서 부리는 시녀라도 구별하지 못할 정도였다.

한편 한부인이 늦게야 얻은 딸은 어려서부터 총명하여, 문장이든 수놓기, 바느질이든 무엇이든 하는 대로 척척 해내어 마치 귀신이 돕는 듯했다. 게다가 맑게 빛나는 눈에는 한 점 세속의 티가 없었기에 한부인은 오히려 불안한 마음에 항상 조심하면서 딸아이의 장수를 기원하곤 했는데, 남공은 이러한 사실을 몰랐다.

하루는 부인과 아가씨가 정원에서 꽃을 구경하고 있었다. 그때 문득 시비 춘앵이 아뢰었다.

"마님이 적선하기를 좋아하시니, 마침 서촉西蜀의 여승이 두루마리를 가지고 왔기에 감히 고하나이다."

부인과 아가씨는 중당中堂으로 돌아와 춘앵을 시켜 맞아오도록 했다. 그 여승은 몸에는 서촉의 비단으로 지은 장삼을 입고, 목에는 백팔염주를 걸었으며, 손에는 비단 두루마리를 들고 있었다. 계단의 중간에 서서 인사하자, 부인이 당 위로 올라오라 하여 자리를 권했다. 여승이 합장하며 말했다.

"빈도貧道. 승려가 자신을 겸손하게 이르는 말는 성도成都 화악산華嶽山의 자현암資賢庵에 사는 걸식 여승으로, 법명은 청원淸遠입니다. 지난해에 산적이 암자를 불태워버려서 관음보살상과 그림이 모두 잿더미가 되고 말았습니다. 빈도가 발원하여 암자를 다시 짓고 불상도 새로 만들어 지금 거의 다 되어갑니다. 그런데 그림만은 다시 그리기가 어렵습니다. 이름난 화가들이 몇몇 있기는 하지만 모두 남자들입니다. 관음보살은 다른 불상과 달라 그림을 잘 그리는 여자를 구해야만 하는데, 여기저기 돌아다녀도 지금까지 비슷한 사람도 못 만났으니 걱정입니다."

그러자 부인이 아가씨를 돌아보고 웃으며 말했다.

"내가 어릴 적에 보현암 관음화상을 본 적이 있는데, 그 모습이 지금까지도 눈에 선하구나. 내가 지금 보잘것없는 재주로 스님의 마음을 위로하고자 하는데 네 생각은 어떠냐?"

아가씨가 미처 뭐라 말하기 전에 여승이 크게 기뻐하면서 일어나 절하고 말했다.

"부인의 생각이 그러시다면 저희로서는 천만 다행한 일이지요."

이어 아가씨가 말했다.

"어머니께서 그리 말씀하시니 틀림없이 복을 한없이 누리실 겁니다. 다만 제 생각에는 불가佛家의 큰일을 그 자리에서 금방 붓을 날려 이루어서는 아니 될 듯합니다. 마땅히 목욕재계하여 정성을 다해야 할 것입니다."

부인이 말했다.

"네 말이 옳구나."

여승은 아가씨의 용모를 보고 속으로 감탄하던 중이었는데, 말까지 이렇게 야무지게 하자 부인에게 물었다.

"아가씨의 나이가 몇이신지요?"

부인이 대답했다.

"아홉 살이오."

여승은 아가씨를 한참 바라보다가 갑자기 깜짝 놀라며 낯빛을 바꾸었다. 부인은 놀라 무슨 일인가 불안하였지만, 딸을 무척이나 사랑하는 마음에 혹시라도 불길한 말을 들을까 겁나서 묻지 못했다.

부인은 좋은 차와 귀한 과일로 여승을 대접했다. 여승과 부인은 한가로이 이야기를 나누었다. 이윽고 돌아갈 때가 되자 여승이 말했다.

"오늘부터 이레가 지난 뒤에 다시 와 뵙겠습니다. 부인께서는 오늘부터 모든 일을 조심하시면서 정성을 들이시기 바랍니다."

이레가 지나자 과연 여승이 다시 찾아왔다. 부인은 별당으로 맞이했다. 별당에는 아름다운 자리를 깔고 그 위에 깨끗한 책상을 놓았으며,

박산향로博山香爐에는 침단향沈檀香을 피워두었다. 아가씨가 직접 금색과 붉은색, 푸른색 등 각색의 물감을 받들어 시중을 드는 가운데 부인이 한 폭의 생초生綃. 삶아서 익히지 않은 명주실로 짠 직물를 책상 위에 펼치고 정신을 집중하여 그림을 그리니 오색구름이 영롱했다. 다 그린 후 벽 위에 걸어놓으니 마치 관음보살이 바다 위로 갓 나온 듯했다. 여승은 합장하고 일어나 절하면서 수없이 칭찬했다. 부인은 또 흰 비단과 여러 빛깔 옷감으로 보시했고, 여승은 복 받으시리라는 인사를 여러 번 한 후 그림을 가지고 돌아갔다.

그해 남공은 예부낭중을 하다가 어사직으로 자리를 옮겼다. 당시 조정에서는 엄숭이 가만히 위병威柄. 권력을 행사하고 있었다. 엄숭은 구란仇鸞에게 뇌물 삼천 냥을 받고 그를 대장으로 천거했고, 천자를 측근에서 모시는 환관과 결탁하여 천자의 동정을 보고하도록 했으며, 조문화趙文華를 시켜 재물을 거두어들였다. 남어사는 나라를 근심하고 엄숭의 행사에 분개한 나머지 엄숭의 열세 가지 죄목을 일일이 적은 상소문을 썼다.

남어사는 상소를 올리기 전, 부인과 아가씨에게 마지막 인사를 하면서 말했다.

"신하가 되어 나라의 은혜를 입었으면 마땅히 죽음으로써 보답을 해야 하오. 하물며 나는 바른 말을 올리는 어사 자리에 있으니 그냥 보고만 있을 수는 없소. 내가 죽거든 부인은 딸아이를 데리고 윤중회에게 가서 의탁하시오."

말이 끝나자 그는 소매를 떨치며 나갔다. 상소문이 들어가자 천자는 크게 노하여 근거 없이 대신을 비방한다는 죄목으로 남어사를 극형에 처하려고 했다. 그러나 황제가 평소 신임하던 도어사 화욱과 소보 서계徐階가 조정에서 머리를 조아리고 간절히 설득하자, 마침내 형벌을 낮추어 남공을 악주로 귀양 보냈다.

남공의 집에서는 공이 죽을 줄로만 알고 온 식구가 울부짖고 있다가, 죽음을 면하고 귀양 가게 되었다는 소식을 들었다. 부인과 아가씨가 크게 다행스럽게 생각하고 성문 밖으로 남공을 따라갔다. 송별하러 온 윤시랑이 한숨을 내쉬며 말했다.

　"여기서 악주까지는 오천칠백 리나 되오. 멀리 강호를 건너가야 하니 무사히 갈 수 있을지 알 수 없소. 또 적들이 분을 품어 이를 갈고 있으니 그들이 원하는 바대로 된 뒤에야 그만둘 것이오. 형이 올린 상소문은 해와 달과 그 빛을 다투니 설사 죽더라도 부끄러울 바가 없지만, 형은 형제도 아들도 조카도 없이 오직 이 어린 딸 하나뿐이오. 함께 죽을 곳으로 들어가봤자 무익하니, 이제 여기에 두고 가면 이 아우가 정성을 다해 키워서 형의 후사를 의탁할 수 있도록 하리다."

　남공은 감동하여 허락했다. 그러나 아가씨가 부인을 붙들고 흐느끼니 부인도 차마 두고 갈 수가 없어서 결국 함께 가게 되었다.

　8월에 남공은 함곡관函谷關을 지나서 형주荊州의 석문산石門山에 도착했다. 저녁 무렵 파수역巴水驛에서 배를 타고 출발했는데, 돛은 가볍고 바람은 빨라서 눈 깜짝할 사이에 금사주金沙洲를 지났다. 동정호洞庭湖에는 안개가 희미했고, 군산君山에는 달이 떴다. 그런데 붉은 두건을 한 사람 여덟아홉이 작은 배 한 척을 타고 뱃고물 주위를 빙빙 맴돌고 있었다. 남공이 의심하던 차에 아니나 다를까 함성을 지르고 칼빛을 번득이며 배에 올랐다. 남공은 엄숭의 짓인 줄 짐작하고 죽음을 면치 못하리라 하여 부인과 함께 물속으로 뛰어들었다. 아, 소인이 이렇게까지 남공을 해코지할 줄이야! 함께 간 하인들은 모두 칼에 맞아 죽고 시녀 계앵만 남아 아가씨를 안고 하늘을 부르며 살려달라 울부짖으니, 도적들이 가련히 여겨 강 언덕에 던지고 가버렸다.

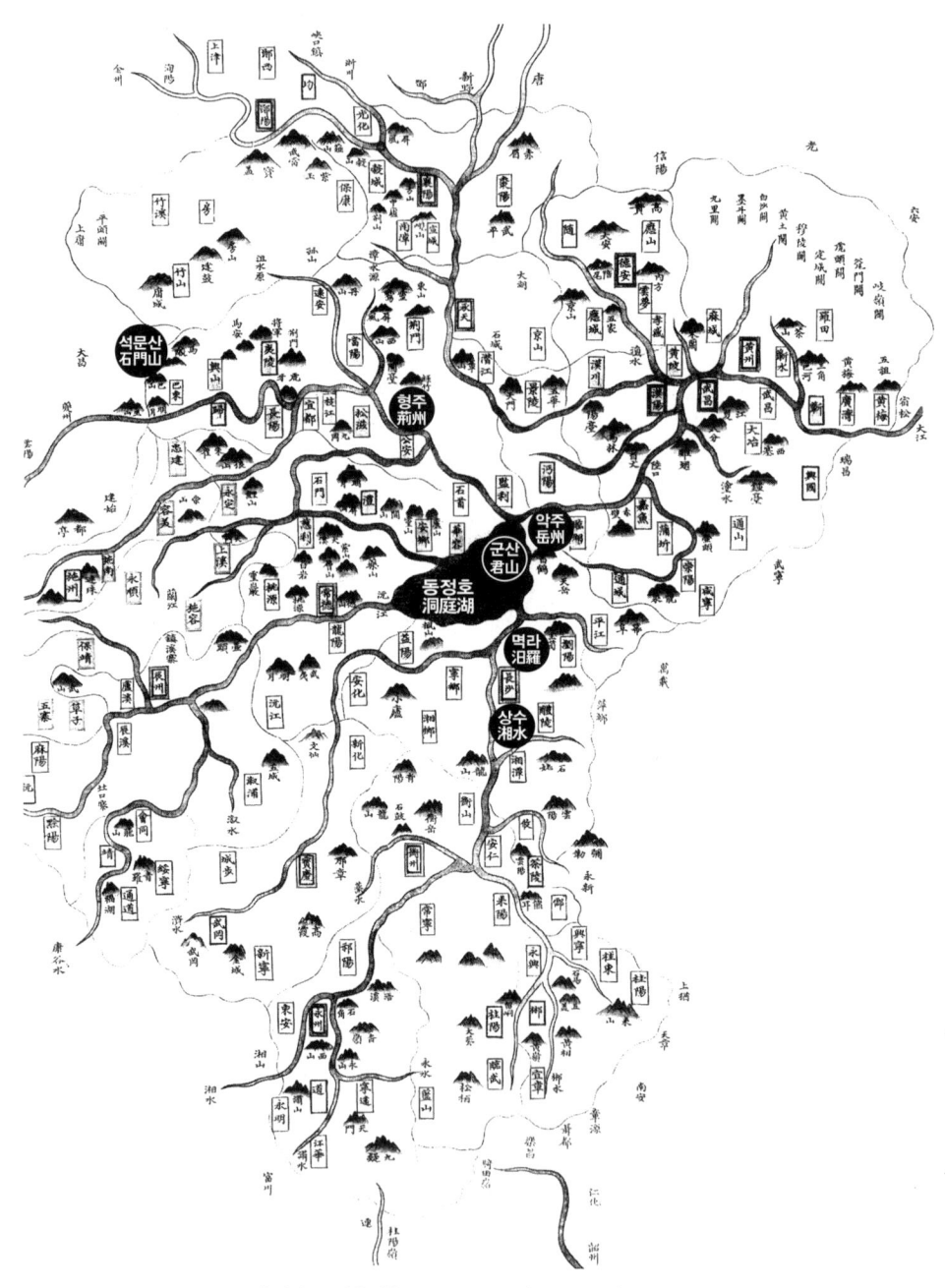

호광여도, 서울대학교 규장각 소장 '지나고지도' 중에서

전부터 서촉의 청성산靑城山 운수동雲水洞에 곽선공郭仙公이라는 사람이 세상을 피해 도를 닦고 있었다. 어느 날 그가 하인들에게 말했다.

"이 달 며칠에 동정호에서 억울하게 죽는 사람이 있을 것이니 내가 가서 구해야겠다."

그러고는 작은 배에 짧은 노를 저으며 부강涪江을 거슬러 올라갔다. 그런데 악양의 청초호靑草湖쯤 이르렀을 때 달빛 아래 웬 남녀의 시신이 물에 떠오는 것이 보였다. 곽선공이 노로 건져내고 봉창蓬窓, 배 위에 거적 등으로 간단히 설치한 뜸집 아래 누였더니 눈, 코, 입 등으로 물이 흘러나왔다. 얼마쯤 지나자 공이 깨어나 머리를 들고 곽선공을 향해 감사인사를 했다.

"이 사람 남표는 조정에 죄를 얻어 악주의 적소로 가던 길에 배를 타고 가다가 갑자기 변을 당했습니다. 강물에 빠져 물고기 뱃속에서 장사지낼 목숨이었는데, 선생께서 이렇게 구해주셨으니 하늘 같은 이 은혜를 어찌 갚아야 하는지요?"

곽선공이 빙그레 웃으며 말했다.

"불과 한때의 인연일 뿐인데 뭘 그리도 과한 말씀을 하십니까?"

부인도 정신을 차리고 눈을 들어 보고, 비로소 곽선공에게 구조되었음을 알게 되었다. 그러나 딸이 보이지 않자 슬피 울다가 그만 기절해버렸다. 남어사가 눈물을 흘리며 간호하니 다시 깨어나 서로 붙들고 통곡했다. 곽선공은 좋은 말로 두 사람을 위로했다.

날이 밝자 남어사가 곽선공에게 말했다.

"선생 덕분에 보잘것없는 우리 부부 목숨이 살아났으니 마땅히 문하에서 모시면서 허드렛일이라도 해야 할 것입니다. 그러나 나라의 죄인으로, 물에 빠져 죽었다면 할 수 없지만 죽지 않고 살아서 도망칠 수는 없습니다. 그러니 이제 선생께 작별을 고해야겠습니다. 산천이 가로막고 있으니 이별한 뒤에 어떻게 은혜를 갚을 수 있을는지요?"

곽선공이 웃으며 말했다.

"인생살이는 모두 하늘이 정해주십니다. 공은 속세를 떠나 고고하게 살 팔자입니다. 마땅히 바위동굴에서 팔베개하고 표주박에 물을 떠마시며 살아야 하고, 주황색과 자주색 인수를 차고 화려한 거동으로 위세를 떨치는 건 공의 본분이 아닙니다. 그 때문에 조물주가 희롱하여 이 같은 화액을 만난 것이지요. 이미 지난 일은 후회해도 소용없고, 지금이라도 하늘의 뜻을 받아들여 저와 함께 깊은 산속에서 칡뿌리 씹고 나뭇잎 반찬 먹으며 십 년만 참고 지냅시다. 그러면 천도天道가 순환하여 저절로 길운이 이를 것입니다."

어사는 곽선공을 바라보았다. 흰머리가 이마를 덮었는데 눈은 별처럼 빛났다. 또한 여유로운 기품에 언행이 고상하여 마치 하늘의 신선 같았다. 남어사 스스로도 부귀공명이라면 이가 다 시렸다. 그동안 환란에 시달린 탓에 어사대에서 말 타던 옛일은 꿈에서라도 보기 싫은 끔찍한 기억이었다. 또 물에 빠졌던 일을 생각하면 여전히 가슴이 두근거리며 혼이 다 떨렸다. 어사는 마침내 곽선공의 제안을 받아들였다. 곽선공은 크게 기뻐하면서 즉시 어사와 함께 배를 돌려 청성산으로 갔다.

청성산은 예로부터 신선들이 모이는 곳이었다. 푸른 기린과 흰 사슴이 뛰놀고, 곳곳에 아름다운 풀과 기이한 나무가 자랐다. 곽선공이 사는 구름 속의 띳집은 씻어놓은 듯 깨끗하여 마치 그림 같았다. 이곳에서 어사와 부인은 잡념을 버리고 유유자적하며 세월을 보냈다. 그러나 살았는지 죽었는지 모르는 딸을 생각하면 눈물이 마를 날이 없었다.

그날 밤 남어사 댁 아가씨는 동정호 언덕에서 울부짖고 있었다. 여러 번 강물에 몸을 던져 죽으려 했지만, 계영이 통곡하며 말렸다.

"아가씨! 어르신과 부인의 넋을 달래줄 사람이 누가 있습니까? 남씨 집안 자손이라고는 아가씨 한 사람뿐입니다. 참고 견디어 목숨을 부지해서 부모의 원수를 갚아야 하실 것 아니어요? 목숨을 버리고 부모 뒤를 따라 죽어야만 효녀입니까?"

아가씨가 통곡하며 말했다.

"나는 겨우 아홉 살 계집아이야. 내가 어떻게 원수를 갚겠니? 게다가 강호 만 리에 내처져서 표범과 이리가 입을 벌리고 도적이 눈을 부릅뜨고 있는 위태로운 처지인데, 아무리 살려고 한들 어떻게 살아남을 수 있겠어?"

말을 하고 나서 우는데, 구슬픈 그 소리에 마치 상강(湘江)의 대나무가 쪼개지는 듯하니, 물새들은 놀라 날아가고 산귀신도 눈물을 흘렸다.

자정을 지난 밤하늘에는 달이 아득히 떠 있었다. 그때 갑자기 찰랑찰랑 하는 옥패(玉佩) 소리가 멀리서 들리더니 점점 가까워졌다. 잠시 후 곱게 단장한 선녀가 왼손에는 백옥 술잔, 오른손에는 작은 마노(瑪瑙, 옥의 한 종류)병을 들고 갑자기 앞으로 나와 말했다.

"저는 상강을 지키는 상군낭랑(湘君娘娘)의 뜻을 받들어 미래의 화상국 부인을 위로하고자 왔습니다. 부인이 비록 전생의 원업으로 잠시 액운을 겪겠지만, 십 년이 지나면 틀림없이 부모를 만나고 영화가 무궁할 것입니다. 그러니 부인께서는 귀체(貴體)를 돌아보시어 무익한 슬픔을 버리소서."

그러고는 옥잔에 마노병의 음료를 따라주며 말했다.

"낭랑께서는 아가씨가 적막한 강가에서 긴 밤을 보내시느라 배고픔과 갈증이 심할 것이라 하시며 음료를 보내셨습니다. 이것을 한 번 마시면 며칠 동안 먹지 않아도 피곤하지 않으실 것입니다."

아가씨는 받아들긴 했어도 의심스러워 얼른 마시지 않았다. 계앵이 울면서 권했다.

"낭랑께서 아가씨가 목마르고 배고플 것을 걱정하시고 불쌍히 생각하셔서 귀한 음료를 내려주셨습니다. 그러니 그 마음을 저버리지 마시고 한번 마른 목을 축여보세요."

아가씨가 잔을 들고 마시니 기이한 향내가 입에 가득 차면서 정신이 상쾌해졌다. 아가씨가 울면서 말했다.

"제가 지은 죄가 하늘까지 사무쳐 이처럼 엄청난 재앙을 겪게 되었습니다. 그런데도 낭랑께서 저를 불쌍히 여기시고 간곡히 말씀해주시니 이 은혜 죽어도 갚을 길 없습니다. 그렇지만 분명히 부모님이 물에 빠지시는 것을 보았는데 어떻게 이 세상에서 다시 만날 때가 있겠습니까?"

선녀가 말했다.

"부인은 걱정 마십시오. 나라를 위해 임금에게 정직한 말을 하는 충신은 용의 비늘을 건드리고 호랑이 굴을 범하여 마침내 몸이 층층한 파도의 놀란 물결에 버려질지라도 천지신명이 살펴주시어 몸을 보전할 것입니다."

아가씨는 이 말을 듣고 정신이 혼란스러워 믿지 못했다. 옆에 있던 계영이 말했다.

"선녀께서 저희를 기만하는 것 아닙니까? 초楚나라의 굴원屈原은 자란子蘭의 참소로 추방되어 멱라수汨羅水에 몸을 던져 죽고, 금나라에 맞서 싸워 공을 세웠던 악비岳飛는 진회秦檜의 참소로 죽었습니다. 그런데도 천지신명이 도왔다고 할 수 있습니까?"

선녀가 손뼉을 치고 말했다.

"그대는 모르고 있군요. 천지신명이 충신을 보살피는 까닭이 단지 그 사람을 위해서만은 아닙니다. 나라와 임금을 위한 것이기도 하지요. 저 초나라와 송나라의 임금은 기꺼이 망할 작정으로 충신의 바른 말을 듣지 않고 그 마음을 저버렸으며, 깊이 사욕에 빠져서 무릎 꿇어

원수를 섬겼습니다. 그러니 하늘도 그들의 부덕을 싫어하였습니다. 지금의 황제는 비록 잠깐 간신의 말을 듣고 잘못을 했지만 부모에 대한 효심이 뛰어나서 쉰 살이 되어서도 오히려 부모를 그리워하고 있습니다. 세상에 효도를 다하고도 잘되지 않은 자가 있습니까? 어제 상부인이 상군낭랑에게 '오늘 밤에 남어사가 강물에 빠져 죽을까요?' 물으시니 낭랑께서는 고개를 저으시며 '옥황상제께서 충성스러운 남공을 마음에 두고 있습니다. 또한 명나라 황제의 지극한 덕을 알고 계신 터라 장차 큰 복을 내리시려 하고 있습니다. 그래서 이미 소미성小微星. 처사(處士)를 상징하는 별자리이 배를 대고 기다리고 있지요. 다만 그 딸은 성품이 너무 강해서 목숨을 보존하지 못할 듯합니다' 하시면서 저에게 가서 아가씨를 위로해주고 오라 하셨습니다. 그래서 제가 아버님이 무고하심을 알게 된 것입니다."

계앵은 이 말을 모두 듣고 그 기이한 내용에 놀라 입이 벌어졌다. 선녀는 아가씨를 여러 번 위로해주다가 문득 인사하고 떠났다.

계앵이 아가씨에게 말했다.

"동정호와 소상강 사이에는 예로부터 신선이 산다고 들었는데, 상군도 그중 하나입니다. 오늘 밤 일이 실로 기이하니 그 말을 믿고 마음을 편안히 가지셨으면 합니다."

아가씨가 흐느끼며 말했다.

"설령 선녀가 전한 말이 전혀 허무맹랑한 것이 아니어서 부모님께서 다른 사람에게 구조되어 무사하시다고 해도, 나는 어릴 적부터 지금까지 하루도 부모님 곁을 떠난 적이 없어. 이제 갑자기 부모님과 헤어져서 소식이 아득한데 어떻게 참을 수 있겠니? 부모님도 불초한 딸을 걱정하시면서 애를 태우실 것이야. 그 생각을 하면 가슴이 미어져서 차라리 죽어 아무것도 모르고 싶구나."

그러고는 슬피 울기를 그치지 않았다.

얼마 안 있어 강가의 닭들이 울어대면서 동쪽 하늘이 점차 밝아오자 아가씨가 계영에게 말했다.

"밤에 있었던 일은 허무맹랑하여 입 밖에 내지는 못할 것이야. 그렇지만 참으로 신기하구나. 나는 잠시 목숨을 보존하였다가 뒷날 혹시라도 부모님 얼굴을 뵙게 될지 기대해보려고 해. 그런데 이곳은 배들이 모여드는 곳이라 남북으로 오가는 사람들의 이목이 번다하구나. 길을 떠돌아다니게 되면 욕을 당할 것이 뻔하니 멀리 산속 동굴로 가서 그림자도 보이지 않게 자취를 감추는 것이 좋겠다. 혹시라도 살게 되면 다행이고 죽으면 그 또한 하늘의 뜻이겠지."

두 사람은 머리를 풀어헤쳐 얼굴을 가리고는 산속의 작은 시내를 따라 걸어갔다. 그러나 비단으로 장식한 화려한 방에서만 지내서 일찍이 한 발짝도 힘들게 걸어본 적이 없는 아가씨가, 깎아지른 절벽에다 돌이 삐죽빼죽 나 있는 험한 길을 곱디고운 몸으로 어찌 갈 수 있을까? 십 리도 못 가서 어여쁜 다리가 지치고, 여린 발이 부르텄다.

주인과 시녀가 수풀 속에서 울고 있는데, 갑자기 베옷을 입은 한 노파가 나타났다. 노파는 서리 같은 눈썹에 짧은 등나무 지팡이를 짚고 있었다. 노파는 지나가면서 서쪽 큰길을 가리키며 말했다.

"이쪽으로 이십 리를 가면 파릉현巴陵縣 쌍계촌에 진씨陳氏 성을 가진 관리가 살고 있다우. 그 집 딸이 그대와 전생의 인연이 있으니 가서 의지하고 있으면 머지않아 좋은 사람을 만나게 될 것이우."

말을 마치자마자 노파는 갑자기 보이지 않았다. 계영은 크게 놀랐고, 아가씨 또한 이상하게 여겼다. 계영이 아가씨에게 말했다.

"하늘이 아가씨를 불쌍히 여겨서 이처럼 일러준 겁니다. 거스르지 마시고 그냥 받아들이셔서 하늘의 뜻을 기다리세요."

아가씨는 마음을 정하고 파릉으로 향했다. 서로 부축하면서 한 걸음 한 걸음 나아가는데, 이때 계영의 나이 열세 살로 몸매가 제법 아름다왔다. 예쁜 계집아이 둘이 검은 머리칼을 내린 모습이 마치 구름에 가린 달 같았으며 걷는 자태도 고왔다. 길 가는 사람들이 돌아보고 놀라며 이상하게 여기지 않은 이가 없었다.

쌍계촌에 이르자 아가씨는 동구 밖 빽빽한 수풀 속에 몸을 숨기고 계앵에게 말했다.

"나는 규중의 여자야. 아무리 사정이 위태롭다고 해도 오가다 들은 황당한 말만 믿고 평소 알지도 못하던 집에 함부로 몸을 의탁할 수는 없어. 네가 시험 삼아 먼저 진씨라고 하는 벼슬아치 집에 가서 그 이름은 무엇인지, 벼슬은 무슨 벼슬을 하고 있는지 자세히 물어봐라. 만일 우리 친척이면 다행이고, 그렇지 않으면 차라리 길에서 죽을지언정 결단코 들어가지 않겠어."

그러고는 옥반지를 손에서 빼주면서 말했다.

"이건 우리 외할머니이신 금릉군주께서 어릴 적 아끼시던 물건이야. 어머니께서는 항상 옥품이 기이하다고 칭찬하시곤 했지. 너는 이걸 가지고 가서 팔겠다고 한번 말해봐. 진씨 집에 들어가보면 그 집 아가씨의 법도를 직접 볼 수 있겠지. 너는 총명한 아이니까 한 번 보면 그 아가씨가 어진지 어떤지를 알 수 있을 것이야."

계앵이 허락하고 떠났다. 남쪽 거리에 이르러 보니 큰 집이 하나 있었다. 마을 사람에게 물었더니 이렇게 알려주었다.

"산서山西 노안부潞安府, 지금의 산서성(山西省) 장치시(長治市) 제독이신 진형수陳衡秀 나리의 집이라오."

계앵이 다시 물었다.

"저 집 주인이 이미 외직으로 나갔다면 부인도 아마 따라갔을 테지요. 그럼 집은 누가 지키고 있나요?"

"작년에 진제독 나리께서 병부시랑으로 있다가 산서의 외직으로 부임하게 되셨지만, 제독은 가족을 데리고 갈 수 있는 벼슬이 아니라서 부인과 아가씨는 따라가지 않고 여기 머물러 있다오."

계앵이 또 물었다.

"그 집 아가씨 나이는 몇이나 됩니까? 그리고 집안에 다른 자제나 친척 남자는 없나요?"

"아가씨 나이를 바깥 사람이 알 수는 없고, 그 집에 다만 공자가 한 분 있는데, 회남淮南에 있는 숙부집에 공부하러 가서 삼 년째 돌아오지 않고 있다오. 그 밖에 다른 남자가 있다는 말은 못 들었소."

계앵은 속으로 생각했다.

'진공이 이미 북경에서 큰 벼슬을 했다면 남어사 집안과 친척이거나 해서 분명히 소식이 오고 했을 것인데, 내가 인사를 알게 된 뒤로 진씨 성 가진 관리가 집에 오는 것은 본 적이 없으니 친척이 아닌 것이 분명해. 그런데 아가씨는 예의를 목숨처럼 지키시는 분이니, 이를 어쩐다? 하지만 만리타향에서 어떻게 친척을 찾아서 의지할 수 있겠어? 일단 내가 그 집에 가서 잘 살펴봐야겠어.'

그 당시 진제독의 부인 오씨吳氏에게는 과연 아홉 살 난 딸이 있었다. 이름은 채경彩瓊이었으며, 얼굴이 갓 피어난 연꽃같이 고왔다. 부인은 채경 아가씨를 사랑하여 장신구가 있으면 값을 따지지 않고 바로 사주었다. 그런데 이날 몸종 도영이 옥가락지 한 쌍을 들고 들어와 아가씨에게 말했다.

"이 가락지가 오묘하여 사랑스러운 것이 마치 아가씨 같아요."

아가씨는 얼른 받아 보고 매우 기뻐하며, 손가락에 끼고는 만지작거리며 놓을 줄을 몰랐다.

"어느 집 아가씨가 배고픔을 참다못해 가지고 있던 이런 귀한 보물을 팔았을까? 내가 세 배 값에 사도록 어머님께 말씀드려서 그 서운함을 위로해주어야지."

도영이 웃으며 말했다.

"아가씨는 이 반지가 묘한 것만 아시고 반지 판 사람이 참으로 묘한 것은 모르시네요."

아가씨가 물었다.

"그 사람이 어떻게 생겼던?"

"나이는 열서너 살쯤 되어 보이는데, 녹색 저고리에 푸른 치마를 입었어요. 자기 말로는 어느 집 계집종이라고 하는데, 구름 같은 살쩍머리 귀밑머리와 발그레한 뺨이 수수하면서도 아름다워 어느 집 훌륭한 규수라고 해도 믿겠어요."

말이 채 끝나지 않아서 부인이 이르렀다. 부인은 옥가락지를 보고는 크게 놀라며 말했다.

"이 옥은 곤륜산崑崙山, 옥의 산지로 유명함에서 나는 온옥溫玉이고 이 구슬은 합포合浦, 지금의 광서성(廣西省) 합포현. 진주 산지로 유명함에서 나는 야광 구슬로, 겨울에 차고 있으면 춥지 않고 밤에 보면 빛이 나온단다. 이건 예사로운 집 보물이 아니다. 너는 가서 그 사람을 데리고 와봐라."

도영이 나가서 계앵을 데리고 들어오자 부인과 아가씨가 보고는 놀라 감탄을 금치 못했다. 계앵이 부인에게 인사하니 부인이 계단 중간에 앉히고 물었다.

"네 얼굴과 옷차림을 보니 귀한 댁 시녀인 듯하구나. 그런데 무슨 일로 이 옥가락지를 들고 여기저기 팔러 다니느냐?"

계앵이 보니 부인의 얼굴이 덕스럽고 아가씨는 온화하며 정숙해 보였다. 계앵은 속으로 다행스럽게 여기며 대답했다.

"저는 북경의 남어사 댁 시녀입니다. 나리께서 죄 아닌 죄로 악주로 귀양 가시다가 어젯밤에 배에서 수적水賊을 만났습니다. 나리와 마님께서는 강에 빠지시고 함께 가던 사람도 모두 죽었습니다. 아홉 살 아가씨만 요행으로 혼자 살아남으셔서 방황하다가 연약한 몸으로 홀로 살길이 막막하고 또 수중에 먹을 것도 없어서 이 가락지를 팔아서 목숨을 부지하시려 하십니다."

울음을 삼키며 흐느끼는데 눈물이 비 오듯 쏟아졌다. 부인은 애처로워 아무 말도 못 했다. 아가씨가 부인에게 무릎을 꿇고 아뢰었다.

"지금 저 댁 아가씨의 사정을 들으니 저도 모르게 마음이 아려옵니다. 저 아홉 살 어린 소녀가 하늘에 사무치는 아픔을 품고, 넓은 강호에 발붙일 곳 없이 가을바람 날마다 거세지면서 겨울 추위는 점점 다가오는데, 어리고 약한 몸으로 어떻게 하루라도 살 수 있겠습니까? 어머니가 은혜를 내리셔서 거두어 집안에 두고 저를 사랑하듯 돌봐주시면 그 아가씨의 부모가 반드시 결초보은結草報恩할 것입니다."

부인이 기특하게 생각하여 그 등을 쓰다듬으면서 말했다.

"우리 아이가 이처럼 착한 일을 하려는데 내가 어찌 들어주지 않겠느냐?"

그리고 계앵에게 물었다.

"아가씨는 지금 어디에 있느냐?"

계앵이 대답했다.

"마을 밖 숲속에 있습니다."

부인은 즉시 시비 몇 명에게 조그만 가마를 가지고 계앵을 따라가서 남어사 댁 아가씨를 모셔오라고 명했다. 계앵이 막 겹문을 나서는데, 부인이 도영을 불러 남어사 댁 아가씨에게 전할 말을 일러주었다.

'아가씨가 변고를 만나 길에서 굶주리고 추위에 떠는 모습이 불쌍하다고 들었습니다. 이 늙은이가 듣고 측은히 여겨 이렇게 모십니다.'

그러자 채경 아가씨가 놀라서 어머니에게 아뢰었다.

"옛날 곧은 선비가 무례하게 주는 음식을 먹지 않고 죽었다는 말이 있습니다. 저 남어사 댁 아가씨가 마음이 곧고 깨끗하다면 굶주리고 춥다고 해서 기꺼이 다른 사람에게 도움을 요청하겠습니까? 소녀가 보니 시녀의 행동거지에 법도가 있습니다. 그걸 보면 주인은 보지 않아도 알 만합니다. 지금 전하시는 말뜻이 무례하여 업신여기는 듯하니 남어사 댁 아가씨는 틀림없이 오지 않을 것입니다."

부인이 깨닫고 딸을 칭찬하면서 그 말을 고쳐서 보냈다.

한편 채봉 아가씨는 계앵이 간 뒤 오래도록 돌아오지 않자 이상하게 생각하고 있었다. 그때 갑자기 계앵이 대여섯 되는 시비들과 함께 작은 가마를 가지고 오는 것을 보고는 속으로 생각했다.

'진관인 집이 과연 우리 친척인가 보다. 그렇지 않으면 이렇게 올 리가 없지.'

계앵이 나무를 헤치자, 도영이 오부인의 말을 전했다.

"아가씨의 시녀에게서 아가씨가 겪은 끔찍한 일을 듣고는 참으로 놀랐습니다. 가만히 생각해보니 길에서 갑자기 상례喪禮를 치르기 어려울 듯합니다. 우리 모녀가 아가씨를 위해서 친히 상복을 마련하겠으니 누추한 집이지만 오셔서 상례를 마친 다음에 천천히 고향으로 돌아가시길 바랍니다."

아가씨가 계앵을 바라보았다. 계앵이 무슨 뜻인지 알아채고 무릎 꿇고 아뢰었다.

"이 댁은 바로 산서山西의 진제독 나리 댁입니다. 우리 집안과 친척은 아니지만 그 댁 나리가 지금 산서에 부임해 있고 도련님도 회남으로 갔습니다. 집에는 부인과 아가씨뿐이었는데, 인자한 풍도와 덕스런 말씀이 감동할 만하였습니다."

그런 후에 채경 아가씨의 말을 전해주었다. 아가씨는 이미 도영이 전하는 말에 마음이 태반이나 기울었던 차였기에 계앵의 말을 듣고는 기꺼이 가마에 올랐다.

도영이 먼저 집으로 달려가서 남씨 아가씨가 온다고 고하자 오부인은 크게 기뻐하면서 중당에 흰 자리를 깔았다. 그리고 채경 아가씨는 화려한 장신구를 모두 빼버리고 계단을 내려와서 서 있었다. 채봉 아가씨가 가마에서 내려 겹문을 들어서자 채경 아가씨는 읍^{두 손을 들어 맞잡고}_{하는 인사}하여 인사하고 마루 위로 안내했다. 채봉 아가씨는 흰 자리에 가서 엎드려 슬피 곡을 했다. 오부인과 아가씨도 곡을 하고 조문^{弔問}했다. 계앵도 채봉 아가씨의 뒤에서 함께 곡을 했다. 조문을 마치자 부인이 나아가서 채봉 아가씨를 위로했는데, 채봉 아가씨의 곡하는 모습은 법도에 맞았고 소리는 애절했다. 채경 아가씨는 이 모습을 보고 눈물을 흘렸다.

채경 아가씨가 채봉 아가씨를 부축하여 자기 방으로 돌아왔다. 채경 아가씨는 비단 병풍과 수놓은 족자를 모두 치우고 흰 자리를 깔고는 몸소 쌀죽을 들고 권했다. 둘 다 열 살이 채 못 된 소녀들인데 어쩌면 이렇게 어른스럽게 예의를 차릴 수 있었을까?

이로부터 채봉 아가씨와 계앵이 곡하는 소리가 끊이지 않았다. 상복 입는 날이 되자 부인과 아가씨가 다시 처음처럼 채봉 아가씨에게 조문을 했다.

며칠 뒤 부인은 채봉 아가씨에게 조용히 내외 친척을 물었다. 채봉 아가씨가 금릉군주의 외손녀라고 하자 부인은 기뻐하며 말했다.

"그러면 아가씨와 나는 재종질 간이네. 내 외할머니께서 바로 운양 공주인데, 운양공주는 군주의 고모요."

채봉 아가씨가 기뻐하면서 말했다.

"그동안 피붙이 하나 없이 타향에서 이리저리 떠돌아다녔는데, 이제야 숙모님을 만나 의지하게 되었으니 참으로 다행입니다."

이후로 부인과 채경 아가씨는 채봉 아가씨를 더욱 살갑게 대했다.

그로부터 열흘 뒤에 갑자기 마을이 떠들썩하더니, 하인이 달려와 아뢰었다.

"호광순무사 윤시랑 나리께서 오십니다."

부인은 크게 기뻐했다. 마침 두 아가씨가 부인 앞에 있었는데, 채봉 아가씨가 채경 아가씨에게 물었다.

"윤시랑이라면 산동의 윤시랑이지?"

채경 아가씨가 옥 같은 뺨이 발그레한 채 고개를 숙이고 말을 못 하자, 부인이 웃으며 말했다.

"그래, 산동의 윤시랑이시다. 바로 나의 외사촌 오라버니시지. 우리 아이가 윤시랑의 아들 여옥과 혼인하기로 한 터라 부끄러워 말을 못하는구나. 그런데 너는 어떻게 윤시랑을 아느냐?"

채봉 아가씨의 낯빛이 쓸쓸히 변하면서 구슬 같은 눈물이 떨어졌다.

"돌아가신 아버님께서는 예전에 이웃의 윤시랑 어른과 친하게 지내셔서, 춘추시대의 관중管仲과 포숙아鮑淑牙같이 두 분의 우정이 돈독하셨습니다. 저도 또 일찍이 윤시랑 어른 내외를 뵌 적이 있는데, 아직까지도 그 얼굴이 기억납니다."

말이 끝나기 전에 북소리와 뿔피리 소리가 시끄럽게 울리고 백모白旄, 대장의 권한을 상징하는 흰 깃발와 황월黃鉞, 대장의 권한을 상징하는 누런 도끼이 빛나는 가운데, 시랑이 이미 당도했다. 두 아가씨는 침실로 물러나 있고 부인이 시랑을 중당으로 맞이했다. 서로 날씨를 묻는 안부 인사가 끝나자 시랑이 채경 아가씨를 불러 손을 잡고 쓰다듬는데, 기뻐하는 빛이 역력했다. 그러고 나서 시랑은 소매에서 편지 한 장을 꺼내 부인에게 전하면서 말했다.

"내가 올 때에 능천현陵川縣을 지났는데, 평중이 마침 임지를 둘러보다가 그곳에 이르러 나와 함께 며칠을 머물렀다. 평중이 '아직 과기瓜期, 관리의 임기가 많이 남았고 창운昌雲이가 또 회남에 있어서 집안에 남자가 없습니다. 근래에 해적들의 침입이 잦아서 강서江西, 강서성의 여러 현을 침범했다고 하는데, 강서가 집에서 멀지 않아서 정말 걱정입니다'라고 하더구나. 편지에도 그런 말이 있느냐?"

부인이 편지를 뜯어 읽고 나서 대답했다.

"편지에 온통 그 얘기입니다. 그리고 '윤형이 분명 벼슬을 그만두고 산동으로 낙향할 것이라고 하니 이번에 그곳을 지날 거요. 그러면 채경이와 함께 윤형을 따라 제남濟南으로 가서 서로 의지하며 지내시오' 라고 했네요. 제가 혼자 호광 땅에서 지내면서 왜구가 쳐들어왔다는 소리를 들으면 가슴이 철렁 내려앉았었지요. 이제 오라버니와 함께 가게 되니 참으로 다행입니다. 그런데 이부시랑의 막중한 임무를 띠고 계셨던 오라버니께서 무슨 일로 급히 벼슬길에서 물러나 고향으로 돌아갈 결심을 하셨습니까?"

시랑이 탄식하며 말했다.

"내 나이가 아직 사직할 때가 아니다만, 요즘 조정이 한심하구나. 내 친구 남어사는 잘못된 일을 거론하다가 귀양 갔고 임윤林潤과 해서海瑞 등도 또 서슴지 않고 바른말을 하다가 연달아 쫓겨났지. 지금 나랏일은 모두 엄숭 부자의 손에서 좌지우지되고 있어서, 화상서나 서소보처럼 연륜 있는 신하들이 모두 초초히 떠나는 판국이다. 나도 또 세상일에 흥미를 잃어서 지난달에 이미 가족들을 제남으로 보내고 이제 병을 핑계로 벼슬을 그만두려는 참이었다. 그런데 뜻밖에 남쪽 지방을 살펴보라는 명을 받고 할 수 없이 이곳으로 내려온 게다. 그렇지만 조정으로 돌아가면 바로 벼슬을 그만두고 돌아가련다."

부인이 탄식하며 말했다.

"오라버니는 남어사가 물에 빠져 죽었단 소식을 못 들으셨습니까?"

시랑이 놀란 나머지 무릎을 치면서 말했다.

"그게 무슨 말이냐?"

부인이 채봉 아가씨 일을 하나하나 들려주자 한참을 탄식하던 시랑의 눈에서 갑작스레 눈물이 솟구쳤다.

"내가 진즉에 자평에게 이런 화가 있을 줄 알았지. 엄숭 놈이 충신들을 그런 식으로 해치곤 하였으니 자평이라고 면할 길이 있었겠느냐?"

그러고는 다시 탄식하며 말했다.

"자평처럼 강직하면서도 온화한 인물이 죽어서도 땅속에 묻히지 못하고 도리어 물고기 밥이 되었으니, 이런 게 도대체 하늘의 뜻이라 할 수 있겠느냐?"

그러고는 시녀를 시켜 채봉 아가씨를 불러오라 했다. 채봉 아가씨는 막 침실로 돌아가서 옛일을 떠올리며 마음이 심란하던 차에, 부르신다는 말을 듣고 눈물을 흘리며 들어갔다. 시랑에게 절을 올리고 바닥에 엎드려 슬피 우니, 시랑도 오래도록 소리 내어 울다가 위로하며 울음을 그치게 했다. 그러다가 다시 눈물을 흘리며 물었다.

"내가 나약하고 겁이 많아 네 부친과 함께 죽음을 무릅쓰고 절개를 지키지 못했으니, 죽은 사람에게 부끄럽기 짝이 없구나."

아가씨가 일어나 다시 절하며 울면서 아뢰었다.

"어르신께서 돌아가신 아버지의 지극 원통함을 알아주시고 이처럼 말씀해주시니, 지금부터 영원토록 어르신 슬하에 의지하겠습니다. 그리고 혹시라도 어르신 덕택으로 조금이나마 부모님의 원수를 갚는다면, 저는 살아 있는 한 어르신의 피붙이가 되어 하늘 같은 은혜를 갚겠습니다."

시랑이 감탄했다.

"아홉 살 계집아이의 말이 이와 같으니, 자평이 딸 하나는 잘 두었구나."

이에 오부인이 시녀를 시켜서 아가씨를 모시고 가서 길복_{吉服}으로 갈아입히고, 자식의 예로 시랑에게 절하게 한 뒤 다시 상복으로 갈아입혀 들어오게 했다. 시랑이 아가씨를 앞에 앉히니 아가씨는 눈물을 뚝뚝 떨구면서 시랑에게 다시 아뢰었다.

"어르신이 소녀를 버리지 않고 슬하에 두시니 죽어도 한이 없습니다. 다만 부모님이 물속의 외로운 넋이 되어 의지할 바 없으니, 소녀가 직접 강가에 나가 부모님의 혼을 불러 위로하고 받들어 고향으로 가고자 합니다."

시랑이 감탄했다.

"네 말이 참 효성스럽다. 내가 미처 그 생각을 못 했구나."

이에 시랑은 일어나 바깥채로 나가서 파릉현승巴陵縣丞을 불러 말했다.

"내일 동정호에서 죽은 친구의 초혼제招魂祭를 지내야겠소. 제사 준비를 하고 기다리시오."

현승이 명을 받들고 나갔다.

다음 날 시랑과 아가씨는 함께 금사주의 언덕으로 갔다.

낙엽이 다 떨어진 적막한 산, 바람 부는 넓은 강. 배 한 척 오지 않는데, 조각구름만 홀로 떠간다. 푸른 물결에 해는 지는데, 소식消息은 어디 있나? 자식 잃고 슬피 우는 원숭이, 짝 찾아 우는 기러기. 안개 낀 아스라한 나무에 푸드덕거리는 올빼미는 장사長沙에서 죽은 가의賈誼의 넋,* 대나무 밥통 들고 처량하게 오가는 사람은 멱라수汨羅水에서 죽은 굴원의 넋.** 가을 강가에서 비파를 켜다가 곡을 끝내고 보이지 않는 것은 소상강 여신의 슬픈 마음.

강가에 가서 통곡하니 강물도 오열하였다. 시랑과 아가씨는 겉옷을 벗어 들고, 시랑은 어사의 혼을 부르고 아가씨는 부인의 혼을 부르며 강가에서 곡을 했다. 이날 강북과 강남을 오가는 무수히 많은 장삿배

---

* 푸드덕거리는 올빼미는~가의(賈誼)의 넋: 가의는 한나라 때 사람으로 장사로 귀양을 왔는데, 어느 날 흉조인 올빼미가 자신의 집에 날아들자 얼마 살지 못하리라 생각하고 「복조부鵩鳥賦」를 지었다.
** 대나무 밥통~굴원(屈原)의 넋: 초나라 사람들은 초왕에게 직언을 하다가 쫓겨나서 멱라수에 빠져 죽은 굴원을 애도하여 해마다 5월 5일에 대나무통에 밥을 넣어 강물에 던졌다고 함.

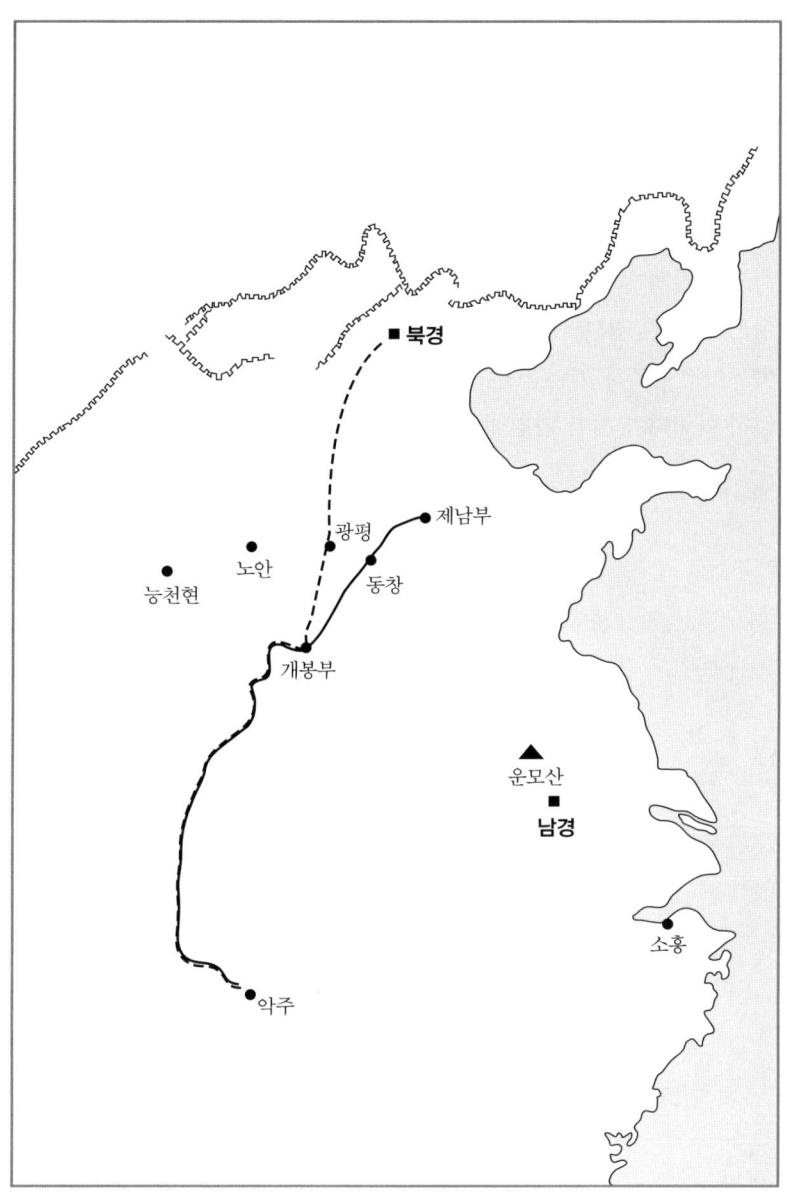

—— 진채경과 남채봉의 이동로: 악주 → 개봉부 → 동창 → 제남
- - - - 윤혁의 상경로: 악주 → 개봉부 → 광평 → 북경

와 오나라와 초나라의 나그네들도 눈물을 흘리며 남어사의 죽음을 슬 퍼했다.

시랑은 진씨 집에서 며칠을 더 머물다가 길을 나섰다. 오부인과 두 아가씨도 함께 수레를 타고 시랑의 뒤를 따랐는데, 개봉부開封府에서 시 랑이 기실記室, 벼슬아치의 집에서 문서 관리를 하던 개인비서을 시켜 부인의 수레를 모 시고 동창東昌을 지나 바로 제남濟南으로 가도록 했다. 그리고 시랑은 광 평廣平을 지나 경사京師, 서울로 돌아가서 대궐에 나아가 복명復命, 관리가 임무를 마치고 돌아와 보고함하고 다음 날 상소하여 사직을 청했는데, 병든 사정을 간 절히 아뢰니 천자가 마침내 허락했다.

총계정에서 각자 뜻을 밝히고
백련교에서 홀로 의를 행하다

원래 윤시랑 댁은 산동의 제남부濟南府, 지금의 산동성 제남시 역성현歷城縣, 지금
의 제남시 역성구에 있었다. 이곳은 청주青州 지역의 번화한 대도시로 재화가
풍부하고 산수가 아름다우며 인물과 볼 만한 건물이 많았는데, 윤시랑
의 저택은 그중에서도 으리으리하기로 유명했다.

그해 9월에 조부인은 이미 아가씨와 윤공자를 데리고 먼저 경사에
서 돌아와 집안을 정리하면서 시랑을 기다리고 있었다. 그런데 문득
시랑이 남쪽 지방으로 부임한다는 소식이 들려오자 부인은 먼 길을 떠
나야 하는 시랑을 염려했다.

그런데 섣달 초순이 되자 문지기가 들어와서 아뢰었다.

"파릉 진제독 부인께서 오셨습니다."

조부인은 반갑고 놀라워서 집 안으로 맞아들였다. 자리를 정하고 앉
자 채경 아가씨와 채봉 아가씨가 조부인에게 인사를 올렸다. 조부인은
채경 아가씨를 가까이 앉히고는 손을 잡고 기뻐했다.

"못 본 지 몇 해 동안 어쩌면 이렇게도 성숙해졌느냐!"

이때 채봉 아가씨는 소복素服에 베로 된 띠를 하고 오부인 옆에 앉아 있었는데, 고운 눈썹 아래 두 눈에는 눈물이 고여 있었다. 조부인이 놀라서 오부인에게 물었다.

"이 아이는 누구입니까? 이상하게도 남어사의 딸 채봉이와 무척이나 닮았네요."

오부인이 말했다.

"언니는 이 아이가 남어사 딸과 닮은 줄만 아시고 언니의 양녀가 된 건 모르시네요."

그러고는 채봉 아가씨가 그간 겪었던 일을 말해주었다. 조부인은 아가씨가 불쌍하여 그 손을 잡고 울고 아가씨는 자리에 엎드려 오열했는데, 애절한 그 모습은 차마 볼 수가 없었다. 오부인은 아가씨를 일으켜 세우고 윤시랑에게 했던 것처럼 길복을 입혀 조부인에게 절하게 했다. 아가씨는 절을 다 한 후 다시 소복을 입고 조부인 옆에 앉았다.

조부인은 시비를 시켜 옥화 아가씨와 윤공자를 모셔 오게 하여 오부인에게 인사드리라 하고, 다시 채봉 아가씨와 형제간의 예로 맞절하게 했다.

옥화 아가씨는 이미 구슬발 너머로 채봉 아가씨의 슬픈 모습을 바라보면서 가련히 여기고 있었다. 그러다가 무릎을 붙이고 한자리에 앉게 되자 나지막한 목소리로 애써 위로했다.

한편 윤공자는 채봉 아가씨를 위로하면서도 채경 아가씨를 흘끗흘끗 쳐다보는데, 좋아하는 마음에 눈썹이 꿈틀거렸다. 그러자 채경 아가씨는 얼굴이 발그레해지면서 고개를 숙였다. 오부인이 이 모습을 애정어린 눈으로 지켜보았다.

그날 밤 세 아가씨는 함께 방으로 가서 곱고 여린 목소리로 소곤소곤 속닥속닥, 기뻐하다가도 슬퍼서 눈물을 흘리고 탄식하다가도 즐거워하였다. 그 모습은 마치 각각 하늘 끝에 흩어져 애타는 마음으로 서로를 그리워하던 친자매가 드디어 만나서 손을 맞잡고 그동안의 심회를 토로하는 듯했다.

옥화 아가씨는 채봉 아가씨보다 한 달 먼저 태어났고 채봉 아가씨는 채경 아가씨보다 한 달 먼저 태어났기에 그것으로 위아래를 정했지만, 어여쁜 자태와 아름다운 마음씨가 서로 어울려 빛나고, 글 솜씨와 바느질 솜씨 또한 서로 막상막하였다. 조부인은 이들을 아끼고 사랑하면서 부모 잃고 혼자 된 채봉 아가씨에게는 더 각별히 마음을 써주었다.

한 달 남짓 지났을 때 윤시랑이 돌아왔다. 부인이 맞이하며 그동안의 노고를 위로했다. 그러다가 남어사와 한부인에 대한 말이 나오자 시랑 부부는 친척이 죽은 듯 슬퍼하며 눈물을 머금고 탄식했다. 채봉 아가씨는 뼛속 깊이 감사의 눈물을 흘렸다. 그리고 이들 부부에게 효도를 다하려는 마음이 구름처럼 피어오르고 샘물처럼 솟아나서, 죽을 힘을 다해 은혜를 갚아도 다 갚지 못하리라 생각했다.

이후로 채봉 아가씨는 두 아가씨와 함께 한 방에서 지내면서도 화려한 자리에는 앉지 않았고 맛있는 음식은 먹지 않았다. 그리고 매번 새로운 계절이 돌아오거나 새 달의 초하룻날이 되면 울다가 기절하곤 했다.

이듬해 8월 남어사 부부의 수일▇日. 부모가 돌아가신 날이 되었다. 아가씨는 계영과 함께 맛난 음식을 새로 마련하고 스스로 제문을 지어 부모 영전에 제사를 올렸다. 이듬해 수일에도 또 그와 같이 하였다. 삼년상을 마친 뒤에도 늘상 죄인을 자처하며 화려한 옷을 입지 않으니, 시랑은 아가씨를 더욱 불쌍히 여겼다.

이때 옥화 아가씨와 채봉 아가씨의 나이는 모두 열두 살이었다. 서울에 사는 친구들을 만날 때마다 시랑은 괜찮은 사윗감이 없는지 물어보았지만, 끝내 마음에 드는 사람이 없었다. 시랑은 늘 이 문제로 탄식하곤 했다.

"우리 딸들을 감히 문왕의 어머니 태임太姙과 왕비 태사太姒에 비길 수는 없겠지만, 그윽한 자태와 정숙한 마음가짐이 또한 옛사람 못지않지. 하늘이 이런 숙녀를 태어나게 하시고 평범한 세속의 선비들에게 시집가게 하지는 않을 것이야. 틀림없이 착한 일을 많이 한 어진 집안에 훌륭한 군자가 있어서, 그 사람에게 시집가려고 우리 딸들이 태어난 게야."

조부인이 옆에 있다가 물었다.

"나리의 말씀을 듣자 하니, 혹시 자매가 함께 순舜임금한테 시집간 아황娥皇과 여영女英의 일을 본받도록 하려는 것입니까? 이제 아름다운 딸 둘이 있으면 사위도 둘을 얻어 각각 쌍쌍이 노닐며 재미나게 살도록 해야 마땅하지요."

시랑이 대답했다.

"서진西晉 때 풍채 좋은 미남자로는 반악潘岳과 위개衛玠가 있었고, 동진東晉 때 명문가 자제에 왕희지王羲之와 사안謝安 두 사람이 있었지. 또 송나라 때 뛰어난 문장가에 소식蘇軾과 황정견黃庭堅이 있었소. 그렇지만 훌륭한 군자는 한 시대에 두 사람이나 나오지 않는다오. 그런 군자를 구해 채봉이하고만 짝지어주고 우리 딸을 버려두자 하니 사람 마음이 그렇게 되지 않소. 그렇다고 채봉이를 버리고 우리 딸과 짝지어준다면 죽은 친구를 저버리는 짓인 듯하오."

윤부인이 깊이 깨닫고 사죄하였다.

하루는 시랑이 세 아가씨와 총계정叢桂亭을 이리저리 다니며 달빛을 감상하고 있었다. 그때 갑자기 학 한 마리가 푸드덕거리며 집 안으로 들어와 목을 빼고 길게 우는데 그 소리가 구슬펐다. 시랑이 바로 세 아가씨에게 각각 이에 대한 절구 한 수씩을 써보라고 했다.

옥화 아가씨의 시는 다음과 같았다.

눈처럼 깨끗한 자태 우는 소리 맑으니白雪貞姿響戛然
누대에 홀로 선 모습 달 속의 신선이네高臺獨立月中仙
단산에 있는 짝을 부를 수 있다면若爲喚得丹山侶
날개를 맞대고 함께 옥황상제 만나겠네接翼同朝玉帝前

채봉 아가씨의 시는 다음과 같았다.

청성산을 떠난 후 매번 돌아갈 생각一別青城每憶還
병든 어미 적막한 산에 있어 마음이 아프다네獨憐病母在空山
곳곳에 자식 찾는 원숭이 소리에猿聲處處求其子
차마 삼협을 지나 날아갈 수 없구나不忍飛過三峽間

채경 아가씨의 시는 다음과 같았다.

사람들 놀랄까 큰 울음은 그쳤지만恐復驚人罷大鳴
삼청에 이를 날개 어이 없으리豈無六翮到三清
다만 왕자진과 약속 있어祇緣子晉有佳約
밤마다 구산에서 만 리 밖을 그리네夜夜緱山萬里情

윤시랑이 먼저 옥화 아가씨의 시를 보니 끝까지 채봉 아가씨와 떨어지지 않으려는 마음을 알 수 있었다. 시랑은 고개를 끄덕이고 가만히 감탄하며 기뻐했다. 다음으로 채봉 아가씨의 시를 보니 눈물이 흘러내려 읽을 수가 없었다.
"네 시는 효자의 애간장을 끊어놓는구나."
다시 채경 아가씨의 뜻을 보니 절개를 지키며 수절할 뜻이 있어 감탄하며 세 번을 읽었다. 다만 뭔가 걱정거리가 있는 듯해 이상하게 생각했다.

그 뒤로 몇 달이 지났다. 시랑이 조부인에게 말했다.

"내가 지금 시골구석에 있어서 듣고 보는 것이 너르지 못하오. 사방으로 두루 돌아다니면서 좋은 사윗감을 얻은 뒤에 돌아오겠소. 그러니 언제 돌아올지 기약을 못 하겠소."

그러고는 마침내 천 리 길을 가는 좋은 노새와 아이종 몇만 데리고 남경으로 갔다가 다시 절강으로 갔다.

이즈음 윤공자는 종종 누이의 방에 가서 채경 아가씨의 얼굴을 보곤 했는데, 사랑하는 사람을 보는 윤공자의 얼굴에는 기쁨이 넘쳐흘렀다. 간혹 말을 걸기도 했지만, 채경 아가씨는 차가운 표정으로 앉아 있을 뿐 대답을 안 했다.

하루는 공자가 어머니의 방으로 가보니 오부인도 함께 있는데, 채경 아가씨와 채봉 아가씨는 한창 바둑을 두고 있었다. 두 아가씨의 고운 손가락이 날렵하게 움직일 때마다 마치 가을날 모래사장에 기러기가 내려앉듯 바둑돌이 똑똑 떨어지면서 새벽별처럼 반짝거렸다. 내키는 대로 놓아도 기법棋法에 맞아 온갖 조화가 여기저기서 나타났다. 채경 아가씨가 갑자기 손을 거두고 바둑판을 밀면서 말했다.

"언니는 참 타고난 재주네요. 저 같은 사람은 감히 상대를 못 하겠어요."

윤공자는 채봉 아가씨의 바둑 솜씨가 이처럼 뛰어난 줄은 처음 알았다. 그래서 바둑판을 끌어당기면서 말했다.

"내가 조금 바둑을 배우기는 했지만 잘은 못 하니 한 수 배우고 싶구나."

채봉 아가씨는 한두 번 사양하다가 마침내 함께 바둑을 두었다. 그러나 윤공자는 미처 제대로 손쓸 겨를도 없이 내리 세 판을 지고 말았다. 두 아가씨는 채봉 아가씨의 신기한 재주에 감탄할 따름이었다.

옥화 아가씨가 낭랑하게 웃으면서 공자를 놀렸다.

"네가 항상 세상에 어려운 일이 없다며 잘난 척하더니, 이제 일개 여자한테 그처럼 곤욕을 치렀구나. 앞으로도 또 큰소리칠 테냐?"

공자가 크게 웃으면서 말했다.

"채봉 누이는 무슨 일에든 비상한 재주가 있으니 애초에 보통사람과는 달라요. 그렇지만 누나와 채경 누이는 겁날 것 없어요."

옥화 아가씨가 환하게 웃으면서 말했다.

"전쟁에 패한 장수가 여전히 용감한 척하는 거냐?"

그러자 윤공자는 오부인에게 무릎을 꿇고 말했다.

"채경 누이는 저를 남 보듯 하여 대화를 하려 하지 않으니, 한집안 사람으로 화목하는 도리가 아닙니다. 숙모님께서 잘 타이르셔서 차가운 표정을 바꾸도록 해주세요. 또 제가 아까 채경 누이의 바둑 두는 것을 보니 저와 적수가 될 만합니다. 저와 한번 바둑을 두었으면 합니다. 그런데 제가 부탁하면 들어줄 리가 없으니 숙모님께서 권해주세요."

오부인은 그 모습이 귀여워서 채경 아가씨에게 윤공자와 바둑을 두라고 하였다. 아가씨는 얼굴이 새빨개진 채 어쩔 줄 몰라 했다. 그러나 두 아가씨가 미소지으며 윤공자를 보니, 얼굴에 기쁨이 가득했다.

윤공자는 두 팔을 높이 걷어붙이고 비바람 몰아치듯 바둑돌을 아무렇게나 놓았다. 그리고 일부러 엉뚱한 곳에 두었다가 바로 물려달라고 조르면서 채경 아가씨의 팔을 잡고 옥신각신했다. 참다못한 채경 아가씨가 바둑판을 밀어놓고 물러앉으면서 말했다.

"오라버니가 제대로 두지 않으니 추잡해서 더 이상 못 두겠어요."

윤공자가 하하 웃으면서 말했다.

"스스로 물러났으니 네가 진 거다."

이를 본 두 부인은 넘어갈 듯 웃었고, 두 아가씨도 어이가 없어 웃었다.

이날 세 아가씨가 방으로 돌아왔을 때 옥화 아가씨가 채봉 아가씨에게 말했다.

"여옥이는 정말 풍류를 즐기는 호방한 남자이지, 단정한 군자는 못 돼."

그러고는 함께 깔깔 웃었다. 채경 아가씨는 부끄러워 아무 말도 못했다.

그러던 어느 날 시랑이 절강에서 돌아와 흐뭇해하면서 부인에게 말했다.

"내가 좋은 사윗감을 구했다오. 이제야 맘 편하게 밥 먹고 잠잘 수 있겠소."

부인도 몹시 기뻐하며 물었다.

"어느 집 자제인지요? 또 사람은 어떤가요?"

"내가 비록 안목이 없다고는 해도 평소에 사람을 몰라보지는 않는다고 자부해왔소. 일찍이 여양후 화공이 요즘 사람 중에서 가장 훌륭하다고 생각했는데, 그 아들 화진이 올해 나이가 열두 살이고 진평陳平, 한나라 고조 유방의 모사처럼 용모가 단정하고 증삼曾參, 효행으로 이름이 높았던 공자의 제자처럼 행실이 바르다오. 게다가 글 솜씨도 뛰어나고 기상은 산악山岳 같으니, 조만간 태조 황제 때 성의백誠意伯, 명나라 초기의 학자이자 정치가였던 유기(劉基)처럼 이름이 세상에 널리 알려지고 황제의 스승이 될 것이오."

그러고는 두 아가씨를 돌아보며 말했다.

"너희 자매의 우애가 하늘을 감동시켰는지, 너희들의 평소 소원대로 결국 한 사람에게 함께 시집가게 되었구나. 이 아비는 이제 당장 눈을 감아도 여한이 없다."

윤시랑은 짐 속에서 홍옥 팔찌를 꺼내 옥화 아가씨에게 주고 청옥 노리개를 꺼내 채봉 아가씨에게 주었다.

"이건 화씨 집안에서 보내는 약혼 예물이다. 소중히 보관해두어라."

함께 방으로 돌아온 두 아가씨는 자매가 평생을 헤어지지 않게 된 것을 다행스럽게 여기며 각기 마음속으로 천지신명께 감사드렸다.

계앵이 정당에서 돌아와 환히 웃으며 말했다.

"동정호 선녀의 말이 허무맹랑한 것이 아니었네요."

아가씨는 그 일을 떠올리고는 가늘게 한숨을 쉬었다.

"나는 앞으로 여덟 해 뒤에 부모님을 다시 만나야지만 의심 없이 믿을 수 있겠어."

그러자 옥화 아가씨가 의아해하며 물었다.

"그동안 한 번도 네가 계앵하고 귓속말하는 것을 본 적이 없는데, 무슨 얘기를 그리도 다정하게 하면서 나만 따돌리는 것이야?"

채봉 아가씨가 대답했다.

"그냥 이상하고 괴이하여 믿을 수 없는 얘기예요. 듣기는 했어도 차마 말하기가 민망하네요."

그러고는 계앵을 돌아보면서 말했다.

"그때 일이 참으로 괴이한 일이기는 해도 언니한테 끝까지 감출 수는 없겠다."

그러자 계앵이 선녀가 했던 말을 옥화 아가씨에게 하나하나 말해주었다. 아가씨는 크게 놀라고 기이해 하면서 채봉 아가씨에게 축하해주었다.

"네 부모님은 틀림없이 무사하실 거야. 나는 오래전부터 너처럼 효성이 지극한 아이가 참혹한 천벌을 받을 리가 없다고 생각해왔어. 이제 그 말을 들으니 마치 구름이 걷히고 햇빛을 본 것처럼 내 마음이 상쾌하구나. 지난번에는 왜 안 믿고 고집을 피워 그처럼 지나치게 슬퍼한 거야?"

채봉 아가씨는 여전히 서글픈 표정으로 눈물을 닦았다.

그 뒤부터 시랑 부부는 앞으로 차례대로 혼례를 치를 두 아가씨와 윤공자의 혼례 준비를 하면서 시간이 더디 가는 것을 갑갑해하였다.

이듬해 3월이었다. 세 아가씨는 화원의 화영정에서 노닐면서 꽃가지를 살짝 흔들어보기도 하고 난초 잎을 따보기도 했다. 붉은 치마 하늘거리고 구슬 노리개 찰랑거린다. 걸음걸이 어여쁘니 서로 그 모습 사랑스러워 바라본다. 멀리서 바라보면 한 무리 선녀가 곤륜산 꼭대기의 낭풍閬風에서 손잡고 노는 광경 같았다. 어린 뽕나무 이파리 따면서 저마다 흘리는 탄식, 눈가에 어른어른 한 줄기 눈물 흐르네. '칠월의 시'*를 읽고 아녀자의 마음을 깊이 이해하는 사람이 아니라면 이 세 아가씨의 슬픔을 이해할 수 없으리라.

그때 윤공자가 세 아가씨가 화원에 있다는 말을 듣고 걸음을 재촉해서 달려왔다. 윤공자가 자리에 끼여서 함께 웃고 즐기니 채경 아가씨는 불편했다. 옥화 아가씨가 윤공자에게 말했다.

"우리들이 노는 데 너는 왜 끼여 있는 거야? 눈치가 있으면 자리를 떠나야지."

윤공자가 웃으며 임기응변으로 대답했다.

"아우가 우연히 시 한 수를 지었는데 누이들의 평을 듣고 싶어서 어렵게 여기까지 온 겁니다. 누나는 왜 이리 박절하십니까?"

옥화 아가씨가 웃으며 말했다.

"그래 그 시가 어떤 시냐? 한번 들어보자꾸나."

윤공자가 갑자기 입에서 나오는 대로 읊었다.

바다제비 막 돌아와 대들보 위에 오르니 海燕新歸上畵梁

창문과 누각에는 아지랑이 봄빛 雲窓霧閣自春光

진흙 물고 내리려다 다시 날아가니 含泥欲到還飛去

사다새가 쌍쌍이 노닌다 꾸짖을까 두려워서라네 恐有淘河嚇鵁鶄

---

* 칠월의 시:『시경詩經』「빈풍豳風」의 편명. 혼례를 앞둔 아가씨가 어린 뽕나무 잎을 따면서 부모를 떠날 것을 슬퍼하는 내용.

옥화 아가씨가 다 듣고 나서 두 눈썹을 찡그리며 한참을 근심스러운 듯 있다가 채봉 아가씨에게 말했다.

"예로부터 아름다운 인연에는 마장魔障, 뜻밖의 방해이 많고 좋은 약속은 깨지기 쉽다고 했지. 지금 여옥이가 생각 없이 읊은 시를 보니 말이 불길해. 미친 나비가 난간 위의 꽃을 엿보고 들보 위의 두루미가 수풀 속의 학을 시샘하지 않을까 걱정이다."

채봉 아가씨가 깜짝 놀라 채경 아가씨를 바라보았다. 윤공자도 또한 경솔히 읊은 것을 후회하면서 스스로 한탄했다.

열흘이 지난 어느 날 윤공자는 두 아가씨와 함께 어머니 좌우에 앉아 있었다. 그때 외출했던 시랑이 들어오면서 말했다.

"세상에 아무리 근거 없는 소문들이 많기야 하지만 이런 일이 있을 수 있나. 지금 금의위錦衣衛 총독인 양석楊碩이 평소 청렴하고 부지런한 사람으로 유명하던 진평중을 재물착복 혐의로 옥에 가두었다고 하네."

부인이 크게 놀라서 물었다.

"나리, 그 말을 어디서 들으셨는지요?"

시랑이 말했다.

"진평중의 하인이 왔소."

오부인이 이 말을 듣고 하늘을 바라보며 통곡을 했다. 오부인이 이날 바로 짐을 꾸려서 서울로 떠나려 하자, 조부인이 오부인에게 아가씨는 두고 가라 했다. 그러자 아가씨가 슬피 울면서 말했다.

"아버님이 지금 큰 화를 입고 계십니다. 살인죄로 감옥에 갇힌 아버지를 구하기 위해 스스로 노비가 되기를 청했던 한나라의 제영緹縈처럼은 못할망정, 어찌 여기서 남의 일같이 보고만 있겠습니까?"

세 아가씨가 서로 손을 잡고 작별하는데 눈물이 흘러 옷깃을 적셨다. 윤공자도 어쩔 줄 몰라서 낯빛이 자주 변했다.

오부인이 아가씨와 함께 길을 나서서 서울에 이르니, 진공이 벌써 고문당하며 매를 맞았다는 말이 들렸다. 부인과 아가씨는 엎드려 통곡하다가 수차례나 기절했다.

이전에 진공이 병부兵部에 있을 때였다. 엄숭의 양아들 조문화가 아가씨가 아름답다는 말을 듣고 자기 아들과 혼인시키려고 청혼을 했는데, 공이 매정하게 사양하며 물리친 일이 있었다. 조문화는 크게 분개한 나머지 엄숭에게 청탁하여 진공을 산서성 노안부의 제독으로 좌천시켰다. 그런 후 다시 양석을 시켜 진공이 태원전太原錢 삼천만 냥을 사사로이 착복하였다고 무고한 후, 금의옥에 가두고 온갖 음모로 죄를 얽어매었다.

조문화는 부인과 아가씨가 서울의 옛집으로 돌아왔다는 말을 듣고는 부인의 친척 오라비 오낭중을 불러 말했다.

"진형수의 죄로 보자면 죽어 마땅하지만, 내가 입만 한 번 벙긋하면 구해줄 수도 있소. 허나 지난번에 진형수는 나를 심히 업신여기며 우리 집의 청혼을 딱 잘라 거절했었지. 그러니 지금 내가 원수를 은혜로 갚을 수는 없지 않소? 듣자니 그대가 진형수와는 친척간이라고 하니 진형수가 살아서 감옥 문을 나오는 걸 보고 싶다면 나를 위해 그 딸에게 이 말을 전하시오. 그 딸이 만약 효녀라면 틀림없이 어찌해야 하는지 알 것이오."

오낭중은 원래 권세 있는 사람을 두려워하며 그저 '네네' 하기만 하는 위인이라서 손을 모으고 공손하게 말을 들었다. 그리고 바로 오 부인을 찾아가 그 말을 전해주었다. 그러자 부인이 몹시 화를 내며 말했다.

"조문화 그놈이 감히 내 딸을 모욕하다니!"

아가씨가 분연히 아뢰었다.

"옛날 효녀 중에는 사형에 처해진 아버지의 죄를 대신하여 스스로 관가의 노비가 된 이도 있고, 또 몸을 팔아서 부모의 장례를 치른 이도 있습니다. 저의 몸과 머리카락, 피부는 모두 부모님이 주신 것입니다. 지금 아버님이 무거운 형벌을 받으시게 되었는데, 자식으로서 모욕인지 아닌지를 따질 겨를이 있겠습니까?"

평소에 딸이 옥처럼 맑고 서릿발처럼 깨끗한 마음을 지녔다고 생각하고 있던 부인은, 아가씨의 이 말을 듣고 경악한 나머지 아무 말도 할 수가 없었다. 그러다가 한참 뒤에 눈물을 흘리며 탄식했다.

"총계정에서 학을 보고 읊었던 시가 언참言讖, 앞날을 예언하는 말이 되었으니 참으로 슬프구나. 내가 어떻게 네 마음을 의심하겠느냐? 하지만 딸을 죽이고 아비를 살리면 살아난 아비의 마음이 어떻겠느냐? 옛사람의 말에 '내기에 황금을 건 사람은 분별력이 흐려진다'고 했다. 지금 내 마음이 황금을 내기에 건 사람과 같을 뿐이겠느냐? 너는 잘 생각해서 결정하거라."

아가씨는 조금도 거리낌 없이 직접 오낭중에게 혼인을 허락하겠다 했다. 오낭중이 크게 기뻐하면서 조문화에게 이 사실을 알리자, 조문화는 미칠 듯이 기뻐했다. 다음 날 조문화가 다시 엄숭에게 청탁을 넣으니, 천자는 진공을 죽이지는 않고 운남雲南으로 귀양을 보냈다.

진공이 옥에서 나오자 부인과 아가씨가 붙들고 통곡하는데, 진공은 강개한 모습으로 길게 탄식할 따름이었다.

"내가 미리 기미를 알아차려 벼슬을 그만둘 것을, 우유부단하게 지체한 탓에 이 같은 몹쓸 일을 당했으니 누구를 원망하겠소. 그렇지만 틀림없이 죽을 목숨을 폐하께서 너그러이 용서하셨으니 이 또한 천지신명이 보살핀 덕이오."

그러자 부인이 흐느끼며 조문화와 혼사하기로 한 일을 말했다. 진공은 화가 치밀어서 머리털이 모두 곤두섰다.

"내가 차라리 처형당해 버려지는 시체가 될지언정 어찌 차마 도적놈과 사돈을 맺은 사람이라는 불명예를 견디겠소? 게다가 우리 딸은 세 살 때부터 이미 윤여옥과 약혼하여 지금 열한 해가 지났는데, 대장부라면 어떻게 자식을 팔아 목숨을 구하겠소?"

아가씨가 편안한 낯빛으로 아버지께 말씀드렸다.

"상황이 급박하다 보니 소녀가 경솔하게도 미리 허락을 하였습니다. 이미 깨진 그릇이니 말한들 어쩔 수 없습니다. 또한 세상일이 다 나름대로 살아날 방도가 있습니다. 아버님께서는 소녀를 걱정하지 마세요."

이렇게 말하고는 태연한 기색이었다. 진공은 기가 막혀 하늘만 바라볼 뿐이었다. 그러다가 다시 가만히 생각해보았다.

'딸아이는 아장아장 걸을 때부터 남다른 담략膽略, 담력과 꾀이 있었지. 지금 하는 말과 행동거지를 보니 틀림없이 자신의 몸을 온전히 할 수 있는 기발한 계획이 있는 게야. 그냥 그 뜻을 따르고 지켜봐야겠다.'

그리고 물었다.

"네 계획이 무엇인지 말해보거라."

아가씨가 이러이러하게 하겠다고 대답했다. 진공은 한탄했다.

"키가 팔 척이나 되는 내가 멀쩡한 몸으로 더벅머리 어린아이에게 생사를 맡기다니, 그리고 너는 일개 여자의 몸으로 남장을 하고 사방을 떠돌아다닌다니…… 이렇게까지 해서 살아야 하는 내 신세가 참으로 서글프구나. 여기서 운남까지는 일만 칠백 리나 된다. 어린 여자가 갈 수 있는 곳이 아니야. 차라리 너는 회남으로 가서 창운이와 함께 지내거라."

부인은 처음에는 아가씨가 목숨을 버려서 절개를 지킬 것으로 생각하여 칼로 가슴을 도려내는 듯한 심정으로 속으로 말없이 슬픔을 삼키고 있었다. 그러다가 품고 있는 계획을 듣고 나서는 놀랍고 감탄스러워 연신 아가씨의 등을 쓰다듬으며 말했다.

"첩첩 가로막힌 산 너머로 생이별을 하려니, 참으려 해도 자꾸만 눈물이 흐르고 창자가 끊어질 듯하구나."

진공과 부인이 떠나자, 아가씨는 방으로 돌아와 누워 밤낮으로 흐느껴 울었다. 조문화의 하인이 끊임없이 와서 혼인을 재촉했다. 아가씨는 유모를 시켜 말을 전하게 했다.

"이제 막 부모님과 헤어지니 마음이 먹먹합니다. 수십 일 정도 지내고 마음이 좀 진정된 뒤에야 혼인을 할 수 있겠습니다."

조문화의 하인이 돌아가서 아가씨의 말을 전했다. 아들이 안달이 나서 조급해하자 조문화가 말했다.

"사람의 마음이면 그럴 수밖에 없으니 원하는 대로 해주자꾸나. 그 아이는 이미 손안에 든 바나 진배없으니 조금 혼인을 늦춘다고 어디로 가겠느냐?"

네댓새 후에 조문화는 계집종을 보내 아가씨가 어떤지 살펴보게 했다. 아가씨는 머리카락으로 얼굴을 가린 채 이불을 뒤집어쓰고 신음하고 있다가 가냘픈 목소리로 유모를 불러 말했다.

"내가 슬픈 일을 겪고 마음이 상한 뒤끝에 심한 감기에 걸렸네. 마음을 편안히 먹고 몸조리를 잘해서 하루라도 빨리 몸이 완쾌되어야 아버님을 살려주신 은혜를 갚을 텐데, 바깥 사람이 너무 자주 오가니 마음이 불편하네."

계집종이 돌아가 이 말로 아뢰자 조문화가 기뻐하며 말했다.

"그 아이가 참으로 효성도 지극하고 은혜를 아는구나. 지금 그 뜻대로 해서 성을 돋우지 말자꾸나. 이후로는 매일 문밖에서 안부만 묻고 함부로 집 안으로 들어가지 마라."

다시 열흘이 지나자 아가씨는 부모님의 행차가 이미 멀어졌겠다 헤아리고, 유모와 몸종 운섬을 데리고 짐을 가볍게 꾸린 후, 남자 옷을 입은 채 밤에 한 마리 나귀를 타고 회남으로 떠났다.

다음 날 아침 조문화의 하인이 와서 보니, 집이 텅 비어 있고 사람

흔적이 없었다. 크게 놀라고 이상하여 같은 골목에 사는 사람에게 물었다.

"저 집 아가씨가 어디로 갔소?"

그 사람이 퉁명스럽게 답했다.

"아가씨인지 아줌씨인지, 그런 사람 난 모르오."

하인이 하릴없이 돌아가서 조문화에게 알렸다. 조문화 부자는 눈이 휘둥그레지고 입이 딱 벌어진 채 서로 쳐다만 볼 뿐 아무 말도 못했다. 그러다가 사람을 시켜 빨리 오낭중을 데려오라 하니 오낭중이 엎어질 듯 서둘러 왔다. 조문화가 발을 구르며 닥치는 대로 욕을 퍼부었다.

"이 늙은 놈아, 감히 우리 부자를 속이려 들어?"

오낭중이 영문도 모른 채 깜짝 놀라 말했다.

"어르신, 이 무슨 말씀이신지요?"

조문화가 말했다.

"진가 년이 도망을 쳤다. 네놈의 소행이 아니더냐?"

오낭중이 황급히 하늘을 가리키며 맹세했다.

"저는 정말로 모르는 일이옵니다. 할 수 있는 대로 힘껏 찾아보겠으니 어르신께서는 노여움을 푸십시오."

조문화의 아들이 씩씩거리며 그 아비를 원망했다.

"당초에 서둘러 혼인을 했거나 하인과 시비를 많이 보내서 그 집을 잘 지켰으면 틀림없이 이런 일은 없었을 겁니다. 아버님이 너무 느슨하게 지키신 탓에 계집아이에게 우롱을 당하였으니 남이 알까 걱정입니다."

조문화는 뼛속 깊이 후회하며 다시 오낭중을 꾸짖었다.

"진가 년을 찾아서 데리고 오지 않으면 백발의 네놈 모가지는 결코 그대로 붙어 있지 못할 것이다. 빨리 가 찾아와라!"

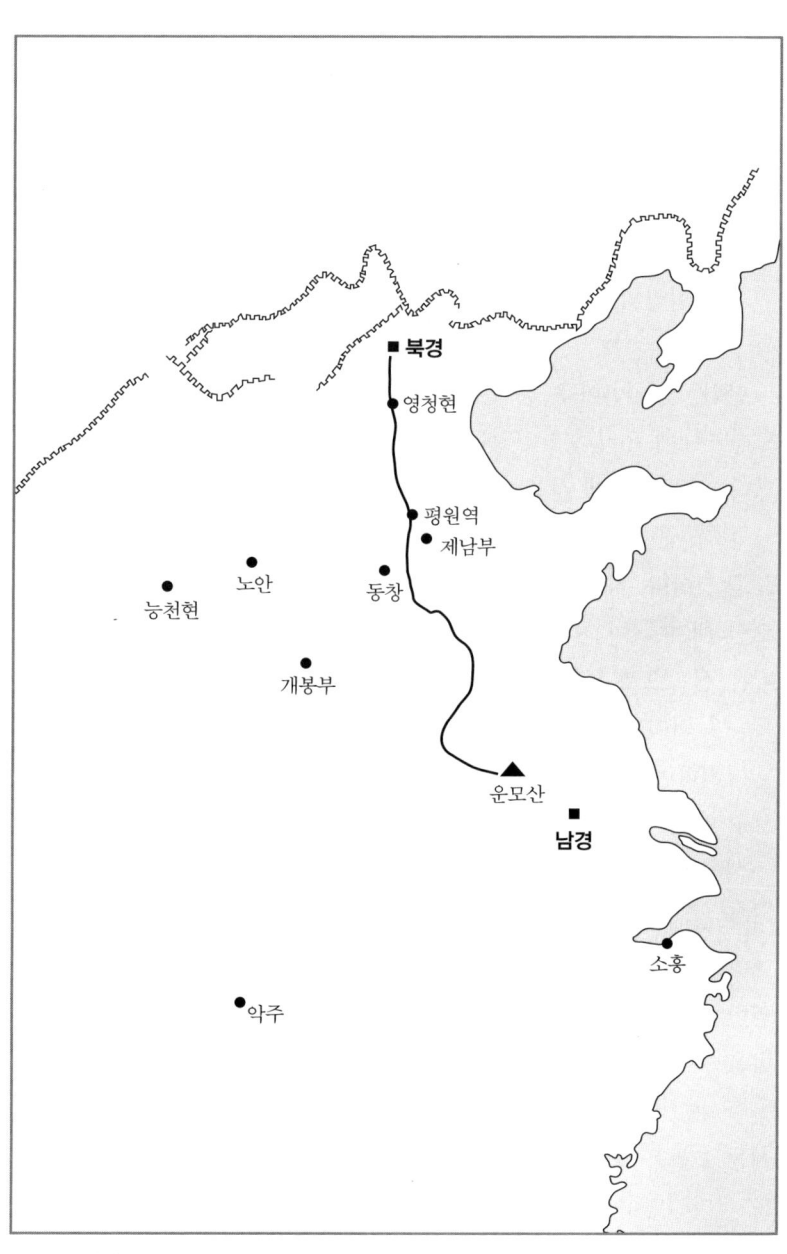

—— 진채경의 이동로: 북경 → 영청현 → 평원역 → 운모산

오낭중은 정신없이 집으로 돌아와서 머리를 쥐어뜯고 가슴을 치면서 말했다.

"하찮은 채경이 때문에 내가 세도가에게 큰 노여움을 사고 온갖 욕을 다 보고, 이게 웬일이야? 이 애가 갈 만한 곳이 따로 없으니, 틀림없이 부모를 따라 달아났을 게야."

즉시 집안의 하인 몇 명을 보내 운남 가는 큰길을 따라 뒤쫓아가도록 했다.

한편, 진공의 아우 영수英秀는 고결한 인품의 소유자였다. 회남의 운모산雲母山에 은거하고 있었는데, 진공이 아들 창운을 보내 글을 배우게 했다. 진공은 옥에 갇히면서 이곳으로 하인을 보내 당부했다.

"내가 권세가에게 여러 번 미움을 샀으니 이번 일로 인한 화가 적지 않을 것이다. 창운이가 오면 틀림없이 화를 당할 게야. 부자가 함께 죽으면 대가 끊어진다. 그러니 내가 죽은 뒤에야 창운이에게 알려주고 깊은 산속으로 도망가라. 훗날 복수할 일을 생각해서 절대로 함부로 목숨을 버리지 않도록 해라."

그리하여 진공이 옥에 갇힌 지 두 달이 되도록 진창운은 이 일을 모르고 있었다.

이때 아가씨는 영청현永清縣을 거쳐 물어물어 운모산을 찾아갔다. 당시 북경에서 회남으로 가는 길은 반드시 산동을 거치게 되어 있었다. 네다섯 해 동안 사랑해주신 시랑 부부의 은혜와 오매불망 자신을 그리워할 도련님을 생각하니, 눈물이 아가씨의 옷깃을 적셨다. 아가씨는 마음속으로 생각했다.

'나는 박명한 딸로 태어나 부모님께 화만 끼쳐드렸지. 하늘에 사무치는 고통을 품고 이 세상에서는 영원히 죄인으로 살 수밖에. 다행히도 천지신명이 원통함을 굽어 살피신 덕분에 아버님이 참혹한 형벌은 겨우 면하셨지만, 만 리 밖 하늘 끝에 귀양 가셔서 풀려나실 기약이 없으니, 이제부터는 부모님의 슬하를 떠나지 않고 길러주신 은혜를 조금이나마 갚아야지. 그러다가 부모님이 세상을 버리시게 되면 그때는 나도 목숨을 끊고 부모님을 따라가서 내 죄를 조금이나마 씻고 소원도 이루어야겠다. 인륜에서 아내로서의 도리도 중요하지만, 자식으로서의 도리에 비한다면 오히려 더 중요할 수는 없어. 이렇게 결심한 뒤로는 절대로 마음을 바꾸지 않을 테야. 그러면 이제 도련님과는 영영 이별이네. 인정과 예의로 보면 마땅히 윤숙부님 내외와 두 언니에게 마지막 인사를 해야겠지만, 한번 그 집에 들어가면 난처한 일들이 적지 않을 거야. 백 번을 생각해도 인정을 끊고 의리를 온전히 하는 것이 좋겠어. 그렇지만 도련님은 다정한 남자이니 틀림없이 나 때문에 마음을 쓰다가 혼인할 때를 놓치시겠지. 내가 도련님 혼인에 방해만 되었네. 전생에 무슨 죄를 지었기에 복 없는 팔자로 이래저래 남에게 해만 끼치는지……'

이렇듯 몸은 총 소리에 놀란 새 같고 마음은 낚시에 걸린 물고기 같아서, 걸을 때마다 탄식이 절로 나고 멈출 때마다 눈물을 삼켰다.

열흘 뒤 평원역平原驛, 지금의 산동성 덕주시(德州市) 평원현을 지날 때였다. 주막에서 나귀에게 꼴을 먹이고 있는데 갑자기 한 젊은 관리가 한 쌍의 꽃가마를 호위하며 앞을 지나서 옆의 주막으로 들어갔다. 운섬은 여자마음에 자신이 남장을 한 것도 잊은 채 울타리를 헤치고 마음껏 구경했다.

두 가마의 발이 일시에 올라가더니 두 부인이 종종걸음으로 집 안으로 들어갔다. 앞에 있는 여인은 나이가 스물쯤 되어 보였는데 봉관을 쓰고 꽃신을 신은 모습이 체통이 있었다. 뒤에 있는 여인은 아직 비녀 꽂을 나이는 안 되어 보였는데, 얼굴이 환한 것이 아침 해가 막 떠오른 듯해서 아리따운 자태와 정숙한 기품이 아가씨와 비슷했다. 운섬은 절로 감탄하며 아가씨에게 달려가 속삭였다.

"쇤네는 평소 천하에 아름다운 분은 윤시랑 댁 아가씨와 남어사 댁 아가씨, 그리고 우리 아가씨뿐이라고 말하곤 했지요. 그런데 좀 전에 옆 주막에 행차한 아가씨를 보니까 윤시랑 댁에 들어간다면 두 아가씨의 중간쯤 되겠어요."

아가씨가 말했다.

"채봉 언니 같은 사람이 어떻게 세상에 또 있겠니?"

운섬이 말했다.

"남어사 댁 아가씨는 향기가 저절로 발하여 아름다움이 온몸에서 피어나시는 분입니다. 세상에 사람이 생긴 이래로 다시없을 분이라서 감히 비교하지 못하겠지요. 그러나 윤시랑 댁 아가씨라면 아마도 이분 앞에 설 수 없을 듯합니다."

아가씨가 평소에 운섬의 밝은 눈썰미를 인정하던 터였기에 더 이상 의심하지 않고, 혼자 탄식했다.

"내가 그동안 윤씨 댁에서 두터운 은혜를 입었고, 또 윤공자가 금석 같은 약속을 지키려 하여 보잘것없는 나에게 연연하는 걸 보면, 비록 여자 마음이지만 깊이 감동하지 않을 수 없다. 이제 한번 운남으로 가게 되면 형영形影, 형체와 그림자이 영영 격절隔絶, 연락이 끊어짐하게 될 텐데, 그렇게 되면 집안에 부모님이 계시고 다른 형제 없으니 결국 다리 밑 약속*을 지키느라 집안 살림할 부인 없이 지내기는 어려울 거야. 그때가 되어서 갑자기 동서로 남북으로 혼처를 구하다가, 혹시 평범한 여자가 그 집안에 잘못 들어가면 미인을 바라던 윤공자의 소망이 허무해지겠지. 또 두 언니의 빼어난 모습에 그런 여자가 어깨를 나란히 하고 다니는 것은 참으로 욕된 일이다. 어떻게 하면 저 댁 아가씨를 윤공자에게

---

* 다리 밑 약속: 미생고(尾生高)의 고사를 인용한 말이다. 미생이 여자와 다리 밑에서 만나기로 약속했는데 여자는 오지 않고 마침 홍수가 나서 물이 점점 차올랐다. 미생은 끝내 자리를 떠나지 않고 다리 기둥을 끌어안고 죽었다고 한다.

천거할 수 있을까?"

말없이 이리저리 생각하며 하늘을 보고 탄식하고 땅을 보고 한숨 쉬니, 점심상을 보고도 수저를 들지 못했다. 그러다가 갑자기 뭔가 생각난 듯 분연히 일어나 말했다.

"선비는 자신을 알아주는 사람을 위해서 죽는다 했지. 한순간 혐의를 거리껴서 두고두고 후회할 수는 없어."

바로 나귀를 타고 운섬과 함께 왔던 길을 거슬러 갔다. 그리고 백련교에 이르자 나귀에서 내려 다리 위에 앉아 있었다.

잠시 후에 그 관리가 두 가마와 함께 이르렀다. 관리가 멀리서 보니, 백련교 위에 검은색 두건에 초록 저고리를 입은 어느 아름다운 이가 물가 쪽으로 앉아 있다가 푸른 연꽃을 꺾어 든 채 고개를 돌려 바라보고 있었다. 그 모습을 본 관리는 속으로 크게 놀랐다.

'옛날 월나라에 서시西施와 모장毛嬙 같은 절세미인이 있었다는 말은 들었어도 남자 중에 이처럼 아름다운 사람이 있다는 말은 들은 적이 없어. 잘생긴 용모로 위衛나라 영공靈公의 사랑을 받았던 미자하彌子瑕와 초楚나라 공왕共王이 총애했던 안릉군安陵君이라도 이처럼 미남자는 아니었을 것이야.'

관리는 훌쩍 말에서 내려 아가씨에게 읍하여 인사하며 물었다.

"수재秀才께서는 어디로 가시는 길이시온데 길가에서 한가로이 쉬고 계시는지요?"

아가씨도 읍하여 답례하고 말했다.

"학생學生은 회남으로 가는 길이온데, 화려하게 피어 있는 연꽃이 마음에 들어 차마 떠나지 못하고 있습니다."

그 사람이 먼저 통성명을 했다.

"저는 저주滁州 사람 백경白瓊이고 자는 성규聖圭입니다. 수재의 성함을 듣고 싶습니다."

아가씨가 말했다.

"저는 산동 역성현 사람이고 이름은 윤여옥이며 자는 장원입니다. 관인께서는 젊은 나이에 벼슬에 오르신 듯한데, 어떤 자리에 있으신지요?"

관리가 말했다.

"저는 지난봄에 외람되이 과거에 합격하여 새로 한림편수에 임명되었습니다."

그러고는 다시 아가씨에게 물었다.

"장원께서 역성현에 계시면 혹시 이부시랑 윤혁 어르신과 친척이신지요?"

아가씨가 대답했다.

"저의 아버님이십니다."

한림은 이미 아가씨의 얼굴을 보고 마음에 들었는데, 게다가 윤시랑의 아들이라는 말을 듣고는 거의 마음이 기울었다. 드디어 함께 문장과 산수에 대해 이야기를 나누었는데, 아가씨의 목소리는 마치 강물이 쏟아지듯 도도하게 흘러나왔다. 한림이 낯빛을 고치며 감탄하더니 자신도 모르게 무릎을 꿇고 말했다.

"예전에 정자程子는 수레를 타고 가다가 길에서 맹자孟子를 만나서는 수레의 가리개를 기울이고 함께 이야기를 나누었다고 하지요. 저는 정자에 비한다면 부끄럽기 짝이 없지만, 장원께서는 옛사람에 비할 만합니다."

아가씨가 손을 모으고 공손히 감사의 뜻을 표하니, 한림은 사랑하는 마음이 더하여 물었다.

"장원은 올해 나이가 몇인지요? 그리고 집에 이미 부인을 두셨는지요? 아니면 정혼만 하시고 아직 혼례를 올리지 않으신 것인지요?"

아가씨가 대답했다.

"학생의 나이는 지금 열셋입니다. 일찍이 진제독의 딸과 정혼을 하였는데, 그 집에서 화를 당해서 멀리 유배를 가는 바람에 서로 만여 리를 떨어져 있으면서 소식이 끊겼습니다. 그래서 지금 다시 혼처를 알아보고 있습니다."

한림이 얼굴에 기쁜 빛이 가득하여 말했다.

"제가 간곡히 말씀드리려는 것이 있는데 장원께서 욕되이 여기지나 않으실는지요?"

아가씨가 말했다.

"말씀을 내려주시면, 제가 어찌 받들지 않겠습니까?"

한림이 말했다.

"제게 누이 하나가 있어 지금 데리고 북경으로 가는 길인데, 장원과는 나이도 비슷하고 자태와 품성이 아름다워 군자의 짝이 될 만합니다. 장원이 비록 서울을 두루 다니시며 신붓감을 널리 구하신다고 해도 아마 제 누이보다 나은 여자를 쉽게 얻지 못할 것입니다. 장원께서는 집안이 미천하다 하여 거절하지 마시기 바랍니다."

아가씨가 대답했다.

"혼인은 중요한 일입니다. 집안에 부모님이 계신데 제 마음대로 결정할 수는 없습니다. 서울로 올라간 뒤에 아버님께 한번 청혼을 하십시오. 허락하시든 그렇지 않든 간에 틀림없이 답을 하실 겁니다."

한림이 말했다.

"장원의 말이 맞습니다. 그러나 혼인의 일은 부모님께서 하시더라도 버리고 취하는 것은 장원의 손에 달려 있습니다. 혹시라도 장원께서는 오늘 이 뜻을 잊지 않으셨으면 합니다."

아가씨가 말했다.

"알겠습니다."

한림이 크게 기뻐하며 다시 아가씨와 함께 진진한 대화를 이어가

며 떠날 줄을 몰랐다. 마침내 아가씨가 일어나서 읍하고 작별 인사를
했다.

"날이 점점 저물어가는데 다음 주막까지는 멀었으니, 저녁 내내 모
실 수가 없겠습니다. 훗날 서울에 가면 다시 찾아뵙겠습니다."

한림은 아쉬워하며 작별을 했다. 그리고 각자의 길에 올랐다.

군자는 숙녀를 맞이하고
요망한 첩이 음흉한 문객과 간통하다

회남에 당도한 진채경은 진처사와 진창운을 만나 진공이 화를 만난 사실을 알리고 함께 통곡했다. 처사가 말했다.

"운남은 너희 남매가 가기에는 너무 먼 곳이다. 나 혼자서 갈 터이니 너희들은 이곳에 있거라."

그러나 진창운과 아가씨는 울면서 따라가겠다고 나섰다. 아가씨가 말했다.

"아버님께서도 떠나시면서 숙부님처럼 말씀하셨습니다. 그렇지만 이번에 아버님께서 화를 당하신 것은 모두 제 탓입니다. 저는 죽을 때까지 부모님 슬하에서 지내면서 가슴속의 이 고통을 조금이나마 덜고 싶습니다."

진처사는 하는 수 없이 남매를 데리고 길을 나섰다.

한편, 윤시랑 부부는 오부인이 떠난 뒤로 밤이나 낮이나 이들을 걱정하고 있었다. 그러던 중 아가씨가 조문화의 아들에게 시집가기로 하고 진공이 죽음을 면했다는 소문이 들려왔다. 시랑은 말없이 탄식할 뿐이었고, 집안의 다른 사람들은 모두 이 소식에 놀라면서 채경 아가씨가 약속을 저버렸다며 원망했다. 그러나 남채봉과 윤옥화 두 사람만은 눈물을 흘리며 탄식했다.

"채경이의 효성이 참으로 기특하다. 아아, 가련한 채경이…… 틀림없이 죽을 결심인 게야."

그런데 남채봉이 다시 한참을 생각하다가 말했다.

"채경이는 남달리 지략이 있고, 얼굴도 복을 많이 누릴 상이에요. 그러니 하늘이 그냥 채경이를 저버리지 않을 겁니다. 틀림없이 뭔가 놀랄 만한 일이 있을 거예요."

그러고는 시랑에게 아뢰어 급히 아이종을 보내 서울 소식을 탐지해 오도록 했다. 한 달이 지난 뒤 아이종이 돌아와 알렸다.

"진제독 댁에 아무도 없기에 이웃에게 물어보니, 이웃 사람이 웃으면서 하는 말이 '저 집 아가씨는 하늘로 솟았는지 땅으로 꺼졌는지, 찾는 사람이 왜 그리 많고 또 끝내 종적은 왜 그리 묘연한 건지?'라고 하였습니다."

부인을 비롯해 온 집안사람들은 놀라서 서로 얼굴만 쳐다볼 뿐, 무슨 일인지 영문을 알 수 없었다.

수십 일이 지난 뒤에 갑자기 한 사내종이 회남의 진처사 댁에서 왔다고 하면서 두 아가씨에게 진채경의 편지를 올렸다. 윤옥화가 급히 겉봉을 떼고 보니 편지에는 다음과 같이 쓰여 있었다.

　　아우 진채경은 울면서 머리를 조아리고 두 언니 앞에 편지를 올려 작별을 고합니다. 딸로 태어남이 본디부터 부모님의 기뻐하시는 바가 아닙니다. 그런데 저처럼 부모님께 화를 끼치는 딸이야 말해 무엇 하겠습니까? 창자를 끊고 피를 흘려서 속죄한다고 해도 이미 상처투성이가 된 아버님의 살갗을 다시 아물게 하지 못할 것입니다. 아아, 저의 죄를 생각하면 저는 세상과 인연을 끊어야 마땅할 듯합니다. 하늘에 맹세하건대, 이제 살아서도 부모를 따르고 죽어서도 부모를 따르겠습니다. 그런다고 이 아픔과 원통함이 사라지지 않겠지요. 응향각에서 매화를 꽂고 놀던 일과 농취정에서 잣나무를 노래하던 일이 마치 전생의 일처럼 아득합니다. 한번 하늘 끝에 떨어져 쑥과 낙엽처럼 우수수 바람에 흩날리니, 숙부모님께서 쓰다듬어주시며 자식처럼 아끼시던 은혜와 언니들과 함께 이불을 나란히 덮고 자며 사랑을 받던 일은 이제 다시 태어나야 갚을 수 있겠지요. 창자가 끊어지고 기운이 막혀서 더 이상 말하지 못하겠습니다.

또 다른 편지에는 이렇게 적혀 있었다.

제가 평원역의 한 객점에서 한림편수 백경의 누이를 만났는데, 계집종 운섬이 그 여자를 직접 보고는 실로 이 세상에 보기 드문 규수라고 합니다. 언니들은 이 사람을 유념하시고 부디 잊지 마세요.

두 아가씨는 눈물이 앞을 가려 더 이상 편지를 읽을 수 없었다. 따로 쓴 편지를 보고는 말없이 서로 보다가, 이윽고 깨닫고 탄식하며 말했다.
"아, 이 아이가 이처럼 덕을 갖추었는데, 끝내 하늘의 복을 누리지 못할까?"
윤씨 집안사람들은 비로소 채경 아가씨를 가련히 여기는 한편, 채봉 아가씨의 선견지명에 감탄했다.
그 뒤로 윤여옥은 비록 부모님 앞에서는 억지로 밝은 얼굴을 했지만, 채경의 물건을 볼 때면 문득 아가씨 생각이 나서 두 소매가 눈물로 흠뻑 젖었다. 남채봉과 윤옥화는 그런 여옥을 걱정했다.

하루는 두 아가씨가 부인을 모시고 정당에 있었는데, 윤공자가 밖에서 웃으면서 들어와 말했다.

"한림 백경이란 사람이 편지를 보내어 말하기를 '백련교에서 헤어진 후 어느 날 어느 밤이고 어떻게 내가 장원 공자를 잊을 수 있었겠습니까?' 하더군요. 아버님께는 청혼하는 편지를 따로 보내면서 저더러 훌륭한 군자라고 크게 칭찬하니 이건 더 우스운 일입니다. 저는 태어나서 열세 살이 되도록 백련교가 어디 있는지도 모르고, 더구나 백경이 어떤 사람인지도 모르는데 말입니다."

부인이 의아하여 말했다.

"그러면 편지가 분명 잘못 전달된 것이겠지."

두 아가씨는 이미 채경 아가씨의 일을 알고 있었기에 서로 바라보며 웃었다. 시랑이 들어오자 부인이 맞이하고 물었다.

"여옥이가 그러는데 백한림이 청혼했다고 하더군요. 백경이 누구입니까?"

시랑이 말했다.

"죽은 태학사 백방헌白邦獻의 아들이오."

"그 편지가 분명히 나리께 부친 것입니까?"

시랑이 말했다.

"분명 나한테 부친 것이오. 내가 그 아버지와 친분이 있었는데 편지 중에도 먼저 옛 친분을 말하고 겉봉에는 '제남부 전임 이부시랑 윤대인 앞'이라고 하였으니 어찌 잘못 온 것이겠소?"

부인이 말했다.

"그렇다면 여옥이에게 보낸 편지는 어찌 그리 황당합니까?"

시랑이 말했다.

"그러니 참 이상도 하오."

그러고는 잠시 깊이 생각하다가 윤여옥더러 지도를 꺼내오라고 하고는 책상 위에 펼쳐놓았다. 그리고 손뼉을 치고 웃으며 말했다.

"백련교는 평원역에서 북쪽으로 이 리쯤 떨어져 있소. 북경에서 회남으로 가는 길목에 있지. 채경이가 백경을 이곳에서 만난 게 틀림없소. 백경이 그 용모를 보고 반하여 말을 세워놓고 함께 이야기하다가 급작스럽게 통성명하게 되자 여옥이의 이름을 빌려 말한 게요. 그렇지 않다면 그 사이에 무슨 곡절이 반드시 있을 터인데 그게 뭔지 잘 모르겠소. 채경이가 만 리 밖에 있으니 어떻게 만나 물어볼 수나 있겠소?"

이때 옥화 아가씨가 시랑에게 아뢰었다.

"지난번 채경이의 편지 중에 몇 줄 따로 쓴 편지가 있었는데, 그 편지에 이러이러한 말을 해서 저희들끼리 이건 서원직徐元直이 조조의 거짓 편지에 속아 유비를 떠나면서 자신을 대신할 사람으로 와룡 선생을 추천한 것과 같다고 하였습니다."

시랑이 감탄하며 말했다.

"너희들이야말로 진정으로 채경이의 지음知音. 마음을 이해하는 친구이라 할 수 있겠구나."

그러고는 아가씨에게 채경의 본 편지와 별지에 따로 쓴 편지를 가져오게 하였다. 시랑은 다 읽고 나서 눈물을 흘렸다.

"채경이는 참으로 어진 아이다. 우리 집안과는 영영 인연을 끊으려는 게야. 그렇지만 틀림없이 하늘이 그렇게 놔두지는 않을 것이야."

부인이 시랑에게 물었다.

"채경이가 편지에 쓴 것처럼 끝내 마음을 돌리지 않으면 나리께서는 여옥이를 어찌하실 참이신가요?"

시랑이 탄식하며 말했다.

"비록 황하의 물이 다 마르고 태산이 티끌이 된다 해도 여옥이가 어떻게 채경이를 버리고 다른 여자를 아내로 맞이할 수 있겠소?"

이 말을 들은 윤여옥은 기뻐해 마지않았다.

시랑은 바깥채로 나와 백한림의 하인에게 답서를 주어 보냈고 윤여옥은 따로 답장을 하지 않았다. 이로부터 시랑은 채경의 처지를 더욱 슬퍼하여 크게 탄식하면서 근심했다.

그러던 어느 날 서울에 사는 친구를 통해 화상서가 이미 죽었다는 소식이 전해졌다. 윤시랑은 빈소를 차리고는 안방문 밖에서 곡을 했다. 두 아가씨도 화려한 옷을 벗고 몸의 패물을 모두 뺐다.

삼 년하고도 여섯 달이 지나자 성준이 화진을 데리고 왔다. 시랑은 크게 기뻐하면서 마을 북쪽에 있는 별장의 작은 집에 머물게 했다. 윤시랑은 화진의 손을 잡은 채 눈물을 줄줄 흘렸다.

"선친께서는 비록 몸은 강호에 있었지만 마음은 조정에 있었다네. 이것이야말로 이른바 '천하의 근심을 먼저하고 천하의 즐거움을 나중에 하는 것'*이라 할 수 있지. 하늘이 바르지 못하여 노성한 신하를 버렸으니 백성들이 장차 누구를 바라보고 살겠는가?"

화진이 눈물을 떨구며 슬피 울었다. 시랑이 또 말했다.

"자네가 옛 약속을 잊지 않고 약속을 지키려 천 리 길을 걸어왔으니 참으로 감격스러울 따름이네."

그리고 성준을 돌아보고 인사말을 몇 마디 하고는 다시 화진에게 곡진한 정을 펴다가 날이 저물녘에야 돌아갔다.

윤여옥도 화진을 만나러 왔다. 두 도련님을 보면, 한 사람은 태평성대의 붉은 봉황이고 한 사람은 바람에 흔들리는 옥나무 같았다. 한마디로도 마음이 통하니 서로 막역한 친구가 되었고, 그 우정이 난초같이 향기롭고 아교풀같이 끈끈했다. 또 덕행으로 말하자면 공자의 제자들인 염우冉牛와 중궁仲弓 같아 서로 막상막하였고, 문장으로는 두보杜甫

---

* "先天下之憂而憂, 後天下之樂而樂." 범중엄(范仲淹)의 「악양루기岳陽樓記」의 구절.

와 이백李白 같아서 각각 장단점이 있었다.

이때부터 화진은 윤여옥이 없으면 밥상을 대해도 수저를 들 줄 몰랐고, 윤여옥은 화진이 없으면 앉을 자리에 방석 놓는 것도 잊었다. 다닐 때는 항상 손을 잡고 다녔고, 누워서 잘 때는 항상 침상을 나란히 하였다.

성준도 윤여옥을 좋아하여 이렇게 말하곤 했다.

"장원은 장자방張子房, 한나라 태조 유방의 모사 장량(張良)처럼 아름다운 미모에다 사동산謝東山, 동진의 문장가 사안(謝安) 같은 풍류기질을 모두 갖추고 있지."

윤시랑은 좋은 날을 가려서 혼인날을 정하고, 칠월 상순에 집에서 혼례를 행했다. 화진은 옥대玉帶, 옥으로 만든 허리띠를 차고 오사모烏紗帽, 검은 비단으로 만든 모자를 썼으며, 봉황 무늬가 그려진 붉은 도포를 입었다. 수놓은 안장을 걸쳐놓은 눈처럼 하얀 백마에 올라타고 생황과 북소리를 떠들썩하게 울리며 행하니, 이날 산동 사람들이 길을 가득 메우고 구경하면서 하늘의 신선이 하강하였다고들 했다.

신랑 일행이 집 앞에 당도해서는 윤여옥이 인도하고 성준은 뒤를 따랐다. 푸른 장막이 하늘에 닿았고 붉은 병풍이 땅을 덮었다. 제남 포정사布政使와 각 현의 태수들 및 지방의 명문가 사대부들이 아관峨冠, 높은 관과 박대博帶, 넓은 띠를 하고 별처럼 빽빽이 늘어서 수풀을 이루었다. 수많은 시녀들이 쌍쌍이 앞을 인도하여 정당正堂인 강운루로 올라갔다.

두 아가씨는 떨잠이 찰랑찰랑하는 칠보봉관七寶鳳冠을 쓰고, 노을처럼 붉은 비단에 수놓은 규의袿衣, 긴 저고리를 늘어뜨리고 금실로 멋을 낸 자주색 치마를 입었다. 구슬부채가 달처럼 흔들리고 옥패가 짤랑짤랑 울리는 가운데 얌전히 절하고 일어나면서 고개를 들었다 숙이는데, 마치 해가 떠오르는 듯 빛나고 옥으로 만든 연꽃이 흔들리는 듯 어여뻤다. 화진은 살며시 눈을 들어 보고 은근히 기뻐하였고, 시랑 부부의 기쁘고 사랑하는 마음은 바다보다도 깊었다.

이날 밤 화진은 윤옥화의 침실인 응향각으로 갔고, 다음 날에는 남채봉의 침실인 농취정으로 갔다. 한 군자와 두 숙녀의 부부 금슬은 관저關雎. 『시경』의 편명. 군자와 요조숙녀의 만남을 노래함 이후로 유례를 찾기 어려웠다.

성준이 웃으며 화진을 놀렸다.

"형옥은 동방에 화촉을 밝혀 재미가 한창이니 죽우당에서 혼자 차가운 이불 덮던 일을 기억이나 하겠소?"

화진이 웃으며 말했다.

"차가운 이불과 따뜻한 이불에도 각각 정해진 때가 있는 법이니, 주어진 대로 상황에 편안해할 뿐입니다. 대광주리 밥을 먹고 베이불을 덮으며 팔베개를 하여도 저는 편안하고, 금으로 치장한 방에 맛난 음식을 먹고 시녀 수백 인이 있어도 저는 또 편안합니다. 그러니 어찌 주어진 상황에 기뻐하고 슬퍼하겠습니까?"

윤여옥이 감탄했다.

"화형은 참으로 '하늘의 뜻에 순응하고 주어진 분수를 지키는 사람'이라 하겠습니다."

그러고는 화진에게 말했다.

"제가 학문이 깊지 못한 탓인지 마음속에 한 가지 연연하는 것이 있습니다. 제 마음을 꽉 얽어매어 벗어나려 해도 벗어날 수도 없고 잊으려 해도 잊히지 않습니다. 어찌하면 이 병을 고칠 수 있을까요?"

화진이 답했다.

"장원은 재능이 있는 사람입니다. 『맹자孟子』의 「호연장浩然章」을 읽어서 의로움을 기르고 마음을 수양하여 기운을 굶주리지 않게 하면 저절로 그런 더러운 것이 마음에서 사라질 것입니다."

윤여옥이 환히 깨닫고 진채경에 대한 그리움을 잊었다. 그러자 얼굴이 활짝 피어 봄기운이 가득해졌다. 윤옥화와 남채봉이 이를 의아해했다.

열흘 뒤 화진이 아내를 데리고 돌아갈 때가 되었다. 딸을 보내는 시랑 부부의 심정과 부모를 떠나는 두 아가씨의 슬픔은 하늘이 무너지고 땅이 꺼지는 듯하였다. 수레는 이미 준비되어 말이 울어대고, 하인들은 떠나기를 재촉하는 가운데 시녀들도 날 저문다 안달했다. 두 아가씨는 천 줄기 눈물을 흘리며 떠나기 전 부모님께 절을 했다. 시랑이 위로하며 말했다.

"『시경』에서 '여자가 시집가니 부모형제 떠난다女子有行 遠父母兄弟'고 하지 않았더냐? 너희들은 부디 맡은 일에 성심을 다하여 우리가 걱정하게 하지 말거라. 우리 내외가 아직 그리 늙지 않았고 형옥도 조만간 높은 벼슬에 오를 테니, 서울에서 다시 모일 날이 있을 게다."

부인은 눈물을 뿌리며 화진에게 말했다.

"내가 가르친 것이 없어서 우리 딸들이 배운 게 없네. 혹시 잘못이 있더라도 자네가 너그럽게 용서하시게나."

화진은 장인과 장모의 지극한 마음에 앞으로 두 아가씨의 신세를 생각하니, 비록 두 손을 모으고 "예, 예" 하면서도 저절로 한숨이 나왔다. 윤공자가 여러 날 길을 함께하며 배웅했는데, 두 공자는 서로 마주보며 차마 헤어지지 못했다. 그러니 두 아가씨의 마음이야 오죽했을까?

한편, 화씨 집안에서는 도련님 돌아올 날을 손꼽아 기다리고 있었다. 그러던 어느 날 하인이 들어와서 외쳤다.

"작은 도련님의 행차가 서의 다 도착했습니다."

성부인이 크게 기뻐하며 계집종 양운에게 집안의 아이종 서른 명과 시녀 열 쌍을 데리고 백 리 밖에 가서 신부의 수레를 맞이하라고 일렀다. 임씨는 손수 몸종과 함께 신혼방을 쓸고 닦았으며 병풍과 침상을 정돈하고 자리를 깔아두었다. 시댁에 있던 태강 아가씨도 왔다. 지나간 옛일을 떠올리다가 다시 지금 이 순간을 생각하니 슬픔과 기쁨이 교차했다.

이윽고 화진이 두 부인을 데리고 집에 당도했다. 먼저 사당에 아뢰었는데, 성준이 무릎을 꿇고 축사祝辭를 읽으니 화진은 엎드려 오열하면서 일어날 줄 몰랐으며, 성부인 이하의 사람들도 모두 소리를 죽인 채 얼굴을 가리고 울었다. 그런데 큰도련님이라는 작자는 혼자 얼굴을 꾸미고 몸단장이나 하면서 전혀 슬픈 기색이 없으니, 윤씨 집안에서 따라온 시녀들이 괴이하게 여기지 않은 이가 없었다.

사당에 고하는 예를 마치자 중당에서 폐백을 드렸다. 심씨도 마지못해 담청색 광삼廣衫을 떨쳐입고 성부인 옆에 앉아서 두 신부를 보니, 평생에 보지 못한 빼어난 미인들이었다. 승냥이와 올빼미의 못된 마음이 불쑥 솟아나서 자꾸만 눈이 옆으로 째지고 낯빛이 변했다. 성부인이 두 신부의 손을 잡고 탄식하며 말했다.

"그대들의 현숙한 모습과 우아한 거동을 내 아우와 정부인이 보지 못하니 안타깝네."

이날 저녁이 되자 태강 아가씨는 윤옥화를 데리고 옥화 아가씨의 신방인 비춘당祕春堂으로 갔고, 요씨는 남채봉의 신방인 봉귀정鳳歸亭으로 갔다.

태강 아가씨는 화진과 함께 정부인 품 안에서 자라나서 종천지통終天之痛, 부모를 여읜 슬픔을 함께한 데다가 또 심씨의 손아귀에서 곤욕을 같이 치렀기에, 서로 불쌍히 여기고 사랑하는 마음이 남달랐다. 설사 윤옥화와 남채봉이 용모가 뛰어나지 못하고 재주가 그저 그래도 태강 아가씨는 진심으로 사랑하고 아꼈을 것이다. 그런데 두 사람이 연못 물에 그림자 드리운 난초처럼 그윽하고도 따스한 옥처럼 마음이 어질고 덕이 있으니 어찌 사랑하지 않을 수 있겠는가?

태강 아가씨는 윤옥화와 남채봉을 만난 뒤로 비춘당과 봉귀정을 오가며 낭랑하게 웃고 이야기하며 지내는 시간이 많았으며, 임씨와 요씨

두 사람도 오가면서 화씨 집안의 법도를 알려주느라 발걸음을 그치지 않았다. 이로부터 화씨 집안에는 새로 봄바람이 불었다.

이듬해 2월, 황제께서는 과거를 열어 선비를 뽑으려 하셨다. 성부인이 화진과 성준에게 말했다.

"너희들의 글 솜씨와 학문이 집안의 명예를 떨어뜨리지 않을 만한데, 어찌 이런 시골구석에서 늙어 죽겠느냐? 내가 들으니 유서방도 이번에 과거를 보러 간다고 하니 너희들도 따라가서 세상 구경을 하고 오너라."

성부인의 말을 들은 두 사람은 물러나와 행장을 꾸려 길을 나섰다.

성준이 웃으며 화진을 가리키면서 유성양에게 말했다.

"천마天馬가 바람을 향하여 길게 우니 이미 서극西極, 중앙아시아 지역에서 나오는 좋은 말의 뜻을 품고 있다네. 그러니 비록 만 마리 말이 뛰어오른다 해도 어떻게 구름을 밟고 하늘로 오르는 천마를 따라갈 수 있겠나?"

유성양이 허허 웃었다.

"성형은 왜 그리도 겁이 많습니까? 여덟 필의 말을 타고 서역을 여행했던 목천자穆天子의 시절에도 여덟 마리 준마가 동시에 한 세상에 있었고, 당나라 현종 때에도 옥화총玉花驄과 조야백照夜白 같은 명마가 같이 있었습니다. 지금 황제께서 기르시는 말이 천 마리 있지만, 또한 옥린비玉麟飛나 백옥훈白玉訓을 비롯한 일곱 마리 명마가 있어 환벽전環碧殿, 명나라 황제의 별장에서 춤을 출 때나 가락관에서 격구놀이를 할 때 서로 조금도 양보하지 않습니다. 또 조조曹操가 동작대銅雀臺에서 비단 전포를 걸고 활쏘기를 시켰을 때도 조휴曹休가 제일 먼저 과녁을 맞혔지만 다음에 나온 장수들도 모두 명중시키는 바람에 전포를 차지하지 못하지 않았습니까? 내가 말을 채쳐서 형옥보다 앞서 깃발을 빼앗아 올 테니 형은 두고 보십시오."

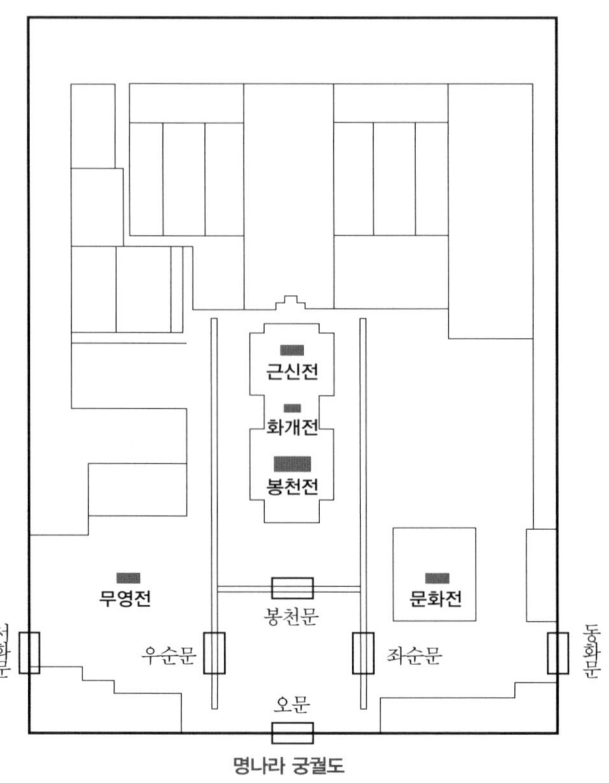

근신전

화개전

봉천전

무영전

봉천문

문화전

서화문

우순문

좌순문

동화문

오문

명나라 궁궐도

그러자 성준이 웃으며 말했다.

"유자득은 겸양도 모르오? 자고로 과거시험에서 장원壯元이 두 사람인 적은 없었다오."

두 사람은 서로 크게 웃고 길을 갔다.

과거장에 들어서서 시험을 보는데, 황제 폐하께서 친히 납시어 살펴보셨다. 세 사람은 일시에 답안을 내고 물러나서 좌순문左順門의 행랑 아래에서 기다렸다. 이윽고 문화전文華殿에서 오색구름이 뭉게뭉게 피어오르더니 한림이 큰 소리로 외쳤다.

"장원은 절강 사람 화진, 나이는 열여섯!"

화진은 듣고도 동요하지 않고 태연했다. 성준이 웃으며 유성양에게 말했다.

"유자득, 자네 말대로 깃발은 뽑았는가?"

유성양도 크게 웃었다.

이날 뽑은 사람이 삼백삼십육 인이었는데, 성준과 유성양도 모두 좋은 성적으로 급제했다. 문화전 뜰에 불이 밝혀지더니, 합격자를 발표한 다음 합격한 사람에게는 금포錦袍, 비단 도포와 채화彩花를 내렸다. 특별히 장원급제자에게는 쌍개雙蓋, 양쪽으로 받는 햇빛 가리개와 안마鞍馬, 안장 얹은 말와 어악御樂, 궁중 음악을 내렸다.

황제께서 장원급제한 화진을 올라오라 하여 만나보시고, 크게 기뻐하시면서 여러 신하들에게 말씀하셨다.

"여양후를 잃은 뒤로 짐은 항상 마음이 아팠소. 이제 여양후의 아들을 보니 기린의 자식, 봉황의 새끼처럼 범상치 않소."

그리고는 앞에서 술을 내려 마시게 하셨다.

사흘 후에 장원은 한림학사에 제수되었고 성준과 유성양은 각각 병부원외랑이 되었다. 그러나 성원외와 유원외는 이부상서 오붕吳鵬을 찾아가서 말했다.

"저희들은 집이 설강이라서 집을 떠나 서울에 와서 벼슬을 하기가 어려운 데다가, 학문도 성글어 많이 부족합니다. 동남쪽의 한가한 고을의 사또가 되어 몇 년간 공부를 더 했으면 합니다."

오붕이 고개를 끄덕였다. 며칠 뒤에 성원외는 복건福建 남정현南靖縣, 지금의 복건성 장주시(漳州市) 남정현의 현감이 되었고 유원외는 귀양부貴陽府, 지금의 귀주성(貴州省) 귀양시의 통판通判이 되었다.

이때 함께 급제한 신진들은 모두 승상인 엄숭에게 인사를 했다. 그러나 화장원만은 인사를 가지 않아 엄숭이 불쾌해했다.

한림이 상소를 올려 고향으로 돌아가 늙으신 어머니를 뵙겠다고 청하자, 황제께서 허락을 하면서 어머니를 모시고 올라오라고 했다.

한림이 성준, 유성양 두 태수와 함께 소흥으로 돌아오자, 성부인이 아들과 조카 두 사람의 등을 어루만지면서 눈물을 흘렸다.

"너희들이 모두 고아로 자라서 이렇게 출세하였구나. 먼저 간 사람이 이를 안다면 아마도 땅속에서나마 환히 웃을 게다."

그러자 두 사람이 흘리는 눈물이 자리를 적셨다.

이에 성부인이 윤부인과 남부인에게 봉관鳳冠, 금으로 봉황 장식을 한 관, 화리花履, 화려한 무늬를 수놓은 신발와 함께 조정 대신의 어머니와 부인에게 내리는 명부命婦의 직첩職牒을 주었다. 그리고 집안에서 큰 잔치를 열어 유태수 부자도 초대했다. 이날 소흥부의 지부도 풍물과 기녀들을 데리고 왔다.

새로 급제한 세 사람은 인삼麟衫, 기린을 수놓은 관복, 계지桂枝, 급제를 상징하는 회나무 가지를 들고 사당에 절하였는데, 한림이 슬프게 우는 소리가 밖에까지 들렸다. 아! 효자는 슬픈 일이 있어도 부모를 그리워하고 기쁜 일이 있어도 부모를 그리워하니 그 슬픔은 언제쯤이나 사라질까?

이때 심씨 모자는 한림의 급제 소식에 배가 아파서 문을 닫고 나오지 않았다. 그러나 화춘의 부인 임씨는 허리에 앞치마를 두르고 손수 진수성찬을 마련하면서, 한편으로 슬프기도 했지만 기쁜 표정으로 정성을 다했다. 성부인이 이 모습을 보고 여러 번 그 사람됨을 칭찬했다.

성태수가 행장을 꾸려 임소에 가려 할 때 성부인이 아들에게 말했다.

"춘이와 그 어미가 성품이 포악하니 화진 부부는 내가 없으면 아마 목숨을 부지할 수 없을 게야. 너는 요씨만 데리고 혼자 가라. 이 늙은 어미는 아들을 위해서 죽은 동생의 부탁을 저버릴 수가 없구나."

성태수가 깜짝 놀라 울면서 애걸했다.

"어머니, 소자가 손에 못이 박이고 혀가 닳도록 어렵사리 공부해서 과거에 급제한 것은 모두 어머니 때문이었습니다. 이제 한 고을의 태수가 되었는데 하루도 봉양치 못한다면 소자의 마음이 어떻겠습니까? 그리고 형옥도 이제 급제하여 벼슬을 하게 되어 며칠 안 있으면 두 제수씨를 데리고 떠날 텐데, 숙모님께서는 틀림없이 따라가지 않으실 겁니다. 한번 서울과 시골에 떨어져 있게 되면 해를 입히려 해도 방법이 없을 것입니다. 설사 조금 분란이 있더라도 제수씨가 현명하고 지혜로우니 두루 살펴서 잘 보호할 겁니다. 어머니께서는 너무 걱정하지 마시고 소자의 마음을 조금만 헤아려주십시오."

부인은 그래도 듣지 않았다. 한림이 눈치를 채고 성부인에게 그냥 떠나시라고 정성스레 권하니 성부인이 눈물을 흘리며 허락했다. 아, 이제부터 효자의 고난이 이루 말할 수 없겠구나! 조물주의 의도는 무엇인가?

두 태수가 떠나는 날, 요씨와 화빙선은 윤부인과 남부인의 양손을 잡은 채 눈물 흘리며 목이 메어 차마 말을 하지 못했다. 성부인이 심씨 모자에게 간절하게 타이르고 여러 번 반복하여 부탁을 하니 돌 같은 심장이라도 감동하고 귀신도 눈물을 흘릴 만했다.

성부인 일행이 떠난 이후로 심씨는 등에 있던 가시를 빼버린 듯 후련하여 휘파람을 불면서 그 아들과 모의했다.

"예전에 정씨는 어질고 아름다워 인심을 얻은 데다가 또 화진처럼 기특한 아들을 낳아서 그 권세가 날로 높아만 갔지. 나리께서는 화진을 장자로 세우려는 뜻마저 두어 집안 하인들까지 우리 모자를 업신여겼다. 그런데 진이의 두 아내는 미모와 덕성이 정씨보다도 빼어난 데다가 또 진이가 높은 벼슬에 오르게 되었으니, 종족宗族들이 우러러보고 종놈들까지도 꼬여드는 모습이 예전보다도 더하구나. 저놈이 한번 서울로 가서 위로는 천자의 총애를 얻고 아래로는 친구들을 동원하여 세력을 얻는다면, 용이 구름을 타고 호랑이가 바람을 얻은 것 같아서 그 세력을 어찌하지 못할 게야. 그러니 이곳에 머물게 해놓고 괴롭히면서 상춘정의 원한을 갚는 것이 좋지 않겠느냐?"

"네, 어머니 말씀이 맞습니다."

춘이 대답했다.

그리하여 하루는 화춘이 한림에게 말했다.

"아버지께서 조정에 계실 때에 특별히 어려운 일이 없었는데도 너는 아버지께 벼슬에서 물러나시라고 권했다. 그런데 이제 나라의 정치가 나날이 어지러워져서 벼슬하는 것이 위태로운데도 너는 오히려 양양자득하여 출세하려고 하는구나. 참으로 말은 쉽고 행동은 어려운 게냐?"

한림이 공손하게 대답했다.

"형님이 그리 말씀하시는데 제가 어찌 명심하지 않겠습니까?"

한림은 즉시 고을 관아를 통해서 고향에 남아 어머니를 모시겠다고 청하는 사직서를 올렸다. 천자는 간곡한 청을 보고 불쌍히 여겨 일 년의 말미를 주었다.

한림은 이로부터 죽우당에 홀로 머물면서 책 읽는 것을 낙으로 삼았다. 심씨가 계향 등을 시켜 유언비어로 선동하며 온갖 욕을 해댔고, 사람이 차마 먹을 수 없는 쓴나물과 상한 밥을 주었지만, 한림은 태연하게 견뎠다. 심씨는 또 두 부인에게 바느질과 베짜기, 수놓기 등 온갖 힘든 일을 시켰는데, 두 부인이 타고난 재주로 심씨의 분부대로 일을 척척 해내니 아무리 포악한 심씨라도 꼬투리를 잡기 힘들었다.

그 무렵 화춘은 심씨에게 고하고 조씨를 부인으로 맞이했다. 바깥채에서는 범한이 손님으로 참여하고, 안채에서는 심씨가 일을 지휘했는데, 정실부인과 첩의 예법이 뒤섞여 법도가 없었다. 시어머니에게 절할 때 조씨는 어리석은 화춘이 내준 온갖 보화로 치장하여 귀에는 진주를 달고 목에는 옥을 걸었으며, 비단의 번쩍거림이 사람들의 눈을 휘황하게 하고 사향이 코를 찔렀다. 그러나 그 용모를 보면 간교하게 눈웃음쳐서 방탕한 남자를 유혹하는 음탕한 창녀에 지나지 않았다.

그날 밤에 조씨가 화춘과 함께 잠자리를 하는데, 서로 붙어 히히덕거리며 질펀하게 노는 소리에 시비들이 모두 경악했으며, 담장을 넘어 동침한 일이 드러났으니 심씨마저 부끄러워 시비들의 입단속을 시켰다.

조씨는 우물 안 개구리처럼 스스로의 용모를 나라를 망하게 할 만큼 빼어난 미모라고 자부하면서 서시西施를 못생겼다 하고 양귀비楊貴妃를 우습게 여겼다. 그런데 윤옥화와 남채봉을 한 번 본 후로는 기고만장하던 기운이 꺾이며 풀이 팍 죽어서, 혼자서 거울을 보면서 거울이 제 모습대로 비춘다 원망하고 또 물에 비추어 보면서 물에 비친 제 모습을 한탄하였으니, 애를 태우고 마음을 써서 간장이 다 끊어질 정도였다. 사람을 시기하는 마음이 이런 데다가 남자 후리기는 타고나서 세 치 혀로 금도 녹일 만했다. 심씨 한 사람으로도 족히 집안을 말아먹을 판에 이런 요사한 년까지 더했으니!

이후로 조씨는 먼저 임씨를 없애려고 밤낮으로 화춘에게 임씨 흉을 보았다. 그러나 화춘은 이렇게 말했다.

"임씨의 죄는 마땅히 내쫓을 만하지만 형옥이 분명 죽기 살기로 막을 거야. 이 애는 성품이 강직해서 무슨 일을 저지를지 모르오."

그러자 조씨가 손뼉을 치면서 깔깔거렸다.

"나리는 형이고 한림은 아우예요. 형이 그 부인을 내쫓는데 아우가 감히 어찌겠어요? 기껏해야 머리털을 쥐어뜯고 가슴을 치기밖에 더하겠어요? 또 혹시 임씨가 스스로 목숨을 끊는다고 해도 나리에게 문제

될 건 없지요. 그깟 병아리와 썩은 쥐가 무서워서 손바닥 안에 있는 일도 결단하지 못하니, 나리도 참으로 딱하십니다."

그래도 춘은 망설였다.

하루는 춘이 범한, 장평과 함께 백화헌에서 뭔가를 수군거리더니 죽우당으로 왔다. 당나라 시를 적은 두루마리를 하나 꺼내 들고는 뒤적이며 읽는 척하더니, 다시 두루마리를 말아두고 물었다.

"옛날 당나라 때 중종中宗은 위황후韋皇后의 악행을 몰라서 내쫓을 수가 없었고, 한나라 무제는 진황후陳皇后가 새로 들인 후궁 위자부衛子夫를 투기하자 내쫓았지. 두 임금 중에서 누가 더 나으냐?"

한림은 형의 의중도 모르고 대답했다.

"남자는 양덕陽德이고 여자는 음덕陰德입니다. 양이 음을 눌러 음덕이 양덕을 이기지 못하게 해야 집안의 도가 바로 서게 됩니다. 중종은 어리석고 나약하여 폐위되어 방릉房陵에 있으면서 다시 복위가 되면 자신과 함께 고생한 부인 위황후의 뜻대로 하겠노라 맹세했고, 그 때문에 훗날 위황후의 말을 순순히 따랐지요. 그래서 위황후의 악행이 커졌는데 마침내 무삼사武三思와 동침한 부인의 손에 죽게 될 때까지도 중종은 깨닫지 못했으니, 이런 사람은 거론할 필요도 없습니다. 한편 한 무제는 성품이 포악하고 여색을 밝히는 인물입니다. 속 좁은 부인네의 한때 질투를 용서하지 못하여 황제로 즉위하기 전에 장래를 약속하고 함께 고생한 아내를 버렸으니 그 처사는 너무 지나쳤습니다. 그러나 투기는 칠거七去 중에서도 으뜸입니다. 만약에 진晉 혜제惠帝의 가황후賈皇后 같이 자신이 낳은 아들까지도 죽이는 포악한 여자가 있다면 아마 내치지 않을 수 없을 것입니다."

춘은 뛸 듯이 기뻐하면서 나가더니 바로 심씨에게 가서 말했다.

"소자가 임씨의 패악과 투기심을 진작부터 괴로워하면서도 지금껏 참고 내치지 않았던 것은, 고모님이 형옥과 임씨만 편애하고 저를 싫어하는 데다가 형옥이 임씨의 편이 되었기 때문입니다. 이제 고모도 이미 복건으로 떠나셨고 또 형옥도 이렇게 말하였으니, 이를 좌계左契. 증빙이 되는 신물로 삼아 임씨를 내쫓으면 형옥은 입이 열이라도 다른 말을 못 할 것입니다. 이제 마땅히 임씨를 속시원히 내쫓고 조씨를 정실부인으로 삼겠습니다."

심씨가 놀라 말했다.

"임씨에게 잘못이 있다면 지아비의 풍정風情을 받아들이지 않았다 뿐이지 무슨 투기를 했다고 그러느냐? 게다가 그동안 정이 깊이 들었으니 내 마음은 바꿀 수 없다."

춘이 여러 번 졸랐지만, 허락을 얻지 못했다.

이에 조씨는 그 몸종 난수를 시켜 범한과 정을 통하게 한 뒤에 범한에게 임씨 쫓아낼 계략을 내게 했다. 그리고 범한의 계략에 따라 심부인의 몸종 계향을 끌어들여 심씨의 방 근처에 저주하는 흉한 물건들을 많이 묻어놓고는 일부러 발각되도록 한 뒤 임씨의 소행이라 하였다.

심씨는 크게 화를 내며 임씨를 꾸짖고 내쫓으려 하였다.

집안의 하인과 계집종들은 모두 목놓아 울었고, 윤부인과 남부인은 하늘을 우러러보며 탄식하고 슬퍼했다. 한림은 관을 벗어놓고 버선발로 뜰에서 통곡했다. 마침내 심씨가 화를 내며 말했다.

"너 지금 나 죽으라고 곡을 하면서 저주하는 거냐? 경옥이 당나라 중종처럼 부인에게 잡혀 매사를 따르는 것이 아닌데도 임씨의 악행은 위황후보다도 더했다. 게다가 공연히 남편과의 잠자리를 거부하기까지 하니, 경옥이 궁형宮刑 당한 고자도 아니니 할 수 없이 다른 여자를 들였다. 그런데 조씨가 들어온 후로 임씨의 투기가 날로 심해져서 내 방에 저주하는 물건을 묻는 등 요악한 일까지 하니, 이런 짓은 진나라 가황후도 차마 하지 않았어. 이뿐이냐? 경옥은 지금 스무 살인데 아직도 자식 하나 없으니 임씨 한 사람 때문에 백 대 넘게 이어져온 우리 화씨 집안의 대가 끊어지게 되었다. 오라, 지금 너는 형이 자식을 못 낳게 하여 장차 네가 종통을 이을 속셈인 게로구나."

한림이 울며불며 이마를 땅에 부딪치니 피가 흘러 얼굴을 덮었다.

다시 심씨가 꾸짖었다.

"내 며느리 내가 내쫓는데 네가 무슨 상관이냐?"

하인을 시켜서 한림을 끌어 내보내니 한림은 나가서 다시 백화헌 뜰에서 통곡을 했다.

그때 범한이 백화헌 마루에 있다가 당황하며 내려와서 한림에게 무릎 꿇고 물었다.

"나리, 이 어찌 된 일이십니까?"

한림은 슬픈 가운데 분노하여 하인을 시켜 범한을 질질 끌고 가 땅에 수십 번 뒹굴린 다음 꾸짖었다.

"이 흉하고 교활한 도적놈 같으니. 감히 양반 가문을 이 지경이 되도록 어지럽히느냐?"

범한은 숨이 차서 입만 헤 벌릴 뿐 아무 말을 못 했다. 한림은 다시 수십 번 끌고 다니게 한 뒤 밖으로 내쳤다.

이날 임씨는 한 걸음 한 걸음 내디뎌 겹문 밖에 이르렀다. 가마에 오르려다가 다시 한 번 시아버지의 사당을 돌아보고 눈물을 흘리며 절한 후, 결심한 듯 가마에 올랐다. 유모와 몸종들이 울면서 따라갔으며 심씨 모자와 조씨를 빼고는 눈물 흘리지 않는 이가 없었다. 이때 임씨의 오라버니 어사 임윤이 벼슬에서 쫓겨나 하간부河間府, 지금의 하북성(河北省) 창주시(滄州市)에 있었기에 임씨는 그곳으로 돌아갔다.

춘은 성대한 위의威儀를 차리고 종족을 모아서 조씨를 정실부인으로 세우려고 하였다. 그러자 한림이 통곡을 하며 말렸다.

"제齊나라 환공桓公은 '첩으로 처를 삼지 않겠다'고 맹세하였습니다. 이제 형님이 공연히 어진 아내를 끌어내리고 천한 여항 여자로 조상의 제사를 받들게 하시니 참으로 욕되기 그지없습니다."

그러자 춘이 화를 내며 욕했다.

"너는 아내를 둘이나 끼고 있으면서 나더러는 한 명의 부인도 거느리지 말라는 말이냐?"

그러고는 마침내 조씨를 정실로 삼았다.

그때부터 조씨는 의기양양하여 행동거지가 거침없었다. 치맛자락에 바람을 일으키며 아둔한 남편에게 아양을 떨기도 하고 화를 내기도 하며 남자를 마음대로 요리했다. 춘은 조씨의 분부를 받드느라 바빠서 엉덩이를 바닥에 붙일 틈도 없었다. 하인들은 수치스럽게 여겨 끌끌 혀를 차면서 떠난 임씨를 그리워했다. 이 때문에 집안의 체통이 풀어져 기강이 크게 흔들렸다.

하루는 조씨가 갑자기 비춘당에 왔는데, 마침 남부인도 자리에 있었다. 조씨가 윤부인에게 말했다.

"제가 듣자 하니, 이 집안에는 대대로 전하는 귀중한 보물이 두 개 있어 반드시 집안의 맏며느리에게 준다고 합니다. 그런데 돌아가신 아버님께서는 임씨가 부족하다 하시며 주지 않으시고 백화헌의 대나무 상자 안에 넣어두셨다가 졸지에 부인 자매들에게 나누어 주셨다지요. 부인들이 맏며느리도 아닌데 외람되이 맏며느리의 가보를 지니고 있으면 명분과 실상도 어긋나고 이치에도 맞지 않습니다. 임씨가 인륜을 어지럽혀서 집안의 법도가 망극한 지경이었을 때는 미처 명분이니 체통이니 따질 겨를이 없었지요. 이제는 집안의 기강도 세워져서 모든 것이 다시 질서를 되찾게 되었습니다. 적서嫡庶의 분별이 하늘과 땅 같으니 종부宗婦에게 대대로 전해지는 물건을 부인들이 가지고 있어서는 안 되지요."

윤부인이 조씨의 말을 듣고 아무렇지도 않게 웃으며 말했다.

"원래 그런 것이었군요. 저희들은 몰랐습니다. 그런데 그 보물의 이름이 무엇인가요?"

조씨가 말했다.

"홍옥 팔찌는 선조인 동구후東丘侯, 화욱의 선조 화운께서 금릉金陵, 강소성(江蘇省) 남경시(南京市)의 옛 이름을 정벌하실 때 마황후馬皇后, 명나라 태조의 황후께서 고부인郜夫人, 동악후 화운의 부인에게 주신 것이고, 청옥 노리개는 고조부이신 동국공東國公께서 남방을 평정하실 때 교지국交趾國, 지금의 베트남에서 보낸 예물 중 으뜸 보물이지요. 그런 까닭에 대대로 소중히 간직하면서 부인 중에서 덕이 있고 용모도 뛰어나 그 옥에 어울리는 사람에게만 전하였던 것입니다. 그런데 돌아가신 태학사공께서는 어머님께서 인품과 덕을 갖추셨는데도 공연히 전하지 않으셨어요. 이 때문에 주인을 잃고 부인들에게 잘못 전해졌으니 안타까운 일 아닙니까?"

윤부인이 바로 상자를 열어 내주며 말했다.

"지당하신 말씀입니다."

조씨는 여러 번 어루만지며 기뻐했다. 그러나 남부인은 정색을 하고 꼿꼿하게 앉아서 아무 말도 하지 않았다. 윤부인이 여러 번 남부인에게 눈짓을 했지만, 남부인은 끝내 내줄 생각을 하지 않았다. 조씨는 씩씩거리며 화를 내고 돌아갔다. 남부인이 윤부인에게 말했다.

"그 두 개의 옥은 우리가 혼인할 때 받은 예물이에요. 서방님의 허락도 받지 않고 어찌 경솔하게 다른 사람에게 주었나요?"

윤부인이 눈물을 떨구며 말했다.

"서방님께서는 지금 자신도 돌보지 못하는 판국이잖니. 어떻게 우리까지 염려하실 수 있겠어? 또 우리 걱정할 겨를도 없는데 옥은 어떻게 간직할 수 있겠어? 『시경』에서 말하는 '혁혁하였던 주나라 종실이여, 포사로 인해 망하였구나赫赫宗周 褒姒滅之'가 바로 오늘을 이르는 말이구나."

며칠 후, 조씨는 침을 튀겨가면서 심부인에게 임씨의 험담을 했다. 윤부인은 듣고도 못 들은 체했지만, 남부인은 분개함을 참지 못하고 정색을 하며 말했다.

"낭자가 너무 남편의 사랑을 믿는 것 아닌가요? 옛사람이 말하기를 '난초가 불에 타면 혜초가 탄식하고 토끼가 죽으면 여우가 슬퍼한다'고 했어요. 낭자는 머리 허옇게 센 궁녀가, 조비연에게 황제의 사랑을 빼앗기고 장신궁 長信宮에 내쳐졌던 반첩여班婕妤를 조롱하는 말도 듣지 못했나요?"

조씨는 놀란 나머지 얼굴이 하얗게 질렸다. 그러자 심씨가 크게 화를 내며 남부인에게 말했다.

"큰며느리는 너와 호칭과 지위가 분명 다른데, 어찌 함부로 '낭자'라고 하느냐?"

남부인은 자리에서 내려와 용서를 빌었다.

"입에 익은 말이라 갑자기 고치지 못했습니다. 엄한 꾸지람을 들으니 황공할 따름입니다."

아아, 남부인은 꼿꼿하고 엄격하여 그 아버지의 기풍과 절개가 있었다. 그 때문에 생각하는 바가 있으면 거침없이 말하였으니, 윤부인처럼 부드럽고 온화하게 처신하지 못했고, 그래서 더욱 참혹한 화를 입었다고 하니 참으로 가슴 아픈 일이었다.

하루는 심씨가 두 부인에게 앞에서 수를 놓게 하고 있었다. 그런데 갑자기 한림의 유모인 계화가 밖에서부터 울면서 들어와 말했다.

"하늘이시여, 하늘이시여! 이게 웬일입니까?"

심씨가 놀라서 물었더니 계화가 가슴을 쥐어뜯으며 대답했다.

"조정에서 우리 한림의 작위를 삭탈하시고, 우리 남부인을 소실의 자리로 끌어내렸답니다. 그래서 지금 조정 관리가 와서 남부인의 직첩을 거두어간답니다."

조씨는 뛸 듯이 기뻐하면서 남부인에게 말했다.

"낭자의 교만 주머니도 이제 끈이 떨어졌소. 이 지경이 되었는데도 여전히 분수에 맞지 않는 청옥패를 아까워할 참이오?"

남부인은 아무렇지도 않은 듯 수만 놓고 있었고 윤부인은 분한 나머지 눈물을 참지 못했다. 잠시 후에 춘이 들어와서 아뢰었다.

"어사대에서 형옥이 불효하고 행실이 바르지 못하다고 탄핵을 올려서 벼슬을 못 하게 하였답니다. 그리고 또 제수씨는 벌 받아 죽은 사람의 딸로서 재상가의 며느리가 될 자격이 없다고 하여 지위를 첩으로 낮추었다고 합니다."

심씨가 비웃으며 말했다.

"진이가 귀하게 되었다고 잘난 척이 심하더니 결국 낭패를 보는구나."

이때 범한은 한림에게 예기치 않은 곤욕을 당한 뒤로 원망이 뼈에 사무쳐 있었다. 그리고 조씨는 자신이 정실이 되는 것을 반대했다 하여 한림을 미워했고, 청옥패를 주지 않고 면전에서 경멸한 일로 남부인에게 원한을 품고 있었다. 드디어 범한과 비밀리에 편지를 주고받으며 밤낮으로 이들을 모함할 궁리를 하였다. 그러던 중 범한이 갑자기 서울로 가더니 오래도록 소식이 없었다. 춘은 범한의 종적을 전혀 알 수 없자 한림을 꾸짖으며 말했다.

"네가 무례하게 군 탓에 범생이 화가 나서 자취를 감추었다."

당시 도어사 언무경鄢懋卿은 엄숭의 세력에 기대어 뇌물을 받아 챙기는 데 열중한 탓에 착한 선비들의 미움을 사고 있었다. 범한은 언무경의 집에 찾아가서 문지기를 통해 명함을 들여보내고 뵙기를 청하였다. 언무경이 바로 만나주지 않자, 범한은 조씨가 준 백금 팔십 냥과 큰 구슬 열 개를 언무경의 부인 경씨에게 보냈다. 그제야 언무경이 범한을 만나서 물었다.

"그대가 멀리서 찾아온 이유가 무엇인가?"

그러자 범한은 침을 튀기며 한림이 불효하다는 점을 거듭 아뢰면서 험담을 그치지 않았다. 그리고 말했다.

"그는 또 죄인 남표의 딸을 맞이하여 아내로 삼았으며 항상 나라를 원망하면서 엄승상이 가사도賈似道*와 같다고 하였습니다."

언무경이 웃으며 말했다.

"화진이 지은 죄를 들으니 참으로 죽여 마땅하오. 그런데 이 일은 그대와는 별로 상관이 없는 듯한데, 그리 분개하는 이유가 뭔가?"

범한이 얼른 대답하지 못하자 언무경이 또 웃으며 말했다.

"그건 그렇고, 내가 알아서 처리할 테니 그대는 돌아가 기다리시오."

범한은 절하여 인사하고 물러나왔다. 그러나 며칠이 지나도록 흑백을 가릴 기미가 없자, 범한은 마음이 초조해져서 다시 조씨가 준 금구슬과 그 밖의 보물을 먼저처럼 뇌물로 보냈다. 그제야 언무경은 엄승에게 고했다. 엄승 또한 한림을 미워하던 차였는데, 한림이 남어사의 딸과 혼인했다는 말을 듣고는 크게 화를 내며 사람을 시켜 예부의 서치록序齒錄, 관리 집안의 출생과 혼인 등의 일을 적은 책을 가져오게 했다. 바로 사실임을 확인하자 엄승은 버럭 성을 내며 자리를 박차고 일어나서 입으로 상소문의 초안을 불러주고는 언무경에게 주었다.

다음 날 언무경이 아침 조회에서 아뢰니 황제가 놀라서 말했다.

"화진이 어찌 그런 행실을 하였겠는가?"

---

* 가사도(賈似道): 송나라 이종(理宗) 때 사람으로, 누이가 귀비(貴妃)가 된 덕분에 권력을 잡았다. 몽고군이 악주(鄂州)를 함락하자 땅을 내주고 화의를 청했다. 이 일로 탄핵을 받고 유배지로 가던 중 피살되었다.

엄숭이 옆에서 거들었다.

"이 일은 저 또한 많이 들었으니 헛소문은 아닌 듯합니다. 또 예부의 서치록이 있으니 어찌 거짓을 아뢰겠습니까?"

그리고 갖은 수단으로 모함하니 황제께서도 부득이 따를 수밖에 없었다. 드디어 화진의 벼슬을 빼앗고 남부인은 첩으로 그 지위를 낮추도록 하였다.

'한쪽 말만 들으면 간사한 일이 생기고, 한 사람에게만 맡기면 어지러운 일이 생긴다偏聽生奸 獨任成亂'고 하였으니 명나라 조정이 또한 위태롭겠구나!

자비로운 관음보살,
의기 있는 도어사

그때부터 조씨는 남부인에게 하인들의 옷을 입힌 채 심씨의 몸종으로 부렸다. 또 청옥패를 찾아서 빼앗고는 봉귀정을 아예 잠가버렸다. 게다가 수시로 욕하고 모진 매질을 하는 등 온갖 일로 괴롭혔다. 그런데도 남부인은 시키는 일을 태연하게 해냈다.

윤부인이 남부인을 구석진 곳에서 만나 목 놓아 흐느끼며 억울해하자 남부인이 탄식하며 말렸다.

"언니의 바다같이 넓은 마음으로 어찌 이런 작은 일을 못 참나요? 우리가 이 집안에 들어온 것은 그냥 불가에서 말하는 전생의 업보 때문이에요. 숙명대로 있다가 운수가 다하면 떠나는 것이지요. 영욕에 얽매여 마음에 담아두면 뭐하겠어요? 또 우리 형제가 서방님을 섬긴 이래로 서방님께서는 하루에도 몇 번씩 힘들고 어려운 일을 겪으셨잖아요? 그래도 서방님은 한 번도 하늘을 원망하거나 남 탓을 하지 않았어요. 우리가 속 좁은 아녀자지만, 그 마음가짐을 공경하고 본받아야지요."

그러자 윤부인은 남부인의 손을 잡고 더욱더 흐느꼈다.

"네가 굳센 성품으로 남들은 참기 어려운 것도 잘 참아내면서 이렇게 말하니 참으로 가상하구나. 그렇지만 우리 부모님이 우리를 기르실 때를 생각해보아라. 부모님의 사랑은 크고도 높아, 흘러서 바다가 되고 쌓여서 산이 될 정도였어. 먹는 게 조금이라도 덜하면 놀라서 물으시고 아침에 좀 늦게 일어나기라도 하면 혹 아픈가 하시며 놀라서 달려오셨지. 우리를 시집보낼 때가 되어서는 옷자락을 부여잡고 차마 보내지 못하셨다. 지금 부모님은 틀림없이 하늘을 보시며 '우리 딸들이 병 없이 잘 있을까?' 하며 기도하실 게야. 그런데 불초한 우리는 부모님의 이런 은혜에 보답하지도 못하고 호랑이 굴에 떨어져 목숨이 아침저녁으로 위태롭고, 게다가 너는 더욱 고생이 심하여 차마 눈 뜨고 볼 수 없을 지경이니 슬프고 분하지 않니?"

그러자 남부인도 눈물을 떨구었다. 조씨는 벽 사이로 이들의 대화를 몰래 엿듣다가 부풀려서 심씨에게 일러바쳤다. 심씨는 크게 화를 내며 자신을 원망하고 저주한 죄로 윤부인을 정원 북녘의 작은 집에 가두고, 남부인은 매질하여 중랑 밖에 있는 행각 아래에 가두었다.

그리고 윤부인과 남부인의 시비들을 모두 밖으로 내쫓았다. 계앵은 부인의 치마를 부여잡고 통곡하며 떠나지 않으려 했다. 조씨가 이를 보고 꾸짖었다.

"천한 종년이 죽고 싶은 게냐?"

그러자 계앵은 고개를 들고 차갑게 웃으면서 말했다.

"죽는 것이 뭐가 그리 두렵겠습니까? 하지만 나는 비록 신분은 천해도 동쪽 담에서 몰래 노리개를 주워 외간 남자와 사통하는 짓은 않습니다."

조씨는 얼굴이 하얗게 질려서 계앵을 사정없이 두들겨 패서 쫓아냈다. 심씨는 또 죽우당의 안팎 문을 모두 잠가 한림이 출입을 못 하게 하면서 때때로 음식도 주지 않아 곤경에 처하게 만들었다.

하루는 조씨가 난향을 시켜서 쌀죽 한 그릇을 남부인에게 보내왔다. 그리고 심씨의 말로 전하여 말했다.

"다시는 안채로 들어오지 못할 줄은 너도 잘 알 테니 스스로 빨리 끝내거라."

부인은 죽 색깔이 푸르스름하면서 노란 것을 보고 탄식했다.

"구차하게 살아남기보다는 차라리 죽어서 아무것도 모르는 것이 나을 거야."

부인은 드디어 그릇을 들고 모두 마셨다. 난향이 들어가서 남씨의 죽음을 조씨에게 고하자, 조씨는 크게 기뻐하며 즉시 난향과 함께 시신이 있는 곳으로 와서 급히 멍석으로 말았다. 그리고 비밀리에 심복 노비 막충에게 금화 백 냥을 주고 맡겼다.

"너는 이 멍석을 지고 가서 강물에 던지고 와라. 각별히 입조심해야 한다."

막충은 멍석을 지고 정원 북쪽에 있는 작은 문으로 나갔다. 밤은 이미 삼경三更. 밤 열한 시에서 한 시 사이을 지나고 있었다. 그런데 수백 걸음을 갔을 때쯤이었다. 막충은 갑자기 정신이 어질어질하면서 길을 잃고 산속으로 들어갔다. 잠시 후에 눈, 코, 입, 귀 등이 모두 꽉 막힌 듯 한 치 앞도 볼 수가 없었다.

한편, 이전에 청원스님이 꿈을 꾸었는데, 관음보살이 나타나 단약 세 개를 주면서 말했다.

"몇 월 며칠에 남부인 채봉이 제 명을 누리지 못하고 죽을 것이다. 너는 그날 밤 사경四更. 밤 한 시에서 세 시 사이쯤에 소흥으로 가서 보림산寶林山 남쪽 기슭에서 기다리고 있다가 구하여라."

다음 날 청원은 짧은 가사장삼을 두르고 지팡이를 들고는 서쪽을 출발하여 보림산의 명주암에 이르렀다. 이곳은 곧 화씨 집안의 북쪽 정원 바깥쪽이었다. 때마침 윤부인과 남부인의 몸종들이 암자에 숨어 있으면서 각각 그 주인아씨를 그리워하며 이야기하다가 눈물을 흘리고 있었다. 청원은 이를 알고도 굳이 묻지 않았다.

어느 날 밤중에 청원이 계앵과 쌍섬에게 말했다.

"그대들의 주인아씨가 아주 위험한 곤경에 처해 있습니다. 내가 가서 구할 것이니 그대들은 나를 따라오세요."

그러고는 즉시 마을 입구를 향하여 나갔다. 계앵 등은 크게 의심했지만, 일단 따라가보았다. 청원은 남쪽 기슭의 두 그루 소나무 아래에서 멈추더니 더 이상 나아가지 않았다.

"이곳입니다."

홀연 키 큰 사내 하나가 등에 커다란 멍석을 메고 천천히 다가오더니, 길에다 짐을 부려놓고는 바위에 기댄 채 잠이 드는 것이었다. 청원이 나아가 멍석을 잡고 계앵 등을 시켜 안아서 들게 했는데, 계앵 등은 심장이 놀라고 다리가 후들거려 들지 못했다. 청원이 끌끌 혀를 차며 말했다.

"이때를 놓치면 구할 수 없으니 빨리 들어요."

계앵 등은 그 말을 듣고야 비로소 주인아씨인 것을 알고 놀라 소리 지르며 땅바닥에 엎어졌다. 청원이 급히 이를 말리며 스스로 멍석을 들고 암자로 돌아왔다. 남쪽으로 머리를 두고* 멍석을 펼치고 보았더니, 부인의 낯빛은 변하지 않았고 가슴에 약간의 온기도 남아 있었다. 청원이 크게 기뻐하며 주머니에서 환약 세 개를 꺼내 먼저 한 개를 따뜻한 물에 타서 입에 흘려보냈다. 따뜻한 기운이 온몸에 퍼지면서 손목의 맥도 조금씩 뛰기 시작했다. 계앵 등 십여 명이 안절부절못하며

---

* 남쪽으로 머리를 두고: 북쪽은 죽은 사람의 방향이기 때문에 남쪽으로 머리를 둔 것임.

모두 '관세음보살'을 부르는데, 눈물이 비 오듯 쏟아졌다.

청원이 또 환약 한 개를 개어서 입에 흘려 넣었다. 마침내 부인이 눈을 뜨고 길게 숨을 내쉬더니 몸을 번드쳐 돌아눕고는 독물을 토해냈다. 시퍼런 피가 바닥에 가득했다. 또 한 개를 타서 가져가니 이번에는 부인이 스스로 마셨다. 그리고 정신이 맑아지고 사지가 가벼워져서 일어나 앉아 청원에게 말했다.

"스님은 뉘시온데 죽은 목숨을 살리셨습니까?"

청원이 웃으며 말했다.

"부인, 제 얼굴을 기억하시겠습니까?"

부인이 가만히 바라보다 말했다.

"혹시 일곱 해 전 관음화상을 그려달라고 하시던 청원스님이 아니신지요?"

"부인이 기억하시는군요. 그때 제가 보니 부인의 눈이 너무 맑고 얼굴이 너무 고우며 말이 놀랍고 행동이 신비로워서 그냥 속세의 음식을 먹을 사람이 아니었습니다. 게다가 한 줄기 푸른 기운이 천정天庭, 사람 얼굴의 두 눈썹 사이을 가로지르고 있어서, 그해에 틀림없이 험한 액운을 겪을 것이며 살 수 있을지 알 수 없을 것을 이미 짐작하였습니다. 마음속으로는 놀랍고 안타까웠지만, 큰 액운은 면할 수 없으니 일러주어도 쓸데없다고 생각하여 말씀드리지 않았던 것입니다. 제가 그날 본 바로 미루어보면 부인께서 지금까지 세상에 살아 계신 것도 또한 기이한 일입니다. 그러나 부인은 천지의 정기와 오행五行의 빼어남을 타고나셨으니, 여자 가운데 성인이십니다. 장차 황영皇英. 자매가 함께 순임금에게 시집간 아황과 여영의 덕을 이어받아서 규방을 크게 교화하실 분입니다. 그러니 모든 신들이 호위하여 요얼妖孼. 요망한 귀신 또는 그 재앙들이 해치지 못하게 한 것입니다."

부인이 탄식하면서 동정호에서 있었던 일을 말해주었다.

"내가 그때 부모님을 따라 죽지 못하고 모질게 살아남았기 때문에 그 불효를 하늘이 괘씸히 여겨 오늘날 이 같은 재앙을 내리셨나 봅니다. 복 없는 사람이 차라리 죽으면 걱정을 잊을 텐데, 스님께서는 쓸데없이 자비를 드리워서, 죽어야 행복할 사람이 이 괴로운 세상에서 다시 살도록 하셨네요. 이건 은혜가 아니라 오히려 원수입니다."

청원이 웃으며 말했다.

"부인, 이런 말은 하늘의 뜻을 모르고 하는 말씀이십니다. 예로부터 성인들 중에 액운을 만나지 않고 도를 터득한 사람은 없었습니다. 우리 석가모니께서 설산雪山. 석가모니가 전생에 6년 동안 고행하고 득도한 곳에서 어려움을 겪으신 것이나 공자께서 진陳나라와 채蔡나라 사이에서 양식이 떨어져 곤경을 겪으신 것이 그러합니다. 부인처럼 세상에 뛰어난 자질을 갖추신 분이 그냥 편안하게 살고 특별히 심한 고난을 겪지 않는다면, 세상은 부인이 있는지조차 모를 것입니다. 그렇기 때문에 하늘이 부인을 격발激發하여 덕이 천하에 드러나게 하려는 것입니다. 이런 까닭에 재앙과 복록은 다 때가 있고 영화도 치욕도 모두 부질없음을 알았던 옛 사람들은, 세상의 바람과 서리를 질리도록 경험하고도 그 마음이 더욱 씩씩해질 수 있었던 것입니다. 바위 위에 홀로 있는 오동나무를 보지 못하셨습니까? 눈서리가 내리고 더운 바람이 불어도 그 가지는 더욱 단단해지고, 안으로 고통을 참아냈기에 잘라서 비파를 만들면 금석도 그 소리를 따라오지 못합니다. 맹자께서 말씀하셨던 '마음을 놀라게 하여 성품을 굳게 한다動心忍性'는 것은 남자뿐 아니라 부인들에게도 또한 그러한 것입니다."

그리고 관음보살이 꿈에 나타나 지시한 것을 알려주며 말했다.

"부인을 보니 몇몇의 액운이 더 남아 있고 또한 저희 불가와 인연이 있습니다. 지금 저와 함께 촉蜀 땅으로 가서 관음보살에게 의지하며 서너 해를 보내게 되면 복록이 저절로 이를 것이고 재앙이 영원히 멈출 것입니다."

남부인은 큰 한숨만 내쉬면서 쉽사리 허락하지 않았다. 그날 밤 관음보살이 다시 부인의 꿈에 나타났는데, 하는 말이 청원이 한 말과 같았다.

다음 날 부인은 드디어 계앵과 함께 남자 옷으로 갈아 입고 청원을 따라 촉으로 들어갔다. 쌍섬 등이 울면서 따라가려 하자 부인이 탄식하며 말했다.

"나는 앞으로 산속에서 고생을 감수하려고 한다. 그러니 몸종을 많이 거느리며 호사스럽게 행차할 수는 없어. 그리고 머지않아 옥화 언니가 위험에 처할 것이니 너희들은 이곳에 머물러 기다리고 있으면서 매일 화씨 집 문밖으로 가서 소식을 알아보아라."

그날 막충이 잠에서 깨어 일어나보니 해가 환하게 떠 있고 산골짝 물이 졸졸 흐르고 있었다. 막충은 사방을 둘러보며 방황하다가 멍하게 탄식하면서 말했다.

"이게 꿈이야 생시야? 어떻게 이곳에 와 있으며, 지고 왔던 것은 어디로 갔지?"

잠시 생각해보더니 다시 말했다.

"이게 꿈이 아니라면 귀신이 장난친 것인가? 그러나저러나 저쪽에서 나에게 나쁜 짓을 시켰으니 내가 사실대로 말할 필요는 없겠지."

막충은 숨을 헐떡거리며 돌아가서 조씨에게 말했다.

"소인이 그 멍석을 메고 별빛조차 희미한 밤중에 험한 산길을 헤쳐 갔는뎁쇼, 저라산苧蘿山, 지금의 소흥 제기시(諸暨市)에 있는 산 기슭을 돌아서 완사석浣紗石 위에 올라서 보니 그 아래에 만 길 물이 마치 수정처럼 파랗게 출렁거리고 있었습죠. 마침내 멍석을 풀어서 커다란 돌로 누른 후에 기다란 끈으로 단단히 묶고 '이얏' 하고 던지니 '풍덩' 하면서 떨어져 바닥에 닿은 후에야 잠잠해졌습니다요."

조씨가 크게 기뻐하면서 커다란 대접에 향기로운 술을 따라주었다.

난향이 손뼉치며 꼴 좋게 되었다고 야유하다가 내당으로 들어가서 심씨에게 이렇게 아뢰었다.

"우습고도 우습습니다. 남씨가 평소에 그토록 절개가 높은 척하며 콧대가 하늘 높은 줄 몰라서, 유모 없이 처소 밖을 나서는 여자를 보면 '행실이 바른 여자가 아니다'라고 하고, 촛대를 들지 않고 밤길을 가는 여자를 보면 '음란한 여자다'라고 하더니만, 수십 일 혼자 방을 지키다가 잡생각이 났는지 컴컴한 야밤에 담을 넘어 도망갔습니다요."

이때 춘은 감기에 걸려서 외당에 앓아누워 있었는데, 심씨가 급하게 외당에 나가서 춘을 보고 말했다.

"큰일 났다!"

춘은 아픈 중에 갑자기 이 말을 듣고는 영문도 모른 채 크게 놀란 나머지 기절해버리고 말았다. 한참 뒤에 정신을 차리고 나서 난향의 말을 듣고는 그 어미에게 핀잔을 주었다.

"남씨가 도망친 게 뭐 그리 큰일입니까?"

심씨가 대답했다.

"윤시랑이 와서 그 딸을 찾다가 우리보고 죽였다고 하면 어떻게 하겠느냐?"

춘이 다시 크게 놀라서 그만 기절해버렸다. 이처럼 어미는 경망스러운 데다가 조급하고, 아들은 겁많고 어리석었다.

애초에 춘은 조씨를 취란당에 머물게 하였는데, 이곳은 외당과는 멀찍이 떨어진 외딴 곳이라서 왕래하기가 불편했기 때문에 조씨를 만류정에 머물게 하였으니, 이제 작은 문을 사이에 두고 오갈 수 있게 되었다. 난수가 범한과 정을 통한 뒤에 조씨도 난수로 인하여 범한과 정을 통하게 되었는데, 춘이 병이 난 뒤로는 범한이 멋대로 들어와서 잠을 자곤 했다. 집안 하인들 중에도 간혹 이를 아는 자가 있었지만, 감히 말하지는 못했다.

하루는 조씨가 범한의 배를 어루만지며 말했다.

"이 배 속에는 만 가지 꾀가 있어서 이리도 큰가 봐요."

범한이 웃으며 말했다.

"꾀란 것은 배 속에 있지 않고 머릿속에 있다오. 나에게는 한나라 진평처럼 여섯 가지 꾀가 있어서, 그중에 셋은 이미 썼고 아직 쓰지 않은 것이 셋이라오."

"이미 사용한 것은 어떤 꾀인가요?"

"경옥을 꾀어 사귄 다음 재물을 물 쓰듯 하게 한 것이 첫번째이고, 화진을 무고한 죄에 얽어들게 하여 영영 앞길을 막아놓은 것이 두번째이고, 멍청한 남편을 기만하고 그의 아름다운 부인을 빼앗은 것이 세번째요."

조씨가 웃고 말했다.

"그럼 쓰지 않은 꾀는 무엇인가요?"

"첫째는 화진을 죽이는 것이고, 둘째는 화춘을 죽이는 것이고, 셋째는 춘추시대 월나라의 범려范蠡가 재물을 싣고 서시와 함께 떠났던 것처럼 이 집 금은보화를 빼돌려 그대와 함께 오호五湖에 배를 띄우고 노는 것이오."

조씨는 화를 내는 척하면서 그 배를 탁 튕겼다.

"어찌 그리 사람이 못됐어요? 그런데 화진 형제는 무슨 꾀로 죽이려고 하나요?"

"내 친구 누급이란 자가 칼을 잘 쓴다오. 이 사람을 시키면 화진을 죽일 수 있을 거고, 그러고 나서 춘을 그 아우와 제수를 죽인 죄로 관가에 고발하면 춘은 목이 떨어지는 것을 피할 수 없을 게요."

조씨는 말없이 미소지었다. 며칠이 지난 뒤에 범한이 조씨를 만나 탄식하며 말했다.

"내 계획이 틀어졌소."

"무슨 계획이 틀어졌다는 말이에요?"

"어젯밤에 누군가 날랜 비수를 끼고 몸을 날려 죽우당에 갔다가 바로 뛰쳐나와서는 등에 땀이 흥건하게 젖은 채로 '문밖에 큰 거인이 있다가 소리를 질렀다네'라고 하였소."

조씨가 놀라서 물었다.

"그것이 웬 거인이지요?"

"아마도 이 집 귀신인 듯한데, 알 수 없소."

범한이 다시 얼마간 곰곰히 생각하다가 말했다.

"내가 다시 꾀를 하나 냈는데, 그대는 혹시 윤부인과 남부인의 필적을 구할 수 있겠소?"

"윤씨와 남씨는 원래 함부로 붓을 놀리지 않고 시 짓는 것도 즐기지 않으니 무슨 필적이 있겠어요? 하지만 한번 가서 그 상자를 뒤져보지요."

그러고는 열쇠를 들고 갔다가 한참 뒤에 돌아와서 말했다.

"윤씨와 남씨의 옛 처소에 가서 책장, 연갑에서부터 훈롱薰籠, 옷의 해충을 없애기 위해 사용하는, 대나무 뚜껑이 있는 향로과 화장대에 이르기까지 뒤지지 않은 곳이 없는데, 한 장 편지도 찾지 못했어요. 다만 남씨 방에 이 책 한 권이 있던데 남씨가 손수 쓴 글씨인지는 모르겠네요."

범한이 보니 정성 들여 쓴 『효경』한 부였다. 그 아래에는 '열 살에 첫 장을 쓰다'라고 하였고, 낙관이 있는데 '농취정'이라고 하였다. 범한이 기뻐하며 말했다.

"농취정은 틀림없이 남씨가 어릴 때 머물렀던 곳의 이름이오. 그대는 언제 한번 들어본 적 없소?"

"남씨는 말수가 적고 성품이 고고해서 다른 사람과 말을 잘 하지 않아요. 또 그 몸종들도 산동에서 있었던 일은 전혀 말하지 않으니 내가 어떻게 윤씨 집의 건물 이름을 알겠어요?"

범한이 고개를 숙이고 생각하다가 일어나 백화헌으로 가서 춘에게 물었다.

"그대는 산동 윤시랑 집에 농취정이란 곳이 있는 줄 아오?"

"알지요. 그런데 형은 무슨 일로 묻소?"

"내가 들으니 윤시랑이 그곳을 심히 사치스럽게 꾸며서 마치 한나라 성제成帝가 조비연의 동생에게 지어주었다던 소양사昭陽舍처럼 명주와 비취의 깃털로 장식해놓았다 합디다. 게다가 그곳에 절세미인들을 모아두었다고 하니, 늙은 영감의 풍류가 볼 만하구려."

화춘이 크게 웃으면서 말했다.

"형이 잘못 들었소. 윤공은 맑고 깨끗한 사람인데 무슨 그런 일이 있겠소?"

범한이 코웃음을 쳤다.

"경옥은 전혀 모르고 있구려. 윤시랑의 애첩 이름이 취교라서 이곳을 농취정이라고 했다고 하던데?"

화춘이 박장대소하면서 말했다.

"이 또한 허무맹랑한 말이오. 전에 성형이 시를 써서 형옥을 놀리기를 '농취정에서 봉황과 만나고 응향각에서는 꽃을 대한다'고 했으니, 아마도 남씨의 이름에 봉황 '봉鳳'자가 있고 윤씨의 이름에 꽃 '화花'자가 있어서 그렇게 읊은 것일 게요. 그리고 내가 듣기로는 농취정은 남씨의 신혼방 이름이오. 명주, 비취의 깃털, 취교 등등의 말은 모두 금시초문이오."

그러자 범한이 웃으며 말했다.

"그렇다면 내가 잘못 들었구려."

한편, 한림은 쫓겨나서 갇힌 뒤로 줄곧 이부자리에 누워서 아버지와 어머니를 부르며 울부짖었다. 그러다가 깜빡 잠이 들면 비몽사몽간에 화상서와 정부인이 베갯머리에 앉아서 머리를 쓰다듬으며 탄식했다. 어느 날 밤에는 등잔불 앞에 와서 생생하게 말했다.

"앞으로 큰일이 닥칠 것이니 부디 몸조심하거라."

한림이 깜짝 놀라 소리를 지르며 붙잡으려고 했지만, 이미 보이지 않았다.

그날 동틀 무렵, 간밤에 안방에 자객이 들었다며 온 집안이 놀라 떠들썩했다. 한림은 놀란 나머지 기절하였고, 춘은 옷을 채 여미지도 못한 채 안방으로 들어갔다. 심씨는 넋이 나가서 눈만 크게 뜨고 있었고, 난향은 심씨의 침상에 비스듬히 누워 있었는데, 입에서는 피가 흐르고 있었고 혀는 잘려서 입술 위에 걸쳐 있었으며 한 자 남짓한 비수가 입술에서부터 뇌를 관통해 있었다. 춘이 이것을 보고 깜짝 놀랐다. 그때 계향이 출입문 틈에서 비단 주머니를 주워 가지고 왔다. 춘이 보니 안에 혁제서赫蹏書. 작고 얇은 종이에 쓴 편지가 있었는데, 남부인이 한림과 서로 모의하여 심씨를 죽이려는 내용으로, 적힌 말이 끔찍했다. 화춘은 땅을 치면서 말했다.

"내가 진작에 이럴 줄 알았다."

심씨도 보고 큰 소리로 욕을 했다.

"이것은 남씨의 필적이다. 못된 자식이 스스로 정실인 어미를 죽이려고 하니 어찌 탄로 나지 않겠느냐?"

그러더니 마침내 직접 고발장의 초안을 썼다.

이때 범한은 조씨를 끌어안고 누워서 뒹굴고 있었는데, 난수가 정당에서 벌어진 일을 알려왔다. 범한이 안타까워하며 말했다.

"나는 원래 늙은 것을 죽이려고 했는데 누생이 잘못해서 난향을 죽였구나. 아깝다, 난향이 공을 세우고도 억울하게 죽고 말았네."

그러고는 옷을 걸치고 일어났다. 화춘이 고발장의 초안을 들고 정신없이 외당을 나서고 있을 때, 범한이 관을 비뚜로 쓰고 신을 질질 끌면서 만류정 협문에서 천천히 나오다가 춘과 딱 맞닥뜨렸다. 그러나 범한은 조금도 놀라거나 부끄러워하는 기색이 없었고, 화춘 또한 미처 의심할 겨를이 없었다.

범한이 웃으며 물었다.

"형의 집에는 어찌 그리 변고가 많소?"

춘이 이마를 찡그리며 말했다.

"내 팔자가 사나워서 동생 하나 잘못 둔 탓에 이처럼 온갖 괴이한 변이 일어난다오."

그러고는 고발장의 초안을 꺼내 보여주었다.

"형이 이것을 좀 보고 다듬어주시구려."

범한이 다 보고 비웃으며 말했다.

"일어난 일은 엄청난데 글이 보잘것없으니, 이렇게 올리면 아마 도리어 죄에 얽혀들 것이 뻔하오."

범한이 놀라서 겁을 먹고 물었다.

"그럼 형의 그 높은 글솜씨 좀 빌립시다."

범한이 드디어 먹을 듬뿍 찍어서 장황하게 수천 마디 말을 엮어 차마 들을 수 없는 끔찍한 말을 지어냈다.

아! 화상서는 누급의 눈에는 보이면서 아들 춘의 꿈에는 나타나지 못했고, 조물주는 난향의 혀를 끊을 수 있으면서 범한의 손을 자를 수 없으니 이 무슨 까닭인가?

범한이 소매 안에 그 고발장을 넣고 말했다.

"아무래도 내가 가지 않으면 일이 다 틀어지겠소."

그리고 백금 수백 냥을 달라고 해서 관부로 갔다.

이 고을 지부인 최형崔珩은 화씨 집안의 잔치 자리에서 화진을 한 번 본 후 그 풍모에 반해서 화진을 위해 수레 모는 허드렛일도 할 마음이 있었는데, 이 고발장을 보자 참담한 마음에 책상을 치고 말했다.

"이는 분명 모함일 거야."

포졸을 따라 한림이 오자 최지부는 기소문서를 꺼내 들고 죄목에 대해 물었다. 범한은 이미 계단에 우두커니 팔짱을 끼고 서 있었다. 다 듣고 난 한림은 자신이 모함에 빠진 것을 알고는 마음이 아팠다.

'이건 운명이야, 운명! 내가 허위로 자백하지 않으면 어머니와 형이 어떻게 되겠는가?'

한림은 마침내 고개를 들고 대답했다.

"참으로 그런 일이 있었습니다. 죄가 이미 모두 드러났으니 죽을 수밖에 없습니다."

최지부가 불쌍하여 탄식하면서 한림에게 말했다.

"죄인의 사정이 참 딱하구려. 어머니가 이미 고발장을 냈으니 효자된 도리로 어떻게 발명發明할 수 있겠소? 그렇지만, 한나라 때 동해東海의 효성스런 며느리가 시어머니를 죽였다고 죄 없이 허위 자백하는 바람에 처형된 뒤 삼 년 동안 그 땅에 비가 오지 않았고, 그 태수된 자는 후세에 어리석다는 말을 듣게 되었소. 지금 나 최형도 그렇게 되면 억울하지 않겠소?"

그러자 범한이 큰 소리로 외쳤다.

"죄인이 스스로 그 죄를 알아 변명하지 않고 자백하였으면 벌을 줄 따름이지, 무슨 연유로 이 사람을 달래어 그 말을 바꾸려 하십니까?"

지부가 크게 화를 내며 범한을 끌어내리고 서릿발 같은 목소리로 꾸짖었다.

"천한 네놈은 범가이면서 무슨 일로 화씨 집 일에 간섭하여 이처럼 함부로 입을 놀리는 게냐?"

그러고는 그 머리채를 잡아 끌어내라 하고 한림은 일단 옥에 가두어 두었다. 범한은 수중의 은냥을 내서 옥졸들에게 나누어 주고 기회를 보아 한림을 죽이려고 했다.

한편, 한림의 유모 계화는 심씨에게 쫓겨난 후 이 고을 부자 유이숙劉爾淑의 아내가 되었다. 계화는 한림이 변을 만나 옥에 갇혔다는 소식을 듣고는 통곡하며 먹지도 않더니, 화씨 집 문에서 자결하여 그 원통함을 밝히고자 했다. 이숙이 이런 부인을 의롭게 여겨 말했다.

"내가 한번 가보리다."

잠시 후에 이숙이 돌아와서 분한 마음에 눈물을 흘리며 말했다.

"한림의 옥 같은 용모를 보니 천하의 군자였소. 사내대장부가 되어 이런 사람을 위해서 목숨을 바치지 않을 수 있겠소?"

그러고는 금화를 많이 내어 물 쓰듯 뇌물을 주고 계화는 직접 옥중에 음식을 대었는데, 이숙이 옥문 옆에 앉아 있다가 독이 있는지 먹어본 후에야 들였다. 그러니 범한의 은화는 쓸모없이 허비된 셈이다. 옥문의 안팎에 혹시라도 범한의 그림자라도 보이면 흰 몽둥이와 붉은 작대기가 구름에 비 오듯 쏟아지니 범한이 간담이 서늘하여 감히 가까이 가지 못했다. 최지부는 한림 사건을 자나 깨나 안타깝게 생각했지만, 어찌해야 할지 스스로 결단을 내리지 못하고 있었다.

마침 도어사 하춘해夏春海가 절강을 순무巡撫, 여러 곳을 두루 다니며 백성을 위로함하고 돌아가다가 소흥을 지나게 되었다. 지부는 크게 기뻐하면서 하어사를 맞이했다.

"저희 고을에 의옥疑獄, 판결을 내리기 어려운 사건이 있습니다. 제가 어리석어서 사실을 밝혀내기 어려운 차에 다행히 나리께서 오셨으니 한번 나리의 말씀을 듣고자 합니다."

그러고는 고발장을 꺼내 보였다. 어사가 겨우 몇 줄 읽고는 놀라서 말했다.

"화진이란 자가 장원급제하고 한림학사가 되었던 그자요?"

"그렇습니다."

어사는 모두 읽고 나서 팔을 걷어붙이며 한탄했다.

"지난번 언무경이 이자를 불효하다고 탄핵했을 때 우리는 이자가 억울하게 누명을 썼다고 생각했소. 그런데 지금 이 고발장을 보니 과연 한림은 흉특한 자였구려. 내가 마땅히 법이 바르게 서도록 하겠소. 끌고 오라 하시오."

이에 한림이 뜰에 이르렀다. 어사는 그 고발장의 내용이 사실이냐고 물었다. 이전처럼 대답하는 한림의 옥 같고 별 같은 눈에 구슬 같은 눈물이 그렁그렁하여 금방이라도 흘러내릴 것 같았다. 가만히 보던 어사의 얼굴에 슬픈 기색이 나타났다.

'이 사람은 군자다. 기린은 태평성대에만 나타나는 상서로운 동물인데 말세에 나타나 사람들에게 사로잡히는 화를 당했지. 이 사람도 때를 만나지 못해 화를 입은 것이야.'

그러고는 지부를 돌아보고 말했다.

"이 사람을 잘 보호해주시오."

그날 밤 어사는 직접 쓴 편지를 시중들던 사람 왕겸을 시켜 몰래 화진에게 전하게 했다. 편지 내용은 다음과 같았다.

저는 좋은 옥은 불에 들어가서 더욱 밝게 빛나고 꽃다운 난초는 화로에 들어가서 더욱 향내가 강해진다고 들었습니다. 족하足下. 편지 쓸 때 상대를 높여 이르는 말가 오늘 만나신 고초는 하늘이 족하를 더욱더 단련하시려는 뜻이 아니겠습니까? 그렇지만 오동나무가 불 속에 들어가 타는 소리가 금석을 압도했을 때, 다른 사람들은 모두 듣지 못하였는데 채옹蔡邕만이 홀로 그 소리를 듣고 불 속에서 꺼내어 비파를 만들 수 있었고, 감옥 밑에 묻힌 칼의 빛이 하늘의 북두성과 견우성에까지 뻗쳤을 때, 다른 사람들은 모두 보지 못하였지만 뇌환雷煥은 홀로 그 빛이 보검의 빛임을 알아보고 그곳을 파서 보검을 얻을 수 있었습니다. 이렇기에 옛사람들은 자신을 알아주는 사람을 만나기 어렵다고 한탄하였던 것입니다. 아! 족하는 옥 같은 성품과 난초 같은 향기로 불에 탈 위기에 처하셨으며 옥에 묻혀 세상을 한탄하게 되셨습니다. 지금 저의 어리석음은 감히 옛사람에 비할 바가 못 되지만, 족하의 얼굴을 보고는 그 마음을 알 수 있었으며 족하의 말을 듣고는 그 뜻을 알 수 있었으니, 눈과 귀가 전혀 없는 자라 할 수는 없을 겁니다. 지금 족하는 잘못된 생각으로 그릇된 의리를 지키려고 합니다. 끝내 이렇게 비명에 죽게 되면 후세 사람들이 족하의 기린과 봉황 같은 덕과 빙설氷雪 같은 모습과 광풍光風, 비 갠 뒤의 상쾌한 바람 같은 얼굴, 가을물 같은 정신은 알지 못하고 '여양후 화공의 아들이 강상綱常, 삼강과 오상, 즉 사람의 도리의 죄를 저질러 동쪽 저자에서 처형되었으니, 집안을 망하게 하고 조상을 욕되게 하였으며 고을의 이름이 없어지는 수모로 마을 사람을 치욕스럽게 하였다'고 함부로 욕하고 침 뱉을 것입니다. 그렇게 되면 죽어 지하에 가더라도 부끄럽지 않겠습니까? 저는 이 점을 안타깝게 생각하여 감히 제 마음을 전하오니, 바라건대 부디 순간만 생각하여 천추에 남을 부끄러움을 취하지 마시길 바랍니다.

한림은 다 읽고 나서 감격의 눈물을 쏟았다. 그리고 속으로 생각했다.
'예전에 선친께서 태학사 하언의 충성을 칭찬하셨지. 지금 그 아들이 선하고 의로운 것을 보니 아버지를 욕되게 하지 않겠어. 아, 불초한 나는 이렇게 아버지의 이름을 욕되게 하고 있구나!'
그러고 나서 바로 왕겸에게 말했다.
"하어사 나리께서 죽어 마땅한 이 죄인을 생각해주시고, 열 줄 글을 보내시어 이렇게 간곡하게 일러주시니, 아둔하고 사나워서 사람의 도리로 꾸짖기 부족한 저라도 어찌 일호一毫 감동하는 마음이 없겠습니까? 그렇지만 죄인의 죄명은 나라 안의 삼척동자까지도 다 알고 있으니 지엄하신 황제 폐하 앞에서 차마 마음을 속이고 말을 바꾸지 못하겠습니다."

왕겸이 하어사에게 돌아가 이 말을 전하자 어사가 감탄했다.

"이 사람이 참으로 효성스럽구나. 죽음 앞에서도 동요하지 않으니 나도 어쩔 수 없겠어."

하어사는 왕겸을 보내 한림의 옥바라지를 하도록 했다. 그리고 수레를 빨리 몰아 경사京師로 가면서 지부에게 일러두었다.

"이 사건은 성급히 판결해서는 안 되니 황제께 아뢴 후에 처리하려고 하오. 지부께서는 옥리들을 잘 단속하여 형벌로 죄인이 죽거나 자결하는 일이 없도록 해주시오."

그때 범한은 최지부가 한림을 보호하려는 뜻이 있고 또 유이숙 때문에 감히 독약을 먹일 수도 없자 마음이 초조해졌다. 그리하여 즉시 한 필 말을 타고 밤새도록 서울로 달려가서 엄숭에게 뇌물을 쓰니, 엄숭은 소흥부 죄인을 경사로 올리라는 명을 내렸다. 이에 유이숙과 왕겸은 한림을 보호하여 길을 나섰다. 계화가 말 앞에서 통곡을 하며 배웅하자 한림이 말을 세우고 눈물을 흘렸다. 이 모습을 길에서 구경하던 사람들도 혀를 차며 안타까워했다. 한림이 경사에 이르자 엄숭은 심씨의 고발장을 천자에게 올렸다. 천자는 뜻밖의 사건에 놀라서 말했다.

"화욱의 아들이 이런 악행을 저지를 줄 어찌 알았겠는가?"

그리고 해당 관청에 명하여 바로 처형하도록 했다. 그러자 도어사 하춘해가 자리에서 나와 아뢰었다.

"신이 폐하의 명을 받들어 소흥을 지날 때에 소흥지부 최형이 이 사건을 가지고 신과 의논한 적이 있습니다. 신도 처음에는 놀라고 끔찍하게 생각해서 죄인을 처형하려고 했습니다. 그런데 그 용모와 행동거지를 보고 그 말하는 기색을 살펴보니, 어질고 효심 있는 군자이며 절대로 흉악한 일을 할 사람이 아님을 알 수 있었습니다. 또 신이 가만히 들으니 화진은 심씨가 낳은 아들이 아니라고 합니다. 예로부터 의붓아들과 의붓어미 사이에는 서로 악다구니 쓰며 모함하는 일이 있어서 사실을 분별하기 어려운 은밀한 상황이 발생하곤 했습니다. 지금 폐하께서는 신중하게 자세히 살피셔야 합니다. 살인죄를 어찌 그 자리에서 한마디 말로 판결을 내리시고 조금도 신중하게 살피지 않으십니까? 바라건대, 바로 처형하라는 명을 거두시어 한 사람이 지하에서 한을 품는 일이 없도록 하시옵소서."

황제가 유예하며 대답을 하지 않자 엄숭이 나와 아뢰었다.

"무릇 말과 용모로 사람을 취하다 보면 성인도 실수할 수 있습니다. 공자께서도 담대멸명澹臺滅明의 추한 용모를 보고 꺼리셨다가 그 사람됨을 아시고는 '용모로 사람을 취했더라면 이 사람을 놓칠 뻔했다'고 말씀하셨습니다. 지금 하춘해는 화진의 말재간과 외모만 보고 진평과 같은 행실을 살피지 않고 있으니 참으로 가소로운 일입니다. 또한 그자가 이미 자백을 하였는데 무슨 원한이 있겠습니까?"

하어사가 소리를 높여 말했다.

"승상께서 틀리셨소이다. 진평이 형수를 빼앗았다는 말은 유방의 휘하에 있던 강후絳侯와 관영灌嬰의 무리들이 진평을 헐뜯기 위해 한때 지어낸 말인데, 승상께서는 실제 있었던 일로 알고 있으니 역사를 잘 모르고 계시군요. 또 화진이 자백한 것 역시 효심 때문입니다. 만약 민손閔損, 효성으로 이름난 공자의 제자의 계모가 민손을 불효하다고 관가에 고발하였다면 민손이 죄를 면하기 위해서 자신의 결백을 주장하여 계모에게로 죄가 돌아가도록 했겠습니까?"

엄숭은 부끄럽고 화가 나서 아무 말도 하지 않았다. 하어사가 다시 아뢰었다.

"신은 폐하의 은혜를 입고 있으면서 항상 목숨을 다해 충성하고자 하였습니다. 이제 만약 화진을 살린다면 이로써 폐하께 은혜를 갚는 일이 될 것입니다. 폐하께서 만일 화진의 목숨을 몇 달간 살려주셨는데도 끝내 이 일이 사실임이 판명된다면 그때는 신이 화진과 머리를 나란히 하고 처형을 당해서 오늘 망발한 죄를 씻겠습니다."

그러고는 비장한 모습으로 눈물을 흘렸다. 태학사 서계도 아뢰었다.

"하춘해가 평소에도 나라에 은혜를 갚으려는 마음을 품어왔습니다. 폐하께서는 그 어리석음을 눈감아주시고 그 마음만을 헤아려주시기 바랍니다."

마침내 황제가 형부상서 정필鄭弼에게 말했다.

"하춘해의 말이 또한 일리가 있으니 그대는 모름지기 엄중히 실상을 밝혀내어 아뢰도록 하여라."

여러 신하들이 물러났다. 하어사와 정상서는 말고삐를 나란히 하고 나왔는데, 정공은 하공의 처형이었다. 하공이 정공에게 말했다.

"무고한 사람을 죽이는 일도 있어서는 안 되는데 군자를 죽게 해서야 되겠습니까? 형은 조금만 시간을 끌어 저절로 단서가 드러나도록 해주세요."

"그러지."

이후에 정공은 매번 죄수를 신문하는 날이면 한림의 얼굴만 보고 말았다. 엄숭이 여러 번 위협했지만, 정공은 끝내 동요하지 않았다.

미소년이 화장을 하고
규방의 아가씨는 순결을 지키다

이즈음 화춘은 집안일이 크게 어지러워지면서 괴이한 일이 연달아 발생하는 것을 목도했다. 백화헌 앞에 있던 천 년 묵은 고목이 까닭 없이 저절로 쓰러지고, 만류정 밑에서는 늙은 구미호가 슬피 울며 돌아다녔다. 그리고 화상서의 사당에서는 밤낮으로 곡성이 들렸다. 화춘은 걱정스럽고 두려워 어찌할 바를 몰랐다. 장평은 이를 알고 기뻐했다.

"이제야말로 바로 내가 뜻을 펼 때로다."

하루는 밖에서 들어오는 장평의 얼굴에 걱정이 가득하여 화춘이 물었다.

"장형, 무슨 근심이라도 있소?"

그러자 장평이 대답했다.

"내가 걱정하는 사람은 내가 아니라 경옥 당신이오. 아까 길에서 들으니 모든 재상들이 화진을 힘써서 구한 덕분에 옥사가 뒤집어지려고 하는데 엄승상은 아무 말도 하지 않는다고 합디다. 이는 필시 범형이 경솔하고 조급하게 일을 처리하여 미리 사건의 단서를 누설한 탓일 게요. 이제 경옥의 머리가 언제 떨어질지 모르니 이것을 염려하는 게요."

화춘이 말했다.

"장형은 걱정도 많소. 진이가 직접 칼을 들고 못된 짓을 하다가 주머니를 떨어뜨렸으니 그 증거가 명백하오. 사건의 단서라고는 이것뿐인데 그게 나와 무슨 상관이 있단 말이오?"

장평이 손뼉을 치면서 말했다.

"경옥은 단단히 홀린 귀머거리 귀신이구려."

그러더니 범한이 그동안 악행을 저지르고 급기야 조씨와 간통한 실상을 낱낱이 말해주었다. 춘은 이 말을 듣고 기절하는 바람에 마루에서 떨어져 피를 몇 되나 토했다. 장평이 간호해서 겨우 정신을 차렸지만 얼굴은 잿빛으로 하얗게 질려 있었다. 장평이 말했다.

"일이 이왕 이렇게 되었으니 한숨 쉬어도 소용없소. 또 호랑이를 타고 있으면 갑자기 내릴 수 없고, 내리막길을 달리면 스스로 멈출 수 없는 법이오. 내게 한 묘책이 있소. 이 계책을 쓰면 무사할 뿐만 아니라 허리에 흑수黑綬, 하급관리의 품계를 나타내는 끈를 차고 태수가 되어 다섯 마리 말이 끄는 수레를 타고 북경과 남경 사이를 누빌 것이오. 하지만 경옥은 나약하여 아마도 이 계책을 행하기는 어려울 듯하오."

춘이 몹시도 기뻐하며 말했다.

"벼슬은 바라지도 않소. 다만 지금 이 일을 무사히 넘길 수만 있다면 앞으로 남은 목숨은 다 장형 덕분이오. 그 묘책이 무엇인지 한번 들어봅시다."

장평이 말했다.

"내가 들으니 엄승상의 아들인 태상경 엄세번嚴世蕃이 그 처를 잃고 이제 천하의 미인을 구한다고 하오. 그러니 만약 화진의 아내 윤씨를 엄태상에게 보내면 태상경 부자는 필시 경옥을 위해 수고를 아끼지 않을 것이고, 그렇게 되면 이 옥사도 자연 무사할 것이오. 거기다가 백금 삼천 냥과 명주구슬, 호박구슬 등을 엄승상의 첩 홍씨에게 바치는 거요. 잘되면 큰 고을의 지부知府가 될 것이고 못 되어도 부유한 고을의 현감 정도는 될 수 있을 것이니, 전화위복이 될 길이요. 때는 두 번 오지 않고 기회는 다시 얻기 어려운 법이라오. 경옥은 망설이지 마시오."

춘이 말했다.

"돈과 보물은 아깝지 않으니 마땅히 일러주는 대로 하리다. 그러나 윤씨를 바치는 일만은 차마 못 하겠소."

진평이 소매를 떨치고 일어났다.

"내가 애초에 경옥이 이 계략대로 못 할 줄 알았소. 어린애와는 함께 일을 도모할 수 없군."

그러자 춘이 급히 일어나 말렸다.

"장형은 어찌 그리 성격이 급하시오? 내가 윤씨를 아껴서 그러는 것이 아니라 윤씨가 따르지 않고 칼을 물고 자진할까 봐 염려되어 그러는 거라오."

장평이 웃고 앉으며 말했다.

"그런 거라면 내게 따로 생각이 있소. 이제 경옥과 대부인만 알고 조씨 아래로는 이 일을 모두 숨겨서 누설되지 않도록 하시오. 그리고 조지朝紙, 조정의 소식을 전하는 관보를 위조하여 북원에 있는 윤씨에게 보내면서 한림이 예부시랑으로 승진하여 즉시 명을 받들어 남경南京 능침陵寢, 능을 돌아보러 갔다고 하시오. 그런 후에 대부인께서 윤씨를 불러서 예전 침소에 있게 하면서 의식도 후히 해주다가 가만히 짐을 꾸려서 온 집안이 모두 서울로 가는 거요. 그렇게 되면 윤씨는 반신반의하면서도 따라오지 않을 수 없을 것이오. 그러다가 서울에 도착하게 되면 내가 윤씨의 가마를 메고 바로 엄승상 댁으로 가겠소. 그렇게 윤씨가 한번 풍류 대장부의 손에 들어가게 되면 철석같은 마음으로 정절을 지키려고 해도 어쩌겠소?"

춘이 고개를 끄덕이며 칭찬했다.

이때 시중드는 사내종 만회가 창문 밖에서 이 말을 엿듣고는 그 어미 양운에게 말해주었다. 양운은 수선루의 나이든 몸종으로, 이 말을 듣고 슬퍼하며 분개하다가 마침 일이 있어 성내로 들어간 참에 계화의 집으로 갔다. 이 말을 하면서 서로 눈물을 흘렸다.

"어떻게 하면 윤부인에게 이 일을 알릴까?"

잠시 후에 문밖에서 똑똑 두드리는 소리가 나서 계화가 문틈으로 엿보았더니, 놀랍게도 윤부인이 비단 도포에 검은 띠를 맨 채 푸른 나귀를 타고 문 앞에 서 있고 하인 네댓이 그 뒤를 따르고 있었다. 계화가 크게 기뻐하며 양운에게 말했다.

"윤부인이 오셨네."

양운은 박수를 치며 놀라고 신기해했다. 두 사람은 부인을 나귀 밑에서 맞이하여 안방으로 모시면서 말했다.

"부인, 부인! 어떻게 빠져나와 이곳으로 오셨으며, 저 나귀와 하인들은 어디서 나셨습니까?"

그러자 그 사람이 놀라서 물었다.

"부인이라니 그게 웬 말이오?"

계화가 말했다.

"부인이 풍상風霜을 여러 번 겪으시면서 눈동자가 크게 상하시어 우리를 몰라보시는 겁니까? 아니면 갑자기 옷을 바꾸어 입으시고 종적을 영영 감추시려고 저희들까지도 속이시는 겁니까? 이렇거나 저렇거나 사정도 참 딱하십니다."

두 사람은 함께 통곡했고, 그 사람은 하늘을 우러르며 황당해하더니 잠시 후에 웃으며 말했다.

"틀림없이 나와 닮은 부인이 있어 나를 그 부인으로 착각한 듯싶구나. 나는 산동의 윤여옥이다. 내 누이가 화상서의 며느리가 되어 월왕성 밑에 살지. 그래서 지금 여기서 나귀에게 꼴을 먹이고 화씨 집으로 가려다 우연히 자네의 집에 잘못 들었네."

그러자 양운이 말했다.

"맞다, 맞아! 예전에 윤부인에게 쌍둥이 동생이 있어 용모가 흡사하다는 말을 들었습니다. 도련님께서 바로 그 쌍둥이 동생 아니십니까?"

윤여옥이 말했다.

"그렇다네."

계화가 웃으며 말했다.

"그렇지 않아도 키가 조금 더 크고 손이 더 큰 것이 이상타 했지요."

그러고는 윤여옥에게 말했다.

"도련님께서는 한림이 참혹한 일을 당했다는 소식을 들으셨습니까?"

윤여옥이 놀라며 말했다.

"못 들었네."

계화가 울면서 말했다.

"저는 바로 한림의 유모입니다."

그러고는 한림이 그동안 어떤 어려운 일을 겪었는지 말해주고 남부인이 매를 맞고 갇히는 등 고초를 겪다가 하룻밤 사이에 간 곳을 알 수 없게 되었다는 등의 소식을 알려주었다. 윤여옥은 땅을 치면서 목 놓아 울었다.

"틀림없이 살해당한 게야."

또한 화춘과 장평이 윤부인을 엄승상 집에 보내려 한다고 일러주자, 윤여옥은 얼굴이 파랗게 질린 채 있다가 한참 뒤에 분개하며 말했다.

"내가 도리어 두 놈을 죽여서 그 간을 먹지 못할까 보냐?"

그리고 다시 양운에게 물었다.

"누이는 지금 어디에 있나?"

양운이 말했다.

"북쪽 정원에 있는 작은 집에 있습니다."

"어떻게 하면 만나볼 수 있느냐?"

두 사람이 놀라서 말했다.

"어찌 호랑이 굴에 들어가시렵니까? 틀림없이 위험할 겁니다."

윤여옥이 깊이 생각하더니 잠시 후에 물었다.

"북쪽 정원의 그 집이 내당과는 얼마나 떨어져 있느냐?"

두 사람이 말했다.

"내당과는 팔구 리 떨어져 있어서 사람들의 발길이 닿지 않습니다."

윤여옥이 기뻐하며 말했다.

"너희들은 나와 함께 북쪽 정원의 담장 아래로 가서 누이가 머무르고 있다는 그 집을 알려줄 수 있겠느냐?"

두 사람이 말했다.

"그러겠습니다. 그런데 도련님께서는 멀리서 그 집을 보고 어떻게 하시려는 겁니까?"

"나에게 한 꾀가 있으니 이리이리할 것이다."

두 사람은 서로 마주보며 아주 신기해했다.

곧 계화가 좋은 술과 귀한 안주를 내왔다. 그러나 윤여옥은 생각이 없어서 한 잔만 억지로 마시고는 바로 나귀를 타고 월왕성 아래로 향했다. 양운과 계화 또한 말을 타고 따라갔다. 화씨 집의 북쪽 정원 밖으로는 높은 담이 둘려 있어서 그 높이가 다섯 길이나 되었다. 계화가 말했다.

"이 담은 밖에서 보면 깎아지른 듯 험해 보여도 산을 이용해 쌓은 거라서 안에서는 그 높이가 겨우 겨드랑이 아래로 둘려 있지요."

윤여옥은 하인들에게 나무를 베어 그 밑에 쌓게 한 후 담을 타고 올라갔다.

이때 윤부인은 수풀이 우거진 깊은 정원에 있었다. 가을바람이 한

번 불면 낙엽이 뜰 위로 우수수 떨어졌고, 낮에는 원숭이가 울고 가고 밤에는 귀신이 울었다. 부인은 차가운 침상 위에 홑이불을 덮고서 유모인 설고와 함께 탄식하며 눈물을 흘렸으며, 남부인이 살았는지 죽었는지 걱정되어 자다가도 소스라치게 놀라서 깨곤 했다. 이때 갑자기 지게문 밖에서 인기척이 들렸다. 설고가 나가 보고는 놀라서 소리쳤다.

"부인, 우리 도련님이 오십니다."

부인은 이 말을 듣고 정신이 아득하여 마치 안개 속에 있는 듯했다. 윤여옥이 들어와서 부인을 붙잡고 통곡했고, 부인도 또한 흐느끼면서 눈물만 흘렸다. 부인이 부모님의 안부를 묻자 윤여옥이 눈물을 훔치면서 대답했다.

"주무시거나 드시는 것은 여전하시지만, 항상 누이와 채봉 누이를 생각하시면서 눈물이 마를 때가 없어요."

부인이 이 말을 듣자 더욱 슬프게 울었다. 윤여옥이 물었다.

"이토록 험한 고초를 겪고 있으면서도 왜 지난달 편지에서는 잘 지낸다고만 하고 이런 일에 대해서는 조금도 말하지 않은 겁니까?"

부인이 탄식하며 말했다.

"우리가 처음 시집왔을 때 시어머니께서는 자상하고 다정하시어 우리를 조금도 박하게 대하지 않으셨어. 그런데 요 근래에 와서 조씨가 우리를 헐뜯는 바람에 이렇게 된 거란다. 그리고 걱정을 끼치는 소식에 부모님의 마음만 어지러울 테니 아예 알리지 않았다."

윤여옥이 다시 울며 부인에게 물었다.

"채봉 누이가 변을 당하고 화형이 화를 입은 것은 알고 있나요?"

부인이 놀라서 말했다.

"내가 어떻게 알겠니?"

그러자 윤여옥은 계화에게 들은 말을 자세히 전해주었다. 부인은 목 놓아 울며 거의 까무러칠 듯했다.

"채봉이는 틀림없이 죽었을 거야. 나와 채봉이가 함께 살고 함께 죽기로 했는데 이제 나만 혼자 어떻게 살겠니?"

윤여옥이 다시 화춘과 장평의 계략을 일러주니 부인이 듣고 말했다.

"나는 죽을 수밖에 없겠다."

그러자 윤여옥은 다시 자기 계획을 일러주었는데, 부인은 안 된다고 말렸다.

"나는 일개 여자이니 죽어도 아까울 것이 없다만, 너는 부모님의 기대와 집안의 책임을 모두 한 몸에 지고 있는데 어찌 함부로 사지에 몸을 던지겠느냐?"

윤여옥이 부인의 뜻을 보니 자신의 말을 따르지 않을 것이 분명했다. 그래서 위협조로 말했다.

"채봉 누이가 이미 죽은 데다가 앞으로 누이마저 죽는다면 의리상 저 혼자 이 세상에 살아 있을 수 없습니다. 누이가 만약 내 뜻을 따르지 않으면 나는 마땅히 바로 내당으로 들어가서 저 조가 년을 잡아 썰어 먹을 거예요. 그리고 다시 낯가죽을 벗겨내고 눈알을 빼내어 화씨 집 문에서 죽겠습니다."

부인이 이 말에 크게 놀란 데다가 또 평소에 윤여옥의 고집을 익히 알던 터라 할 수 없이 마침내 허락했다. 윤여옥은 부인의 옷을 입고 부인은 윤여옥의 옷을 입었다. 그리고 나서 윤여옥은 부인을 담 위로 내보냈다.

이때 부인의 몸종인 영운과 초아가 화씨 댁 소식을 탐지하려고 명주암에서 내려와 있다가 계화를 만나 담 밑에서 부인을 기다리고 있었다. 부인은 영운 등을 통해 남부인이 촉 땅으로 들어갔다는 말을 들었다. 부인은 양운, 계화 등과 눈물을 뿌리며 선 채로 이야기하다가 마침내 산동으로 떠났고, 영운 등도 따라갔다.

윤여옥은 설고와 함께 방 안에 있었다. 뚫어진 창으로 바람이 스스

스스 부니 거미줄이 날리고 사방에 먼지가 일어났다. 설고가 손수 저녁밥을 지어서 김치와 조밥을 내왔지만 윤여옥은 차마 젓가락을 댈 수 없어 웃으면서 설고에게 말했다.

"누이는 진짜 참을성 있는 사람이네. 나더러 이곳에서 며칠 머물라고 하면, 수양산에 들어가 고사리만 캐먹다 죽은 백이伯夷와 숙제叔齊처럼 굶어 죽은 귀신이 될 거야."

그날 밤 윤여옥은 목침을 베고 침상에 누웠다. 그러나 냉기가 뼛속까지 파고들어 도무지 눈을 붙일 수 없었다. 윤여옥이 일어나 웃으며 말했다.

"화씨 집 조상들이 나 윤여옥을 괴롭히려고 이 작은 집을 지은 모양이야."

설고도 크게 웃었다.

다음 날 과연 심씨가 몸종들에게 시켜 조보朝報, 조정의 소식을 담은 관보와 함께 작은 가마를 준비해 맞으러 오니, 계화가 말해준 장평의 계략 내용과 일치했다. 윤여옥이 속으로 웃으면서도 겉으로는 기쁜 척하며 말했다.

"내가 죽지 않고 오늘 같은 날이 오기만을 기다렸지."

획 하고 일어나니 치마가 짧아 발이 나왔고 소매는 짧아 겨드랑이가 드러났다. 설고가 미소를 지었다. 윤여옥이 가마를 타고 비춘당으로 돌아오니 아로새긴 난간과 화려한 기둥에다가 비단 병풍이 여러 겹 세워져 있었다. 설고가 부인의 옷상자를 열어 새로 지은 옷을 꺼내고 화장도구를 내왔다. 윤여옥이 스스로 거울을 잡고 보니 화장한 눈썹이 영롱했다. 윤여옥이 몸종들을 돌아보고 물었다.

"내 얼굴이 예전에 비해 어떠하냐?"

몸종들이 대답했다.

"얼굴은 예전보다 더 통통해지셨고 눈썹이 정말 길어졌습니다."

윤여옥이 흐흐 웃었다. 잠시 후에 정당의 계집종이 와서 정당으로 들어오라는 심씨의 명을 전했다. 윤여옥은 수놓은 초록색 비단 저고리와 빨간 비단 치마를 입었다. 몸놀림은 가벼웠고 걸음걸이는 침착했다. 계집종들이 칭찬하여 말했다.

"모진 일을 두루 겪었는데도 고운 자태가 여전한 걸 보니 틀림없이 하느님이 도우신 게야."

윤여옥은 정당으로 들어가서 심씨에게 절했다. 심씨는 억지로 온화한 얼굴을 하고 말했다.

"지난번 남의 참소를 잘못 받아들여 너를 누추한 곳에 오래 있게 하였으니, 내가 볼 낯이 없구나. 그러나 이 또한 너의 액운이니 말해서 무엇하겠느냐?"

윤여옥이 옷깃을 단정히 하고 사죄했다.

"만 번 죽어도 마땅한 저의 죄를 이처럼 은혜로이 용서해주시니 황송하고 감격함을 이기지 못하겠습니다."

그리고 심씨에게 물었다.

"제가 채봉이와 함께 꾸지람을 들었는데, 채봉이도 지금 용서를 받았는지요?"

심씨는 한참을 우물쭈물하더니 말했다.

"열흘 전에 성부인이 갑자기 말과 사람을 며늘애에게 보냈더구나. 그러고는 며늘애가 내게 말도 않고 멋대로 가버려 내 마음이 언짢았다."

윤여옥은 짐짓 놀라고 분개하는 척했다.

"채봉이가 성품이 어리석은 데다가 또 일찍 부모를 여의고 배운 것이 전혀 없어서 매번 이러하니 참으로 한심합니다."

"아직 어려서 그런 것이니 심하게 나무랄 것 있겠느냐?"

심씨가 이렇게 말하며 웃었다.

말이 채 끝나지 않아서 머리에 관을 쓴 자가 들어왔다. 윤여옥은 그가 춘임을 알고 일어나서 절했다. 춘은 은근히 위로했고 윤여옥도 또한 말마다 대답했다. 설고가 윤여옥에게 자주 눈짓을 하니 윤여옥이 일어나 방으로 돌아왔다. 설고가 웃으면서 가만히 말했다.

"도련님이 오늘 하시는 것을 보니 윤부인과는 크게 다르십니다. 제가 말리지 않았다면 필시 본색이 탄로 났을 것입니다. 더욱더 공손하게 좀 행동하세요."

윤여옥이 웃으며 말했다.

"부드러운 목소리와 온순한 얼굴로 무릎 꿇고 공손히 앉았으면 된 거지. 이보다 더 공손해야 한다면, 꽁무니를 위로 하고 땅에 얼굴을 댄 채 아기처럼 기어가기라도 하란 말이냐?"

설고가 크게 웃었다.

춘은 조씨의 간통 사실을 안 뒤부터는 구산嶋山 같던 사랑이 구름이 흩어지고 비가 그치듯 식어버렸다. 그래서 매번 조씨를 볼 때마다 문득 눈을 흘기니 조씨가 원망하면서 화춘을 저주했다. 그러던 차에 심씨가 경망스럽게도 장평의 계획을 조씨에게 누설하고 말았다. 조씨는 윤부인이 한번 엄승상 집에 들어가게 되면 반드시 자신과 범한에게 복수할 것이라고 생각하여 크게 걱정했다. 그래서 먼저 윤부인에게 이 사실을 알려서 윤부인이 자결하게 하려고 비춘당으로 갔다.

윤여옥은 멀리서 그 요염한 모습을 보고는 틀림없이 조녀일 것이라고 생각해 베개에 기대앉아 뚫어지게 쳐다보면서 움직이지 않았다. 조씨가 화를 벌컥 내면서 말했다.

"부인이 이제 엄태상의 사랑을 받게 될 거라고 여겨서 지금 이처럼 오만한 거요?"

윤여옥이 일부러 놀란 척 화를 내며 그 손을 꽉 잡고 말했다.

"한낱 필부의 천한 첩인 그대가 어찌 감히 재상의 정실부인을 모욕하는 거요?"

조씨는 손을 빼려고 발버둥쳤지만, 윤여옥이 그 목덜미를 잡아당겨 손으로 뺨을 후려치니 대나무 쪼개지는 소리가 났다. 조씨가 켁켁거리며 말도 제대로 못 하는 모양이 마치 복어가 독을 품고 등과 배를 한껏 부풀린 꼴이었다. 윤여옥이 터질 듯한 웃음을 꾹 참고 말했다.

"이건 작은 일이 아니니 마땅히 어머님께 알려 조치해야겠소."

그러고는 그 목덜미를 쥐고 정당의 북쪽 계단까지 갔다. 조씨는 기겁하여 애걸했다. 윤여옥이 들어 내던지니 마치 개구리가 땅에 쫙 엎드린 꼴로 자빠졌다. 윤여옥이 통쾌하게 웃으며 침소로 돌아가니 계집종들이 놀라서 보고만 있었다.

며칠 뒤에 심씨 모자가 조씨를 두고 서울로 가려 했다. 윤여옥이 태연하게 가마에 올라타니 화춘과 심씨가 속으로 기뻐했다. 서울에 이르니 장평이 과연 성문 밖에서 기다리고 있다가 윤여옥이 탄 가마를 끌고 바로 엄숭의 집으로 내달았다. 설고가 우는 척하면서 따라가자 장평이 욕하며 쫓았다.

윤여옥은 가마 안에서 가만히 웃으며 혼잣말을 했다.

'어리석은 자가 북산北山에 그물을 던져놓고 잡으려 하지만, 사해를 날아다니는 새를 어찌 잡을 수 있겠나?'

잠시 후에 붉은 문이 높이 서 있고 분칠한 담장이 빙 둘러 있는 곳에 이르니 화장한 몸종 십여 쌍이 문밖에서 맞이하였다. 윤여옥이 겹문에 이르러 가마에서 내려서니, 패옥 소리 짤랑짤랑 울리는 가운데 걸음걸이가 아리따웠다. 엄씨 집안의 모든 부인네들이 멀리서 보고 칭찬하였고, 엄세번은 정신이 황홀하여 신발을 거꾸로 신은 채 달려나왔다.

윤여옥은 방으로 들어갔다. 방 안에는 진홍색의 침상에 화려하게 수놓은 휘장이 드리워져 있었고, 산호로 만든 책상에다 무늬옥으로 만든 등받이, 구슬을 꿰어 장식한 등, 비취로 꾸민 부채가 휘황찬란하여 마치 페르시아 상점에 들어와 있는 듯했다.

몸종들이 혹은 세숫물을 대령하고 혹은 눈썹먹을 받들어 어서 화장을 하라고 재촉했다. 윤여옥이 웃으며 말했다.

"내가 못난 얼굴과 비루한 자질로 외람되게도 군자의 선택을 받았는데, 감히 스스로 화장을 더하여 남의 이목을 어지럽혀서야 되겠느냐?"

엄세번은 이 말을 엿듣고 사랑스러워 미칠 것 같았다. 문을 열고 들어가니 윤여옥이 몸을 일으켜 맞이했다. 엄세번이 인사하고 자리에 앉아 말했다.

"만생晚生, 자신을 겸손하게 칭하는 말이 오래도록 그대의 이름을 사모하여 멀리서 그 명성은 듣고 있었지만, 봉래산蓬萊山, 신선들이 산다는 전설 속의 산과 약수弱水, 깃털도 뜰 수 없다는 전설 속의 강가 가린 탓에 아름다운 만남을 이룰 길이 없었소. 다행히 장생張生의 청조靑鳥, 불사의 약을 가진 선녀 서왕모(西王母)의 소식을 전한다는 전설의 새가 소식을 전하여 선녀의 고운 얼굴을 볼 수 있게 되었구려. 삼국시대 조조는 동작대銅雀臺를 지어놓고 손책孫策과 주유周瑜에게서 대교大喬와 소교小喬 두 미인을 빼앗아오려다가 적벽에서 패해 뜻을 이루지 못했지만, 오늘 나는 화진에게서 그대 같은 미인을 빼앗았으니 기쁘기 그지없소."

윤여옥은 슬픈 얼굴로 옷깃을 여미고 대답했다.

"진陳나라가 망했을 때 악창공주樂昌公主가 거울을 깨서 남편과 나누어 가지며 헤어진 뒤 수나라의 대신 양소楊素의 첩이 된 것이 참으로 수치스러운 일이었다는 걸 저도 잘 압니다. 또 동진의 부호 석숭石崇이 모함으로 죽자 그 애첩 녹주綠珠가 자결하여 정절을 지킨 것도 잘 알고 있습니다. 그럼에도 억지로 나리의 앞에 얼굴을 들고 있는 것은 참으로 남모르는 원통하고 가슴 아픈 일이 있어 차마 잠자코 죽을 수 없기 때문입니다. 저의 지아비 화진은 정성을 다해 어머니를 섬겼으며 형을 지극히 공경했습니다. 제가 좋아하는 사람이라 해서 호감을 사려고 쇠를 가리켜 금이라고 하는 것이 아닙니다. 아마 순임금이나 전금展禽이 다시 살아난다고 해도 화진보다 더하지는 않을 것입니다. 그런데도 화진은 지금까지 세상에 다시없을 힘든 일을 겪어왔습니다. 이 사람이 화를 입은 이유를 생각해보면 모두 심씨 모자와 범한, 조씨의 독한 수단이 은밀히 쪼아대어 분란을 일으킨 것입니다. 그런데도 조정이 그 잘잘못을 분명히 가리지 못하고 심씨가 쓴 거짓 고소장만을 들고 판단하려 하니 화진의 억울함에 오뉴월 서리가 내리려 합니다.

어리석은 소견에, 양계성楊繼盛의 부인 장씨張氏를 본받아 황제께 피를 흘리며 호소하여 지아비의 원통함을 밝히려 해도* 다시금 저와 심씨의 관계를 생각해보면 이미 시어머니와 며느리의 명분이 있습니다. 지아비의 목숨을 구하기 위해서 그 시어머니를 구렁에 빠뜨리는 짓은 할 수 없습니다. 그렇다고 시어머니의 얼굴을 보아 그 지아비를 죽게 할 수도 없습니다. 백 번 생각해보아도 다른 집안에 몸을 던져 화씨 집안과 인연을 끊은 뒤에 지기知己. 자신을 알아주는 친구의 의리로써 화진의 목숨을 구하는 것밖에는 도리가 없습니다.

나리께서는, 연燕나라 신하였지만 혜왕의 의심으로 어쩔 수 없이 조趙나라로 도망쳤던 악의樂毅가 조나라 왕에게 한 말을 듣지 못하셨습니까? 악의는 '제가 연나라 소왕昭王을 섬기는 마음은 오늘날 대왕을 섬기는 마음과 같습니다'라고 했습니다. 제가 화진을 섬기는 마음도 또한 오늘날 나리를 모시는 마음과 같습니다. 제가 들으니 지금 황제께서 가장 신뢰하고 신임하는 사람은 승상과 나리라고 합니다. 나리께서 화진의 죽을 목숨을 구하고 그 원통함을 세상에 밝혀주신다면 저는 마땅히 분골쇄신하여 나리의 은혜에 보답하겠습니다. 그러나 그리 하지 않

---

* 양계성의~밝히려 해도: 명나라 세종(世宗) 황제 때 충신 양계성이 당대 권력자 엄숭(嚴嵩)을 열 가지 죄목으로 탄핵하다가 처형되었는데, 양계성이 하옥되었을 때 그 부인 장씨가 남편을 대신하여 죽겠다고 상소를 올렸다.

으신다면, 제 품속에 서릿발 같은 세 치 칼이 있으니 죽음으로써 맹세컨대 살든지 죽든지 의리를 저버린 귀신은 결코 되지 않겠습니다."

윤여옥은 말을 다하고 비분강개하여 눈물을 흘렸다.

엄세번은 마음이 약한 소인이라 당황하여 허락하였다.

"그대는 규중의 열장부^{烈丈夫}라 할 만하오. 내가 비록 어리석지만 어찌 감동하지 않을 수 있겠소? 마땅히 천자께 아뢰어 반드시 화진을 구하도록 아버님께 말씀드리겠소. 그대는 괴로워하지 마시오."

이때 계집종들이 형형색색의 음식과 안주를 들여왔다. 윤여옥이 전혀 부끄러워하지 않고 연거푸 술잔을 들이켜자 옥 같은 얼굴이 발그레해졌다. 엄세번은 더욱 황홀하였다.

이때 엄숭의 딸 월화가 창밖에서 이 광경을 엿보고 추하게 여겨 비웃었다.

"사람이 저렇듯 절제를 못 하니 두 남자를 따를 법도 하다."

이윽고 해질녘이 되자 방 안이 어둑어둑해졌다. 엄세번은 계집종에게 촛불을 밝히게 했다. 윤여옥이 촛불 아래 단정히 앉으니 고운 자태가 더욱 눈부셨다. 세번이 미친 흥을 이기지 못하고 윤여옥의 고운 손을 잡았다. 그러자 여옥이 손을 뿌리치면서 정색을 하는데 그 태도가 차갑기 그지없어 마치 서릿발과 얼음물 같았다.

"저는 이부시랑을 지낸 귀한 집 딸입니다. 상황에 이끌려 어쩔 수 없이 이곳에 오게 되었지만, 애초에 그대를 뽕밭에서 만나 사귄 것도 아닌데 어찌 이리도 무례하십니까? 나리께서 화진의 억울함을 씻어주어 저의 마음을 편안하게 하신 다음, 친척들을 불러 예로써 저를 맞이하신다면 저는 비록 끓는 물에 들어가거나 불을 밟으라고 하셔도 사양하지 않을 것입니다. 그러나 화진이 옥문을 나서기 전에 단지 한때의 욕정에 이끌려 강제로 저를 취하려 하신다면, 제가 비록 겁 많고 나약하지만 한 번 죽기를 어려워하지 않을 것입니다."

엄세번이 물러나 안타까워하며 말했다.

"그대의 결심이 지나치구려. 나더러 어떻게 오늘 밤을 그냥 보내란 말이오?"

계집종이 침상에 이부자리를 펴자 엄세번이 옷을 벗고 잠자리에 들어가 여러 번 윤여옥을 건드렸지만, 그때마다 여옥은 매몰차게 거부했다. 세번은 가만히 탄식하면서 밤새도록 끙끙 앓았다. 여옥이 우스워서 마음속으로 말했다.

'내가 공연히 한바탕 우스운 일을 벌여서 어리석은 놈의 애간장을 다 닳게 하는구나.'

엄세번은 날이 채 밝기도 전에 일어나 세수하고 관복을 갖추어 입고 나갔다. 그러더니 날이 밝자 다시 돌아와서 말했다.

"오늘 아버님께서 폐하께 화진의 일을 아뢰려고 하셨는데, 폐하께서 어전에 납시지 않아서 아뢰지 못하셨소."

그리고 다시 말했다.

"어젯밤에는 나 때문에 편히 자지 못해서 틀림없이 피곤할 게요. 오늘 밤에는 내가 그대를 위해 나가서 길 것이니 안심하시오."

윤여옥은 미소만 지을 뿐 대답하지 않았다.

계집종이 알렸다.

"홍부인과 아가씨께서 이르셨습니다."

세번이 여옥에게 말했다.

"홍부인은 아버님의 둘째 부인이고 아가씨는 내 막내누이요."

윤여옥이 일어나 맞이하였다. 그 아가씨가 영리하고 예쁘니 여옥은 좋아하며 함께 이야기를 나누었다. 세번이 기뻐하며 그 누이에게 말했다.

"새언니가 아직 나와 친하지 않아서 심히 냉담하였는데, 이제 너를 보고는 웃음과 이야기가 끊이질 않으니, 『주역』에 이른바 '같은 소리는 서로 응하고 같은 기운은 서로 원한다同聲相應 同氣相求'는 말이 빈말은 아니로구나. 너는 새언니와 하루종일 함께 있거라."

그러고는 일어나 나갔다. 홍씨도 또한 아가씨를 남겨두고 돌아갔다. 아가씨란 곧 월화로 홍씨가 그 어미였다. 윤여옥이 마음속으로 생각했다.

'내가 비록 어쩔 수 없이 여자 옷을 입고 남을 속이게 되었지만 군자의 바른 길은 아니다. 그런 데다 아무도 없는 방에서 남의 집 처녀와 무릎을 마주하고 오붓하게 있다니!'

그러나 잠시 있다가 빙그레 웃으며 생각했다.

'이 집 사람이 모두 나를 누이로 알고 있고 나와 엄세번은 이미 마주앉아 이야기를 하였다. 그러니 내가 떠나고 나면 우리 누이의 누명을 씻을 방도가 전혀 없을 것이야. 한 번 이 여자를 희롱하여 내가 누이가 아님을 분명하게 해야겠다.'

그러고는 다시 월화를 데리고 자리를 옮겨서 가까이 앉고, 환히 웃으며 손을 잡기도 하고 머리를 쓰다듬기도 하여 마치 호탕한 풍류선비가 미인을 끼고 노는 듯하였다. 월화는 낯빛이 변하면서 기뻐하지 않았고 음탕함을 더럽게 여겼다. 그러나 남자라고는 전혀 의심하지 않았다.

그날 밤 윤여옥이 월화와 함께 밤을 지내려 하자 월화는 그 방탕함이 싫어 핑계를 대고 떠났다. 다음 날 세번이 들어와 윤여옥을 보고 웃으며 말했다.

"미인은 잘 잤소?"

윤여옥이 대답했다.

"마음속 걱정 때문에 뜬눈으로 지새웠습니다. 아가씨를 머물게 하여 함께 밤을 지내지 못한 것이 후회스러웠습니다."

엄세번이 웃으며 말했다.

"그렇다면 오늘 밤에는 그러도록 하지요. 그런데 그대의 근심은 화진 때문이지요. 황상께서 지금 막 봉천전奉天殿에 이르셔서 아버님께서 이미 먼저 궐에 들어가셨고 나도 또한 따라서 들어가려고 하니, 화진의 일이 혹시 결정이 될 듯도 하오."

윤여옥이 기뻐하며 말했다.

"나리께서는 빨리 가셔서 기회를 놓치지 마십시오."

세번이 나갔다가 날이 저물어서야 돌아왔다.

"화진이 살긴 살았는데, 그 원통함을 다 벗어나지는 못하였소."

여옥이 물었다.

"그게 무슨 말씀이신지요?"

엄세번이 윤여옥의 앞에 바짝 다가앉아 조정에서 있었던 일을 자세히 말해주었다.

"황제께서 아버님과 함께 변방의 일에 대해 강론하신 후에, 형부상서 정필을 불러서 화진의 옥사에 대한 조사가 지지부진한 이유를 물으셨소. 정필이 '큰 옥사에 의심스런 대목이 많아서 쉽게 판단하지 못하고 있습니다. 일을 빨리 처리하지 않으면서 혹시 폐하가 목숨을 살리시는 은혜를 베푸실까 기대하고 있었습니다' 하고 아뢰자 황제께서 화를 내시면서, '화진의 몹쓸 짓이 환하게 드러났으니 바로 왕법을 시행해야 마땅한 것을 도어사가 고집을 부려 다투기에 한 번 엄히 조사를 하고자 했던 것이다. 흐리멍텅한 형부상서를 파직시켜라'고 하셨소. 이때 아버님께서 아뢰기를 '신이 처음에 죄인을 극형에 처해야 한다고 아뢴 까닭은 심씨의 고소장이 구절구절 분명하였기 때문이었습니다. 그런데 뒤에 여론을 들어보니 화진이 억울하다고 하는 사람이 많아서 하춘해의 말이 근거가 없지 않다는 것을 알게 되었습니다' 하셨소. 내가 이 틈을 타서 화진의 죄를 명백히 벗겨주고 싶은 마음이 간절했지만, 아버님께서 일전에 하어사와 이 옥사로 힘껏 다투셨는데 지금 와서 다시 옹호하는 것이 모순되고 낯 두꺼운 일이라 그냥 대강 아뢰기를 '태조 황제께서는 화진의 팔대 선조인 화운이 나라를 세우다 죽은 일을 슬퍼하시어 단서철권丹書鐵券, 황제가 공신의 후손들에게 내려주는 면죄부을 내리셨습니다. 이로써 화운의 자손은 혹 살인과 같은 큰 죄를 저지른다고 해도 용서를 받을 수 있도록 하셨습니다. 지금 화진의 죄는 한 계집종을 죽인 것에 불과하고 또 주머니에서 나왔다는 편지도 앞뒤가 맞지 않습니다. 그러니 어찌 불분명한 죄목으로 화운의 자손을 죽일 수 있겠습니까?' 하였소. 그랬더니 황제께서 자못 깨달으신 듯 '그대들이 아뢰는 말이 공정한 마음에서 나온 것이니 이것으로도 화진의 죄가 애매한 것을 충분히 알 수 있겠다. 그러나 풍속을 어지럽힌 죄인을 그냥 둘 수는 없다. 심씨는 금의위錦衣衛, 명나라 때 황제 직속의 사법 감찰기관로 넘겨 곤장 팔십 대를 때려서 제대로 살피지 않고 자식을 고발한 죄를 징계하도록 하라. 화진은 먼 땅으로 귀양 보내어 용서받지 못하도록 하라' 하시고는 정필을 파직하라는 명을 거두셨소. 나는 궐에서 나오자마자 정상서와 상의하여 화진이 성도成都로 유배 가도록 하였소. 이곳은 인심이 좋고 풍광이 아름다운 곳이니 그나마 다행 아니겠소."

윤여옥이 일어나서 절하며 말했다.

"노승상의 하늘 같은 은덕과 나리의 세심한 주선 덕에 저의 지아비가 목숨을 보전하게 되었습니다. 제가 마땅히 몸을 던져 보답하도록 하겠습니다."

엄세번이 크게 기뻐하며 수염을 쓰다듬으며 말했다.

"내가 이미 그대의 부탁을 들어주었으니 오늘 밤 그대도 또한 내 부탁을 들어주겠소?"

윤여옥이 말했다.

"이 또한 어렵지 않습니다. 나리께서 급히 좋은 날을 가리셔서 예를 갖추시고 쌍봉관雙鳳冠을 제 머리에 씌워주신다면, 보잘것없는 제가 감히 부부의 즐거움을 사양하겠습니까?"

엄세번이 말했다.

"그대의 고집이 심하오. 내가 이미 일관에게 시켜 날짜를 알아보았는데 좋은 날이라는 것이 오히려 사나흘은 더 있어야 하오. 어젯밤 내가 외당에서 홀로 자는데 하늘에는 은하수가 흐르고 달빛이 침상에 환한 가운데 천만 가지 시름과 만 가지 한숨으로 뒤척거리느라 밤새 잠을 이루지 못했소. 그러니 머리에 흰머리가 쑥쑥 나려고 하오. 만약 허다한 좋은 밤을 그냥 보내버리면 이 엄세번은 분명 황천객이 될 것이오."

여옥이 거짓으로 화를 내면서 말했다.

"제가 두 지아비를 섬기면서 정숙한 여자의 행실이 없다 하여 나리께서 이처럼 천히 여기시니, 앞으로 제가 무슨 낯짝으로 나리의 아내 소임을 하겠습니까?"

엄세번은 그 매서운 낯빛을 보고 억지로 강요할 수 없다고 생각하여 웃으며 사과했다.

"한번 해본 농담이지 진담이 아니오."

그러고는 바로 월화를 불러 말했다.

"새사람이 너를 사랑하니 함께 자면서 그 외로운 마음을 위로해주어라."

월화는 마음이 몹시 불편했지만 오빠의 말을 거듭 어기기 어려워 계집종을 시켜 자기 이불을 가져오게 했다. 잠시 후에 세번이 일어나 나갔다. 여옥은 월화와 촛불 아래 앉아 비단치마를 끌어당겨 무릎을 마주대고 즐거워했다. 여옥이 월화를 희롱하여 말했다.

"난새 두 마리가 암수가 다르지 않은데도 목을 서로 걸고 사랑하는 것은 그 아름다운 모습을 아끼기 때문이지요. 지금 나와 아가씨가 똑같은 여자인데도 사모하는 마음이 부부보다 덜하지 않으니 만약 내가 남자였던들 젊은 과부 탁문군卓文君을 유혹했던 사마상여司馬相如 못지않은 솜씨로 그대의 사랑을 얻었을 것이고, 가충賈充의 딸이 한수韓壽에게 반해서 집안의 귀한 향을 훔쳤듯이 그대의 마음을 사로잡았을 것입니다."

이 말을 들은 월화는 윤여옥을 뚫어지게 쳐다보고는 아무 말도 하지 않았다. 잠시 후에 각각 잠자리에 들었다.

한밤중에 월화가 놀라서 깨니 웬 남자가 자기의 목을 끌어안고 누워 있는 것이 아닌가? 월화는 심장이 떨리고 진땀이 나서 아무 말도 할 수 없었다. 윤여옥이 웃으며 말했다.

"나는 화한림 부인의 동생으로 산동에 사는 윤여옥이오. 그대의 오라비가 좋지 않은 마음으로 남의 누이를 욕보이려다 도리어 자신의 누이동생이 욕을 보게 되었으니 조물주가 무심하지만은 않구려. 그러나 그대의 아름다운 자태가 세상에 뛰어나고 천하에 또 나만한 남자도 없으니 오늘 밤 베개를 나란히 하게 된 것도 다 하늘의 뜻이 아니겠소?"

월화가 흐느끼며 말했다.

"제가 몸가짐을 조심하지 못한 탓에 이처럼 도련님의 수중에 떨어지게 되었으니, 죽어도 이 부끄러움은 씻지 못할 것입니다. 그러나 저는 규중의 처녀입니다. 밤이슬 맞으며 다니는 더러운 일은 차마 할 수 없습니다. 제발 도련님은 훗날 화촉으로 맞이하신다고 약속해주시고 예의를 저버려 저를 더럽히지 말아주세요."

그러자 윤여옥이 일어나 앉으며 탄식했다.

"나도 좋아서 이런 짓을 한 것이 아니오. 고개를 들면 옥루屋漏, 방 안에서 가장 어두운 구석 자리에 부끄럽고 숙이면 이부자리에 부끄럽소. 오늘 이 행동은 분명 죽을 때까지 한이 될 것이오."

그러고는 드디어 물러나 다른 침상에 누웠다.

월화는 감탄했다.

미소년이 화장을 하고 규방의 아가씨는 순결을 지키다 | 161

'이 사람의 행실은 한밤중에 나타난 과부를 끝까지 집 안에 들이지 않았던 노^魯나라 남자와 같구나.'

월화는 바스락거리며 옷고름을 묶고는 일어나 침상에 바로 앉았다. 윤여옥은 이리저리 생각했다.

'이 여자가 비록 정숙하고 사랑스럽기는 하나 내가 엄숭의 사위가 될 수는 없지. 그렇지만 저 여자가 만약 나 때문에 수절을 한다고 하면 어떻게 해야 하나?'

월화 또한 말없이 속으로 헤아렸다.

'이 사람이 그 누나를 대신해서 호랑이 굴에 들어온 것을 보면 담이 크고 지략이 많음을 알 만해. 그렇지만 우리 집에는 겹겹이 쇠문이 있고 철 담장이 열 길이나 되는 데다가 호위군사가 번갈아가며 문을 지키고 하인들이 궁을 순찰하지. 저 사람이 담장을 뛰어넘으려거든 당나라 때 주인을 등에 업고 담장을 넘었던 곤륜노崑崙奴. 피부색이 검은 하인의 다리나 하늘을 날 수 있는 현녀玄女. 사람의 머리에 새의 몸을 하고 있다는 전설의 여신의 재주가 있어야지, 그렇지 않으면 결코 탈출하지 못할 것이야. 만일 내가 잘 주선하지 않아 정체가 탄로 나면 그때는 무슨 일이 일어날지 짐작조차 할 수 없어. 나는 오늘부터 이미 윤씨 집 사람이야. 그러니 부끄럽다고 위험에 처한 이 사람을 구하지 않아 나의 백년대사百年大事를 그르칠 수는 없어.'

그러고는 목소리를 낮추어 물었다.

"도련님의 상황은 매우 위태로워서 이곳에 오래 머무실 수 없습니다. 어떻게 빠져나가실 생각이신지요?"

윤여옥이 말했다.

"내가 화씨 집안에서 나올 때 미리 남자 옷을 한 벌 준비하여 화장대에 보관해두었소. 지금 베갯머리에 있지."

월화가 웃으며 말했다.

"도련님의 계획은 너무 허술하네요. 이곳에서 외문까지 가려면 일곱 겹으로 잠겨 있는 문을 지나야 합니다. 게다가 오라버니가 머무시는 곳을 가로질러 가야 되지요. 이 계획은 이미 낮에는 행할 수 없고 그렇다고 밤에 행할 수도 없습니다. 한다면 막 밝으려고 하는 어스름에 해야 하는데, 이때는 집안의 하인과 계집종들이 모두 일어나서 서로 부딪치며 분주하게 오갈 때입니다. 그런데 갑자기 낯선 남자가 내당에서 나오면 누구나 이상하게 생각하고 꼬치꼬치 캐묻지 않겠어요?"

윤여옥이 놀라서 말했다.

"그대의 말이 정말 옳소. 나한테 또 계집종들이 입는 허름한 옷이 있으니 머리를 헝클고 얼굴을 지저분하게 하면 나갈 수 있지 않겠소?"

월화가 또 웃으며 말했다.

"이 계획은 아까보다 조금 낫지만 그렇다고 아주 안전하지는 못합니다. 얼굴과 옷차림이 남루하더라도 체격은 숨길 수 없습니다. 우리 집에는 영리한 몸종과 하인들이 많아서 그중에 하나라도 의심을 하게 되면 큰일 납니다."

윤여옥이 탄식했다.

"그렇다면 나는 앉아서 죽는 수밖에 없소."

월화가 말했다.

"도련님께서는 욕정을 억누르시고 저의 홍점紅點. 순결을 나타내기 위해서 팔에 찍는 붉은 표지을 지켜주셔서 제가 부모님 앞에서 얼굴을 들 수 있게 하셨습니다. 그 점에 깊이 감동했으니, 어찌 보답할 마음을 갖지 않겠습니까? 도련님이 빠져나갈 계책은 제가 이미 마음속으로 조용히 생각해두었습니다. 그러나 도련님께서는 한번 떠나신 후에도 도련님을 향한 저의 정성을 생각해주실는지요? 저희 아버님과 오라버니께서는 부귀와 사치가 심하고 또 지나치게 위세를 부린 탓에 지금 세상 사람들의 원망을 사고 있습니다. 이제 올곧고 강개한 성품의 도련님이 권세를 탐하는 집안과 인연을 맺어 혼례를 치르며 기러기를 전하는 것은, 도련님이 원치 않으시는 바일뿐더러 저도 또한 감히 바라지 않습니다. 하지만 열네 살 규방의 처녀로 문지방 밖으로는 나가지 않고 하인들과도 말을 하지 않아 마음을 얼음처럼 하고 몸을 옥처럼 아꼈는데, 공연히 도련님이 오시어 더럽히셨으니 제가 부끄럽고 분해서 죽어버리고 싶지 않겠습니까? 도련님이 만약에 은덕을 내리셔서 아버지와 오라비 때문에 저를 버리지 않으신다면, 저는 비록 계집종들과 함께 이부자리를 나르고 빗자루를 든다고 해도 또한 기꺼이 하겠습니다. 그렇지 않다면 저는 깊은 방 안에서 약속을 지키며 문만 바라보는 과부가 될 수밖에 없습니다."

윤여옥이 이 말을 듣고 마음속으로 감탄했다.

'엄숭의 간악한 배 속에서 어떻게 이런 딸이 나왔을까? 저 여자가 나를 살렸으니 나도 은혜를 저버릴 수는 없지.'

드디어 월화와 마음을 터놓고 이야기하며 꽃다운 맹세를 남겼다.

새벽녘이 되자 월화는 몸을 일으켜 내당으로 들어가더니 한 꾸러미의 열쇠를 가지고 와서 윤여옥에게 말했다.

"상자 안의 그 남자옷을 입고 저를 따라오세요."

드디어 화원의 작은 문부터 하나씩 열쇠로 열어 다섯 개의 문을 지나서 서쪽 정원의 문에 이르렀다. 월화가 말했다.

"이 문 밖은 사방으로 통하는 큰길입니다."

그리고 윤여옥에게 도포와 갓을 갖추어 입게 한 후 눈물을 흘리며 떠나보냈다.

역점에서 의로운 사람을 만나고
청성산 장인을 찾아가다

윤여옥은 엄숭의 집을 나와 곧바로 성문 밖에 있는 화한림의 숙소로 찾아갔다. 여옥은 한림과 만나 손을 마주 잡고 눈물을 흘리며 말했다.

"예로부터 어진 군자 중에 고난을 겪은 사람이 무수히 많지만 형처럼 억울한 경우가 또 어디 있겠습니까?"

한림이 탄식했다.

"멀리서 온 장원이 내가 억울한지 않은지 어떻게 아시오? 공자께서는 『춘추春秋』에서, 주나라 양왕襄王이 아우의 반란을 피해 정나라로 피신한 일을 두고 '천왕이 나라 밖으로 나가 정나라에서 머물렀다天王出居于鄭'라고 했소. 천하를 소유한 왕에게 '순수巡守'라 하지 않고 '나갔다'는 표현을 쓰며 폄하하신 이유는 어머니를 모시지 않았기 때문이오. 그러니 어머니를 모시지 못한 내가 어떻게 국법에 억울하다 소리를 할 수 있겠소? 이제 와서 마음을 고치고 새사람이 된다고 해도 세상이 나를 용납하지 않을 것이오."

한림은 모든 게 자신의 탓이라 말하면서 흐르는 눈물을 멈추지 못했다. 윤여옥은 진정으로 어머니를 생각하는 그 모습에 탄복하여 심씨 모자의 소행에 대해서는 입도 열지 못했다. 한림은 엄숭이 자신을 구해준 것을 이상히 여기던 차에 윤여옥이 엄세번에게 들은 말을 그대로 전해주자 얼굴색이 변하면서 아무 말도 하지 않았다.

그때 갑자기 쌍섬이 한림에게 와서 절을 했다. 소흥에서 막 도착했다는 쌍섬은 흐느끼며 남부인과 윤부인의 소식을 전했다. 남부인이 다 죽어가다가 살아났다는 말을 그제야 들은 윤여옥은 기쁨과 슬픔이 교차하는 가운데 눈물을 줄줄 흘렸다. 이 모습을 본 한림은 서글픈 마음이 들었다.

'성씨가 다른 오누이도 이렇게 서로를 아끼는데, 형제라고 하는 우리는 어찌 이 모양일까?'

윤여옥은 엄숭의 하인들이 추격할까 염려되어 일어나 한림에게 작별 인사를 하고 통곡하며 떠나갔다.

다음 날 한림이 길을 나서는데, 하어사가 와서 길에서 전송하며 수레를 세우고 말했다.

"하늘이 장차 큰 임무를 내릴 때에는 먼저 그 마음을 괴롭게 합니다. 형은 부디 끼니 거르지 말고 몸을 잘 챙겨서, 하늘이 갈고 다듬어 큰 그릇을 만들려는 뜻을 저버리지 마십시오."

왕겸의 어머니가 그 아들을 보내며 말했다.

"가서 빨리 돌아올 생각 말고 한림을 잘 모시거라. 이 늙은 어미가 남자로 태어나지 못한 것이 한이구나."

범한은 한림이 감옥에서 풀려난 것을 보고 크게 놀라서 호송하는 관리 이소와 배삼 두 사람을 몰래 찾아가서 뇌물과 함께 독약을 건네주며 도중에 일을 행하라 하였다. 그때 유이숙은 한림의 곁에서 시중들며 잠시도 떠나지 않았으며, 왕겸 또한 하어사의 명으로 음식을 일일이 확인하고 있었다. 이 때문에 이소 등은 좀처럼 기회를 얻지 못했다.

그러다가 화주華州의 화산역華山驛, 지금의 섬서성(陝西省) 서안시(西安市)에 있던 역참에 이르렀을 때였다. 유이숙과 왕겸이 갑작스레 병들어 눕고 말았다. 그러자 한림은 몸소 이들을 간호하면서 네댓새 머물렀다. 이소와 배삼이 서로 모의하며 말했다.

"우리가 범생에게 은을 많이 받았으니, 이 사람을 죽이지 않고 돌아가면 범생이 은을 도로 내놓으라 할 것이야. 하지만 이미 은화는 다 써버렸으니. 그렇다고 돌려주지 않으면 그 사람이 덤벼들 텐데 어찌해야 할지 참 고민일세. 차라리 이 틈을 타서 죄수를 처치하고 왕겸과 유이숙도 함께 죽여버린 뒤에 이 고을 사또에게 죄인이 병들어 죽었다고 하면 그대로 믿지 않겠나?"

말이 끝나기도 전에 한 건장한 사람이 나타났다. 몸에는 녹색의 비단 전포를 입고 손에는 긴 칼을 차고 있었는데, 졸개 네댓 명을 거느리고 들어와서 한림에게 읍하여 인사하고 물었다.

"선비님은 무슨 죄를 지으셨으며 어디로 가십니까?"

한림이 대답했다.

"이 죄인은 인륜을 어지럽힌 죄를 짓고도 폐하의 은혜로 목숨을 보존하여 촉 땅으로 귀양을 가는 길입니다."

그 사람이 한참을 자세히 살펴보더니 말했다.

"선비님의 얼굴을 보니 전혀 그런 죄를 지을 분이 아닌데, 어이 그런 심한 말씀을 하십니까?"

한림이 눈물을 흘리며 말했다.

"이 죄인이 어머니를 모시면서 효도를 다하지 못하고 형에게도 아우로서의 도리를 다하지 못하여 하늘에서 벌을 내리신 것입니다. 만 번 죽어 마땅합니다."

그 사람이 놀라서 물었다.

"그러면 선생께서 혹시 소흥에 사시는 화한림이 아니신지요?"

한림도 놀라서 물었다.

"장군께서 저를 어떻게 아십니까?"

그 사람이 무릎을 꿇고 앉아 말했다.

"저는 서안부西安府, 지금의 서안시 조총병의 휘하에 있는 장수 유성희兪聖禧로, 자는 계창季昌입니다. 지난달 총병의 명으로 북경에 올라가서 조정 대신들 사이를 오가다가 선생의 일에 대해 들었습니다. 그래서 선생의 인품이 훌륭하시다는 것을 알고 있었습니다. 군자는 자신의 허물에 대해서는 즐겨 말하면서도 남의 잘못은 말하지 않지요. 지금 선생께서 말씀하시는 것을 듣고 화한림이신 걸 알았습니다."

그리고 부하에게 이소와 배삼을 끌고 오라 하고, 이들이 앞에 이르자 목청 높여 물었다.

"너희들이 말하는 범생이란 놈이 어떤 자냐?"

두 사람은 하얗게 질려서 서로 쳐다보며 말했다.

"무슨 말씀을 하시는지요?"

성희가 눈을 부릅뜨고 칼을 어루만지며 말했다.

"천한 네놈들이 감히 나를 기만하려는 게냐?"

두 사람은 황겁하여 대답을 못 했다. 한림이 성희에게 말했다.

"저 사람들은 죄인의 호송을 담당하는 형부 관리입니다. 장군께서 무슨 말을 들으셨기에 그처럼 다그치시는 겁니까?"

성희가 대답했다.

"저는 평소에 의리를 중시하였고 다른 사람이 어려움에 빠져 위급한 것을 보면 기꺼이 도와주었습니다. 그런데 아까 벽 너머로 소곤거리는 소리를 들으니 저도 모르게 화가 불끈 솟아 이렇게 칼을 들고 왔습니다."

그리고 졸개에게 두 사람을 풀어주라 한 뒤 칼을 들어 겨누면서 말했다.

"너희들은 죄수와 본래 아무런 원한이 없는데도 다른 사람의 뇌물을 받고 목숨을 해치려고 하였다. 이런 일은 강도보다 더한 짓이다. 너희 두 놈의 목을 베어 북경으로 보내야 마땅하겠지만, 바른대로 고하면 살려주겠다. 그러지 않으면 베어버릴 테다."

두 사람은 머리를 조아리고 사실을 실토했다. 그러자 성희가 한림을 돌아보고 말했다.

"선생께서는 정말로 범한과 무슨 원한이라도 있으십니까?"

한림이 말했다.

"그렇습니다."

성희가 물었다.

"왕겸과 유이숙이라는 사람은 누구입니까?"

한림이 말했다.

"왕겸은 하어사의 겸인傔人, 사대부가의 수행 비서이고, 유이숙은 저의 고향 사람입니다. 제가 소홍의 옥에 있을 때부터 지금까지 목숨을 부지한 것은 모두 이 두 사람 덕분이지요."

유성희가 물었다.

"그 사람들은 어디에 있습니까?"

한림이 말했다.

"저기 누워 있는 사람들이 바로 그들입니다."

성희는 앞으로 나아가 왕겸과 유이숙의 손을 잡고 말했다.

"그대들이 처자도 버리고 한림을 모셔 만 리 길을 왔으니 그 의기가 참으로 감동스럽소이다. 더구나 안목이 없는 사람이면 어떻게 진흙탕에서 재상을 알아보고 위험에 빠진 영웅을 구할 수 있었겠소?"

그리고 이소와 배삼의 결박을 풀어주며 말했다.

"하천下賤한 자들이 이익에 눈이 멀어 의리를 저버리는 것은 이상한 일도 아니다."

그리고 땅에 칼을 던지고 말했다.

"이 칼은 천금의 가치가 있다. 너희들이 이것을 가지고 돌아가면 범한에게 받은 돈을 보상할 수 있을 것이니, 다시는 나쁜 마음을 먹지 말거라."

그러고는 독약을 꺼내라 하여 불태워버렸다. 이소와 배삼은 부끄러워하며 감동의 눈물을 흘렸다.

한림이 유성희를 보니 씩씩하고 곧은 열사烈士의 풍도가 있었다. 마음이 서로 통하니 그제야 만난 것이 안타까웠다. 성희는 자신을 개국공신 유통해兪通海*의 후손이라고 소개했다. 집안이 몰락하여 산서 지방에 살았으며, 부모님이 일찍 돌아가신 탓에 가난하고 의지할 데가 없었지만 시속에 구애되지 않는 큰 뜻을 품고 있었다고 했다. 책읽기를 좋아했고 종종 산서의 소년들을 따라서 활쏘기와 말타기를 하였다고도 했다. 또 나이 열여덟에 서안부의 군대에 들어가서 지금 삼 년이 되었다고 했다.

유성희는 며칠을 함께 머무르면서 낮이면 고금의 정치와 영웅의 사적에 대해 이야기하고, 밤이면 천문과 병서의 이치에 대해 토론했다. 유성희는 한림의 인품에 더욱 감복하며 탄식했다.

"선생께서는 때를 만나지 못하신 겁니다. 만약에 선생께서 태조 황제 시절에 태어나셨다면 유기劉基, 명태조 주원장의 건국을 도운 인물와 도안陶安, 유기와 함께 명나라 건국을 도운 인물보다 훌륭하지 않았겠습니까?"

드디어 왕겸과 유이숙의 병이 다 나았다. 한림은 다시 길을 떠나 유성희와 예닐곱 날을 함께 갔다. 서안부로 가는 갈림길에 이르자 성희가 말에 올라타며 채찍을 들어 읍하고 말했다.

---

* 유통해(兪通海): 원말 명초의 장수. 아버지 유정옥(兪廷玉)과 함께 수군을 이끌고 가서 주원장 (朱元璋)이 금릉(金陵)으로 세력을 넓히는 데 일조했지만 서른여덟 살의 나이로 전사했다. 자식이 없어 아우 통원(通源)이 유통해에게 추증된 관직을 이어받았다.

"송나라 때 정이程顥는 촉 땅으로 좌천되었을 때 『이천역전伊川易傳』을 저술하여 주역의 이치를 크게 밝혔습니다. 장준張浚, 금나라와 싸워 중원 회복을 도모했던 재상과 범진范鎭, 왕안석(王安石)의 신법(新法)에 반대했던 북송의 신하도 모두 촉 출신으로 남송 조정의 훌륭한 신하가 되었습니다. 선생께서도 촉 땅에 머무르신 일이 좋은 결과를 맺을지 어찌 알겠습니까?"

한림이 말했다.

"죄지은 사람으로서 그런 건 감히 바라지도 않습니다. 다만 훗날 고향에 살아 돌아가서 어머니를 뵐 수만 있다면 죽어도 여한이 없겠습니다."

한편 윤공자가 엄숭의 집을 나오던 날, 엄세번이 방에 들어가보니 신부가 없었다. 월화에게 물으니 모른다고 하여 사방으로 찾았지만, 끝내 행방을 찾을 수가 없었다. 엄세번은 정신이 아뜩해지면서 울고 싶은 심정이었다.

"장생 이놈이 나를 속였구나!"

장생을 잡아와서 곡절을 힐문했지만 장생은 이렇게 말할 뿐이었다.

"저는 분명히 윤씨를 보내드렸는데 나리께서 그만 놓치셨으니, 제 잘못은 아닙죠."

세번이 말이 막혀서 장평을 놓아주었다. 그러고는 화가 치밀어서 일어나 말했다.

"이년이 처음부터 화진을 구해주려고 마음먹고 나를 농락한 것이야. 내가 반드시 이년을 잡아서 분을 풀어야겠다."

그러나 엄숭이 말렸다.

"요즘 폐하께서 서계를 다시 등용하시면서 날이 갈수록 내가 힘을 잃고 있다. 게다가 하춘해와 사강謝江이 옆에서 눈을 부릅뜨고 나만 노려보고 있는데, 남의 아내를 빼앗은 일이 뭐 좋은 일이라고 시끄럽게 소란을 피우는 게냐?"

엄세번은 어쩔 수 없이 그만두면서도 입으로는 연신 욕을 해댔다.

홍씨가 월화를 살펴보니 윤씨가 떠난 뒤로 눈썹을 찡그리고 근심이 있는 듯한 것이, 마치 꽃이 시드는 듯 옥이 부서진 듯하였다. 그리고 가끔씩 등잔불 앞이나 달빛 아래서 눈물이 뺨을 적시는 모습도 보였다. 하루는 홍씨가 월화에게 물었다.

"내가 보니 윤씨가 얼굴은 매우 아름답다마는 얌전한 부인네가 결코 아니더구나. 너와는 성격이 맞지 않았을 텐데, 어찌 그리도 그리워하며 못 잊는 게냐?"

월화가 차마 어머니는 속이지 못하여 사실대로 말씀드렸다. 홍씨는 크게 놀라더니 월화의 팔을 빼서 홍점을 보고는 감탄했다.

"윤공자는 정말 어진 사람이구나."

엄숭은 이 말을 전해 듣고 크게 기뻐했다.

"그 사람이 이처럼 의기로우니 틀림없이 내 딸을 버리지는 않을 것이네."

그때 윤여옥은 성문 밖 서쪽에 있는 한 암자에 숨어 지냈다. 그러다가 이듬해 정월에 정시庭試에서 장원으로 급제했다. 황제께 하사받은 풍악을 울리며 일산日傘을 쓰고 두루 거리를 다니다가 엄숭의 집에 이르렀다. 엄숭이 따뜻이 맞아 축하 인사를 하는데, 옆에는 마침 엄세번이 있었다. 윤여옥이 바라보며 밝게 웃자 사방이 다 환해졌다. 이를 본 엄숭의 눈가에는 기쁨이 가득했지만 엄세번은 기운을 잃어 넋이 나간 듯했다. 윤여옥이 빙그레 웃으며 엄세번에게 말했다.

"지난번 베풀어주신 높으신 의기에 힘입어 자형께서 좋은 곳으로 귀양을 가셨습니다. 뭐라고 감사를 드려야 하는지요?"

세번은 너무나도 부끄러워 고개를 숙이고 있었고, 엄숭은 짐짓 모르는 척하며 말했다.

"그 일이야 정상서 덕분이지, 우리 애가 힘쓴 게 뭐가 있겠소."

이윽고 주안상이 들어왔다. 공자는 잔을 끌어가 조금 마시고는 세번을 힐끗 보며 말했다.

"이 술이 비록 향기롭기는 하나 지난번에 정답게 마셨던 술맛만은 못하군요."

엄숭이 웃으며 말했다.

"우리 집에 처음 온 장원壯元이 언제 우리 집 술을 맛보았다고 그러시오?"

윤여옥이 시원스레 웃으며 말했다.

"봄날의 꿈이 아직 덜 깬 탓에 소생이 잠꼬대를 했나 봅니다."

엄숭은 손뼉 치며 크게 웃었지만, 엄세번은 얼굴이 벌겋게 달아오른 채 한참 동안 고개를 들지 못했다.

이때 시녀들이 손뼉을 치며 수근거렸다.

"오늘 오신 윤장원이 지난번 윤부인이 틀림없어!"

잠시 후에 윤여옥이 물러가겠다고 하자, 엄숭이 잠시 머물게 하여 월화와의 혼삿말을 꺼냈다. 윤여옥이 웃으며 말했다.

"그 일이라면 소생이 이미 따님과 다 이야기했습니다. 각하閣下께서는 걱정하지 마십시오."

며칠 뒤에 윤여옥은 한림학사 겸 춘방우서자의 직위에 임명되었다. 춘방좌학사인 백경과 함께 춘방에서 함께 당직을 서게 되었는데, 백학사가 윤여옥의 얼굴을 보고 이상하게 여겨 한참을 갸웃거리다가 물었다.

"형의 자가 장원長遠이시오?"

"그렇습니다."

백학사가 다시 물었다.

"형은 백련교에서 만났던 일을 기억하시오?"

윤학사가 미소를 지으며 대답했다.

"다섯 해밖에 안 된 일인데 그새 잊었겠습니까?"

백학사가 물었다.

"형은 그동안 진씨와 혼인을 하셨소?"

윤학사가 탄식하며 말했다.

"진씨는 저세상 사람인 듯 소식이 없는데 어떻게 혼인을 했겠습니까?"

그리고 백학사에게 말했다.

"그때 형께서 외람되게도 저에게 편지를 보내셨는데, 제가 마침 병을 앓고 있던 터라 답장을 올리지 못했습니다. 형은 분명 저를 무정하다 생각하셨겠습니다. 그 뒤로 세월이 많이 흘렀는데, 누이동생께서는 어디 좋은 혼처를 정하셨습니까?"

백학사가 얼굴색이 싹 바뀌면서 말했다.

"장원은 어찌 그런 군자답지 못한 말을 하시는 게요? 내가 장원과 분명히 약속을 했는데 어떻게 장원의 말도 기다리지 않고 먼저 다른 곳으로 시집을 보냈겠소?"

윤학사는 사죄했다.

"형이 길에서 말을 세우고 대강 한 약속을 이처럼 굳게 지키신 것은 참으로 고맙습니다. 그렇지만 저와 진씨는 한집에서 자라서 어려서부터 서로 장난치며 허물없이 자라온 정이 있습니다. 이제 와서 그 사람이 화를 당했다고 해서 저버릴 수는 없습니다. 그때 아버님이 답서를 보내시면서 운남 소식을 알아본 뒤에 다시 찬찬히 의논하자고 하신 까닭도 바로 이 때문이었습니다."

백학사가 말했다.

"그렇다면 그때 형은 왜 혼처를 다시 알아보고 있다고 말했소?"

윤학사는 이미 말이 틀어져서 다시 변명할 말이 없자 크게 웃으며 말했다.

"그건 진씨가 한 말이지 제가 한 말이 아닙니다."

그러고는 진씨가 남자로 변장하고 회남으로 달아난 일이며 따로 편지를 보낸 일을 말해주었다. 백학사는 크게 놀라며 칭찬했다.

"그렇지 않아도 형의 얼굴이 그때와는 다른 게 이상했소만, 고향과 본관이 같고 또 이름과 자도 같은 데다가 분위기가 비슷하고 나이도 다르지 않으니 어찌 믿지 않을 수 있었겠소? 아, 진씨는 만고의 역사에 빛날 숙녀요! 형이 그처럼 그리워하여 못 잊을 만도 하오. 지금 조문화는 이미 몰락했고 엄숭의 세력도 날로 기울어가고 있으니 진공이 귀양에서 풀려날 날도 멀지 않았소. 그렇게 되면 형의 아름다운 인연도 마침내 맺어질 수 있을 게요. 형은 다정한 미남자인 데다가 젊은 나이에 과거에 급제하고 금마옥당金馬玉堂, 한림원과 한림학사 자리에 올라 이름을 널리 떨치고 있으니, 부인이 두 사람이라고 해서 나쁠 건 없을 게요. 다행히도 진씨를 맞이하게 되면 그다음에 내 누이동생도 잊지 마시오."

윤학사는 웃으면서 흔쾌히 허락했다.

그해 가을 백학사는 문연각 수찬이 되었다. 백학사가 상소를 올려서 진공의 억울함에 대해 남김없이 말씀드리니, 폐하께서는 잘못을 깨달으시고 특별히 진공을 해배解配, 귀양에서 풀어줌시킨 후 공부상서 벼슬로 다시 부르셨다. 진공 부부는 곧바로 윤여옥과 아가씨를 데리고 길을 떠나 이듬해 북경에 당도했다.

이때 윤시랑은 이미 부인과 함께 서울에 도착해 있었다. 마침내 두 집안이 만나 기뻐하면서 좋은 날을 택해 혼례를 준비했다. 윤학사는 예를 갖추어 한날에 진소저와 백소저 두 아가씨를 아내로 맞이했다.

한편, 유배지에 이른 한림은 왕겸에게 말했다.

"내가 이제 무사히 이곳에 도착했으니 자네는 그만 돌아가게나."

왕겸이 말했다.

"쇤네는 하각로 나리와 나리를 모시게 되어, 이 세상에서 두 분이 저를 알아주시는 것을 행운으로 생각하고 있습니다. 더군다나 어머니께서 하신 말씀도 있는데 어떻게 차마 나리를 버리고 돌아가겠습니까?"

이로부터 왕겸과 유이숙 두 사람은 한림을 주인으로 받들었고, 한림은 두 사람을 친구처럼 대했다. 왕겸은 샘물을 길어와 쌀을 씻었고, 유이숙은 나무를 해와 밥을 지었다. 눈 덮인 산에서 새를 사냥했고 금빛 강에서 고기를 낚았다. 봄에는 고사리 새순으로 국을 끓이고, 여름에는 양하蘘荷, 생강과에 속하는 풀를 캐서 나물을 해 먹었다. 계수나무 젓가락으로 대나무 소반의 음식을 먹는 맛이 아주 좋았으니, 죽우당에서 짠 소금에 거친 밥을 먹던 것에 비하면 녹봉을 많이 받는 벼슬아치의 삶도 부럽지 않았다.

때때로 화한림은 짚신 신고 두건 젖혀 쓴 채 등나무 지팡이를 짚으며, 이슬 맺힌 단풍나무 아래나 그윽한 꽃이 피어 있는 바위 사이를 휘파람을 불며 노닐었다. 돌이켜 반 년 동안이나 갇혀 지냈던 일을 생각하면, 날개가 돋친 신선이 되어 하늘로 날아오를 듯 상쾌했다.

그러나 한림은 남달리 어질고 효성과 우애가 지극한 사람이었다. 밥을 먹다가도 어머니 생각이 나고 경치를 구경하다가도 형을 그리워했다. 어머니를 걱정하며 눈물을 흘렸고, 꿈속에서는 형을 그리워하는 시를 지었다. 또 하늘의 흰구름을 보면 고향에 가고팠고, 잠자리에 들면 형제가 함께하지 못하는 이부자리가 허전했다.

"단 하루만이라도 어머니와 형님의 사랑을 받을 수만 있다면, 그날 저녁에 죽는다 해도 여한이 없겠다."

그 밖에는 부귀를 누리고 싶은 마음도 처자식과 즐겁게 살고 싶은 마음도 없이, 모든 게 뜬구름 같고 허공에 떠도는 티끌만 같았다. 이런 까닭에 촉 땅에 온 지 한 해가 다 되도록 남부인을 생각할 겨를이 없었다.

하루는 예전에 두보杜甫가 살았다는 완화계浣花溪, 사천성 성도시에 있는 강의 정자에 가서 문설주에 쓰여 있는 시를 차례로 읽어보았다. 그중에 칠 언율시가 한 수 있었는데, 마지막에 '청성산인 남자평 지음'이라는 기 록이 있었다. 한림이 보니 함련頷聯, 율시의 3행과 4행이 다음과 같았다.

층봉역에서 조주자사 눈물은 마르지 않으니層峰不盡潮州淚
흰 눈 바라보며 두보의 아이 생각하네白雪長思工部兒

한림이 깜짝 놀라서 말했다.

"이는 분명 장인어른 남어사께서 쓰신 시다. 두보의 아이가 얼굴이 눈처럼 희었고, 한유韓愈가 조주로 좌천되어 갈 때 그 딸 '나挐'가 층봉 역에서 죽었지. 세상에 어떻게 남자평이 또 있어서 딸을 잃은 상황이 똑같을 수 있을까? 안타깝다! 어떻게 하면 남공을 만나서 딸이 촉 땅 에 있다는 말을 해줄 수 있을까?"

쓸쓸하고 울적하여 배회하는데, 문득 숲속에서 갓을 쓴 사람 여럿이 나란히 나타났다. 한림이 맞아 읍하여 인사한 뒤에 함께 몇 마디를 나 누었다. 그러다가 남공이 쓴 시를 가리키며 물었다.

"이분은 본래 북경에 계시던 분인데, 이 지방으로 유배를 오셨지요. 스스로 청성산인이라고 하신 걸 보면 분명히 이 산속에 살고 계신 듯 합니다. 혹시 여러분들은 이분이 사시는 곳에 대해 들으신 바가 있습 니까?"

그중에 한 사람이 말했다.

"작년 봄에 이분이 운수동 곽선생과 함께 이곳에서 노닐다가 시를 쓰고 돌아갔습니다. 그러니 곽선공에게 물어보면 알 것입니다."

한림이 고개를 끄덕이고 집으로 돌아왔다. 그리고 다음 날 청성산의 운수동으로 향했다.

이때 남어사 부부는 하루라도 딸 생각을 하지 않은 날이 없었지만, 세월이 오래되면서 마음이 조금은 무뎌지고 있었다. 그러던 어느 날 곽선공이 남어사에게 말했다.

"공의 액운도 이제 다해갑니다. 지금 따님의 신랑이 도착했습니다."

남어사는 이 말을 듣고 반신반의했는데, 잠시 후에 아이종이 와서 고했다.

"문밖에 어떤 잘생긴 선비님이 오셔서 선생님과 남어사를 뵙겠다고 합니다."

어사가 깜짝 놀라며 신기해하자 선공이 웃으면서 동자에게 안으로 모시게 하고, 인사를 한 뒤에 자리를 정하여 앉았다. 선공이 한림에게 말했다.

"귀하신 분께서 궁벽하고 누추한 저희 집에 와주셔서 고맙습니다."

한림이 손을 모으고 말했다.

"소생은 서촉西蜀의 죄수입니다. 미천한 사람이 외람되게도 선생님의 풍도를 존경하여 감히 문 지키는 아이종을 번거롭게 하였습니다. 선생께서 몸을 낮추시어 당돌한 저를 이렇게 환대해주시니 황송하기 이를 데 없습니다."

선공이 웃고 말했다.

"당신은 폐하의 스승이시며 나라의 대들보이십니다. 그렇게 귀하신 분께서 산속의 보잘것없는 사람을 찾으실 줄은 감히 생각지도 못했습니다."

한림이 선공을 보니 훤칠한 모습이 무리 속에 뛰어난 한 마리 학 같았다. 그리고 어사는 베옷과 두건을 썼는데 두 눈에는 눈물이 그렁그렁했다. 한림이 서글픈 마음으로 어사에게 물었다.

"어르신이 혹시 임자년에 악주로 유배 가신 남어사가 아니신지요?"

어사가 당황하여 대답했다.

"내가 바로 그 사람이오. 당신이 어찌 아시오? 그리고 무슨 까닭에 그걸 물으시오?"

한림이 일어났다가 다시 무릎을 꿇고 앉아 탄식하며 눈물을 흘렸다.

"소생이 바로 돌아가신 여양후 화공의 아들 진입니다. 소생이 어릴 적에, 돌아가신 아버님께서는 산동의 윤시랑을 통해 어르신이 수적에게 화를 당하셨다는 소식을 들으시고 눈물을 흘리며 비통해하셨습니다. 이제 돌아가신 아버님 산소의 풀도 일곱 해를 넘겼는데, 이렇게 살아 계신 어르신을 이 세상에서 뵈니 돌아가신 아버님 생각에 더욱더 마음이 아픕니다."

어사가 눈물을 뚝뚝 흘리며 말했다.

"아버님이 세상을 뜨셨으니 조정에는 이제 노성한 신하가 없겠구려."

그리고 한림에게 물었다.

"내가 세상에서 자취를 감춘 지 지금 벌써 아홉 해가 되어가니 세상 일을 전혀 들은 바가 없다네. 자네 혹시 윤중회 안부를 아는가?"

한림이 대답했다.

"윤중회 어른은 바로 소생의 장인입니다. 소생이 서쪽으로 올 때에 윤중회 어른의 아들 윤여옥을 만나서 어른께서 여전하시다는 말을 들었습니다. 소생에게는 아내가 둘 있는데, 한 사람은 윤중회 어른의 딸이고 다른 한 사람이 그분의 수양딸 남씨입니다. 윤중회 어른은 남씨가 친구 남 아무개의 딸이라고 하셨습니다. 그러니 소생이 바로 어르신의 사위입니다."

어사는 엎어질 듯 다가가서 손을 잡으며, 다급한 마음으로 말했다.

"그러면 내 딸이 살았는가, 내 딸이 살았어?"

그러자 한림은 일의 전말을 자세히 전해주었다. 어사는 슬픔과 기쁨이 이를 데 없어 눈물을 흘리고 탄식하면서 한림의 입만 바라보고 있었다.

그때 한부인은 사위가 왔다는 말을 듣고는, 마치 꿈만 같아 정신이 멍한 중 빨리 얼굴을 보고 싶어하였다. 어사가 한림과 함께 안채로 들어왔다. 한림이 한부인에게 절하자, 부인은 눈물을 방울방울 흘리며 말했다.

"딸아이를 잃어버린 후부터는 세상을 더 살고 싶지 않아 빨리 죽어 황천에서 만나고픈 생각만 늘 했었네. 뜻하지 않게 지금 자네를 만나서 딸아이가 죽지 않았다는 소식을 들으니, 마음이 뛸 듯이 기뻐서 하늘로 솟아오를 것만 같네. 그렇지만 창자가 쓰리면서 그동안의 슬픔이 뭉게뭉게 피어오르니, 오늘 딸아이를 얻은 슬픔은 당초 딸을 잃었을 때보다 몇 배 더하네. 그래, 딸아이는 지금 어디에 있는가? 그리고 풍채도 빼어나고 얼굴도 어진 자네가 무슨 죄로 만 리 밖으로 귀양을 왔는가?"

한림은 눈물을 흘리며 길게 탄식했다. 그리고 자기 부부가 당한 일을 대략 전했다.

"홀로 되신 어머니께서는 자애롭고 인자하시며 형은 정말 어지십니다. 그런데 저희 집안의 운세가 불행하여 요사한 첩이 들어와 집안을 어지럽혔으니, 이것이 다 소생 부부의 팔자가 박복한 탓이겠지요."

그리고 남부인이 조씨가 건넨 독약을 먹었다가 청원스님에게 구조되어 남자 옷을 입고 촉 땅으로 들어갔다는 말을 전했다. 한부인은 얼굴이 파랗게 질리면서 가슴이 꽉 막혔다. 한참 뒤에 정신을 차리고는 한림에게 사죄했다.

"딸아이가 어리고 둔해서 위급한 순간에 제대로 대처를 못 하고 이런 흉한 일을 당하였네. 모두가 제 탓인데 감히 시댁을 원망할 수 있겠는가?"

한림은 한부인의 덕량에 깊이 탄복했다. 어사가 한림에게 물었다.

"청원이라는 사람이 어느 절의 여승인가? 그리고 딸아이가 촉 땅으로 올 때 만나서 이야기를 전한 사람은 누구인가?"

한부인이 탄식했다.

"여덟아홉 해 전 청원스님이 우리 집에 왔을 때 촉 땅의 어느 절에 있다고 했었는데, 화란 중에 몸과 마음이 상하면서 그 산의 이름을 까맣게 잊었습니다. 아, 그때 청원스님이 딸아이의 얼굴을 바라보다가 깜짝 놀라며 한참을 쳐다보았으니, 분명 뭔가가 있었던 겁니다. 내가 그때 물어보지 못한 게 안타깝습니다."

어사가 다시 한림에게 말했다.

"딸아이가 이미 촉으로 들어왔다고 했고 그대가 나와 이곳에서 만난 걸 보면, 틀림없이 하늘이 불쌍하게 생각하여 부녀와 부부가 한곳에서 만나게 하려는가 보오. 그대는 나와 산 넘고 물 건너 촉 땅 수천 리를 모두 샅샅이 다니면서 함께 딸아이를 찾아보지 않겠는가?"

한림이 크게 한숨을 쉬며 대답했다.

"저도 그렇고 싶은 마음이 없지는 않지만 죄인의 몸이라 멀리 갈 수가 없습니다."

어사가 탄식하며 말했다.

"그대의 형편이 그렇겠구려. 그러면 나 혼자 가겠네."

그날 밤 어사와 한림은 남어사가 머무는 작은 집으로 가서 등잔불을 돋우고 마주 앉았다. 어사가 물었다.

"자네는 어디서 내 소식을 듣고 이곳에 왔는가?"

한림이 두로정杜老亭, 완화계 가에 있는, 두보가 살았던 초당에 걸려 있던 시를 본 일과 갓을 쓴 선비들이 한 말을 아뢰니 어사가 말했다.

"지난번에 내가 곽선공과 함께 그 정자에 갔을 때, 곽선공이 나에게 문설주에 시를 쓰라고 권하더군. 그러면서 '내년에 반드시 이 시를 보고 찾아오는 사람이 있을 것이다'라고 했는데, 과연 그렇게 되었네그려."

광남에서 백의종군하고
부적으로 적을 물리치다

다음 날 화한림이 돌아갈 채비를 하는데, 남어사가 곽선공에게 물었다.

"선생, 화군의 관상 좀 봐주시지요. 남은 액운이 얼마나 됩니까?"

곽선공이 웃으며 말했다.

"은진인殷眞人께서 계신데 제가 무슨 말을 하겠습니까?"

어사가 물었다.

"은진인이 누구십니까?"

선공이 대답했다.

"오계五季, 당나라가 망하고 다섯 왕조가 바뀌던 어지러운 시대 때 신선이며, 화군의 전생 스승입니다."

화한림은 이 말이 매우 허황되다고 생각하면서 마을 어귀를 나섰다. 십여 리쯤 가자 바위 골짜기가 점점 깊어지면서 산봉우리의 모습이 더욱 기이해졌다. 뭉게구름과 엷은 안개가 피어올랐다가 사라지는 가운데 골짜기는 알 수 없는 신령한 기운에 휩싸여 있었다.

한림은 발길 닿는 대로 걸어갔다. 그런데 갑자기 붉은 암벽이 양옆에 우뚝 솟아 있는 사이로 신비로운 새와 이상한 짐승이 쌍쌍이 노니는 광활한 별천지가 펼쳐졌다. 한림은 길을 잃은 걸 깨닫고 막막한 심정으로 사방을 둘러보았다. 서북쪽 층암절벽 위에 한 노인이 보였다. 백발에 얼굴이 하얀 노인은 차림새가 위엄이 있었다.

한림이 나아가 양손을 모으고 공손히 인사했다.

"소생은 속세의 인간으로 우연히 이 산에 들어왔다가 길을 잃었습니다. 날이 점점 저물어가니, 선생께서는 부디 돌아갈 길을 알려주시기 바랍니다."

노인이 일어나 손을 들어 답례를 하고 말했다.

"신선께서는 그동안 별고 없으셨소?"

한림이 놀라서 말했다.

"소생은 물거품 같은 세상을 사는 한낱 밥주머니일 뿐입니다. 그런데 선생께서는 어찌 저를 신선이라고 하십니까?"

노인이 웃으며 말했다.

"그토록 총명하던 그대가 청정한 세계를 하직하고 더러운 곳으로 떨어진 뒤로 숱한 고생을 하더니 정신이 혼탁해졌구려. 전생의 일을 기억하지 못하는 것도 무리는 아니지."

그러고는 붉은 환약 한 알을 꺼내어 주면서 말했다.

"이걸 삼키면 알게 될 걸세."

한림은 사양하며 받지 않았다.

"소생은 이미 이 세상 사람이 되었습니다. 헛되이 천상의 일을 안다고 해서 아무런 도움도 되지 않을 뿐만 아니라 쓸데없이 마음만 어지럽힐 것입니다. 또한 설령 이 약을 먹고 신선이 된다고 해도 소생에게는 홀어머니와 형이 계십니다. 제가 어떻게 어머니와 형을 버리고 갈 수 있겠습니까?"

노인이 감탄했다.

"참으로 현명하구려. 효자다운 말이오. 하늘이 어찌 그런 정성에 감동하지 않겠소? 그대 어머니와 형은 이제 곧 잘못을 뉘우칠 게요."

한림이 이 말을 듣고 기쁨이 넘쳐 눈물을 흘렸다.

"소생은 복 없는 사람입니다. 이런 제가 형제가 손잡고 초나라 사람 노래자老萊子처럼 색동옷 입고 춤추며 어머니를 즐겁게 해드릴 날이 있겠습니까?"

노인이 말했다.

"그대의 고생도 이제 거의 끝나가니 앞으로는 좋은 날이 있을 거요. 집안에서는 형제가 화목하게 어머니를 모실 것이고, 조정에 나가서는 임금과 마음이 통하는 기쁨을 누릴 것이며, 그대의 충성과 효성에서 비롯한 복록이 오랫동안 이어질 것이오."

노인은 화한림과 함께 암석 위에 앉은 다음 말했다.

"하늘의 일은 그대가 알고 싶지 않다고 했소. 허나 지금 나와 인간 세상에 대해서는 이야기할 수 있겠지."

그러고는 소매 속에서 강태공姜太公. 주나라 문왕의 신하이 지은 병법서 『육도六韜』를 꺼냈다.

"그대의 급선무는 바로 이 책을 읽는 것이오. 이미 이 책을 섭렵했겠지만, 대강 뜻만 파악했을 테지. 그러나 전쟁은 위험한 일이라서 깊이 공부하지 않으면 안 되오."

노인은 암석 위에 책을 펼쳐놓고 하나하나 짚어가며 세세한 내용까지 설명했다. 한림은 타고난 영재였으므로 마치 칼을 댄 대나무가 단번에 쪼개지듯이 막힘없이 받아들였다. 노인은 껄껄 웃더니 이번에는 작은 족자 한 축을 꺼내서 그림에 그려진 산천의 지형을 손가락으로 알려주었다. 그리고 붉은 부적 한 장을 주면서 말했다.

"이것은 태상노군太上老君. 노자를 신격화한 도교의 신이 요괴들을 제압할 때 사용했던 부적이라오. 가지고 가면 분명히 쓸 곳이 있을 거요."

그런 뒤에 두 사람은 음양과 오행의 오묘한 이치에 대해 토론했다. 옥가루 날리듯 맑은 소리 울리는 사이 어느덧 숲에는 어스름이 깔리고 잘새가 날아들었다. 잠시 후 동쪽 하늘에 달이 떠오르고 밤이슬이 옷을 적셨다. 그제야 노인과 한림은 바위 사이에 있는 띳집으로 가서 자리를 쓸고 누웠다. 한림은 피곤한 나머지 잠에 빠졌다. 깨어보니 붉은 해가 막 떠올라 있었고 솔숲은 바람에 흔들렸다. 노인이 말했다.

"지금 나랏일이 급하니 그대는 빨리 돌아가시오."

한림은 『육도』와 족자와 부적을 품에 넣고 노인에게 절하며 하직 인사를 했다.

"삼신산三神山. 신선이 산다는 봉래산, 방장산, 영주산은 아득히 멀고 십주十洲. 신선이 산다는 열 개의 섬 또한 끝없이 멉니다. 그러니 이제 떠나면 다시는 선생님의 그림자도 뵐 수 없을 테지요. 다만 존함이라도 알고 싶습니다."

그러자 노인이 웃으며 말했다.

"곽선공이 말하지 않던가?"

한림은 그제야 노인이 은진인임을 알았다.

돌아서서 겨우 몇 걸음 떼어놓자마자 이미 노인과 띳집은 보이지 않았다. 망연히 감탄하며 집으로 돌아오는데, 어제까지 붉은 단풍과 노란 국화가 피어 있던 길이 온통 진달래와 철쭉으로 뒤덮여 있었다.

왕겸이 문밖으로 나와 기다리다가 팔짝 뛰면서 크게 외쳤다.

"나리가 돌아오신다!"

방에 있던 유이숙도 버선발로 뛰어나오며 말했다.

"나리, 나리! 어디를 노니시느라 겨울이 다 지나도록 돌아오지 않으셨습니까? 제가 세 번이나 청성산에 갔었고 남어사 어르신도 두 번이나 오셨더랬는데 도무지 소식을 알 수가 없었습니다. 저희들끼리는 깊은 산골짜기에서 호랑이나 표범을 만나신 게 아닌가 하였지요."

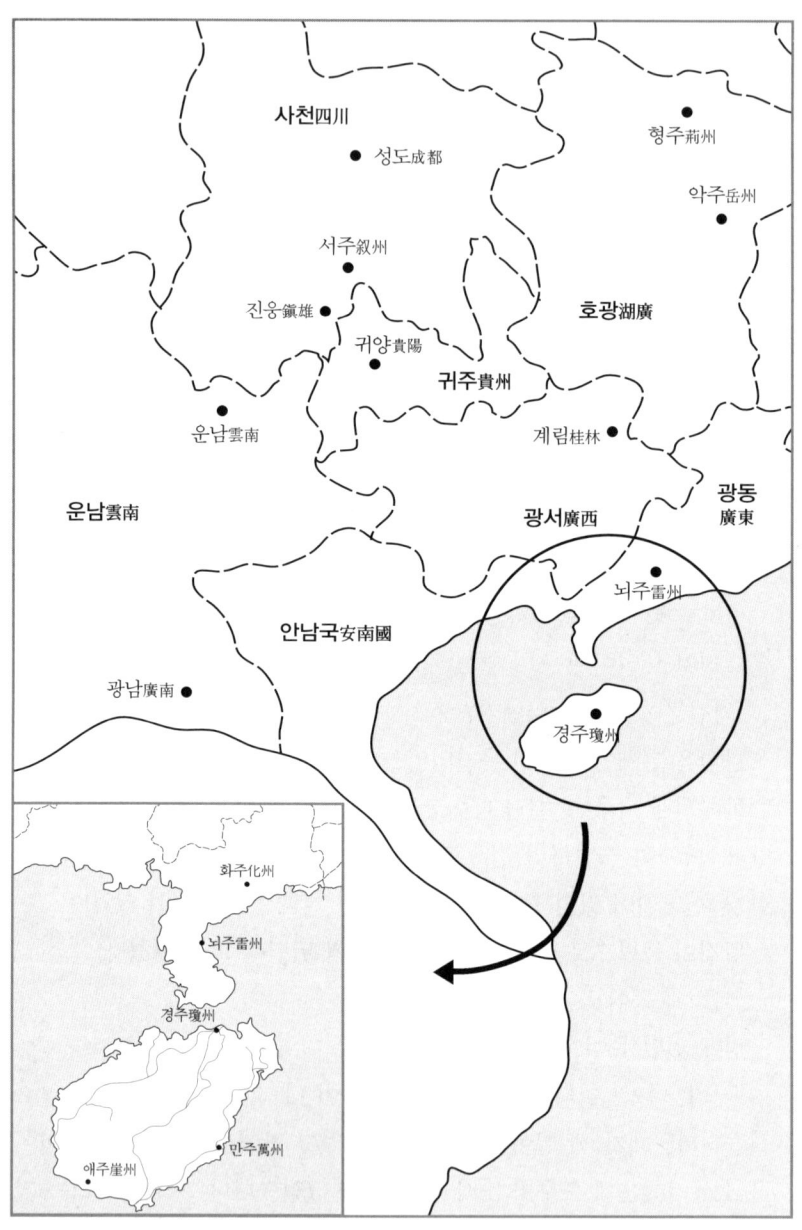

서산해의 만화국 위치

그러면서 왕겸에게 말했다.

"자네는 급히 관부에 달려가서 유장군님께 아뢰게나."

한림이 놀라서 물었다.

"계창이 여기는 어떻게 왔는가?"

이숙이 말했다.

"지금 조정에 큰일이 나서 나리께 광남부廣南府, 지금의 운남성(雲南省) 문산장족
묘족자치주(文山壯族苗族自治州)로 종군從軍하라는 명이 있었습니다. 유장군님이
직접 폐하의 뜻을 받들어 오셨지요."

잠시 후에 유성희가 지부 경창耿敞과 함께 말을 타고 달려왔다.

유성희가 한림의 손을 잡고 말했다.

"선생, 어쩌면 이렇게도 사람을 놀라게 하십니까?"

한림이 지부에게 사죄했다.

"죄인이 멋대로 유배지를 떠나서는 안 되는데, 우연히 산속의 친구
를 찾으러 나섰다가 길을 잃고 낭패를 당하여 시간을 지체했습니다.
황공하기 이를 데 없으니 죄를 면할 길이 없습니다."

그리고 유성희에게 물었다.

"아까 유이숙이 계창이 이곳에 온 연유를 대충 설명해주긴 했지만,
경황이 없어 자세히 묻지 못했습니다. 계창이 자세히 말해주십시오."

유성희가 말했다.

"지난해 해적 서산해가 경애瓊崖 등지로 크게 쳐들어와서 만주萬州와
화주化州 등 여러 고을을 모두 함락시킨 뒤 스스로 만화천왕萬化天王이 되
었습니다. 남방이 소란해지자 백성들은 모두 짐을 싸서 피란을 떠났지
요. 조정에서는 조공수趙公邃 장군을 광남부 경략으로 임명하고 적의 길
목을 막으라고 했는데, 지난해 겨울에 서산해가 대군을 몰고 안남安南,
지금의 베트남 해구를 통해 들어와서 인근 해변 고을 백성들을 심한 공포로
몰아넣었습니다. 조공수 장군께서는 광서 부총병이신 척계광戚繼光 장

군과 합력하여 몇 달째 부주성富州城, 지금의 운남성 문산장족묘족자치주 부령현(富寧縣)을 지키고 있는데, 적세가 더욱 거세지자 저더러 북경으로 가서 조정 신하들과 직접 만나서 상의를 해보라고 하셨습니다.

그래서 제가 서각로徐閣老를 뵙고 말씀드렸지요. '산해는 해굴의 교활한 도적이고 부주는 남방의 요충지입니다. 그러니 한 번 부주를 잃게 되면 해안 산간은 영영 적의 손 안에 들어갈 것입니다' 했지요. 그러자 서각로께서 '조정에서도 이미 논의하고 있소. 따로 대장을 보내 병력을 보강하여 그곳을 지키고자 하지만, 마땅히 대장으로 보낼 만한 사람이 없소' 하시기에, 제가 '무용武勇으로는 조공수 경략과 척계광 장군이 으뜸입니다. 그러니 무슨 장군이 더 필요하겠습니까? 게다가 지키고만 있고 적을 쳐부수지 않으면 남방의 소요가 언제 가라앉을 수 있겠습니까? 산해는 귀신 같은 지략이 있고 변화가 무쌍한 놈입니다. 장자방張子房이나 제갈공명諸葛孔明처럼 적에게 맞설 계략을 세울 수 있는 사람이 있으면 평정할 수 있겠지만, 그렇지 않다면 전국시대 조나라 장수 염파廉頗나 흉노를 물리쳤던 조나라 장수 이목李牧 같은 명장이 맹분孟賁과 하육夏育 같은 힘센 장사 백만 명을 몰고 가더라도 이길 수 없습니다' 하니 서각로는 웃으며 '지금 세상에 어찌 장자방과 제갈공명이 있겠소?' 하였습니다. 그래서 제가 '하늘이 인재를 내실 때는 고금이 따로 없습니다. 다만 각하께서 아직 못 보셨을 뿐이지 그런 사람이 없겠습니까?' 하였지요. 서각로는 웃으며 '그대는 그런 사람을 보았소?' 하시기에, 제가 '저는 보았습니다. 지금 성도成都에 유배 가 있는 화 아무개는 지금 세상의 장자방이고 제갈량입니다' 하였습니다. 서공이 웃으면서 '그 사람이 장수의 후손이기는 하나 나이 어린 선비일 뿐이오. 그대의 과장이 너무 심하구려' 하셨습니다. 그래서 제가 껄껄 웃으며 말했지요. '주유周瑜, 삼국시대 오나라 손책(孫策)의 장수는 열여덟의 나이로 강동에서 군사軍師, 장수 밑에서 작전계획을 세우는 모사가 되었고, 경감耿弇은 나이 스물에 후한後漢 광무제光武帝를 위하여 천하를 평정할 계책을 세워주었습니다. 장자방과 진평도 모두 나이 어린 선비의 몸으로 한나라 고조 유방이 천하를 얻을 수 있도록 보좌했습니다. 각하의 말씀대로 나이 어린 사람을 기용하지 않는다면, 주유와 경감은 초야에서 나이가 차기를 기다려야 했을 것이고 장자방과 진평은 그들을 깔보고 업신여기는 황제 앞에서 아무 말도 못 했겠지요' 하니 서각로께서는 무안하여 아무 말도 하지 않았습니다.

그때 마침 병부상서 하공夏公이 오시자 서각로께서는 하공에게 제가 말씀드린 일에 대해서 물으셨습니다. 하공은 듣고 크게 기뻐하면서 '화 아무개가 장군이 될 만한지 어떤지 저는 잘 모르겠습니다만, 예로부터 복 있는 사람을 장수로 즐겨 쓰는 것이 그만한 이유가 있지요. 화 아무개는 녹봉을 많이 받고 귀인이 될 상입니다. 그러니 각하께서 나라를 위하여 힘을 보태주셨으면 합니다' 하셨습니다. 그리고 제가 '각하, 한번 화 아무개를 부주의 병영에 백의종군하게 해주십시오. 만약에 기발한 계책으로 큰 공을 세우지 못한다면 소장은 각하의 앞에 머리를 바치겠습니다' 하고 큰소리를 치자, 서각로께서도 마음이 움직여서 다음 날 폐하께 아뢰었습니다. 폐하께서는 깊이 생각하시더니 '화 아무개는 글 읽는 선비이다. 어떻게 적을 물리칠 수 있겠는가?' 하시며 윤허하지 않으셨습니다. 그러자 한림학사 윤여옥이 반열에서 나와서, '대부大夫 조최趙衰는 극곡郤穀, 춘추시대 진문공(晉文公)의 장수이 예악禮樂을 즐기고 시서詩書에 일가견이 있다 하여 장수로 추천하였고, 두예杜預, 서진 무제의 장수는 활을 쏘면 종이도 뚫지 못했지만 오나라를 평정하는 공을 세웠습니다. 이런 사실을 보면 전략을 세우는 장수를 기용할 때는 무용이 있다고 해서 등용한 것이 아님을 알 수 있습니다. 화 아무개는 신의 자형으로, 신은 그 사람됨을 잘 알고 있습니다. 진실로 화 아무개가 간다면 남방은 더 이상 걱정할 필요가 없습니다' 하였지요. 그러자 폐하께서 크게 기뻐하시면서 허락하셨습니다.

저는 이날 폐하의 뜻을 받들고 열아흐레 동안을 밤낮으로 달려왔습니다. 그런데 이곳에 도착하니, 선생께서 가벼운 옷차림으로 혼자 나가 감감무소식인 지 여덟 달이나 되었다는 것입니다. 놀라고 막막하여 온갖 걱정을 다 하면서 고개를 빼고 사방을 바라보는데, 간장이 끊어지고 가슴이 찢어지는 듯했습니다. 만약 선생께서 오늘이나 내일까지도 오시지 않았다면 저는 아마 피를 토하고 죽었을 것입니다."

한림이 사죄했다.

"내가 청성산으로 갈 때에는 며칠 밤만 있다가 오려고 했는데, 일이 잘못되어 계창을 힘들게 했으니 미안하기 그지없습니다. 그러나 어찌자고 계창은 내가 서승상을 기만하도록 만드셨습니까? 내 한 몸 낭패보는 거야 걱정할 바 아니지만, 계창이 나로 인해 수치스럽게 되고 나라에도 보탬이 못 될까 염려됩니다."

유성희가 웃으며 말했다.

"선생은 어찌 시속에서 하는 지나친 겸손으로 지기知己, 자신을 알아주는 친구를 남 대하듯 하십니까? 대장부라면 출세하여 임금을 섬기면서 조정 밖에서는 방숙方叔, 형만(荊蠻)을 평정한 주(周) 선왕(宣王)의 신하과 소호召虎, 회이(淮夷)를 정벌한 주 선왕의 신하처럼 되고, 조정 안에서는 고요皐陶, 형벌을 관장한 순임금의 신하와 직稷, 농사를 관장한 순임금의 신하과 설契, 교육을 관장한 순임금의 신하처럼 되어야지요. 액운을 피할 수 없는 것처럼 부귀도 피할 수 없습니다. 때가 되면 행하고 때가 아니면 그칠 수밖에요. 이런 까닭에 옛 성인들은 상황에 맞게 행동할 수 있었습니다. 『음부경陰符經』에서 '하늘에는 오행의 운수가 있으니 이를 알고 따르는 사람은 흥하니라天有五賊 見之者昌'라고 한 구절도 때를 알아야 함을 이른 것입니다."

한림이 탄식했다.

"내가 계창을 화산역에서 만난 것도 하늘의 뜻이고 계창을 따라 부주성으로 가게 된 것도 또한 하늘의 뜻입니다. 앞으로 적을 물리치고 나라의 은혜에 보답하게 되거나 아니면 적을 물리치지 못하고 목숨을 잃게 되거나 모두 하늘에 달렸으니, 나는 다만 하늘의 뜻에 따를 뿐이지요."

지부가 떠날 채비를 해서 이들을 전송했다. 왕겸과 유이숙도 모두 한림을 따라서 길을 떠났다.

한편, 앞서 화춘이 서울에 도착했을 때였다. 범한이 화춘을 찾아가 물었다.

"경옥, 서울에는 어쩐 일로 갑자기 오셨소?"

화춘이 낯빛이 달라지며 말했다.

"집에 하도 안 좋은 일이 많으니 재앙을 피할까 해서 올라왔소."

범한이 차갑게 웃으며 말했다.

"경옥은 나에게 바른대로 말하지 않는구려."

화춘이 딴청을 피우면서 대답하지 않자 범한이 춘을 한참 보다가 물었다.

"형의 식구들도 함께 온 것이오, 아니면 소흥에 두고 왔소?"

화춘이 버럭 화를 내며 말했다.

"우리 집 식구가 오건 말건, 형이 뭣하러 알려고 하오?"

범한이 발끈하여 일어나 나갔다. 그러더니 사람들에게 화춘의 악행을 떠벌리고 다녔다.

"화씨 집 두 아들 중에서 화춘의 죄가 더 크니 먼저 목을 베어야 한다."

그러고는 이소 등을 보낸 뒤에 바로 소흥으로 돌아가서 조씨에게 말했다.

"화진이 이번에는 죽음을 면치 못할 것이니, 묵었던 내 분도 풀릴 것이오. 그런데 요즘 경옥이 나를 험하게 대하는 것을 보니 틀림없이 장평 그놈이 이간질을 한 것이 분명하오. 이 두 놈의 목숨도 오래가지 못할 거요."

조씨가 크게 기뻐하며 말했다.

"낭군님이 북경으로 떠난 뒤로, 경옥이 날이 갈수록 점점 더 저를 의심했습니다. 얼마 전 정당에서 마주치자 저를 노려보면서 욕을 하기를, '너는 동쪽 담장에서 음탕한 짓' 하던 년으로 원래부터 행실이 천했고, 근래에는 또 범한과 간통하였다는 소문이 파다하다. 남씨가 죽은 것도, 형옥이 화를 입은 것도 모두 음탕한 너희 연놈의 소행이 아니더냐? 너희 둘의 고기를 썰어서 남씨의 혼을 위로하고 형옥의 원통한 마음을 위로하지 못하는 것이 한이다' 하였답니다. 제가 그 손을 꼭 잡고 어디서 그런 말을 들었는지 캐묻자 경옥은 저고리가 찢어지도록 소매를 뿌리치고 저를 발로 차면서 '장평이 그리 말하더라' 했습니다. 이날부터 저는 머리를 파묻고 이를 갈면서 낭군이 오시어 저 두 놈에게 복수하기만을 기다렸어요. 이제 낭군께서도 같은 생각이시니, 꾀주머니에 남은 꾀가 무엇인지 말씀 좀 해주세요."

그러고는 화춘이 장평의 말을 듣고 윤부인을 엄승상 집에 바쳤다고 전했다. 범한이 이 말을 듣고 크게 놀라며 말했다.

"내가 바로 엄승상 댁을 이용하려 했는데, 벌써 장평이 선수를 쳤으니 일이 다 글렀소. 지난번 엄승상 부자가 갑자기 화진을 구해주기에 이상하다 했더니 과연 이런 일이 있었구려."

그러고 나서 조씨에게 말했다.

"단공檀公, 남조(南朝) 송(宋) 때의 병법을 정리한 장군 단도제(檀道濟)의 삼십육계三十六計 중에서 달아나는 것이 상책上策이라오. 이제 우리 계획이 다 틀어졌으니 도망가는 것이 좋겠소."

그날 밤 범한은 조씨, 난수와 함께 화씨 집안의 금은보화를 깡그리

훔쳐서 달아났다.

한편 이보다 앞서 장평은 윤공자를 엄세번에게 바치고 좋은 벼슬자리를 얻게 되리라 기대하고 있었다. 또 홍씨에게 바친다면서 화춘으로부터 금화 삼천 냥과 이런저런 패물들을 얻어 자신의 주머니 속에 넣어두고는 낄낄 웃으며 말했다.

"윤씨를 바쳤으니 태수 자리쯤은 충분히 얻을 텐데, 뭣하러 금은보화를 또 뇌물로 바치겠어? 돈을 허리에 차고 큰 고을에서 벼슬을 하게되었으니 이제 학을 타고 날아오르기만 하면 더 이상 바랄 게 없겠군.*"

그러다가 엄세번에게 힐책을 당하면서 윤부인이 달아난 사실을 알게 되었다. 장평은 몹시 낙담한 나머지 돌아와서 울고 싶은 심정이었지만, 곧 다시 웃으며 말했다.

"좋은 벼슬자리도 결국은 돈을 벌기 위한 수단 아니야? 이제 태수가 되려는 계획은 틀어졌다 해도 돈 나올 구멍은 여전하지."

그러고는 화씨 집으로 가서, 손을 쓰지 않으면 화가 닥칠 거라며 겁을 주기도 하고 복이 굴러들어온다고 꼬드기기도 하면서 어리석고 무지한 심씨 모자를 흔들어놓았다. 그러는 사이 화씨 집안 창고의 재물은 날이 갈수록 텅 비어갔지만, 이리 같은 마음에 토끼 눈을 한 장평은 끊임없이 화씨 집안을 들락거렸다. 장평이 다시 화춘에게 말했다.

"윤씨는 엄태상과 마음이 잘 맞아서 아주 즐겁게 지내고 있는데 나를 불러서 '화경옥이 나에게 소흥의 논 사십 마지기를 바치면 절강 통

---

* 학을 타고~없겠군: '양주학(楊州鶴)'의 고사를 인용한 말이다. 몇 사람이 모여서 소원을 말하는데 한 사람은 양주자사가 되고 싶다고 하고, 한 사람은 재물이 많았으면 좋겠다고 하고, 한 사람은 학을 타고 날아오르고 싶다고 했다. 그러자 그중 한 사람이 "허리에 십만 관의 돈 꾸러미를 차고 학을 타고 양주로 날아오르고 싶다"고 했다.

판을 시켜주겠다'고 하였다네."

화춘은 기뻐서 그 말대로 하려 했다.

그 무렵 장평은 계향을 첩으로 삼고 서울에 집까지 사들였다. 그런데 문득 어사중승 윤여옥이 순천부에 지시하여 범한과 장평 두 죄인을 잡아들이는 자에게 포상한다는 방을 붙였다는 소문이 들렸다. 장평이 크게 놀라서 말했다.

"틀림없이 화씨 집안 일이 탄로 난 게야. 하지만 그동안 모아놓은 이 많은 재물을 버려두고 어떻게 차마 멀리 도망가겠어?"

그래서 계향과 의논을 했다.

"윤중승은 윤씨의 동생이니 분명 나를 죽이려 들 거야. 더군다나 한림이 너에게 원한이 깊으니 성부인이 돌아오면 너는 틀림없이 죽은 목숨이다. 한데 생각해보면 네가 잠시 잇속을 차리느라 심씨에게 붙기는 했지만, 너는 본디 심씨의 종이 아니라 화씨 집안의 종 아니냐? 뭣 때문에 심씨를 위해 죽는단 말이냐? 이제 이 틈을 타서 등문고登聞鼓를 친 뒤 한림의 억울한 사정을 밝혀라. 나는 어사대에 고소장을 올려서 심씨 모자의 죄를 알리겠다. 그러면 윤중승이 기뻐할 것이고 심씨 모자는 목이 잘릴 게다. 이렇게 하면 너와 나는 공을 세우고 죽을 고비에서 살아날 수 있을 것이야."

그 말을 듣고 계향이 가서 등문고를 울렸다. 그리고 장평은 상소문을 작성했는데, 한림을 순임금과 증자曾子·효성으로 이름난 공자의 제자보다 낫다고 칭찬하는 한편, 화춘에 대해서는 우禹임금처럼 훌륭한 아들을 두었지만 어리석고 흉악했던 도올檮杌보다도 못하고, 유하혜처럼 어진 형이 있었지만 잔인무도했던 도척만도 못한 놈이라며 그 죄를 나열했다. 또 심씨의 악행과 범한이 저지른 죄를 있는 대로 다 써서 멧돼지 잡아매듯 얽어매었다. 그런 후에 새벽에 어사대에 가서 상소문을 올리며 말했다.

"소생은 한범이라고 하오며 화진의 친구입니다. 화진이 끔찍한 모함을 받는 것을 보다 못하여, 제가 직접 보고 들은 바를 어사 나리께 아뢰어 선량한 친구의 원통함을 남김없이 밝히고자 합니다."

이때 어사 사강과 임윤, 중승 백경과 윤여옥 등이 모두 당 위에 앉아 있었는데, 사어사와 백중승이 분개한 나머지 고발장을 든 채 자리에서 벌떡 일어나며 말했다.

"화씨 집안 효자가 억울하다는 말은 우리도 들은 지 오래입니다. 그렇지만 골육 간에 일어난 일이라 증거를 확보하기가 어려운 탓에 명백히 밝혀 풍속을 바로잡지 못했지요. 시위소찬尸位素餐, 관리가 되어 하는 일 없이 녹봉만 축냄이 이보다 더할 수가 없습니다. 지금 한생이 올린 소장을 보면 우리가 들은 것보다 몇 배나 더 심합니다. 이걸 알고도 그냥 두면 인륜이 무너질 것이니, 어서 빨리 폐하께 아뢰어 풍속을 어지럽힌 화춘의 목을 베어야 합니다."

어사 임윤이 탄식하며 말했다.

"화춘은 제 매제입니다. 그러니 저는 뭐라 말하기가 곤란합니다. 다만 지난번에 금의위에서 심씨에게 곤장을 치려 했을 때, 하상서께서는 형옥의 마음을 다치게 할까 염려하여 폐하께 아뢰어 곤장을 면하게 하셨지요. 형들께서 진정으로 형옥을 아끼신다면 심씨에게 살길을 내주셔야 할 줄로 압니다."

그러고는 윤중승을 돌아보며 말했다.

"형옥은 어진 사람이니, 그가 사귀는 사람이라면 분명 단정한 사람일 것입니다. 그런데 지금 한범이란 자는 눈동자가 바르지 않고 말이 심히 교활합니다. 혹시 간사한 자가 이익을 노리고 틈을 타서 변심한 것 아닐까요?"

윤중승이 크게 깨닫고 말했다.

"그러고 보니 범한과 장평이 애초부터 함께 악행을 저질렀는데도,

이 소장에는 범한의 죄만 있는 대로 다 적었고 장평에 대해서는 전혀 언급하지 않고 있네요. 장평이 이름을 바꾸고 온 것이 틀림없습니다."

기구를 갖추고 고문을 하니 과연 장평이었다. 어사 사강 등 어사대 관리들이 화춘의 죄상을 낱낱이 밝혀 올리면서 이 일은 형부상서가 엄중하게 다스려 국법을 바로잡아야 한다고 아뢰니, 천자께서 바로 윤허하셨다. 그리고 계향도 형부에서 철저한 조사를 받도록 했다. 형부상서 정공은 가마를 재촉하여 관아로 들어가서 건장한 포졸 수십 명을 화씨 집으로 보냈다.

한편, 화춘 모자는 조씨와 범한이 도망쳤다는 소식을 막 듣고는 분하고 화가 나서 가슴이 터질 지경이었다. 심씨가 땅에 엎어져 통곡을 하며 말했다.

"내가 실성을 했지. 요악하고 음탕한 년에 빠져서 남씨를 거적에 말아 갖다 버린 줄도, 주머니를 일부러 떨어뜨린 줄도 까마득히 모르고 있었어. 형옥 부부의 원한이 하늘까지 사무쳤으니 하늘이 무심치 않다면 내가 어떻게 무사할 수 있을까?"

그때 갑자기 밖이 소란해지더니 하인들이 들어와 아뢰었다.

"형부에서 보낸 포졸들이 급히 도련님을 찾고 있습니다."

심씨는 빠른 번개에 머리를 맞은 듯 기절하여 땅에 고꾸라지고 말았다.

여러 포졸들이 화춘을 잡아오자, 정공은 한범의 소장을 구절구절 짚어가며 매섭게 다그쳤다. 화춘은 겁을 집어먹고 어쩔 줄 몰라서 대답했다.

"한생이라는 사람이 소생과 오래전부터 원한이 있는 까닭에 이처럼 모함을 하는 것이옵니다."

정공이 웃으며 형부 관원에게 말했다.

"아까 어사부에서 보낸 죄인을 잡아들여라."

화춘이 보니 장평이었다. 그러나 화춘은 장평 또한 한범의 고소로 잡혀왔다고 생각하고 장평을 돌아보며 말했다.

"나하고 자네 모두 한범에게 미움을 사서 이처럼 몹쓸 일을 겪네그려. 참으로 분하고 원통하지 않은가?"

장평이 팔꿈치로 치면서 말했다.

"내가 이미 바른 대로 말했으니 쓸데없이 여러 말 말게."

정공이 이 모양을 보고 손뼉을 치며 크게 웃었고, 옆에 있던 형부 관원들도 모두 입을 가리며 웃었다.

다시 계향과 화춘을 대면하게 했다. 계향은 화춘을 보자 손뼉을 치면서 죄를 하나하나 밝혔다. 화춘은 변명도 못 하고 다 기어들어가는 소리로 말했다.

"어머니께서 너에게 그처럼 은혜를 베풀어주셨는데 네가 이렇게 배반할 수가 있느냐? 속담에 '여우가 굴을 향해 으르렁거리면 재수가 없다'고 했으니, 근본을 잊은 걸 두고 하는 말이다."

계향이 입을 삐죽이며 말했다.

"부인이 저에게 베푸신 은혜하고 돌아가신 나리께서 도련님에게 베푸신 사랑 중 어느 쪽이 더 큰가요? 도련님께서는 돌아가신 나리를 배반하셨으면서 저더러 부인을 배반했다고 나무라시는 건가요? 더군다나 저희 부모님은 화씨 집안 사람이니, 제가 화씨 집안 사람이지 심씨 집안 사람입니까?"

화춘이 말했다.

"진이만 화씨이고 나는 화씨가 아니냐?"

계향이 말했다.

"도련님은 선조들께 죄를 짓고 스스로 화씨와 인연을 끊었지요. 그러니 저는 한림 나리만 우러러 모실 겁니다."

화춘이 발끈 화를 내며 말했다.

"너는 스스로 잘못이 없다고 하는데, 정당을 저주하는 물건을 묻어놓고 임씨가 그랬다고 모함한 사람이 누구더냐?"

계향은 기가 꺾여 대답을 못 했다.

그날 화춘과 장평, 계향이 모두 고문을 당했지만, 이들은 일마다 범한과 조씨의 잘못으로 돌렸다. 그래서 일단 세 사람을 따로따로 옥에 가두고 그날 바로 전국에 범한과 조씨를 잡아들이라는 공문을 돌렸다.

이때 귀양통판 유성양은 백성들을 잘 다스려 무영전학사로 발탁되었는데, 역마를 타고 북경으로 올라오는 길에 동란주東蘭州에서 한림을 만났다. 그동안 한림이 겪은 일을 위로하면서 탄식을 그치지 않던 유성양이 목이 메어 말했다.

"형옥의 얼굴을 보니 아직 형님 소식을 못 들은 모양이구려."

그러고는 화춘이 옥에 갇힌 일을 대강 말해주었다. 한림은 말을 채 다 듣기도 전에 북쪽을 바라보며 실성통곡했다. 쏟아지는 눈물이 턱에서 연신 방울져 내리는 가운데 한림이 말했다.

"형님이 죽을 위험에 처하신 것은 모두 이 못난 동생 때문입니다. 형님이 돌아가시면 차마 저 홀로 이 세상에서 숨 쉬며 살 수는 없습니다."

그리고 유성희를 돌아보며 말했다.

"내 마음이 이토록 심란한데 어떻게 군중軍中 일을 맡을 수 있겠습니까?"

그러더니 하늘을 바라보며 긴 한숨을 쉬었다.

"오래전부터 나는 살아도 죽느니만 못했습니다. 어찌 이리도 팔자가 험하단 말입니까?"

유성희가 안쓰러워 위로했다.

"예로부터 옥에 갇힌 사람들이라고 모두 처형을 당하지는 않았습니다. 지난번 선생이 갇혔을 때도 사람들은 모두 틀림없이 죽을 거라고 했지만 결국에는 무사하셨습니다. 지금 형님의 액운은 지난번 선생이 겪은 일보다 더하지도 않습니다. 게다가 선생의 우애가 이처럼 지극하신데 하늘이 어찌 형님을 버려두겠습니까?"

한림이 흐느끼며 말했다.

"그렇지 않습니다. 조정에서는 내가 몹쓸 사람인 것도 모른 채 모두 우리 형님을 죽이려 합니다. 그러니 지금 누가 그 억울함에 대해 한마디라도 해주겠습니까? 아! 혹시라도 윤장원이 내 마음을 안다면 힘써 줄 텐데요."

유학사가 말했다.

"형부에서 돌린 이문移文. 공문을 보니 형님이 갇힌 지 며칠 되지 않은 듯하네. 범한과 조씨 두 죄인을 쉽게 잡을 수는 없을 테니, 이 사건은 아마도 내가 조정으로 돌아간 뒤에나 결판날 듯하네. 내가 임어사와 힘껏 주선해보고, 윤중승을 만나게 되면 또한 자네가 한 말을 잘 전하겠네. 그러니 마음을 편안하게 먹게."

잠시 후에 화부인이 탄 꽃가마가 이르자 한림이 들어가 누이를 만났다. 형님은 억울하다고 하며 한림이 비통하게 울자, 화부인이 슬픔에 눈물을 줄줄 흘리며 말했다.

"이런 때 어머니 심정은 오죽하겠니? 새언니도 없는데 누가 죽이라도 끓여줄는지. 만약 오라버니에게 무슨 일이라도 생기면 나하고 너는 세상에 용서받지 못할 죄인이 될 것이야. 살아서 무슨 면목으로 어머니를 대하고, 죽어서는 무슨 낯으로 부모님을 만나겠니?"

그러고는 서로 마주보고 눈물을 흘렸다. 유학사는 오누이의 덕스러운 마음에 더욱 감동했다.

다음 날 유학사는 한림과 헤어져 길을 떠났다. 서울에 도착해보니 화춘은 이미 심문 중에 여러 번 곤장을 맞고 목숨이 오늘내일하고 있었다. 유학사가 임어사를 만나서 탄식했다.

"화춘의 죄는 참으로 용서받기 어렵겠지요. 그렇지만 제가 오는 길에 객점에서 형옥을 만났는데, 형의 처지를 슬퍼하며 안타까워하는 형옥의 모습을 보고는 눈물을 흘리지 않을 수 없었습니다. 형옥이 말하기를, '형님이 돌아가시면 저도 죽습니다' 하더군요. 그 사람이 함부로 말하는 사람이 아니지요. 화춘 한 사람의 목숨이야 말할 가치도 없지만, 형옥을 생각하지 않을 수 없지 않습니까?"

임어사가 한숨을 내쉬며 말했다.

"저는 형옥과 그리 친분이 깊지 않지만, 누이동생이 매번 그 사람이 참 어질다고 하면서 공자의 제자 중 효성과 우애가 남달랐던 민자건閔子騫에 비하더군요. 형을 사랑하는 그 마음은 말하지 않아도 알 만합니다. 또한 제 사정을 말씀드리자면, 누이동생은 화춘이 옥에 갇힌 날부터 석고대죄하면서 밤낮으로 울부짖고 물 한 모금도 마시지 않고 있습니다. 오라비가 되어 어찌 불쌍한 마음이 안 들겠습니까? 그렇지만 화춘의 죄가 중한 데다가 정상서께서도 이번 사건을 매우 엄중하게 처리하려 하십니다. 그러니 제가 구구한 사정으로 정상서에게 말씀드리기는 어렵습니다. 게다가 형이나 저의 말은 모두 공론公論이 될 수 없습니다. 부질없이 혀를 놀려봤자 정상서께서 꿈쩍이나 하시겠습니까? 조정의 신하들 중에서도 정상서에게 말을 잘해줄 만한 사람은 없습니다. 사학해와 백성규는 모두 폐하에게 화춘의 잘못을 아뢰었던 사람들이니 아예 거론할 수 없겠고, 각로 서공과 병부의 하공은 화춘을 원수처럼 미워하니 결코 화춘을 봐주거나 옹호할 리 없습니다. 지금 공론으로 화춘을 구해줄 사람은 윤장원 한 사람밖에 없습니다."

이 말을 들은 유학사는 윤중승을 찾아가 만났다.

"형은 형옥을 어떤 사람이라고 생각하십니까?"

"어진 사람이지요."

"자신 때문에 그 형이 죽었는데, 어진 사람이라면 세상에 당당하게 설 수 있겠습니까? 제가 오는 길에 형옥을 만났는데, 형옥이 하늘을 우러르고 눈물을 흘리면서 말합디다. '아! 혹시라도 윤장원이 내 마음을 안다면 힘써줄 거요'라고요."

윤중승이 벌떡 일어나며 말했다.

"무슨 말인지 잘 알겠소."

윤중승은 즉시 정상서를 찾아가서 말했다.

"화형옥은 우애가 지극하기로 세상에 둘도 없는 사람입니다. 그러니 그 형이 아침에 죽으면 아우는 저녁에 목숨을 끊을 것입니다. 악한 사람을 제거하는 것은 통쾌하지만, 어진 사람을 죽이게 되었으니 안타깝지 않습니까?"

정공이 말했다.

"그대 말도 맞소. 그러나 화춘의 죄가 중하니 열 사람이 죄를 나눈다고 해도 살아나기 힘드오. 그러니 어쩌겠소?"

윤중승이 말했다.

"감히 오늘 당장 화춘을 석방시켜달라는 게 아닙니다. 다만 고문을 좀 약하게 하면서 형옥이 돌아올 때를 기다렸다가 형옥이 돌아온 뒤 상황을 봐가면서 처리했으면 하는 겁니다."

정공이 말했다.

"좋소."

이때 화춘은 이미 뼛속 깊이 뉘우치고 울면서 자책하고 있었다.

"그동안 나한테 아부하기로는 범한과 장평, 조씨가 제일이었고, 어머니한테 아부하기로는 계향과 난향이 제일이었지. 그런데 범한이 그놈은 조씨년을 끼고 달아났고, 장평이 놈은 내 잘못을 고발하였으며, 계향이는 어머니를 수렁으로 밀쳐 빠뜨렸다. 난향이 살아 있다고 해도 흉계를 꾸미지 않을 줄 어찌 알겠어? 내가 어리석고 불초하여 이런 놈들과 어울리는 바람에 훌륭한 동생과 어진 아내가 원한을 품고 집을 떠난 거야. 나 같은 놈은 죽어도 마땅하지. 그러나 훗날 저세상에 가면 무슨 면목으로 형옥과 임씨를 만날 수 있을까?"

밤에 꿈을 꾸면서도 형옥을 부르다가 목에 찬 칼에 눈물을 떨구었다. 이 광경을 본 옥리들이 모두 가련히 여겼다.

한편 심씨 또한 잘못을 뉘우치고 착한 마음으로 말했다.

"내가 형옥을 박대한 것은 선공의 편애가 너무 심해서 마음이 상한데다가 상춘정의 일 때문에 원한이 뼛속까지 사무쳤기 때문이었어. 그러나 십 년 동안 형옥은 한결같은 마음으로 나에게 정성을 다했고 끝까지 나를 원망하지 않았으니, 이 아이야말로 진정한 효자야. 그러니 선공께서도 형옥을 아끼고 편애하셨던 게야. 이제 나날이 내 허물이 드러나고 형옥의 원통함이 속속들이 밝혀지고 있는 걸 보면 하늘을 속일 수는 없는 법이야. 게다가 돌아가신 뒤로 한 번도 꿈에 나타난 적이 없었던 선공께서 근래에는 자주 꿈에 나타나 온화하게 웃으면서 나에게 말씀하셨지. '처음에 악한 사람이 나중에 착한 사람이 되는 게 착하던 사람이 악해지는 것보다는 훨씬 낫소. 이제 아이와 며느리를 그대에게 맡기겠소. 복을 누리면서 오래오래 잘사시오'라고. 그러다가 깨어보면 이마에 땀이 흥건하곤 하지. 아아! 평생 내가 한 일이라고는 죄짓는 일밖에 없었으니, 스스로 목숨을 끊어서 천지에 사죄해야겠지. 그렇지만 내가 죽고 나면 형옥의 효성에 보답할 길이 없으니 구차하더라도 꾹 참고 살아남아서 효자의 마음을 위로해주어야겠다."

그때 갑자기 유학사 부인이 왔다. 심씨는 엎어질 듯 당 아래로 내려가서 손을 잡고 통곡하며 그동안 자신이 지은 죄를 하나하나 말했다.

"내가 못되고 어리석어서 너희 남매가 여러 번 힘든 일을 겪었구나. 중간에 또 조씨가 이간질하는 바람에 큰며느리를 내쫓고 작은며느리들을 가두었지. 결국 형옥이가 나 때문에 만 리 밖으로 귀양을 갔고 춘이는 차꼬를 차고 옥에 갇혀 있다. 내 머리털을 다 깎는다 해도 내 죄는 용서받을 수 없을 거야."

유학사 부인은 심씨를 바라보았다. 검은 머리는 다 세어 백발이 되었고, 눈동자에는 광채가 없었으며, 옷은 때가 꼬질꼬질하고 머리에는 먼지가 잔뜩 끼어 있었으니, 예전의 모습은 전혀 찾아볼 수 없었다. 그 참담한 모습을 보고 부인은 속이 상해 슬피 통곡하면서 거의 기절할 듯했다. 한참 뒤에 부인이 말했다.

"눈서리와 비바람도 다 하늘의 뜻입니다. 초목이 어떻게 감히 하늘을 원망하겠습니까? 장평 놈의 모함을 받은 오라버니가 앞으로 무슨 일을 당할지 알 수 없지만, 들으니 윤중승이 정상서를 만나 말을 잘 해 주었다고 합니다. 형옥이가 만약 공을 세우고 돌아오게 되면 오라버니도 무사하실 겁니다."

심씨가 흐느끼며 고마워하였다.

"우리 애 죽은 목숨이 다시 살아난다면 그건 다 유서방과 윤중승 덕이다. 그 누이 일도 있는데 윤중승이 우리를 원망하지 않고 애써 우리 애의 목숨을 구하려 한다니, 군자의 마음은 소인배들과는 다르구나!"

유학사 부인은 새 옷을 꺼내와 심씨에게 입히고 맛있는 음식을 올렸다. 이렇게 옆에서 시중들며 조용조용 웃으며 말하니, 심씨는 가슴을 치면서 한탄했다.

"너희 남매하고 큰며느리는 내 죄를 용서할 수 있겠지만, 윤씨를 엄승상 집으로 보내어 치욕을 당하게 하고 남씨를 멍석에 말아 완화계에 버렸으니, 내가 어찌 천벌을 피할 수 있겠느냐?"

부인이 그제야 한림에게서 들은 대로 윤부인과 남부인이 무사함을 알렸다. 심씨는 악몽에서 깨어난 듯 기뻐하며, 윤부인의 탈출을 신기해했다.

한편, 한림이 부주에 당도하자 조공수와 척계광은 크게 기뻐하며 맞이하여 귀한 손님으로 대접하고, 적을 깨뜨릴 묘한 계책이 있는지 물었다. 한림은 직접 성 위로 올라가 산해의 군대를 바라보았다. 개미가 모여 있는 듯 구름이 엉겨 있는 듯 강과 육지에 진을 쳤는데, 운제雲梯, 성을 공격하기 위한 사다리차와 충차衝車, 성벽을 부수도록 뾰족한 물체가 달린 수레가 어지럽게 오가고 포탄이 날아다니고 있었다. 한림이 조공수에게 말했다.

"적군은 밖으로 허세를 부리고 있을 뿐 안으로는 제대로 싸울 채비를 갖추지 않고 있습니다. 저들은 지금 상대를 우습게 여겨 교만을 부리고 있는 겁니다."

닷새 후에 한림이 조공수와 함께 성 위로 올라가 다시 살핀 후 말했다.

"강태공의 『육도』에 '상황이 유리할 때 놓치지 말고, 때를 만났을 때 의심하지 말라見利不失 遇時不疑'고 했습니다. 지금 적군을 보니 깃발이 어지럽고 말은 놀라 내달립니다. 또 경쇠 소리가 낮고 탁하며 북소리가 물을 흠뻑 먹은 듯 습합니다. 이건 장수가 싸움에 패해 달아날 징조입니다. 지금 가벼운 수레와 돌격 기마대를 불시에 보내 화살이 날아가듯 쇠뇌활과 유사하나 활보다 멀리 쏘도록 고안된 무기가 쏟아지듯 공격하십시오. 그러면 적은 목을 가리면 어깨가 드러나고 배를 감싸면 등이 공격당하는 꼴이 되어 맞닥뜨리는 족족 깨지게 될 것입니다. 이것이 『육도』에서 이른바 '빠른 천둥 소리에 귀를 막지 못하고, 번쩍 하는 번개에 눈을 감지 못한다疾雷不及掩耳 迅電不及瞑目'는 것입니다."

조공수 등이 크게 기뻐하며 말했다.

"선생의 말씀대로 하겠습니다."

한림은 유성희를 시켜 검은 깃발에 검은 옷을 입은 정예부대 이천 명을 데리고 밤에 함매啣枚, 입에 막대를 물어 소리를 내지 않음하고 성 밖으로 나가서 미당구에 매복해 있으라고 했다. 그리고 중군장 위립韋立에게는 몰래 병사들을 끌고 방랑해구로 나가서, 안남의 깃발과 갑옷을 입고 안남의 구원병이라고 하며 바다 가운데 배를 묶고 있으라고 했다. 또 군사들에게 수십 개의 땅굴을 파게 한 뒤에, 발 빠른 병사 삼천 명을 뽑아서 붉은 옷에 햇불과 북을 들고 땅굴에 들어가 있으라 하고 '함성 소리가 들리면 나오라'고 명령했다. 그리고 조공수에게는 죽기를 두려워하지 않는 용감한 기마병 이백 명을 거느리고 몽둥이와 도끼, 창 등을 들고 선두에 서서 공격하라고 했으며, 척계광에게는 힘세고 날렵하여 물러설 줄 모르는 병사 이천사백 명을 데리고 무강거武剛車. 전투할 때 사용하는 덮개 있는 수레와 궁노弓弩. 활과 쇠뇌로 무장한 후 큰 깃발에 번쩍이는 창을 들고 측면에서 공격을 도우라 하였다. 그리고 부장副將 여덟 명에게 나머지 군사 사천 명을 데리고 전후에서 북과 경쇠와 징을 치고 뿔피리를 불면서 병사들의 사기를 돋우라고 했다.

그날 밤 삼경이 되자 명나라 군대는 성문을 크게 열어젖히고 세 부대가 혜성같이 번개같이 달려나갔다. 한림이 왕겸, 유이숙과 함께 성 위에 올라 바라보니, 적군은 놀라서 술렁이며 대오가 흐트러진 채 좌충우돌하였다. 그때 함성 소리가 크게 나면서 땅굴에서 햇불과 북이 무수히 튀어나왔는데, 붉은 갑옷 입은 군사들이 이리저리 움직이며 눈에 어질어질하니 적군은 놀라서 정신이 나간 듯했다. 게다가 중무장한 기마부대는 측면에서 쇠뇌를 쏘아대고 북소리는 천지를 뒤흔들었다.

산해가 황겁하여 급히 요술을 부리니 갑자기 세찬 바람이 불면서 폭우가 쏟아졌다. 그러나 한림이 은진인에게 받은 부적을 꺼내어 막대 끝에 붙여 흔들자 이내 비바람이 멎었다. 관군官軍은 시체를 밟고 지나면서 적군을 남김없이 죽였다. 산해는 급히 살아남은 병사들을 거두어 육로로 도망쳤다. 그러나 미당구에 이르자 유성희가 길을 막고 서서 닥치는 대로 죽였다. 산해는 말을 타고 혼자 겨우 도망쳤다. 한편 산해의 수군은 멀리 방랑해구로 퇴각했다가 안남국의 깃발이 보이자 의심하지 않고 뱃전에서 명나라에게 패한 일을 전했다. 그러자 위립이 바다 가운데서 이들을 남김없이 모조리 죽여버렸다.

다음 날, 조공수와 척계광이 술자리를 베풀어놓고 한림에게 절하며 말했다.

"저희는 해가 바뀌도록 성을 지키면서도 노심초사 걱정만 하고 미친 오랑캐들을 한 발짝도 물러서게 할 수 없었지요. 그런데 선생께서는 귀신같은 전략으로 혼자서 하룻밤 만에 수십만이나 되는 적을 구덩이에 몰아넣으셨군요. 선생의 공은 만고에 빛날 것입니다."

한림이 겸손히 칭찬을 마다하고 말했다.

"산해가 지금 비록 패하기는 했지만 머지않아 병력을 총동원하여 다시 올 것입니다. 또한 산해가 안남을 위협하여 항복시킨다면 남방의 큰 근심거리가 될 것입니다. 안남이 배반하면 중국 사람들은 더 이상 베개를 높이 하고 편안히 잠을 자지 못합니다. 장군께서는 한 번 이긴 것으로 만족하지 마시고 깊이 생각하시어 앞으로의 일을 계획하십시오. 그리고 폐하께 표문을 올려 내년 봄에 전국의 군사를 동원하여 화주를 평정한 뒤 서산해의 머리를 고가藁街, 사로잡은 포로의 머리를 매달아놓던 장안(長安)의 거리 높이 매달겠다고 청하십시오. 그래야만 광서와 광남에서 전쟁이 오래도록 그칠 수 있을 것입니다."

조공수가 말했다.

"좋습니다."

그리하여 한림이 일러준 대로 조정에 표문을 올려 아뢰었다.

원수^{元帥}는 조서를 받들고 미인은 비수를 던지다

광남경략사 조공수의 승전을 알리는 표문이 대궐에 이르렀다. 천자가 문화전에 납시자 한림이 표문을 읽었다. 천자는 크게 기뻐하시며 서각로를 돌아보고 말씀하셨다.

"화진은 세상에 둘도 없는 인재이다. 짐이 현명치 못하여 이런 사람을 죽일 뻔하였도다."

서각로가 머리를 조아리며 말했다.

"신의 죄를 용서하소서. 이 나라 승상으로서 화진이 억울한 것을 짐작하면서도, 폐하께 한마디도 아뢰지 못했습니다. 신은 참으로 하춘해와 유성희를 보기 부끄럽사옵니다."

황제가 웃으며 말씀하셨다.

"짐도 화진을 보고 한눈에 여양후가 다시 살아난 듯 그 자질과 인품이 뛰어난 줄을 알았으면서도, 소홍의 일에 대해서는 그대로 믿어버렸다. 증삼의 어머니가 효성으로 이름난 아들이 살인했다는 유언비어를 믿고 베틀을 버리고 도망친 것처럼 되었으니, 부끄럽기로 말하자면 내가 그대보다 몇 배는 더하다."

이어서 또 말씀하였다.

"조공수 등이 나라를 위해 싸워서 십만 명이나 되는 적군을 베었으니, 반공행상班功行賞. 공에 따라 상을 줌을 조금도 늦춰서는 안 되겠다."

서각로가 아뢰었다.

"산해는 예전 태조 황제에 맞서 천하를 욕심냈던 장사성張士誠보다도 더 교활한 적입니다. 남쪽 변방에 웅거하고 있으니 날로 그 세력을 따르는 자가 많아지고 있사오며, 가벼운 배와 커다란 배를 타고 다니면서 시도 때도 없이 출몰하고 있으니 종묘사직의 큰 근심거리입니다. 지금은 잠시 패해 물러나 있지만, 후환이 완전히 사라졌다고 볼 수는 없사옵니다. 이 점을 염려하여 조공수 등도 표문을 올리며 요청하였습니다. 화진을 상장군으로 임명하시옵고, 유성희를 부장副將으로 삼아 조공수, 척계광과 함께 경애 지역을 바로 공격하라 명하옵소서. 상을 내리시는 일은 그다음이라도 늦지 않사옵니다."

병부상서 하춘해가 아뢰었다.

"서각로의 말씀이 참으로 옳습니다마는, 이번 승리는 전무후무한 일이옵니다. 그러니 먼저 큰 상을 내리시어 장수와 병사들의 수고를 위로하심이 마땅하옵니다. 게다가 화진은 여전히 백의종사白衣從事하고 있는 죄인의 몸이온데 어찌 갑자기 상장군으로 임명될 수 있겠으며, 아무런 관직도 없는 유성희가 어떻게 삼군三軍을 호령하겠습니까?"

폐하께서 말씀하셨다.

"두 사람의 말이 다 옳다. 화진은 한림학사로 있다가 삭탈당했으니 우선 예전 직첩을 돌려주고, 무영전태학사 정남병마대원수에 임명하여 대원수의 절월節鉞. 부절과 도끼. 황제를 대신하는 권한을 상징함을 내려주어라. 그리고 어진 사람을 천거하면 높은 상을 받는다 하였으니, 화진을 추천한 유성희는 특별히 영병총관 용문대장군에 임명하고, 조공수는 정남부원수에, 척계광은 전장군에 임명하라. 이부낭중 손식孫植은 조서를 가지고 정남대원수 화진에게 가서 상방검尙方劍, 대궐에서 만든 칼 하나와 천리를 달리는 대완마大宛馬, 서역에서 나는 좋은 말 두 필, 황금갑옷 한 벌을 하사하라. 또 백금 오만 근, 비단 육십만 필을 내려 장수와 병사들에게 골고루 나누어 주어라."

이부낭중 손식이 황제의 명을 받들고 광남부에 이르렀다. 조공수는 십 리 밖에 나가 맞이하여 호위했다. 황제의 조서가 영중에 이르니, 뜰에는 이미 향탁 등 모든 의장이 갖추어져 있었다. 손이부가 조공수에게 말했다.

"화원수께서 직접 조서를 받으셔야 합니다."

유성희가 나가서 화원수를 데려왔다. 원수가 흰옷을 입은 채 뜰 가운데 꿇어앉자 손이부가 조서를 낭독했다.

황제는 광남부에 백의종사하는 화진에게 말하노라.

남쪽의 오랑캐들이 감히 흉한 마음을 먹고 우리 변방을 침략하였다. 도적의 무리가 우리 백성들을 침략하였으니, 산에 망루를 짓고 바다에 뗏목을 띄워 벌처럼 엉기고 고슴도치처럼 몰려왔도다. 잠시 잠잠하더니 다시 기승을 부리고, 물리쳤는가 싶으면 다른 곳으로부터 공격해와 겨울부터 여름까지 병화兵禍가 끊이지 않으니, 짐이 근심하여 잠자리가 편치 않도다.

그대는 충성스런 장군의 후예요 훌륭한 신하의 자손으로, 얼굴은 관옥冠玉 같고 가슴에는 뛰어난 지략을 감추었도다. 구름과 바람을 부리고 책략은 귀신같아, 북채를 잡고 진루에 올라가서 우리 병사의 사기를 돋우고 우레처럼 울리며 유성처럼 진격하였도다.

넋이 빠진 적장이 겨우 살아 도망치니, 성대한 공적이 참으로 가상하도다. 이에 한림학사 직첩을 돌려주고 이전에 지은 죄를 모두

다 씻어주겠노라.

아아, 도적을 없애는 것은 잡초를 제거하는 것과 같아서 뿌리가 남아 있으면 다시 무성해진다. 그러므로 이제 융복戎服. 군복을 갖추고 말을 빨리 몰아서 적의 소굴을 소탕하라.

그대를 특별히 무영전태학사와 정남병마대원수에 임명하노니, 조공수 이하의 장졸은 모두 그대의 명령을 들을 것이다. 군대의 크고 작은 일은 모두 그대가 알아서 처리하며, 동쪽과 서쪽과 북쪽의 병사와 말을 나에게 아뢸 것 없이 마음대로 선발하라. 그대는 힘써 적을 소탕할지어다.

가정 42년 정월에 말하노라.

화원수가 머리를 숙이고 눈물을 흘리며 사신에게 우러러 고하였다.

"신은 죄를 지은 천한 몸인데, 한때 조그만 공을 세웠다고 해서 어찌 갑자기 높은 자리에 오를 수 있겠습니까? 죽을지언정 차마 폐하의 조서를 받들지 못하겠습니다."

그러자 손이부가 정색을 하고 말했다.

"선생께서 겸양이 너무 지나치십니다. 폐하께서는 선생을 죄인의 명부에서 빼서 억울함을 씻어주시고 대원수의 인수印綬를 주셨습니다. 그러니 선생은 이제 있는 힘을 다하여 폐하의 은혜에 보답해야 하지 않겠습니까? 그런데도 선생은 폐하께서 등용해주신 은혜는 생각지 않고 겸양만을 고집하십니다. 어리석은 제 소견에는 선생이 너무 지나치신 듯합니다."

화원수가 그제야 일어나 명을 받드니, 유성희가 무릎을 꿇고 대원수의 관복과 인수를 올렸다. 화원수가 장대將臺. 장수가 군사를 지휘하는 누대에 물러앉아 조공수 등의 인사를 받는데, 위엄 있는 그 모습에 유성희도 감히 쳐다보지 못했다. 왕겸과 유이숙 두 사람은 기뻐하며 눈물을 흘렸다.

원수는 북쪽과 동쪽과 서쪽 각지에 전령을 보내, 서주敍州 총병 설성문薛星文에게는 보병과 기병 이만을, 진웅鎭雄 제독 왕림王琳에게는 기병 일만을, 계림桂林 총병 위영魏瑩에게는 보병 십만을, 복건福建 총관 엄진嚴鎭에게는 보병 팔천을 각각 거느리고 5월 닷샛날 부주로 모이라고 했다.

약속한 때가 되자 각 진의 군대가 모두 모였다. 화원수는 황제께서 내려주신 비단을 장졸들에게 골고루 나누어 주고, 전장군 척계광을 좌선봉으로 삼고 용문장군 유성희를 우선봉으로 삼았으며, 왕겸과 유이숙은 좌교위와 우교위로 두었다. 또 부원수 조공수에게는 본진의 병마 이만을 인솔하여 후방에 머물러 있으라 하고, 나머지 각 진의 대장들에게 병사들을 이끌고 뒤를 따르라 했다. 원수는 진의 중심에서 보병과 기병 팔천을 이끌고 행군했다. 안남의 국경에 이르자 안남왕 진흥이 갑옷 차림으로 교외에 나와 맞았다. 원수가 수레에서 내려 진흥왕의 손을 잡고 말했다.

"황제 폐하의 은혜를 흠뻑 받으신 왕께서 어찌 산해와 내통하시고 산해가 상국上國을 침략하는데도 앉아서 보기만 하셨습니까?"

안남왕이 머리를 조아리며 눈물을 흘렸다.

"변방의 신하로서 감히 그럴 리 있겠습니까? 다만 나라가 힘이 없고 병사들이 잔약하니 적에게 저항하지 못하고 억지로 화의를 맺게 되었을 뿐, 한순간이라도 폐하를 잊을 수 있었겠습니까?"

원수는 기쁜 마음으로 안남왕을 위로하며 왕과 함께 성 안으로 들어갔다. 명나라 군대의 군령은 엄하여 개나 닭도 놀라게 하지 않았다.

다음 날 원수가 왕과 함께 적을 파할 계략을 의논하던 중 왕이 말했다.

"황제의 위엄으로 작은 도적놈을 근심할 필요가 있겠습니까? 그러나 산해는 기이한 재주와 요술로 귀신을 병사로 부릴 수도 있으니 참으로 걱정입니다.".

원수가 웃으며 말했다.

"왕께서는 다만 상황 판단이 빠르고 병법을 잘 아는 믿음직한 신하를 시켜 기마군 삼백 명을 이끌고 제 지휘를 따르게 하십시오. 그리고 성을 굳게 지키고 계셨다가 적군이 오면 그 뒤를 끊어놓으십시오."

왕이 공손히 허락하고 밖으로 나가더니 좌위독 병마철鄲馬鐵을 데리고 와서 원수에게 보였다. 원수는 왕이 보낼 편지를 써서 왕에게 베껴 쓰도록 한 뒤 병마철에게 주면서 말했다.

"그대는 이 편지를 가지고 화주로 가서 이리이리 하시오."

그리고 원수는 군대를 이끌고 행진하기 위해서 은진인이 준 작은 족자를 펼쳐보았다. 족자에는 산천과 도로, 마을 등이 마치 눈앞에 펼쳐진 듯 그려져 있었다. 원수는 큰길을 버려두고 험한 길을 따라서 화석령을 넘어간 뒤 설성문 등에게 이곳저곳에 매복하라고 지시했다. 그리고 원수는 조공수와 척계광, 유성희 등과 함께 마가천 위에 진을 쳤다.

때는 바야흐로 9월 상순이었다. 천지는 가을이 완연하여 차가운 날씨에 초목은 잎새를 떨군 가운데, 오랑캐의 피리 소리가 맑게 울리고 변방 병사의 뿔피리 소리는 구슬펐다. 화원수는 폭건幅巾, 한 폭의 천으로 위는 둥글게 말고 아래로 길게 늘어뜨린 모자과 학창의鶴氅衣, 가장자리를 검은 천으로 두른 도포를 입고 밤에 원문轅門, 대장이 있는 진영의 입구을 거닐었다. 북쪽 하늘을 바라보면서 눈물로 옷깃을 적시니 유장군이 따라와 위로하였다.

한편, 병마철은 만화성에 이르러 산해를 만나고 안남왕이 직접 쓴 편지를 올렸다. 편지의 내용은 대강 다음과 같았다.

모월 모일 안남왕 진흥은 만화국 서왕께 글을 올립니다. 저희 나라가 귀국에 귀순하여 형제가 되기를 맹세한 이유는 귀국의 위덕이 저희 나라를 충분히 덮어주리라 기대했기 때문입니다. 지난번 귀국이 부주를 정벌할 때 저희 나라는 여러 해 흉년으로 백성들이 고통을 겪은 탓에 한 마리 말, 한 명의 병사도 보내지 못하고, 병사들의 식량과 말이 먹을 꼴도 보태지 못했습니다. 그런데 지금 명나라 천자는 동쪽에서 뺨 맞고 서쪽에 화풀이하는 식으로, 저희 나라가 변방을 침략하는 귀국을 돕기 위해 병사를 보내고 양식과 꼴을 공급했다고 하면서 십만 대군을 바람처럼 몰고 번개처럼 달려서 성 밑까지 들이닥쳤습니다. 저들은 강하고 우리는 약하니, 망할 날이 멀지 않았다 하며 저희는 두려움에 떨면서 어찌할 바를 모르고 있습니다. 다만 아직까지 선조의 사직을 등에 짊어진 채 성문을 굳게 닫고 지키는 까닭은, 귀국께서 혹시라도 저희를 불쌍히 여기고 도와주시는 은혜를 베풀까 기대하기 때문입니다. 저희 나라가 엎어져 망하는 것은 그래도 괜찮습니다. 저희가 진정 염려하는 것은 제나라를 평정한 군대가 틀림없이 인근의 연나라를 공격하게 되고, 농隴 땅을 평정한 군사가 만족을 모르고 다시 촉 땅을 노리지 않을까 하는 점입니다.

편지를 다 읽은 산해가 크게 웃으며 말했다.

"명나라 놈들이 제 발로 죽으러 왔으니 이제 지난겨울에 당한 치욕을 갚아줘야겠다."

그리고 병마철에게 말했다.

"내가 병사를 대대적으로 선발해서 마천 큰길을 따라 가겠다. 너희 나라에 도착하기까지 삼십 일밖에 안 걸릴 텐데, 너희 왕이 그동안을 버틸 수 있겠느냐?"

마철은 대성통곡하며 말했다.

"저희가 불시에 공격을 받았기 때문에 이제 망하는 것은 시간문제입니다. 이번 일은 깨진 그릇으로 불붙는 솥에 물을 붓는 것과 같아서 오히려 때를 맞추지 못할까 초조하온데, 만약 대왕의 말씀대로 한다면, 한 바가지 물로 살릴 수 있는 저희 왕을 먼 강물을 끌어와 살리려다가 결국은 어물전에서 찾게 될 것입니다."

그러자 산해가 칼을 빼어 들고 일어서며 말했다.

"지금 바로 정예군 팔만을 데리고 무당협을 거쳐 하루에 백 리씩 달리면, 열흘이면 너희 나라에 당도할 것이다. 그러면 어떻겠느냐?"

마철은 백 번 절하며 고마워했다.

이렇게 해서 산해는 바로 떠날 채비를 했다. 군사와 말을 점검하여 선발했는데, 군대를 즉시 준비시키지 않는다는 이유로 군사마軍司馬, 하급 장교 다섯 명의 목을 베었다. 군사들에게는 각자 여덟 되의 양식만 지니게 하여 수레의 짐을 줄였다. 그리고 대장 석만에게는 보병과 기병 십만을 데리고 총석령을 넘고 천봉동 골짜기를 지나서 안남성 밑에 모이라고 했다. 그날 산해는 화주를 출발했다.

마철은 옆구리 통증이 있다는 핑계를 대고 화주성 안에 누워 있다가, 다음 날 밤 데리고 온 병사들을 시켜 망초와 유황 등을 들고 가서 궁궐과 창고에 불을 지르게 했다. 불빛은 삽시간에 하늘로 솟구쳤다. 남자들이 모두 전쟁에 동원된 터였기에 성안에는 노약자와 부녀자밖에 없었다. 이들이 울부짖는 소리가 진동하는 가운데, 마철은 기병과 함께 궁궐에 돌입하여 여러 비빈들과 궁을 지키던 문무의 대신 이하 수백 명을 죽였다. 그러고는 밤낮으로 서쪽으로 말을 달려 산해의 군대를 따라갔다.

마철은 무당산에서 산해의 군대와 만났다. 산해는 이미 설성문의 군대에게 패한 뒤라 매우 성이 난 상태였다. 마철이 거짓으로 통곡하며 말했다.

"대왕께서 어려움에 빠진 저희 나라를 직접 구하시려다 이처럼 패하게 되셨으니, 신은 대왕을 위해서 이 한 목숨을 바치겠습니다."

그러고는 창을 빼어 들고 말에 올라탄 뒤에 삼백 기병과 함께 바로 설성문의 군대를 향해 갔다. 설성문은 멀리서 마철을 보고는 맞서 싸우는 체하다가 몇 번 겨루기도 전에 말을 타고 달아났다. 마철이 마치 승세를 탄 듯이 대진大陣을 공격하자 설성문은 놀라서 전열이 흐트러진 척했다. 산해가 이 광경을 바라보고 북을 치며 나오니 설성문은 군사를 거두어 험한 골짜기로 들어갔다.

산해가 따라가 공격하려 하자 마철이 말했다.

"지금 큰 적을 앞에 두고 대왕께서는 왜 작은 적과 싸워 기운을 빼려 하십니까?"

산해가 말했다.

"적을 뒤에 버려두고 앞으로 나가면 위험하지 않겠느냐?"

마철이 차갑게 웃었다.

"신이 비록 겁 많고 나약하시만 저들은 그냥 무시할 수 있습니다. 그런데 천하에 빼어난 위력을 지니신 대왕께서 저런 놈들을 '적'으로 상대하시니 신은 그런 대왕이 부끄럽습니다. 게다가 저들은 다만 대국의 구원병을 막으려고 여기에 왔을 따름이라. 이제 이미 막지 못하고 대군이 지나가면 실로 뿌리 잘린 잎새일 뿐입니다. 저들이 다시 뭘 할 수 있겠습니까?"

산해는 그 말이 참 일리가 있다고 여겼다. 그래서 앞으로 수십 리를 전진하여 산골짜기 아래에 군대를 주둔시켰다. 마철이 산해에게 말했다.

"저희 왕이 대왕께서 오시기만을 간절히 바라고 있으니, 신이 먼저 가서 보고하겠습니다."

산해가 허락하자 마철은 말을 달려 떠나갔다.

다음 날 산해가 새벽밥을 먹고 떠나려 하는데 갑자기 수궁도독 설영이 나타나더니 산해 앞에 머리를 풀어헤친 채 엎드려 통곡했다.

"대왕께서 떠나신 그다음 날 자정에 안남의 장수 병마철이 궁궐에 불을 놓아 모두 태워버린 후 왕비 마마를 칼로 찔러 죽였습니다. 문무의 대신들도 거의 다 그 손에 죽었습니다."

산해는 가슴을 치면서 목 놓아 통곡했다.

"하늘이 나를 죽이려고 하는구나, 하늘이 나를 죽이려고 해! 늙은 진흥 놈이 명나라 장수와 짜고 나를 이곳으로 유인했구나. 내 반드시 이놈을 산 채로 삼켜버리겠다."

설영이 통곡하며 말했다.

"신은 마철이 눈을 치켜뜨고 의기양양한 것을 보고 이미 딴마음을 품고 있다는 걸 알고 있었습니다. 그렇지만 대왕께서 그자를 깊이 신뢰하셨기 때문에, 목이 잘릴까 두려워 말씀드리지 못했습니다. 지금 대왕께서는 이미 간사한 적의 계략에 빠지셨습니다. 그러니 이대로 가는 것은 이롭지 않습니다. 비록 나라가 폐허가 되었지만 아직 성곽과 백성들이 남아 있으니, 궁궐을 다시 짓고 여러 곳에 있는 창고의 곡식을 운반해온다면 그런대로 나라의 모양새를 갖출 수 있습니다. 그런 다음 보루를 높이 세우고 명나라 군대를 대비하십시오. 저쪽은 피곤하고 우리는 편안하며 저쪽은 굶주렸고 우리는 배부릅니다. 저들은 후방의 지원이 끊긴 채 적지에 깊숙이 들어와서, 싸우려고 해도 싸울 수 없고 물러가려 해도 물러갈 수 없으니, 그 형세로 보면 이미 사로잡힌 바나 다름없습니다."

산해가 통곡을 하며 말했다.

"피붙이가 모두 다 죽었는데 나만 살아서 무엇하겠느냐? 죽을힘을 다하여 적진에 가서 먼저 원수 놈을 잡아 만 갈래로 찢어 죽여버리겠다. 다시 여러 말 하지 마라!"

드디어 말에 올라 사흘 동안을 밤낮으로 달려 화림곡에 이르니, 골짜기가 깊고 나무가 빽빽했다. 군리軍吏. 대장 휘하의 장수가 아뢰었다.

"이 골짜기는 험해서 밤에는 못 지나갑니다."

그러나 산해는 듣지 않고 골짜기로 들어갔다. 한 십 리쯤 갔는데 밤은 이미 이슥했다. 병사와 말은 오로지 횃불 빛에만 의지하여 나아갔다. 그런데 그때 갑자기 하늘과 땅이 부딪치는 듯 엄청난 우렛소리가 산을 흔들더니, 커다란 돌덩이가 산 위에서 무수히 쏟아졌다.

이보다 앞서 왕림은 이미 삼천 명의 병사를 이끌고 와서 산 위의 빽빽한 나무 사이에 매복하면서, 유격대에게 산해군의 움직임을 살피게 해놓고 있었다. 그런 후 산해군이 밤중에 골짜기를 지날 것이라 짐작하고 군사들에게 커다란 돌덩이를 산비탈 위에 늘어놓으라고 하여, 산해군이 반쯤 지나갔을 때 일제히 아래로 돌을 굴린 것이었다.

산해군은 앞뒤가 막힌 채, 앞으로 나아가지도 뒤로 물러나지도 못하여 태반이 죽거나 다쳤다. 산해는 하늘을 우러르며 크게 통곡했다.

"하늘도 나를 돕지 않고 산귀신마저 나를 죽이는구나!"

왕림은 산해의 분이 하늘을 찌를 듯하니 맞서 싸우다가는 산해가 죽기로 덤벼들 것이라고 짐작한 데다가, 이미 화원수의 은밀한 지시를 받았던 터라 군사들을 거두고 조용히 있었다.

그날 밤 산해는 남은 병사 오만 명과 함께 화림곡을 빠져나와 넓은 벌판에서 하룻밤을 보냈다. 그리고 다시 사나흘을 행군하여 마가천에 이르렀다. 멀리 명나라 군대를 바라보니 강 위쪽 언덕에 진을 치고 있었다. 명나라 군대는 정연하면서도 한가로워 보였으며 들에는 땔감이 널려 있었다. 산해가 시냇가 동쪽에 있는 낙산 밑에 울타리를 세우려 하는데, 그때 마철이 말을 타고 시냇가 위쪽에 서 있다가 산해를 불렀다.

"서왕께서 고생하셨소이다. 멀리 이 험궂은 곳까지 오시느라 힘들지 않으셨습니까?"

산해는 분노가 치밀어 말을 채찍질해 달려나갔다. 산해는 창검을 잘 쓰는 데다 활도 잘 쏘아, 쏘면 백발백중이었기에 마철은 고삐를 돌려 달아났다. 산해가 정예군을 모두 이끌고 명군을 공격하려고 하자 설영이 말 앞에 머리를 조아리며 말렸다.

"우리 병사는 지금 매우 피로한 상태라 갑자기 싸우기 어렵습니다. 대왕께서는 분을 참으시고 병사들을 쉬게 하십시오. 석만의 군대가 도착한 다음에 앞뒤로 협공을 하면 못 이길 리 없습니다."

산해는 설영을 꾸짖었다.

"늙은 것이 군대를 가로막는 거냐?"

마침내 명나라 군영까지 가까이 다가갔다. 화원수가 척계광에게 먼저 맞서 겨루라고 한 뒤, 다시 유성희에게 양쪽에서 협공하라 명했다. 대결이 사오십 합에 이르자 마철이 말을 날려 산해의 앞으로 내달리며 말했다.

"간사한 도적놈아, 목숨을 보존하고 싶으면 빨리 항복해라!"

산해는 눈을 부릅뜨고 소리를 지르다가 피를 샘솟듯 토해내더니 창을 질질 끌며 도망쳤다. 척계광 등이 힘껏 추격하려고 하자 화원수가 징을 쳐서 군사를 거두었다.

유성희가 들어와 화원수에게 물었다.

"아까 요망한 도적놈을 거의 잡을 듯했는데 왜 징을 울리셨는지요?"

원수가 웃으며 말했다.

"내가 적군을 바라보니 아직 북소리에 힘이 남아 있었소. 아직 섣불리 대적하면 안 되오."

한편 산해는 진으로 돌아온 뒤부터 병이 들어 인사불성이 되었다. 대장 악견 등은 크게 걱정하면서 이를 감추었지만 조공수가 그 소문을 듣고 원수에게 아뢰었다.

"산해 놈이 병이 들어 사흘이나 밖으로 나오지 못하고 있다 합니다. 오늘 공격하면 저들을 없애버릴 수 있겠습니다."

화원수가 말했다.

"그렇게는 못 하오. 남쪽 지방 백성들은 그동안 여러 차례 반란을 일으켰소. 저들의 마음을 크게 감화시키지 못한다면 두고두고 근심거리가 될 것이오. 이제 산해가 병이 든 틈을 타서 공격해 이긴다면 저들은 반드시 '병이 들어 패한 것이다. 싸움을 못해서 패한 것이 아니다' 할 것이오. 그러면 우리 군대가 북경으로 돌아간 뒤에 혹시 또 산해 같은 자가 나타나 반란을 일으킬까, 그것이 염려되오."

그러고는 장교를 시켜서 악견 등에게 말을 전하게 했다.

"너희 임금이 병들어 누웠다는 말을 들었다. 병간호를 잘해서 병이 나으면 알려라. 나는 황제 폐하의 명에 따라 죄 지은 무리를 토벌하는 사람이니, 남의 위급한 틈을 타서 공격하는 짓은 차마 하지 않겠다."

악견 등은 크게 의심스러워 방비를 더욱 철저하게 했다. 그러나 열흘이 지나도록 명군은 오지 않았고, 그동안 산해의 병은 다 나았다. 악견 등은 가만히 감탄했다.

"만약 화원수가 병이 들었다면, 우리 임금은 틀림없이 그렇게 못 했을 것이야."

이때 석만은 천봉동 골짜기를 지나고 있었는데, 위영이 궁노수弓弩手 팔천 명을 이끌고 산속에 매복해 있다가 양쪽에서 활을 쏘아대는 바람에 병사 수만 명이 죽었다. 석만은 죽을힘을 다해 골짜기로 들어간 뒤 말을 달려 안남성 아래에 이르렀다. 그런데 성의 수비는 삼엄했고 성밖에 군사라고는 한 명도 보이지 않았다. 석만은 크게 수상히 여겨 안남의 유격군을 사로잡아 캐물었다. 그제야 비로소 명나라 군대가 마가천에서 산해군과 대치하고 있다는 사실을 알고 크게 놀라, 그 즉시 화석령으로 내달렸다. 그러나 그곳에서 다시 엄진에게 패하여 군사의 절반을 잃고 말았다. 고개가 막혀 앞으로 나아가지도 못하고, 안남의 왕이 출병하여 그 퇴로마저 끊은 터였다. 게다가 위영은 뒤쪽에서 쇠뇌로 활을 쏘아대고 있었다. 결국 석만은 자결하고 병사들은 모두 엄진에게 항복하고 말았다.

산해의 좌위독 탁림이 산해에게 말했다.

"신이 들으니 명나라 원수는 용병술이 귀신같다 하오니, 어지간한 계책으로는 저들을 이길 수 없습니다. 대왕께서는 왜 도술을 쓰지 않으십니까?"

산해가 말했다.

"그동안 내 요술은 한 번도 실패한 적이 없었다. 그런데 부주성 전투 때 풍우가 갑자기 멈추었으니, 참으로 이상한 일이다. 혹시 내 운이 다해서 요술도 영험이 없는 것 아니겠느냐?"

탁림이 놀라 말했다.

"대왕께서는 어찌 그런 상서롭지 못한 말씀을 하십니까? 신이 대왕을 위해서 명나라 원수의 목을 가져올 수 있게 해주십시오."

그리고 계략을 아뢰니, 산해가 고개를 끄덕이며 크게 기뻐했다.

"네 계략이 참으로 묘하구나. 그렇지만 적당한 사람을 구하기가 쉽지 않으니 어쩌겠느냐?"

탁림이 말했다.

"적당한 사람은 이미 지척에 있습니다. 신이 불러오겠습니다."

탁림은 즉시 기마병 몇 명만을 데리고 보운산으로 떠났다.

그날 밤 화원수는 유성희와 함께 진영을 거닐다가 천상을 올려다보고 성희에게 말했다.

"혜성이 대각성大角星의 오른쪽 별을 침범하더니 갑자기 자취가 보이지 않소. 틀림없이 오늘 밤 자객이 내 막사에 들 것이나, 감히 나를 해치지는 못할 것이오. 계창은 내 옆에 있다가 그가 어쩌는가 보시오. 그렇지만 결코 경솔히 움직여서는 안 되오."

밤이 깊어 사경쯤 되었을 때였다. 원수는 붉은 저고리에 화양건華陽巾.

도사나 은자들이 쓰던 모자을 쓴 채 두 마리 용이 그려진 촛불을 켜놓고 베개에 기대 잠을 잤다. 옆에는 유성희가 갑옷을 벗고 칼을 던져둔 채 조용히 지키고 있었다.

홀연 한 줄기 서늘한 바람이 휙 막사 안으로 불어들더니, 미인 한 사람이 나타났다. 호랑나비가 수놓인 비단 치마를 입은 그 미인은, 머리를 초승달 모양으로 땋아 올리고 정수리에는 태을신인의 부적을 붙이고 있었다. 미인은 팔 척의 비수를 손에 들고 서서 화원수를 바라보았다. 화원수가 하품을 하며 천천히 물었다.

"미인은 자객으로 왔으면서 어찌 내 머리를 가져가지 않는 거요?"

미인이 낭랑히 한 번 웃고 비수를 빛내며 앞으로 나오는 척하자 화원수는 목을 내밀어 칼을 받았다. 그러자 미인은 쨍그랑 비수를 던지고 옷깃을 여민 후 무릎을 꿇고 절하며 말했다.

"원수께서는 천자께서 보내신 분입니다. 어리석은 서왕은 궁지에 몰려 솥에 든 물고기 같은 처지가 되었으면서도 천자에게 귀순하지 않고 음흉한 꾀를 행하려 하였습니다. 춘추시대 자객 서예組蠡는 어진 사람을 차마 죽이지 못하여 홰나무에 머리를 박고 스스로 목숨을 끊었지요. 비록 그처럼 죽지는 못할지언정, 차마 당나라 때 절도사 설숭薛嵩의 계집종 홍선紅線처럼 물건을 훔쳐 원수를 위협하지는 않겠습니다. 그러나 제가 서왕에게 돌아가 보고하지 않으면, 서왕은 또다시 자객을 보낼 것입니다. 칼에는 눈이 달려 있지 않으니 뒤에 오는 자객이 제 마음 같을 줄 어찌 알겠습니까? 원수께서 증표로 삼을 만한 물건을 주시면 가지고 돌아가서 서왕에게 전하겠습니다. 그리하면 서왕도 다시는 감히 이런 마음을 먹지 못할 것입니다."

원수는 바로 편지를 써서, 길흉화복의 이치를 자세히 이른 뒤에 빨리 두 손을 뒤로 묶고 투항하라 권유했다. 편지를 다 쓰자, 단단히 봉한 후 봉투 위에 서명하고 미인에게 주었다. 그리고 미인에게 이름을 물으니 미인이 대답했다.

"저는 안남 사람 이팔아입니다. 보운산에서 검술을 배우고 있었는데, 어제 서왕이 저를 불러 이 일을 시켰습니다. 저는 사양했지만, 서왕이 강요하는 바람에 어쩔 수 없이 오게 되었습니다."

화원수가 고개를 끄덕이자 이팔아는 두 번 절하고 떠났다.

그날 새벽, 산해는 이팔아가 돌아오기만을 고대하고 있었다. 그때 갑자기 차가운 빛이 엄습하더니 이팔아가 눈앞에 나타났다. 산해가 매우 기뻐하며 급히 물었다.

"화진의 머리는 어디에 있느냐?"

이팔아는 소매 가운데에서 조그만 편지 한 통을 꺼냈다. 산해는 봉한 것을 뜯고 훑어보더니 버럭 화를 내면서 재빨리 큰 칼을 들어 이팔아를 쳤다. 그러자 이팔아는 훌쩍 공중으로 날아올랐다. 그러고는 간 곳을 알 수 없었다.

의기로운 사람이 좋은 짝을 만나고
효성스런 딸은 간절한 소원을 이루다

이튿날 원수가 척계광 등에게 지시했다.

"오늘 밤에 틀림없이 적군이 올 것입니다. 장군들께서는 『육도』에서 '매가 날개를 거두고 맹수가 귀를 늘어뜨린다鷙鳥斂翼. 猛獸弭耳'라고 한 뜻을 아십니까?"

척계광 등은 대답하고 물러가서 병사들을 네댓 명씩 한 조로 하여 새벽별처럼 드문드문 흩어놓았다. 병사들은 앉기도 하고 서 있기도 하며 시끄럽게 소리 지르고 서로 치고받았다. 또 허수아비 수백 개를 만들어 가운데 놓고 말 탄 병사가 목을 베도록 하여, 마치 규율을 어긴 병사를 처벌하는 것처럼 꾸몄다.

산해가 이를 바라보고 과연 비웃으며 말했다.

"명나라 장수가 교만하여 병사들이 문란해졌구나."

그날 밤 산해는 악견과 탁림에게 각기 오천 명의 병사를 이끌고 함매한 후 명군 진영을 기습하도록 했다. 악견과 탁림이 명군의 진영에 이르러 채 서른 걸음도 못 갔을 때였다. 갑자기 조공수와 병마철이 이 끄는 정예 기마부대가 좌우에서 튀어나왔는데, 말이 날뛰는 데다가 함성을 크게 지르니 적군은 놀라서 우왕좌왕하다가 자기들끼리 찔러 죽였다. 게다가 척계광이 미리 쇠뇌를 쏘는 병사 만 명을 병영에 잠복시켰다가 일제히 활을 쏘아대니 적의 시체가 언덕을 이루었다. 악견과 탁림도 모두 쇠뇌의 화살에 맞아 죽었다.

살아남은 적군의 병사 몇이 달아나 산해에게 이 일을 알렸다. 산해는 놀란 나머지 의자에서 떨어졌다.

"내 운이 다했구나!"

설영이 부축해 일으키면서 말했다.

"이기고 지는 일은 전쟁터에서 늘상 있는 일입니다. 대왕께서는 어찌 그리 성급히 포기하려 하십니까? 지금 건장한 병사들은 모두 죽고 남은 이라고는 지치고 약한 사람들뿐입니다. 게다가 석만은 소식이 없습니다. 고국으로 돌아가 성을 지키면서 저들을 유인하는 것이 좋을 듯합니다."

산해가 그럴듯하게 여겨 군대를 거두어 달아났다. 그러나 설성문과 왕림이 이미 화원수의 명을 받들어 산해의 퇴로를 막고 있었다. 산해는 죽을힘을 다해 싸웠지만 빠져나갈 수가 없었다. 화원수가 또 대군을 이끌고 적의 후면을 공격하며 포위망을 좁히자, 궁지에 몰려 투항하는 적의 장수가 줄을 이었다. 원수는 사람을 시켜 적군에게 다음과 같이 외치게 했다.

"무기를 버리는 자는 죄를 용서하겠다!"

이 말을 들은 적군은 거의 다 무기를 버렸다.

마침내 유성희가 달려나가 산해 앞에서 설영을 베고 산해와 맞서 싸웠다. 산해는 다급해지자 하늘을 우러러보며 입으로 주문을 외웠다. 그러자 갑작스레 사나운 바람이 불면서 검은 안개가 사방에 자욱해지더니 공중으로부터 무수히 많은 귀신 병사들이 마구마구 내려왔다. 그러나 원수가 부적 붙인 막대를 한 번 휘두르자 천지가 다시 밝아지면서 귀신 병사들이 하나도 보이지 않았다. 이윽고 산해가 피를 토하며 말에서 떨어지자 유성희가 목을 베었다.

원수가 진군하여 경애 지방에 이르자, 백성들이 맞아 절하면서 눈물을 흘리며 말했다.

"오늘에야 비로소 호랑이 굴에서 벗어나 부모의 품에 안기게 되었습니다."

원수가 황제의 뜻으로 경애의 죄수들을 널리 풀어주니 북 치고 춤추는 소리가 하루 종일 그치지 않았다.

화원수가 군대를 이끌고 안남에 이르렀다. 안남왕은 궁중 옥청전에서 잔치를 열고 승리를 축하했다.

이때 안남왕의 딸 양아공주는 이름이 순교였는데, 용모가 뛰어나고 뜻이 높아서 마음속으로 몰래 천하의 영웅에게 시집가겠다고 마음먹고 있었다. 그런데 잔치가 벌어지던 날, 주렴 사이로 유성희가 눈에 들어왔다. 빼어난 눈썹과 봉의 눈매, 게다가 팔 척의 키. 그를 본 양아공주는 여러 번 감탄했다. 왕비 탁씨가 얼핏 그 마음을 눈치채고 그날 밤 왕에게 조용히 말했다.

다음 날 왕은 원수를 청하여 다시 옥청전에서 잔치를 베풀었다. 술이 달아오르자 왕은 원수에게 무언가 말하려다가 우물쭈물 얼버무리곤 했다. 그러기를 서너 번이나 하자 원수가 이상히 여겨 물었다.

"왕께서 무슨 할 말이 있으신데 말씀을 않으시는 듯합니다. 제가 대왕을 알게 된 지 비록 오래되지는 않았지만, 옛말에 '수레의 일산을 기울이고 이야기를 나누어도 마치 오랜 친구 같다傾蓋如故*'는 말도 있는데 왕께서는 어찌 저를 남 대하듯 하십니까?"

* 『공자가어孔子家語』 「치사致思」의 구절.

왕이 바로 앉아 두 손을 단정하게 모으고는 말했다.

"감히 그런 것이 아닙니다. 가슴속에 있는 말을 하기가 너무 부끄럽고 또 여러 나리들께서 선뜻 허락하지 않으실 듯하여 주저하는 것입니다. 그러나 나리께서 물으시는데 제가 어찌 숨기겠습니까? 제게는 양이라는 딸이 하나 있습니다. 용모나 성품이 그리 못나지는 않은 터라, 아비 된 마음에 아끼고 사랑하면서 늘 딸아이가 당세의 영웅을 만나서 지아비로 섬기기를 바랐지요. 그러나 나라가 작고 누추하다 보니 인물들도 볼품없어서 나이가 열여섯이 되도록 인연을 맺지 못했습니다. 제가 늙고 병이 많으니 항상 한을 품고 땅속에 묻힐까 걱정이 되었지요. 그런데 유성희 장군을 한 번 본 뒤로는 뛸 듯이 기쁜 마음을 이기지 못하겠습니다. 근래에 여러 번 술잔을 나누면서 그 품새를 접하고는 남몰래 사모하여 넋을 잃고 말았습니다. 아버지와 딸의 사정이 슬프고도 우습지요. 그러나 말로만 듣는 매실과 그림 속의 떡으로 목마름과 배고픔을 해결할 수 있겠습니까?"

화원수가 이 말을 듣고 유성희를 돌아보니, 유성희는 눈이 휘둥그레져서 아무 말도 하지 못했다. 조경략이 화원수에게 무릎을 꿇고 말했다.

"계창은 어려서 의지할 부모님을 잃고 장가도 못 간 채 군대에 몸을 붙이고 지냈으니, 그 신세가 무료하기 짝이 없었지요. 그러다가 우연히 전쟁에서 연달아 공을 세워 벼슬을 얻게 되었으니, 바야흐로 계창이 좋은 때를 만난 것입니다. 여기에 안남왕의 사랑하는 딸까지 얻어 개가凱歌. 승리의 노래를 부르며 서울로 돌아간다면 대장부로서는 참으로 즐거운 일이 될 겁니다. 원수께서는 부디 계창의 혼인을 허락하시기 바랍니다."

원수가 미처 대답을 하기도 전에, 유성희가 자리에서 내려와 무릎을 꿇고 말했다.

"황제께서는 끼니도 거르신 채 나랏일에 분주하시고 병사들은 들에서 잠을 자고 있는데, 황제의 명을 받든 신하로서 죄 지은 무리를 치고자 무기를 끌고 만 리 길을 와서는 혼자 편안하자고 외국의 여자를 아내로 취할 수 있겠습니까?"

화원수의 얼굴에 깊이 감탄하는 빛이 있었다.

"계창이 예를 올곧게 지키고자 하니 억지로 권하기는 어렵구려. 그러나 하늘이 내려주신 것을 버리는 것은 상서롭지 못하다는 것을 계창은 또한 생각해보시오."

성희가 대답했다.

"말씀하신 뜻은 잘 알겠습니다. 다만, 아직 폐하의 명이 없으니 제 마음대로 결정하기 어렵습니다."

조경략이 말했다.

"그렇지 않소. 위로는 화원수께서 계시고 내가 혼인을 주장한 것이니, 오늘 일은 계창이 책임지지 않아도 되오."

안남왕이 옷매무새를 바로 하고 감탄하며 다시 말했다.

"과인이 딸을 위하여 속마음을 말했다가 괜히 계창에게 허물을 보였군요. 부끄러워 아무 말도 않으려 했지만, 원수께서 이왕 불쌍히 여겨 살펴주셨으니 속마음을 감히 다 말하지 않을 수 없습니다. 과인이 비록 궁벽하고 황량한 곳에 있어서 식견이 보잘것없지만, 그렇다고 예의에 어긋나는 일을 강요하여 계창에게 누가 되겠습니까? 과인과 계창은 모두 폐하의 신하입니다. 백성이 바라는 것이라면 하늘이 반드시 따를 것인데, 신하가 간절히 원하는 것을 폐하께서 어찌 따르지 않으시겠습니까? 계창이 정말로 원수의 말씀을 받들 마음이 있다면, 마땅히 황제 폐하께 상소를 올려 간절한 마음을 아뢰고, 이 사람의 허연 머리를 내놓아 계창의 벌을 대신 받겠습니다."

원수도 이어 말했다.

"그 점에 대해서는 나도 또한 생각해두었으니, 계창은 더 이상 고집 부리지 마시오."

성희가 절하며 명을 받들었다. 왕이 기뻐하며 손수 길일을 정하고, 다음 날 궐 안에 있는 부용전에서 혼례를 올렸다.

혼례를 마친 유성희가 외전으로 나갔다. 조경략과 척계광 등의 축하하는 소리로 외전은 떠들썩했다. 그러나 성희는 부모님 생각이 나서 술잔을 들지 않고 서쪽을 바라보다가 소매를 들어 눈물을 닦았다. 이 모습을 본 화원수도 낯빛을 고쳤다.

잠시 후에 성희가 무릎을 꿇고 아뢰었다.

"원수께서 저를 알아주셨으니 그 은혜가 골육보다 더합니다. 또 조 장군께서는 진흙 속에서 저를 발탁하시어 군중에서 말 달리도록 해주셨지요. 오늘날 저는 머리부터 발끝까지 모두 두 분의 덕택을 입지 않은 것이 없습니다. 그러니 제게는 두 분이 맏형님, 둘째 형님과 같습니다. 이제 두 분 덕분에 배필을 얻었지만, 저에게는 부모님이 계시지 않고 또 형도 없습니다. 가정을 이루고 고국으로 돌아간다고 해도 누구에게 폐백을 드리겠습니까? 그러니 이제 두 분께서 저를 남으로 여기지 마시고 새 신부를 인사시키게 해주십시오."

조경략은 흔쾌히 허락했지만, 화원수는 묵묵히 생각할 뿐 대답하지 않았다. 유성희가 여러 번 간청하자, 화원수는 예가 아님을 꺼림칙해하면서도 마지못해 성희의 뜻을 따랐다. 안남왕과 유성희가 화원수와 조경략을 인도하여 부용전으로 들어갔다.

공주는 규의珪衣, 긴 저고리를 입고 구슬 귀걸이를 드리웠으며, 머리에는 구진九眞, 지금의 베트남 중부 지역에서 나는 물총새 깃털로 장식한 관을 쓰고, 눈처럼 하얀 옥 노리개를 늘어뜨렸다. 멀리 칠보석 위에서 절하는데, 맑고 깨끗한 얼굴이 마치 가을 하늘에 말갛게 갠 달 같아서 참으로 계창의 천생배필다웠다.

두 사람이 다시 성희와 함께 외전으로 나왔다. 화원수가 관사로 돌아가면서 성희를 돌아보고 웃으며 사흘의 말미를 주니 성희도 웃으면서 절하고 명을 받들었다.

사흘이 지난 후 화원수가 안남왕에게 말했다.

"우리가 정벌에 나선 지 한 해가 지났으니 돌아갈 마음이 화살 같습니다. 또한 나랏일에는 기한이 있어 지체하며 머무를 수가 없습니다. 대왕께서 이제 겨우 사위를 맞았는데, 정을 미처 펴지 못하고 갑작스레 이별하게 되었으니 정말 서운하시겠습니다."

안남왕은 감히 만류는 못 하고 한숨만 크게 쉬며 말했다.

"제가 조만간 서울로 들어가 황제 폐하께 조회하려고 합니다. 그러니 머지않아 다시 만날 수 있을 겁니다. 그런데도 은혜가 뼈에 사무친 탓에 이별하려니 마음이 아픕니다."

또한 성희의 손을 잡고 말했다.

"과인이 사사로운 정에 이끌려서 억지로 혼례를 치르게 한 탓에 고국으로 돌아가는 그대의 마음만 심란하게 했으니 미안하고 부끄럽기 짝이 없네. 그러나 과인은 나이가 많고 왕비는 병치레가 많으니 양아가 평생을 의탁할 사람은 자네뿐이라네. 계창은 부디 신의를 지켜 내 딸을 어여삐 여기고 살펴주게나."

유성희가 슬픈 얼굴로 대답했다.

"대왕께서 저를 비루하다 여기지 않으시고 귀한 딸을 주셨는데, 마음속에 새겨둔 은덕을 갚을 길이 없습니다. 여자가 시집가면 마땅히 지아비를 따라가야 하겠지만, 당장은 군중이라 불편하니 데리고 갈 수가 없습니다. 그러니 내년에 대왕께서 폐하를 뵈러 오실 때 꼭 데리고 오셔서 기다리는 제 마음을 저버리지 마십시오."

왕이 허락했다.

다음 날 안남왕은 명나라 황제에게 바칠 방물方物. 토산물을 준비하면서 손수 봉하는 것을 살피고, 배표례拜表禮. 책봉국의 왕이 황제에게 올리는 표문에 절하는 의식를 행하며 용서를 빌었다. 화원수에게는 황금과 비단, 명마와 진주를 이별 선물로 주었지만, 원수는 말 두 마리만 받아 왕겸와 유이숙에게 나누어 주고 다른 물건은 일절 받지 않았다. 화원수가 병마철에게 후한 상을 내리고 왕에게 벼슬을 높여주라 하니, 왕은 즉시 그를 대장군에 임명했다. 왕은 교외 정자까지 나와 명나라 군대를 전송했다. 원수는 안남왕의 충성스럽고 진실된 마음을 잘 알기에 더 이상 남방에 대해서 염려하지 않았다.

한편, 대군의 승전 소식을 밤낮으로 기다리던 황제는 조회를 할 때도 여러 번 탄식했다. 병부상서 하춘해가 나아가 아뢰었다.

"신 등이 중요한 요직에 있으면서도 원방遠方을 감화시키지 못하고 미친 도적떼들이 날뛰게 하여 폐하의 근심이 이에 이르렀으니 그 죄 죽어 마땅합니다. 그러나 은殷나라 고종高宗께서 귀방鬼方. 고대에 중국 북서부에 거주했던 유목민족을 정벌하실 때도 세 해 만에야 비로소 이루셨고, 순임금께서 유묘有苗. 고대에 중국 남방에 살았던 부족를 정벌하실 때도 방패와 깃털로 춤을 춘 지 칠십 일이 되어서야 감화시킬 수 있었습니다. 지금 화원수가 폐하의 명을 받들어 출정한 지 두 해가 채 안 되었습니다. 십만이나 되는 무리가 낯선 땅에 깊숙이 들어갔으니, 나아가고 물러서는 완급을 조절하다 보면 자연히 여러 날이 걸릴 것입니다. 엎드려 바라옵건대 폐하께서는 성심聖心을 조금만 너그러이 하십시오. 대원수 화진은 지략이 탁월한 데다가 그 효성과 우애가 두텁고 어질어서 틀림없이 많은 복을 누릴 사람입니다. 그러니 덕으로써 공을 세워 나라의 사직에 빛을 더할 것입니다. 또 용문장군 유성희는 웅호한 의기가 옛사람 못지않고 척계광 등 노련한 장수도 있으니 머지않아 화주化州에서 승전 소식이 이를 것입니다."

며칠 뒤에 과연 승전 소식이 이르니 조정 신하들과 백성들이 기뻐하였다. 신하들의 하례가 끝나자 황제께서 하상서의 손을 잡으며 말씀하셨다.

"지난번 경이 옥중에서 죽을 뻔한 화진을 구했고, 이번에는 승전 소식이 올 것이라 했는데 과연 그 말대로 되었다. 화진이 공을 세울 수 있었던 것은 모두 경 덕분이다."

그리고 가까운 신하를 보내 도중에 화원수의 노고를 위로할 것인지를 대신들과 의논했다. 그런데 그때 갑자기 전전교위 박신규가 달려들어와 촉 땅에서 채백관蔡伯貫*의 반란에 대한 보고가 올라왔다고 아뢰었다. 신하들의 얼굴이 하얗게 질린 가운데 각로 서계가 나섰다.

"지금 촉 땅의 장병들이 모두 남쪽으로 정벌하러 가서 돌아오지 못했으니, 그 틈을 타서 채백관이 감히 흉악한 마음을 먹은 것입니다. 적은 지금 솔개가 날개를 펼친 듯 기세등등한데, 사천四川의 본진은 분명 모두 지쳐 있는 상태일 것입니다. 즉시 삼진三秦, 지금의 섬서성 일대의 군대를 보내 토벌해야 합니다."

이부상서 곽박郭朴이 아뢰었다.

"적도들은 험준한 지형을 믿고 난을 일으켰으니 쉽게 토벌하지 못할 것입니다. 그리고 사천 지역의 장수라고는 설성문과 왕림뿐인데 이들은 지금 모두 남쪽으로 정벌 나갔고, 다른 장수를 보내려면 검남총병 최광이 적합할 듯하지만 역시 혼자서는 감당할 수 없을 것입니다. 신의 생각에는 급히 화진을 불러서 회군하는 길에 사천을 평정하게 한다면 적들이 화진의 명성을 듣고 싸우기도 전에 와해될 것으로 보입니다."

---

* 채백관(蔡伯貫): 백련교도(白蓮敎徒)로 가정 45년 사천(四川)에서 반란을 일으켰다가 진압되었다.

황제께서 말씀하셨다.

"경의 말이 좋기는 하다. 그러나 만 리 밖으로 정벌 나가서 이제 고생 끝에 회군하는 화진에게 조정에서 큰 공에 대해 보상도 하지 않고 또다시 전쟁을 치르게 하자니 짐의 마음이 편치 않다."

서각로가 다시 아뢰었다.

"나라에 목숨을 바친 신하가 감히 힘들고 편안함을 따질 수 있겠습니까? 그렇지만 화진은 국가의 기둥이 되는 중요한 신하이니 성상께서 마땅히 아끼고 보호하셔야 합니다. 채백관 등은 겨우 도둑질이나 하는 강도일 뿐이니, 원수 휘하에 있는 한두 명의 장수로도 충분히 없애버릴 수 있습니다. 쥐 한 마리를 잡는 데 천근의 칼을 쓸 필요는 없는 것입니다."

조정의 의론이 분분하여 통일되지 않았으나 곽박의 생각에 동의하는 자가 많자 황제는 그의 말을 따라 한림에게 조서를 작성하도록 했다. 먼저 화원수가 세운 공을 크게 칭찬하고 나서 사천으로 회군하여 채백관 등을 토벌하라는 명을 내렸다.

조서를 받든 박신규는 그날로 역마驛馬를 타고 내달려서 무강주武岡州, 지금의 호남성 무강시에서 화원수를 만났다. 화원수는 네 번 절하고 조서를 받았다. 그리고 즉시 조공수, 위영, 엄진 등은 각각 본진으로 돌아가라 하고, 설성문과 왕림만 남겨 이들과 함께 정예부대 이만 명을 선발하여 곧바로 사천으로 향했다.

박신규가 원수에게 작별 인사를 하니 원수는 황제 폐하의 은혜에 감사하는 표문을 올리는 한편 심씨에게도 편지를 썼다.

한편, 남어사는 화진이 떠난 뒤 곧바로 동자 한 명과 나귀 한 필로 딸의 종적을 찾아 사천 지역을 사방으로 헤매고 다녔지만 끝내 딸을 찾지 못했다. 남어사는 희망을 잃고 막막한 마음으로 부인에게 말했다.

"딸아이의 종적이 넓은 바다의 부평초 같으니, 이 세상에서는 다시 만나기 힘들겠소. 그렇지만 화서방이 분명히 딸아이가 죽지 않았다고 했으니 비록 하늘로 오르고 땅속으로 들어가는 한이 있더라도 기필코 찾고야 말겠소."

부인은 슬픔으로 마음이 아렸지만, 이윽고 남어사에게 말했다.

"부모 자식 간의 정이란 게 하루라도 떨어져 있기 어렵지만, 우리 부부는 이 아이를 잃은 뒤로 벌써 구 년이나 참고 견뎠어요. 지금은 찬바람이 매섭고 북방의 추위가 점점 거세지고 있습니다. 눈서리를 밟고 다니시다가는 몸이 상하기 쉬우니 잠시만 멈추고 봄이 올 때까지 참고 기다리세요."

곽선공 또한 만류했다. 남어사는 비록 길을 나설 생각은 접었지만 마음속으로는 눈물을 흘리며 가만히 탄식하였으니, 하루가 일 년 같았다.

이듬해 2월, 남어사는 다시 동쪽 냇가에서부터 서쪽의 깊숙한 곳에 있는 암자까지 샅샅이 뒤졌다. 3월 초순 무렵이었다. 화악산 자현암에 이르니 여승 몇 명이 맞이하여 차를 대접했다. 어사는 지팡이를 멈추고 이리저리 배회하며 무심히 경치를 바라보았다. 그때 꼬리 붉은 참새 한 마리가 갑자기 뜰에 있는 대나무 숲에서 날아와 소매 위에 앉았는데, 머리를 들고 지저귀는 모습이 마치 뭔가 하소연하는 듯했다. 어사가 놀랍고 기이해서 여승들을 돌아보았다. 무리 중에는 나이가 쉰쯤 되어 보이는 여승이 있었는데, 얼굴이 빼어나고 눈동자가 맑았으며 도기道氣가 가득 찬 모습이었다. 여승은 어사의 모습을 우러러보더니 황급히 앞으로 나와 물었다.

"나리께서는 무슨 일로 이곳에 오셨기에 그처럼 슬픈 낯을 하고 계신지요?"

남어사는 쓸쓸히 긴 한숨만 여러 번 내쉬었다. 한참 뒤에 남어사가 말했다.

"복 없는 늙은이가 사랑하는 딸을 잃어버리고 십 년 동안을 죽었으리라 생각하며 지냈습니다. 그런데 지난가을 갑자기 사위를 만나서 딸아이가 살아 있다는 소식을 들었지요. 딸아이는 여러 번 죽을 고비를 넘긴 뒤 남장을 하고 사천의 산속으로 들어와 청원이라는 여승에게 의지하며 지낸다고 하더군요. 이 소식을 듣고부터 사천 지방을 두루 다니면서 우러러 하느님께 기도하고 머리 조아려 땅귀신에게 빌었습니다. 이렇게 달이 가고 해가 바뀌니 몸과 마음이 기진맥진해졌습니다. 그런데 지금 이 절에 와서는 왠지 가슴이 뭉클하네요. 스님께서는 혹시 우리 집안의 은인이신 청원스님을 모르십니까?"

이 말을 다 들은 여승이 보일 듯 말 듯 웃음을 띤 채 합장하며 대답했다.

"상공의 마음이 그러시군요. 그렇지만 하늘의 뜻은 심원하여 만나는 것은 모두 때가 있습니다. 앞으로 조금만 마음을 눅이시고 잠시 법당에 들어가셔서 정념을 하나로 모으시면 천지신명이 자연히 감응하실 것입니다."

남어사는 이 말을 듣고 가슴이 꽉 미어지고 슬픔이 더해져서, 눈동자에 그렁그렁 맺혔던 눈물이 주르르 흘러내렸다.

그때 남부인은 암자 북쪽의 조그만 집에 머물고 있었다. 계앵이 마침 근처를 지나가다가 어사와 청원이 말하는 것을 들었다. 한쪽에 서서 이들의 대화를 한참 들은 후, 계앵은 비로소 옛 주인 남어사가 살아서 이곳에 왔음을 알게 되었다. 슬픔과 기쁨이 교차하는 가운데 달려가서 남부인에게 이 소식을 알렸다. 부인은 몹시도 놀란 나머지 기쁨의 탄성과 함께 눈물을 흘렸다. 그리고 급히 계앵에게 청원스님을 모셔오라 하였다. 입가에 미소를 띠고 들어오던 청원이 멀리서부터 부인에게 말했다.

"부인, 부인! 십 년 동안 겪었던 액운이 문득 봄날의 꿈처럼 사라지고, 죽었던 아버지와 딸이 살아서 이 세상에서 다시 만나게 되었습니다. 이제부터 부인은 무한한 복을 받으실 겁니다. 그렇지만 액운의 기한이 좀 남은 터라, 오늘 밤을 지낸 후에야 부녀가 만나실 수 있겠습니다."

남부인은 눈물범벅이 된 얼굴로 일어나 청원에게 절하면서 고맙다는 말을 무수히 했다.

다음 날 새벽, 청원은 부인을 데리고 법당으로 가서 웃음 띤 얼굴로 남어사에게 말했다.

"나리! 잃어버렸던 따님을 만나보시렵니까?"

눈을 들어 남부인을 본 남어사는 깜짝 놀라 급히 남부인을 붙들고 함께 목 놓아 통곡했다. 계영도 울면서 부인을 부축하니 온 방 안이 울음바다였다. 옆에 있던 여승들도 모두 눈물을 흘렸다. 남어사는 부인의 등을 쓰다듬으며 통곡했다.

"이 아비가 지은 죄가 많아 귀신의 노여움을 산 탓에 네가 이 지경이 되었구나!"

남부인이 어사의 옷을 부여잡고 슬피 울면서 말했다.

"소녀 팔자가 흉한 탓에 아버님 어머님을 잃고 떠돌아다니며 모진 일을 겪다가 이 지경이 되었습니다. 차라리 한 번 죽는 것이 만 번 사느니보다 낫다고 여겼지만, 상군낭랑의 가르침과 관음보살님의 말씀이 너무나 생생해서 혹시나 부모님을 이승에서 만날까 하여 이제껏 모진 목숨을 부지하였습니다."

그러고는 금사주에서 선녀가 했던 말, 명주암에서 관음보살이 꿈에 나타났던 일, 청원스님이 자비심으로 구하여 소생시킨 은혜에 대해 말씀드렸다. 남어사는 놀라며 청원을 돌아보고 고맙다 인사했다.

"우리 집 은인 보살 청원스님이 바로 스님이셨구려. 산 같고 바다 같은 은덕을 이 세상에서 어찌 다 갚을 수 있을는지요?"

청원이 사양하며 말했다.

"자비를 업으로 삼는 산속의 승려로서 당연한 일을 한 것입니다. 설령 제가 없었더라도 세상에 남부인을 구할 사람이 없었겠습니까?"

남어사가 부인에게 말했다.

"네 어미가 밤낮으로 너를 기다리고 있단다. 나는 먼저 돌아가서 이 소식을 알리고 곧바로 나귀를 보내 너를 맞도록 하겠다."

그러자 청원이 앞으로 나와 말했다.

"부인의 액운이 다 사라졌으니 하루라도 더 암자에 머물 수 없습니다. 여기서 운수동은 불과 백여 리밖에 되지 않습니다. 부인은 남자 옷을 입고 상공이 타신 나귀 뒤를 따라가십시오. 저도 계앵과 함께 뒤쫓아가겠습니다."

부인은 몹시 기뻐하며 즉시 들어가 옷을 바꿔 입고 남어사를 따라 돌아갔다.

한편 한부인은 딸이 오기만을 괴로이 기다리고 있었다. 그러던 어느 날 어사가 어느 잘생긴 소년과 함께 걸음을 재촉하며 들어왔다. 한부인이 황홀하여 뭐라 말을 못 하는데, 남부인이 마루 위로 올라가 한부인을 붙잡고 서럽게 울었다. 한부인도 붙잡고 통곡하며 말했다.

"네가 우리 채봉이냐?"

남부인이 곡을 하며 말했다.

"소녀, 아버님 어머님께서 강으로 뛰어드시는 것을 두 눈으로 보고도 구차하게 혼자서 목숨을 부지하며 이날까지 살았습니다. 푸른 하늘을 저버렸으니 땅 보기도 부끄럽습니다."

그러고는 한부인을 위로했다.

"부모님께서 무양無恙하시고 소녀가 살아 있으니, 이제 슬픈 일은 모두 끝나고 즐거운 일이 무궁할 겁니다. 그런데 어찌 그리 슬퍼하시어

남은 간장마저 끊으려 하십니까?"

한부인이 오열하며 말했다.

"너를 찾았는데 죽은들 무슨 여한이 있겠느냐?"

그리고 청원을 향해 거듭 은덕에 감사드렸다. 청원이 인사를 사양하면서 말했다.

"두 부인께서 부처님께 공덕을 많이 쌓으셨기에 오늘이 있게 된 것입니다. 이 사람은 그냥 관음보살님의 자비로운 뜻을 받들었을 따름입니다. 그러니 제 덕택이라고 할 수 있나요?"

한부인이 다시 남부인과 함께 헤어진 이후의 상전벽해桑田碧海 같은 사연을 이야기했다. 남부인은 억지로 슬픈 빛을 감추었지만 한부인은 하염없이 눈물을 흘렸다. 한부인이 화씨 집안에서 있었던 일을 묻자 부인은 한참을 탄식하다가 말했다.

"소녀, 일찍이 부모님 슬하를 떠난 탓에 제대로 가르침을 받지 못했고, 양부모께서 저를 너무 사랑하신 나머지 오냐오냐 키우신 탓에 마음이 방자해져서 부인으로서의 덕행과 자식으로서의 행실을 하나도 갖추지 못했습니다. 앞뒤로 겪었던 위태롭고 고생스럽던 일은 모두 스스로 자초한 것입니다. 인적 드문 산속에서 이렇게 지내보니 모든 일이 다 후회스럽고, 가만히 지난 일들을 생각하다 보면 차라리 잠에서 영영 깨지 않았으면 했습니다."

한부인이 이 말을 가상히 여기며 감탄했다.

"지난번에 화서방도 너처럼 모든 것을 자기 탓으로 돌리며 자책하였지. 공자께서 '덕 있는 사람은 외롭지 않다. 반드시 이웃이 있다德不孤必有隣'고 말씀하신 바가 참으로 헛말이 아니구나."

그날 밤 한부인은 계앵을 불러서 그동안 남부인이 겪었던 힘든 일들에 대해 자세히 물어보았다. 계앵은 동정호에서 있었던 일부터 빠짐없이 자세히 이야기해주었다. 윤씨 댁의 고마운 은덕을 칭송하면서는 감격의 눈물을 흘리다가, 화씨 집안에서 있었던 일에 미치자 남부인을 힐끔힐끔 보면서 감히 사실대로 아뢰지 못하고 대충만 말했다. 그러다가 명주암에서 거적에 덮인 남부인을 구하던 대목에 이르러서는 오열하며 차마 말을 잇지 못했다.

다음 날 청원이 돌아간다고 하자 남어사 부부는 중당에서 전송했다. 훗날 다시 만날 수 있을지 묻자 청원이 대답했다.

"벌써 삼 년 전부터 천축국天竺國. 인도에 있는 두 형님께서 편지로 불렀지만 부인을 모시느라 갈 수가 없었습니다. 이제 서천西天. 인도으로 가면 중국과는 영영 이별입니다."

그러고는 남부인을 보고 탄식했다.

"이제 부인의 아름다운 얼굴을 못 본다고 생각하니 발길이 떨어지지 않습니다. 아직 정진情塵. 불가에서 사랑이나 욕망을 티끌에 비유하여 이르는 말이 남았나 봅니다. 부인께서는 앞으로 더욱 성덕을 닦으시어 복을 많이 누리십시오."

중문까지 나와 배웅하는 부인의 얼굴에 눈물이 아롱졌다. 계앵이 소리치며 슬피 우니 청원도 차마 그냥 가지 못해서 한참을 머뭇거렸다.

그날 이후로 부인은 색동옷을 입고 어머니를 옆에서 모시며 웃고 즐기면서 시간을 보냈다. 그러나 매번 윤시랑 부부와 윤부인을 생각하면 그립고 슬픈 마음을 금할 수 없었다. 하루는 총계정에서 지었던 시를 떠올리고 눈물을 흘리며 계앵에게 말했다.

"그건 하늘이 나에게 미리 알려준 거였어. 안타깝구나! 내가 그걸 미처 몰랐으니……"

금관루에서 잔치를 열고
문화전에서 제후로 봉해지다

심씨는 잘못을 뉘우친 후 유학사 부인을 만금보주萬金寶珠처럼 사랑하여, 앉으나 서나 항상 옆에 두고 잠시도 떨어지지 않았다. 그리고 깜빡 졸면서도 깊은 한숨을 내쉬면서 걱정하고 슬퍼하곤 했으며, 어쩌다가 화진에 대한 말이 나오면 갑자기 눈물을 흘렸다.

드디어 화주에서 화진이 승리했다는 소식이 들려왔다. 심씨는 기쁨에 넘쳐 두 손 모아 하늘에 감사드리며 말했다.

"진이가 돌아오는 날이면 춘이도 살 수 있겠지요."

그러나 화진이 회군 도중 다시 촉으로 들어갔다는 소식이 들리자 낙담한 나머지 먹지도 자지도 못했다. 그때 홀연 박신규가 와서 화진의 편지를 전해주었다. 심씨는 엎어질 듯 급히 달려가서 겉봉을 떼었다. 편지에는 다음과 같이 쓰여 있었다.

불효자식 진이가 울면서 머리를 조아려 어머니 앞에 두 번 절하고 편지를 올립니다. 이 못난 아들이 어리석고 나약한 탓에 마음가짐을 바르게 하지 못하였으니, 어머니께서 길러주신 은혜도 잊고 형님 사랑도 깨닫지 못하여 의리를 해치고 인륜을 어지럽혔습니다. 평생을 돌아보면 죽어도 죄를 다 용서받지 못할 듯한데, 어찌 하늘이 알지 못하고 귀신이 모르기를 바라겠습니까? 그런데도 저는 풀려나고 형님만 혼자 화를 입었으니 하늘의 이치도 믿을 수 없습니다. 불효자, 이 소식을 듣고는 온몸이 떨리고 뼈가 다 부서지는 듯해서 그 자리에서 목숨을 끊으려고도, 대궐 아래에서 자결하려고도 했습니다. 그렇게 해서라도 형의 억울함을 밝히고 싶었습니다. 그러나 군대에 매인 몸인지라 멋대로 결단할 수 없어, 갑갑하고 애통한 마음에 날개가 없는 것이 한스러울 따름이었습니다. 그런데 이번에 어머님 은덕이 하늘을 감동케 하고 조상님의 음덕陰德이 있었는지 저처럼 모자란 사람이 갑자기 정벌의 책임을 맡게 되었습니다. 천박한 재주로 일을 그르칠 것이라 생각했으면서도 용기를 내어 명령을 받들고 죽기 살기로 전장으로 달려나간 까닭은, 혹시라도 조그만 공이라도 세우면 나라에서 죄를 용서하고 고향으로 돌려보내지 않을까 하는 생각에서였습니다. 그렇게 되면 온 가족을 데리고 등문고를 두들겨 대궐문 앞에서 이 원통함을 하소연하고자 했습니다.

다행히 어머니께서 염려해주신 덕분에 군사를 잃고 조상을 욕되게 하는 것은 면했으니, 어찌 불효자식의 천박한 재주로 이룬 것이겠습니까? 참으로 어머니의 복록이 무한하신 덕분이고 또 형의 억울함과 원통함이 천지신명을 감동시켰기 때문입니다. 군대를 이끌고 돌아오는 길에 마음은 마치 끓는 물을 안고 불덩이를 손에 쥔 듯 조급한데, 무강주에 이르렀을 때 다시 서쪽으로 가서 토벌하라는 명을 받았습니다. 놀랍고 실망스러워서 억장이 무너져내렸지만, 황제 폐하의 지엄하신 뜻이라 사사로운 사정으로 사양할 수는 없었습니다. 가서 빨리 일을 마치고 말을 채쳐 돌아오겠지만, 어머니께서 날마다 애타게 기다리시고 형의 목숨이 나날이 위태로워질 것을 생각하면, 쓰리고 아픈 가슴 어찌 다 아뢰겠습니까? 종이를 대하니 가슴이 막혀 붓을 놀릴 수가 없습니다. 부디 강녕하시옵소서.

편지를 다 읽은 심씨는 눈물을 쏟으면서 오열했다. 그러고는 화부인을 돌아보며 말했다.

"어미가 어질지 못하여 이렇게 착한 아들을 저버렸구나. 손가락을 깨물어 피를 내고 후회한들 무슨 소용이 있겠느냐? 형옥이 오히려 모두 자신의 탓이라 하며 내 은혜를 일컫고 그 형이 억울하다고 하는데, 내가 뉘우친 줄 모르고 예전 같은 줄로만 알고 있는 게다. 만약에 하늘로 올라가는 사다리라도 있다면 하늘로 도망이라도 치고 싶고 땅에 터진 구멍이라도 있으면 땅속으로라도 숨고 싶구나. 어떻게 이 낯짝으로 형옥을 다시 만날 수 있겠느냐?"

화부인이 대답했다.

"그 당시 어머니께서 형옥의 정성스런 마음을 모르셨던 건, 모함하는 말이 형옥과 어머니 사이를 이간했기 때문이지 어머니의 본심이 아니셨어요. 『시경』에도 '참소하는 말이 심히 달콤하니 분란이 여기서 비롯된다盜言孔甘 亂是用餤'고 했으니, 예로부터 헐뜯는 말로 인해 일어난 화가 모두 그렇습니다. 어머니께서는 어찌 그리 형옥에게 부끄럽다고 그러세요?"

심씨가 이 말에 대답했다.

"네 말도 늙은 어미의 잘못을 숨기려는 것이지, 진정으로 하는 말은 아니구나. 어미가 만약에 '평생에 저지른 악행은 참소를 곧이들은 탓이고 본심이 아니었다'고 하면 이는 겉만 변하고 속마음은 고쳐먹지 않은 것이다."

화부인이 눈물을 흘리며 말했다.

"어머니께서 너무 심하게 어머니 탓이라 하시며 이렇게까지 말씀하시니 소녀나 진이나 마음이 편안할 수 있겠습니까?"

이때 채백관 무리가 이미 대족大足, 지금의 중경시 대족현과 동량銅梁, 지금의 중경시 동량현 등 일곱 개의 성을 공격하여 함락시키고 국호를 '대당大唐'이라고 하니, 그 무리가 수만이나 되었다. 성도成都를 크게 쳐서 함락시킨 뒤에 거점으로 정하고자 했는데, 갑자기 화원수가 온다는 소식이 들리자 도적들이 지레 놀라 도망쳤다. 설성문이 채백관을 쫓아가 목을 베자 촉 땅은 다시 평안해졌다.

화원수는 성도로 들어가서 금관루錦官樓에서 병사들에게 큰 잔치를 열어주었다. 사천 포정사와 이하 관리들이 원문轅門에 엎드린 가운데, 홍종洪鍾, 큰 종을 울리고 영고靈鼓, 여섯 면으로 된 북를 쳤으며 승전을 축하하는 파진악破陣樂을 연주했다. 유성희와 척계광은 취하여 칼을 빼어 들고 일어나 춤을 추었으며, 왕겸과 유이숙은 금관루의 북쪽 난간머리에 기대서서 만리교萬里橋 서쪽의 조그만 집을 가리키면서 눈물을 흘리며 이야기를 나누었다.

"저곳이 우리 한림 나리가 삼 년 동안 고생을 하신 곳이지."

그때 화원수가 유이숙을 불러 말했다.

"자네는 청성산으로 가서 남어사의 소식을 알아오게나."

유이숙이 명령을 듣고 나오는데, 덮개를 한 붉은 수레 하나가 장대 앞으로 들어오고 있었다. 진문을 지키던 무사들이 "길을 비켜라!" 하며 외치는 소리가 번개가 내리고 천둥이 치는 듯했다. 장막을 지키던 말 탄 병사가 달려나가 그 관리의 이름을 물으니 수레를 모는 자가 말했다.

"청성산 남어사 나리가 통정사 참의가 되시어 황제의 부르심을 받고 서울로 가는 길이오."

말 탄 병사가 돌아와 보고하니 화원수가 무척 기뻐하면서 왕겸에게 진문 밖으로 나가 모셔오라고 분부했다.

화원수는 누대 아래로 내려와 남어사를 맞았다. 남공은 아관峨冠, 사대부가 조회할 때 쓰는 높은 관을 쓰고 옥홀玉笏, 신하가 황제를 배알할 때 손에 들던 옥판을 쥔 채 환하게 웃으며 들어왔다.

"늙은이가 오늘에야 비로소 대원수의 위풍이 어떤지 알겠구려."

남공이 화원수의 손을 잡으며 말했다. 두 사람은 함께 누대로 올라가 자리를 재촉하여 앉았다.

"자네가 남쪽을 정벌하고 서쪽을 토벌하여 공명이 빛나게 된 것은 그대의 능력으로 보면 당연한 일이니 따로 축하할 일도 아니지. 그렇지만 깊은 산속에서 썩어서 촉 땅의 나그네 귀신이 될 뻔한 늙은이가 자네 덕분에 폐하의 부르심을 다시 받고 조상의 무덤 곁에 뼈를 묻게 되었다네. 애초에 어찌 감히 이런 복을 기대할 수 있었겠나?"

화원수가 대답했다.

"제가 전장을 돌아다니느라 미처 조정 일에 대해서는 자세히 듣지 못했습니다. 그렇지만 장인어른이 오늘 이렇게 되신 것이 모두 폐하의 크신 은혜 덕택이지 어찌 제 덕분이겠습니까?"

그러자 남공이 주머니에서 작은 글씨로 쓴 편지를 꺼내 화원수에게 주며 말했다.

"이건 윤중회가 알려온 소식이네. 이걸 읽으면 내 말이 무슨 뜻인지 알 수 있을 걸세."

원수가 처음부터 끝까지 읽어보니 남공이 귀양 간 뒤로 조정 및 집안의 소식이 빠짐없이 적혀 있는데, 특히 화진 부부의 일이 더욱 자세했다. 편지 뒷부분의 내용은 다음과 같았다.

엄숭이 권력을 남용한다고 남도행監道行이 고한 뒤부터 황제 폐하께서 엄숭을 더욱 의심하시고 총애가 나날이 쇠하였습니다. 그러던 중 어사 임윤이 엄세번을 방자하고 무도하다고 탄핵하자, 세번을 옥에 가두었다가 처형하시고 엄숭은 작위를 빼앗고 재산도 몰수하셨습니다. 또한 언무경 등도 모두 쫓아내신 후 폐하께서 기강을 잡으시니 조정이 엄숙해졌습니다. 하루는 폐하께서 조회를 보시던 중 탄식하시기를 "남표는 충성스런 마음으로 시국을 개탄하여 간신의 무리들을 탄핵하다가 뜻을 이루지 못하고 죽었다. 예부에 명을 내려 제사를 지내주도록 하라"고 하셨습니다. 그러자 시독학사 유성양이 "남표는 화진의 장인이옵니다. 신이 귀양貴陽에서 폐하의 부르심을 받아 올라올 때 동란주에서 화진을 만났사온데, 화진이 말하기를 촉 땅에서 남표와 만났는데, 남표에게서 동정호에 빠져 죽던 날 밤에 촉 땅 사람에게 구조되어 산속에서 목숨을 부지한 사연을 들었다 하옵니다"라고 아뢰었습니다. 폐하가 이 말을 듣고는 크게 기이하다 여기시고 특별히 명을 내리셔서 몰수한 직첩을 돌려주고 통정사 참의로 탁용擢用. 뽑아 씀하셨습니다. 어사대에서는 유배 간 죄인이 도망쳤다고 하여 법령을 들어 반대했지만, 폐하께서 "어사인 너희들이 그리 주장하는 것은 마땅하다. 그러나 짐이 이렇게 명하는 것은 남표를 아끼기 때문만이 아니라 실로 화진을 위한 것이다"라고 하시고 폐하께서 이날 조서를 내리셔서 화진의 첫째 부인 윤씨를 진국부인에 봉하고 둘째 부인 남씨를 초국부인에 추증하셨습니다. 그때 아들 여옥이 "지난번 어사대에서 올린 보고서에는 남씨가 화춘의 첩 조씨에게 살해되었다고 하였사온데, 신이 듣기로는 남씨도 또한 촉 땅의 어느 비구니에게 구조되어 지금 성도에 있다고 하옵니다"라고 아뢰자 폐하께서 "남표 부녀가 모두 촉 땅 사람에게 구조되었다니 참으로 신기한 일이로다" 하시며 감탄하시고 남채봉을 촉국부인으로 고쳐서 봉하라 명하셨습니다. 또 성도지부 경창에게 조서를 내려서 남채봉을 잘 호위하여 보내라고 하셨습니다. 그리고 며칠 뒤에 다시 다음과 같은 조서를 내리셨습니다.

"효행은 백행의 근본이다. 지금 무영전태학사인 정남대원수 화진의 효행이 천하에 널리 알려져 있으니 짐이 심히 가상히 여기노라. 효 중에서도 자식으로 인해 부모가 영예롭게 되는 일이 가장 큰 효도이다. 화진의 아비 고故 병부상서 여양후 화욱을 위국공에 봉하고 화진의 어미 정씨를 위국부인으로 봉하나니, 화진이 개가를 울리며 돌아오기를 기다려서 예관을 보내 화씨 집 사당에 제사를 지내도록 하라.

여기까지 읽은 화진이 일어나서 북쪽을 향하여 네 번 절하면서 감격의 눈물을 비 오듯 쏟았다. 남공은 또한 딸을 찾은 사연을 들려주면서 울기도 하고 웃기도 했다. 그리고 말했다.

"윤중회가 전쟁의 와중에 특별히 인편으로 이 편지를 보내 소식을 전해주었고, 성도지부 경창도 폐하의 명으로 수레와 말을 갖추어 찾아왔다네. 그래서 내가 어제 곽선공과 작별하고 부인과 딸아이를 데리고 왔는데, 듣자니 자네가 이곳에서 잔치를 베풀고 있다 해서 내가 먼저 수레를 몰고 왔네."

그러자 화원수는 교위 유이숙에게 부인들의 가마를 맞아서 성도 서쪽에 있는 해당루海棠樓로 모시게 하였다.

그날 저녁 화원수와 남공이 함께 해당루로 갔다. 한부인은 영광이 지극한 사위의 모습을 보다가 그 딸을 돌아보다가 하며 기쁨을 감추지 못했다. 화원수가 남부인을 향하여 긴 한숨을 내쉬고 말했다.

"박복한 내가 죄를 많이 지어서 그 화가 부인에게까지 미쳤소. 오늘 이렇게 만나니 면목이 없소."

남부인이 낯빛을 단정히 하고 말했다.

"제가 똑똑치 못한 탓에 화를 자초하였으니 누구를 원망하겠습니까? 서방님께서 무기를 들고 전쟁에 나가셨다가 무사히 돌아오셨으니 저의 마음이 기쁘고 다행스럽습니다."

그리고 화원수와 남공은 조용히 이야기를 나누었다. 남공이 말했다.

"뜬구름이 걷히면 태양이 다시 밝게 빛나는 법이니, 이제 자네가 어려서부터 배우고 익힌 바대로 뜻을 펼칠 때가 되었네. 그렇지만 나는 죽을 고비를 넘기고 겨우 살아남고 보니 세상일에는 흥미가 없어서, 이번에 가면 폐하께 사은하고 벼슬을 그만두려 하네. 갈 곳 없이 외로운 우리 부부가 자네를 의지해서 여생을 보내게 되었으니 다행이네. 또 윤중회의 깊은 은혜도 다 갚기 어렵지."

화원수가 탄식하고 다시 말했다.

"장인어른께서는 곽선공에게도 두터운 은혜를 입으셨습니다. 한데 그 사람은 속세를 벗어난 고상한 선비이니, 그 은혜를 어떻게 갚으시겠습니까?"

남공이 말했다.

"그렇지 않아도 내가 곽선공과 헤어질 때 '선생의 춘추가 이미 높으시고 저도 또한 다 시들어진 몸이라서 이승에서는 은혜를 갚기 어려울까 합니다' 하니 선생이 웃으면서, '나는 세상과의 인연이 얼마 남지 않아서 다시 만나기는 어렵겠습니다. 그렇지만 손자를 화원수에게 맡길 것이니, 저에게 후히 보답하시게 될 것입니다' 하였다네. 내가 놀라서 '선생의 손자가 지금 어디에 있고 언제 화서방에게 맡기시렵니까?' 하고 물으니 곽선공이 다시 웃으면서, '천상의 비밀을 미리 알려줄 수는 없습니다만, 제게는 위*라고 하는 아들 하나가 있는데 강남의 송강 ^{松江}, 지금의 상해시(上海市)에서 살고 있습니다. 지금부터 삼 년 후에 귀한 아들을 낳을 텐데, 이 아이가 필시 어릴 적 고난을 겪을 것입니다. 그때 화원수가 아니면 구할 사람이 없습니다'라고 하였네. 내가 듣고 황당해하기는 했지만, 이 사람이 하는 일이 매번 이처럼 기이하였다네. 자네는 옛 책을 널리 읽었으니 혹시 아는가? 세상에 이처럼 신기한 일이 있을 수 있는지."

화원수가 웃으며 말했다.

"예로부터 도가의 무리는 종종 괴이한 말을 하곤 했습니다. 그러나 공자께서 괴이하고 신이神異한 일은 언급하지 않았던 뜻과는 다르지요."

이튿날 남공이 출발했다. 남채봉은 구슬 달린 관을 쓰고 적의翟衣, 지체 높은 부인들이 입던, 꿩을 수놓은 예복를 입은 채 화려한 수레를 탔으니, 국부인에 걸맞은 모양새였다. 난새가 그려진 깃발은 하늘에 나부끼고 봉황을 새긴 창이 하늘을 찌를 듯한 가운데, 곱게 화장하고 화려한 옷을 입은 시녀 삼백 명이 수놓인 안장을 얹은 말을 타고 앞뒤로 모셨으니 그 모습이 휘황찬란하였다. 성도의 지부가 군대를 이끌고 와서 가는 길을 호위했고, 화원수는 승선교昇仙橋에서 이들을 전송했다.

한편 성태수가 이미 조정에 들어와 춘방학사가 되면서 성부인은 소홍으로 돌아가 있었다. 성부인은 화상서의 사당에서 한바탕 통곡을 한 뒤 취하당에 머물렀다. 성부인이 돌아오자 하인들이 마치 어미를 만난 듯이 기뻐하는 통에 온 집안이 떠들썩했다. 그리고 나서 성부인은 임부인과 화부인, 윤부인에게 편지를 썼는데, 심씨 모자에 대해서는 묻지도 않았다. 서울에 있는 성학사도 또한 여러 번 화씨 집 앞을 지났지만, 한 번도 들어가서 심씨에게 인사하지 않았다. 그러니 심씨는 더욱 부끄러웠다.

마침내 사천에서 승전 소식을 알리는 편지가 도착했다. 성학사와 윤학사는 중도에서 화원수를 맞으라는 황제 폐하의 명을 받들고 가던 중 남부인을 만났다. 멀리서 남부인의 화려한 위의를 보고 성학사가 감탄하며 윤학사를 돌아보고 말했다.

"형의 누이가 이처럼 복이 있는 사람이니, 비록 조씨가 백 명이 있다 해도 어찌 해칠 수 있었겠소?"

그러고 나서 두 사람은 길가의 누정 위에 휘장을 두르고 남부인을 만났다. 윤학사를 본 남부인은 말할 수 없는 반가움에 눈물을 흘리며 조용히 오열했고, 윤학사는 목 놓아 흐느꼈다. 성학사와 남공 또한 탄식했다. 남공은 윤학사의 손을 잡고 한참을 다정히 말하다가 작별하고 떠났다.

두 학사는 강주絳州에서 화원수와 만났다. 황제의 조서를 전하는 예를 마치자마자 화원수는 성학사에게 심씨의 안부와 옥에 갇힌 형의 소식부터 물었는데, 두 눈에 눈물이 그렁그렁했다. 성학사가 감탄하여 말했다.

"못난 형이 서울에 들어간 지 몇 달이 되도록 숙모님께 인사 한 번 못 했다. 지금 네 모습을 보니 야박했던 내가 참으로 부끄럽구나."

그러자 윤학사가 원수에게 말했다.

"지난번에 제가 유자득으로부터 말을 전해 듣고 정상서를 찾아가 형님의 옥사를 조금 늦추게 하였습니다. 최근에 옥리들의 말을 들으니 형님께서 자못 뉘우치는 빛이 있다고 하더군요. 참 잘된 일입니다."

화원수가 일어나서 윤학사에게 절하며 말했다.

"장원은 참으로 선행을 좋아하는 군자라 하겠습니다. 내가 세상에 얼굴 들고 다닐 수 있는 건 모두 장원 덕분입니다."

이날 두 학사는 유성희 장군과 처음으로 대면했는데, 서로 손을 잡고 마치 평생을 사귄 친구처럼 반가워하였다. 호기로운 선비들이 의로움을 사랑하는 마음은 이처럼 무궁했다.

처음에 범한이 도망칠 때의 일이다. 범한은 도망치는 길에 누급을 찾아가서 말했다.

"나는 책 읽는 선비이니, 두 미녀를 데리고 금은보화를 많이 가진 채 산으로 들로 달아나다가 도적들을 만나지나 않을까 걱정되네. 자네가 내 옆에 있어준다면 마땅히 천금을 나누어 주겠네."

그러자 누급이 웃으며 말했다.

"천금, 천금 좋지. 그런데 미녀도 나누어 줄 수 있겠나?"

범한이 손으로 난수를 가리켰다. 누급은 크게 기뻐하며 처자도 버리고 즉시 칼을 들고 따라왔다.

하남부河南府. 지금의 낙양시(洛陽市)에 이르자 범한은 이름을 뇌철이라 바꾸고 금을 꺼내 집을 세냈다. 그리고 요망한 두 년을 나누어 끼고 질펀하게 즐겼다. 게다가 밤이면 무뢰배들과 결탁하여 강도짓을 하고 다니니, 이웃들이 손가락질하며 의심했다.

그렇게 두 해가 지났다. 범한은 온 세상이 자신을 잡아들이려 한다는 소식을 듣고는 크게 겁을 먹었다. 그러자 누급이 말했다.

"지금 이웃에서는 우리를 곱지 않게 보는 사람이 많네. 오래 앉아 있는 새는 반드시 화살을 맞는 법이니, 차라리 바다의 부평초처럼 떠돌아다니는 것만 못하네."

범한이 대답했다.

"좋소."

마침내 집을 버리고 야반도주하여 민월閩越. 지금의 복건성 지역 일대를 일년 남짓 떠돌아다니다가 산서의 태원부太原府로 흘러들어가 유차현榆次縣에 숨어 있었다. 그런데 몇 달이 채 못 되어 갑자기 고을이 떠들썩해지더니 사람들이 말했다.

"부윤께서 고을 접경으로 화원수 나리를 맞이하러 가신다오."

범한이 놀라서 누급에게 말했다.

"이소와 배삼이 좋은 기회를 놓쳐서 이제 저 원수 놈이 출세한 게야. 저놈이 한번 천하를 호령하게 되면 나와 자네는 도망갈 구멍이 없네.

한나라 경제景帝 때 원앙袁盎이 황제의 아우 양왕의 미움을 사서 양왕이 자객을 보낸 일이 있었지. 처음 온 자객은 차마 원앙을 죽이지 못하고 돌아갔지만 결국 뒤에 온 자객이 안릉安陵의 성문에서 원앙을 찔러 죽였다네. 그런데 사람들이 누가 찔렀는지 알지 못했으니 참으로 묘하지 않은가?"

누급이 고개를 저으며 말했다.

"화공은 하늘이 보호하시는 분이야. 예전에 죽우당에서 놀란 가슴이 아직도 떨리네. 나는 다시는 그런 일은 못 하겠네."

그러자 범한이 협박하고 나섰다.

"내가 만약 잡혀가면 자네도 끌어들여 함께 죽겠어!"

누급은 머리를 숙이고 가만히 생각했다.

'죽여선 안 될 사람을 죽이다가 일이 발각되어 죽느니, 차라리 죽일 만한 놈을 죽여서 일을 이루고 살길을 얻는 것이 낫지 않을까?'

그러고는 즉석에서 칼을 빼서 범한의 목을 베어 부윤에게 달려가 고했다.

"나라에서 범한을 잡아들이라는 명이 있었습죠. 그놈이 속임수를 잘 써서 놓치기 쉽기에 바로 머리를 잘라 올리나이다."

부윤이 크게 놀라서 그 말의 진위를 의심했다. 그래서 누급을 결박한 후 포졸들을 보내 그 집을 덮쳐서 조씨와 난수를 잡아들였다. 그리고 강주로 달려가서 화원수를 맞이하며 그 죄상을 보고한 뒤에 누급과 두 여자를 밧줄로 묶어 화원수 앞에 꿇어앉혔다. 화원수를 올려다본 두 여자는 죽을죄를 지었다고 빌 뿐이었다. 성학사와 윤학사 두 사람은 손뼉을 치며 통쾌해했다.

누급은 범한이 한 흉악한 일을 밝혔다. 자신에게 심씨를 찔러 죽이라고 했는데 자기가 그만 실수로 난향을 죽게 한 일이며 죽우당에서 누군가 꾸짖은 일 등을 말하니, 화원수는 차마 듣지 못해 귀를 막으며 부윤에게 말했다.

"저자가 비록 범한을 베어 오긴 했지만, 흉악하기로 치자면 범한보다 더하오. 두 여자와 함께 칼을 채워 서울로 올려 보내시오."

부윤이 또 보고했다.

"포졸들이 난수와 조씨를 잡아올 때 금은 등 잡다한 재화를 많이 찾아냈습니다. 그런데 그중에서 기이한 물건 두 개가 있어 조씨에게 물어보니 이러이러한 사연으로 가지게 되었다고 합니다. 소관이 놀라서 아룁니다."

성학사가 말했다.

"그건 옥팔찌와 옥노리개가 아니오?"

"그렇습니다."

성학사가 유이숙을 시켜 받아서 화원수의 짐에 넣어두게 했다.

화원수가 북경 순천부의 탁록역涿鹿驛에 당도하니, 한림검토 진창운이 태감과 함께 어온御醖, 황제가 내리는 술을 받들고 왔다. 그리고 천자께서는 옥하교玉河橋에 나와 맞으셨다. 화원수는 황금 갑옷을 입고 황제께서 내려주신 대완마를 탔는데, 고아대독高牙大纛, 대장군을 상징하는 큰 깃발 휘날리고 장수의 권한을 상징하는 금도끼와 옥도끼가 번쩍거리는 가운데, 주작 깃발과 창룡 깃발, 초요기招搖旗, 대장이 지휘할 때 신호용으로 사용하던 깃발와 구진기句陳旗 등이 백 리 사이를 가득 메워 구름을 뚫고 해를 가렸다. 왕겸과 유이숙 두 교위는 조개껍데기로 장식한 투구에 호랑이 가죽으로 만든 화살통을 메고 용총마를 탄 채 양쪽에서 화원수를 호위했다. 유성희 장군과 선봉장 척계광이 두 분대로 나누어 앞서서 길을 정리하고 열을 맞추어 선 모습은 마치 하늘에 별이 펼쳐진 듯했고, 북소리와 승전곡 소리에 산이 울리고 바다가 뒤집히는 듯했다.

노란 장막과 황색 가리개 아래에서 이 광경을 바라보는 천자의 눈썹에는 기쁜 빛이 가득했다. 천자는 궁중의 악대에게 명하여, 주나라 선왕宣王이 오랑캐를 평정한 후 부르게 했던 강한江漢의 노래로 이들을 맞으라고 했다.

화원수가 말에서 내려 고개를 조아리자 천자는 가까운 신하를 시켜 화원수를 인도하게 했다. 원수는 투구를 벗고 머리를 땅에 부딪치며 죽을죄를 지은 형 화춘의 벌을 대신 받겠다고 청했다. 그러자 천자는 바로 환관을 시켜 즉시 부절符節. 신표을 가지고 가서 형부의 옥에 갇혀 있는 화춘을 풀어주라고 명했다. 화원수가 은혜에 감사하며 눈물을 흘리자 천자가 직접 화원수의 손을 잡고 은혜로이 칭찬하셨으며 화진을 총애하여 내리시는 하사품은 고금에 유래가 없었다. 신하들 모두 감동하지 않는 자가 없었지만, 그중에서도 하상서의 얼굴에는 더욱 기쁜 빛이 가득했다.

이날 심씨와 화부인은 화진이 성 밖에 이르렀다는 말을 듣고 기쁨을 이기지 못하며 하인들에게 계속해서 소식을 알아오라고 했다. 그때 문득 하인이 아뢰었다.

"옥중에 계시던 큰도련님께서 사면을 받아 돌아오십니다."

심씨는 신발을 신지도 않은 채 엎어질 듯 내달려 겹문으로 나갔다. 과연 쑥대머리 귀신의 몰골을 한 화춘이 들어오고 있었다. 모자는 서로 부둥켜안고 통곡했다. 화부인이 울면서 부축하여 마루로 오르게 하자 화춘은 화부인 앞에서 고개를 숙였다. 아! 사람이 곤궁하면 원래의 착한 마음으로 돌아가는 법이니, 이들 모자가 어려움을 겪지 않았다면 어찌 이렇게 될 수 있었겠는가?

마침내 화원수의 행차가 집 앞에 당도했다. 그러자 하인들이 계집종들에게 알렸다.

"원수 나리가 문밖에서 멍석을 깔고 흰옷 차림으로 잘못을 빌고 있습니다."

심씨가 깜짝 놀라 울면서 말했다.

"형옥이가 우리 모자를 못 믿는구나. 내가 배를 갈라 창자를 꺼내서라도 이 마음을 알려야겠다."

하인이 이 말을 원수에게 아뢰니, 원수가 바로 일어나 들어왔다. 심씨가 급히 원수를 부축하며 슬피 울었다.

"어리석고 사나운 이 어미로 인해 효자가 한을 품은 탓에, 하늘이 진노하여 여러 번 벌을 내리셨구나. 그런데도 모진 목숨 이어 이제까지 먹고 산 건 모두 네 덕분이다."

화원수가 땅에 엎드려 비 오듯 눈물을 쏟았다.

"소자가 무상無狀한 탓입니다."

심씨가 크게 울며 말했다.

"형옥아, 이게 웬 말이냐? 하늘이 맑지 않고 해와 달이 밝지 않다고 하면 혹 그러려니와, 네가 어디 무상 비슷한 구석이라도 있느냐?"

화춘도 통곡하며 화원수에게 말했다.

"이 형이 분별이 흐리고 너그럽지 못하여 너에게 잘못한 것이 많구나. 네가 넓은 덕량으로 마음에 거리끼지 않는다고 해도 내가 어떻게 다시 사람 노릇을 할 수 있겠느냐?"

화원수는 몰라보게 수척해진 형의 모습을 보자 마음이 아프고 슬퍼서 목 놓아 통곡했다. 그러자 심씨가 위로하며 말했다.

"만 번 죽어도 마땅한 춘이가 오늘 이렇게 폐하의 은혜를 입은 것은 모두 네 덕분이다."

원수가 울며 대답했다.

"아들이 어머니를 사랑하고 어머니가 아들을 사랑하는 것은 움직일 수 없는 하늘의 이치입니다. 어머니께서는 어찌 '은덕'이라는 두 글자로 소자의 마음을 다시 불안하게 하십니까?"

심씨도 또한 울면서 말했다.

"죄 없는 네가 자꾸만 죄가 있다고 하니 내 마음도 너만큼이나 불안하구나."

이로부터 원수는 다시는 죄인으로 자처하지 않았다.

화원수가 화부인과 몇 마디 채 하기도 전에 하인이 고했다.

"서각로 나리와 하상서 나리를 비롯하여 여러 재상들께서 오셨습니다."

화원수는 바깥채로 나갔다. 그날 골목은 떠들썩하니 수레와 말로 가득 찼다. 깃발은 하늘에 펄럭이고 창은 서릿발처럼 번득였으며, 매겹韎鞈, 붉은 가죽으로 만든 무릎 가리개을 두르고 어복魚䐁, 물고기 가죽을 입힌 화살통을 맨 무사들이 무리를 이루어 동쪽과 서쪽의 섬돌 사이를 오가며 손님을 맞았다. 하인들은 화란禍亂으로 황폐해졌던 집안이 다시 그처럼 번화하고 찬란한 것을 보고는 눈물을 흘리며 말했다.

"돌아가신 나리 때의 번화한 모습을 오늘 다시 보게 될 줄이야!"

남표는 서울로 돌아오자마자 남부인과 함께 윤혁의 집으로 갔다. 버선발로 나와 맞는 윤시랑의 두 눈에서는 말에 앞서 눈물부터 솟구쳤다.

"여보게 자평, 죽은 자가 다시 살아나지 못한다는 말도 다 헛된 말이네."

남표는 그 은혜에 감사하면서 말했다.

"'죽은 사람이 살아나도 살아 있는 사람이 부끄럽지 않다使死者復生而無愧*고 한 말은 바로 윤중회를 두고 한 말이네그려."

조부인과 윤부인은 남부인을 붙잡고 통곡했다. 이 모습을 바라보는 진부인과 백부인도 눈물을 흘렸다.

윤시랑은 남부인이 풍염豐艶. 얼굴이 복스럽게 아름다움하고 의젓하여 어엿한 국부인의 위엄을 갖춘 것을 보고 쓰다듬으며 흐뭇해하였다. 그러고는

---

* 죽은 사람이~부끄럽지 않다: 진나라 헌공이 죽을 때 대부(大夫)였던 순식(筍息)에게 신의에 대해 묻자 순식이 대답한 말. 윤시랑이 끝까지 신의를 지켰다는 뜻으로 한 말이다.

길게 탄식하며 말했다.

"사람이 살면서 때로는 슬프고 때로는 기뻐서 잠깐 동안에도 한 번은 추웠다가 한 번은 따뜻하니, 이치가 원래 그런 법이지. 그렇지만 너처럼 떠돌아다니며 갖은 고생을 다하다가 구사일생으로 살아남은 사람이 또 어디 있겠느냐? 예로부터 미인이 재앙을 부르고 똑똑한 것이 상서롭지 않다고 하였다. 사물은 너무 깨끗한 것을 꺼리고 귀신은 너무 아름다운 것을 싫어하기 때문이지. 『시경』「사간斯干」의 시에서도 '잘하는 것도 없고 잘못하는 것도 없이 오직 술과 밥만을 이야기하여 부모에게 걱정이나 끼치지 아니한다無非無儀 唯酒食是議 無父母貽罹'고 하였으니, 성인의 지극한 말씀이다. 이제 화서방은 훌륭하신 임금을 만나서 길운을 타고 날아올라, 조정에서 벼슬하며 명망을 온 나라에 떨치고 있다. 내조하는 사람으로서 빛을 감추고 덕을 숨기며 몸을 낮추고 겸손하게 아침저녁으로 공경하여, 길이 천명을 보존하도록 해라. 그게 이 아비의 소원이다."

남부인이 두 번 절하고 말씀을 받들었다.

다음 날 천자께서 문화전에 앉아서, 원수와 대신 등 여러 재상을 불러 공에 따라 봉작을 정했다. 하상서는 으뜸 공을 세웠다 하여 수충보국輸忠輔國 광록대부光祿大夫 상주국上柱國 겸 이부상서에 임명하여 문연각태학사로서 내각에 참여하게 하며, 또한 평원후에 봉하여 이천 석의 녹봉을 받게 하였고, 어진 이를 추천했다고 하여 특별히 진현관進賢冠, 황제를 조회할 때 쓰는 모자을 하사했다. 화원수에게는 분충효무奮忠效武 광록대부光祿大夫 상주국上柱國 병부상서 겸 문화전태학사 참지정사參知政事 태자태부太子太傅 제독산서광동군무사提督山西廣東軍務事에 임명하고 진국공晉國公에 봉하였으니, 녹봉이 오천 석이었다. 유성희에게는 특진영록대부特進榮祿大夫 우주국右柱國을 제수하고 전전도지휘사殿前都指揮使 금의위錦衣衛 용문대장군龍門大將軍에 임명하는 한편 서평후에 봉하였으니, 녹봉이 이천 석이었다. 척계광과 설성문도 각각 공적에 따라 봉작을 내려주었으며, 특별히 왕겸과 유이숙을 전전교위로 삼았다. 평원후 이하의 공신들이 모두 고개를 조아리며 사은했다.

황제가 진공晉公 화진에게 말했다.

"경은 대를 잇는 충성스런 마음으로 왕실을 위해서 수고를 아끼지 않았고, 많은 공을 세워 태상太常, 황제의 수레에 세우는 큰 깃발로 해와 달을 그리고 신하의 공적을 기록함에 기록되었으니, 짐의 기쁨이 이보다 더할 수 없도다."

그리고 술을 가져오라 하여 황제께서 직접 옥잔을 잡아 평원후에게 내려주며 말씀하셨다.

"한나라 고조의 명장 한신韓信이 군법을 어겨 참수형을 당하게 되었을 때 등공滕公이 힘써 구해주었고, 당나라 시인 이백李白이 안녹산의 난으로 옥에 갇혀 죽게 되자 곽자의郭子儀가 구했다. 짐이 매번 책을 읽다가 이 대목에 이를 때면, 한나라와 당나라에서 등공과 곽자의를 으뜸 공신으로 삼지 못한 점을 한탄했다."

그러자 신하들이 모두 '황제 폐하 만세'를 외쳤다.

효성스런 며느리는 시댁으로 돌아오고
한 맺혔던 여자가 인연을 이루다

그날 진공은 집으로 돌아와 면복冕服, 황제와 고관들이 특별한 행사 때 입는 예복과 관 차림으로 심부인에게 절을 올렸다. 심부인은 기쁨이 벅차올라 눈물을 흘리며 말했다.

"덕행이 그토록 지극했던 네 아버지와 정부인은 네가 오늘날 이처럼 영광스럽게 되어 효도하는 것을 못 보는데, 어질지 못하고 도리도 모르는 나만 살아남아 이 복을 혼자서 누리니, 하늘의 이치를 알 수가 없구나."

진공이 감격의 눈물을 흘리며 어쩔 줄 몰라 했다. 경옥이 진공의 손을 잡고 진심으로 사랑하는 마음을 보이니, 따스한 봄기운이 다시 집 안에 넘쳐났다. 이후로 형제가 정당에서 문안을 드리거나 식사 시중을 할 때면, 심부인은 진공부터 먼저 챙기고 경옥은 그다음에 돌아보았다.

하루는 진공이 어쩌다 감기에 걸려서 며칠을 앓게 되었다. 심부인은 베갯머리에서 간호하며 잠시도 떠나지 않았고, 경옥은 스스로 약탕기를 들고 불을 피워 약을 달였다. 유학사가 이를 보고 감탄했다.

"경옥이 허물을 뉘우친 뒤로는 오히려 형옥보다 더 어진 사람이 되었구려."

이때 태원부에서 잡아 올린 죄인들이 서울에 도착해, 장평과 함께 저잣거리에서 처형하게 되었다. 심부인은 사람을 시켜서 조씨에게 지은 죄목을 하나하나 따지게 했다. 그러자 화부인이 말렸다.

"목을 베는 것으로 충분합니다. 죄를 하나하나 따져서 무엇하겠습니까? 또 악한 이들하고는 상대하기 어려우니, 혹시라도 불손한 일이 있을까 걱정됩니다."

"내가 참을 수 없어서 그런다."

심부인은 이렇게 말하고 사람을 시켜서 죄목을 하나하나 따지게 했다.

"너는 다섯 가지 큰 죄를 지었다. 먼저 요사스런 얼굴과 음탕한 모습으로 담장 밑을 오가면서 내 아들을 눈짓으로 유혹하여 예의에 어긋난 행동에 빠지게 한 것이 첫번째 죄이다. 또 본부인을 시샘하여 저주하는 일을 벌였다고 모함한 것이 두번째 죄이다. 또 시어미의 명령을 멋대로 지어내 숙녀에게 독약을 먹인 뒤 거적에 말아 강물에 던진 것이 세번째 죄이다. 은밀히 문객과 짜고 시어미 침소에 자객을 보내고 그 죄를 한림에게 덮어씌운 것이 네번째 죄이다. 보물을 모두 훔쳐서 밤에 간부와 함께 도망친 죄, 다섯번째이다. 네가 이 다섯 가지 죄를 짓고도 감히 토막토막 잘리는 형벌을 면할 줄 알았느냐?"

그러자 조씨가 악다구니를 쓰면서 말했다.

"화진 나리가 나를 죽인다면 내가 달게 받아들이겠지만, 심부인은 나를 책망하지 못해. 부인 아들이 예의를 안다면 내가 음탕하게 유혹한들 그 사람이 담장을 넘어왔겠어? 부인이 어질고 현명해서 힐뜯는 말을 곧이듣지 않았다면 내가 어떻게 임씨를 모함할 수 있었겠어? 부인이 정말로 남부인을 숙녀로 여겼다면 어째서 손수 매질을 한 뒤 행랑에 가두었을까? 부인이 한림 부부를 제 자식처럼 사랑했다면 내가 비록 못된 마음을 품었다 해도 어떻게 이간질을 할 수 있었겠어? 부인의 아들이 단정한 친구들을 사귀고 내외의 분별을 엄히 했다면 내가 누구하고 눈이 맞았겠어? 구멍 난 동굴에 바람 들고, 썩은 고기에 벌레 생기는 법이야. 부인의 집안은 문제가 없는데 내가 혼자 분란을 일으킨 거라고?"

시장에 있던 사람들이 하하 웃었다. 심부인은 이 말을 듣고 부끄러워 후회했다.

"내가 딸아이의 말을 들었어야 하는 건데……"

한편 진공이 윤시랑 댁을 찾아가자 윤시랑은 그 손을 잡고 윤부인의 방으로 데려가서 환히 웃으며 말했다.

"자네 부부 나이가 이제 겨우 스물이 넘었네. 혼인이 늦어져서 이제 겨우 만났다고 해도 오히려 그리 늦은 건 아니지. 지난날의 슬픔과 기쁨은 전생의 일이라 생각하게나."

진공이 탄식하며 대답했다.

"『주례周禮』에 '서른에 장가 간다三十而娶'고 한 것은 그냥 나온 말이 아닙니다. 그런데도 우리나라에서는 일찍 결혼하는 것이 풍속이 되어서 철부지 아이들을 억지로 남편과 아내가 되게 하니 어찌 재앙이 없겠습니까?"

시랑이 웃으며 말했다.

"만약에 자네 말처럼 옛 예법을 고집스레 지키자면 자네가 서른이 되기까지는 아직도 멀었는데, 세상에 어찌 혼인도 안 한 국공이 있을 수 있겠나?"

잠시 후 윤시랑이 나가자, 진공이 윤부인을 바라보며 탄식했다.

"보잘것없고 복도 없는 나를 하늘이 불쌍히 여기셔서 다시 그대들과 만나게 되었소. 무릇 위태로운 일을 당하면 자신의 죄를 돌아보고 복을 만나면 재앙을 경계한다고 하는 것이 하늘을 섬기는 도리요. 부인들은 귀한 몸이 되었다고 자만하지 마시오."

부인이 두려워하며 대답했다.

"저희가 어찌 감히 그리 하겠습니까."

며칠 뒤에 경옥이 진공에게 두 부인을 데려오라고 권하자 진공이 말했다.

"형수님도 아직 돌아오지 않으셨는데, 윤씨와 남씨가 어찌 먼저 오겠습니까."

그러자 경옥이 한숨을 쉬며 말했다.

"이 못난 형은 임씨 보기가 부끄럽구나. 또 임씨도 오려 하지 않을 게다."

진공이 말했다.

"예로부터 어진 부인네가 요망한 첩으로 인해 고난을 겪는 일은 많았습니다. 형수님 아량으로 어찌 지난 일을 마음속에 담아두겠습니까."

그리하여 진공이 심부인에게 고하여 임씨를 데려오도록 하자, 심부인이 양운을 임씨 집으로 보내며 말했다.

"나를 위해 말 좀 잘 해주게."

임씨 집으로 가서 임씨를 만난 양운은 부인과 공자가 날이 갈수록 점점 좋은 사람이 되고 있는 모습을 자세히 말해주었다. 임씨는 감탄했다.

"서방님은 순임금에 버금가는 분이시다!"

그날 임씨가 화씨 집안으로 돌아오자 심부인은 손을 잡고 눈물을 흘렸다.

"우리 모자의 망조가 한둘이 아니어서 네가 나간 뒤로 집안이 더욱

엉망이 되었었다. 하늘이 너의 덕에 감동하지 않았다면 우리 모자에게 어떻게 이런 날이 있었겠니?"

임씨가 자리에서 내려와 엎드렸다.

"지난 변란은 모두 소첩이 불민했던 탓에 일어났습니다. 소첩의 죄 죽어 마땅한데도 살리기를 좋아하는 하늘이 바람에 날아간 쑥과 뿌리 뽑힌 접시꽃에까지 은혜를 내려주었으니, 더욱 죽을 곳을 알지 못하겠습니다."

그런 후에 경옥과 임씨가 서로 마주보았다. 경옥은 손을 모으고 긴 한숨을 쉬었다.

"학생學生이 인륜과 의리를 손상하여 스스로 뒤집히는 화를 초래했으니 슬퍼하며 운다 한들 무슨 소용 있겠소?"

임씨는 경옥을 바라보았다. 말은 똑바르고 모습이 단정하여 지난날 말만 번지르르하고 비열하던 모습과는 달랐다. 임씨는 일어나 절하며 대답했다.

"첩이 나약하여 군자를 섬기지 못했으니, 군자의 잘못은 다 첩의 죄입니다."

그러고는 진공에게 말했다.

"사직社稷이 은밀히 도우셨는지 무사하셨네요. 이건 나라의 복입니다. 우리 집안의 경사뿐이겠습니까?"

또한 화부인과 이별한 뒤의 정회를 나누는데, 눈물이 맺히더니 두 줄기로 흘러내렸다.

다음 날 심부인이 윤씨와 남씨 두 부인을 맞이하기 위해서 수레를 갖추어 보내니, 윤씨와 남씨가 명을 받들어 이르렀다. 심부인은 눈물을 흘리며 사죄했다.

"『시경』에 '안면이 부끄러워 사람 보기 망극하네有靦面目 視人罔極'라고 한 것은 바로 이 사람을 두고 한 말이구나. 비록 며느리 남씨를 내 손으로 죽이지는 않았지만, 내가 현명치 못하여 그런 화가 일어났다. 또 윤씨를 엄승상 집에 보낸 일을 생각하면 참말이지 배를 갈라서라도 윤씨에게 사죄하고 싶구나."

두 부인은 황공하여 다만 잘못을 빌 뿐이었다. 그러자 심부인이 두 부인을 위로했다.

"형옥과 너희들이 자꾸만 너희들이 잘못한 양 말하니 내가 더욱 몸 둘 바를 모르겠구나. 그러나 성인聖人도 사람이 잘못을 뉘우치면 용서한다고 하였다. 너희 부부 덕분에 이제 거의 죄를 용서받고 남은 인생 살다가 땅에 묻힐 수 있겠구나."

그리고 진공이 찾아온 옥팔찌와 옥노리개를 두 부인에게 나누어 주면서 감탄했다.

"춘추 시절 진晉나라 헌공이 괵虢나라를 정벌할 때 길을 내달라고 하며 우虞나라 왕에게 주었던 수극垂棘의 옥이 다시 진나라 수중으로 돌아온 셈이로구나!"

그런 후에 심부인은 진공을 불러다가 두 며느리와 함께 나란히 앞에 앉히고 눈물을 흘리며 기뻐했다. 그 지극한 마음이 사람을 감동시킬 만하여 나이 많은 계집종들은 서로 눈물을 흘리며 말했다.

"비록 정부인이 다시 살아나신다고 해도 이보다 더 사랑할 수 있겠어?"

하루는 남부인이 화부인과 심부인을 앞에서 모시고 있었다. 심부인이 말했다.

"내가 요즘 심심하고 재미가 적으니 너희들이 우스운 이야기 좀 해서 나를 웃겨보려무나."

화부인이 웃으면서 윤부인에게 말했다.

"내가 여기 오던 날 시녀들 말이, 부인이 조씨 뺨을 때렸는데 부인이 아닌 줄 꿈에도 생각지 못했다고 하더군요. 아마도 부인의 언행이 아랫것들에게 미덥지 못했나 봅니다."

심부인이 웃으며 말했다.

"아랫것들이야 말해 무엇하겠느냐? 나도 그 말을 들었을 때 며느리가 아니고 윤학사인지 몰랐구나."

윤부인이 웃으며 화부인에게 대답했다.

"아우가 버릇없어 그런 예의에 어긋나는 해괴한 일을 해놓고는 의기양양하여 저에게 와서 그러더군요. '내가 정체가 탄로 날까 걱정되어 마음껏 패주지 못했어요'라고요."

심부인이 포복절도했다. 화부인도 호호 웃으며 말했다.

"그만하면 통쾌하지, 도대체 얼마나 세게 때려야 더 통쾌하다고."

그리고 설고를 돌아보면서 말했다.

"너도 엄씨 집으로 갔더냐?"

설고가 웃으며 대답했다.

"쉰네는 늙고 겁이 많아 그렇지 않아도 뒤로 빠지려고 잔뜩 마음먹고 있던 참에 장평이 쫓아냈으니, 울려는 아이 뺨치는 격이지요."

심부인이 더욱 크게 웃었다.

한편, 진공이 상소를 올려서 선영에 성묘하고 조상의 가묘家廟, 조상의 신주를 모셔오겠다고 하자, 황제는 손수 조서를 내리시며 허락하지 않으셨다.

"경은 얼마 전 말을 타고 전쟁터에 다녀왔으니 또다시 먼 길을 나서는 것은 마땅치 않다. 경의 집 가묘는 성준을 시켜 모셔오도록 하라."

그리하여 성학사가 소흥으로 떠나게 되자, 심부인은 잘못을 빌며 성부인에게 올라오시기를 청했다. 경옥도 따라가려고 했지만, 진공이 몸이 아직 회복되지 않았다며 말렸다.

이때 경옥은 안채 깊숙이 들어앉아 스스로 폐인을 자처하며 아우나 누이와 함께 어머니 옆에서 밤늦도록 담소나 나눌 뿐이었고 손님이 와서 만나보기를 청하면 아프다는 핑계로 사양하곤 했다.

하루는 서평후, 윤학사 등이 와서 줄기차게 만나보기를 청했지만 경옥은 한사코 나가려 하지 않았다. 심부인이 말했다.

"윤학사 나리와 서평후 나리는 네 은인이시다. 지난번 두 분의 도움이 없었다면 네가 사람 사는 즐거움을 누릴 수 있었겠느냐?"

경옥이 마지못해 바깥채로 나왔지만, 머뭇머뭇하면서 부끄러워하는 모습이 스스로를 용서하지 못하는 듯했다. 서평후가 진공에게 말했다.

"소생이 어제 평원후 나리를 뵈었더니, 상공께서는 진공의 맏형이 개과하여 착한 사람이 되었다는 말을 들었다 하시면서, 벼슬에 천거하여 스스로 허물을 고치는 아름다운 일을 권장하겠다고 하셨습니다."

진공이 미처 답하기도 전에 경옥이 크게 놀라 펄쩍 뛰면서 말했다.

"차라리 머리를 풀고 산으로 들어갈지언정 결단코 낯을 들고 사대부 무리에 서 있을 수는 없습니다."

몇 달 뒤에 경옥은 과연 대리평사大理評事를 제수받았다. 그러나 끝내 명에 응하지 않았으니, 당시 사람들이 이를 칭찬했다.

이전에 엄숭이 아직 몰락하기 전의 일이다. 홍씨가 윤학사와 딸의 혼사를 재촉하니 엄숭이 말했다.

"안 되오. 윤혁은 그리 만만한 사람이 아니오. 내 위세와 권력이 예전 같아도 그 사람에게 혼인을 강요하기 힘들 텐데, 이미 내가 세력을 잃은 마당에 어찌 그럴 수 있겠소? 내 지난번에 윤여옥을 보니 사람이 어질고 의기로웠소. 그러니 틀림없이 의리를 저버리지 않을 것이오. 게다가 근래에 소위 이름 좀 있다 하는 선비들이 번갈아 상소를 올려서 나를 공격하는데, 윤여옥 혼자 한마디도 하지 않고 있으니 그 뜻을 알 만하오. 부인은 좀 기다려보오."

그 후 홍씨가 병으로 죽었다. 그리고 두 해가 막 지났을 때 엄숭은 몰락했다. 월화와 유모는 화를 피해 양제원養濟院. 가난하고 갈 곳 없는 사람들을 구휼하던 기관으로 도망쳤다.

그때 양제원을 드나들던 백부인의 유모 금선은, 월화의 아름다움을 보고 불쌍히 여긴 나머지 데리고 돌아와서 자신의 집에 머물게 했다. 백부인은 유모로부터 월화가 빼어나다는 말을 듣고는 한번 만나게 해달라며 여러 번 금선을 졸랐다. 금선이 웃으며 말했다.

"그 여자가 두 눈은 별과 같고, 두 뺨은 복사꽃 같으며, 입술은 붉고 이는 하얗고, 윤기 있는 검은 머리가 거울처럼 비칠 뿐이지요. 마님께서 그런 사람을 만나고 싶으시면 거울을 들고 스스로를 보시면 됩니다. 더군다나 저 사람은 규중처자의 몸입니다. 처지가 궁하여 남에게 얹혀살고 있기는 해도 젊은 벼슬아치의 집에 드나들려 하겠습니까?"

그래도 부인이 간절히 조르니 금선이 집에 가서 월화에게 운을 떼었다.

"이웃집 아씨 중에 그대와 사귀고 싶어하는 사람이 있소. 자애롭고 인정이 많은 분이라오. 나랑 가서 한번 만나볼라우?"

그러자 월화가 물었다.

"어느 댁 아씨입니까?"

금선이 말했다.

"그 댁이 한미해서 그냥 백공자의 누이라고만 한다우."

월화는 거절했다.

"제가 비록 미천하지만 이리저리 다니며 사람을 사귀는 건 여자로서 할 일이 아닙니다. 그러니 감히 명을 따를 수 없습니다."

금선이 화난 척하며 말했다.

"내가 벌써 아씨에게 허락을 했는데, 그대가 가지 않으면 아씨께서 틀림없이 나를 꾸짖으실 거요. 그 꾸지람을 내가 어찌 다 감당하누?"

그러자 월화의 얼굴빛이 변했다. 금선이 말했다.

"내 말을 듣고 혹시 내가 딴 맘이라도 품었을까 걱정하는 게요? 정말 그렇다면 곧바로 말하지 뭐가 어렵다고 음흉하게 속여서 애초에 데려왔던 좋은 뜻을 저버리겠소?"

월화는 거절하기 어렵게 되자 눈물을 흘리며 허락했다. 그러나 그 마음을 의심하여 작은 칼을 품속에 넣어두었다.

금선이 마침내 작은 가마에 월화를 태우고 윤씨 집안에 가서 백부인에게 월화를 보였다. 백부인이 그 빼어난 자태를 보고 감탄하며 물었다.

"자네는 뉘 집 여자이며 무슨 일로 떠돌게 되었나?"

월화가 대답했다.

"첩의 이름은 홍매입니다. 어려서 부모를 여의고 이리저리 떠돌고 있습니다."

부인이 그 말소리를 들으니 산들바람에 들려오는 퉁소 소리처럼 그윽하게 울리는 것이 듣기 좋았다. 백부인은 월화가 마음에 들어 말했다.

"사람의 오륜 중에 붕우의 도리가 제일이오. 우리가 비록 여자지만, 그 취미가 서로 맞으니 규중閨中의 친구가 되어도 좋을 듯하네. 우리 집에 조용하고 후미진 작은 방이 있으니 며칠 머무르면서 그대의 꽃다운 향기를 맡도록 해주겠나?"

월화가 금선의 강요에 못 이겨 억지로 부인을 만나기는 했지만, 와서 보니 부인의 용모나 차림새, 그리고 집이 화려한 것으로 보아 분명 한미한 댁 아씨는 아니었다. 그래서 금선이 자신을 속인 게 아닐까 크게 의심하고 있던 차에 며칠 머물라는 권유까지 들으니 더욱 마음이 불안했다.

"보잘것없고 누추한 사람으로서 어찌 아씨를 곁에서 모시면서 시중들고 싶지 않겠습니까? 그러나 첩은 어려서부터 이상한 병을 앓아서 밤이면 통증으로 고생하니 댁에서 자고 갈 수 없습니다."

월화가 말을 채 마치기도 전에 마침 윤부인이 들어왔다. 월화는 윤부인을 보자마자 고개를 떨구고 몹시 놀라는 기색이더니 가만히 눈물을 흘렸다. 윤부인이 이상히 여겨 백부인에게 물었다.

"저 여자는 누군가요?"

백부인이 월화에게 들은 대로 말했다. 윤부인이 월화를 한참 쳐다보더니 백부인에게 눈짓을 하여 밖으로 나오라 하고는 말했다.

"이 여자가 나를 한 번 보더니 갑자기 낯빛이 변하는 게 참으로 이상하네요. 예전에 장원이 나 대신 엄숭의 집으로 갔었지요. 얼마 전에 내 방에서 엄숭 집에서 있었던 일을 이야기하는데, 엄숭의 딸과 이러이러한 우스운 일이 있었고 마침내 호랑이 굴에서 벗어난 것은 엄숭의 딸 덕분이라고 했습니다. 그러더니 장원이 근심 어린 얼굴로 탄식하면서 '엄씨 여자는 우아하고 아리따워서 충분히 훌륭한 규수라 할 수 있습니다. 게다가 아녀자로는 보기 드물게 훌륭한 마음을 지녔습니다. 그런 용모와 지성을 내가 더럽혔으니 앞으로 홍점을 지키다가 규방에서 시들어버릴 것입니다. 내가 누이 때문에 공연히 남에게 못할 짓을 하게 되었습니다' 하더군요. 내가 그 말을 듣고 안타깝고 슬퍼서 아버님께 한번 간절히 말씀드려서 장원이 엄씨의 원망을 조금이라도 풀어주도록 해야지 했어요. 그러나 엄숭이 저지른 죄가 나날이 밝게 드러나서 감히 입도 열지 못했습니다. 그러다가 엄숭이 가산을 몰수당하고 쫓겨난 뒤에 장원을 살펴보니 멍하니 넋이 빠진 듯하더군요. 그건 여자를 밝히는 탕자가 아리따운 여자에 끌려 정신을 차리지 못하는 것과는 달랐어요. 덕스럽고 어진 이를 사랑하는 마음을 스스로 어쩔 수 없는 것이지요. 내가 안타까워하는 것은 엄씨 때문만은 아니고, 실은 장원이 의로운 사람을 저버리게 될까 걱정입니다. 지금 저 여자의 우아한 자태를 보니 장원이 말한 것과 흡사하고, 슬퍼하는 듯 원망하는 듯한 모습에 보는 사람까지도 마음이 서글퍼집니다. 아마도 엄씨가 막막하고 위태로워서 몸을 의탁할 곳이 없자 혐의를 무릅쓰고 유모 금선의 집에 들어간 것 같네요."

백부인이 그제야 깨닫고 슬퍼했다.

"지난번 진부인이 저에게 '서방님께서 엄씨 집안 여자의 믿음과 은혜를 저버리게 되었으니 우리로서는 부끄러운 일이에요. 우리가 그 여자를 위해서 뭔가 힘을 써야 하지 않겠어요?' 하더군요. 저는 서방님께 그런 일이 있었다는 걸 그때 처음 들었습니다. 그래서 오라버니에게 말했고 진부인도 또한 진한림에게 말하여 오라버니와 진한림이 한목소리로 아버님께 간절히 사정을 말씀드렸지요. 그런데 아버님께서는 엄숭을 워낙 미워하시는지라 단칼에 거절하시고 허락하지 않으셨습니다. 게다가 서방님을 엄하게 꾸짖기까지 하시어 저희들이 몹시 송구하였습니다. 그런데 지금 형님께서 말씀하시는 걸 들으니 틀림없이 저 여자가 엄씨네요. 그러고 보니 저 여자의 처지가 더욱 가련합니다. 그렇지만 아버님께서 워낙 엄하시니 저희들은 감히 다시 입을 열지 못하겠습니다. 형님은 저희들과는 처지가 다르니 엄씨를 한 번만 도와주세요."

그러고 나서 백부인이 다시 방으로 들어가 웃으며 월화에게 물었다.

"자네 예전에 윤부인과 알던 사이인가? 아까 자네의 행동이 참으로 이상하였네."

월화는 슬피 흐느끼면서 차마 말을 하지 못했다. 그러자 백부인이 다가가서 손을 잡고 탄식했다.

"자네가 전에 위태로운 처지에 있는 서방님을 구해주었는데 내가 어떻게 자네의 은혜를 잊겠나? 그냥 주어진 운명을 받아들이고 인연이 저절로 이루어지기를 기다려보게나."

월화는 눈물을 흘리며 일어나 절했다.

"부인께서 그처럼 제 마음속을 비춰주시니, 저를 낳아주신 분은 부모지만 제 마음을 알아주시는 분은 부인입니다. 제가 비록 집안의 끔찍한 화를 당해 이름을 바꾸고 떠돌아다니는 처지지만, 저도 재상가의 딸로서 염치가 있습니다. 그러니 혐의 살 일은 피해야 한다는 것을 대강 알고는 있지만, 불이 난 수풀에서 토끼는 달아날 곳을 가리지 못하고, 그물에 걸린 물고기는 살 곳을 정하지 못합니다. 저녁이 되면 쉴 곳을 찾는 새의 심정으로 남의 집에 머문다는 비웃음을 받게 되었으니 정말이지 죽어서 아무것도 모르고 싶습니다."

백부인은 탄식하며 불쌍히 여기고 더욱 정성스레 대접했다. 그리고 화려한 옷과 좋은 음식을 주어 금선의 집으로 돌려보냈다.

이렇게 되자 윤부인이 진공에게 이 일을 알려, 진공이 윤시랑을 찾아뵙고 말했다.

"무릇 군자는 다른 사람의 악은 잊어도 남의 덕은 잊지 않습니다. 엄숭의 죄가 비록 천지에 가득 차 있지만, 그 딸이 장원에게 끼친 은혜는 진목공秦穆公의 딸 회영懷嬴이 인질로 잡혀 있던 진회공晉懷公을 탈출시킨 것 못지않습니다. 장인어른은 어찌 장원이 아녀자의 은혜를 저버리도록 하십니까?"

시랑이 말했다.

"근래에 백성규와 진자망도 나에게 그런 말을 했지만, 나는 나라를 말아먹은 자의 딸을 며느리로 맞을 수 없다네. 또한 조정에서 이 일을 알게 되면 나를 어떻게 생각하겠나?"

진공이 말했다.

"감히 장인어른의 말씀이 그르다는 게 아닙니다. 다만 장원이 세상에 이름을 떨쳐 앞날이 구만 리 같은데, 문득 한 여자가 원한을 품고 죽는다면 장원의 백옥 같은 성품에 흠결이 되지 않겠습니까? 걱정하시는 바에 대해서는 소생도 이미 이리저리 궁리해서 처리할 방도를 생각해두었습니다. 장인어른, 허락해주십시오."

윤시랑이 웃으며 말했다.

"자네처럼 엄격히 예의를 지키는 사람이 이처럼 말하니 내가 괜한 고집을 피웠나 보네. 이 일이 비록 난처하기는 하나 내가 어떻게 자네의 말을 듣지 않을 수 있겠나."

그러자 진공이 하각로를 만나서 상의했다. 하공은 개연히 감탄하더니 조용히 천자께 아뢰었다.

"어진 정치라면 한 사람도 제자리를 찾지 못하는 일이 없도록 해야 합니다. 지금 좌춘방태학사로 있는 윤여옥이 일찍이 엄숭의 딸과 사랑을 맹세한 일이 있사옵니다. 그러나 그 아비 윤혁이 나라를 망친 사람의 딸임을 꺼려서 혼인시키려 하지 않자, 엄씨는 수절하고자 죽기로 결심하여 그 정세가 참으로 가련타 하옵니다."

천자가 놀라서 물었다.

"윤여옥같이 곧은 사람이 어찌 엄숭의 딸과 사랑을 맹세할 수 있나?"

하공이 자초지종을 아뢰니 천자가 웃으며 말했다.

"엄세번이 한 짓마다 이리도 한심하니 목 벨 만도 하도다! 그러나 그 어린 누이는 죄가 없으니 특별히 윤여옥이 첩으로 맞이하도록 하라."

그리하여 윤여옥은 크게 기뻐하며 좋은 날을 가려서 엄씨를 맞이했다. 백중승이 혼수를 성대하게 준비하고 진부인과 백부인이 손수 예복을 지어 백씨 집안에서 혼례를 치렀다.

아, '하늘의 복은 상서로움으로 받아들인다^{昭天之福 迎之以祥}' 했으니, 진부인과 백부인이 바로 그러하도다.

잔 올려 심부인의 장수를 기원하고
하각로의 은혜를 갚다

성학사가 소흥에 도착했다. 성부인은 심부인의 편지를 받고 기뻐서 아들에게 말했다.

"이 사람이 심성은 본래 착했기에 이렇게 달라진 게야."

마침내 길을 떠나서 서울에 도착하니, 진공 형제가 나와서 가묘를 맞이했다. 이때 진공의 마음은 굳이 말하지 않아도 알 것이다. 화춘이 머리에 썼던 관을 벗고 이마를 조아리며 눈물을 강물처럼 쏟아내니, 성부인이 손을 잡고 감탄했다.

"이제 이 늙은이가 저승 가서 죽은 동생을 만나더라도 할 말이 있겠다."

그러고는 심부인과 환담을 나누었다. 심부인이 지난 잘못을 사죄하며 말했다.

"형님께서 지난날 잘못을 괘념치 않으시고 저희 모자의 죄를 용서하시니 이제 만 번 죽는다 해도 여한이 없습니다."

성부인이 웃으며 말했다.

"자네 모자가 잘못을 뉘우치고 착한 사람이 되어 인륜을 크게 밝혔으니 하늘과 조상님도 이미 용서하셨을 걸세. 그러니 나라고 용서하지 않을 수 있겠는가?"

그러고는 임씨에게 말했다.

"춘추시대 위나라 장공莊公의 부인 장강莊姜은 아들을 낳지 못해 남편의 사랑을 받지 못했고, 한나라 성제의 왕비 반첩여는 조비연의 모함을 받았으니, 다 지아비가 어질지 못한 탓이지. 그러나 어질지 못한 남편을 만난 것도 또한 그들의 불운이라네. 한 번 엎어진 물은 다시 주워 담을 수 없네. 이제 경옥이 자네를 전보다 백 배는 더 공경하고 중히 대한다고 들었네. 하늘이 유독 그대에게만 복을 내리셨으니 반비와 장강이 알면 지하에서 더욱 서러워하며 그들의 남편을 원망할 게야."

그리고 다시 윤부인과 남부인 두 사람과 진공에게 말했다.

"옥은 쪼아내지 않으면 그릇을 만들 수가 없다네. 자네들이 곤경을 겪었기 때문에 이렇게 영화를 누리게 되지 않았겠나?"

모두가 절하면서 공손히 사례하니 심부인이 더욱 기뻐했다.

이때 천자가 예관禮官을 시켜서 위국공에게 제사를 지내도록 하고, 심부인을 추은하여 진국대부인에 봉했다. 또 여러 신하들이 임씨의 효성에 대해 아뢰자 특별히 정려문旌閭門을 세우도록 하시고 현부인縣夫人 직첩을 내려주셨으니, 화씨 집안의 영광에 세상이 다 떠들썩했다.

진국공의 새 저택이 다 완성되자, 천자는 잔치를 내려주시어 진공국의 집에서 심부인의 장수를 축하하도록 하셨다. 그러자 진국공의 봉지인 진晉에서 봉물을 올리고 촉에서는 비단을 바치는 등 전국 각지의 예단이 차례차례 구름처럼 몰려들었다. 그리고 새로 남경도어사로 승진한 유학사가 남경의 기녀 팔백 명을 뽑아 올렸는데, 진국공의 집에도 기녀가 오백 명이나 있었다.

잔칫날이 되자, 심부인은 예복을 갖추어 입고 정당인 경은루慶恩樓에 앉았다. 내외 친척들과 조정 벼슬아치들의 부인들이 일제히 모였는데, 마침 안남왕과 양아공주도 경사에 도착하여, 공주는 안채의 잔치에 참석하고 왕은 바깥채의 잔치에 참석했다. 푸른 장막은 구름처럼 펼쳐지고 화려한 병풍은 산처럼 둘렸으며, 화려한 무늬의 깔개와 방석이 하늘의 별처럼 총총히 놓였다. 국부인 장복韓服. 예복을 갖추어 입은 윤부인과 남부인, 그리고 칠보장식으로 화려하게 치장한 임부인과 요부인이 심부인과 성부인을 모시고 앉았다.

손님 자리는 동쪽과 서쪽으로 나누어, 동쪽 맨 앞쪽에는 서상국 부인이 앉았고 그 뒤로 정상서 부인 이하 여러 부인들이 앉았으며, 서쪽 맨 앞에는 하상국 부인이 앉고 그 뒤로 윤시랑 부인 이하 여러 부인들이 앉았다.

꽃 같은 얼굴과 달 같은 자태가 양쪽에서 서로 비추니 누대 위는 금빛과 비췻빛으로 번쩍거리고 구슬과 비단으로 휘황찬란하였다. 젊은 부인들 중에서 타고난 고운 자태에 몸가짐이 뛰어난 사람으로는 촉국부인이 제일이었다. 그다음이 유학사 부인인데 둥그런 눈썹에 흰칠한 모습이 아름답고, 그다음은 윤학사 부인 진씨로 우아한 자태에 웃을 때면 흰 이가 살짝 드러나고 눈매가 예쁘게 빛났다. 다음은 진국부인으로 화려한 차림의 기품 있는 모습이 뛰어났고, 그다음은 양아공주로 맑고 참신한 자태가 놀라웠다. 그다음으로는 백부인과 진한림 부인 단씨가 눈에 띄었고, 나머지 부인들도 모두 미모가 빼어났다.

꽃단장한 기녀들이 각자 풍물을 가지고 나와 마당에서는 편경과 쇠북을 두드리고 마루에서는 비파와 가야금을 뜯었다. 춤추는 소맷자락이 놀란 기러기처럼 펄럭이고, 들보를 감싸며 울리는 음악 소리는 마치 봉황새가 우는 듯했다. 붉은 쟁반 옥그릇이 분주히 이어져 들어오며 맛 좋은 과일과 온갖 향기로운 음식이 푸짐하게 차려지니 맛있는 냄새가 코를 찔렀다.

진공은 검은색 예복인 현단복玄端服을 입고 아홉 줄의 보배를 늘어뜨린 면류관冕旒冠. 직사각형에 구슬을 늘어뜨린 관을 썼으며, 불의黻衣. 검은색과 청색의 예복와 수상繡裳. 화려하게 수놓은 치마을 입었다. 그러고는 옥 같은 얼굴에 편안한 낯빛으로 두 부인과 함께 나아와 호박琥珀으로 만든 잔에 술을 따른 후 두 손으로 받들어 무릎을 꿇고 심부인의 장수를 기원하는데, 술잔을 올릴 때 패옥이 찰랑찰랑 울렸다. 심부인은 손으로 진공의 등을 쓰다듬으며 좋아서 벙실거리다가 기쁜 나머지 감탄 소리가 절로 났다. 주렴 안에서 이를 보던 여러 부인네들이 모두 심부인이 늘그막에 복을 누린다며 칭찬했다.

화춘 부부와 화부인과 유어사, 성학사 등 모든 친척들이 축하주를 올리고 나자 이번에는 하각로와 서평후, 윤학사 등이 또 마루에 올라 술잔을 올려 축하했다. 천자도 예부시랑인 임윤을 통해 훌륭한 음식과 술을 내리시고는 심부인에게 축하주를 올리도록 하셨으니, 이날의 영광은 그 유례를 찾기 어려웠다.

이로부터 심부인이 진국공의 집에 와서 날마다 진공 형제, 화부인, 그리고 세 며느리와 함께 지냈으니, 번화를 즐기는 모습과 영화로이 봉양하는 모습을 보고 세상에 자식된 자들은 분발하여 효도할 생각을 하였다.

진공이 조정에 들어간 지 몇 년 만에 천자의 사랑은 날로 높아지고 조정의 신망도 날로 두터워졌다. 그러나 진공은 항상 몸가짐을 조심하며 선비를 만나면 겸손하게 자신을 낮추었다. 그리고 두 부인은 덕으로 집안을 다스려 상하가 두루 엄숙하면서 편안하였다.

연달아 자녀를 낳았으니 하나같이 어여쁜 구슬 같았다. 윤부인의 아들 천린은 태어난 지 세 돌이 되었을 때 심부인이 특히 사랑하여 임부인에게 양자로 들이게 했다. 화춘이 크게 기뻐하면서 임부인이 두 아들을 낳은 뒤에도 끝내 집안의 장자로 삼았다.

하루는 남부인이 진공을 향해 탄식하며 말했다.

"부귀해졌다고 해서 남의 공을 잊는 것은 올바른 도리가 아닙니다. 첩이 초나라 땅에서 떠돌 때나 촉 땅으로 들어갔을 때나 함께 목숨을 부지한 사람은 계앵 한 사람뿐이었습니다. 그러나 첩은 이제 여자로서는 더할 나위 없이 존귀한 지위에 올랐는데도 계앵은 여전히 시비의 신분을 벗어나지 못하고 있습니다. 단지 금은과 비단만으로는 그 은혜를 갚을 수 없습니다."

진공이 크게 깨닫고, 계앵을 노비의 신분에서 벗어나게 해주고 왕겸의 아내가 되도록 주선했다. 왕겸은 계앵의 충성스런 마음에 감동하였기에 그녀를 공경하고 존중했다.

이때 진공은 서각로와 하각로 두 사람과 함께 한마음으로 황제를 보필했고, 윤학사와 유학사 두 사람은 문장과 인품으로 이름을 날려 모두 정승에 발탁되었으며, 성학사도 이부시랑으로 승진했다. 진창운과 백경은 나란히 벼슬을 하며 황제의 덕을 밝히는 데 일조했다. 그랬기 때문에 세상에서는 가정 말년의 정치가 빛나고 성하였다고들 한다.

그 전에 천자는 엄숭의 집을 특별히 서평후 유성희에게 내려주셨는데, 그 집은 서울에서 제일 큰 저택이었다. 높다란 집과 그윽한 누각이 있었으며 층층 누각에는 겹겹이 정자를 지었는데, 금박으로 장식한 처마와 격자무늬 창에 구름을 그리고 신선을 그려놓은 모습이 마치 황제의 궁전 같았다. 그리고 이십여 리나 되는 정원에는 아름다운 화초와 키 작은 관목이 가득하여 마치 과보夸父가 지팡이를 던져 생겨났다는 전설 속의 숲 등림鄧林을 연상케 했으며, 꽃이 핀 난간과 개울가에서는 이따금 새와 짐승 소리가 들렸다.

한번은 서평후가 이곳에서 진공을 모시고 춤과 노래로 질펀하게 논 일이 있었다. 그때 진공이 길게 탄식하며 말했다.

"엄숭이 이처럼 사치스러우니 어찌 망하지 않을 수 있었겠소? 앞 수레가 엎어진 것을 보고 뒷수레는 조심해야 할 것입니다前車覆 後車戒."

서평후가 깜짝 놀라 자리에서 일어났다. 그리고 그날로 정자와 누각 중에서 너무 사치스런 것은 없애고 옷과 수레도 검소하게 하였으니, 진공은 이처럼 사람을 덕으로 사랑했다.

하루는 서평후와 양아공주가 산해를 정벌하던 때의 이야기를 나누고 있었다. 서평후가 감탄하며 말했다.

"진공은 신인神人이오. 자객 이팔아가 칼을 휘두르며 나올 때 내가 그 옆에 있었는데, 혼백이 다 놀라고 떨렸다오. 그런데도 진공은 두건을 벗고 웃으며 말하여 이팔아가 자신도 모르게 칼을 던지게 하였으니, 그 모습은 북두칠성처럼 위엄이 있고 태산처럼 진중했다오. 나도 평소 영웅호걸이라고 자부했지만 천하에 영웅이 따로 있음을 그날 비로소 알게 되었소."

이 말을 듣던 공주가 쓸쓸한 낯으로 눈물을 글썽거렸다. 서평후가 놀라 물었다.

"부인, 이 말을 듣고 갑자기 슬픈 빛을 짓는 까닭이 무엇이오?"

공주가 대답했다.

"이른바 '이팔아'란 자는 첩이 안남의 궁궐에 있을 때 데리고 있던 시녀입니다. 사람이 영민하고 의로웠으며 시와 역사에 능통했기에 제가 아끼어 마음속을 터놓는 사이가 되었지요. 언젠가 저와 함께 『시경』을 읽는데 「소남召南」편의 '강유사江有氾'에서 처가 첩을 데려가지 않아 원망하는 내용이 나오자, 웃으면서 '공주님도 혼인하실 때 저를 버리셔서 이 노래처럼 제가 떠나는 공주님을 원망하며 휘파람이나 불게 하시렵니까?' 하더군요. 그 말을 들은 저는 그 처지를 불쌍히 생각했지요. 그런데 그 뒤로 불행히도 세자 오라버니께서 그 미모를 엿보고는 여러 번 핍박하였답니다. 더 이상 피할 수 없게 되자 팔아는 깊은 산으

로 도망쳐서 검술을 익히며 숨어 살았습니다. 제가 장군님에게 시집간
다는 말을 듣고 저에게 시를 보내왔는데, 그 내용이 이러했습니다.

따뜻한 방에 매화 꽃송이 煖閣寒梅蕚
부질없이 봄이 왔다고 한다 陽春空自知
가련하다 창밖 나무는 可憐窓外樹
아직 피지도 못했네 還有未開枝

그리고 첩이 떠날 때 산에서 내려와 반강 가에서 전송하며 다시 이
런 송별시를 써주었습니다.

남해에서 태어난 새 有鳥生南海
바람 타고 북쪽으로 시집간다오 乘風將北歸
산머리에 떨어진 깃털 하나 山頭落一羽
홀로 남아 구름 따라 떠다니네 獨與孤雲飛

그러고는 낙화춘落花春 한 곡조를 불렀는데, 그 소리가 구슬퍼서 마치
옥피리가 애를 끊는 듯하니 차마 들을 수가 없었습니다. 첩이 비록 후
궁을 감화시키셨던 주나라 문왕文王의 후비后妃와 같은 덕이 없지만, 의
로우신 장군께서 어찌 이 여자를 갈 곳 없이 버려두십니까?”
서평후가 크게 기뻐하면서 마침내 안남에서 이팔아를 맞이하여 첩
으로 두었다.

이 무렵 이미 은퇴한 남참의는 진공의 이웃으로 집을 옮겨서 남부인
과 더불어 의지하며 살고 있었다. 때때로 윤시랑, 진상서와 함께 성 밖
의 산수에 나가 이리저리 다니며 유유히 노래를 부르곤 했는데, 그럴

때면 꼭 진공과 윤상서가 말을 타고 따라갔다.

하루는 옥천산玉泉山, 북경 서북쪽에 있는 산 서호西湖, 옥천산 아래 있는 호수에서 놀고 있었다. 그 호수의 둘레는 십여 리쯤 되었는데, 연꽃과 부들, 마름 위로 여러 물새들이 날아다니는 모습이 안개 속에서 은은히 보였다. 일행은 서로 바라보고 즐거워하면서 물 위에 잔을 띄우고 술을 마셨다.

그때 갑자기 베옷에 짚새 띠를 하고, 구레나룻과 머리털은 반백이된 자가 구부정한 걸음걸이로 산골짜기로부터 걸어나오는 것이었다. 윤시랑이 바라보고 눈물을 흘리며 말했다.

"승상께서 고생이 심하구려."

모두 놀라서 누군가 물으니 시랑이 말했다.

"이 사람은 엄숭이오."

그러고는 상서에게 명했다.

"네가 가서 모셔 오너라."

윤여옥이 가서 인사를 하고 데려오니, 시랑이 자리를 내주고 긴 한숨을 내쉬었다.

"그대가 삼십 년 동안 승상의 자리에 있으면서 오늘 같은 날이 있을줄 상상이나 했겠소?"

엄숭이 눈물을 흘리며 평생 자신이 지은 죄를 사죄했다.

시랑이 말했다.

"우리는 이미 속세를 떠난 한가한 백성들이니, 지난날의 은혜나 원망은 말하지 맙시다. 함께 마시겠소?"

그리고 엄숭의 앞에 술병과 안주 그릇을 내오도록 했다. 엄숭이 몇잔을 마시더니 윤여옥을 돌아보며 눈물을 흘렸다.

시랑이 말했다.

"당신 딸이 현숙하여 내가 이미 거두어 며느리로 삼았으니 슬퍼하지 마시오."

엄숭이 일어나 백 번 절하는데, 눈물이 홍수처럼 쏟아졌다. 윤시랑이 탄식하며 말했다.

"이게 모두 폐하의 덕택이지 내 덕이겠소?"

그리고 엄숭을 보낼 때 옷을 벗어주었다.

이날 진공이 돌아와 윤부인에게 낮에 있었던 일을 전하며 감탄했다.

"장인어른의 마음이 이러하시니 윤장원의 자손은 틀림없이 번창할 것이오."

세종 황제께서 빈천賓天. 죽어서 세상을 떠남하신 후, 진공은 황제께서 평소에 자신을 아끼고 사랑하셨던 것을 생각하고, 폐하의 뒤를 따르지 못한 것을 애통해하며 삼 년 동안 눈물을 흘리며 술과 고기를 입에 대지 않았다.

융·경隆慶. 명나라 목종의 연호 2년에 진공은 이부상서가 되어 내각에 들어갔다. 진공은 나라의 중요한 일을 처리할 때는 사심 없이 오로지 덕으로써 처리하며 하늘의 뜻을 받들었다. 황제는 진공을 특별 예우하여 상보尙父. 대신의 존칭라는 존칭을 사용했다.

그 후 여섯 해 뒤에 또 목종께서 빈천하시자 진공과 하각로는 함께 고명顧命. 황제의 임종 유언을 받들어 어려운 시기에 어린 임금을 모셨는데, 조회할 때면 낯빛이 엄숙하고 그 풍채가 늠름했다.

그때는 환관의 무리들이 수작을 부리곤 했는데, 그중 태감太監 풍보馮保란 자는 음흉陰譎하고 꾀가 많았다. 몰래 재상 장거정張居正과 결탁하여 대신들을 모함하여 내쫓고 스스로 정권을 좌지우지하려 했지만, 황태후가 워낙 진공을 신임했고 황제 또한 스승으로 받들고 있는 터라 풍보 무리가 대신들을 해칠 수 없었다. 그래서 우선 황후와 황제에게 하각로부터 모함하기 시작했다.

"하춘해가 '과부와 고아는 많은 어려움을 감당하지 못하니 장성한

잔 올려 심부인의 장수를 기원하고 | 279
하각로의 은혜를 갚다

임금을 택하여 황제로 세우는 것이 좋겠다'고 하였다 하옵니다."

황제와 황태후는 이 말을 듣고 하각로를 크게 의심하여, 마침내 조회에서 신하들을 모으고 조서를 내려서 하각로의 관직과 봉작을 삭탈하라 하였다. 하각로는 자신이 무슨 죄를 지었는지도 모른 채 금의옥에 갇혀 처분만 기다리고 있었다.

마침 진공은 선황제의 능침 제관祭官이 되기를 자청하여 제향소祭享所에 있었다. 진공이 필사적으로 막을 것을 염려한 풍보가 진공이 밖으로 나간 틈을 타서 이런 변을 일으킨 것이었다. 몇몇 신하들이 급히 간언을 올렸지만, 중간에 막혀서 들어가지 못했다.

진공은 돌아오는 길에 이 소식을 듣고 강개히 탄식했다.

"내가 두 황제에게 큰 은혜를 입었으니 감히 죽음으로써 보답하지 않을 수 있겠는가?"

말을 달려 돌아와서 바로 궁궐의 조당朝堂으로 달려가 이부상서 윤여옥, 호부상서 성준, 태학사 유성양, 형부상서 손식, 예부시랑 임윤, 서평후 유성희, 좌도어사 갈수례, 우도어사 해서, 이부시랑 백경, 호부시랑 진창운 등을 이끌고 황제를 직접 만나기를 청했다. 풍보 등은 몹시 두려워하며 황제에게 아뢰지 못하게 막으려 했다. 그러자 전전교위 왕겸이 칼에 손을 댄 채 소리를 높여 말했다.

"진공은 돌아가신 황제의 상보尙父입니다. 공들이 어찌 이럴 수 있습니까?"

풍보 등이 놀라고 다급하여 황문랑黃門郞, 황제의 명령을 전달하는 비서 역할을 하는 환관에게 급히 동액문東掖門을 닫아 이들을 막으라고 했다. 그러자 서평후가 눈을 부릅뜨고 곧바로 들어와 말했다.

"나는 싸움하는 장수요. 다른 건 몰라도 경포黥布의 난이 일어났을 때 아무도 들이지 말라는 한나라 고조의 명이 있었지만 번쾌樊噲 장군이 다급한 상황을 알리기 위해 문을 열어젖히고 들어간 일은 잘 알고 있소이다."

이렇게 해서 진공 일행이 모두 들어갈 수 있었다.

황제는 이때 함경당涵敬堂에 계셨다. 진공이 폐하 앞으로 가서 눈물을 흘리며 소리 높여 말했다.

"대행황제大行皇帝, 세상을 떠난 황제께서 돌아가실 때 폐하를 앞에 앉히시고 하춘해와 저 화진의 손을 잡고 당부하셨습니다. '짐은 영영 그대들과 헤어지게 되었다. 나라는 위태롭고 아들은 유약하니 믿을 사람이라고는 오직 그대들뿐이오.' 신 등은 눈물을 흘리며 명을 받들고, 목숨을 다 바치지 않으면 죽어서 폐하를 뵐 낯이 없다고 생각했습니다. 그리하여 하춘해는 나라 안의 일을 맡고 저는 나라 밖을 살피어 폐하를 받들어 제왕의 자리에 앉으시게 했고, 상례喪禮를 치르면서 대궐을 엄숙히 하였습니다.

그런데 돌아가신 황제의 분묘를 마련하는 일이 겨우 끝나고 덮은 흙이 채 마르기도 전에 하춘해가 갑자기 조정에 죄를 얻어 경황없이 쫓겨나니, 조정 신하들은 경악하고 아낙네와 어린아이들은 한탄하고 있습니다. 신이 가만히 여러 신하들의 말을 들으니 하춘해의 죄가 심히 명백하지 않다고들 하고, 또 태학사 장거정이 사례태감 풍보 등과 갑자기 친해져서 이들이 몰래 만나더니 이런 화가 일어났다고들 합니다.

아아! 알겠습니다. 하춘해가 성품이 강하고 우직하여 환관 소인배들에게 불만을 산 터에, 부정하고 음흉한 장거정이 부귀에 대한 끝없는 욕심을 부려 기회를 엿보고 틈을 노리다가 분수에도 맞지 않는 복을 도모하려는 것입니다. 이는 한무제의 유지를 받들어 어린 소제昭帝를 보필하던 곽광霍光을 상관걸上官傑이 개인적인 원한으로 참소한 일과 같고, 또 선제宣帝의 유지를 받들어 원제元帝를 모신 소망지蕭望之를 환관의 무리 홍공弘恭과 석현石顯이 모함하여, 끝내 소망지를 자결케 한 바와 다르지 않습니다. 이 무리들은 폐하께서 어린 나이에 국통을 이으시어 좋아하고 미워하는 일이 아직 완전하지 않으신 것을 알고, 폐하를 안팎으로 선동하여 세상에 큰 분란을 일으키려 한 것입니다. 주周나라 성왕成王 때의 일을 한번 생각해보십시오. 주나라 무왕이 돌아가신 후, 위태로운 시기에 어린 조카 성왕을 대신하여 국사를 돌보던 주공周公을 모함하여, 주공이 조카의 왕위를 빼앗을 거라며 유언비어를 날조한 자들이 누구였습니까? 그리고 한나라 영제靈帝 때 두무竇武와 진번陳蕃은 누구의 손에 죽었습니까? 『예기禮記』에 '천자께서 돌아가시면 왕세자는 삼 년 동안 총재의 보고만 받는다天子崩 王世子聽於冢宰三年'고 하였습니다. 지금 하춘해는 총재입니다. 나라의 안위를 한 몸에 맡아 목숨을 걸고 나라를 지키고 있습니다. 만약에 돌아가신 황제께서 사람 보는 안목이 없으셨다고 한다면 할 수 없습니다. 그러나 그런 게 아니라면 폐하께서 지금 하실 일은 아침저녁으로 곡하며 우는 일뿐입니다. 지금 춘해를 참소하는 무리들은 틀림없이 '하춘해가 반역할 뜻이 있다'고 할 것입니다. 만약에 춘해에게 과연 역심逆心이 있다면 신도 하춘해와 한마음입니다. 폐하께서는 어찌 신은 물리치지 않으시고 하춘해만 내치려 하십니까?"

천자께서 말을 다 듣기도 전에 이미 환하게 깨달으시고 눈물을 흘리며 말씀하셨다.

"선생의 말이 없었으면 내가 거의 사직社稷을 잃을 뻔하였네."

그리고 그 자리에서 장거정을 먼 곳에 유배 보내고 풍보를 비롯한 열세 사람을 곤장을 쳐서 밖으로 내쳤으며, 손수 조서를 써서 하각로를 부르시고 원래의 관직을 회복시켜주셨다.

세상 사람들이 이 소식을 듣고 감탄하며 말했다.

"하공이 화공을 구하고 화공은 하공을 구하였으니, 하공은 참으로 사람 보는 눈이 있었으며 화공은 은혜를 갚았다고 할 만하다."

이들은 모두 천하의 공도公道를 행한 것이지 자신의 사사로운 은혜를 깊은 것이 아니었다.

    만력萬曆 6년에 진공은 서평후와 함께 강남江南에서 금산金山 도적 마방지馬芳枝를 토벌하는 과정에서 그들이 세자라고 부르는 선경善慶이란 아이를 사로잡았는데, 그 아이의 나이가 열 살이었다. 서평후가 바로 목을 베려 했지만, 진공은 아이의 빼어난 용모에 마음이 끌려 급히 말렸다. 그리고 아이를 불러 말을 나누었는데, 아이가 말하기를 '자신은 송강松江, 지금의 상해에 살던 곽위郭瑋의 아들로 부모가 난리통에 죽고 유모와 함께 적군에게 사로잡혔는데, 자식이 없던 마방지가 총명해 보이는 자신을 불쌍히 여겨 길러서 세자로 삼았다'는 것이었다. 진공은 예전에 곽선공이 했던 말을 상기하고, 신기하다 감탄하면서 아이를 데리고 돌아왔다. 남참의는 곽선공을 생각하며 눈물을 흘린 후 이 아이를 자식처럼 보듬고 사랑했다.
    그 뒤로도 진공은 여러 번 큰 공을 세우고 혼자서 장수와 승상을 겸하면서 오십 년 동안 천하를 자신의 책무로 여겼다. 그리하여 천자는 그를 중히 신임했고 백성은 우러러 사모했으며 풍속이 다른 오랑캐들도 그 이름을 들으면 늘어서서 절을 했다. 사람들은 진공을 두고 당나라 때 안사安史의 반란을 진압한 곽분양郭汾陽의 믿음직한 충성이 있다고들 하고, 또 송나라 때 훌륭한 장수이자 어진 관리였던 한위공韓魏公의 덕량이 있다고들 했다. 또한 돌아가신 황제께서 특별히 사랑하셨던 것을 기억하여 뒤를 이은 황제에게 보답하려는 모습은 제갈무후諸葛武侯와 비슷했다.
    윤부인의 아들로는 천보天寶, 천상天祥, 천수天壽가 있었고, 남부인의 아들로는 천웅天雄, 천경天卿, 천로天老가 있었다. 그리고 딸로는 명교明嬌와 옥교玉嬌가 있었다. 일곱 아들이 차례로 과거에 급제했는데 그중에서 천린과 천보, 천웅은 장원으로 급제했다. 천린은 서평후 유성희의 딸과 혼인했고, 천보는 나이 열여섯에 한림학사가 되고 계양공주를 아내로 받들어 부마도위駙馬都尉가 되었다. 천보는 문무文武의 재주를 겸해, 나가서는 장수가 되고 안에서는 재상이 되어 공명을 크게 떨쳤다. 태원왕太原王에 봉해졌으니 그가 바로 진공의 뒤를 잇는 아들이었다.

한편, 각로 하춘해가 죽을 때에 어린 아들 성晟을 진공에게 부탁했는데, 성이 자라자 명교를 아내로 삼게 했다. 성은 어린 나이에 현달顯達하여 오로지 한마음으로 임금을 섬겼으니 그 아버지의 풍도가 있었으며, 명교 소저 또한 남부인을 빼닮았다. 천웅은 어려서 각로 서계의 손녀와 정혼했는데, 서공이 죽은 후에 서소저는 황자비皇子妃로 간택되었다. 그러자 서소저는 죽기로 맹세하며 명을 거절하여 장차 화를 예측할 수 없었다. 결국 계양공주가 도와서 마침내 서소저는 천웅의 아내가 될 수 있었다.

참의 남표는 옥교를 곽선경과 짝지어주었다. 곽선경은 천보와 함께 산동의 내주萊州, 지금의 산동성 내주시에서 왜적 팔십만을 물리치고 정구후定丘侯에 봉해졌다. 상서 유성양에게는 네 아들이 있었고 상서 성준 또한 자녀가 있었다.

상서 윤여옥은 뒤에 내각에 들어가고 제남백濟南伯에 봉해졌다. 아들은 열한 명이 있었는데, 그중에서 여덟이 과거에 급제하여 모두 현달한 벼슬아치가 되었다. 딸은 셋이 있었는데, 평사評事 화춘의 아들이 그의 둘째 사위가 되었다. 서평후의 아들 현보賢輔는 벼슬이 대사마大司馬에 이르렀는데, 윤각로의 첫째 딸이 바로 그의 아내였다. 현보의 밑으로는 동생이 넷이었는데, 그중에서 둘은 이팔아가 낳았다. 그중 용맹하고 건장했던 의보義輔는 전투를 잘해서 공을 세우고 상산후常山侯에 봉해졌다. 이들에 대해서는 각기 따로 기록이 전한다. 또 유이숙과 왕겸의 아들 중에서도 출세한 자가 많다고 한다.

심부인은 삼십 년 동안 진공의 효도를 받다가 죽었는데, 진공이 슬퍼하고 그리워하는 마음은 정부인이 돌아가셨을 때와 같았다. 성부인 또한 장수를 누리고 죽었다.

진공은 여든 살이 되자 나이가 많아 벼슬을 그만두고 두 부인과 함께 소흥으로 돌아갔는데, 아이 같은 얼굴이 조금도 늙지 않았고 모습이 세상을 벗어난 듯 초탈하여 바라보면 마치 신선 같았다고 한다.

아! 충효는 인간의 본성이고 사생死生과 화복禍福은 하늘이 내리는 운명이다. 운명은 내가 알 바 아니니, 다만 마땅히 나의 본성에 충실할 뿐이다. 범한과 조씨는 온갖 술수와 나쁜 짓을 다했지만 다른 사람의 부귀를 재촉했을 뿐이고 그 목숨은 끊어지게 되었으니, 하늘의 뜻을 알 수 있다. 하춘해와 유성희는 앞서거니 뒤서거니 화진을 돕다가 명성을 얻게 되었으니 이런 일이 어찌 사람의 힘으로 되겠는가? 저 왕겸과 유이숙 등은 또한 뜻과 기운이 서로 감응한 사람들이다. 무릇 고니가 울면 뱁새가 고개를 들고, 두약杜若이 향기를 품으면 풀들이 바람결에 그 향내를 맡는다. 이것이 바로 자연의 이치이다. 하물며 구름이 나면 구름이 따르며, 말이 울면 말이 응하는 것이 당연하지 않겠는가?

그러나 화씨 집안에서 오랫동안 덕을 쌓지 않았다면 그들도 그렇게 쉽게 돕지 못했을 것이다.

| 교주본 |

창선감의록

彰善感義錄

孝子贊歸計 雙玉定佳緣

효자는 아버지에게 귀향을 권하고
아버지는 쌍옥으로 아들의 혼사를 정하다

大凡人生, 勿論男女貴賤, 而必以忠孝爲本. 至於友愛慈敬之心, 樂善行德之意, 一皆從斯而出也. 夫子孫昌大富貴榮樂者, 其福之所由來者, 遠矣. 故其基立也厚, 則雖危必安[1], 其基立也不厚, 則雖安必危, 此理之自然者也.

余近以痰火[2]養病潛臥, 使婦人輩讀閭巷間諺書小說而聽之. 其中有所謂冤感錄者, 其冤報相仍, 憯愴酸骨. 然爲善者必昌, 爲惡者必敗, 有足可以動人而懲勸者矣.

昔花將軍雲之死於太平府[3]也, 其妻郜氏赴節而從死[4], 幼子呱呱, 水

---

1) [교감] 必安: 국도본 安.
2) 痰火(담화): 가래로 인해 기침이 심한 병. 천식.
3) 花將軍雲之死於太平府(화장군운지사어태평부): 화운(花雲)은 명나라 태조 주원장(朱元璋)이 여러 군웅들과 패권을 다투던 때에 거느리던 장수로, 용맹스럽고 전투에 능하여 많은 전공을 세웠다. 지금의 안휘성(安徽省)에 있는 태평부(太平府)를 지키고 있을 때에 서수휘(徐壽輝)의 휘하에 있던 진우량(陳友諒)의 공격으로 성이 함락되면서 적의 포로가 되었다. 화운은 결박당한 포박을 끊고 자신을 지키던 적병의 칼을 빼앗아 여러 명을 죽이는 등 용맹을 보였지만, 적의 수많은 화살을 맞고 39세의 나이로 숨졌다.

中七日而不死⁵⁾, 其非天也耶!

其說曰, 雲之七世孫, 兵部尙書汝陽侯郁, 事世宗皇帝, 嘉靖十四年登科, 推遷至刑部侍郎內閣辦事. 二十四年, 以討破吉囊⁶⁾功, 策勳封汝陽侯. 公爲人方嚴峻整, 鍊達治體⁷⁾, 天子重之. 其後又累建大功, 進爵爲兵部尙書都察⁸⁾院都御史提督陝西軍務事.

公之京第在皇城萬歲橋之南, 而有三夫人. 上元沈氏, 工部侍郎碻之女也. 次妃姚氏, 太子少傅瓘之孫女也. 三妃鄭氏, 吏部尙書雍之女也. 沈氏能言有貌, 而內甚猜險. 其子瑈, 品格凡庸, 公不甚愛之. 鄭夫人莊靜有淑德, 而姚夫人不幸早世, 臨終以一女托於鄭夫人. 鄭夫人保護敎訓, 無異親生, 公以是特敬重鄭夫人.

嘉靖二十三年, 春二月, 公夢玉麟入懷, 是日, 鄭夫人生子. 額骨秀異, 啼聲洪亮, 公大奇愛之. 時, 公姊太常卿成琰妻早寡, 與公同居一宅, 而賢明剛毅, 治家有法度. 公事之如嚴兄, 一以家事付之, 而其子儁, 亦有茂才, 公孜孜獎學焉. 沈氏以公愛鄭夫人之兒, 而不愛其子, 大發妬心, 而畏公及成夫人, 不敢動矣. 鄭夫人兒子, 長三四歲, 髧髧兩髦⁹⁾, 犀角豐盈¹⁰⁾,

<hr>

4) 其妻鄢氏赴節而從死(기처고씨부절이종사): 『명사明史』 「화운열전花雲列傳」에는 "화운이 사로잡히자 고씨는 물에 몸을 던져 죽었다[雲被執, 鄢赴水死]"고 하였다.

5) 水中七日而不死(수중칠일이불사): 『명사』 「화운열전」에는 "나뭇조각을 타고 갈대숲으로 흘러들어가 연밥을 따서 아이에게 먹이니 이레가 지났어도 죽지 않았다[浮斷木入葦洲, 採蓮寬哺兒, 七日不死]"라고 하였다. 화운의 부인이 남편을 따라 죽은 후 당시 세 살이던 아이는 시비(侍婢) 손씨(孫氏)가 업고 달아났다가 적군의 포로가 되었다. 손씨는 군중에서 어린아이를 데리고 있기 힘들어 한 어부에게 맡겼다가 그해 겨울에 적군이 주원장의 군대에 패하여 퇴각하자 아이를 다시 찾았지만, 주원장에게 가던 길에 적의 패잔병을 만나 강물에 던져졌다. 그러나 칠 일 동안 연밥으로 연명하며 기적적으로 살아났고 뒤에 주원장은 화운의 아이에게 '위(煒)'라는 이름을 내려주었다.

6) 吉囊(길낭): 명나라 세종 황제 때에 중국을 자주 침범하였던 몽고의 부족장.

7) 鍊達治體(연달치체): 『신당서新唐書』 「안사고전顔師古傳」에 "사고(師古)는 성품이 민첩했으며, 정치의 법도를 잘 알았다[師古性敏給, 明鍊治體]"라 하였고, 『명사』 「건의전蹇義傳」에는 "의(義)는 전고를 잘 알았으며 다스리는 도에 통달했다[義熟典故, 達治體]"라고 하였다.

8) [교감] 察: 국도본 密.

9) 髧髧兩髦(담담양모): 짧게 늘어진 다팔머리를 형용한 말이다. 『시경詩經』 「용풍鄘風」 '백주(柏舟)'에 '양 갈래 다팔머리, 실로 나의 짝이라네[髧彼兩髦, 實維我儀]'의 구절이 있다.

10) 犀角豐盈(서각풍영): 서각은 이마에 불룩하게 솟은 뼈로 관상법에 서각이 있으면 귀하게 될 상이라고 한다. 풍영은 뺨이 통통한 것을 말한다. 송나라 소식(蘇軾)의 「장지균선기지괄원삼유자將至筠先寄適遠三獪子」에 "뺨이 통통하고 이마가 불룩한 아이 보기도 전에 옥 같은 도련님을

慧語驚人, 英眄流彩. 鄭夫人常讀孝經, 兒侍坐其案側, 潛聽默誦之, 亦頗解文義. 公常曰: "此吾之連城璧[11]也." 因名曰'珍', 字'荊玉[12]', 益加器愛. 姚夫人女兒聘仙, 字太姜, 姿性雅妙英晤. 公子與太姜小姐, 同習文墨, 九歲時, 已誦詩書論語, 藻思淸莊, 意度雄遠.

一日, 公退朝, 歸入鄭夫人寢室, 眉宇有憂色. 夫人斂衽問曰: "相公有何不平乎?" 公太息良久曰: "皇上慈諒仁明, 而一自嚴嵩秉權, 國事日非. 御史南標抗疏獨爭, 言不見採而身反投荒. 言路[13]國之耳目也. 耳目塞而不亡者, 幾希矣." 夫人聽罷, 潛嘆無語. 公子趍前跪告曰: "詩云, '蝃蝀在東, 莫之敢之[14].' 今南御史指斥小人之過惡, 而不能自免. 此正君子色斯擧矣[15]之秋也." 公大驚執手, 顧謂夫人曰: "此兒言[16]非晩生之所及也. 夫人何福生此奇兒乎?" 而已, 成夫人至. 公將俄間說話, 傳於成夫人. 夫人撫公子背曰: "此花門福星也." 公卽席與成夫人決歸計.

後數日, 上表乞骸骨[17], 辭意懇至. 上惜公才德, 欲手詔勉留, 而嚴嵩素忌公, 勸上允請. 於是, 收兵部尙書都御史陝西軍務事印綬, 以汝陽侯就第[18], 特賜白錦文綺. 公詣闕謝恩, 卽日擧家向紹興府[19]. 是年, 公已

<hr>

만났네[未得豐盈犀角兒, 先逢玉雪王郎子)]라는 구절이 있다.

11) 連城璧(연성벽): 중국 전국시대(戰國時代)에 변화(卞和)가 발견하여 왕에게 바친 옥. 후에 조나라 혜문왕의 손으로 들어갔는데 진(秦)나라 소왕(昭王)이 이를 탐내어 열다섯 개의 성과 바꾸자고 제안한 데서 유래하여 '연성벽'이라고도 불린다.

12) 荊玉(형옥): 초나라 사람 변화가 형산(荊山)에서 발견한 옥.

13) 言路(언로): 보통 조정 일을 비판하는 경로를 의미하나, 여기서는 조정의 일을 감찰하고 비판하는 언관(言官)을 가리킨다.

14) 蝃蝀在東, 莫之敢之(체동재동, 막지감지): 『시경』「용풍」에 있는 구절로 무지개가 동쪽에 있어도 손가락질하는 사람이 없다는 뜻이다.

15) 色斯擧矣(색사거의): 『논어論語』「자한子罕」편에 나오는 구절로 원문은 "기미를 알아차리고 떠나서 빙빙 돌다가 모인다[色斯擧矣, 翔而後集]"이다.

16) [교감] 言: 만송본, 규장각본 此言.

17) 乞骸骨(걸해골): 늙은 재상이 왕에게 사직을 청할 때 쓰는 말이다. 『사기史記』의 「항우본기項羽本紀」에 항우가 범증을 의심하자 화가 난 범증이 항우에게 "천하의 일이 크게 정해졌으니 왕은 스스로 하십시오. 원컨대 해골이 고향으로 돌아가도록 허락하시기 바랍니다[天下事大定矣. 君王自爲之, 願賜骸骨歸卒伍]"라고 하였다.

18) 就第(취제): 벼슬을 그만두고 고향으로 돌아감. 『한서漢書』「장우전張禹傳」 "벼슬을 그만두고 고향으로 돌아가서 제후로서 초하룻날과 보름에 조회하였다[罷就第, 以列侯朝朔望]"라고 하였다.

19) 紹興府(소흥부): 지금의 절강성(浙江省) 소흥시(紹興市). 춘추전국(春秋戰國) 때 월(越)나라가 있었던 곳으로, 명나라 때는 절강포정사(浙江布政司)에 속하였으며, 산음현(山陰縣)·회계현(會稽縣)·

行長子瑃婚禮, 娶刑部尙書林俊之孫女. 姿色雖不[20]絶美, 而頗有德性. 公喜之而瑃甚不快也.

公到紹興, 紹興卽禹貢[21]楊州[22]之地也. 北有山陰, 西有上虞, 而雲門[23]蘭渚[24]之山, 鬱紆[25]東南, 曹娥之江[26], 鑑湖[27]之水, 擅天下名勝焉. 自公先世, 卜居于府東三十里越王城[28]之下, 斲山爲臺, 引水成塘, 華搆入雲, 彩棟參差[29], 珍樹嘉木, 鬱然成行, 鶴唳淸霄, 鹿遊金堤. 公脫去羈絆, 脩然[30]歸臥, 與兩子一甥, 寤言[31]逍遙. 稱願愜心, 萬事與雲. 常曰: "吾晚年安樂, 珍兒所賜也." 時, 沈氏處正堂聚星樓, 成夫人處翠霞堂. 東邊壽仙樓, 鄭夫人處之. 西邊雪梅堂, 林小姐處之. 綠影堂, 成夫人之

소산현(蕭山縣)·제기현(諸曁縣)·여요현(餘姚縣)·상우현(上虞縣)·승현(嵊縣)·신창현(新昌縣)이 소흥부에 속해 있었다.

20) [교감] 不: 국도본, 규장각본 不能.

21) 禹貢(우공): 『서경』의 편명. 천하를 산천과 토양에 따라 구주(九州)로 나누고 각 지역의 특징을 서술하고 있는, 일종의 지리서.

22) 楊州(양주): 『서경』 「우공禹貢」에 나오는 구주 가운데 하나로, 지금의 강소성(江蘇省)과 안휘성, 절강성 지역.

23) 雲門(운문): 회계현 남쪽에 있는 산. 진(晉)나라 의희(義熙) 2년에 왕헌지(王獻之)가 머물렀을 때 오색구름이 나타나자 황제가 명을 내려 운문사(雲門寺)를 짓게 하였다.

24) 蘭渚(난저): 산음현 서남쪽에 있는 산. 진나라 때 왕희지(王羲之)가 계(禊)를 행하며 「난정수계서蘭亭修禊序」를 쓴 정자가 바로 이 산에 있다.

25) 鬱紆(울우): 산이 구불구불한 모양. 당나라 위징(魏徵)의 시 「술회述懷」에 "구불구불 산등성이 올라가며 오르락내리락 너른 들판 바라내네[鬱紆陟高岫, 出岫望平原]"라고 하였다. [교감] 紆: 국도본 行.

26) 曹娥之江(조아지강): 회계현 동남쪽에 있는 조아강(曹娥江). 한나라 효녀 조아(曹娥)가 아버지가 강물에 빠져 죽어 시신을 찾을 수 없게 되자 17일 동안 강가에서 밤낮으로 곡을 하며 울다가 물에 몸을 던져 죽은 곳이다.

27) 鑑湖(감호): 산음현 남쪽에 있는 호수. 동쪽으로 조아강과 접하며, 경호(鏡湖), 장호(長湖), 경호(慶湖)라고도 한다. 당나라 시인 하지장(賀知章)이 벼슬을 하직하고 이곳으로 돌아올 때, 현종에게 호수 일부를 하사받았다고 한다.

28) 越王城(월왕성): 월왕(越王) 구천(勾踐)이 쌓아 오(吳)나라에 맞서 싸울 병사를 주둔시켰던 곳. 『대명일통지大明一統志』에서는 "소흥부 동남쪽으로 십 리 떨어진 곳에 있다[在府城東南一十里]"고 하였다.

29) [교감] 華搆入雲, 彩棟參差: 국도본 雲棟華搆.

30) 脩然(소연): 세속에 얽매이지 않은 모습. 『장자莊子』의 「대종사大宗師」에 "훌훌이 갔다가 훌훌이 올 따름이다[脩然而往, 脩然而來而已矣]"라고 하였다.

31) 寤言(오언): 『시경』 「위풍衛風」 '고반(考槃)'에서 "시냇가에서 노니니 훌륭한 사람의 너넉함이로다. 홀로 자고 깨어 말하며 길이 잊지 않겠다 맹세하네[考槃在澗, 碩人之寬. 獨寐寤言, 永矢弗諼]"라고 하며 은거의 즐거움을 노래한 것에서 인용한 말이다.

子儁之妻姚氏居之. 壽仙之左紅梅堂, 太姜小姐居之. 公處百花軒, 使兩子處寒松亭竹友堂, 而雙翠亭爲成生書室也.

明年之三月, 長子瑃年十四, 次子珍年十歲, 成生年十九. 公與三人, 遊後園之賞春亭, 使三人各賦七絶二首, 三人應命製進. 公先見成生詩, 歎賞曰: "沈厚溫重, 固君子之文也." 次見瑃詩, 忽愕然擲牋曰: "小子無狀, 吾家亡矣!" 瑃惶遽免冠下堂. 成生進曰: "一時應卒之詩, 易有得失, 縱或有不滿者, 盛敎何以至此乎?" 公曰: "否否. 工拙非吾所責, 而儇薄浮淫之態, 溢於篇上. 此子將亂家耳." 仍蹙眉不悅者, 久之. 及見珍詩, 怡然解頤, 和氣春溫. 其詩曰,

院柳鬖髿[32]綠影斜, 和氣輕透小牕紗.
鴛鴦對浴金塘水, 蝶蜨雙飛玉砌花.
翠葉棕櫚長鳳尾[33], 更將新架上葡萄.
欄頭鸚鵡傳春語, 侍女含香[34]過碧桃.

公愛玩移時與成生. 成生吟諷再三, 不覺斂膝而敬服曰: "閑遠雅麗, 有大唐正始之音[35], 而濃富淸健, 有王仲初[36]宮詞之意. 詩人之才, 蔑以可矣." 公曰: "此兒纔離襁褓, 見識絶人. 今又詩才如此, 其天品可異, 而兩篇皆王公富貴之象. 亡吾家者瑃也, 興吾家者珍也." 復正色責瑃曰: "吾門世以忠孝法度相傳, 持心處性, 一以正道, 酒盃諧謔之間, 未嘗有淫亂非禮之言矣. 汝今言志於父兄之前, 而其狂蕩如此, 良可駭惋. 此後

---

32) 鬖髿(삼사): 원래는 머리카락이 아래로 늘어지거나 풀어헤쳐져서 엉클어진 모습을 말하는데, 나뭇가지가 아래로 늘어진 모양을 비유하기도 한다.

33) [교감] 尾: 국도본 毛.

34) [교감] 香: 국도본 情.

35) 正始之音(정시지음): 당나라 초기의 시. 명나라 때 고병(高棅)이 편찬한 『당시품휘唐詩品彙』에서 당나라의 시를 초당(初唐)·성당(盛唐)·중당(中唐)·만당(晚唐)으로 나누고 초당의 시에 대해 '정시(正始)'라고 한 바 있다.

36) 仲初(중초): 당나라 영천(穎川) 사람인 왕건(王建)의 자(字). 악부(樂府)를 잘 지어 장적(張籍)과 이름을 나란히 하였으며, 현종의 궁정생활을 주제로 읊은 궁사(宮詞)가 유명하다.

須改心修行, 一動一靜, 皆學於汝弟. 無令花氏宗祀覆於汝手也." 瑢慙愧而退.

時夜, 告于沈氏曰: "小子過蒙嬌愛, 荒嬉³⁷⁾廢業, 不肖之責, 固所甘心. 而今日大人過加嚴怒, 至以花氏宗祀覆於汝手爲敎, 爲人子者, 寧不痛心哉? 且珍雖天才絶異, 動止可觀, 而大人欲令小子屈膝於珍, 而每事皆學. 天下寧有兄學於弟者乎?" 沈氏聽此, 勃然忿怒曰: "相公元來蠱惑於鄭家妖女及奸子珍, 久懷晉獻公³⁸⁾袁本初³⁹⁾之心, 而未得機也. 今已履霜, 堅氷至矣⁴⁰⁾. 吾寧碎首而死, 不忍見東海王⁴¹⁾之纍然屈首也." 自此沈氏與瑢, 公然怨鄭夫人母子, 寢寐咬牙, 又以太姜小姐養於鄭夫人之故, 沈氏惡之. 成夫人知之, 深憂公子小姐之平生焉.

如是, 過一二年. 林小姐日見瑢, 行止悖戾, 言語無倫. 嘅然泣諫曰: "君子生長法門, 當知名敎, 而近或語逼倫常, 意態不佳, 妾雖愚闇, 竊自寒心也. 且人生樂有賢父兄⁴²⁾, 今夫尊舅之盛德至行, 成叔之純孝極恭, 皆君子之所目見, 而薰炙⁴³⁾者也. 古人有言, '麻中之蓬, 不扶自直'⁴⁴⁾. 妾實不料君子之無行至此也. 且以鄭尊姑太姒⁴⁵⁾之德, 小公子子臧⁴⁶⁾之節,

---

37) [교감] 嬉: 국도본 戱.

38) 晉獻公(진헌공): 춘추시대 진나라의 제후. 제강(齊姜)과 간음하여 진목부인(秦穆夫人)과 태자(太子) 신생(申生)을 낳았고 또 전쟁중에 얻은 두 여자에게서 중이(重耳)와 이오(夷吾)를 낳았는데, 후에 다시 여융(驪戎)을 정벌하면서 여희(驪姬)를 얻어서 해제(奚齊)를 낳았다. 그런데 헌공은 여희를 총애하여 그 아들을 태자로 세우기 위해서 태자 신생을 죽이고 중이와 이오를 내쫓았다.

39) 袁本初(원본초): 후한 말의 원소(袁紹). 본초는 원소의 자(字). 원소는 맏아들 담(譚) 대신에 셋째 아들 상(尙)을 후사로 정하기 위해서 맏아들을 형의 양자로 보냈다.

40) 履霜, 堅氷至矣(이상, 견빙지의): 『주역周易』의 「곤괘坤卦」에서 "서리를 밟으면 얼음이 굳는 계절이 이른다[履霜, 堅氷至]"라고 하였다. 징조가 미리 나타남을 뜻한다.

41) 東海王(동해왕): 후한(後漢) 광무제(光武帝)의 장자 강(疆). 어머니 곽황후(郭皇后)가 폐위되자 스스로 황태자의 자리에서 물러나기를 청하여 동해왕에 봉해졌다.

42) 人生樂有賢父兄(인생낙유현부형): 『맹자孟子』 「이루장하離婁章下」에 있는 "현명한 사람은 현명하지 못한 사람을 키우고, 재능이 있는 사람은 재능이 없는 사람을 키운다. 그러므로 사람들은 현명한 부형이 있는 것을 즐거워한다[中也養不中, 才也養不才, 故人樂有賢父兄也]"를 인용한 말이다.

43) 薰炙(훈자): 감화를 받음. 『맹자』 「진심장하盡心章下」의 "하물며 가까이하는 사람임에랴[況於親炙之者乎]"에 대해서 주희(朱熹)는 "'친자(親炙)'는 가까이하여 영향을 받는 것이다[親炙, 親近而薰炙也]"라고 풀이하였다.

44) 麻中之蓬, 不扶自直(마중지봉, 불부자직): 『순자荀子』 「권학勸學」에 나오는 "쑥이 마 가운데 자라면 붙들지 않아도 곧다[蓬生麻中, 不扶而直]"을 인용한 말이다.

疑之於非所當疑之地, 妾一聞此言, 恨不能洗耳也." 璿猶不悛. 此後, 林
小姐自恨賦命之奇薄, 而嘆所天[47]之無良, 遂潔身自守, 不與璿慇懃, 以
是[48]久而無子, 璿大恚之.

公自閑居以來, 寓心山水之間, 有時以孤帆短棹, 泝若耶[49]之波, 而聽
天姥之猿[50]. 或感慨[51]古跡, 歎謝安[52]於東山[53], 弔梅福[54]於吳門, 悠然
自樂, 不復以天下事爲心. 然每讀古史, 至國家存亡之際, 君臣得失之間,
未嘗不慷慨沾襟也.

一日, 公使童子携短琴小壺, 與二子成生, 登園北小岡, 舒嘯寄傲[55]於
楓磴菊崖之上, 或撫徽引酌, 或哦詩諷史, 澹然而忘歸[56]矣. 忽見岸傍松

---

45) 太姒(태사): 중국 주(周) 무왕(武王)의 어머니. 흔히 문왕(文王)의 어머니 태임(太姙)과 함께 임사
(姙姒)로 불리며 이상적인 여성상으로 자주 거론된다.

46) 子臧(자장): 춘추시대 조(曹)나라 선공(宣公)의 아들 희시(喜時)의 자(字). 선공이 진나라를 정벌
하다가 죽자 아우인 부추(負芻)가 태자를 죽이고 스스로 왕위에 올라 성공(成公)이 되었다. 진
후(晉侯)를 비롯한 제후들이 부추를 폐하고 자장을 왕위에 추대하려 하였으나, 자장은 자신의
절의를 지키겠다며 거절하고 송나라로 피했다. [교감] 臧: 국도본 藏.

47) 所天(소천): 아내가 남편을 이르는 말. 반악(潘嶽)의 「과부부寡婦賦」에 "어려서 부모를 여의었고
시집가서는 남편이 또 죽었네[少喪父母, 適人而所天又殂]"라 하였다.

48) [교감] 以是: 국도본 是以.

49) 若耶(약야): 회계현의 남쪽에 있는 약야산(若耶山)에서 흘러나와 북쪽으로 흘러가는 약야계(若耶
溪). 월나라 미인 서시(西施)가 이곳에서 비단을 빨았다고 해서 완사계(浣紗溪)라고도 한다. 두
보(杜甫)의 「유소부신화산수장가劉少府新畫山水障歌」에 "약야계와 운문사가 있는데 어이하여 나
홀로 진흙 속에 있는 건가? 짚신과 베버선 신고 이제부터 시작일세[若耶溪雲門寺, 吾獨胡爲在泥
滓? 靑鞋布襪從此始]"라는 구절이 있다.

50) 天姥之猿(천모지원): 천모산의 원숭이. 천모산은 소흥 신창현의 동남쪽에 있다. 이백(李白)의 「몽
유천모음유별夢遊天姥吟留別」에 "사령운(謝靈運)이 묵었던 곳 지금도 있으니, 녹수가 출렁이고
원숭이 맑게 울어대네[謝公宿處今尙在, 淥水蕩漾淸猿啼]"라는 구절이 있고, 두보의 「유소부신화
산수장가劉少府新畫山水障歌」에 "쓸쓸히 천모산 아래에 앉으니 귓가에는 이미 원숭이 소리 들
리는 듯하네[悄然坐我天姥下, 耳邊已似聞淸猿]"라는 구절이 있다.

51) [교감] 慨: 국도본 嘅.

52) 謝安(사안): 중국 동진(東晉) 때 재상. 오랫동안 동산(東山)에 집을 짓고 은둔생활을 하다가 중년이 넘
어서 관직에 올랐다. 이후 환온(桓溫)이 황제의 지위를 넘보자 잠시 물러나 동산에 머물기도 하였다.

53) 東山(동산): 소흥 상우현의 서남쪽에 있는 산. [교감] 東山: 국도본 山東.

54) 梅福(매복): 전한(前漢) 때 사람으로 왕망(王莽)이 정권을 잡자 처자를 버리고 떠났는데, 후에
이름을 고치고 오시(吳市)의 문지기가 되어 숨어 살았다고 한다.

55) 寄傲(기오): 세속을 떠나 초연하고 거리낌 없는 마음. 도잠(陶潛)의 「귀거래사歸去來辭」에 "남쪽
창에 기대어 기오하니 무릎이 맞닿는 집도 편안함을 알겠네[倚南窗以寄傲, 審容膝之易安]"를
인용한 것이다.

56) 澹然忘歸(담연망귀): 당나라 때 부재(符載)의 「송설평사환진주서送薛評事還晉州序」에 "안개 긴
수풀이 특히 아름다워 담연히 돌아갈 것을 잊는다[姻霞草樹, 別有姿狀, 使人澹然忘歸也]"는 구

樹下有一貴人, 以綸巾[57]野服, 瀟灑獨立焉. 公諦視其面, 卽吏部侍郎尹爀也. 公驚喜, 起揖問曰: "令[58]兄胡爲立視, 而不卽告來也?" 侍郎笑而就席曰: "望見天上仙童降於令兄之側, 耽玩躊躇耳." 仍執公子手, 而問曰: "此令兄之胤郎否?" 公曰: "然." 侍郎又指成生及璿, 曰: "彼兩秀才, 無乃令兄之膝下否?"[59] 公曰: "一人則弟之豚兒, 而彼稍長者, 乃姊兄成太常之子也." 侍郎曰: "太常無乃伯溫[60]耶?" 公曰: "是也." 侍郎乃引成生, 執手唏然曰: "自別令尊, 倏已十九春秋矣. 靑山玉樹之嘆[61], 何日可已!"

因與公叙別來寒暄. 侍郎慷[62]慨嗚鳴曰: "自令兄去朝後[63], 朝廷事日益罔極. 弟亦奉身[64]還鄉, 雖蹤跡粗安, 而每念王室, 自然流涕, 令兄之情懷, 與弟何異?" 公聽罷, 始知侍郎亦已休致, 仍問曰: "山東距千餘里, 不知仲晦緣何遠來也?" 侍郎曰: "欲周覽山水, 轉轉到此耳."

公乃與侍郎, 相携還百花軒, 進酒告飯, 從容良晤. 侍郎愛慕公子, 而繾綣不捨. 問公曰: "令郎已有定婚否?" 公答曰: "未也." 侍郎大喜, 言曰: "弟年垂四十, 未有子女. 偶然一胎雙得男女, 今皆十二歲. 才貌殊不凡下, 其爲父母者, 思得佳耦以配之, 兒子則已與陳平仲之女定婚, 而女息則尙未得可意處. 以是弟方周遊天下, 廣求佳壻, 今日幸遇令郎, 未忍相

절이 있다. [교감] 灑: 국도본 儷.

57) 綸巾(윤건): 청색 실을 두른 두건의 일종. 삼국시대 촉의 제갈량이 군중에서 사용했다고 해서 제갈건(諸葛巾)이라고도 한다.

58) [교감] 令: 국도본 今.

59) [교감] 公曰然~無乃令兄之膝下否: 국도본에 탈락되어 만송본을 참고하여 보충.

60) 伯溫(백온): 백온은 명나라 개국공신인 성의백(誠意伯) 유기(劉基)의 자(字). 성염(成琰)의 자를 '백온'이라고 한 것은 이를 의식한 것으로 보인다.

61) 靑山玉樹之嘆(청산옥수지탄): '청산(靑山)'은 무덤을 의미한다. 소식의 「옥중기자유이수獄中寄子由二首」에 "이곳 청산에 뼈를 묻을 만하니 훗날 밤비 내리면 홀로 마음 상하겠네[是處靑山可埋骨, 他年夜雨獨傷神]"의 구절이 있다. '옥수(玉樹)'는 관(棺)을 뜻하는데, 『세설신어世說新語』의 「상서傷逝」에 "유문강이 죽자 하양주가 문기에 임하여 말하기를 '옥수를 땅에 묻더라도 사람의 마음이 어찌 그칠 수 있으랴' 하였다[庾文康亡, 何揚州臨葬云, '埋玉樹箸土中, 使人情何能已']"라고 한 데서 비롯되었다.

62) [교감] 慷: 국도본 吭.

63) [교감] 朝後: 국도본 朝.

64) 奉身(봉신): 몸을 온전히 함. 『좌전』「양공 26년襄公二六年」에서 "의리에 합하면 나아가고 그렇지 않으면 몸을 받들어 물러난다[義合則進, 否則奉身而退]"라고 하였다.

釋, 此殆天意也. 未知令兄果無落落否?" 公欣然許之曰: "兒子之齒髮漸
長, 而弟方僻處窮鄕, 欲求閨秀而未易也. 令兄不以小子爲陋, 許之以東
床, 良爲感幸."

侍郞又執公子手, 而不勝欣喜. 忽復愀然, 整襟太息謂公曰: "弟更
有⁶⁵⁾區區情懷, 或者可以垂矜否? 往者, 南子平赴岳州⁶⁶⁾謫所, 全家爲水
賊所害, 獨一女脫免焉. 弟收爲養女, 今在山東. 齒與小女相同, 而其姿
品德性, 雖古淑女莫以過也." 公聽未竟, 迸淚慘然曰: "子平果逢危害也.
聖上因一嚴嵩枉殺直臣, 而老臣宿忝輔導, 使主過至此. 此又死罪." 侍
郞復曰: "小女愛南女之姿德, 又矜其情事, 不忍小須臾相離, 常願同生
同死, 此固可憐, 而弟亦念子平飮恨水國翹魂, 延望於人世者, 但有一箇
弱女耳. 如得天下佳壻如令郞者, 庶可以慰悅子平之魂, 而天下安得復
如令郞者乎? 弟觀令郞, 雄豪俊邁. 早晚必當大貴. 雖三四夫人, 未足爲
僭, 願令兄曲察弟之情悃, 亦憐子平之至冤, 許令南女亦歸令郞" 公聽畢,
亦慨然許之. 侍郞大悅, 爲留數日, 沈愛公子, 接手慇懃, 而言必稱壻. 公
子亦以侍郞寬大長者, 灑然有林下風致, 景仰無已.

侍郞將歸, 向公謂曰: "弟蒙令兄⁶⁷⁾厚恩, 使兩女得屬令郞, 至願畢矣.
然道路悠遠, 消息未易. 且可草定婚期, 而欲得令郞之信物, 歸傳于兩女
也." 公答曰: "兒子今方十二歲. 從今三歲後, 弟若無故, 則當率兒子親
往山東, 涓吉⁶⁸⁾行禮矣." 仍使公子出紅玉釧靑玉珮於箱中, 付侍郞曰:
"此物弟家世傳之重寶也. 傳於令愛二人也." 侍郞受而藏行橐中, 向公與
公子, 再三戀戀而去.

---

65) [교감] 有: 국도본에는 없음.
66) 岳州(악주): 지금의 호남성(湖南省) 악양시(岳陽市). 명나라 때는 호광포정사(湖廣布政司)에 속한
    악주부(岳州府)였다. 동정호(洞庭湖)가 이곳에 있다.
67) [교감] 令兄: 국도본 兄.
68) 涓吉(연길): 상서로운 날을 택함. '涓'은 '선택'을 의미. 『문선文選』에 있는 좌사(左思)의 「위도
    부魏都賦」에 "길일을 가려서 중단에 오른다[涓吉日, 陟中壇]"라는 구절이 있는데, 장선(張銑)이
    "'涓'은 선택한다는 뜻이다[涓, 擇也]"라고 풀이하였다.

魁婦售禍心 亂子吐淫情

사나운 부인이 못된 마음을 품고
망나니 아들은 음탕한 마음을 드러내다

是日, 公對成夫人鄭夫人, 說與尹侍郎定婚之事. 成夫人喜曰: "君子在時, 常稱尹仲晦爲人. 今其女必有德性, 而且南御史有淸名直節, 是父之女, 亦豈尋常乎!" 鄭夫人默然無語, 徐而歎曰: "太姜與珍兒較長一歲, 而相公未有求婚之意, 而遽已先定珍兒之婚, 妾心未安矣. 且妾自數年以來, 神思恍惚, 自知此生無幾, 而每念姚夫人臨終之托, 恐無以藉口於地下矣." 公深謝之. 卽招衆媒婆, 博問佳郎. 有韓婆者薦言, 光祿少卿柳儋之子聖讓, 有君子風. 公素知柳光祿淸德, 又與之同鄕, 乃使成生往見柳郎. 成生歸告柳郎之愷悌. 公大悅通婚於柳光祿, 柳公亦飽聞小姐之窈窕, 幸甚快諾, 期以來春成禮.

是冬十一月, 公及鄭夫人, 皆感病沈重. 公子姊[1]弟, 焦泣不食, 齋沐禱天, 精誠無所不到, 而奈尙書夫人天命已盡何[2]. 公子小姐, 昊天之痛[3],

---

1) [교감] 姊: 국도본 娣.
2) [교감] 何: 국도본 也.
3) 昊天之痛(호천지통): 부모를 잃은 슬픔. '호천(昊天)'은 크고 넓은 하늘을 뜻하는데, 부모님의 은혜를 비유하는 말로 사용된다. 『시경』 「소아小雅」 '육아(蓼莪)'에 "아버지여 나를 낳으시고, 어머니여 나를 기르시니……그 은혜를 갚고자 할진대 하늘처럼 끝이 없도다[父兮生我, 母兮鞠

履霜之冤[4), 將迫何哉!

夫人將卒之夕, 引小姐接腮而哀咽, 曰: "吾受夫人之顧托, 無一所成就, 而徒令汝罹此悲苦, 致愆佳期, 歸對夫人, 何以爲面乎? 但汝他日, 貞靜自持, 善事君子, 養德樹福, 有子有女, 使吾與夫人含笑於地下也."

夫人別世後三日, 公亦病革, 托子女於成夫人而捐館[5), 公子小姐頃刻屢絶. 成夫人涕泣保護, 與子儁親治初終, 過公及夫人葬事, 而因又綜理家政, 威德竝行, 一如公在時焉.

柳光祿聞公凶音, 出涕謂聖讓曰: "哲人[6)亡矣. 向者花公求婚於吾家也, 老父欣然諾之者, 誠慕花公之德義, 而樂與之連親也. 今不可以花公之歿而背其成約也. 汝須往來花家, 且盡半子之禮也." 是以柳生日日至花府, 每見公子之孿孿[7)哀瘠, 心誠愛服. 公子亦感柳生之有信, 遂與之情熟義密.

噫! 德之感人本無楚越[8), 而彼花瑃何心者也? 瑃自代父以來, 暴戾恣睢[9), 操切弱妹病弟, 不遺餘力. 而箠楚婢僕, 鉗口立威, 家人畏之, 不敢告成夫人. 然憚成夫人, 故不能作大悖亂也.

一日, 成太常弟南京推官瑋, 解官歸桐城舊第, 邀成夫人. 夫人將行, 謂林小姐曰: "桐城不過百里之遠, 吾行不過旬日之久, 而誠以珍兒妯娌,

我……欲報之德, 昊天罔極]"라는 구절이 있다.

4) 履霜之冤(이상지원): 서리가 내릴 때에 돌아가신 부모님을 그리워하며 슬퍼하는 마음. 『예기禮記』 「제의祭義」에 "서리와 이슬이 내리니 군자가 밟고 반드시 슬픈 마음이 생기는 것은 추운 것을 말하는 것이 아니다[霜露旣降, 君子履之, 必有悽愴之心, 非其寒之謂也]"라고 하였다.

5) 捐館(연관): '연관사(捐館舍)'라고도 함. '사는 곳을 버린다'는 뜻으로 죽음을 완곡하게 표현하는 말이다.

6) 哲人(철인): 지혜가 뛰어난 사람. 『시경』 「대아大雅」 '억(抑)'에 "철인은 좋은 말을 해주면 덕에 따라 실행한다[其維哲人, 告之話言, 順德之行]"는 구절이 있다.

7) 孿孿(난난): 상례를 치르는 사람의 수척한 모습. 『시경』 「회풍檜風」 '소관(素冠)'에 "흰 관을 쓴 상인의 수척함을 볼 수 있을까?[庶見素冠兮, 棘人孿孿兮]"라고 하였다.

8) 楚越(초월): 멀리 떨어져 있는 것을 비유하는 말. 『장자』 「덕충부德充符」에 "공자가 말하기를 다른 면으로부터 보면 간과 쓸개도 초나라와 월나라만큼 멀다. 같은 면으로부터 보면 만물이 모두 하나이다[仲尼曰, '自其異者視之, 肝膽楚越也. 自其同者視之, 萬物皆一也']"라고 하였다. [교감] 楚越: 국도본 越楚.

9) 暴戾恣睢(포려자휴): 잔인하고 흉포함. 『사기』 「백이열전伯夷列傳」에 "도척은 날마다 무고한 사람을 죽이고 다른 사람의 살을 씹는 등 잔인하고 흉포하였으며 수천의 무리를 이루어 천하를 활보하였다[盜跖日殺不辜, 肝人之肉, 暴戾恣睢, 聚黨數千人橫行天下]"는 구절이 있다.

此心恐懼不置耳." 召瑢, 勉戒之曰: "詩云, '原濕裒矣, 兄弟求矣[10].' 又曰, '凡今之人, 莫如兄弟[11].' 爾獨不聞王祥之異母昆弟[12]乎? 且珍兒娚妹, 一縷僅[13]存, 朝夕難保. 爲其同氣者, 豈不欲割血相飼, 代延其命哉?" 言畢, 潛然流涕, 瑢亦變容焉.

夫人行後, 沈氏奮挐鼓腮, 咆如豹狼, 而正堂侍女桂香蘭香等, 承喉奔走. 一日, 姚夫人乳娘翠蟬, 對小姐泣曰: "以先老爺[14]先夫人之至仁至德, 不念小姐公子, 而遽貽荼毒[15]於兩介骨肉, 玉碎珠沈, 迫在呼吸. 老身誠願先死而無見也." 小姐飮淚無答. 翠蟬又泣曰: "一自成夫人離府之後, 壽仙樓侍女, 受酷之刑者無數, 而餘者亦皆重足累息[16], 命若置[17]兔. 哀哉! 鄭夫人何惡於人, 而受毒至此也!" 小姐又不答. 蘭香者方狙窓外, 踊躍走告於沈氏. 沈氏使蘭香桂香, 捽致小姐, 頓足罵曰: "賤女娚善, 敢懷凶心, 符同賊子, 圖奪長位, 而欲先去嫡母,與賤婢翠蟬, 綢繆謀議耶?" 小姐錯莫無語, 珠淚橫流. 沈氏又招公子, 跪之堂下, 以鐵如意[18], 擊碎欄干,

---

10) 原濕裒矣, 兄弟求矣(원습부의, 형제구의): 『시경』「소아」'상체(常棣)'의 "죽음의 두려운 일에 형제가 서로 걱정하며 시체가 쌓인 언덕에서 형제가 서로를 찾는다 [死喪之威, 兄弟孔懷, 原隰裒矣, 兄弟求矣]"를 인용한 것이다.

11) 凡今之人, 莫如兄弟(범금지인, 막여형제): 『시경』「소아」'상체'의 "아가위 꽃이 활짝 피니 꽃술까지 화려하지 않은가! 지금 어떤 사람도 형제만한 이는 없다네[常棣之華, 鄂不韡韡. 凡今之人, 莫如兄弟]"를 인용한 것이다.

12) 王祥之異母昆弟(왕상지이모곤제): 왕상(王祥)은 중국 진(晉)나라 때의 효자이다. 아버지가 죽은 후에 계모 주씨(朱氏)를 모시고 살았는데, 한겨울에 계모가 잉어가 먹고 싶다고 하자 두꺼운 얼음을 깨고 잉어를 구해다 드렸다고 한다. 왕상의 이복동생 왕람(王覽)은 주씨가 낳은 아들이다. 왕상과 왕람은 이복형제였지만 서로 우애가 깊어서, 왕상이 주씨에게 매를 맞고 학대를 받을 때마다 왕람이 달려와 막고 간했다고 한다. 이들 형제에 대한 이야기는 『진서晉書』「왕상전王祥傳」과 「왕람전王覽傳」에 기록되어 있다.

13) [교감] 僅: 국도본 董.

14) [교감] 先老爺: 국도본 先爺.

15) 荼毒(도독): 쓰라린 고통. '도(荼)'는 씀바귀를 뜻한다. 『서경』「탕고湯誥」에 "너희 만방백성이 흉악한 해에 걸려서 고통을 참지 못한다[爾萬方百姓, 罹其凶害, 弗忍荼毒]"라는 구절이 있다.

16) 重足累息(중족누식): 몹시 두려워하는 모습. '중족(重足)'은 두려워서 걸음을 내딛지 못하는 모습이고, '누식(累息)'은 숨을 죽이는 모습이다. 『주서周書』「선제기宣帝紀」에서 "안팎으로 두려워하여 사람들이 편안하지 못하니 모두 화를 면하기만 바라서 굳은 의지가 없이 오금이 오그라들고 숨죽인다[內外恐懼, 人不自安, 皆求苟免, 莫有固志, 重足累息]"라고 하였다.

17) [교감] 罝: 국도본 置.

18) 如意(여의): 막대 끝에 손가락 모양의 갈퀴가 있어서 등을 긁을 때 사용하던 물건으로, 마음대로 긁을 수 있다고 해서 '여의'라고 하였다.

大聲數罪曰: "汝賤子珍, 藉勢成夫人, 而愚弄先君, 欲奪據嫡長, 天不助[19]惡, 大事敗謬, 乃反與妖姊[20]凶婢, 謀爲不測乎?" 公子痛哭仰對曰: "人生天地, 五倫爲重, 五倫之中, 父子尤爲重. 父與母一體也. 小子雖無狀, 母親何忍以此言加之乎? 小子以先君子之血屬, 侍母夫人之膝下, 此言奚爲及於小子哉? 姊[21]氏雖與翠蟬有所酬酌, 而私情相語[22], 本非大罪. 至於語涉怨望, 罪在翠蟬, 姊[23]氏何與焉? 且閨秀之身, 異於男子, 惡名相加, 尤所不忍, 萬望母親, 少垂惻隱." 小姐慷慨言曰: "大哥小哥, 同是骨肉. 奪此與彼, 厥義何據? 兩母俱亡, 一母獨存, 岡陵之祝,[24] 人理之常, 而今日之敎, 萬不近理也." 沈氏大怒, 自執鐵鞭, 急向小姐. 公子放聲哀號, 林小姐執沈氏手, 而涕泣救之. 沈氏愈怒, 使婢僕輩挬公子出之. 叱林小姐曰: "汝亦欲黨惡而去我耶?"

此時婢僕等, 惶惶就泣於重門外. 柳生自外來, 適見公子毁㡾亂髮而出, 大驚問之. 公子慙愧不能答. 柳生意其有變, 欲見璿問之, 至堊次[25]. 璿不在, 而童子告, '大公子方晝寢于寒松亭'. 柳生上寒松亭, 則果然大公子者, 卦脚高窓, 哈嚔大眠, 而脫棄巾絰, 狼藉[26]左右. 柳生唧唧歎曰: "盜跖柳下惠[27], 世不常有, 豈料今世復見此人兄弟哉?" 仍蹶起恐動曰: "君家有大變亂, 趣往視之." 璿驚[28]曰: "有何變亂?" 曰: "往當自知." 璿急入內堂.

沈氏方使桂香笞撻小姐, 而翠蟬伏於堂下, 而被五六十杖, 聲氣俱急

---

19) [교감] 天不助: 국도본 不助.
20) [교감] 與妖姊: 국도본 妖媞.
21) [교감] 姊: 국도본 媞.
22) [교감] 相語: 국도본 語.
23) [교감] 姊: 국도본 媞.
24) 岡陵之祝(강릉지축): 만수무강하기를 기원하는 말. 『시경』 「소아」 '천보(天保)'의 "산처럼 언덕처럼 산등성이처럼 구릉처럼[如山如阜, 如岡如陵]"에서 유래한 말이다.
25) 堊次(악차): 하얀 진흙으로 지은 집. 상중에 있는 사람이 거처하는 곳.
26) [교감] 狼藉: 국도본 藉狼.
27) 盜跖柳下惠(도척유하혜): 도척과 유하혜는 춘추시대에 살았던 인물들로 형제간이다. 그런데 유하혜가 추앙받는 현인이었던 반면, 도척은 수천 명의 부하를 거느리며 천하를 횡행하였던 대도둑이었다.
28) [교감] 璿驚: 국도본 璿.

焉. 沈氏見瑃來, 敲掌跳躍, 震動不已, 將小姐翠蟬之言, 架構粧撰, 而激怒瑃. 瑃曰: "珍之娚妹抱此心, 子亦知之久矣. 然彼兩人者, 符同於成姑母, 勢不可猝然除之, 而俄者柳生已知此變, 辭色不好. 且成姑母不久還歸, 則必生大亂. 今宜忍愼掩置, 而待後日也." 沈氏以手自擣, 投地發惡曰: "成家老寡婦, 雄據吾宅, 意思陰凶, 必殺吾母子而後已. 吾雖孱劣, 當與此老寡婦, 決一死生, 而且柳生以他家子, 安知吾之內間事乎? 此必珍告愬於柳生, 彰泄吾不德之故也. 吾不泄此愼, 則自決於汝之前矣." 瑃不得已, 捉入公子, 加以酷杖. 公子已知, 其母其兄之無可奈何, 無一言發明. 至二十餘杖, 已昏絶. 沈氏乃令曳出, 囚之中廊. 林小姐使自己乳娘, 持數種之藥[29], 救護公子命, 垂淚祝天曰: "天苟欲使花氏不亡, 則願以妾身代小公子之命." 終夜悲哭. 是夜, 公子果得生道焉.

過四五日, 桐城成推官家人, 來傳成夫人手書于小姐公子, 而探其安否. 瑃大懼, 欲令公子親作答書, 而自至公子所. 公子自見黜杖之後, 一不覩家兄之面目, 鬱陶悲傷, 殆不能自定. 千萬意外, 見家兄自至, 中心喜極, 涕淚縱橫. 因對瑃, 負罪引慝[30], 若無所容, 以瑃之頑嚚[31], 猶不能無感動矣.

後六七日, 成夫人至. 與沈氏問寒暄[32]罷, 顧林小姐曰: "吾今來此, 而獨不見珍兒男妹, 何也?" 林小姐憨惶無言, 而瑃遁辭[33]對之. 夫人卽使侍婢招公子及小姐. 時瑃已移處公子於舊所, 而諱沈氏焉. 小姐承命卽至, 玉容慘悴, 非復舊日, 而公子不能運動, 權辭回報[34]曰: "偶傷風寒, 淹伏苦痛, 無以自力趨謁矣." 夫人聽罷, 氣色嚴厲, 熟視瑃. 瑃自知負犯, 惶怯無地. 沈氏見事敗露, 欲先恐動夫人, 而大聲痛哭曰: "夫人惑於珍

---

29) [교감] 之藥: 국도본 物.
30) 負罪引慝(부죄인특): 잘못을 자신의 탓으로 돌림. 『서경』「대우모大禹謨」에 "(순임금이) 죄를 떠맡고 악을 자신에게 돌렸다[負罪引慝]"고 하였다.
31) 頑嚚(완은): 어리석고 모짐. 『서경』「요전堯典」에 "고수의 아들로 아버지는 완악하고 어머니는 모질고 상은 오만하다[瞽子, 父頑, 母嚚, 象傲]"에서 온 말이다.
32) 寒暄(한훤): 만나서 날씨에 관해 묻는 의례적인 인사.
33) [교감] 遁辭: 국도본 辭.
34) [교감] 報: 국도본 敎.

之娚妹, 而每事致疑於妾之母子, 妾生不如死也." 舉劍爲將自刎狀. 瑃
與兩小姐, 急救之. 夫人顏色猶厲, 而回顧冷笑, 曰: "君若內省不疚[35],
則必不如此也." 仍命成生曰: "汝自往珍所, 使婢子等擔舁珍來." 成生不
敢違命, 果擔舁而來.

　夫人一見公子, 錯愕失色, 親欲搜見公子之身上. 公子攔手, 且告曰:
"小姪哀毀中, 添此重感, 自然形神大脫, 而他無所傷. 姑母煩勞何至此
也?" 夫人見公子身上血肉[36]狼藉, 奮然使左右喚蒼頭捉下瑃, 而跪之地.
厲聲大叱曰: "汝不肖悖子, 亡夫之葬骨未冷, 而遽已戕害同氣, 此夷羯
禽犢之所不忍也. 亡弟之靈, 必將含憤茹痛, 以告于皇祖皇考[37], 勅汝命
而棄之矣. 亦應怨尤于余曰, '吾以稚子弱女, 托於姊[38]氏, 而乃不能終始
保全, 使惡子瑃肆其凶殘, 而曾不禁呵矣.' 夫然則, 吾以何面歸見亡弟
乎? 今當快杖汝, 使汝知杖之苦也." 瑃俯首請罪, 驚魂飛越. 沈氏挫氣落
膽, 不敢出一言, 而公子匍匐下堂, 叩頭涕泣. 成生又進前, 諫曰: "瑃雖
無狀, 身有衰麻[39]. 今若加之笞杖, 則殊非聖人必式凶服者[40]之意也. 願
母親更加三思." 夫人已憐公子惻怛之情, 又顧念林小姐, 不得已而赦之.

　夫人執公子手, 而痛哭謂瑃曰: "人生仰庇二親, 親亡則孤露[41]無托,
而幸有一二兄弟, 相依爲命[42], 疾病痾癢, 無不相救. 古人以兄弟譬之股
肱者, 良有以也. 今有人操刀而斫汝之一肱, 則汝必恒然痛傷, 思所以報

---

35) 內省不疚(내성불구): 스스로 자신의 행동을 돌이켜보아 허물이 없음. 『논어』「안연顏淵」에 "스
　　스로 반성하여 허물이 없으면 무엇을 근심하고 무엇을 두려워하리? [內省不疚, 夫何憂何懼?]"라
　　고 하였다.
36) [교감] 血肉: 국도본 肉血.
37) 皇祖皇考(황조황고): 황조(皇祖)는 돌아가신 할아버지, 황고(皇考)는 돌아가신 아버지이다.
38) [교감] 姊: 국도본 姉.
39) 衰麻(최마): 최의마질(衰衣麻絰)의 준말. 상복을 뜻한다. 『예기』「악기樂記」에 "상복을 입고 곡
　　하며 우는 것은 상례의 절차이다[衰麻哭泣, 所以節喪紀也]"라고 하였다.
40) 必式凶服者(필식흉복자): 『논어』「향당鄕黨」의 "상복 입은 자를 보면 공경을 표하셨다[凶服者式
　　之]"를 인용한 말이다.
41) 孤露(고로): 의지할 곳 없이 외로운 처지라는 뜻으로, 부모님을 여읜 것을 말함.
42) 相依爲命(상의위명): 서로 의지하고 돌보며 살아감. 이 말은 이밀(李密)의 「진정표陳情表」에 있
　　는 "할머니와 손자 두 사람이 번갈아가며 돌본다[母孫二人, 更相爲命]"에서 비롯하였다. [교감]
　　爲命: 국도본 爲.

怨者矣. 況汝自操其刀乎! 夫老身之於亡弟也, 娉仙之於珍兒也, 皆異[43] 母姊[44]弟也, 而誠心相愛, 死生難忘者, 皆汝之所目見也. 汝又何心哉? 聖人有言, '人誰無過, 改之爲貴'[45], 今汝若滌心改面, 遵禮蹈德, 則不害復爲君子也. 此太甲所以自艾[46]也, 瞽瞍[47]所以底豫[48]也. 汝其勉之." 春惶怯唯唯. 母子自此, 讋伏不敢動. 噫! 婦人女子天性婉弱, 鮮有强猛自持, 而如成夫人者, 眞可以托六尺之孤[49]也.

光陰倏忽, 三年已過. 璿乃玄冠[50]絲絇[51], 衣裳楚楚[52], 而公子小姐風樹之恨[53], 蓼莪[54]之哀, 寧有終極乎? 於是, 成夫人付家事於林小姐, 林

---

43) [교감] 異: 국도본 姨.

44) [교감] 姊: 국도본 娣.

45) 人誰無過, 改之爲貴(인수무과, 개지위귀): 『좌전』에 "누가 허물이 없겠는가? 잘못하고 능히 고칠 수 있으면 착함이 막대하다[人誰無過, 過而能改, 善莫大焉]"라고 하였고, 『논어』 「자한」에 "법으로 바르게 해주는 말을 따르지 않을 수 있겠는가? 잘못을 고치는 것이 더욱 중요하다[法語之言, 能無從乎? 改之爲貴]"의 구절이 있다. [교감] 之: 국도본 則.

46) 太甲所以自艾(태갑소이자애): 태갑(太甲)은 상(商)나라를 세운 탕(湯)임금의 손자로 처음에는 방탕했으나 어진 재상 이윤의 인도로 자신의 잘못을 뉘우치고 뒤에 정사를 잘 돌보았다. 『맹자』 「만장상萬章上」에 "태갑이 탕의 법률을 뒤엎으려 하자 이윤이 동(桐)으로 3년 동안 쫓아냈다. 태갑이 잘못을 후회하며 자책하고 뉘우쳐서 동에서 3년 동안 인의를 따르며 이윤이 자신을 가르친 말을 따랐다[太甲顚覆湯之典刑, 伊尹放之於桐三年, 太甲悔過, 自怨自艾, 於桐處仁遷義三年, 以聽伊尹之訓己也]"라고 하였다.

47) 瞽瞍(고수): 순임금의 아버지. 이름에 '장님'이라는 뜻이 있는데, 어리석음을 비유한 말이다. 순임금을 낳은 생모가 죽은 뒤에 후처를 맞이하여 아들 상(象)을 낳자 순임금을 미워하여 죽이려고 하였지만, 뒤에 잘못을 뉘우쳤다. [교감] 瞽: 국도본 瞍.

48) 底豫(저예): 즐거움에 이르다. 『맹자』 「이루상離婁上」에 "순임금이 부모를 섬기는 도리를 다하였으니 고수가 즐거움에 이르렀다[舜盡事親之道, 而瞽瞍底豫]"라고 하였는데, 조기(趙岐)는 "'底'는 이르는 것이고 '豫'는 즐거움이다[底, 致也. 豫, 樂也]"라고 풀이하였다.

49) 可以托六尺之孤(가이탁육척지고): 『논어』 「태백泰伯」의 "증자가 말하기를 어린 임금을 부탁할 만하고 백리의 땅을 맡길 만하고 큰 절개에 임하여 이를 빼앗을 수 없다면, 그는 군자인가? 군자이다[曾子曰, 可以託六尺之孤, 可以寄百里之命, 臨大節, 而不可奪也. 君子人與? 君子人也]"를 인용한 말이다.

50) 玄冠(현관): 검은색의 관(冠). 『논어』 「향당」에 "염소 가죽으로 만든 옷과 검은 관으로 조문하지 않았다[羔裘玄冠, 不以弔]"라고 하였는데, 고구(羔裘)나 현관은 모두 검은색으로, 중국에서는 검은색을 길복(吉服)에 사용하였다.

51) 絲絇(사구): 가죽신 신코의 장식물.

52) 衣裳楚楚(의상초초): 옷이 선명하고 화려함. 『시경』 「조풍曹風」 '부유(蜉蝣)'에 "하루살이의 날개여, 옷이 화려하구나[蜉蝣之羽, 衣裳楚楚]"라고 하였다.

53) 風樹之恨(풍수지한): 부모를 잃은 자식의 슬픔을 뜻한다. 『한시외전韓詩外傳』의 "나무는 잠잠하려고 해도 바람이 멈추지 않고, 자식이 봉양하려고 해도 어버이가 기다리지 않는다[樹欲靜而風不止, 子欲養而親不待也]"는 말에서 나왔다.

54) 蓼莪(육아): 돌아가신 부모님을 그리는 자식의 마음. 『시경』 「소아」 '육아(蓼莪)'에서 부모님에

小姐經理區劃, 一遵夫人之成法, 而奉事蒸嘗[55], 僮僮祁祁[56], 家中翕如也. 此時, 柳光祿家聞沈氏之暴殘, 日以小姐爲憂. 及小姐服闋[57], 卽涓吉日, 柳郎以百兩車[58]來迎小姐. 成夫人悲喜交極, 送之中階, 施巾結帨[59], 戒之如禮. 小姐至柳府, 贄見禮畢, 柳公向小姐, 嘻然太息曰: "先令公以洪量偉德, 未享遐壽, 老夫爲國傷悼矣. 今見賢婦, 益覺愴感." 小姐珠淚轉臉, 如海棠浥露, 柳公夫婦憐愛之. 此後柳生益親愛公子, 每到花府, 輒與公子終日, 而一不上寒松亭矣.

時, 璡有兩友, 嵊縣人范漢者, 酒色放蕩, 兇狡姦騙, 好盜人妻妾者也. 餘姚人張平者, 父死不葬[60], 周遊京鄉, 樗蒲博奕[61], 樂得人之橫財者也. 兩人見璡痴騃多金, 往來親密, 自以爲死生莫逆之交[62], 而日夜聚會, 朋

게 효도를 다하지 못하는 자식의 슬픈 마음을 읊은 데서 비롯하였다.

55) 蒸嘗(증상): '증(蒸)'은 겨울 제사이고 '상(嘗)'은 가을에 수확한 햇곡식을 올리는 제사인데, 합하여 제사 일반을 지칭하는 말이다.

56) 僮僮祁祁(동동기기): 정성을 다하는 모습이다. 『시경』 「소남召南」 '채번(采蘩)'에 "머리 장식을 단단히 함이여, 아침부터 저녁까지 종묘의 일을 하네. 머리장식을 느슨히 함이여, 조용히 침소로 돌아가네[被之僮僮, 夙夜在公. 被之祁祁, 薄言還歸]"에서 나온 말이다.

57) 服闋(복결): 삼년상을 마치고 상복을 벗음. 『진서晉書』 「왕담전王湛傳」에 "왕담은 아버지의 상을 당하자 묘소에 머물렀으며 상복을 벗은 뒤에도 문을 닫고 조용히 지냈다[干湛遭父喪, 居於墓次. 服闋, 闔門守靜]"라고 하였다.

58) 百兩車(백량거): 예를 갖추어 아내로 맞이함. 『시경』 「소남」 '작소(鵲巢)'에 "아가씨가 시집오니 백량으로 맞이하네[之子于歸, 百兩御之]"라는 말에서 비롯되었는데, 모씨(毛氏)는 "백량은 수레 백 대이다. 제후의 자식이 제후에게 시집갈 때는 수레 백 대로 맞이하였다[百兩, 百乘也. 諸侯之子嫁於諸侯, 送御者皆百乘]"라고 풀이하였다.

59) 施巾結帨(시건결세): '시금결세(施衿結帨)'라고도 한다. 혼인식 중에서 신부의 어머니가 신부의 옷고름을 매어주고 허리에 차는 수건인 '세(帨)'를 채워주면서 훈계하는 의식이다. 『의례儀禮』 「사혼례士昏禮」에 "어머니가 옷고름을 매주고 수건을 채워주며 말하기를 '힘쓰고 공경하여 아침저녁으로 집안일을 어기지 말아라' 한다[母施衿結帨曰, '勉之敬之, 夙夜無違宮事']"라고 하였다.

60) 父死不葬(부사부장): 아버지가 죽은 뒤 장례를 마치지 않음. 『사기』 「백이열전」에서 "백이와 숙제가 말고삐를 잡고 간하기를 '아버지가 죽어 장례를 마치지 않았는데 전쟁을 치르는 것은 효라고 할 수 있습니까?[伯夷叔齊叩馬而諫曰, '父死不葬, 爰及干戈, 可謂孝乎?']"라고 하였다.

61) 樗蒲博奕(저포박혁): 저포(樗蒲)는 일종의 윷놀이이고 박혁(博奕)은 장기나 바둑 따위이다. 모두 도박노름의 일종으로 이이(李珥)는 『격몽요결擊蒙要訣』 「지신장持身章」에서 "바르지 않은 사물에는 마땅히 일절 마음에 두지 말아야 할 것이니, 마을 사람들이 모인 곳에 만약 박혁과 저포 등의 놀이를 하고 있으면 곧 마땅히 눈을 두지 않는다[外物之不正者, 當一切不留於心, 鄕人會處, 若設博奕樗蒲等戱, 則當不寓目]"라고 하였다.

62) 莫逆之交(막역지교): 뜻이 잘 맞는 친구 사이를 이르는 말. '막역(莫逆)'은 『장자』 「대종사」에 있는 "네 사람은 서로 보고 웃으며 마음에 거슬리는 것이 없었으니 드디어 서로 친구가 되었다[四人相視而笑, 莫逆於心, 遂相與爲友]"에서 온 말이다.

酒謔呼. 一日, 璿忽長吁不平, 若有所思. 范漢[63]問璿曰: "景玉以侯門貴公子, 財帛如山, 萬事意足. 今之悒悒, 有何懷抱也?" 璿越趄移時, 乃言曰: "吾之一生所願, 在美姬佳人, 而內子林氏殊無姿色, 近又失和, 心中憤鬱, 思得傾城妙色, 如舞掌之飛燕[64], 步蓮之潘妃[65]者, 而耳目不廣, 至今未就. 前月望間, 偶然徘徊於西園之梨花亭, 見東隣墻下, 有一箇玉人, 手持紅桃一枝, 隨風翶翔, 氣若幽蘭, 令人心魂飄蕩. 遂以玉佩投之, 美人拾而懷之, 嫣然一笑, 手指花間小屋而去. 是夜, 吾乘月踰垣而入, 果然紗窓小房, 燭影明滅. 其女子自言, '本士族趙氏, 而其父家貧行商, 死於浙江, 獨與病母僑居, 刺繡糊口'云. 數夜之間, 情愛膠密, 信誓丁寧, 必欲迎爲副室, 而但吾家有姑母成夫人, 性度嚴峻, 持吾偏急, 以是恐懼, 不敢發口也.", 漢呀然大笑曰: "景玉拙哉[66]! 大丈夫自主其家, 寧爲他門之一寡婦所操縱耶?" 張平, 繼而笑曰: "景玉貌甚嫵媚, 而不容於一醜婦, 齒免幼沖, 而見束於一老嫗. 使可意美人, 含哂[67]揶揄於東墻之下. 景玉雖彈冠振縷[68], 自以爲男兒, 獨不愧於心乎?" 言罷, 兩人拍掌大噱[69]. 璿低頭無語. 良久, 歎曰: "吾家形勢, 非子等之所得審也." 此後, 璿沈蠱於趙女, 往往有白晝相會, 而畏成夫人, 秘其蹤跡. 范漢張平之外, 莫有知者.

　　是年四月, 成夫人謂公子曰: "汝年旣長成, 佳期腕晚[70], 須往聘於山東, 毋負尹公之至意也." 公子自念一身危苦, 無一所容托, 而兼復娶來

---

63) [교감] 范漢: 국도본 范漢子.

64) 舞掌之飛燕(무장지비연): 비연(飛燕)은 한(漢)나라 성제(成帝)의 비. 비연이라는 이름은 춤을 잘 추었을 뿐만 아니라 몸이 가벼워서 붙여진 이름인데, 가벼운 몸으로 손바닥 위에서도 춤을 출 수 있었다고 한다. 첩여(婕妤)였으나, 후에 허황후(許皇后)가 폐위되자 황후가 되었다.

65) 步蓮之潘妃(보련지반비): 반비(潘妃) 남조(南朝)의 제(齊)나라 동혼후(東昏侯)의 왕비이다. 동혼후가 금으로 연꽃을 만들고 땅에 붙인 후에 반비에게 그 위를 걸으라 하고는 "걸음걸음 연꽃이 핀다[步步生蓮華]"라고 한 데에서 비롯하여, 미인의 걸음을 '연보(蓮步)'라고 한다.

66) [교감] 拙哉: 국도본 拙.

67) [교감] 含哂: 국도본 含洒.

68) 彈冠振縷(탄관진영): '탄관진의(彈冠振衣)'와 같은 뜻으로 사용한 듯하다. 탄관진의는 의관을 단정히 함을 뜻한다.

69) [교감] 噱: 국도본 據.

70) 腕晚(원만): 해가 서쪽으로 저무는 것. 시간이 늦어짐. 『초사楚辭』 「구변九辯」에 "백일은 서쪽으로 기울어 장차 들어가려 하고, 명월은 이지러져 사라지려 하네[白日腕晚, 其將入兮. 明月銷鑠, 而減毀]"라고 하였다. [교감] 腕: 국도본 婉.

兩室, 則事事難便. 遂怡聲對曰: "小姪非無室家之念, 而但自經草土[71]以來, 氣血耗盡, 雖無目前危惡之疾, 而精神晻靄, 常如在雲霧中. 小姪之意, 必欲頤養[72]數年, 快作完人, 然後方始娶妻也. 古人皆三十始娶[73], 亦有四十五十而娶者. 小姪今年十五矣. 過此數年, 亦未晚也." 夫人已知公子之意, 惻然憐之. 答曰: "汝言亦似有理. 然賢弟在時, 丁寧與尹公約曰, '兒子今年十二歲. 過此三歲後, 當往成親矣.' 今旣三歲, 而終無消息, 則尹公不知此間事勢, 豈不費心懸望而大生疑怪乎? 吾已令儁兒治行, 將汝偕往矣. 勿復推辭." 公子電勉受命, 與成生登道焉.

---

71) 草土(초토): 어버이의 상(喪). 『자치통감資治通鑑』에 "유월 병자일에 중서사인 소검을 공부시랑 동평장사로 임명하였다. 이때 위이범이 초토중에 있었는데 검과 요계를 이무정에게 추천하였다[六月丙子, 以中書舍人蘇檢爲工部侍郎同平章事. 時韋貽範在草土, 薦檢及姚洎於李茂貞]"라고 하였는데, 호삼성(胡三省)은 "상중에 있는 자는 거적에서 자고 흙덩이를 베고 자기 때문에 초토라고 한다[居喪者寢苫枕塊, 故曰草土]"라고 설명하였다.

72) 頤養(이양): 이신양성(頤神養性)의 준말. 마음을 가다듬어 정신을 수양함.

73) 古人皆三十始娶(고인개삼십시취): 『주례周禮』에 "남자에게는 서른에 혼인하게 하고 여자는 스물에 시집가게 한다[令男三十而娶, 女二十而嫁]"라고 하였고, 『예기』 「곡례曲禮」에는 "서른이 되면 장성하였다고 하고 아내를 둔다[三十曰壯, 有室]"는 말이 있다.

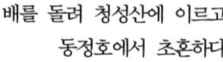

回棹至靑城山 招魂洞庭湖

배를 돌려 청성산에 이르고
동정호에서 초혼하다

初尹侍郎仕於皇城, 與南御史比隣相善, 兩公皆無子女, 相以爲憂. 尹
公爲應天府尹[1], 時夫人趙氏, 夢雙星墮懷. 自此有娠, 月滿生一女一子.
子女容貌, 爛然若兩箇紅玉. 公之夫婦, 恍惚奇愛. 名女曰'玉花', 字'紅
艶'. 名子[2]曰'汝玉', 字'長遠'.

是年, 南公夫人韓氏亦夢, 月滿生一女. 明光照室, 如蚌胎[3]初剖, 其音
噦噦[4], 若丹穴[5]之雛. 公名之曰'彩鳳', 字'光娥'. 兩家自此如陰谷生春,

---

1) 應天府尹(응천부윤): 응천부(應天府)는 지금의 남경(南京). 명(明)나라는 원래 응천부에 도읍하였는
데, 영락년간(永樂年間)에 북경(北京)으로 천도하였고 정통년간(正統年間)에 응천부를 남경으로 개
명하였다. 부윤(府尹)은 이곳의 장관으로 명나라 때는 응천부와 순천부(順天府) 두 곳에 부윤을
두었다.

2) [교감] 名子: 국도본 子名.

3) 蚌胎(방태): 진주(珍珠). 한나라 양웅(揚雄)의 「우렵부羽獵賦」의 "조개를 가르니 달 같은 진주가
나오네[剖明月之珠胎]"에서 유래하였는데, 이선(李善)은 "명월주와 방자주는 조개가 품는 바이므
로 '태(胎)'라고 한다[明月珠, 蚌子珠, 爲蚌所懷, 故曰胎]"고 풀이하였다. [교감] 蚌: 국도본 丰.

4) 噦噦(홰홰): 봉황의 울음소리. 구양수(歐陽修)의 「수곡야행기자미성유水谷夜行寄子美聖兪」에서 "어
떻게 서로 따라 노닐며 종일토록 '홰홰' 울 수 있을까? [安得相從遊, 終日鳴噦噦]"라고 하였다.

5) 丹穴(단혈): 봉황이 산다는 전설상의 산. 『산해경山海經』 「남산경南山經」에 "단혈산에……새가
있는데 그 모양이 닭과 같고 다섯 가지 색깔의 무늬가 있으며, 이름을 봉황이라고 한다 [丹穴
之山……有鳥焉, 其狀如雞, 五采而文, 名曰鳳皇]"라고 하였다.

和氣融融矣.

過八九歲, 紅艶小姐, 長遠公子, 語音動止, 酷相稍似, 公子或換着小姐衣服, 則雖同房侍女, 莫之辨也. 韓夫人晚得嬌兒, 而英妙天發, 文章女工, 隨手融解6), 如鬼敎神助. 且眉目淸瑩, 無一點塵氣. 夫人恐懼護惜, 常以薦福祈命爲事, 而南公不知也.

一日, 夫人與小姐, 玩花於園中. 忽然侍婢春鶯來告曰: "夫人好積善, 適有西蜀尼姑, 持卷子而來, 小婢敢告之." 夫人卽與小姐還中堂, 而使春鶯迎之. 其尼姑身着蜀羅廣袍, 項百八念珠, 手執錦粧大卷, 禮於中階. 夫人命上堂, 而賜坐. 尼姑合掌曰: "貧道, 成都華萼山7)資賢庵中, 乞食女僧, 而法名淸遠也. 前年山賊燒庵子, 觀音大師8)金象及畫幀, 皆入回祿9)中. 貧道發願重建庵子, 改造金像10). 今已垂成, 而獨畫幀一事, 最難矣. 當今名畫者, 雖有三四大家, 然皆男子也. 觀音異於他佛, 必得女子之工畫者, 然後可使拈毫11), 而周遊八方, 迄未遇一分近可者. 故方此愁悶也." 夫人顧小姐而笑曰, "吾少時得見普見庵12)觀音畫象, 而至今眼中髣髴焉. 吾今欲效薄技, 而慰師姑之望, 何如?" 小姐未及對, 尼姑大悅起拜, 曰: "夫人盛心及此, 實山門之萬幸也." 小姐曰: "母親垂此德音, 當見盛福無量. 而但念佛家大事, 恐非立談間所揮灑也. 宜有齊沐虔誠之

---

6) 融解(융해): 이치를 통달함. 송(宋)나라 때 승려 찬녕(贊寧)이 편찬한 『송고승전宋高僧傳』의 「원숭전元崇傳」에 "이에 지극한 이치를 통달하지 못할까 걱정했다[乃恐至理未融解]"라는 구절이 있다.

7) 華萼山(화악산): 화악산은 사천성 내강시(內江市)의 서쪽에 있는 산. 당나라 범숭개(范崇凱)가 이 산에서 독서하고 「화악부華萼賦」를 지어서 유명해졌다.

8) 觀音大師(관음대사): 관음은 불교의 보살 가운데 하나로 원래는 관세음(觀世音)이라고 불렸는데, 당나라 때 태종(太宗) 이세민(李世民)의 이름을 휘해서 '관음'이라고 하였다. 『남사南史』 「왕현모전王玄謨傳」에서는 "처음에 현모가 죽임을 당하려 할 때 꿈에 사람이 나타나 아뢰기를 '관세음을 천 번 읊조리면 면할 것입니다' 하였다[初, 玄謨始將殺, 夢人告曰: '誦觀世音千遍則免']" 하였듯이 고난에서 구해주는 자비의 여신이다.

9) 回祿(회록): 원래는 불의 신을 가리키는 말이었는데, 후에 화재를 뜻하게 되었다. 송나라 장세남(張世南)의 『유환기문遊宦紀聞』에 "평생 문장을 지어 시사가 매우 많았는데, 만년에 화재를 만나 모두 타버리고 남은 것이 없다[平生作爲文章, 詩辭甚富, 晩遭回祿, 燼爇無餘]"라는 구절이 있다.

10) [교감] 像: 국도본 象.

11) 拈毫(염호): '염호농관(拈毫弄管)'의 줄인 말로 글을 쓰거나 그림을 그리는 것을 말한다.

12) [교감] 普見庵: 만송본 步月庵, 규장각본 寶月菴 등 이본마다 각기 다름.

道矣." 夫人曰: "汝言是也." 尼姑一見小姐之容光, 心竊驚奇. 又聞其言警悟, 向夫人問曰: "小姐芳齡, 幾何?" 夫人曰: "九歲矣." 尼姑注目見小姐者, 良久, 忽愕然變色. 夫人大驚疑之, 而愛小姐甚, 故恐其言不祥, 不敢問也. 因以香茶珍果餽之. 尼姑與夫人閑話, 移時, 辭歸曰: "過此七日, 當復來謁. 願夫人自今日齊戒焉."

後七日, 尼姑果至. 夫人迎入別堂, 鋪綺筵, 設淨几, 燒沈檀[13]於博山金爐[14]. 小姐親奉金泥及丹碧諸采, 而夫人展一幅生綃於案上, 凝思揮毫, 五雲玲瓏. 寫畢, 掛之壁上, 宛然觀音新出於海上也. 尼姑合掌起拜, 無數稱謝. 夫人又以白錦雜采普施焉. 尼姑連稱百福, 收畫幀而去.

是年, 南公以禮部郎中遷御史. 時, 嚴嵩竊弄威柄[15], 受仇鸞三千金薦爲大將, 締結天子之左右, 偵伺動靜, 使趙文華等橫行綱利. 公憂國憤惋, 遂臚列嵩十三大罪. 治疏將上, 公與夫人小姐訣曰: "人臣受國厚恩, 當死生報之. 況職在言責, 不可忝也. 我死之後, 夫人須與女兒, 往依於尹仲晦" 言畢, 投袂[16]而出. 疏入, 天子大怒, 以爲誣構大臣, 將加極律. 都御史花公小保徐階等, 叩頭廷爭[17]. 上素重兩公, 遂減律安置南公於岳州[18].

是日, 南府上下, 號跳罔極, 謂公必死. 及聞公免死得竄, 夫人小姐大幸, 相隨出城門外. 尹侍郎來別, 太息謂公曰: "此去岳州, 五千七百里, 遠涉江湖, 安危未可知. 且奸賊懷憤切齒, 終必甘心而後已. 兄之尺疏, 與日月爭光, 死且無愧, 而兄無兄弟子姪, 只有藐小一女耳. 同赴死地,

---

13) 沈檀(침단): 침향목(沈香木)과 단목(檀木)을 사용하여 만든 향.

14) 博山金爐(박산금로): 향로. 향로의 덮개가 전설 속의 박산(博山)과 유사하다고 해서 붙여진 이름이다. 귀한 향로를 지칭하는 말로 널리 사용되었다. 이백의 「양판아楊叛兒」에 "박산향로의 침향이 피어오르면, 두 줄기 하나 되어 선계에 이르리[博山爐中沈香火, 雙煙一氣凌紫霞]"라고 하였다.

15) 威柄(위병): 권력. 『후한서後漢書』 「정홍전丁鴻傳」에 "무릇 위병은 놓을 수 없는 것이며 병기는 남에게 빌려줄 수 없다[夫威柄不以放下, 利器不可假人]"라고 하였는데, 이에 대해 이현(李賢)은 "위병은 주례의 팔병을 말하니 즉, 관작, 녹봉, 살리고, 용서하고, 주고, 빼앗고, 폐하고, 죽이는 것을 말한다[威柄, 謂周禮之八柄, 即爵祿生置予奪廢誅也]"라고 설명하였다.

16) 投袂(투메): 소매를 떨침. 강개한 모습을 형용하는 말이다. 『좌전』 「선공宣公 14년」 "초나라 왕이 그 소식을 듣고 소매를 떨쳐 일어났다[楚子聞之, 投袂而起]"라고 하였다.

17) [교감] 廷爭: 국도본 爭庭.

18) 岳州(악주): 지금의 호남성 악양시. 명나라 때는 호광포정사(湖廣布政司) 악주부였다.

甚爲無益. 今若留置, 則當盡心保護, 使兄之後事, 有所托屬矣." 公感其至意許之. 小姐執夫人而啼泣, 而夫人亦不忍相捨, 終與偕行焉.

八月, 公間關[19], 到荊州[20]之石門山[21]. 日暮乘舟於巴水驛[22]. 帆輕風疾, 瞥眼過於金沙洲[23]. 時, 洞庭[24]烟殘, 君山[25]月出. 有赤巾者八九人, 乘一隻小舸, 回回舟尾. 公疑之, 果咆喊登舟, 劍光星翻. 公知嚴崇所遣, 必不可得免, 遂與夫人投水. 噫! 小人之禍, 窮極至此哉! 時, 一行僮僕, 皆爲兵刃所殺, 而獨侍兒季鸎抱小姐呼天, 賊徒憐之, 投之江岸而去.

先是, 蜀中靑城山[26]雲水洞, 有郭仙公者, 隱居樂道. 一日, 謂其家人曰: "今月某日, 洞庭有冤死者. 吾當濟之." 卽以短棹小艇, 乘涪江[27]之水. 至[28]岳陽[29]靑草湖[30], 月下見男女兩屍泛流而來. 仙公引棹拯之, 臥蓬窓下, 水從七竅[31]而流. 過數食頃, 擧頭向仙公, 謝曰: "小生南標得罪

---

19) 關(관): 함곡관(函谷關). 지금의 하남성(河南省) 영보시(靈寶市)에 있다. 전국시대 진(秦)나라가 육국(六國)의 공격을 막기 위해 세운 후부터 중원(中原)에서 서쪽의 관중(關中)으로 통하는 요새가 되었다.

20) 荊州(형주): 지금의 호북성(湖北省) 형주시(荊州市). 명나라 때는 호광포정사 형주부(荊州府)였다.

21) 石門山(석문산): 지금의 호북성 형주시에 있는 산. 『대명일통지』에는 "파동현의 동북 방향으로 삼십 리 되는 곳에 있다. 산에 좁은 돌길이 있는데 마치 겹문이 있는 것처럼 깊다. 한나라 소열황제가 처음에 육손에게 패하여 이곳을 지나 달아나는데 추격으로 다급해지자 갑옷을 태워 길을 끊어 겨우 위기를 모면하였다[巴東縣東北三十五里, 山有石逕, 深若重門. 漢昭烈初爲陸遜所破, 走逕此門. 追者甚急. 乃燒鎧斷道, 然後得免]"라고 하였다.

22) 巴水驛(파수역): 명나라 때 황주부(黃州府)의 기수현(蘄水縣) 서쪽에 있던 역.

23) 金沙洲(금사주): 동정호에 안에 있는 모래톱.

24) 洞庭(동정): 동정호. 지금의 호남성 악양시에 있다. 예로부터 중국에서는 "팔백리동정(八百里洞庭)"이라고 해서 그 방대한 면적을 일컬었다. 호수 가운데에 작은 산이 많은데, 이 중에서 군산이 예로부터 유명하다. 호수 주변에는 악양루(岳陽樓) 등 명승고적이 많다.

25) 君山(군산): 동정호 가운데 있는 섬. 요(堯)임금의 두 딸이자 순(舜)임금의 아내였던 아황(娥皇)과 여영(女英)이 순임금이 죽자 상수(湘水)에 투신하였는데, 후대에 이들을 상군이라고 하였다. 군산은 이들의 묘(廟)가 있다고 해서 붙여진 이름이다.

26) 靑城山(청성산): 지금의 사천성(四川省) 성도시(成都市)에 있는 산. 적성산(赤城山)이라고도 한다. 풍경이 아름다울 뿐 아니라 동한(東漢)의 장도릉(張道陵)이 이곳에서 도를 연마하는 등 예로부터 도가의 명산으로 알려져 있다.

27) 涪江(부강): 가릉강(嘉陵江)의 지류. 사천성의 북쪽에서 발원하여 남쪽으로 흘러 중경(重慶)에서 가릉강과 합쳐진다.

28) [교감] 至: 국도본에는 없음.

29) 岳陽(악양): 지금의 호남성 악양시. 명나라 때는 악주(岳州)라 하였다.

30) 靑草湖(청초호): 동정호의 남쪽에 이어져 있는 호수. 상수(湘水)의 북쪽에 있으며 동쪽으로는 멱라수(汨羅水)가 있다.

31) 七竅(칠규): 사람의 얼굴에 있는 눈, 코, 입, 귀의 일곱 구멍.

朝廷, 赴謫岳州, 忽於舟次[32]逢變, 投死大江, 而今賴先生垂救, 免葬於江魚之腹中[33], 如天大德, 何以相報也?" 仙公悠然笑曰: "此不過一時緣分, 何用過謝哉!" 夫人收神擧目, 始知爲[34]仙公所救, 而女兒不在, 遂哀叫隕絶. 御史垂淚救之. 旣甦, 復相對痛哭. 仙公慰譬不已.

天明, 御史謂仙公曰: "標之夫婦殘命, 活於先生之手, 當委身門下, 長執厮隷之役, 而顧以國家罪人, 死於水中則已. 今旣不死矣, 義不敢復爲亡命[35]之人也. 當與先生, 從此辭矣. 一別仙顔, 山川永隔, 啣珠[36]他日, 報恩於何地乎?" 仙公笑曰: "人間萬事, 莫非天定. 公以塵外孤高之相, 當曲肱飮水[37]於岩穴之間, 而紆朱拖紫[38], 燀爀震耀者, 非其本分. 故造物戲劇, 禍厄如此. 往者已矣, 言之無益. 今宜順受天命, 與老夫同歸窮山, 咬根餐葉, 耐過十年, 則天道循環, 吉運自至也." 御史見仙公, 華髮覆額, 眼如明星, 氣宇疎朗, 言笑高雅. 意以爲上界眞仙, 而亦自念富貴酸齒, 憂患傷心, 霜臺[39]驄馬[40], 舊蹟驚夢, 風濤鯨窟, 餘悸震魄, 遂慷慨

---

32) 舟次(주차): 배를 타고 가는 도중. 『송사宋史』 「주태부전朱台符傳」에 "다시 나와 홍주를 맡았는데, 배를 타고 가는 중에 죽었다[復出知洪州, 卒於舟次]"고 하였다.

33) 葬於江魚之腹中(장어강어지복중): 물에 빠져 죽는 것을 비유하는 말. 『초사』 「어부漁父」의 "차라리 상수 가에 가서 고기 뱃속에 장사지낼지언정, 어찌 능히 희디흰 깨끗함으로써 세속의 먼지를 뒤집어쓸 수 있으리오?[寧赴湘流葬於江魚之腹中, 安能以皓皓之白而蒙世俗之塵埃乎?]"에서 비롯되었다.

34) [교감] 爲: 국도본에는 없음.

35) 亡命(망명): 호적에서 이름을 없애고 도망침. 『사기』 「장이열전張耳列傳」에서 "장이가 일찍이 도망쳐서 외황 땅에서 노닐었다[張耳嘗亡命, 遊外黃]"고 하였다.

36) 啣珠(함주): 은혜를 갚는다는 말로 '함환啣環'과 같은 뜻이다. 한나라 양보(楊寶)의 고사에서 비롯되었다. 양보는 아홉 살 때 올빼미에게 쫓기다 나무 아래로 떨어져 다친 꾀꼬리를 구하여 치료해주었는데, 꿈에 서왕모(西王母)의 사신이라고 하는 황의동자(黃衣童子)가 나타나 흰 구슬 네 개를 주면서 그의 자손이 그 구슬처럼 영달할 것이라고 하였다. 그 뒤에 과연 그의 자손 네 사람이 높은 관직에 올랐다고 한다. 여기에서 유래하여 다른 사람의 은혜를 갚는 일을 의미하게 되었다.

37) 曲肱飮水(곡굉음수): 팔베개하고 물마시며 안빈낙도(安貧樂道)하는 모습이다. 이 말은 『논어論語』 「술이述而」의 "채소를 먹고 물마시고 팔베개하여 잠을 자도 즐거움이 그 가운데 있다. 불의를 행하고 부귀를 누리는 것은 내게는 뜬구름과 같다[飯疏食, 飮水, 曲肱而枕之, 樂亦在其中矣. 不義而富且貴, 於我如浮雲]"는 구절에서 비롯되었다.

38) 紆朱拖紫(우주타자): "우주예자(紆朱曳紫)"라고도 한다. 주황색이나 자주색은 고관들이 차는 인수의 색을 가리키는 것으로, 지위가 높은 것을 의미한다.

39) 霜臺(상대): 어사대(御史臺)를 일컫는 말. 탄핵을 맡은 어사의 소임을 '서릿발'에 비유하면서 붙여진 이름이다.

許諾. 仙公大喜, 卽與御史, 回棹至靑城山. 是山自古, 靈仙都會之府[41]
也. 靑麟白鹿[42], 瑤草異木, 處處有之, 而仙公結茅雲中, 瀟灑如畵圖. 御
史與夫人, 淡然自適, 閒送日月. 然但以不聞小姐之存亡, 涕未嘗乾也.

其日, 南小姐哀號於洞庭岸上, 翻身欲投江者, 數矣. 季驪持之, 痛哭
曰: "小姐! 吾老爺夫人之魂, 所依托者, 誰也? 南氏骨肉, 小姐一身而已.
當隱忍偷生, 圖報父母之讐, 何必決命相隨, 然後爲孝子哉?" 小姐哭曰:
"吾以九歲幼女, 安能復而讎? 且江湖萬里, 蹤跡孤危, 豺狼鼓吻, 盜賊睢
盱, 縱欲偷生, 何可得乎?" 言罷, 哭聲哀亮, 如裂湘竹[43], 渚禽驚呼, 山鬼
垂淚.

是夜過半, 淡月蒼茫. 忽聞珮環珊珊, 自遠而漸近. 俄而有一箇靚粧仙
娥. 左手持白玉盃, 右手持瑪瑙[44]小瓶, 翻然至前曰: "妾受湘君娘娘[45]靈
旨, 奉慰於花相國夫人. 夫人以前生業冤, 雖有[46]一時厄運, 十年之後,
當與父母相逢, 榮樂無窮. 願夫人顧念貴體, 毋爲無益之悲." 因以玉盃
酌瑪瑙瓶以進, 曰: "遙夜[47]空江, 慮有飢渴, 娘娘送此玉漿[48]. 夫人一飮

---

40) 驄馬(총마): 총마는 원래 푸른색과 흰색이 섞인 말인데, 여기서는 어사가 타는 말을 의미한다.
『후한서』 「환전전桓典傳」의 "이때 환관들이 권력을 잡고 있었으나 환전은 피하는 바가 없었
다. 항상 총마를 타고 다녔는데 경사 사람들이 두려워하면서 말하기를 '가다 서다 총마 탄
어사를 피한다'고 하였다[是時宦官秉權, 典執政無所回避. 常乘驄馬, 京師畏憚, 爲之語曰, '行行且止,
避驄馬御史']"라는 기록에서 비롯하여 어사를 '총마사(驄馬史)'라고 하게 되었다.
41) 靈仙都會之府(영선도회지부): 신령한 신선들이 모이는 곳. 『산당사고山堂肆考』에서 "청성산은 성
도부에 있는데……도가의 책에는 제오동천으로 신선들이 모이는 곳이라고 한다[靑城山在成都府……
道書爲第五洞天, 乃神仙都會之處]"라고 하였다.
42) 靑麟白鹿(청린백록): 청린(靑麟)은 신선이 하늘로 승천할 때 타는 것이고, 백록(白鹿)은 상서로
운 동물이다. 둘은 모두 청성산이 신선이 사는 신비로운 곳임을 암시하는 것이다.
43) 湘竹(상죽): 상수의 얼룩무늬의 반죽(斑竹). 상수 가에는 얼룩무늬 대나무가 많은데, 전설에는
순임금의 왕비였던 아황과 여영이 순임금이 죽은 소식을 듣고 흘린 피눈물이 대나무에 얼룩
진 것이라고 한다. 백거이(白居易)의 「강상송객江上送客」에 "두견새 소리는 울부짖는 듯하고 상
수의 대나무는 피처럼 얼룩져 있네[杜鵑聲似哭, 湘竹斑如血]"라고 하였다.
44) 瑪瑙(마노): 옥의 일종. 빛이 고와서 그릇이나 장식품을 만드는 데 사용된다. 조비(曹丕)의 「마
노륵부瑪瑙勒賦」 서(序)에 "마노는 옥의 일종으로 서역에서 난다. 무늬가 엇갈린 모습이 말의
뇌와 같다고 해서 그 지방 사람들이 그리 이름을 붙였다[瑪瑙, 玉屬也. 出自西域, 文理交錯, 有
似馬腦, 故其方人因以名之]"라는 구절이 있다.
45) 湘君娘娘(상군낭랑): 흔히 요임금의 딸이었던 순임금의 왕비 아황과 여영이 상수에 빠져 죽은
뒤에 여신(女神)이 되었다고 하여 상군이라고 부르는데, 이 작품에서는 아황을 '상군'이라 하
고 여영을 '상부인(湘夫人)'이라 하였다.
46) [교감] 雖有: 국도본 雖.

此, 則雖數日不食, 而神氣無憊矣." 小姐受之, 疑怪不卽飮. 季鸞泣勸曰: "娘娘憐小姐戹厄, 軫⁴⁹⁾小姐飢渴, 降此珍液, 盛意不可孤⁵⁰⁾. 請小姐一沃 焦喉焉." 小姐擧杯飮之, 異香滿口, 情神爽朗. 小姐泣且謝曰: "小妾罪 逆通天, 罹此鞠凶⁵¹⁾. 娘娘曲加矜憫, 敎詔丁寧, 妾死無以報也. 然妾分 明見父母入水, 此世寧有會面時也?" 仙娥笑曰: "夫人休慮焉. 忠臣抱謇 謇匪躬⁵²⁾之節, 嬰龍鱗⁵³⁾, 犯虎口, 終雖捐身於層濤駭浪之中, 而神明扶 持, 必有以保全者矣." 小姐聞之, 惝怳未能信. 季鸞從傍言曰: "仙子欺 我哉? 屈大夫⁵⁴⁾死於子蘭⁵⁵⁾, 武穆⁵⁶⁾死於秦檜⁵⁷⁾. 此可謂神明扶之乎?"

---

47) 遙夜(요야): 긴 밤. 『초사』「구변」에 "늦가을의 긴 밤을 생각하니, 마음에 근심이 맺혀 슬프구 나[靚杪秋之遙夜兮, 心繚悷而有哀]"라고 하였다.

48) 玉漿(옥장): 신선들이 마시는 음료.

49) 軫(진): 불쌍히 여기다. 한유의 「전중소감마군묘지殿中少監馬君墓志」에 "왕이 그 추위와 굶주림 을 불쌍히 여겨 음식과 옷을 내렸다[王軫其寒飢, 賜食與衣]"는 구절이 있다.

50) 孤(고): 여기서 '고(孤)'는 '고부(孤負)' 즉 '저버리다'의 뜻으로 사용되었다. 왕안중(王安中)의 「유 제유감씨오문당留題柳州卄氏娛文堂」에 "이제 그대를 이별하는 시를 지었으니 늙은이의 뜻을 저 버리지 말게[第作別子詩, 老意不可孤]"라는 구절이 있다.

51) 鞠凶(국흉): 큰 재앙. '국흉(鞠訩)' '궁흉(窮凶)' '극흉(極凶)'이라고도 한다. 『시경』「소아」 '절 남산(節南山)'에 "하늘이 공평치 못하여 이같이 큰 재앙을 내리네[昊天不傭, 降此鞠訩]"라고 하 였다.

52) 謇謇匪躬(건건비궁): 임금과 나라를 위하여 충직하게 직간함. 『주역』「건蹇」에 "신하가 충직하 게 간언하는 것은 자신을 위해서가 아니다[王臣蹇蹇, 匪躬之故]"라고 한 데서 비롯하였다. [교 감] 謇謇: 국도본 蹇蹇.

53) 嬰龍鱗(영용린): 용의 목 아래에 있는 거꾸로 난 비늘을 건드린다는 뜻으로, 신하가 임금에게 맞대고 직간을 하는 것을 비유하는 말. 『한비자韓非子』「설난說難」에서 "무릇 용이란 동물은 유순하여 타고 놀 수 있다. 그러나 그 목 아래 지름이 한 자 정도 되는 비늘이 거꾸로 나 있 어서 건드리면 반드시 사람을 죽인다. 임금도 거꾸로 난 비늘이 있어 유세하는 자가 이를 범 하지 않으면 일을 이룰 것이다[夫龍之爲蟲也, 柔可狎而騎也. 然其喉下有逆鱗徑尺, 若人有嬰之者, 則 必殺人. 人主亦有逆鱗, 說者能無嬰人主之逆鱗則幾矣]"라고 한 데서 유래하였다.

54) 屈大夫(굴대부): 중국 전국시대 초나라 사람이었던 굴원(屈原). 왕에게 직간을 하다가 오히 려 유배당하자 멱라수에 빠져 죽었다. 자신의 심경을 노래한 「어부사漁父辭」가 유명하다.

55) 子蘭(자란): 초나라 회왕(懷王)의 아들이자 회왕의 뒤를 이은 경양왕(頃襄王)의 아우. 굴원의 반 대에도 불구하고 아버지 회왕에게 진나라의 초대에 응할 것을 권하였는데, 결국 회왕은 진나라 에 잡혀 죽었다. 이후 경양왕이 즉위한 뒤에는 왕에게 굴원을 참소하였고, 이 때문에 굴원은 추방되었다.

56) 武穆(무목): 남송(南宋)의 충장(忠將)인 악비(岳飛)의 시호(謚號). 금나라가 남하하면서 북송이 망 하고 남송이 세워졌을 때 금나라 군대에 맞서 싸우며 많은 전공을 세웠다. 그러나 화친을 주 장하는 진회(秦檜)의 모함으로 투옥된 뒤에 살해되었다.

57) 秦檜(진회): 남송의 신하. 금나라와의 화친을 주장하여 전쟁을 주장하는 악비를 모함으로 죽 인 후 금나라에게 신하의 예를 취하고 해마다 예단을 바치도록 한 일 때문에 간신으로 평가 된다.

仙娥撫掌曰: "娘子未知矣. 夫神明之保護忠臣者, 非但爲其人, 而亦爲其國君也. 彼楚宋之君[58], 甘心樂亡, 愎諫違忠, 而沈溺私慾, 屈膝事讐, 天厭其德. 今皇帝雖暫爲權奸所誤, 然聖孝出天, 五十而猶慕父母[59]. 天下焉有孝而不昌者乎! 昨日, 湘夫人[60]告于湘君娘娘曰, '今夜, 南御史當死於江中乎?' 娘娘掉頭曰, '南公精忠, 簡在帝心[61]. 且大明皇帝, 至德升聞. 天將報以純嘏[62], 而小微星[63]已艤舟待之矣. 然其女以偏介之性, 恐不能自保也.' 遂命妾往慰焉. 妾以是知尊大夫之無恙也." 季鸞聽罷, 呀然大奇. 仙娥向小姐, 再三寬慰, 因忽辭去. 季鸞謂小姐曰: "妾聞洞庭瀟湘之間, 自古有仙人, 而湘君其一也. 今夜之事, 實爲奇異. 願小姐恃以寬心焉." 小姐泣曰: "設令仙娥之所傳不甚孟浪[64], 父母爲人所救而無恙焉, 吾自襁褓, 未嘗一日離違膝下. 今忽相失, 音容茫然. 吾何以堪耐? 而且父母緣一不肖弱女, 而念慮存亡, 肝腸餘幾乎? 此吾所以哀隕罔極, 欲死而無知者也." 因哀哭不已.

俄而, 江鷄頻唱, 東方漸白. 小姐謂季鸞曰: "夜來事誕妄, 雖不可出口, 然其奇異則甚矣. 吾當暫保性命, 以冀他日或見父母之容顔, 而此地乃

---

58) 楚宋之君(초송지군): 자란의 모함을 듣고 굴원을 추방한 초나라의 경양왕과 진회의 말을 듣고 악비를 죽게 한 남송의 고종(高宗)을 가리킨다.

59) 聖孝出天, 五十而猶慕父母(성효출천, 오십이유모부모): 『맹자』 「고자하告子下」의 "순임금은 효성이 지극하여 쉰이 넘어서도 부모를 사랑했다[舜至孝矣. 五十而慕]"를 인용한 말로 보인다. 그런데 이 대목에서 지칭하는 황제는 명나라 세종이다. 세종은 후사가 없었던 무종(武宗)의 뒤를 이어 황제가 되었다. 즉위 후 생부인 흥헌왕의 제례(祭禮)에 사용할 존호와 관련하여 이른바 대례의(大禮議) 논쟁이 발생하였는데, 세종 황제는 자신의 효가 곧 예라는 논리를 앞세워 결국 흥헌왕의 존호를 '황고(皇考)'로 하였다. 따라서 이 구절은 대례의 논쟁을 염두에 둔 발언으로도 볼 수 있다.

60) 湘夫人(상부인): 상군과 혼용하여 쓰인다. 그러나 한유는 「황릉묘비黃陵廟碑」에서 "요임금의 장녀는 정비이므로 '군'이라고 하고 둘째딸 여영은 스스로 내려서 부인이라고 하였다[堯之長女爲舜正妃, 故曰君, 其二女女英, 自當降爲夫人也]"라고 하였다. 『창선감의록』에서도 아황을 상군으로, 여영을 상부인으로 설정하였다.

61) 簡在帝心(간재제심): 이 말은 『논어』 「요왈堯曰」의 "상제와 신하의 사이를 가리지 못하여 상제가 가려 뽑으려는 마음을 두었다[帝臣不蔽, 簡在帝心]"를 인용한 것이다.

62) 純嘏(순하): 큰 복. 『시경』 「소아」 '빈지초연(賓之初筵)'에 "너에게 큰 복을 내려주니 자손들이 즐기는도다[錫爾純嘏, 子孫其湛]"라는 구절이 있다. [교감] 嘏: 국도본 蝦.

63) 小微星(소미성): 태미원(太微垣)의 서남쪽 구석에 있는 네 개의 붉은 별로 구성된 별자리로 사대부(士大夫)의 자리이다. 일명 처사(處士)라고 한다.

64) [교감] 孟浪: 국도본 猛狼.

舟航濟湊之會也. 南來北去, 耳目煩多, 流離道路, 危辱必至, 莫如深竄
巖穴, 滅影屏迹. 生則幸耳, 不生亦命也." 相與散髮黟面, 從山間小溪而
行. 噫! 小姐金房繡閣, 曾未有跬步之勞, 而崩崖斷麓, 山石犖确65), 妍妍
玉骨, 何以自致乎? 行未十里, 嫩脚漸繭, 軟跗重繭66), 婢主相泣於林
薄67)間.

忽有疏衣一老姑, 眉如霜雪, 持紫藤短節, 過前而指西邊大路, 曰: "此
去二十里, 巴陵縣68)雙桂村, 有陳姓官人, 而其家女兒, 與君有宿世之緣,
試往依之, 則匪久當與好人相遇矣." 言訖, 忽然不見. 季鸎大驚, 小姐
亦69)異之. 鸎謂小姐曰: "神明哀憐小姐, 其所指導丁寧若此, 當順受勿
逆, 以待天命也." 於是, 決意向巴陵, 相與扶携, 寸寸前進. 時, 季鸎年十
三, 體態娉婷. 行人見兩箇美少艾70), 綠髮四垂, 如月隱雲中, 而行步裊
娜, 無不回顧驚疑也.

至雙桂村, 小姐隱身於村外密林中, 謂季鸎曰: "吾以閨中處子, 情跡
俱危, 不可以一時路次間荒唐所聞, 輕71)投於所昧平生之家. 汝試先往,
訪所謂陳官人家, 細問其名字爲誰, 官爲何官而來. 萬一吾家親戚, 則幸
甚. 不然, 寧死於道路, 決不可入矣." 又奪手中玉環而賜之, 曰: "此吾外
王母, 金陵郡主72)之幼時所寶者也, 母親嘗稱玉品眞珠之奇. 汝往試持此

---

65) 山石犖确(산석낙학): 산의 돌들이 삐죽삐죽 나 있는 모습. 한유의 「산석山石」에서 "돌이 삐죽삐
    죽 오솔길은 희미하고 황혼에 도착한 절에는 박쥐가 날고 있네[山石犖确行徑微, 黃昏到寺蝙蝠
    飛]"라 하였다.
66) 重繭(중견): 발이 부르틈. 『회남자淮南子』 「수무훈修務訓」에서 "옛날에 초나라가 송나라를 공격
    하려 했을 때 묵자는 이 소식을 듣고 슬퍼하면서 노나라로부터 열흘 밤낮을 달려갔는데 발
    이 부르터도 쉬지 않았다[昔者楚欲攻宋, 墨子聞而悼之, 自魯趍而十日十夜, 足重繭而不休息]"라고
    하였다.
67) 林薄(임박): 초목이 빽빽이 우거진 곳. 『초사楚辭』 「구장九章」 '섭강涉江'에 "신초와 개나리가
    빽빽한 수풀에서 죽어가네[露申辛夷, 死林薄兮]"라는 구절이 있고 이에 대해서 왕일(王逸)은
    "빽빽한 나무를 '림(林)'이라고 하고 초목이 서로 엉켜 있는 것을 '박(薄)'이라 한다[叢木曰林,
    草木交錯曰薄]"고 설명하였다.
68) 巴陵縣(파릉현): 지금의 호남성 악양시 악양현(岳陽縣).
69) [교감] 亦: 국도본에는 없음.
70) 少艾(소애): 나이 어리고 아름다운 여자. 『맹자』 「만장상」에 "색을 좋아할 줄 알게 되면 어리
    고 아름다운 여자를 좋아한다[知好色, 則慕少艾]"고 하였다.
71) [교감] 輕: 국도본 經.

物, 假稱買賣, 而一入陳家, 則或者有親見其家小姐之道. 汝以慧眼一見, 可知其賢否也." 鸎領諾而去.

至[73]巷南街上, 有一區大宅. 問于村人, 答曰: "山西潞安府[74]提督, 陳公衡秀之宅." 鸎又問曰: "彼家主人, 旣是外任, 則夫人想亦從往矣. 不知守宅者何人也?" 曰: "上年, 陳老爺以兵部侍郎, 出鎭山西, 而提督非率眷之職, 故夫人與小姐, 留此不往矣." 鸎又問曰: "其家小姐年齒幾歲, 而家中又有子弟, 或族姓男子否?" 曰: "小姐年齒, 則非外人所可的知, 而其家但有一公子, 往淮南叔父家學書不還者, 三年矣. 其外未聞有他男子也." 鸎心語曰: "陳公旣是京師大官, 而若與吾府, 有族分戚誼, 則必不無通信殷勤之道. 吾自知人事以來, 未聞有陳姓官人之往來於吾府者. 以此推之, 決知非內外族黨, 而吾小姐禮防太嚴, 今萬里他鄉, 安得親戚而依之乎? 吾且試往其家而觀之."

時, 陳提督夫人吳氏, 果有九歲嬌兒, 名彩瓊. 顔色綽約, 如初發芙蓉. 夫人珍重憐愛, 遇粧奩珮飾, 則無論價之多少, 輒買與之. 是日, 侍婢姚英, 持玉環一雙, 入謂小姐曰: "此物奇妙可愛, 恰似吾小姐也." 小姐忙受大喜, 着於手指[75], 而愛玩不捨, 曰: "誰家小姐, 不耐飢困, 忍賣此手中絶寶也? 吾當告于母親, 而三倍[76]其價, 以慰其戀惜之心也." 姚英笑曰: "小姐徒見此環之奇妙, 而不見其賣環者之尤奇妙也." 小姐問曰: "其人何狀?" 對曰: "其人年可十三四, 而綠衫青裙[77]. 自以爲人家丫鬟, 而其雲鬢花黶[78], 色態之天然, 雖謂之絶世閨秀, 可也." 言未竟, 夫人至. 取其玉環而視之, 大驚曰: "此玉昆閬[79]之溫玉, 此珠合浦之明珠[80]也. 冬月[81]着之而

---

72) 郡主(군주): 친왕(親王)의 딸. 당나라 때는 왕세자의 딸을 군주로 봉했고, 송나라 때는 종실의 여자를 군주로 봉했으나, 명나라 때에 와서 친왕의 딸을 군주로 봉했다.

73) [교감] 至: 국도본 之.

74) 山西潞安府(산서노안부): 지금의 산서성(山西省) 장치시(長治市). 명나라 초기에는 상당현(上黨縣)이었다가 가정년간(嘉靖年間)에 노안부(潞安府)로 승격되었다.

75) [교감] 指: 국도본 脂.

76) [교감] 倍: 국도본 陪.

77) 靑裙(청군): 푸른 베치마. 평민 부녀자의 차림이다.

78) 花黶(화엽): 부녀자들이 뺨에 찍는 연지. 여기서는 불그스레한 뺨을 묘사하고 있다.

回棹至靑城山 招魂洞庭湖 | 317

不冷, 夜室照之而有光. 此非尋常家寶物也. 汝試招其人而來."

姚英出, 與季鸞而入. 夫人小姐, 望之驚奇. 鸞禮於夫人, 夫人坐之中階, 問曰: "視汝之容服, 似是富貴家侍兒, 而何事持此玉環, 奔走求賣也.?" 鸞見夫人有德容, 小姐溫朗貞淑. 鸞心中幸喜, 對曰: "小妾乃京師南御史宅侍婢也. 老爺以非罪謫岳州, 昨夜舟中遇水賊, 老爺與夫人投江, 行中諸人皆死, 而獨九歲小姐, 僥倖得脫, 彷徨道中, 孤苦弱質, 無處求生, 而且手無見粮, 故買此指環, 欲延時日之命也." 因吞聲哽咽, 淚下如雨. 夫人慘然無語. 小姐跪告曰: "今聞南小姐之情境, 小女不覺心肝酸痛矣. 彼以九歲兒女, 抱窮天之至痛, 江湖滿地[82], 無所止接, 而秋風日高, 冬威漸迫, 弱姿軟骨, 安能一日得生乎? 母親倘垂盛德, 收置家中, 與小女同視而撫愛之, 則南氏父母, 必將結草[83]思報矣." 夫人嘉歎而撫其背, 曰: "吾兒樂善如此, 吾豈不從乎?" 問於季鸞曰: "汝小姐, 今在何處?" 對曰: "在巷外林麓間." 夫人卽命侍婢數人[84], 持小轎隨季鸞, 而往迎南小姐. 鸞纔出重門, 夫人招姚英, 傳語于南小姐曰: "小姐遭變, 流離凍餓可憐云. 老身聞之惻隱, 有此奉邀矣." 小姐愕然, 告于夫人曰: "古

---

79) 昆閬(곤랑): '昆'은 곤륜산(昆侖山)이고 '閬'은 낭풍전(閬風巓)으로 즉 곤륜산의 낭풍전을 뜻한다. 『해내십주기海內十洲記』 「곤륜昆侖」에서는 "곤륜산에는 세 봉우리가 있는데 그중 하나는 북쪽을 향하고 있고 별처럼 빛이 나며 이름은 낭풍전이다. 그 하나는 서쪽을 향하고 있으며 이름은 현포당이다. 또 하나는 동쪽을 향하고 있으며 이름은 곤륜궁이다[山三角, 其一角正北, 干辰之輝, 名曰閬風巓. 其一角正西, 名曰玄圃堂. 其一角正東, 名曰崑崙宮]"라고 하였다. '옥은 곤강에서 난다[玉出昆岡]'는 말에서 '곤강'은 바로 곤륜산으로, 곤륜산은 예로부터 옥의 산지로 유명하였다.

80) 合浦之明珠(합포지명주): 합포(合浦)에서 나는 진주. 합포는 지금의 광서성(廣西省) 합포현(合浦縣). 진주의 산지로 유명하다. 갈홍(葛洪)의 『포박자抱朴子』 「거혹祛惑」에서는 "무릇 명주를 찾는다면 합포의 연못이 아니라면 여룡의 야광주를 얻지 못할 것이다[凡探明珠, 不於合浦之淵, 不得驪龍之夜光也]"라고 하였다.

81) [교감] 冬月: 국도본 冬.

82) [교감] 江湖滿地: 국도본 湖江滿地, 규장각본 江湖散地.

83) 結草(결초): 결초보은(結草報恩). 풀을 맺어 은혜를 갚는다는 뜻으로 위과(魏顆)의 고사에서 유래하였다. 춘추시대 진(晋) 위무자(魏武子)는 병이 들자 자신이 죽은 뒤에 후처를 개가(改嫁)시키라고 유언하였다. 그러나 병세가 악화된 뒤에는 후처를 함께 묻어달라고 하고 죽었다. 이에 아들 위과는 병세가 악화되기 전의 유언을 따라 후처를 개가시켰다. 후에 위과가 전쟁에서 사로잡힐 위기에 처하였는데, 죽은 서모의 아버지가 나타나 풀을 잡아매어 적군이 탄 말이 걸려 넘어지게 하여 자신의 딸을 살려준 은혜를 갚았다고 한다.

84) [교감] 數人: 국도본 數.

之介士, 不食嗟來之食[85]. 彼南小姐, 若有貞心潔操, 則豈肯以身上飢寒, 求救於他人乎? 小女見其侍兒, 動止有法, 其主不見可知也. 今傳語中辭意, 頗涉簡褻[86], 南小姐必不來矣." 夫人覺之稱善, 改其語而送之.

時, 南小姐遣季鸞, 以良久不還爲訝. 忽然見季鸞, 與五六叉鬟, 領小轎而來. 小姐心語, '陳官人家, 果是吾親戚也. 不然, 豈有此哉?' 鸞披林木, 而姚英傳吳夫人之語於小姐曰: "因小姐侍婢, 聞小姐遭罹凶厄, 驚愕無已. 竊念路上倉卒, 喪禮難辨, 故老身母女, 方爲小姐親治衰服, 唯望降屈陋室, 過成服[87]然後, 徐圖還鄉也." 小姐目視鸞, 鸞解其意, 跪告曰: "是乃山西提督陳老爺宅也. 雖與吾府非姻親宗戚, 而其老爺方在山西任所, 公子亦往淮南, 只有夫人小姐, 而其仁風德音, 感人心骨也." 仍傳陳小姐之言. 小姐已聞姚英之傳語, 而太半傾心, 又聞鸞言, 怡然登轎.

於是, 姚英先走府中, 告南小姐之來. 吳夫人大喜, 設素筵於中堂. 陳小姐去其華飾, 降階而立. 南小姐下轎入重門, 陳小姐揖引上堂. 南小姐就席, 俯伏哀哭. 吳夫人與小姐, 哭而弔之. 季鸞陪哭[88]於南小姐之後. 弔罷, 夫人進而慰南小姐, 小姐哭踊中禮, 聲音哀切. 小姐爲之垂淚, 扶南小姐. 而歸自己粧室, 撤錦屛繡簇, 鋪以素席, 親捧糜粥以勸之. 噫! 俱以未十歲小女, 其夙成盡禮如此耶! 自此南小姐與季鸞, 哭不絶聲. 至成服日, 夫人與小姐, 又行弔禮於南小姐如初.

---

85) 不食嗟來之食(불식차래지식): "차래지식(嗟來之食)"은 원래 굶주린 사람을 불쌍히 여겨 불러서 먹을 것을 주는 일인데, 후에 무례하게 남에게 자선을 베푸는 일을 뜻하게 되었다. 이는 『예기』 「단궁하檀弓下」에 있는 "제나라에 크게 기근이 들었다. 검오는 길에서 밥을 지어 굶주린 사람이 오면 먹였다. 굶주린 사람 중에 소매로 얼굴을 가리고 신을 끌면서 비틀비틀 오는 사람이 있었다. 검오가 왼손에는 밥을 들고 오른손에는 물을 들고는 '자! 와서 먹어' 하자 눈을 들어 보고는 '나는 와서 먹으라 하는 음식을 먹지 않아서 이렇게 되었소' 하고 사양하고는 끝내 먹지 않고 죽었다[齊大饑, 黔敖爲食於路, 以待餓者而食之. 有餓者蒙袂輯屨, 貿貿然來. 黔敖左奉食, 右執飮曰, '嗟! 來食.' 揚其目而視之曰, '予唯不食嗟來之食, 以至於斯也!', 從而謝焉, 終不食而死]"에서 유래하였다.

86) 簡褻(간설): 예의를 갖추지 않고 업신여김.

87) 成服(성복): 대렴(大斂)이 끝난 뒤에 죽은 사람과의 친소관계에 따라 상복을 입는 것. 『예기』 「분상奔喪」에는 "삼 일에 성복하고 손님을 맞고 보내는 것을 처음처럼 한다[三日成服, 拜賓送賓皆如初]"라고 하였다.

88) 陪哭(배곡): 다른 사람이 곡(哭)할 때에 도와주는 것. [교감] 陪: 국도본 倍.

後數日, 夫人與南小姐, 從容問內外族派. 聞小姐爲金陵郡主外孫, 夫人喜曰: "然則小姐於老身, 爲再從姪也. 老身外王母, 卽雲陽公主, 公主於郡主爲[89]姑母也." 小姐喜曰: "小姪轉連他鄕, 四顧無親. 今得叔母而依之, 尤爲萬幸也." 自此夫人小姐, 對南小姐益親.

過十餘日, 忽然, 村巷震沸[90], 家人奔走, 告曰: "湖廣巡撫使, 尹侍郞老爺, 至矣!" 夫人大喜. 時兩小姐在夫人前, 南小姐問陳小姐曰: "尹侍郞, 無乃山東尹侍郞耶?" 陳小姐玉頰微赤, 低頭無答. 夫人笑曰: "是果山東尹侍郞, 而老身之內兄[91]也. 吾兒與尹侍郞之子汝玉定婚, 故羞澀不敢對矣. 然賢姪[92]何以知尹侍郞也?" 南小姐悄然變容, 珠淚雙落曰: "亡親昔與尹大人, 比屋友善, 情若管鮑[93], 小姪亦嘗拜見於尹大人內外, 至今猶記其顔面也."

言未已, 鼓角喧闐, 旄鉞[94]炤爛, 侍郞已到矣. 兩小姐退歸寢房, 夫人迎見侍郞於中堂. 相與問寒喧畢, 侍郞召彩瓊小姐, 執手撫愛, 喜色燦然. 侍郞又自袖中, 出一封書, 傳與夫人, 因言曰: "吾來時, 歷陵川縣[95], 平仲適巡到是, 與吾從容[96]數日. 平仲自言, '瓜期[97]不遄, 兒子亦在淮南,

---

89) [교감] 郡主爲: 국도본 郡主.
90) 震沸(진비): 소리가 진동하며 물 끓듯 떠들썩함. 명나라 이지(李贄)의 『예약豫約』 「조만종고무만鍾鼓」에 "호령이 한 번 떨어지면 백만 군사가 일제히 함성을 질러 산천이 들썩였다[號令一宣, 則百萬齊聲, 山川震沸]"는 구절이 있다.
91) 內兄(내형): 외삼촌의 아들. 『속례통고讀禮通考』에서 "외삼촌의 아들이 내형제이다. 고모의 아들은 외형제이다[舅之子, 內兄弟也. 姑之子, 外兄弟也]"라고 하였다.
92) [교감] 賢姪: 국도본 侄.
93) 管鮑(관포): 춘추시대의 관중(管仲)과 포숙아(鮑淑牙). 둘은 절친한 사이로 관중이 포숙아가 끝까지 믿고 도와준 덕에 후에 제나라의 재상이 되었다.
94) 旄鉞(모월): 백모(白旄)와 황월(黃鉞). 군권(軍權)을 상징한다. 이 말은 『서경』 「목서牧誓」의 "왕이 왼손에 황월을 쥐고 오른손에는 백모를 잡고 지휘하네[王左杖黃鉞, 右秉白旄以麾]"에서 나왔다.
95) 陵川縣(능천현): 명나라 때 산서포정사(山西布政司) 택주부(澤州府)에 속하였던 현. 택주는 지금의 산서성 진성시(晋城市) 택주현(澤州縣).
96) 從容(종용): 떠나지 않고 머무름. 굴원의 『초사』 「비회풍悲回風」에 "잠깨어 이리저리 배회함이여, 슬픔을 머금고 소요한다네[寤從容以周流兮, 聊逍遙以自恃]"라는 구절이 있다.
97) 瓜期(과기): 관리의 임기. 『좌전』 「장공莊公 8년」에 "제나라 후가 연칭과 관지부를 채구로 수자리 보냈는데, 가던 때가 오이가 열릴 무렵이었다. 제나라 후는 '오이가 열리면 바꾸어 주마' 하였는데, 수자리 기한이 다 되어도 부르지 않았다[齊侯使連稱管至父戍葵丘, 瓜時而往曰, '及瓜而代.' 期成, 公問不至]"라고 한 데서 유래하였다. 원래는 수자리의 기한이었는데, 후에 관리의 임기를 뜻하는 말로 사용되었다.

家無男⁹⁸⁾丁, 而比年海寇侵盛, 犯江西諸縣, 江西距家不遠, 深以爲憂.'
書中亦有此意否?" 夫人折書看畢, 對曰⁹⁹⁾: "滿紙皆此意而曰, '尹兄必欲
掛冠¹⁰⁰⁾東歸云. 今行果欲經過其處, 須與瓊兒, 起程隨後, 同歸濟南, 以
爲相依之地.' 小妹孤處湖海之間¹⁰¹⁾, 騷屑¹⁰²⁾驚心. 今得與哥哥同歸, 則
誠爲快幸. 然哥哥方帶天官¹⁰³⁾重任, 何事欲浼浼¹⁰⁴⁾決歸耶?" 侍郎嘆曰:
"吾非古人懸車之年¹⁰⁵⁾, 而但近來朝象寒心. 吾友南御史, 論事竄逐, 林
潤海瑞等, 亦以敢言相繼廢¹⁰⁶⁾黜. 卽今國事, 皆決於嚴嵩父子之手. 以
是, 花尙書徐少保諸老成人, 稍稍引去¹⁰⁷⁾. 吾亦無心於世事, 前月已送家
屬於濟南, 方欲謝病乞退矣. 意外忽奉南巡之命, 萬不獲已, 杖節來此.
然還朝後, 卽當決歸耳." 夫人嘆曰: "哥哥不聞南御史水死耶?" 侍郎大
驚擊膝, 曰: "此何言也?" 夫人將南小姐事, 一一告之. 侍郎失聲長吁, 忽
淚傾眶, 曰: "吾固疑子平之有此禍也. 嚴賊之陰害忠良, 類皆如此. 子平
安能獨免乎?" 旣而¹⁰⁸⁾又嘆曰: "以子平之鯁亮¹⁰⁹⁾愷悌, 死不能安葬窮

---

98) [교감] 男: 국도본 南.
99) [교감] 曰: 국도본 而.
100) 掛冠(괘관): 관직을 버림. 『후한기後漢紀』「광무제기光武帝紀」의 "봉맹은 아들 우가 왕망의 섭
    정에 대해 간하다가 죽었다는 소식을 들었다. 맹은 친구를 만나서 '삼강이 끊어졌네. 장차
    화가 사람에게 미칠 것이야' 하면서 즉시 의관을 벗어서 동도의 성문에 걸어두고 가속을 이
    끌고 요동에 가서 의탁하였다[逢萌聞王莽居攝, 子宇諫, 莽殺之. 萌會友人曰, '三綱絶矣, 禍將及人'
    卽解衣冠, 掛東都城門, 將家屬客於遼東]"에서 유래하였다. [교감] 掛冠: 국도본 冠掛.
101) 湖海之間(호해지간): 여기서는 동정호 주변 지대를 지칭하는 것으로 보인다.
102) 騷屑(소설): 전쟁의 소요. 두보의 「회우喜雨」에서 "농사는 이미 모두 그만두었는데, 병사들의
    무기가 오히려 소란스럽네[農事都已休, 兵戎況騷屑]"라고 하였다.
103) 天官(천관): 이부(吏部)를 뜻한다. 주나라의 육관(六官) 중에서 국정을 총괄하고 궁중사무를 맡
    아보던 관아를 천관이라고 한 데서 비롯하여 이후에 육부(六部) 중 이부를 천관이라 하였다.
104) 浼浼(매매): 물이 성한 모양. 『시경』「패풍邶風」'신대(新臺)'에 "새로 지은 대는 우뚝하고, 강
    물은 넘실거린다[新臺有洒, 河水浼浼]"라는 구절이 있다. 위에서는 급히 서두르는 모습을 뜻
    하는 말로 사용한 듯하다.
105) 懸車之年(현거지년): 벼슬에서 물러나는 나이. 전한의 설광덕(薛廣德)이 나이 들어 사직하자
    황제가 그에게 수레를 내려주었는데, 그의 고향 사람들이 이를 영광스럽게 여겨 설광덕의
    문 앞에 수레를 걸어 두고 자손에게 전하도록 했던 데서 비롯된 말이다.
106) [교감] 廢: 국도본 癈.
107) 引去(인거): 떠나다. 물러나다. 『사기』「평원군열전平原君列傳」에 "일 년 남짓 되자 빈객과 문
    하 사람들이 초초히 떠나는 자가 반이 넘었다[居歲餘, 賓客門下舍人, 稍稍引去者, 過半]"라고
    하였다.
108) [교감] 而: 국도본 以.

塵[110], 而反爲魚龍所食, 此豈天理乎?" 乃使侍婢召南小姐.

南小姐方歸寢房, 感念平昔, 心不自定. 及承召音, 垂淚而入, 拜於侍郎, 仆地哀哭. 侍郎號痛良久, 慰止小姐, 而仍復揮淚, 曰: "老夫惻憷, 不能與令尊同死直節, 幽明之間, 憖負多矣." 小姐起而再拜, 泣且告曰: "大人曲念亡父之至冤, 盛敎及此, 小妾願自今以後, 永依大人膝下, 幸賴大人威德, 一復父母之讐, 卽小妾當世世生生, 長爲大人血屬, 以報如天之恩." 侍郎嘆曰: "九歲女兒, 言語如此, 子平可謂有女矣." 於是, 吳夫人使侍兒引小姐, 改着吉服, 以子禮現於侍郎, 復改衰服而入. 侍郎引坐膝前, 涕淚汪然交下. 小姐復告侍郎曰: "小女蒙大人不遺, 收置膝下, 死且無恨, 而但念父母之水國孤魂, 無所憑依, 小女私情, 欲親往江上, 招安父母斷魂, 奉歸故鄕也." 侍郎嘆曰: "孝哉, 汝言! 老父未及思也." 於是, 侍郎起出外堂, 召巴陵縣丞, 謂之曰: "明日, 洞庭湖當招亡友魂[111]. 備祭奠以待之." 縣丞承命而出.

明日, 侍郎與小姐, 同至金沙洲岸上. 空山葉脫, 大江風鳴, 孤舟不來, 斷雲獨去. 日暮滄波, 消息何處? 猿聲失子而苦哀, 雁群叫侶而酸嘶, 烟樹蒼茫, 鵬鳥翩飛者, 賈太傅之長沙也[112]. 竹枝悽斷, 飯筒來往者, 屈三

---

109) 鯁亮(경량): 강직하고 성실함. 『신당서』 「이면전李勉傳」에 "그가 조정에 있으매, 강직하고 청렴해서 종신의 모범이 되었다[其在朝庭, 鯁亮廉介, 爲宗臣表]"고 하였다.

110) 窮塵(궁진): 깊은 땅속. 저승을 뜻하기도 한다. 당 원진(元稹)의 「몽유춘夢遊春」에서는 "땅속의 해골로 남김없이 버려져 모두 흐르는 물을 따라 흘러간다[盡委窮塵骨, 皆隨流波注]"고 하였다.

111) 招亡友魂(초망우혼): 죽은 친구의 넋을 부름. 남소저와 윤혁이 하려는 것은 초혼장(招魂葬)인 듯하다. 초혼장은 죽은 사람의 시신을 찾지 못했을 때 평소의 의관을 가지고 혼을 부르며 장례를 치르는 것이다. 『진서』 「원괴전袁瓌傳」에 "이때 동해왕 월의 시신이 이미 석륵에 의해 불태워져 왕비 배씨가 초혼하여 월을 장례지내려 하자 조정에서 이를 의심하였다[時, 東海王越屍旣爲石勒所焚, 妃裴氏求招魂葬越, 朝廷疑之]"고 하였고, 당나라 장적의 「정부원征婦怨」에도 "만 리 밖 백골을 거둘 수 없어 집집마다 성 아래 초혼장을 지내네[萬里無人收白骨, 家家城下招魂葬]"라는 구절이 있다.

112) 鵬鳥翩飛者, 賈太傅之長沙也(복조번비자, 가태부지장사야): 가태부(賈太傅)는 한나라의 문인이자 학자였던 가의(賈誼)를 말한다. 이 구절은 『사기』 「가생열전賈生列傳」에 "가생이 장사왕의 태부가 된 지 삼 년이 되었을 때, 복조가 가생의 집에 날아들어 구석자리에 앉았다. 초나라 사람들은 흉조인 올빼미를 복조라고 하는데, 가생이 장사에 귀양 와서 보니 장사가 습도가 높아서 수명이 길지 못하리라 생각하고 슬퍼하면서 복조부를 지어 스스로의 마음을 위로했다[賈生爲長沙王太傅三年, 有鵬飛入賈生舍, 止於坐隅. 楚人命鵬曰服. 賈生旣以適居長沙, 長沙卑濕, 自

閭之汨羅也[113]. 鼓瑟秋江之上, 曲終而人不見者, 湘靈之哀怨也[114]. 臨江痛哭, 江水嗚咽.

於是, 侍郎與小姐, 同脫上衣, 侍郎招御史魂, 小姐招夫人魂. 哭祭於江上. 是日江北江南, 無數商船, 吳楚之客, 揮淚相視而皆悲南御史.

侍郎留陳府數日起程, 吳夫人與兩小姐, 同車隨侍郎後. 行至開封府[115], 侍郎使記室一人, 陪夫人行車, 自東昌[116]直向濟南, 而侍郎從廣平[117]還京師, 詣闕復命. 明日, 上疏乞歸, 而備陳疾病狀, 辭甚懇憫, 天子乃允.

以爲壽不得長, 傷悼之, 乃爲賦以自廣]"라고 한 전고를 인용한 것이다.

113) 竹枝棲斷, 飯筒來往者, 屈三閭之汨羅也(죽지처단, 반통래왕자, 굴삼려지멱라야): 굴삼려(屈三閭)는 굴원으로 '삼려'는 그의 벼슬이름. 초나라 사람들이 오월 오일에 멱라강에 빠져 죽은 굴원을 애도하여 해마다 이날이 되면 대나무 통에 쌀을 담아 죽통 밥을 만들어 강에 던져 제사지냈다고 한 것을 인용한 것이다. [교감] 竹枝棲斷, 飯筒來往者, 屈三閭之汨羅也: 국도본에서는 '猿聲失子而苦哀' 뒤에 이 구절이 들어감.

114) 鼓瑟秋江之上, 而曲終人不見者, 湘靈之哀怨也(고슬추강지상, 이곡종인불견자, 상령지애원야): 굴원의 『초사』「유원遠遊」에 "상수의 신령으로 하여금 비파를 타게 하여, 해약과 빙이를 춤추게 한다네[使湘靈鼓瑟兮, 令海若舞馮夷]"는 구절이 있고, 당나라 전기(錢起)의 「성시상령고슬省試湘靈鼓瑟」에 "곡이 끝나자 사람은 보이지 않고, 강가에 뭇 봉우리만 푸르네[曲終人不見, 江上數峰青]"라고 하였다.

115) 開封府(개봉부): 지금의 하남성 개봉시(開封市).

116) 東昌(동창): 지금의 산동성(山東省) 요성시(聊城市). 제남(濟南)의 서쪽에 있다.

117) 廣平(광평): 지금의 하북성(河北省) 한단시(邯鄲市) 광평현(廣平縣). 동쪽으로 산동(山東)의 동창과 접해 있으며 북경과는 950리 떨어져 있다.

桂亭各言志 蓮橋獨行義

총계정에서 각자 뜻을 밝히고
백련교에서 홀로 의를 행하다

　元來尹府在山東濟南府之歷城縣, 是亦靑州之一大都會也. 有玉帛[1]
江山之勝, 人物樓觀之富, 而尹府尤以甲第擅名焉. 是年九月, 趙夫人已
與小姐公子, 自京師先歸, 整理家事, 以待侍郎. 忽聞侍郎南下之報, 復
以長路爲念焉.

　至季冬初旬, 門人入報曰: "巴陵提督夫人, 至矣." 趙夫人驚喜, 出迎
於堂上, 坐[2]定, 陳南兩小姐, 禮於趙夫人. 趙夫人引陳小姐, 撫手[3]歡愛,
曰: "別來數年, 何夙成[4]如此!" 時, 南小姐以麻帶素服[5], 坐吳夫人側, 蛾
眉[6]淡淡, 凝淚潗潗. 趙夫人愕, 而謂吳夫人曰: "此兒於夫人, 爲誰? 而酷
似南御史女[7]彩鳳, 殊可訝也." 吳夫人曰: "姐姐只知此兒似南御史之女,

---

1) 玉帛(옥백): 재화(財貨). 갈홍의 『포박자』「가둔嘉遯」에 "현달하는 것을 불행하다 하며, 옥백을
　　흙처럼 여긴다[謂榮顯爲不幸, 以玉帛爲草土]"고 하였다.
2) [교감] 坐: 국도본 座.
3) [교감] 撫手: 만송본 撫掌, 규장각본 撫首.
4) [교감] 成: 국도본 盛.
5) 麻帶素服(마대소복): 마대(麻帶)는 베로 만든 띠이고, 소복(素服)은 흰옷이다. 모두 상중의 복식이다.
6) 蛾眉(아미): 누에나방처럼 가늘고 길게 둥글려진 눈썹. 『시경』「위풍」 '석인(碩人)'에 "넓은 이마
　　에 둥근 눈썹, 웃는 모습이 어여쁘구나[螓首蛾眉, 巧笑倩兮]"라고 하였다.

而不知爲自己養女耶?" 仍傳小姐之始末. 趙夫人憮然, 執小姐而涕泣.
小姐伏席嗚嗚, 哀切而不忍見也. 吳夫人扶小姐起, 以吉服[8]拜於趙夫人,
如現侍郎儀, 復以素服侍坐於趙夫人側. 於是, 趙夫人使侍婢召紅艶小
姐及公子, 拜於吳夫人, 而又與南小姐, 相見以兄弟禮. 尹小姐已於簾內,
望見南小姐哀容, 憮然憐之. 及與之比膝同坐, 低聲致慰, 傾情相愛, 而
公子一邊慰南小姐, 一邊流目見陳小姐, 而喜眉玲瓏. 陳小姐报然抵首,
吳夫人眄而愛之.

是夜, 三小姐同歸寢房, 琅音嫩語, 娓娓[9]愔愔[10], 歡情哀淚, 婉嘆嬌嘻,
宛然若同胎姊妹, 各分天涯, 曠阻睽離[11], 茹情懸慕, 卒然相觀, 握手傾
懷[12]也. 尹小姐, 長南小姐一月, 南小姐, 長陳小姐一月. 以之爲第次, 而
丰姿懿德[13], 花交玉暎[14], 文藻女工, 莫相高下. 趙夫人耽耽愛重, 而尤
憐南小姐之孤子也.

後月餘, 侍郎至. 夫人迎慰行役之苦. 仍及於南御史韓夫人之事, 侍郎
夫婦含淚吞嗟, 如悲親戚. 南小姐感淚浹骨, 孝愛之心, 雲出泉湧, 常恐
糜粉而不能盡報也. 此後, 南小姐雖與兩小姐, 同居一房, 而坐不華席,
食不滋味. 每遇新節月朔, 則號隕輒絶. 明年八月, 讎日至. 小姐與季鸞,

---

7) [교감] 女: 국도본에는 없음.
8) 吉服(길복): 예복을 뜻한다. 『후한서』 「안제기安帝紀」에 "황태후가 숭덕전에 납시었을 때, 백관
들은 모두 길복을 입었다[皇太后御崇德殿, 百官皆吉服]"라고 하였다.
9) 娓娓(미미): 끊임없이 이야기하는 모양. 명나라 고반룡(高攀龍)의 「서의자고앙포書醫者顧仰蒲」에 "그
대는 선을 좋아하고 악을 싫어해 착한 사람을 보면 계속해서 이야기하고 착하지 않은 사람을 보
아도 계속해서 이야기하지[君爲人好善疾惡. 得人善, 娓娓言之. 得人不善, 亦娓娓言之]"라고 하였다.
10) 愔愔(음음): 조용조용한 소리.
11) 睽離(규리): 헤어져 흩어짐. 한유와 맹교(孟郊)의 「납량연구納涼聯句」에 "그대와 이별한 뒤 고달
픈 내 삶이여! [與子昔睽離, 嗟余苦屯剝]"라고 하였다.
12) 傾懷(경회): 허물없이 심정을 토로함. 소철(蘇轍)의 「차운경인초송온지직방소음次韻景仁招宋溫之
職方小飮」에 "고매한 사람 둘이 한가하여, 서로 만나 마음을 나누네[高人兩無事, 相見輒傾懷]"
라고 하였다.
13) 懿德(의덕): 아름다운 덕. 특히 여성의 미덕을 가리킬 때 사용한다. 한유의 「하책황태후표賀冊
皇太后表」에 "아름다운 덕을 생각하옵건대, 예전 훌륭한 사람을 필적할 만합니다[恭惟懿德, 克
配前芳]"라고 하였다.
14) 花交玉暎(화교옥영): 꽃이 어울려 피어 있는 모습. 여기에서 '暎'은 보통 '映'으로 쓰는데, 송나
라 정해(程垓)의 「수의란령愁倚欄令」에 "버드나무 앵두꽃 섞어 피어 있는 곳에 인가가 있다네[楊
柳杏花交映處, 有人家]"라고 하였다.

親備膳羞. 自製哀文, 祭於靈几. 明年讎日, 又如之. 服闋, 猶不御華服, 常以罪人自處, 侍郎益哀之.

是時, 尹南兩小姐, 年皆十二歲. 侍郎每遇京城故舊, 則輒問佳郎之所在處, 而終無入意者, 常嘆曰: "若以吾之兩女, 比之於姙姒[15], 則是人事之所不敢也. 然其幽閒之姿, 貞靜之德, 亦豈多讓於古人哉? 天出此等淑質, 決不屬之於平調俗士. 意者必有積德累仁之家, 出一箇大君子, 而吾兩兒, 爲之應期而生也." 趙夫人在傍問曰: "觀公語意, 無乃欲效皇英[16]之故事耶? 今以兩箇美兒, 當得兩箇佳郎, 雙雙對遊, 各見滋味也." 侍郎答曰: "苟求風采, 則如潘衛[17]者, 有之矣. 苟求門閥, 則如王謝[18]者, 有之矣. 苟求詞藻, 則如蘇內翰[19]黃太史[20]者, 有之矣. 至於大賢君子, 則不竝世而出也. 今若配南女而捨吾女, 則是不近人情也. 配吾女而捨南女, 則是負吾亡友也." 夫人大悟稱謝.

一日, 侍郎在叢桂亭, 與三小姐玩月徘徊. 忽有孤鶴, 翩躚[21]於堂上. 翹頸長唳, 其音哀亮. 侍郎卽命三小姐, 各成一絶. 尹小姐詩曰

白雪貞姿響戞然[22], 高臺獨立月中仙.

---

15) 姙姒(임사): 중국 고대 주나라 문왕의 어머니인 태임과 문왕의 후비이며 무왕의 어머니인 태사(太姒). 여성으로서 필요한 덕목을 갖춘 모범적인 여인상으로 자주 언급된다. [교감] 姙姒: 국도본 任姒.

16) 皇英(황영): 아황과 여영. 이들은 요임금의 두 딸로서, 자매가 함께 순임금의 왕비가 되었다.

17) 潘衛(반위): 반악(潘岳)과 위개(衛玠). 반악은 중국 서진(西晉) 때의 뛰어난 시인인데, 용모가 아름다운 것으로도 유명했다. 위개 또한 서진 때 사람으로 빼어난 용모로 항상 사람들의 눈길을 끌었다고 한다.

18) 王謝(왕사): 동진의 명문가 왕씨 집안과 사씨 집안. 왕씨 집안의 대표적인 인물로는 서예가로 유명한 왕희지가 있으며, 사씨 집안에는 사안(謝安)이 있다.

19) 蘇內翰(소내한): 송나라 때의 문장가 소식. 자(字)는 자첨(子瞻)이고 호(號)는 동파(東坡). 내한(內翰)은 당나라와 송나라 때 한림(翰林)을 일컫는 말이며 소식이 한림 벼슬을 한 적이 있기에 '소내한'이라 부른 것이다. [교감] 內翰: 국도본 內翰林.

20) 黃太史(황태사): 송나라 때의 시인 황정견(黃庭堅). 자(字)는 노직(魯直)이고 호(號)는 산곡(山谷). 태사(太史)는 황정견이 역임한 바 있는 관직명으로, 문서를 관리하고 역사를 기록하던 직책이었다.

21) 翩躚(편선): 빨리 날며 춤추는 모습. 두보의 「서각폭일西閣曝日」에 "나뭇가지를 이리저리 다니는 원숭이와 산꼭대기에 팔락팔락 춤추는 학[流離木杪猿, 翩躚山巓鶴]"이라고 하였다.

22) 戞然(알연): 학이 우는 소리를 흉내 낸 의성어. 소식의 「후적벽부後赤壁賦」에 "외로운 학이 알

若爲喚得丹山[23]侶, 接翼同朝玉帝前.

南小姐詩曰

一別靑城[24]每憶還, 獨憐病母在空山.
猿聲處處求其子, 不忍飛過三峽[25]間.

陳小姐詩曰

恐復驚人罷大鳴, 豈無六翮[26]到三淸[27].
祇緣子晋有佳約, 夜夜緱山[28]萬里情.

侍郎先見尹小姐詩, 知其有終不捨南小姐之意, 點頭微嘆, 嘉悅無已. 及見南小姐詩, 淚悗然不能讀, 曰: "汝之此詩, 可以斷千古孝子之腸矣." 又見陳小姐詩, 有貞靜守節之意. 三復歎賞, 而[29]但怪其隱憂也.

此後數月, 侍郎謂趙夫人曰: "吾今僻在鄕曲, 聞見不廣, 當遍遊四方, 必得佳壻而後已. 其歸未可以時月期也." 遂以千里名騾, 率家僮數人, 作路於南京, 轉向浙江焉.

時, 公子往往於姊[30]氏寢房, 接陳小姐容貌, 愛慕歡喜, 而間或參以言

연히 길게 울면서 배를 스쳐 서쪽으로 가는구나[孤鶴戛然長鳴, 掠予舟而西也]"라고 하였다.

23) 丹山(단산): 봉황이 산다고 하는 전설 속의 산. 『여씨춘추呂氏春秋』 「본미本味」에는 "사막의 서쪽 단산의 남쪽에서는 봉의 알이 있어 백성들이 먹는다네[流沙之西, 丹山之南, 有鳳之丸, 沃民所食]"라고 하였다.

24) 靑城(청성): 중국 사천성에 있는 청성산(靑城山). 청성산은 도교(道敎)의 제오동천 중 하나이다.

25) 三峽(삼협): 사천성과 호북성에 걸쳐 있는 장강(長江) 가의 구당협(瞿塘峽)과 무협(巫峽)과 서릉협(西陵峽)을 함께 이르는 말이다.

26) 六翮(육핵): 새의 양 날개. 『전국책戰國策』의 「초책사楚策四」에 "날개를 떨쳐 맑은 바람 가른다[奮其六翮而凌淸風]"라는 말이 있다.

27) 三淸(삼청): 도교에서 옥청(玉淸)과 상청(上淸)과 태청(太淸)의 세 하늘을 이르는 말.

28) 緱山(구산): 지금의 하남성 언사시(偃師市)에 있는 구씨산(緱氏山). 왕자진(王子晋)이 백학(白鶴)을 타고 신선이 되어 승천했다고 해서 도를 닦아 신선이 되는 곳을 뜻한다.

29) [교감] 而: 국도본 曰.

語, 則陳小姐冷嚴不答. 一日, 公子入母夫人寢室, 吳夫人亦來在座, 而陳小姐方與南小姐圍碁. 兩小姐迭抽纖蔥31), 落子丁丁, 如鴈點秋沙, 星布曉空, 而神動天隨32), 萬變橫生. 陳小姐忽斂手推局, 曰: "姐姐天生奇才也. 小妹何敢望也?" 公子初見南小姐之碁法神妙, 乃引金桮, 向南小姐曰: "愚兄粗解碁譜. 非曰能之, 願學焉." 南小姐一二辭讓, 遂與之對局. 公子手不暇給, 連輸三局. 兩小姐大奇南小姐, 而尹小姐嬌笑琅琅, 嘲公子曰: "汝常偉然, 自負不以天下事爲難. 今爲一女子所困, 此後能復大談乎?" 公子大笑曰: "南妹事事神異, 固非地上之人也. 至於姐姐與陳妹, 小弟不畏也." 尹小姐燦然笑曰: "敗軍之將, 猶復語勇乎?" 公子因跪告吳夫人曰: "陳妹外視小姪, 不接言語, 殊非一家間厚風也. 願叔母解諭之, 以少除冷淡之色. 且小姪俄觀陳妹碁品, 甚是小姪之敵手也. 小姪33)欲與之一番對局, 而以小姪之請, 萬無應可之理, 亦願叔母之勸諭也." 吳夫人愛其言, 遂令小姐對局焉. 小姐紅潮滿面, 若無所措其躬, 而兩小姐微笑視公子, 公子喜氣動盪, 高捲兩袖, 玉子亂落, 勢若風雨, 而故復誤着, 隨手34)求退, 摻執小姐玉臂, 引之却之. 小姐推桮却坐35), 曰: "哥哥不直, 麤不可較矣." 公子詡詡笑曰: "自退者不勝!" 兩夫人絶倒. 兩小姐駭然哂之. 是日, 三小姐還寢房, 尹小姐謂南小姐曰: "長遠可謂風流豪士, 而不可謂端肅君子." 因琅然相笑, 陳小姐羞愧無語.

一日, 侍郞自浙江還, 欣欣然謂夫人曰: "吾得東床36)快郞, 從此可得

---

30) [교감] 姉: 국도본 娣.
31) 纖蔥(섬총): 가는 손가락. 蔥(총)은 원래 풀이름인데, 흔히 여성의 가는 손가락을 비유하는 말로 사용된다. 『금병매金甁梅』의 2회에도 "옥처럼 곱고 가는 손가락을 지닌 여자, 버드나무같이 가는 허리를 지닌 여자[玉纖纖蔥枝手兒, 一撚撚楊柳腰兒]"라는 구절이 있다.
32) 神動天隨(신동천수): 『장자』 「재유在宥」의 "시동처럼 있어도 용이 나타나고 깊은 연못처럼 조용해도 우레가 치고 정신이 자유로이 움직여도 자연의 이치에 따르게 되어 아무 일도 하지 않아도 만물이 공중의 먼지처럼 움직인다[屍居而龍見, 淵默而雷聲, 神動而天隨, 從容無爲而萬物炊累焉]"를 차용하여 바둑 두는 장면을 묘사한 것이다.
33) [교감] 姪: 국도본 姐.
34) 隨手(수수): 바로 즉시. 『사기』 「회음후열전淮陰侯列傳」에 "만약에 나를 잡아서 한나라에 아부한다면 내가 오늘 죽을 것이고 공도 또한 바로 망할 것입니다[若欲捕我以自媚於漢, 吾今日死, 公亦隨手亡矣]"라는 구절이 있다.
35) [교감] 推桮却坐: 국도본 却坐.

甘食而安寢矣." 夫人大喜曰: "誰家兒子? 其人果何如也?" 侍郞曰: "晚生雖無藻鑑, 亦自許平生不妄知人, 而嘗以汝陽侯花公, 爲當今第一人, 其次子珍年方十二歲, 而陳平[37]之貌, 曾參[38]之行, 錦繡之文章, 山岳之氣像. 早晚當名震天下, 爲帝者師, 如國初之誠意伯[39]也." 仍顧謂兩小姐曰: "汝兄弟友愛格天, 終能同歸君子, 而不負平生之至願. 老父雖今日暝目, 且無復遺恨也." 自囊中出紅玉釧與小姐, 靑玉珮與南小姐, 曰: "此乃花家之信物也. 汝輩須珍重藏之." 兩小姐同歸寢房, 自幸妹娣二人將得一生不離, 而各於心中, 感謝神明.

季鸞自正堂來, 燦然啓齒微笑曰: "洞庭仙娥之言, 果不孟浪[40]矣." 小姐感悟, 歔欷曰: "過此八年, 重逢老爺孃, 然後可以[41]快信也." 尹小姐訝而問曰: "自逢賢妹之來, 未嘗見賢妹婢主, 相與密語. 何語之親, 而獨外我也?" 南小姐對曰: "渺茫誕怪之說耳. 雖得聞而口不可言也." 因顧謂季鸞曰: "當時事雖涉不經, 終始秘之於姐姐, 則不可也." 鸞於是, 將仙娥之言, 一一告之於尹小姐. 小姐大驚異之, 仍又賀之曰 "賢妹兩尊堂, 必然無事矣. 夫以賢妹之至孝, 決不當酷蒙天罰, 吾固疑之, 久也. 今聞是言, 吾心灑然, 若披雲而見日光也[42]. 往者賢妹何固執不信, 而枉自過憾也?" 南小姐猶愀然[43]抆淚. 此後, 侍郞夫婦, 治兩小姐及公子婚具, 將次第成禮, 而但恨日月之太遲也.

---

36) 東床(동상): 사위. 동진의 치감(郗鑒)이 동상에 배를 깔고 누워 있던 왕희지를 사윗감으로 정한 데서 비롯되었다.

37) 陳平(진평): 중국 한나라 사람으로, 항우(項羽)와 유방(劉邦)이 천하를 다투고 있을 때에 유방의 모사(謀士)가 되어 한나라가 천하를 통일하는 데 중요한 역할을 하였다. 원래는 항우의 수하에 있었는데, 범증(范增)의 미움을 받아서 유방에게 망명하여 그의 모사가 되었다.

38) 曾參(증삼): 공자(孔子)의 제자로, 효행으로 이름이 높았다.

39) 誠意伯(성의백): 명나라 초기의 학자이자 정치가였던 유기(劉基). 성의백은 그의 봉호(封號)이다. 고전소설 『사씨남정기』에서는 주인공 유연수의 선조로 설정되기도 하였다.

40) [교감] 孟浪: 국도본 猛狼.

41) [교감] 可以: 국도본에는 없음.

42) 若披雲而見日光也(약피운이견일광야): 구름을 걷고 햇빛을 본 듯이 마음이 확 뚫리는 것을 뜻하는 중국의 속담으로 '若披雲霧而覩靑天也(약피운무이도청천야)'라고도 한다. [교감] 披雲而見: 국도본 見披雲而望.

43) [교감] 愀然: 국도본 嘻然.

明春三月, 三小姐遊園中[44)花影亭. 或弄花枝, 或採蘭葉, 紅裙颯纚[45),
瓊佩琅鏘[46), 曼步嬌嬉, 愛影相顧. 望之若一群仙子, 接手遨戲於閬風之
苑[47), 而三小姐自條柔桑[48), 各相流嘆, 星眸依依, 玉箸[49)潸潸. 苟非深
得於七月之篇[50), 而窺兒女之情者, 莫以知三小姐之悲也. 此時, 公子聞
三小姐在花園, 忙步而至, 參坐歡笑, 陳小姐苦之. 尹小姐謂公子曰: "吾
輩之遊, 汝甚不關. 色舉[51)可也." 公子笑而猝然對曰: "小弟適得[52)一詩,
欲承姐姐評敎, 辛勤來此. 姐姐何其迫切也?" 小姐笑曰: "第問, 其詩云
何?" 公子倉卒口占[53)曰

海燕[54)新歸上畫梁, 雲窓霧閣自春光.
含泥欲到還飛去, 恐有淘河嚇頡頏[55).

---

44) [교감] 園中: 국도본 園.
45) 颯纚(삽리): 넓은 소매가 나부끼는 모습, 여기에서는 치마가 펄럭이는 모습을 묘사하고 있다.
반고(班固)의 「서도부西都賦」에서 "붉은 비단 나부끼니 비단 끈이 어지럽네[紅羅颯纚, 綺組繽
紛]"라고 하였다.
46) [교감] 鏘: 국도본 璑.
47) 閬風之苑(낭풍지원): 낭풍(閬風)은 곤륜산의 북쪽 봉우리인데, 신선이 산다고 전해진다.
48) 柔桑(유상): 어린 뽕나무 잎. 이 대목은 『시경』 「빈풍豳風」 '칠월(七月)'에 "아가씨가 광주리 들
고 오솔길 따라 어린 뽕잎 따는구나. 봄날이 가니 흰 쑥을 많이도 캐었네. 아가씨 마음은 서
글프니, 이제 곧 공자에게 시집간다네[女執懿筐, 遵彼微行, 爰求柔桑. 春日遲遲, 采蘩祁祁, 女心傷
悲, 殆及公子同歸]"를 인용하여 혼례를 앞둔 세 소저가 장차 부모 곁을 떠나는 마음을 암시하
고 있다.
49) 玉箸(옥저): 옥으로 만든 젓가락. 미인의 눈물을 비유하는 말이다.
50) 七月之篇(칠월지편): 『시경』 「빈풍」의 '칠월'을 말한다. 주 48 참조.
51) 色舉(색거): 『논어』 「자한」편에 나오는 "기미를 알고 떠나서 빙빙 돌다가 다시 모인다[色斯
舉矣, 翔而後集]"를 인용한 말로 상황을 보고 떠난다는 뜻으로 사용되었다.
52) [교감] 適得: 국도본 適.
53) 口占(구점): 초고를 쓰지 않고 입에서 나오는 대로 시문(詩文)을 짓는 것.
54) 海燕(해연): 제비. 중국에서는 제비가 남쪽 바다를 건너온다고 해서 붙여진 이름이다. 당나라
심전기(沈佺期)의 「고의정보궐교지古意呈補闕喬知之」는 북방에 수자리 살러 간 남편을 그리워
하는 부인의 심정을 노래한 시인데, 그중에 "노씨 집 새댁의 울금향 가득한 방 안에 제비가
짝지어 대들보에 집을 짓네[盧家少婦鬱金堂, 海燕雙棲玳瑁梁]"라는 구절이 있다.
55) 含泥欲到還飛去, 恐有淘河嚇頡頏(함니욕도환비거, 공유도하혁힐항): 도하(淘河)는 사다새이다. 두
보 「적소행赤霄行」의 "강물의 사다새가 날아다니는 제비를 꾸짖으니, 나르던 진흙을 떨구며
좋은 집을 부끄러워하네[江中淘河嚇飛燕, 銜泥却落羞華屋]"를 차용한 구절이다.

小姐聽罷, 蛾眉雙蹙, 憮然良久. 顧謂南小姐曰: "自古佳緣多魔, 好約易舛. 今長遠無端成詩, 而語兆不祥, 吾恐上欄之花, 將爲狂蝶之窺, 棲林之鶴, 不免禿鷲之猜也[56]." 南小姐愕然顧陳小姐, 而公子亦悔其率易, 自嘆無已.

後十餘日, 公子與兩小姐, 侍母夫人左右. 侍郎自外入來, 曰: "天下多無據事也. 陳平仲素以廉謹著稱, 今爲錦衣衛[57]摠督楊碩所陷, 以奸贓繫詔獄[58]云." 夫人大驚曰: "相公從何得聞也?" 侍郎曰: "平仲家人, 來矣." 吳夫人聞之, 仰天痛哭, 卽日治行, 將赴京師. 趙夫人請留小姐於吳夫人. 小姐哀泣, 告曰: "家嚴陷在大禍, 小姪雖乏緹縈[59]之誠, 豈忍坐此而越視乎?" 於是, 三小姐握手相別, 涕泣沾襟. 公子遑遑, 顏色千變. 吳夫人與小姐, 倍道至皇城. 聞陳公已被搒訊. 夫人小姐叫叩累絶.

初, 陳公在兵部, 時嚴嵩之假子趙文華, 聞小姐之美, 以其子求婚. 公嚴辭却之. 文華大怒, 囑於嚴嵩, 黜公爲潞安府提督. 至是使楊碩誣奏公, 以私竊太原錢三千萬. 拿下錦衣獄, 百計鍛鍊. 文華聞夫人小姐來到舊宅, 乃招夫人從兄吳郎中者, 而謂之曰: "陳衡秀罪雖當死, 然吾誠一開口, 則足以救矣. 前日, 衡秀侮我太甚, 拒婚迫切. 吾今不可以德報怨也. 聞足下與衡秀連家云. 如欲使衡秀生出獄門, 誠爲我傳言於衡秀之女. 彼若孝女, 則必知所以去就之者矣." 吳郎中, 自是畏勢唯唯之徒也. 拱手聽命, 來見吳夫人而傳之.

夫人大怒曰: "趙賊乃敢辱吾女耶?" 小姐奮然告曰: "古之孝女, 或有願爲官婢而贖其父死者[60], 亦有鬻其身, 而葬其父母者. 小女之身體髮膚,

---

56) 棲林之鶴, 不免禿鷲之猜也(서림지학, 불면독추지시야): 『시경』 「소아」의 '백화(白華)'에 있는 "들보 위에는 두루미, 수풀에는 학[有鶩在梁, 有鶴在林]"을 인용한 것으로, 두루미는 첩을 뜻하고 학은 부인을 의미한다.

57) 錦衣衛(금의위): 명나라 때 황제의 직속으로 형벌을 담당했던 기구. 홍무(洪武) 15년에 설치되었으며 처음에는 황제의 호위군이었다.

58) 繫詔獄(계조옥): 죄를 얻어 옥살이를 함. 『후한서』 「패헌왕보전沛獻王輔傳」에 "輔(보)는 죄를 얻어 옥에 갇혔다가 삼 일 후에 나올 수 있었다[輔坐繫詔獄, 三日乃得出]"고 하였다.

59) 緹縈(제영): 한나라의 효녀로 살인죄로 감옥에 간힌 아버지를 구하기 위해서 관비(官婢)가 되기를 자청함.

60) 古之孝女, 或有願爲官婢, 而贖其父死者(고지효녀, 혹유원위관비, 이속기부사자): 한나라 때 효녀

皆父母之賜也. 今父在重戮, 而爲其子者, 暇論身上之辱與不辱乎?" 夫人常以小姐爲有氷玉霜雪之操矣. 及聞是言, 愕然[61]無語, 良久流涕, 嘆曰: "哀哉, 悲夫! 叢桂亭咏鶴之詩, 足以爲汝之成案矣. 吾又何疑於汝心哉? 然殺其女而救其父, 生者何以爲心乎? 古人云, '黃金爲注, 其智已惛[62]'. 今吾之心, 不啻黃金之注而已[63], 汝其自念而自爲之." 小姐慨然, 無一毫難色, 親向吳郞中以許之. 吳郞中大喜, 歸告於文華. 文華喜甚欲狂.

明日, 復囑嚴嵩而奏之, 天子減死, 拜陳公於雲南. 公出獄, 夫人小姐持之痛哭. 公慷慨長歎曰: "吾不能見幾早作, 而洟洟[64]遲回, 遭此僇辱[65]. 尙復誰冤乎? 然老身罪在必死, 而聖上曲加容貸, 此亦天地之大恩也." 於是, 夫人泣傳趙文華之言. 公怒髮衝冠[66], 曰: "吾寧暴屍於東市[67], 豈忍與奸賊結親, 受千古罵名乎? 且吾兒三歲時, 與尹郞定親, 今已十一載. 大丈夫安能鬻子以求生乎?" 小姐怡然告曰: "小女迫於事勢, 輕先許諾, 已破之甌, 言之無益. 且天下事自有方便[68], 願爺爺勿以小女爲念焉." 言罷, 意氣自若. 公仰天寒心, 因又默然思量曰: "吾女自孩提時, 膽略過人, 而今其言動如此, 必有奇謀異策, 能以全其節者. 吾且從其意以觀之." 乃問曰: "欲聞爲之計." 小姐對曰: "小女欲如此如此." 公嘆曰: "吾以頎然[69]八尺之身, 生死懸於[70]豎子之手, 而使一箇女子, 變服

제영의 일을 말한다. [교감] 贖其父死者: 국도본 贖其父母.

61) [교감] 愕然: 국도본 愕眙.

62) 黃金爲注, 其智已惛(황금위주, 기지이혼): 『장자』 「달생達生」에 있는 "기와를 위해 일하는 사람은 정교하고 갈고리를 위해 일하는 사람은 꺼리고 황금을 위해 일하는 사람은 마음이 어지럽다[以瓦注者巧, 以鉤注者憚, 以黃金注者惛]"를 인용한 것이다.

63) [교감] 而已: 국도본 已而.

64) 洟洟(전녑): 우유부단하고 나약함. 『송사』 「구양수전歐陽修傳」에는 "문장을 수식하고 대구를 맞추는 것을 미적미적 떨쳐버리지 못하였다[鏤刻駢偶, 洟洟弗振]"라고 하였다.

65) 僇辱(육욕): 형벌을 당하는 치욕. 여기에서 '僇'은 '戮'과 통하여 쓰인다.

66) 怒髮衝冠(노발충관): 화가 나서 곤두선 머리털이 관을 뚫을 정도라는 뜻으로, 『사기』 「인상여열전藺相如列傳」의 "상여가 구슬을 쥐고 뒤로 물러서서 기둥에 기대어 섰는데, 화가 치밀어서 곤두선 머리털이 관을 뚫고 나왔다[相如因持璧却立, 倚柱, 怒髮上衝冠]"는 구절에서 유래하였다.

67) 東市(동시): 한나라 때 장안(長安)의 동쪽 시장에서 죄수를 처형했던 것에서 유래하여 사형장을 의미하게 되었다.

68) [교감] 方便: 국도본 方.

69) [교감] 頎然: 국도본 頎然, 규장각본 軒然, 만송본 頎然.

流離於四方, 此生良可哀哉! 且雲南一萬七百里, 兒女之身, 決不能得致矣. 須往淮南[71], 與雲兒相依也." 夫人初以爲小姐將殺身明節, 而隱悼默慽, 中心如割, 及聞其胸中設計, 大驚稱嘆, 再三撫小姐背, 曰: "生離死別, 關山萬里, 涕安得不橫流, 腸安得不寸斷也?"

公與夫人發行後, 小姐歸臥寢房, 日夜號泣. 時, 趙文華家人絡繹催婚. 小姐使乳娘傳語曰: "新別父母, 情懷罔極, 且當耐過數旬, 方寸[72]稍定, 然後可以成禮矣." 文華家人歸傳小姐之言. 文華之子躁躁不已. 文華曰: "人情固然, 當從其言. 且彼已作入囊之物, 緩之安往?" 後四五日, 文華使侍婢往見小姐, 小姐雲髮覆面, 擁衾呻吟, 以微微玉音, 喚謂乳娘曰: "吾悲擾之餘, 重感風寒. 方欲安意調養, 趂速差完, 以報活親之大恩, 而今外人數數來往, 吾心不便矣." 其人歸, 以此言告之. 文華喜曰: "彼誠烈孝而知德者也. 今宜順適其意, 無令生嗔. 此後則須每日承候於門外, 而勿復妄入也" 又十餘日, 小姐度公行車已遠. 與乳娘及侍兒雲蟾等, 夜治輕裝, 改着男衣, 以一匹靑驢, 向淮南而去.

明日, 趙文華家人來見, 空宇荒涼, 無復人跡, 大驚大訝, 問諸巷中人曰: "彼家小姐, 何處去?" 港中人冷[73]答曰: "小姐大姐, 吾不知也." 其人無聊, 而歸告於文華. 文華父子目瞠口噤, 相視而不能言. 使人急招吳郎中. 郎中顚倒而至. 文華頓足亂叱曰: "老畜敢賣吾父子耶?" 吳郎中不省首尾, 大愕曰: "尊公此何敎也?" 文華曰: "陳女逃走, 豈非汝老畜之造化耶?" 吳郎中, 惶急指天爲誓曰: "小生實不知也. 然當盡心搜索, 願尊公息怒." 文華之子咄咄怨其父, 曰: "當初若急急成禮, 或多遣婢僕, 防護於其家, 則必無今日之患, 而大人關鍵太弛, 爲兒女子所瞞, 此不可使聞於他人也." 文華亦悔[74]恨刻骨, 而復罵吳郎中曰: "苟不搜納陳女, 老畜

---

70) [교감] 懸於: 국도본 於.
71) 淮南(회남): 회수(淮水) 이남 지역. 지금의 안휘성 일대.
72) 方寸(방촌): 마음. 『포박자』 「가둔嘉遯」에 "방촌의 마음은 제어하는 것이 나에게 있으니 마음대로 다니게 해서는 안 된다[方寸之心, 制之在我, 不可放之於流遁也]"라고 하였다.
73) [교감] 冷: 국도본 涼.
74) [교감] 悔: 국도본 晦.

決不得保白頭矣. 急往搜之." 郞中蒼茫還家, 搔首攘胸曰: "吾以不緊陳
女之故, 大爲權門所怒, 受辱萬端. 此何等厄會也? 是女無他可往之處.
必踵其父母而走也." 卽使家丁數人, 從雲南大路而追之.

先是, 陳公之弟英秀, 性行高潔, 隱於淮南之雲母山[75]. 陳公送子昌雲
而學書焉. 公之就獄也, 謂家人曰: "吾積忤權奸, 其禍不可知也. 昌雲若
來, 則必及於禍. 是父子同死, 而宗祠絶也. 待我死後, 始通於昌雲, 竄命
山中, 爲他日復讎之計, 而勿令浪死也." 以是, 公在獄兩月, 昌雲不知也.

是時, 小姐自永淸縣[76]轉轉問路, 而向雲母山. 路當過山東. 小姐自念,
侍郞夫婦四五年撫愛之恩, 公子癡寐思服之誠, 愴然霑襟. 心語於口曰:
"吾以薄命女子, 貽禍於父母, 幾抱窮天之痛, 而永爲天下之罪人矣. 僥
倖神明俯矜至冤, 嚴親僅免大戮, 然萬里天涯, 賜環[77]無日, 從此誓當不
離膝下, 少報顧復之恩[78], 而父母辭世之日, 仍復決命同歸, 則庶可以贖
吾罪, 而畢吾願也. 室家之道, 雖云大倫, 比之父母, 猶有輕重. 此心已定,
牢不可破. 長與尹郞, 此生已矣. 人情當歷拜, 永訣于尹叔父內外及兩姐
姐, 而一入其家, 則必不無許多難處之端. 百爾思量, 終不若割情而全義
也. 然尹郞多情者也. 必然以我之故, 枉費心力, 而愆其置室之期. 吾於
尹郞, 徒爲魔障而已. 薄命之人, 事事如此, 自顧前生, 有何積罰而然也?"
以是, 身同驚彈之鳥, 心若中鉤之魚, 行必齎咨 止必飮淚.

行十餘日, 過平原驛[79], 秣驢於客店. 忽有少年名宦, 護一雙彩轎, 呵
擁前過, 而入於傍店. 雲蟾自女人之心, 忘其形色之已變, 決籬縱觀之.

---

75) 雲母山(운모산): 지금의 안휘성 저주시(滁州市) 봉양현(鳳陽縣)에 있는 산. 이곳은 명나라 때 남
   경 관할의 봉양부(鳳陽府) 봉양현이었다.
76) 永淸縣(영청현): 지금의 하북성 낭방시(廊坊市) 영청현. 북경 남쪽에 인접해 있다. 명나라 때는
   북경 순천부에 속해 있었다.
77) 賜環(사환): 귀양 간 신하를 다시 불러들임. 『순자』 「대략大略」에 "이지러진 옥을 보내 내치고,
   둥근 옥으로 불러들인다[絶人以玦, 反絶以環]"라는 말이 나온다.
78) 顧復之恩(고복지은): 부모가 자식을 기른 은혜. 『시경』 「소아」 '육아蓼莪'에서 "나를 길러주시
   며 나를 살피고 살피시며 출입할 때 나를 품에 두시니[長我育我, 顧我復我, 出入腹我]"라고 한
   데서 비롯된 말이다.
79) 平原驛(평원역): 명나라 때 산동 동창부(東昌府) 고당주(高唐州)에 속해 있던 역. 지금의 산동성
   덕주시(德州市) 평원현(平原縣).

兩轎子一時捲簾, 兩夫人細步而上堂. 在前者年可二八, 而鳳冠花履, 體貌凝莊, 在後者年未及笄[80], 而顏色照輝, 若太陽初昇. 娉婷之態, 貞淑之氣, 髣髴於自家之小姐. 雲蟾不勝艷嘆, 走而密告於小姐曰: "小婢常謂, '天下絕色, 惟尹南兩小姐及吾小姐而已.' 俄觀傍店行次小姐, 若置之尹府, 則當在於南之間矣." 小姐曰: "世間寧有復如南姐姐者乎?" 雲蟾曰: "南小姐之天香自發, 百媚[81]橫生, 自生民以來, 所未有也. 誠不敢擬議, 而至於尹小姐, 則恐不能着鞭先之[82]於此小姐矣." 小姐素知雲蟾之識鑑精明, 故不復[83]疑心. 自太息曰: "吾於尹府恩愛深厚, 而尹郎乃以金石之信, 眷眷於菲薄之質. 吾雖女子, 豈不銘感於心乎? 今吾一去雲南, 形影永阻, 則尹郎堂有雙親, 而無他兄弟, 勢不得終守柱下之信,[84] 而長缺中饋[85]之任也. 伊時猝然求婚於東西南北, 而萬一有凡品女子, 猥入其門, 則尹郎之風流韻致, 索然而無聊, 而且以兩姐姐絕世之姿, 寧不辱於比肩相隨乎? 安得以彼家處子, 薦之於尹郎也?" 深思默量, 仰嘆俯歎, 午飯在前, 而不能擧筯. 忽思一計, 奮然起曰: "士固爲知己者死. 吾豈可以一時之嫌, 而抱千古之恨也?" 卽上靑驢, 與雲蟾等, 復從來時之

---

80) 及笄(급계): 시집갈 나이가 되다. 『예기』「내칙內則」에 "여자는 열다섯 살에 비녀를 꽂는다[女子十有五年而笄]"라고 하였다.

81) 百媚(백미): 온갖 아름다운 태도. 당나라 백거이의 「장한가長恨歌」에 "돌아보며 웃는 모습 아름답게 피어나니, 육궁의 화장한 궁녀들이 빛을 잃네[回眸一笑百媚生, 六宮粉黛無顏色]"라고 하였다.

82) 着鞭先之(착편선지): 흔히 일편선착(一鞭先著)의 형태로 어떤 일을 위해 서로 앞을 다투는 것, 혹은 앞서는 것을 의미한다. 진(晉)나라의 유곤(劉琨)과 조적(祖逖)은 오랑캐로부터 중원을 회복하기로 뜻을 함께하여 서로 분발하였으며, 유곤이 "항상 조생이 나보다 먼저 채찍을 잡을까 걱정된다[常恐祖生先吾著鞭]"라고 한 말에서 유래되었다. 이 이야기는 『진서』「유곤전劉琨傳」에 있다.

83) [교감] 復: 국도본 復然.

84) 柱下之信(주하지신): 『장자』「도척편盜跖篇」에 나오는 미생고(尾生高)의 고사를 인용한 말이다. 미생이 여자와 다리 밑에서 만나기로 약속하였는데, 여자는 오지 않고 마침 홍수가 나서 물이 점점 차올랐다. 미생은 끝내 자리를 떠나지 않고 다리 기둥을 끌어안고 죽었다. [교감] 下: 국도본 石.

85) 中饋(중궤): 집안에서 음식을 만드는 것 등 주부의 일. 『주역』「가인家人」에 "육이. 이루는 바가 없고 안에 있으면서 음식을 장만하면 곧 길하다[六二, 無攸遂, 在中饋, 貞吉]"라고 하였는데, 공영달(孔穎達)이 "부인의 도리는……그 맡은 바는 집안에서 음식을 만들어 제사를 받드는 일을 맡아 할 뿐이다[婦人之道……其所職, 主在於家中饋食供祭而已]"라고 설명하였다.

路, 而下坐於白蓮橋上.

俄而, 其名宦與雙彩轎來, 望見石橋上有節美一人, 以烏巾綠衫[86], 臨流而坐, 手折碧藕, 回顧流昤. 其名宦大驚於心曰: "古聞有西子[87]毛嬙[88]之美, 而豈聞男子有如此者乎? 此稱子瑕[89]安陵君[90]之所不能髣髴也." 翩然下馬, 揖小姐問曰: "秀才欲向何處, 而閑憩於路傍乎?" 小姐答揖曰: "學生方向淮南, 適見藕花滿發, 愛玩留連也." 其人先通姓名曰: "僕滁州[91]人, 白瓊聖圭也. 願聞秀才之高啣." 小姐曰: "學生山東歷城人, 尹汝玉長遠也. 觀足下早登青雲, 不知方爲何官也?" 其人曰: "僕春間忝科第, 而新除翰林編修矣." 因問於小姐曰: "長遠居於歷城, 則或與尹吏部爲族親否?" 小姐答曰: "卽學生之嚴親也." 翰林既悅小姐之容光, 而又聞其爲尹吏部之子, 頗已傾意. 遂與之談論於文章山水. 小姐玉音滔滔, 如決江河. 翰林動容欽服, 不覺雙膝自跪, 曰: "昔程本[92]與孟子, 車遇之於道, 傾盖而語[93]. 僕縱慚於子華子[94], 長遠何遽不若古人乎?" 小姐拱手謙謝. 翰林愛慕逾深, 問[95]: "長遠年今幾何, 而曾已娶室乎? 抑有定婚而未及成禮也?" 小姐答曰: "學生齒方十三, 而嘗與陳提督之女定婚矣. 其家

---

86) 烏巾綠衫(오건녹삼): 오건(烏巾)은 삼각형 모양의 검은색 두건으로, 벼슬을 하지 않는 처사들이 착용하였다. 녹삼(綠衫)은 당나라 때 하급관리가 입었던 옷으로 후대에 직위가 높지 않은 사람들이 입는 옷이었다. 오건과 녹삼 모두 관직이 없는 사람이 입었던 옷이라고 할 수 있다.

87) 西子(서자): 중국 춘추시대 월나라의 절세미인 서시(西施). 월왕 구천의 충신 범려(范蠡)가 오왕(吳王) 부차(夫差)에게 바쳐서 결국 오나라를 멸망시켰다고 한다.

88) 毛嬙(모장): 중국 춘추시대 월왕의 후궁으로 서시와 쌍벽을 이루었던 미인.

89) 子瑕(자하): 중국 춘추시대에 위(衛)나라의 미자하(彌子瑕)로, 잘생긴 용모로 위나라 영공(靈公)의 사랑을 받았다.

90) 安陵君(안릉군): 중국 전국시대 초(楚)나라 공왕(共王)의 총신으로 용모가 뛰어났다고 한다.

91) 滁州(저주): 지금의 중국 안휘성 저주시. 송나라 구양수가 이곳에 부임했을 때에 취옹정(醉翁亭)을 세우고 「취옹정기醉翁亭記」를 지었다. 명나라 때는 남경에 속해 있었다.

92) 程本(정본): 중국 춘추시대 진나라 사람으로 처음에 호가 정자(程子)였는데 후에 자화자(子華子)로 고쳤다.

93) 傾盖而語(경개이어): 길에서 만나 수레의 가리개를 기울여 대화함. 『공자가어孔子家語』「치사致思」에 "공자가 담국에 갔을 때에 정자를 길에서 만나 수레를 기울여 종일토록 이야기하였는데, 매우 친밀하였다[孔子之郯, 遭程子於塗, 傾盖而語終日, 甚相親]"라고 한 것을 인용한 것인데, 『창선감의록』에서는 공자가 아닌 맹자로 서술되었다.

94) 子華子(자화자): 중국 춘추시대 진나라 사람인 정본의 호.

95) [교감] 問曰: 국도본 問.

遭禍遠竄, 相去萬餘里, 消息已絶, 方欲更求婚處也." 翰林喜動顏色, 曰: "僕欲有所懇, 長遠不以爲濫否?" 小姐曰: "苟垂明敎, 則安敢不奉乎?" 翰林曰: "僕有一妹, 方今率向京師, 而齒與長遠相敵矣. 其姿性之美, 足爲君子之配, 長遠雖遍遊京師, 博求淑女, 恐未有遽出吾妹之上者. 望長遠勿以門微而却之[96]也." 小姐答曰: "家有父母, 婚姻大事. 非學生之所可擅便[97]也. 足下到皇城後, 試卽通婚于家親, 則可否間當有應答矣." 翰林曰: "長遠之言, 是也. 然主張在於尊堂, 而取捨在於長遠. 幸長遠毋負今日之至意也." 小姐曰: "諾." 翰林大喜, 復與小姐淸語娓娓, 不能相捨. 小姐, 起而揖辭曰: "日色將暮, 前店稍遠, 不得終夕陪穩. 他日皇城, 當復望拜淸塵[98]耳." 翰林悵然作別, 各相登程焉.

---

96) [교감] 却之: 국도본 却.

97) 擅便(천편): 스스로 알아서 처리함.

98) 淸塵(청진): 수레가 지날 때 일어나는 먼지로, 상대방을 높여 부를 때 사용하는 말이다. 『한서』 「사마상여전司馬相如傳」에 "수레의 맑은 티끌을 범하였습니다[犯屬車之淸塵]"라는 구절이 있는데, 안사고(顔師古)는 이에 대하여 "티끌은 다닐 때 일어나는 먼지이다. 맑다고 한 것은 존경의 뜻이다[塵, 謂行而起塵也. 言淸者, 尊貴之意也]"라고 주를 달았다.

君子迎淑女 妖妾結凶客

군자는 숙녀를 맞이하고
요망한 첩이 음흉한 문객과 간통하다

　陳小姐至淮南, 見處士及公子, 告公之禍, 而相與痛哭. 處士曰: “雲南
遜矣. 汝男妹不可往. 吾當獨行, 汝等留此也.” 公子小姐涕泣願從, 而小
姐曰: “父親臨行之敎, 亦如叔父之意. 然顧今父親之禍, 莫非小姪之罪
也. 小姐欲畢命於父母膝下, 以少抒此胸中之至痛也.” 處士不得已, 與
之偕行焉.

　時, 尹府自吳夫人發行後, 侍郎夫婦晝夜憂嘆. 及聞小姐許婚於趙家
而陳公免死, 侍郎嘆息無言, 而府中莫不錯愕, 恨陳小姐之無信也. 獨兩
小姐流涕嘆曰: “孝哉! 陳妹也. 哀哉! 其必死也.” 南小姐又沈吟良久, 曰:
“陳妹英略絶人, 福氣滿面, 決非夭柱者, 必有奇事也.” 因告于侍郎, 急
送家僮, 探消息於皇城. 月餘還報曰: “陳府一空, 問於隣人, 隣人笑曰,
‘彼家小姐, 昇天乎? 入地乎? 何訪之者多而終無聲息也?’ ” 夫人以下,
相顧駭訝而莫測焉.

　後數十日, 忽有一蒼頭, 自云自淮南陳處士家來, 而上陳小姐書于兩
小姐. 尹小姐忙手折封, 書曰

小妹陳彩瓊, 涕泣頓首, 奉書告別于兩姐姐粧臺之下. 噫噫! 女子之生, 本非父母之幸, 而況如小妹之階禍[1]者, 復何云乎哉! 小妹雖刳腸刺血, 莫補老父旣傷之膚. 嗚呼! 小妹之罪, 當與人世絶矣. 獨今盟天而矢心[2]者, 生亦從父母, 死亦從父母. 然其至痛幽寃, 庸可以有旣乎? 嗟乎! 凝香閣揷梅之戲, 籠翠亭詠栢之事, 若隔前生, 而一落天涯, 如驚蓬振葉, 蕭瑟自鳴, 悲夫悲夫! 叔父母撫首子視之恩, 吾姐姐聯衾友于之情, 惟期他生之相報而已, 自餘, 腸斷氣結而不能言

別紙曰

小妹於平原客店, 遇翰林編修白瓊之妹, 小婢雲蟾, 親見其容貌而傳之, 誠亦今世之罕稀閨秀也. 願姐姐留心不忘也.

兩小姐雙淚被面不能讀, 及見別紙, 沈吟相視, 覺而嘆曰, "噫! 斯人也. 秉德如此, 豈不能終享天福乎?" 於是, 尹府上下始悲陳小姐, 而嘆南小姐之先見也. 此後公子雖强爲和顔於父母之前, 而觸物興思, 雙袖長濕, 兩小姐憂之.

一日, 兩小姐侍夫人在正堂. 公子自外帶笑而入, 曰: "有翰林白瓊者, 寄一封書於吾, 而自以爲白蓮橋分手之後, 何日何夜敢忘吾長遠耶, 其人又懇書請婚於大人, 而盛稱吾爲大賢君子, 此尤可笑也. 吾行年十三, 本不知白蓮橋在於何處, 而尤不知白瓊爲何狀人也." 夫人訝曰: "然則, 書封必然誤傳也." 兩小姐已知陳小姐之事, 相視而笑.

侍郞入來, 夫人迎而問曰: "汝玉云白翰林通婚. 所謂白翰林, 誰也?" 侍郞曰: "故太學士白邦獻子, 白瓊也." "其書分明寄相公書也?" 侍郞曰: "分明寄吾書也. 吾與其父友善矣. 書中首稱舊誼, 皮封云, '濟南府, 前任

---

1) 階禍(계화): 화를 불러옴.
2) 矢心(시심): 맹세하다. 『시경』 「용풍」 '백주(栢舟)'에서 "죽을지언정 맹세코 다른 곳으로 가지는 않으리라[之死, 矢靡它]"라고 하였다.

史府侍郎, 尹大人座前' 豈不分明乎?" 夫人曰: "然則, 其所與汝玉書, 何
其孟浪³⁾也?" 侍郎曰: "此誠可怪也." 因沈思少頃, 使公子搜出輿地圖⁴⁾,
展之案上. 撫掌笑曰:"白蓮橋在平原驛北二里許. 此自京師走淮南之路
也. 必然陳女與白瓊, 相遇於此, 白瓊悅其容彩, 與之立馬相語, 而倉卒
通名之際, 借傳汝玉之姓名也. 不然, 其間必有多般曲折, 此不可以臆料
也. 嗟乎! 陳女在萬里外, 安得一見而問之也?" 於是, 尹小姐告於侍郎曰:
"向者陳妹書中, 有數行別紙, 而其所云如此如此, 伊時, 小女等私相謂
曰, '此必徐元直薦臥龍之意也.'⁵⁾" 侍郎嘆曰: "汝等可謂陳女之知音⁶⁾
也." 乃使小姐取陳小姐手書及別紙而來. 侍郎讀畢. 流涕曰: "賢哉! 陳
女. 欲與吾家永辭耶! 天理必不然矣." 夫人問於侍郎曰: "陳女果欲如書
中所云, 而終不回心, 則相公欲將何處汝玉也?" 侍郎嘆曰: "雖黃河如針,
泰山成芥, 汝玉豈忍負陳女而娶他室乎?" 公子聞此言, 喜幸無已. 侍郎
出外堂, 答書送白翰林家人, 而公子無書焉. 自此侍郎益憐陳小姐之情
事, 長嘆不樂也.

一日, 因皇城故舊, 聞花尙書已卒. 侍郎設位, 痛哭於寢門之外⁷⁾, 兩小
姐脫去華服及佩餙焉. 越三年六月, 成生與花公子至. 侍郎大喜, 迎館於
巷北之別業小堂, 而侍郎執花公子手, 涕泗漣漣曰: "先公雖身處江湖之
間, 而心在廟堂之上. 是所謂先天下之憂, 而後天下之樂⁸⁾者. 皇天不憖,

---

3) [교감] 孟浪: 국도본 猛狼.
4) 輿地圖(여지도): 지도. 땅이 수레처럼 만물을 싣고 있다고 해서 붙여진 이름이다.
5) 此必徐元直薦臥龍之意也(차필서원직천와룡지의야): 서원직은 서서(徐庶)로 원직은 그의 자(字)이다.
   와룡은 제갈량(諸葛亮)의 호(號)이다. 서원직은 원래 유비의 모사였지만, 조조의 거짓편지에 속
   아 조조에게로 가면서 유비에게 제갈량을 추천하였다.
6) 知音(지음): 거문고를 잘 타던 백아(伯牙)와 그의 음악을 이해하던 종자기(鍾子期)의 고사에서 나
   온 말로, 서로 마음을 이해하는 친구를 뜻한다.
7) 痛哭於寢門之外(통곡어침문지외): 침문은 내실의 안방으로 들어가는 문이다. 안방의 문 밖에서
   곡하는 것은 친구의 죽음을 슬퍼하는 예법이다. 『예기』 「단궁상檀弓上」에 "스승이 죽으면 안방
   에서 곡을 하고 친구가 죽으면 안방 문밖에서 곡을 한다[師吾哭諸寢, 朋友吾哭諸寢門之外]"고 하
   였다.
8) 先天下之憂, 而後天下之樂(선천하지우, 이후천하지락): 범중엄(范仲淹)의 「악양루기岳陽樓記」에 나오는
   "세상의 근심을 먼저 걱정하고 세상의 즐거움을 나중에 즐거워하는도다[先天下之憂而憂, 後天下之樂而
   樂歟]"를 인용한 말로, 강호에 처하여 있으면서도 임금과 조정의 일을 근심하는 것을 뜻한다.

遺一老, 蒼生將復誰之仰乎?" 公子垂淚愴咽. 侍郎又曰: "賢壻不忘宿昔之言, 辛勤踐約於千里之外, 老父不勝感激也." 回向成生寒喧數語, 復與公子款款終日而去. 尹公子來見花公子. 兩公子一如瑞世之丹鳳, 一如臨風之玉樹[9]. 片言照心, 相視莫逆, 馥如芝蘭, 密若膠漆. 言其德行, 則冉牛仲弓[10], 莫相優劣, 而論其文章, 則草堂靑蓮[11], 各有長短也. 自此花公子無尹公子, 則食而忘筯, 尹公子無花公子, 則坐而忘席. 行必接手, 臥必聯床. 成生亦惑愛尹公子, 曰: "長遠有張子房[12]之嫵媚, 而兼謝東山[13]之風流矣."

侍郎擇吉日以七月上旬. 行禮於府中, 公子以玉帶烏紗[14], 着鳳紋赤錦袍, 跨繡鞍雪花馬, 笙簫鼓樂, 嗚喝轇轕. 是日, 山東人擁路歡呼, 謂天仙下降. 行到府前, 尹公子引之, 成生隨後, 翠幕際天, 紅障界地. 濟南布政使及諸縣太守, 鄕黨名士大夫, 峨冠博帶[15], 林立星羅, 而百隊紅粧, 雙雙前導, 上正堂之絳雲樓. 兩小姐七寶鳳冠, 六珈[16]瑳瑳, 被彤霞繡縠之袿, 拖紫霓金縷之裳, 珠扇月搖, 玉佩鸞鳴, 拜起雍容, 乍仰乍低, 光曜若金鴉[17]騰湧, 婀娜若玉蓮扶搖. 公子微擡秋波, 喜色隱隱. 侍郎夫婦歡

---

9) 臨風之玉樹(임풍지옥수): 풍채가 뛰어난 인물을 옥나무에 비유한 말. 두보의 「음중팔선가飮中八仙歌」에서 최종지(崔宗之)를 "깨끗하기가 바람 앞에 옥나무 같네[皎如玉樹臨風前]"라고 한 바 있다.

10) 冉牛仲弓(염우중궁): 염우(冉牛)는 이름이 염경(冉耕)으로 자(字)가 백우(伯牛)이며, 중궁(仲弓)은 이름이 염옹(冉雍)으로 중궁(仲弓)은 자(字)이다. 이 둘은 모두 공자의 제자이다. 『논어』의 「선진先進」에 "덕행은 안연과 민자건, 염백우와 중궁이 뛰어나다[德行, 顔淵, 閔子騫, 冉伯牛, 仲弓]"는 구절이 있다.

11) 草堂靑蓮(초당청련): 초당(草堂)은 두보, 청련(靑蓮)은 이백(李白)의 호(號)이다. 두보와 이백은 모두 당나라 때의 대표적 시인이다.

12) 張子房(장자방): 전한 사람 장량(張良)으로 자방(子房)은 그의 자(字). 한나라를 세운 유방(劉邦)의 모사였으며 외모가 준수했다고 한다.

13) 謝東山(사동산): 동진 사람 사안(謝安). 관직에 나가기 전 오랫동안 회계(會稽)의 동산(東山)에 집을 짓고 은둔생활을 하며 풍류를 즐겼다. '동산'은 그가 머물던 곳의 이름을 딴 호(號)이다.

14) 玉帶烏紗(옥대오사): 옥대(玉帶)는 옥으로 만든 허리띠, 오사(烏紗)는 검은 비단으로 만든 모자. 이들은 모두 관직에 있는 관리들의 품계를 나타내는 복장이지만, 혼례 등 예복에서 사용되기도 하였다. 다른 말로 사모관대(紗帽冠帶)라고도 한다.

15) 峨冠博帶(아관박대): 높은 관과 넓은 허리띠로 유생(儒生)과 사대부의 복장이다.

16) 六珈(육가): 가(珈)는 떨잠. 여성들의 머리장식이다. 『시경』 「용풍」 '군자해로(君子偕老)'에 "군자와는 해로하니 비녀는 여섯 개 떨잠으로 꾸몄네[君子偕老, 副笄六珈]"라는 구절이 있다.

17) 金鴉(금아): 태양. 한유의 「송혜사送惠師」에 "금빛 까마귀 날아오르니 온 세상이 맑고 새롭다[金

愛之情, 河海已淺矣.

是夜, 公子入尹小姐之寢室凝香閣, 明日, 入南小姐之寢室籠翠亭. 一君子兩淑女, 其琴瑟鐘鼓[18]之樂, 關雎[19]之後所未有也. 成生笑而戲公子曰: "荊玉洞房華燭 豪興正高, 此時能念竹友堂冷衾耶?" 公子笑曰: "冷衾暖衾, 各自有時, 隨分隨安而已. 簞食布衾, 曲肱而枕[20], 吾亦安之矣. 金房玉饌, 侍妾數百人, 吾亦安之矣. 故何欣慽於其間哉?" 尹公子嘆曰: "花兄可謂樂天知命[21]者也." 因謂公子曰: "弟學力未確, 心頭有一段繫着之處, 糾結而不能解, 欲罷而不能忘, 何以則可以醫此病也?" 公子曰: "夫以長遠之才, 益讀鄒聖浩然之章[22], 而集義[23]養和[24], 使此氣不餒, 則此等滓穢, 自然消磨矣." 尹公子煥然大覺, 遂忘情於陳小姐, 而顏色敷榮, 春和靄然. 兩小姐怪之.

過十餘日, 花公子將眷室還歸. 侍郎夫婦送女之情, 兩小姐離親之恨, 天地欲老[25], 而香車告辦, 寶馬乍鳴, 僕夫催程, 侍女報晚. 兩小姐以千行玉淚, 起別兩堂. 侍郎慰曰: "詩不云乎? '女子有行, 遠父母兄弟[26]' 汝

鴉卽騰蜚, 六合俄淸新]"고 하였다.

18) 琴瑟鐘鼓(금슬종고): 금슬은 거문고와 비파, 종고는 종과 북이다. 모두 부부간의 정이 돈독한 것을 비유하는 말로『詩經』「주남周南」'관저(關雎)'의 "요조숙녀를 거문고와 비파로 정겹게 한다네[窈窕淑女, 琴瑟友之]"와 "요조숙녀를 종과 북으로 즐겁게 한다네[窈窕淑女, 鐘鼓樂之]"에서 나온 말이다.

19) 關雎(관저):『詩經』「주남」의 첫번째 편명으로 군자와 요조숙녀의 만남과 사랑을 노래하였다.

20) 曲肱而枕(곡굉이침): 팔베개하고 잔다는 뜻으로 가난한 가운데서 도를 즐기는 모습을 형용하는 말.『논어』「술이」의 "공자께서 말씀하시기를 '나물밥 먹고 물마시고 팔베개하고 잠자도 즐거움이 그 가운데 있다'[子曰, 飯疏食飲水, 曲肱而枕之, 樂亦在其中矣]"고 한 데에서 비롯되었다.

21) 樂天知命(낙천지명): 하늘의 뜻에 순응하며 자신의 분수를 지키며 편안해한다는 말로,『주역』「계사상繫辭上」의 "하늘의 뜻을 즐거워하며 자신의 분수를 알기 때문에 걱정이 없다[樂天知命, 故不憂]"는 구절에서 비롯한 말이다.

22) 鄒聖浩然之章(추성호연지장): 추성(鄒聖)은 맹자. 추(鄒)는 그가 태어난 곳으로 지금의 산동성에 있다. 호연지장(浩然之章)은『맹자』「공손추상公孫丑上」에서 맹자가 공손추에게 '호연지기(浩然之氣)'에 대해 설명하는 대목을 말한다.

23) 集義(집의): 의리를 축적함.『맹자』「공손추상」에서 맹자는 "이것(호연지기)은 의를 모아서 생기는 것이니 갑자기 의리를 엄습하여 얻을 수 있는 것이 아니다. 행하여 마음에 만족스럽지 못하면 곧 호연지기가 굶주려진다[是集義所生者, 非義襲而取之也. 行有不慊於心, 則餒矣]"라고 설명하였다.

24) 養和(양화): 몸과 마음을 편안히 함.

25) 欲老(욕로): '로(老)'가 자연경물을 주어로 할 때는 '쇠하다'의 의미로 사용된다. 당나라 이하(李賀)의 「불무가사拂舞歌辭」에도 "동쪽의 해가 깨지지 않고 하늘빛이 쇠함이 없을 때[東方日不破, 天光無老時]"라고 한 유사한 용례가 있다.

等須盡心所事, 勿以父母以傷懷也. 吾之夫婦年未篤老, 花君荊玉早晚當貴, 他日京師, 自當團聚矣. 夫人揮涕, 向花公子曰: "老妾未有敎訓, 而女兒等無所閒習. 但望君子垂德而矜恕也." 公子見其岳父母至誠, 因念兩小姐前頭, 雖拱手唯唯, 而中自太息也. 尹公子送之數日程, 而兩公子相視依依, 不忍分手. 況兩小姐之情懷乎?

此時, 花府成夫人, 屈指待公子之還期. 一日, 蒼頭入報曰: "小公子行次, 先聲至矣." 夫人大喜, 卽命奴婢陽雲, 率家童三十人, 侍女十雙, 迎新婦行車于百里之外. 林小姐親率婢輩, 灑掃新房, 設屛牀帷席. 花小姐亦自柳府來, 感古撫今, 悲喜難狀[27]也. 公子與兩小姐, 到府中. 先行現廟禮, 成生跪告祝辭, 公子俯伏嗚咽而不能起. 成夫人以下, 呑聲掩仰, 而獨所謂大公子者, 冶容飾態, 無半點悲色, 尹府侍女等無不怪之. 禮畢, 現姑於中堂. 沈氏强拂淡靑廣衫, 與成夫人接席, 而坐見兩新婦千嬌萬媚, 平生所未覩也. 豹心梟腸[28], 崛岉自動, 目波橫張, 辭色屢變矣. 成夫人引執兩新婦手, 而嘆曰: "惜乎! 君等之淑姿雅儀, 吾弟與鄭夫人不見也."

是夕, 花小姐引尹小姐, 歸秘春堂, 是尹小姐新房也. 姚小姐引南小姐, 歸鳳歸亭, 是南小姐新房也. 噫! 花小姐與公子, 同育於鄭夫人懷中, 終天之痛[29], 結於心曲, 而又因困於沈氏之手中, 其相矜相愛之情, 自然有別於他人之娚妹矣. 設令尹南兩小姐, 貌不踰於人, 才調尋常, 花小姐親之重之也, 固矣. 而況其德其貌之淵暎蘭秘[30]玉溫珠朗[31]者乎? 花小姐

---

26) 女子有行, 遠父母兄弟(여자유행, 원부모형제): 여자가 시집가면 부모형제를 떠난다는 뜻으로, 『시경』 「패풍」 '천수(泉水)'에 나오는 구절이다.

27) [교감] 狀: 국도본 雙.

28) 豹心梟腸(표심효장): 승냥이와 올빼미 마음. 올빼미는 어미를 잡아먹는다고 전해져서 악인을 비유할 때 자주 사용된다.

29) 終天之痛(종천지통): 영원히 계속되는 슬픔. 흔히 부모님이 돌아가신 슬픔을 가리킨다.

30) 淵暎蘭秘(연영난비): 연영(淵暎)은 맑은 물에 그림자 비추듯이 명철함을 의미하고, 난비(蘭秘)는 난초처럼 그윽한 재주를 말한다. 남조 송나라 안연지(顔延之)의 「응조연곡수작시[應詔宴曲水作詩]」에 "밝은 마음이 맑은 연못에 그림자 같고 꽃다운 지략은 난초처럼 그윽하다[柔中淵暎, 芳獻蘭祕]"라고 하였다.

31) 玉溫珠朗(옥온주랑): 옥온(玉溫)은 어질고 덕이 있음을 말하고 주랑(珠朗)은 구슬이 밝은 것을 말한다. 덕을 옥에 비유하여 말하는 것은 『예기』 「빙의(聘義)」의 "군자는 덕을 옥에 비유할 수 있는데, 따뜻하고 윤기 있는 것이 어진 것이다[君子比德於玉焉, 溫潤而澤, 仁也]"라는 말에서

自逢尹南之後, 以琅琅歡笑, 長在於秘春鳳歸之間, 而林姚兩小姐, 亦往來講禮, 玉趾[32]聯翩. 從此花府有別地春風矣.

明年二月, 天子將設科取士. 成夫人謂公子及成生曰: "汝輩文學足以不墜家聲, 豈可終老於窮鄕乎? 吾聞柳郎今將赴擧云, 汝輩亦隨往觀光也." 兩人受命而退, 治裝登道. 成生笑指公子, 而謂柳生曰: "天驥向風長嘶, 已有踔絶西極[33]之意. 雖萬馬騰驤, 安能追爾雲[34]之足耶?" 柳生笑曰: "成兄何怯也? 穆天子[35]時, 八駿[36]并世而出. 開元[37]年間, 有玉花驄[38]照夜白[39]. 今皇帝廐馬千群, 亦有玉麟飛白玉訓[40]等, 七名馬[41]. 環碧殿[42]弄影之舞, 嘉樂觀擊毬之戲, 莫能相讓於跬步之間. 且銅臺穿袍[43], 不獨曹文烈[44]一人也. 兄試觀吾之飛鞚[45], 搴旗於荊玉之前也. 成

비롯되었다. [교감] 溫: 국도본 薀.

32) 玉趾(옥지): 발걸음.

33) 西極(서극): 서쪽의 중앙아시아 지역에서 나오는 명마(名馬). 『사기』 「대완열전大宛列傳」에 "오손국의 좋은 말을 얻어 천마라고 하였는데 대완국의 한혈마를 얻어 오손마보다 씩씩하자 오손마를 서극이라고 하고 대완마를 천마라고 하였다고 한다[得烏孫馬好, 名曰天馬. 及得大宛汗血馬, 益壯, 更名烏孫馬曰西極, 名大宛馬曰天馬云]"라고 기록되어 있다.

34) 爾雲(섭운): 구름을 밟다. 『한서』 「예악지禮樂志」에서 "뜬구름을 밟고 빠르게 달려오른다[爾浮雲, 晻上馳]"라고 하여 말이 뛰어오르는 것을 표현하였다.

35) 穆天子(목천자): 주나라 목왕(穆王). 여덟 필의 준마를 타고 서역을 여행했다고 전해지는데, 이를 신화적으로 기록한 것이 「목천자전穆天子傳」이다.

36) 八駿(팔준): 주나라 목왕이 서역에 갈 때 타고 간 여덟 필의 준마.

37) 開元(개원): 당나라 현종(玄宗) 때의 연호(年號).

38) 玉花驄(옥화총): 당나라 현종이 타고 다니던 말.

39) 照夜白(조야백): 당나라 현종 때 서역에서 들어온 준마로 털이 눈처럼 하얗다고 해서 붙여진 이름이다.

40) 玉麟飛白玉訓(옥린비백옥훈): 옥린비(玉麟飛)와 백옥훈(白玉訓)은 명나라 가정년간의 일곱 마리 명마 중 둘의 이름.

41) 七名馬(칠명마): 앞의 옥린비와 백옥훈을 포함하여 벽옥교(碧玉驕)·조야벽(照夜璧)·은하련(銀河練)·요지준(瑤池駿)·비운백(飛雲白) 등 가정년간의 일곱 마리 명마. 『원명사류초元明事類鈔』의 「마족馬足」에 "상께서 남쪽 성의 환벽전에 납시어 말을 구경하셨는데, 옥린비, 백옥훈, 조야벽, 은하련, 요지준, 비운백 등 일곱 마리가 있었다[上御南城環碧殿, 閱馬, 有玉麟飛白玉馴碧玉驕照夜璧銀河練瑤池駿飛雲白, 凡七種]"라고 한 기록이 있다.

42) 環碧殿(환벽전): 명나라 때 황제의 별장. 『전각사림기殿閣詞林記』에 "가정 13년 4월 13일 황제께서 환벽전에 납시니 말노래를 공연하였다[嘉靖十二年四月十三日, 上御環碧殿, 試演馬歌]"라고 하여 『창선감의록』의 배경이 되는 가정년간에 황제가 환벽전에서 말을 구경하고 일곱 마리 명마를 찬양하는 노래를 짓도록 하였음을 알 수 있다.

43) 銅臺穿袍(동대천포): 동대(銅臺)는 조조(曹操)가 세운 동작대(銅雀臺). 동작대는 구리로 공작을 만들어 지붕 꼭대기에 달았다고 해서 붙여진 이름이다. 천포(穿袍)는 동작대를 새로 지은 조조가

生笑曰: "子得何言之不讓也? 自古龍門[46], 無壯元兩人也." 於是, 二人相與大笑而行.

及入庭對策, 天子臨軒親考. 三人一時呈券[47], 退待於左順門[48]月廊下. 俄而, 自文華殿[49]霽雲葱籠之間, 翰林高聲大唱曰: "壯元, 浙江人花珍, 年十六!" 公子聞之, 泰然不動. 成生笑謂柳生曰: "子得果能搴旗耶?" 柳生大笑. 是日, 選三百三十六人, 兩生亦皆高中. 設燎放榜於殿庭, 各頒錦袍彩花, 加賜壯元以蓋馬[50]御樂. 上引見花壯元殿上, 大悅謂群臣曰: "朕失汝陽侯, 心常痛惜. 今其子如此麟子鳳雛[51], 故自不凡也." 仍命宣醞於前.

三日後, 拜壯元爲翰林學士, 而成柳皆除兵部員外郎. 兩員外[52]往見吏部尙書吳鵬[53], 曰: "學生等家在浙江, 難於旅宦, 而且學術空疎. 願得東南閑邑, 爲數年讀書之計." 吳鵬點頭. 後數日, 除成員外福建南靖[54]知

이를 축하하는 잔치에서 비단 전포(戰袍)를 나무에 걸어 놓고 화살을 과녁에 쏘아 맞히는 사람에게 상을 내리겠다고 하여, 여러 장수가 나와 전포를 맞힌 일을 가리킨다.

44) 曹文烈(조문열): 조휴(曹休). 문열(文烈)은 그의 자(字). 동작대에서 조조가 비단 전포를 내걸고 활쏘기를 시작했을 때 가장 먼저 나와 과녁을 맞히고 전포를 가져가려 했으나 잇달아 여러 명의 장수가 나와 모두 과녁을 맞히는 바람에 전포를 차지하지 못했다.

45) 飛鞚(비공): 달리는 말. 송나라 포조(鮑照)의 「의고擬古」에 "동물들은 살찌고 봄풀이 짧으니 달리는 말이 평원을 뛰어넘는다[獸肥春草短, 飛鞚越平陸]"라고 하였다.

46) 龍門(용문): 지금의 산서성 하진시(河津市). 이곳은 분수(汾水)와 황하(黃河)가 만나는 곳으로 황하의 물이 폭포처럼 떨어지기 때문에 하류의 물이 상류로 거슬러 올라가기 힘들다. 이 때문에 예로부터 이곳을 거슬러 올라가는 물고기는 승천하여 용이 된다는 말이 있는데, 여기에서 유래하여 과거에 급제하는 것을 비유하여 등용문(登龍門)이라 하였다.

47) 呈券(정권): 과거 답안을 제출하는 일.

48) 左順門(좌순문): 자금성(紫禁城)의 동쪽 성문인 동화문(東華門)의 맞은편에 있는 문.

49) 文華殿(문화전): 명나라 궁궐 자금성의 동쪽문 동화문 안에 있는 궁전. 황제가 신하들과 경사(經史)를 논하는 장소였다.

50) 蓋馬(개마): 과거에 장원으로 합격한 사람에게 임금이 내리던 쌍개(雙蓋)와 안마(鞍馬).

51) 麟子鳳雛(인자봉추): 기린의 아들 봉황의 새끼. 자질이 빼어난 젊은이를 비유하는 말이다. 기린은 전설 속의 동물로 상서롭다고 일컬어진다. 『시경』 「주남」 '인지지(麟之趾)'의 "기린의 발굽이여, 진진한 공자로다[麟之趾, 振振公子]"에서는 기린이 자손에 비유되었다.

52) [교감] 兩員外: 국도본에는 없음.

53) 吳鵬(오붕): 명나라 가정년간 사람으로 이부상서 등을 역임하였는데, 엄숭을 추수하여 선량한 신하들을 모함하다가 엄숭과 함께 탄핵받고 파직되었다.

54) 福建南靖(복건남정): 지금의 복건성(福建省) 장주시(漳州市) 남정현. 명나라 때는 복건포정사(福建布政司) 장주부(漳州府) 남정현(南靖縣)이었다.

縣, 柳員外爲貴陽府[55]通判. 時, 一榜皆往拜於丞相嚴嵩, 而獨壯元不往焉, 嵩啣之.

翰林上疏, 請歸覲老母. 上許之, 令將母上來. 翰林與成柳兩太守歸紹興. 成夫人撫子姪兩人之背, 而出涕曰: "汝等皆以眇茲一遺孤, 乃能立身, 使長逝者[56]有知, 豈不破顏於地下乎?" 兩人涕泣霑席. 於是, 成夫人招尹南兩夫人, 授以鳳冠花履[57]及命婦[58]職牒. 遂設大宴於府中, 邀柳太守父子. 是日, 紹興知府亦率風樂妓物而至. 三新來以麟衫[59]桂枝, 拜尙書祠堂, 翰林悲鳴之聲, 聞於外. 噫! 哀亦慕, 樂亦慕. 孝子之悲, 何日可已[60]乎? 時, 沈氏母子心腸俱痛, 掩戶不出, 而林小姐腰揮小裙, 辦備華饌, 悲顏喜色, 誠意藹[61]然. 成夫人爲之嘖嘖焉.

成太守將治行赴任, 成夫人謂其子曰: "瑃母子不義成性, 珍兒夫婦, 非我莫可保也. 汝與姚氏獨往焉. 老母不可以兒子之故而負亡弟之托也." 成太守愕然, 泣乞曰: "小子胼手弊舌, 辛苦成業者, 只爲母親也. 今得專城[62]之祿, 而不能效一日之養, 則小子之情理, 當復如何? 荊玉今已致身雲路, 當與兩嫂不日起程, 而沈叔母決不隨往矣. 一隔京鄕之後, 雖欲[63]害之, 其道末由[64], 而設或有些少難平之事, 林嫂仁明多智, 亦能彌綸[65]而保護之. 願母親毋爲過慮, 且少回矜小子之微誠焉." 夫人猶不聽.

---

55) 貴陽府(귀양부): 지금의 귀주성(貴州省) 귀양시(貴陽市). 명나라 때는 귀주포정사(貴州布政司) 귀양부였다.

56) 長逝者(장서자): 죽은 사람. 사마천(司馬遷)의 「보임소경서報任少卿書」에 "제가 끝내 갑갑한 마음을 펴서 주위 사람을 깨우치지 못한다면 죽은 사람의 혼백이 무궁한 한을 품을 것입니다[僕終已不得舒憤懣以曉左右, 則長逝者魂魄私恨無窮]"라고 하였다.

57) 鳳冠花履(봉관화리): 봉관(鳳冠)은 금으로 봉황 모양의 장식을 한 모자이고, 화리(花履)는 화려한 무늬를 수놓은 신발.

58) 命婦(명부): 봉호(封號)를 받은 여성을 일컫는 말로, 궁중의 비빈(妃嬪) 등을 내명부(內命婦)라 하고 조정대신의 어머니와 아내를 외명부(外命婦)라 한다.

59) 麟衫(인삼): 기린을 수놓은 관복. [교감] 麟衫: 국도본 獜衫.

60) [교감] 已: 국도본 旣.

61) [교감] 藹: 국도본 藹.

62) 專城(전성): 태수와 같은 지방관.

63) [교감] 雖欲: 국도본 雖.

64) 末由(말유): 방도가 없음. 『논어』 「자한」에 "비록 따르고자 하여도 그 어디에서부터 할지 알 수 없다[雖欲從之, 末由也已]"라고 하였다.

翰林微知之, 從容懇勸於夫人, 夫人流涕許之. 噫! 孝子之禍, 從此罔極矣. 造物又亦何心哉! 兩太守之行也, 姚小姐花小姐, 執尹南兩夫人之雙手, 揮玉筯, 琅音咽咽, 而成夫人向沈氏母子, 惻怛之敎, 諄復⁶⁶⁾之托, 石木亦動, 鬼神亦泣矣.

此後, 沈氏怘然舒嘯, 若芒刺去背, 而與其子謀曰: "昔鄭氏賢美而得人心, 又生奇子如珍者, 故其權日重, 相公至有廢立之意, 而家人視我母子亡如也. 今珍之兩妻, 姿德過於鄭氏, 而珍又榮貴如此, 宗族之推仰, 婢僕之輻湊⁶⁷⁾, 視昔有倍. 彼若一往京師, 上得天子之寵, 下挾儕友之勢, 則如龍騰雲虎乘風, 而莫之制也. 盍且羈留而困之, 以快報賞春亭之怨也." 琤曰: "慈敎是也."

一日, 琤謂翰林曰: "先君子在朝時, 爻象⁶⁸⁾晏然, 汝猶勤勸其致仕也. 今則國政日亂, 危亡立可見, 而汝反揚揚欲進, 何其言易而行違也?" 翰林遜辭對曰: "兄丈之言敎如此, 小弟敢不銘佩⁶⁹⁾也?" 卽以縣道陳章⁷⁰⁾, 辭職請留養病母, 語意懇曲. 天子憐之, 給以一年暇. 翰林自此, 獨居竹友堂, 以書史自娛. 沈氏使桂香等飛語相扇, 危辱備至, 苦菜惡食, 人不可堪, 而翰林處之恬如也. 沈氏又以針線紡績刺繡, 諸般苦事, 督役兩夫人, 而兩夫人以天生神才, 應命如流, 雖以沈氏之暴, 無以摘其罪也.

於是, 琤告于沈氏大迎趙女. 外則范漢爲之賓, 而內則沈氏主張, 其禮在正堂小室之間, 囫圇無次. 而其所現姑也, 費盡痴騃花琤之箱中金寶,

---

65) 彌綸(미륜): 두루 일을 처리함. 혹은 두루 다스림. 『주자어류朱子語類』에 "천지를 아우르고 고금을 포괄한다[彌綸天地, 該括古今]"고 하였다.

66) 諄復(순복): 여러 번 간절히 이름. '순복(諄複)'이라고도 한다.

67) 輻湊(복주): '폭주'로 읽기도 함. 수레의 바퀴살처럼 사람들이 모여드는 형세. 여기에서는 인심을 얻었다는 의미로 사용하였다. 반고의 「동도부東都賦」에 "오랑캐를 평정하고 길이 통하게 되니 사방에서 몰려들었다[平夷洞達, 萬方輻湊]"라고 하였다.

68) 爻象(효상): 『주역』의 괘를 이루는 여섯 효가 나타내는 모양. 길흉을 뜻하는 말로도 사용된다. 『주역』 「계사하繫辭下」에서 "효상은 안에서 움직이고 길흉은 밖으로 나타난다[爻象動乎內, 吉凶見乎外]"라고 하였다.

69) 銘佩(명패): 가슴에 새겨두고 잊지 않음.

70) 縣道陳章(현도진장): 향리에 있는 신하가 지방의 현(縣)과 도(道)를 경유하여 조정에 있는 임금에게 상주(上奏)하는 것.

而珠其耳而玉其項, 綾羅之光, 蘭麝之氣, 奪人目而射人鼻. 然見其容貌, 則不過奸笑巧睇, 蠱媚蕩子之一淫娼也. 是夜與瑈同宿, 而其褻昵之語, 嬌譃之聲, 侍婢無不駭愕, 而東墻之事[71]彰露, 沈氏大慙諱之. 趙女以井底之蛙, 自以爲傾國傾城[72]之萬古絶艶, 而眇視西子[73], 唾笑玉眞[74]矣. 一見尹南之後, 膽落氣沮, 萬興索然, 引鏡自照而怨其鏡之太公也, 引水自照而痛其水之至平也, 費心焦燥, 肝腸寸斷. 其爲人之猜殘如此, 而狐媚[75]成性, 簧舌[76]鑠金, 夫以一沈氏, 足以亡人之門, 況復加之以妖妾乎! 此後, 趙女欲先去林小姐, 日夜讒於瑈. 瑈曰: "林氏罪則當出, 而荊玉必以死爭之. 此人性剛, 吾恐其有怪擧也." 趙女拍掌大笑, 曰: "相公兄也. 翰林弟也. 兄出其妻, 弟安敢有怪擧乎? 彼必不過搶頭搗胸而已. 假令爲林女自刎, 亦未害於相公也. 相公畏一孤雛腐鼠[77], 不能斷掌中事, 妾竊爲相公哀之." 瑈猶趑趄.

一日, 與范張輩, 囁喋相語於百花軒, 至竹友堂, 抽唐詩一匣, 而若搜玩狀, 捲卷而問曰: "昔唐中宗[78]不知韋皇后[79]之惡, 而不能去. 武帝[80]知

---

71) 東墻之事(동장지사): 화춘와 조씨가 처음 담 너머로 보고 반하여 그날 밤 화춘이 몰래 담 너머 가서 동침한 일을 말한다.

72) 傾國傾城(경국경성): 나라를 망하게 할 만큼 빼어난 미모. 이 말은 『한서』 「외척전外戚傳」 '이부인李夫人'에서 "연년이 황제를 모시면서 일어나 춤을 추었는데 그 노랫말에 왈 '북방에 한 미인이 있어 빼어나기가 세상에 독보적이라네. 한 번 돌아보니 한 성이 기울고 두 번 돌아보니 나라가 기운다네. 어찌 성이 기울고 나라가 망하는 것도 모를까? 미인은 다시 얻기 어렵다네'[延年侍上起舞, 歌曰, 『北方有佳人, 絶世而獨立, 一顧傾人城, 再顧傾人國. 寧不知傾城與傾國, 佳人難再得]"라고 한 데에서 유래하였다.

73) 西子(서자): 춘추시대(春秋時代) 월나라 미인 서시(西施). 월왕 구천이 오왕(吳王) 부차(夫差)에게 천하의 미인인 서시를 바치자 오왕이 서시에 빠져 정사를 돌보지 않게 되었고, 월왕이 이때 오나라를 공격하여 멸망시켰다.

74) 玉眞(옥진): 당나라 현종의 왕비였던 양귀비. 양귀비는 원래 여도사(女道士)로 궁궐에 들어가면서 현종에게서 태진(太眞)이라는 도호를 받았다. 당나라 백거이는 현종과 양귀비의 사랑을 노래한 「장한가」에 "누각이 영롱하고 오색구름 이는 곳에 그중에 아름다운 선녀가 많다네. 그중에 옥진이라는 선녀 있어 눈 같은 살결과 꽃 같은 모습이 양귀비 같네[樓閣玲瓏五雲起, 其中綽約多仙子. 中有一人字玉眞, 雪膚花貌參差是]"라고 하였다.

75) 狐媚(호미): 여우처럼 듣기 좋은 말로 사람을 미혹시킴.

76) 簧舌(황설): 교묘한 말.

77) 孤雛腐鼠(고추부서): 말할 가치도 없는 미천한 인물. 『후한서』 「두융열전竇融列傳」에 "나라는 헌(憲)을 외로운 병아리나 썩은 쥐처럼 버릴 뿐이다[國家棄憲, 如孤雛腐鼠耳]"의 구절이 있다.

78) 唐中宗(당중종): 당나라 제4대 황제. 고종(高宗)과 측천무후(則天武后)의 아들로 황위에 올랐으나 어머니였던 측천무후가 스스로 황제가 되는 바람에 폐위되었다가 후에 거사를 일으켜 다시 황

陳皇后[81]之妬, 而能去之. 兩主之優劣, 何如耶?" 翰林不解其意, 對曰:
"男子陽德也, 女子陰德也. 陽德鎭陰, 使陰德不能勝陽, 然後家道方立
也. 中宗蠢愚闇弱, 乃以房陵私誓[82], 承順韋后之心, 而馴致其惡, 終至
自斃而不悟, 其人不足道也. 至若武帝, 則以傑驁[83]好色之心, 不能容忍
偏性婦人一時之妬, 以結髮夫婦棄之如遺, 此固過也. 然妬者七去之首
也[84]. 果有如晉惠帝[85]之賈皇后[86], 則誠不可不去也." 璚雀躍而出, 入告
於沈氏曰: "林氏之悖惡妬忌, 小子之痛恚, 久矣. 至今隱默而不能黜者,
以成姑母愛憎太偏, 而荊玉黨於林氏之故. 今成姑母已往福建, 荊玉又
有如此之言, 執此爲左契[87], 則荊玉雖十口, 必不敢復言矣. 今當快黜林
氏, 而以趙女爲正室也." 沈氏驚曰: "林氏之罪, 不過不納家夫之風情而
已, 何嘗有妬惡乎? 而且吾鍾情已固, 未可動也." 璚屢請而不能得.

제가 되었다.

79) 韋皇后(위황후): 당나라 중종의 황후. 무삼사(武三思)와 정을 통하여 중종을 시해하고 아들 예종(睿宗)을 세운 다음 국가정사를 좌지우지하려다가 후에 현종이 된 이융기(李隆基)의 거사로 죽었다.

80) 武帝(무제): 중국 한나라의 황제. 흉노족을 토벌하고 유학을 장려하여 중앙집권을 강화하였다.

81) 陳皇后(진황후): 한나라 무제의 왕비인 진아교(陳阿嬌). 무제의 고모인 관도장공주(館陶長公主)의 딸이다. 관도장공주는 딸 진아교를 황후로 만들기 위해 무제와 결혼시키고 무제가 황제가 될 수 있도록 힘썼다. 그러나 황제가 된 무제가 위자부(衛子夫)를 후궁으로 들여 총애하자 진황후는 위자부를 투기하여 저주하다가 폐위되어 쫓겨났다.

82) 房陵私誓(방릉사서): 방릉(房陵)은 당나라 중종이 측천무후에 의해 폐위되어 쫓겨나 있던 곳으로, 이곳에서 위황후와 어려움을 함께했던 중종은 후에 복위되어서 황후의 전횡을 제지하지 못했다.

83) 傑驁(걸오): 흉포하고 잔인함.

84) 妬者七去之首也(투자칠거지수야): 칠거(七去)는 남편이 아내를 내칠 수 있는 일곱 가지 죄목인데 그중에서 투기가 가장 큰 죄목이라는 말이다. 『대대례기大戴禮記』의 「본명本命」에 "여자가 쫓겨나는 일곱 가지가 있는데, 부모에게 불순하면 내치고 자식이 없으면 내치고 음란하면 내치고 투기하면 내치고 나쁜 병이 있으면 내치고 말이 많으면 내치고 도둑질을 하면 내친다[婦有七去, 不順父母去, 無子去, 淫去, 妬去, 有惡疾去, 多言去, 竊盜去]"라고 하였으며, 또 유향(劉向)의 『열녀전列女傳』에는 "일곱 가지 내치는 이유 중에 투기가 으뜸이다[七去之道, 妬正爲首]"라고 하였다.

85) 晉惠帝(진혜제): 서진(西晉)의 2대 황제로 어리석은 인물로 평가된다.

86) 賈皇后(가황후): 혜제(惠帝)의 황후로 이름은 남풍(南風)이었다. 시어머니였던 양태후(楊太后)의 친족을 모조리 죽인 뒤에 권력을 마음대로 주물렀으며 사씨(謝氏) 소생의 태자 사마휼(司馬遹)을 죽이는 등 무도한 일을 자행하다가 조왕(趙王) 사마륜(司馬倫)에게 죽임을 당하였다.

87) 左契(좌계): 고대 중국에서는 계약 후에 신물을 둘로 나누어, 좌계는 채무자가 가지고 우계는 채권자가 가졌다. 『노자老子』에는 "이런 까닭에 성인은 좌계를 가지고 다른 사람을 보채지 않는다[是以聖人執左契而不責於人]"고 하였다.

於是, 趙女使婢蘭秀通范漢, 因爲謀主. 又締結桂香等, 多埋凶穢於沈氏之堂, 使桂香等發告曰: "林小姐爲之." 沈氏大怒, 責林小姐而將出之. 府中婢僕失聲號泣, 尹南兩夫人仰天嗟惋. 翰林免冠徒跣, 痛哭於庭. 沈氏大怒曰: "汝今生哭我而詛之乎? 景玉本無承順馴致之事, 林女之惡, 浮於韋皇后, 又公然拒絶其夫, 不容寢席. 景玉旣非宮刑[88]之人, 則勢不得不更聘他人, 而一自趙氏入來後, 林女之妬恚日甚, 千古妖惡之變, 至及於吾之寢室, 此賈皇后之所不忍爲也. 景玉行年二十, 尙無一子, 其將以林家一女之故, 絶花門百世之祀耶? 觀汝之意, 欲兄之無嗣, 而使宗統自歸於己也" 翰林猶泣苦諫, 以顙稽地, 血流被面. 沈氏叱曰: "吾黜吾婦, 何關於汝耶?" 使蒼頭驅迫翰林而出之. 翰林出, 而復痛哭於百花軒庭中.

時, 范漢坐於堂上, 慌忙下來, 跪問於翰林曰: "相公! 此何景象也?" 翰林悲憤弸中, 使奴捽曳范漢, 匝地數十回, 而大叱曰: "汝凶狡賊子, 乃敢濁亂卿相之門, 至於此極耶?" 漢氣急, 口呀然張而不能語. 又令捽曳數十回, 出之府門外.

是日, 林小姐步出重門, 將上轎子, 回向尙書祠堂, 垂淚拜辭, 嘅然乘轎. 乳母侍婢等, 哭而從之. 花府之人, 惟沈氏母子及趙女外, 無不揮淚. 時, 小姐兄御史潤, 削職家居于河間府[89]. 小姐向河間而歸.

於是, 璿大張威儀, 會宗族, 將立趙女爲正堂. 翰林又痛哭, 諫曰: "齊桓公[90]之盟曰, '毋以妾爲妻.'[91] 今兄丈空然使賢妻下堂, 而以閭巷賤女, 猥承祖先之事, 辱莫大焉." 璿大怒罵之曰: "汝有兩妻, 而吾獨無一妻乎?" 卒立趙女爲妻. 趙女自此揚揚自得, 行止飄忽, 裙端生風, 籠絡愚夫,

---

88) 宮刑(궁형): 거세하여 생식기능을 없애는 형벌. 중국 고대 오형(五刑) 중 하나로 사형(死刑) 버금가는 중형(重刑)이었다.

89) 河間府(하간부): 북경 관할하의 하간부. 지금의 하북성 창주시(滄州市). [교감] 間: 국도본 南.

90) 齊桓公(제환공): 춘추오패(春秋五霸) 중의 한 사람. 관중 등 유능한 신하를 등용하여 제나라를 강국으로 만들었다. 규구(葵丘)에서 제후들 간의 회맹(會盟)을 주도하면서 제일 먼저 패자(霸者)로 인정되었다.

91) 毋以妾爲妻(무이첩위처): 춘추시대 노(魯)나라 희공(僖公) 9년에 제환공이 제후들과 규구에 모여 맹세했던 다섯 가지 규약 중의 하나이다. 규구의 맹세에 대해서는 『춘추곡량전春秋穀梁傳』에 나온다.

嬌怒迭發. 瑃奔走承命, 尻不接地. 婢僕羞之, 咄咄思林小姐. 以是府中解體, 紀綱大紊.

一日, 趙女猝然至秘春堂, 南夫人亦在座矣. 趙女向尹夫人曰: "妾聞此家有世傳兩重寶, 而必與之家婦焉. 先尊舅以林女之不肖而不與之, 藏在於百花軒篋笥[92]中, 忽然分傳於夫人之姊妹云. 夫人等自以介婦[93]之身, 猥受家嫡世傳之寶, 名實乖矣, 事體非矣. 夫林女亂倫, 家道罔極之時, 名實事體固不可暇論, 而卽今家內淸明, 群品得序, 嫡庶之分, 截若天壤. 宗婦相傳之物, 宜不關於夫人等身上也." 尹夫人聽罷, 怡然笑曰: "元來如此, 而妾等不知也. 然其寶名云何也?" 趙女曰: "紅玉釧者, 先祖東丘侯[94]征金陵[95]時, 順聖馬皇后[96]賜郜夫人[97]者也. 靑玉佩者, 高祖東國公平定南方時, 交趾[98]國禮幣中, 第一奇寶也. 以是世世護惜, 必傳于世婦之有德有貌, 而能與其玉相稱者. 吾尊姑貌德俱美, 而皇考[99]太學士公, 公然不傳焉. 是以失所主, 而誤及於夫人等, 寧不可嗟乎?" 尹夫人卽開金箱, 出而給之曰: "明敎當然矣." 趙女玩弄再三, 喜氣燦然, 而南夫人正色端坐, 默無一言. 尹夫人數目南夫人, 而南夫人終無出給之意. 趙女快快忿怒而歸. 南夫人謂尹夫人曰: "兩玉吾等之信物也. 不聞君子之言, 而其可輕與他人乎?" 尹夫人墮淚曰: "君子猶不能自保, 況念吾等乎! 吾等猶不念, 而況於玉乎! 詩云, '赫赫宗周, 襃姒滅之'[100] 今日

---

92) 篋笥(협사): 대나무로 엮어서 물건을 보관하는 데 사용하는 상자.
93) 介婦(개부): 종법(宗法)에서 적장자(嫡長子)의 부인을 총부(冢婦)라 하고 적장자의 아내가 아닌 경우를 개부라 한다.
94) 東丘侯(동구후): 『창선감의록』에서 화진의 선조로 설정한 명나라 태조의 장수 화운.
95) 金陵(금릉): 지금의 강소성 남경시(南京市)의 옛 이름. 명나라 태조(太祖)는 처음에 이곳을 도읍으로 삼았다.
96) 順聖馬皇后(순성마황후): 명나라 태조의 황후였던 마씨(馬氏).
97) 郜夫人(고부인): 『창선감의록』에서 화씨 집안의 조상으로 설정된 화운의 부인.
98) 交趾(교지): 지금의 베트남.
99) 皇考(황고): 증조부나 조부. 혹은 돌아가신 아버지를 높여 부르는 말이기도 하다. 여기에서는 심씨의 시아버지이자 화욱의 아버지를 가리킨다.
100) 赫赫宗周, 襃姒滅之(혁혁종주, 포사멸지): 『시경』 「소아」의 '정월(正月)'에 나오는 구절. 주나라 마지막 왕 유왕(幽王)이 포사(襃姒)에 빠져 왕비 신후(申后)를 폐하고 주색에 빠져 정사를 그르친 일을 풍자한 노래다. 여기에서는 화춘이 조씨에게 혹하여 임씨를 내쫓아서 집안이 문란해진 것에 비유하고 있다.

之謂也."

後數日, 趙女於正堂, 訛訛診診[101], 說林小姐之過惡. 尹夫人聽而不聞, 而南夫人不勝憤嘅, 正色曰: "娘子太恃丈夫之寵矣. 古人云, '蘭焚蕙嘆[102], 兎死狐悲.' 娘子獨不聞, 白頭宮人嘲班婕妤[103]之言乎?" 趙女愕然色沮. 沈氏大怒, 謂南夫人曰: "趙婦名位自別, 汝輩安敢以娘子呼之?" 南夫人離席謝罪曰: "已熟之口, 未能猝變. 致勤嚴敎, 惶恐無已." 噫! 南夫人耿介方峻, 恰有乃爺之風節. 故言語堂堂, 不能如尹夫人之雍容周旋, 而受禍尤慘云.

一日, 沈氏使兩夫人刺繡於前, 忽翰林乳母桂花, 自外泣而入曰: "蒼天蒼天! 此何故也?" 沈氏愕而問之. 桂花拊膺, 對曰: "朝廷削奪吾翰林爵版, 降吾南夫人爲小室, 而卽今府吏來到, 將收南夫人之職牒矣." 趙女喜躍, 謂南夫人曰: "娘子之驕囊索絶矣. 此時復能悋非分之靑玉佩?" 南夫人刺繡自若, 而尹夫人憤淚不能禁. 俄而, 璿入告曰: "臺官[104]劾奏荊玉以不孝無行, 免爲庶人, 而又奏南嫂以罪死人之女, 不宜爲宰相家子婦, 降爲小室云矣." 沈氏笑曰: "珍生貴太甚, 宜其敗也"

於是, 范漢猝然見困於翰林, 怨入骨髓, 而趙女亦怨翰林之沮其爲正室, 又憤於南夫人之不與靑玉珮而面辱焉. 遂與范漢密札往來, 日夜揣摩陷害之計. 漢忽然上京, 久而無消息, 璿漠然不知, 而責翰林曰: "范生之絶跡, 怒汝之無禮也."

時, 都御史鄔懋卿, 倚勢於嚴嵩, 貪黷陰贄, 善類反目焉. 漢納刺[105]請謁於懋卿, 懋卿不卽見. 漢乃以趙女之白金八十兩, 大珠十枚, 納之於懋

---

101) 訛訛診診(자자치치): 다른 사람을 헐뜯는 모양. 『시경』 「소아」에서 "서로 사이가 좋다가 헐뜯으니 또한 심히 애처롭다[潝潝訿訿, 亦孔之哀]"라고 하였다.

102) 蘭焚蕙嘆(난분혜탄): 지분혜탄(芝焚蕙歎)과 같은 뜻으로 동류의 사람이 해를 입으면 슬퍼한다는 말이다. 진(晉)나라 육기(陸機)의 「탄서부歎逝賦」에 "소나무가 무성하면 잣나무가 기뻐함을 알고 지초가 불에 타면 혜초가 탄식함을 감탄하네[信松茂而柏悅, 嗟芝焚而蕙歎]"라고 하였다.

103) 班婕妤(반첩여): 한나라 성제의 후궁. 황제의 사랑이 조비연(趙飛燕)에게 옮겨간 뒤 장신궁(長信宮)에 내쳐졌으며 자신의 처지를 가을부채에 비유한 시 「원가행怨歌行」을 지었다.

104) 臺官(대관): 감찰기관이었던 도찰원(都察院)의 도어사(都御史).

105) 納刺(납자): 고관대작의 집을 처음 방문할 때 자신의 이름을 적은 종이를 문지기를 통해 들여보내는 일. 여기서 '자(刺)'는 이름을 적은 작은 종이로 일종의 명함이다.

卿妻耿氏. 懋卿始見漢而問之曰: "生遠來相尋, 寧有意乎?" 漢於是, 譸張翰林不孝之罪, 口角流沫, 喩喩不已, 而又曰: "罪人南標之女, 娶以爲妻, 居常怨國, 比嚴丞相於賈似道[106]" 懋卿笑曰: "花珍罪誠可誅, 而玆事於君甚不相關, 何發憤之至此也?" 漢無言可答. 懋卿又笑曰: "雖然, 吾當有以處之. 君退待可也." 漢拜謝而退. 過數日無皂白[107]. 漢着急, 復以趙女之金珠及他寶, 行賂如初. 於是, 懋卿告于嚴嵩. 嵩亦怨翰林者, 又聞其娶南御史之女, 大怒, 使人取來禮部序齒錄[108], 而見之. 勃然起坐, 口呼奏草, 授懋卿.

明日, 朝參時奏之. 上愕然曰: "花珍豈有是行耶?" 嵩從傍奏曰: "此則, 臣亦稔聞之, 非虛言也. 且禮部序齒錄在, 安可誣也?" 因極力搆陷. 上不得已而從之, 遂免爲庶人, 而降南夫人之號. 噫! 偏聽生奸, 獨任成亂[109], 大明朝廷, 吁亦殆哉!

---

106) 賈似道(가사도): 송나라 이종(理宗) 때의 신하. 누이가 귀비(貴妃)가 되어 권력을 잡았으나 몽고군이 악주(鄂州)를 함락하였을 때 땅을 내어주고 화의를 청한 일로 탄핵을 받고 유배 가다가 도중에 피살되었다.

107) 無皂白(무조백): 옳고 그름을 가리는 일이 없음. 이 말은 『시경』 「대아」편의 '상유(桑柔)'에 나오는 "말을 못하는 것이 아닌데 어찌 이토록 두려워하는가? [匪言不能, 胡斯畏忌]"라는 구절을 한나라 정현(鄭玄)이 "현명한 사람은 이 일이 잘못된 것을 보니 시비를 분별하여 왕에게 말할 수 없는 것이 아니다[賢者見此事之是非, 非不能分別皂白言之於王也]"라고 설명한 데서 비롯되었다.

108) 序齒錄(서치록): 조정에서 벼슬하는 인물에 대하여 가족의 출생과 혼인 등 집안일을 적은 책.

109) 偏聽生奸, 獨任成亂(편청생간, 독임성란): 한쪽 말만 들으면 간사함이 생기고 혼자서 독단하면 난이 일어난다는 뜻으로, 『사기』 「추양열전鄒陽列傳」에 나오는 말이다.

慈悲觀世音 意氣都御史

자비로운 관음보살,
의기 있는 도어사

自此, 趙女着南夫人以靑衣, 使喚於沈氏前. 又搜奪靑玉佩, 而鎖鳳歸
亭. 有時淫啄毒鞭, 困辱萬端, 而南夫人任命泰然. 尹夫人與南夫人, 遇之
僻處, 失聲憤泣. 南夫人嘅然止之, 曰: "姐姐以河海之量, 何不忍於小事
也? 夫吾等之入於斯門, 不過報佛者之所謂冤業而已. 任命而處, 命盡而
歸, 何足以區區榮辱, 自介於心乎? 且吾兄弟自奉君子以來, 君子之遭窮
途逆境者, 一日而凡幾度矣. 然君子未嘗有怨天尤[1]人之色, 吾等雖偏性
女子, 獨能無欽歎思齊[2]之心乎?" 尹夫人執手, 而益泣曰: "賢妹之慷慨,
能忍人之所不忍, 而言又如此, 嘉哉! 然吾父母之養吾兄弟也, 愛流成海,
情塵爲岳. 食或減前, 則驚懼而問之, 寢或晏起, 則顚倒而臨之. 及其將送
也, 牽裾攬帶, 躑躅而不忍別. 卽今父母之心, 亦必仰天而潛祝曰, '吾女等
庶幾無疾病歟.' 吾等不肖, 不能報父母如此之恩, 而落於虎口, 危在旦夕,

---

1) [교감] 尤: 국도본 憂.
2) 思齊(사제): 본받아서 같아지고자 함. 『논어』 「이인里仁」에 "어진 이를 보면 같아지기를 생각하
　고 어질지 못한 이를 보면 스스로 반성한다[見賢思齊, 見不賢而內自省也]"라고 하였다.

賢妹尤受毒滋酷, 慘不可見, 寧不悲憤乎?" 於是, 南夫人亦流涕.

趙女已於壁間窺聞之, 入讒於沈氏. 沈氏大怒, 以爲怨詛, 囚尹夫人於園北小閣, 笞南夫人而囚中廊外之行閣下. 又盡逐尹南侍婢等於外. 季鸞攀執夫人之裳, 痛哭而不能去. 趙女叱之曰: "賤婢欲死耶?" 鸞仰頭冷笑曰: "死何足畏? 吾雖賤人, 不能效東墻下拾佩之行也." 趙女面色如土, 亂歐鸞而出之. 沈氏又鎖斷竹友堂內外門, 使翰林不敢見天日, 往往絶其飮食而戹困[3].

一日, 趙女使蘭香, 持一器糜粥, 送于南夫人, 而傳沈氏之命曰: "不可復入, 汝亦自知, 汝其蚤自引[4]處也." 夫人見其粥色靑黃, 嘆曰: "與其苟且而生, 不若死而無知也." 遂擧而盡之. 蘭香入, 以南氏之死告於趙女. 趙女大喜, 卽與蘭香至屍所, 急卷以簀, 密招心腹壯奴莫忠, 而賞百金曰: "汝負此簀, 投之於江, 而十分愼口也." 莫忠負此簀, 從園北小門而出, 夜已[5]三更矣. 行未數百步, 忽然精神[6]迷亂, 回回入山谷中. 俄而五官[7]俱塞, 咫尺不分.

先時, 淸遠夢觀音, 以丹藥三丸受之曰: "某月某日, 南夫人彩鳳, 當死於非命. 汝於其日夜四更, 往待於紹興寶林山[8]南麓下, 以救之." 明日, 淸遠卽以錫杖短褐, 從西蜀而來, 至寶林山明珠庵[9], 卽花府北園之外也. 時, 尹南侍婢等匿庵中, 各思其夫人, 相語流涕. 淸遠知而不問.

一日夜半, 淸遠謂季鸞雙蟾等曰: "君家主人困厄極矣. 吾當救之, 君

---

3) 戹困(액곤): 곤경에 처함. 『사기』 「태사공자서太史公自序」에 "파·설·팽성에서 곤경에 처했다가 양·초를 지나 돌아왔다[戹困鄱薛彭城, 過梁楚以歸]"는 구절이 있다.

4) 自引(자인): 자살. 『후한서』 「우후전虞詡傳」에 "옥리가 우후에게 자살을 권하자 후가 말하기를 '차라리 사형집행인의 칼에 죽어 원근에 보이겠다'고 하였다[獄吏勸詡自引. 詡曰, '寧伏歐刀, 以示遠近']"는 구절이 있다.

5) [교감] 已: 국도본 而.

6) [교감] 精神: 국도본에는 없음.

7) 五官(오관): 사람의 귀·눈·코·입·혀 등 다섯 가지 신체기관.

8) 寶林山(보림산): 『절강통지浙江通志』에 절강(浙江) 소흥부(紹興府)에 있었다고 기록되어 있다. 신이한 뱀장어가 나타났다는 영만정(靈鰻井)이 이 산에 있었다고 한다.

9) 明珠庵(명주암): 보림산에 명주암이 있었는지는 확인되지 않는다. 다만, 『절강통지』에는 보림산에 당나라 때 처음 지어진 보림사(寶林寺)가 있었으며, 중간에 응천사(應天寺), 천녕사(天寧寺) 등으로 여러 번 이름이 바뀌었다고 기록하고 있다.

等從我而來." 卽向洞口而出. 鸎等大疑, 而試隨之. 至南麓雙松下, 淸遠止而不前, 曰: "此地是也." 忽有一介長漢, 背負一大簣, 累然而至, 御擔於路, 依石而睡. 淸遠進而撫其簣, 使季鸎等夾擧之. 鸎等心驚股戰而不能擧. 淸遠咄咄[10]曰: "過時則不可救. 速擧之!" 鸎等聞其言, 始知其爲夫人也, 驚號卜地. 淸遠急止之, 自擧其簣而歸庵中.

南首而措之[11], 發簣而視, 夫人顔色未變, 而胸頭微有暖氣. 淸遠大喜, 卽自囊中出其三藥, 先調其一丸於溫水, 灌其口. 煖氣遍身, 六脈[12]微動. 時, 季鸎等十餘人, 面[13]無定色. 皆祝[14]觀世音而暴淚如雨. 淸遠又調一丸而灌之. 夫人開目舒嘯, 翻身回臥, 嘔出毒汁, 靑血滿地. 又調一丸而進之, 夫人自飮之, 神淸魂朗, 四肢軒輕, 起坐而謂淸遠曰: "師姑何人, 而求此旣絶之命也?" 淸遠笑曰: "夫人能記貧道之顔面乎?" 夫人熟視之, 曰: "無乃七年前乞觀音畫像, 淸遠師姑耶?" 曰: "夫人記之矣. 伊時, 貧道見夫人之美目過淸, 顔色過美, 言語警悟, 行動神妙, 皆非塵世間煙火食人之相, 而又有一縷靑氣, 橫亘天庭[15], 已知其年必蹈千層嶮浪, 而死生未可知. 貧道心中, 愕然嗟惜, 但大厄難免, 告之無益, 故不告也. 貧道之當日所見, 夫人之至今在世, 亦可謂異事也. 然夫人稟[16]得天地之精, 五行之粹, 而爲女中之聖, 將上繼皇英之德, 大闡閨閤之化. 故百神護衛, 而妖孼莫能害也." 夫人歎息, 言洞庭之禍而曰: "吾其時頑忍, 不能從父母死. 故天必痛我之不孝, 而降今日之禍也. 薄命之人, 惟死可以忘憂, 而師姑浪垂慈悲, 使幸死之人復生苦之世, 且非恩而[17]怨也." 淸遠笑曰:

---

10) [교감] 咄咄: 국도본 咄.
11) 南首而措之(남수이조지): 북쪽은 죽은 사람의 방위이기 때문에 머리를 남쪽으로 둔 것이다. 『예기』 「단궁하檀弓下」에 "북방의 북쪽으로 머리를 두고 장사지낸다[葬於北方北首]"는 구절에 대해 주자朱子는 "빈殯을 할 때 오히려 남쪽으로 머리를 두는 것은 아직 그 어버이를 귀신으로 대우할 수 없기 때문이다[殯猶南首, 未忍以鬼神待其親也]"라고 하였다.
12) 六脈(육맥): 사람의 양손에 있는 세 가지 맥을 합하여 부르는 말.
13) [교감] 面: 국도본에는 없음.
14) [교감] 祝: 국도본에는 없음.
15) 天庭(천정): 사람의 얼굴에서 양미간 사이, 이마의 중앙을 말한다. 관상술에서는 이곳을 보고 길흉을 알 수 있다고 한다.
16) [교감] 稟: 국도본 亶.

"夫人! 斯非達命之言也. 自古聖人, 無有不窮阨而通其道也. 吾世尊雪山之苦[18], 孔夫子陳蔡之厄[19], 是已夫. 以夫人淸明絶特之姿, 平居逸樂, 而無危難奇異之聞, 則無以知夫人之有無也. 故皇天欲激成[20]夫人之德, 而著之於天下也. 是故古之人知禍福有時, 榮辱無常. 飽更風霜而膽益壯. 獨不見夫石上之孤桐乎? 氷雪交陰, 烈風吹之, 疎枝勁幹, 昂壯耐苦, 斲之爲琴瑟, 則金石奪其音. 夫所謂動心忍性[21]者, 不獨男子而夫人亦然也." 因告觀音夢詔, 而又曰: "貧道觀夫人, 猶有數災厄, 而且與佛家有緣. 今若與貧道同歸蜀中, 依止大師, 消遣三四年, 則福祿自臻, 而災禍永熄矣." 夫人喟然太息, 未之快許. 其日之夜, 觀音又現於夫人夢, 所告與淸遠相同.

明日, 夫人遂與季鸞, 治男服從淸遠入蜀. 雙蟾等皆泣從之, 夫人嘆曰: "吾行欲喫苦窮山, 不可以多率侍婢而豪華之也. 姐姐非久又陷危禍, 汝等須留此以待, 而日往花府門外, 探消息也.

其日, 莫忠睡起視之, 山日呆呆, 澗水冷冷. 彷徨四顧, 茫然而嘆曰: "吾夢耶? 眞耶? 何爲到此, 而所負來者安在也?" 已而笑曰: "此果非夢也. 鬼物欲戲我也. 然彼旣以惡事使人矣. 吾豈可以正道報之乎?" 喘喘然, 歸告于趙女曰: "小奴負其簀, 驀險越磵於星斗滄茫之中, 而循芋蘿

---

17) [교감] 而: 국도본 伊.

18) 세존설산지고(世尊雪山之苦): 석가모니가 전생에 설산동자로서 설산에서 6년 동안 고행을 하여 도를 이루었다는 불가의 이야기를 인용한 구절로 설산은 히말라야의 산들을 뜻한다.

19) 孔夫子陳蔡之厄(공부자진채지액): 공자가 위나라를 떠나서 채나라로 가던 중에 진나라에서 칠일 동안이나 양식이 떨어진 일을 인용한 말이다. 『논어』의 「위령공衛靈公」에는 "공자가 진나라에 있을 때 양식이 떨어져서 따르던 자가 병들어 일어나지 못하였다. 자로가 화난 기색으로 '군자도 궁할 때가 있습니까?' 묻자 공자가 '군자야말로 궁할 수 있으니 소인들은 궁하면 어긋난다'고 하였다[孔子在陳絶糧, 從者病, 莫能興. 子路慍見曰: '君子亦有窮乎?'子曰, '君子固窮, 小人窮斯濫矣']"라는 구절이 있다.

20) 激成(격성): 격동하여 이루게 한다는 뜻으로, 여기에서는 '동심인성(動心忍性)'(주 21 참조)과 같은 뜻으로 사용되었다.

21) 動心忍性(동심인성): 『맹자』 「고자하告子下」에 나오는 구절. 그 마음을 놀라게 하여 성품을 더욱 굳세게 하는 것을 말한다. 해당 구절은 다음과 같다. "그러므로 하늘이 장차 이 사람에게 큰 임무를 내리실 때에는 반드시 먼저 그 심지를 괴롭히고 뼈와 살을 수고롭게 하며 육체를 굶주리게 하고 그 몸을 궁핍하게 함으로써 하고자 하는 바를 힘들게 하니, 이로써 마음을 분발시키고 성질을 참아내게 하여 할 수 없었던 것을 할 수 있도록 하려는 것이다[故天將降大任於是人也, 必先苦其心志, 勞其筋骨, 餓其體膚, 空乏其身, 行拂亂其所爲, 所以動心忍性, 曾益其所不能]."

山²²⁾之趾, 出立於浣紗石²³⁾上, 其下有萬丈澄泓, 碧色如玻瓈. 遂解其簀,
按之以大石, 紐之以長繩, 伊耶投之. 其聲漰漰, 至底而止矣." 趙女大悅,
親以大碗, 酌美酒而饋之²⁴⁾.

蘭香又拍手揶揄, 而入告於沈氏曰: "可笑哉! 可笑哉! 南氏常抗節自
高, 掛頤天上, 而見無姆而下堂者²⁵⁾則曰, '非貞女也.' 見無燭而行夜者²⁶⁾
則曰, '此淫婦也.' 乃今數旬空房, 雜念大起, 黑夜三更, 踰墻而走矣." 時,
瑈得寒疾, 痛臥於外堂. 沈氏急出外堂, 見瑈謂曰: "大事出矣!" 瑈病中
猝聞之, 不省頭緒, 大驚昏倒. 良久始得定神, 而聞蘭香之言, 咤其母曰:
"南氏自走, 胡大事也?" 沈氏曰: "尹侍郞來索其女, 而謂我殺之, 則將若
之何?" 瑈又大驚昏倒. 其母之躁妄, 其子之愚怯如此.

初, 瑈處趙女於翠蘭堂, 與外堂絶遠, 以爲不便往來, 遂以趙女移處於
萬柳亭, 隔一小門而相出. 蘭秀已與范漢通, 而趙女又引以自通之. 自瑈
病後, 漢狼藉入宿. 家人往往有知之者, 而不敢言也. 一日, 趙女撫漢腹,
曰: "此腹之中, 萬計出沒, 宜其大也" 漢笑曰: "計之爲物, 不在腹中, 而
在於心頭. 吾有陳孺子之六計²⁷⁾, 而用之者三, 未及用者亦三也." 趙女
曰: "願聞旣用之者, 何計也?" 漢曰: "誘結景玉, 用財如水, 一也. 誣告花
珍而永錮前程, 二也. 騙弄痴夫而奪其美妻, 三也." 趙女笑曰: "願聞未
及用之計" 漢曰: "一則殺花珍, 二則殺花瑈, 三則收取此家金寶, 與娘子
扁舟遊於五湖也²⁸⁾" 趙女佯怒而打其腹, 曰: "何其已甚也? 然第問²⁹⁾殺

---

22) 苧羅山(저라산): 소흥부(紹興府) 제기현(諸暨縣)에 있는 산. 월나라 미인 서시가 살았던 곳이다.

23) 浣紗石(완사석): 저라산(苧羅山) 아래 약야계 가에 있다. 서시가 비단을 빨아 말렸다고 한다.

24) [교감] 饋之: 국도본 餽之.

25) 無姆而下堂者(무모이하당자): 춘추시대 노(魯)나라 송공공(宋恭公)의 아내였던 백희(伯姬)가 밤에
불이 났는데도 피하지 않고 "부인의 도리로는 보모가 모두 있지 않으면 밤에 방을 나서지 않
는다[婦人之義, 保傅不俱, 夜不下堂]"라고 한 것을 인용한 말. 이 고사는 『춘추春秋』「곡량전穀
梁傳」과 유향(劉向)의 『열녀전列女傳』「송공백희宋恭伯姬」 등에 나온다.

26) 無燭而行夜者(무촉이행야자): 여성이 지켜야 할 규범을 적은 『예기』「내칙內則」에서 "밤에는 촛
불을 들고 가고 촛불이 없으면 멈춘다[夜行以燭, 無燭則止]"라고 하였다.

27) 陳孺子之六計(진유자지육계): 중국 한나라의 진평(陳平)이 유방을 위해 내놓은 여섯 가지 기이
한 계략. 탁월한 지략으로 유방(劉邦)을 도와서 천하를 통일하고 한나라를 통일하는 데 중요한
역할을 하였는데, 진평이 여섯 번 기이한 계략을 낸 일을 두고 '육출기계(六出奇計)'라고 한다.

28) 與娘子扁舟遊於五湖也(여낭자편주유어오호야): 춘추시대 월나라의 범려(范蠡)가 월왕 구천(句踐)

花珍兄弟以[30]何計也?" 漢曰: "吾友有婁級者, 善劍術. 一用此子則珍可斃, 而因以瑃之殺其弟與其嫂之罪, 告於官, 則瑃安得逃誅乎?" 趙女微笑不言.

後數日, 漢對趙女, 嘆曰: "吾計左矣." 趙女曰: "何計之左也?" 漢曰: "昨夜, 婁生挾利匕, 閃入竹友堂矣, 卽時飛出, 而流汗洽背, 曰, '戶外有一巨人, 喑啞之.'" 趙女驚曰: "是何物巨人耶?" 漢曰: "似是此家之鬼神, 而未可知也" 漢又沈思半餉, 曰: "吾又有一計, 娘子能得尹南之手蹟乎?" 趙女曰: "尹南本無閑漫墨戲, 又不喜吟咏, 豈有手蹟乎? 然妾當往, 搜其箱簏矣." 自持鑰匙而去. 良久還曰: "妾入尹南舊所, 自書林硯匣, 至薰籠[31]鏡函, 無不搜閱, 而終無片牋寸牘. 但於南氏房中, 得此一冊, 而未詳其爲南氏之親筆也." 漢見之, 乃精書書孝經一部, 而其下題曰, '十歲時書.' 首張引小篆[32]曰, '籠翠亭.' 漢喜曰: "籠翠亭, 必南氏兒時粧閣之號. 娘子未嘗得聞耶?" 趙女曰: "南氏簡亢[33], 不與人從容語, 其侍婢等, 亦絶口不言山東之事. 妾安知尹府之亭名乎?" 漢低頭沈吟, 起而出百花軒. 問於瑃曰: "君知山東尹侍郎家, 有籠翠亭者乎?" 瑃曰: "知之. 兄何以問之也?" 漢曰: "吾聞尹侍郎作此亭甚奢麗餙, 以明珠翠羽如昭陽舍[34], 得絶色佳人, 而貯其中云. 老公風流, 殊不草草也." 瑃大笑曰: "兄誤聞之矣. 尹公淸素長者, 豈有是事乎?" 漢冷笑曰: "景玉全不知也.

을 도와서 오나라를 멸망시킨 뒤에 벼슬에서 물러나서 오호(五湖)에 배를 띄우고 서시와 함께 사라졌다는 고사를 인용한 것이다. 오호는 오나라와 월나라 사이에 있는 호수라고 하는데, 정확히 어디인지에 대해서는 이견이 많다.

29) [교감] 問: 국도본 聞.

30) [교감] 以: 국도본에는 없음.

31) 薰籠(훈롱): 대나무 뚜껑이 있는 향로. 해충을 없애기 위해 그 위에 옷을 놓고 향을 쏘였다.

32) 小篆(소전): 진(秦)나라 때 통용되던 서체. 도장 등에서 흔히 사용되어 도장을 지칭하는 말로도 사용된다. 여기에서는 도장을 뜻한다.

33) 簡亢(간항): 성품이 고고함. 『후한서』 「당고전黨錮傳」 '이응(李膺)'조에 "이응은 성품이 간항하여 사람들과 어울리지 않았다[膺性簡亢, 無所交接]"라 하였다.

34) 昭陽舍(소양사): 한나라 성제 때 조비연(趙飛燕)의 동생이 소의(昭儀)에 봉해진 뒤에 살았던 궁전. 『한서』의 「외척전外戚傳」에 "소양사에서 지냈는데, 그 가운데 뜰에는 붉은 흙을 깔고 궁전을 옻칠을 하고 문지방에는 구리를 입히고 황금으로 칠하였으며 백옥으로 계단을 놓았다[居昭陽舍, 其中庭彤朱, 而殿上髹漆, 切皆銅還黃金塗, 白玉階]"고 하였다.

尹侍郞之佳人, 名曰, '翠嬌.' 以是名其亭爲籠翠也.” 璡拍掌大笑, 曰:
“此又虛無也. 前成兄以詩, 戲荊玉曰, '籠翠堂中聯鳳翼, 凝香閣裏接花
心.' 盖以南氏之名有'鳳'字, 尹氏之名有'花'字也. 以吾所聞, 籠翠亭乃南
氏之新房號, 而所謂明珠翠羽與翠嬌之說, 今時初聞也.” 漢笑曰: “若然,
則吾果誤聞矣.”

時, 翰林自出閉以來, 長委枕席, 哀號父母, 而有時交睫, 則花尙書鄭
夫人, 輒來坐枕邊, 撫首唏噓. 一日之夜, 宛然來坐於燈前, 曰: “大厄至
矣. 努力自愛.” 翰林驚號欲扶之. 已不可見矣.

是日黎明, 府中震動云, '去夜正堂刺客入矣'. 翰林驚愕仆地, 璡攝衣
顚倒而入. 沈氏魂飛目瞠, 而蘭香橫僵於沈氏之床前, 口角流血, 斷舌橫
脣, 有尺匕自吻而貫於腦. 璡見愕然. 桂香又於戶間, 拾得一錦囊. 璡取
視之, 中有赫蹄書[35], 乃南夫人與翰林, 相通謀爲弒害沈氏之札, 而言意
巧憯. 璡擊地曰: “吾固料此矣.” 沈氏見之, 大聲曰: “此南女之筆也. 逆
子欲手殺其嫡母, 安得不敗露乎?” 遂自作告狀草.

時, 范漢方擁趙女而臥, 蘭秀入告正堂之事. 漢嘆曰: “吾意本在老物,
而妻生誤中蘭香. 惜乎! 蘭香有功者, 而枉死之.” 提衣而起. 璡持狀草,
滄茫出外堂. 漢傾冠曳履緩步, 而自萬柳亭挾門出來, 正與璡相遇. 漢略
無驚怪之色, 而璡亦不暇於致疑焉. 漢笑而問曰: “兄家何其多變也?” 璡
蹙額曰: “吾之八字甚惡. 有一不幸之弟, 而變怪百出矣.” 因以狀草示之,
曰: “兄試觀之, 而閏色之.” 漢看畢, 冷笑曰: “變大文拙, 此必將反坐也.”
璡驚怯曰: “然則, 願借兄之高手也.” 漢乃引筆濡墨, 張皇數千語, 而窮
毒極慘, 人不可聞也. 噫! 花尙書能現於妻緩之目, 而不能感於子璡之夢,
造物者能剪蘭香之舌, 而不能斷范漢之手, 何也? 漢自袖其狀, 曰: “吾不
往則事敗也.” 又取白金數百兩而囊之, 向官府而去.

知府崔珩, 嘗於花府宴席一見翰林, 而愛慕不忘, 常有執鞭之願[36]矣.

---

35) 赫蹄書(혁제서): 작고 얇은 종이인 혁제에 쓴 편지.
36) 執鞭之願(집편지원): 존경하고 흠모하는 사람을 위해서 수레를 모는 하천한 일이라도 하고 싶
　　다는 뜻. 사마천(司馬遷)은 『사기』 「관안열전管晏列傳」의 논평에서 “만약에 안자가 살아 있다고

見此告狀, 拍案慘嘆曰: "此必誣矣!" 翰林隨官差而至. 崔知府出問目[37]
而問之. 范漢已高拱兀立於中階之下矣. 翰林聽問目畢, 始知其變中, 自
隱痛曰: "命也夫, 命也夫! 吾不誣服, 將置母與兄於何地乎?" 遂仰而對
曰: "誠有是事矣. 罪旣彰露, 有死而已." 崔知府憫然長歎, 乃謂翰林曰:
"罪人之情事, 可謂迫矣. 母已告狀, 孝子何忍發明乎? 雖然, 昔東海之孝
婦, 公然誣服, 而三年不雨, 爲其太守者, 終受闇名[38]. 今崔珩獨不冤枉
乎?" 范漢大言曰: "罪人自知其罪, 無辭自服, 當行而已. 何必曲爲誘說,
令其變辭乎?" 知府大怒, 捉下范漢而勵聲叱曰: "汝賤子以范爲姓, 何預
於花家事, 而乃敢亂言若是也?" 仍令提其頭而出之, 姑下翰林於獄中.
范漢乃出囊中銀子, 分與獄卒, 而謀欲害翰林焉.

先時, 翰林乳娘桂花, 爲沈氏所逐, 號泣於道路, 爲府中富人劉爾淑之
妻. 此時桂花聞翰林遭變繫獄, 遂痛哭不食, 欲自縊於府門以明其冤. 爾
淑義之曰: "吾且往觀之." 俄而, 爾淑歸而發憤流涕, 曰: "觀翰林玉貌,
天下君子也. 大丈夫寧不爲此人一死乎?" 於是, 大發金錢, 行賂如水. 桂
花自執獄中供饋, 而爾淑親坐獄門, 嘗食而後進. 范漢之銀子, 公然消融,
而獄門內外, 或有范漢影響, 則白棒朱杖, 雲飛雨擊. 漢肝膽盡落, 不敢
近之也.

崔知府以翰林獄事, 寤寐嗟惋, 未忍自斷. 適都御史夏春海, 奉勅巡撫
浙江, 而還過紹興. 知府大悅, 迎謂夏御史曰: "弊府有一大疑獄, 而小官
茫昧不能覈實. 明公幸至, 願一承敎." 乃以告狀示之. 御史纔觀數行, 驚
曰: "所謂花珍, 無乃是壯元及第, 爲翰林學士[39]者耶?" 知府曰: "是也."

한다면 나는 그를 위해서 수레를 몰더라도 기뻐서 우러러볼 것이다[假令晏子而在, 余雖爲之執
鞭, 所忻慕焉]"라고 하였다.

37) 問目(문목): 범죄에 대한 기소문서.

38) 昔東海之孝婦, 公然誣服, 而三年不雨, 爲其太守者, 終受闇名(석동해지효부, 공연무복, 이삼년불우,
위기태수자, 종수암명): 한나라 때 동해군(東海郡)의 한 효부(孝婦)가 남편을 잃고 혼자 10년
동안 시어머니를 모시고 살았는데 시어머니가 자결하였다. 시누이가 어머니를 죽였다고 관가
에 고발하자, 그 효부는 자신이 죽였다고 거짓 자백하였다. 옥리(獄吏) 우정국(于定國)은 효부
가 결백하다고 주장하였지만, 태수는 그의 말을 무시하고 사형에 처했고, 이 때문에 이 고을
에는 삼 년 동안 비가 내리지 않았다고 한다.

39) [교감] 士: 국도본 生.

御史看罷, 奮臂嗟痛曰: "往者, 鄔懋卿之論劾此人以不孝也, 吾輩冤之.
今觀此狀, 果然花珍凶愍者也. 吾當決正王法矣. 拏入焉." 於是, 翰林至
庭中. 御史以其狀問之. 翰林對之如前, 而辭氣自然愃慨, 玉面星眼, 珠
淚瀅瀅欲傾. 御史熟視而慘然動容, 曰: "君子也! 麟出非時而遭鉏商之
厄[40]也." 回謂知府曰: "善爲之保護焉."

時夜, 御史作手書, 使傔人[41]王謙, 密遺於翰林. 其書曰

僕聞, 良玉入火而其性益彰. 芳蘭在爐而其馨益烈. 足下今日之厄, 安
知非皇天之欲陶鎔於足下耶? 雖然, 方爨之桐[42]聲震金石, 人皆不聞而
獨蔡中郎[43]聞之. 埋獄之劍[44]光射斗牛, 人皆不見而獨雷孔章[45]見之. 以
是古人歎, 知己之未易也. 嗟乎! 足下以良玉之性, 芳蘭之馨, 遭方爨之
急, 而抱埋獄之冤. 今僕之慵愚, 雖不敢自比於古人. 然而其於觀足下之
面而知其心, 聆足下之語而知其音, 亦不可謂之全無耳目者也. 今足下
苟以妄想, 謬見錯守一節, 而終死於非命, 則後人不知足下麟鳳之德, 氷
雪之容, 光風之色, 秋水之神, 而但恣口唾罵曰, '汝陽侯花公之子, 干紀
犯常, 伏刑東市, 而瀦宮之禍[46], 革邑之辱[47], 上累於先世, 下流於鄉黨

---

40) 鉏商之厄(서상지액): 훌륭한 인재가 때를 잘못 타고나서 곤경에 처함. 서상(鉏商)은 노나라 애
   공(哀公) 14년에 서쪽 교외에서 기린을 잡은 사람이다. 기린은 태평성대에 출현한다는 전설
   속의 동물인데, 때를 만나지 못하고 그만 버려져 죽고 말았다. 공자가 이를 전해 듣고는 자신
   도 기린처럼 때를 만나지 못했기에 세상에 도를 행할 수 없다고 생각하고 『춘추』를 지었다.
41) 傔人(겸인): 사대부를 따라다니며 시중드는 수행비서.
42) 方爨之桐(방찬지동): 땔나무로 쓰인 오동나무라는 뜻으로, 인재가 세상에서 인정받지 못하고
   버려지는 것을 비유하는 말이다. 흔히 찬동(爨桐)이라는 말로 쓰인다. 이 말은 한나라 때 채옹
   (蔡邕)이 불 속에 들어간 오동나무가 타는 소리를 듣고 좋은 나무임을 알고 이것을 가지고 비
   파를 만들었더니 과연 좋은 악기가 되었다는 고사에서 비롯되었다.
43) 蔡中郎(채중랑): 후한의 학자이자 문인인 채옹을 지칭하는 말로 중랑장(中郎將) 벼슬을 하였다고
   해서 채중랑이라고도 불린다. 박학하고 글씨를 잘 썼을 뿐만 아니라 음악에도 조예가 깊었다고
   한다.
44) 埋獄之劍(매옥지검): 춘추시대에 만들어진 천하의 보배 용천검(龍泉劍)과 태아검(太阿劍). 이 두
   보검은 원래 풍성(豐城)의 감옥 밑에 묻혀 있었다. 장화(張華)가 하늘의 북두성과 견우성 사이
   에 뻗쳐 있는 자줏빛을 보고 점술사 뇌환(雷煥)에게 물었고, 뇌환이 그 빛이 보검(寶劍)의 빛이
   라고 하자 장화는 감옥 밑을 파서 두 개의 보검을 얻었다고 한다.
45) 雷孔章(뇌공장): 보검 용천검과 태아검의 빛을 알아본 뇌환.
46) 瀦宮(저궁): 대역죄 등 큰 죄를 지은 사람의 집을 허물고 그 자리에 못을 파는 형벌.

矣'. 夫然, 則足下寧不泚顙於泉下乎? 僕由是嘅惜, 敢布腹心於足下, 幸
勿以一時之計, 而取千古之恥也.

　翰林看畢, 感淚橫集, 私語於心曰: "昔先君子, 每稱太學士夏言之忠.
今其子樂善好義, 不忝前人. 嗟乎! 吾不肖, 獨墮先君子之名也." 因謂王
謙曰: "夏大人眷眷於死有餘罪之身, 而十行恩敎, 丁寧反覆. 吾雖至冥
至頑而不足以人理責之者, 庸詎無一毫感動之心乎? 然罪人之罪名, 旣
著國家之三尺, 至嚴白日之下, 終不敢欺情而變辭也." 謙以此言, 歸報
於御史. 御史嘆曰: "孝哉! 斯人也. 握死不動, 吾未如之何也." 乃使王謙
保護翰林於獄中. 遂以飛靭向京師, 而謂知府曰: "此獄未可猝決. 吾欲
進達於皇上而處之. 但公嚴飭獄吏, 毋令有物故[48]自裁之患也."
　先時, 范漢見崔知府有曲護翰林之意, 又以劉爾叔之故, 不敢售行毒
之計. 心中着急, 卽以匹馬, 星夜往京師, 行賂於嚴嵩. 嵩遂下令於紹興
府, 上罪人於京師. 於是, 劉爾叔王謙, 擁護翰林而登道. 桂花哭別於馬
前, 翰林立馬垂淚, 路傍觀者, 莫不容嗟.
　翰林至京師, 嚴嵩以沈氏告狀, 奏之天子. 天子痛駭曰: "豈料花郁之
子有此惡行也?" 須令攸司[49]卽日行法焉. 都御史夏春海, 出班奏曰: "臣
奉命過紹興時, 知府崔珩, 以此獄言之於臣. 臣初亦痛惋, 有必殺之意也.
及見其[50]容貌擧止, 又察其言語氣色, 決知爲仁孝君子, 而萬萬不近於凶
邪之事也. 且臣竊聞花珍非沈氏之腹出也. 自古義子義母之間, 往往有
交構齟齬之變, 每出於黯黮疑似之地. 今以我聖上欽恤[51]之德, 豈宜片言
立決於殺人之事, 而不少審愼也哉? 乞收卽日行刑之命, 毋令匹夫含寃
於地下也." 上猶豫未答, 嚴嵩進曰: "夫以言貌取人, 大聖有失之[52]. 今春

---

47) 革邑(혁읍): 부모를 죽이거나 하는 강상죄인이 나면 그 고을의 이름을 없애는 것.
48) 物故(물고): 죄인이 심문 중에 죽음을 당하는 일.
49) 攸司(유사): 해당 관청.
50) [교감] 見其: 국도본 其見.
51) 欽恤(흠휼): 형벌을 내릴 때에 신중함. 『서경』의 「요전堯典」에 있는 "공경하고 공경하도다, 불
　쌍히 여기며 형벌을 내리는도다[欽哉欽哉, 惟刑之恤哉]"에서 비롯한 말이다.

海徒取花珍之言貌⁵³⁾, 而不察陳平之內行, 良可笑也. 且彼已自服, 何必有於含寃哉?" 夏御史厲聲曰: "丞相誤耶. 陳平盜嫂之說⁵⁴⁾, 不過絳灌⁵⁵⁾輩一時讒誣之言, 而丞相認之爲眞有是事, 丞相之史學⁵⁶⁾, 一何迂也? 且花珍之自服, 亦出於孝也. 夫使閔損⁵⁷⁾之後母, 告損之不孝, 則損當發明自免而歸罪於後母耶?" 嵩慚怒無言. 夏御史又奏曰: "臣受恩於陛下, 常願肝腦塗地. 今若活一花珍, 足以報陛下也. 陛下萬一容貸花珍數月之命, 而此獄終不落空, 則臣願與花珍騈首就戮, 以謝今日妄⁵⁸⁾言之罪也." 因慷慨泣下. 太學士徐階奏曰: "春海赤心報國, 其素所⁵⁹⁾蓄積也. 願陛下容其愚而察其心也." 上謂刑部尙書鄭弼曰: "春海之言, 亦有所見. 卿須嚴覈得失, 奏之也."

郡臣退出. 夏御史與鄭尙書, 聯驂而行. 鄭公乃夏公之妻兄也. 夏公謂鄭公曰: "殺一不辜, 猶不可爲也. 況殺君子乎? 但兄稍寬時日, 以待其端緖之自露也." 鄭公曰: "諾." 此後, 鄭公每當開坐之日, 必見翰林面目而罷. 嚴嵩之威喝屢至, 而鄭公終不動心焉.

---

52) 夫以言貌取人, 大聖有失之(부이언모취인, 대성유실지): 공자의 제자였던 자유(子游)가 공자에게 용모가 추한 담대멸명(澹臺滅明)을 추천하였는데, 공자가 처음에는 용모를 보고 꺼렸으나 후에 그의 사람됨을 보고 "용모로 사람을 취하였으면 이 사람을 놓칠 뻔했다[以貌取人, 則失之子羽]"고 한 고사를 말한다. 이 일은 『공자가어孔子家語』에 나온다.

53) [교감] 言貌: 국도본 言.

54) 陳平盜嫂之說(진평도수지설): 진평이 처음에 유방에게 중용될 때에 그전부터 유방의 휘하 장수로 있던 강후(絳侯) 주발(周勃)과 영음후(潁陰侯) 관영(灌嬰)이 진평을 모함하여 형수와 사통했다고 한 것을 말한다. 『사기』 「진승상세기陳丞相世家」에 "강후와 관영이 함께 진평을 헐뜯어 말하기를 '진평은 비록 용모가 관옥처럼 아름답지만 그 마음이 반드시 아름답지는 않습니다. 저는 진평이 집에 있을 때 형수를 훔쳤다는 말을 들었습니다[絳侯灌嬰等, 咸讒陳平曰: 平雖美丈夫如冠玉耳. 其中未必有也. 臣聞平居家時, 盜其嫂事]'라고 하였다.

55) 絳灌(강관): 강후 주발과 영음후 관영의 병칭이다. 두 사람은 모두 유방을 도와서 한나라가 천하를 통일하도록 했던 장수들이다.

56) [교감] 史學: 국도본 史.

57) 閔損(민손): 효성과 덕행으로 이름난 공자의 제자. 자는 자건(子騫)이다. 『몽구蒙求』의 「민손단의閔損單衣」에는 민자건의 계모가 자신이 낳은 아들과 민자건을 차별하는 것을 안 아버지가 계모를 내쫓으려 하였으나 민자건이 진심으로 만류하여 덮어두었고 이 일로 계모도 민자건의 마음에 감동하게 되었다고 하였다.

58) [교감] 妄: 국도본 忘.

59) [교감] 素所: 국도본 所素.

才子畵翠眉 閨女保紅點

미소년이 화장을 하고
규방의 아가씨는 순결을 지키다

此時, 瑃見家事大亂, 禍變層出, 而白花軒前千年古木, 無故自落, 萬柳亭下九尾老狐, 往來悲啼, 尙書祠堂, 晝聞哭聲. 瑃憂懼不知所出. 張平知之, 喜曰: "此正吾得志之秋也."

一日, 自外而入, 憂色滿面. 瑃問曰: "張兄有何憂也?" 平答曰: "吾之所憂, 非吾之憂, 而乃景玉之憂也. 俄者聞道路言, 珍爲諸宰所力救, 獄將反, 而嚴丞相默然無一言云. 此必范兄輕佻, 漏泄事端之致也. 吾憂景玉之頭, 不知將落於何地也." 瑃曰: "張兄過慮也. 珍手劍[1]行惡, 而落其囊子, 左驗明白. 所謂事端, 不過如斯, 於我何關哉?" 平拍手曰: "景玉可謂迷魂障中一聾鬼也." 於是, 備傳范漢前後行惡之事, 及與趙女交通狀. 瑃聽此, 氣窒落床, 嘔血數升. 平救之, 僅生而顔色如死灰. 平復曰: "事已至此, 嘆之無益. 且騎虎之勢, 不可遽下, 而走坂之足, 難以自止矣. 今有一段妙計, 非徒無事而已, 亦可以使景玉要拖黑綬[2], 五馬[3]橫馳於兩

---

1) [교감] 劍: 국도본 歛.
2) 黑綬(흑수): 하급관리임을 나타내는 끈. 관직의 품계를 나타내는 인(印)과 이를 묶는 끈인 수(綬)는 관직의 높고 낮음에 따라 색이 달랐는데, 구리로 된 인과 검은색의 수는 직급이 낮은 관리

京⁴⁾之間也. 然景玉懦弱, 恐不能行此計也." 璇幸甚曰: "官爵非敢望也.
但令今日大獄, 終得無事於吾身, 則從今以往, 皆張兄之德也. 願聞其妙
計." 平曰: "吾聞嚴丞相之子, 太常卿世蕃, 新喪其耦, 方求天下美色云.
如以珍之妻尹氏, 納之於嚴太常, 則太常父子, 必盡心於景玉矣. 此獄自
然無事, 而又以白金三千兩, 明珠蠙珠⁵⁾琥珀之屬, 獻之於丞相之寵妻洪
氏, 則上可得雄州, 下可得富縣也. 轉禍爲福, 只在於此, 而難得者時, 易
失者機也⁶⁾. 景玉不復狐疑也." 璇曰: "金珠非吾之所敢惜. 謹當唯命, 而
至於尹氏事, 吾不忍爲也." 平拂袖而起, 曰: "吾固疑景玉之不能行此計
也. 豎子不足與謀." 璇急起而挽止, 曰: "張兄何燥之甚也? 吾非愛尹氏
也. 但恐尹氏之不從而自刎之也." 平笑而復坐, 曰: "此則又有妙計也.
今景玉獨與大夫人知之, 自趙女以下皆欺之, 勿令有漏泄焉. 作一張朝
紙⁷⁾, 送于北園尹氏之所曰, '翰林隆拜禮部侍郎, 卽日奉命巡審南京陵
寢'云, 而大夫人召尹氏, 處之舊所, 厚其衣食而善遇之, 從容治行, 擧家
向京, 則尹氏疑信間, 自不得不從往矣. 及入皇城, 吾當以尹氏之轎, 直
納於嚴府也. 尹氏一落於風流大丈夫之手, 則雖金心鐵腹, 安得以自保
乎?" 璇默頭稱善.

　　此時, 侍童萬回於窓外竊聞之, 傳于其母陽雲. 陽雲乃壽仙樓老婢也.
不勝悲憤, 適以事入城中, 爲往桂花家, 說以此言. 相與流涕曰: "安得使
尹夫人聞之也?" 俄而, 門外有剝啄之聲. 桂花自門隙窺之, 忽然尹夫人,
以紗袍烏巾, 騎靑驢立於門前, 而四五蒼頭陪後焉. 桂花大喜謂陽雲曰:
"尹夫人至矣." 陽雲拍手驚奇. 兩人出迎於驢下, 引之入內房, 曰: "夫人!

　　임을 나타냈다.
3) 五馬(오마): 태수를 지칭하는 말이다. 한나라 때 태수가 다섯 마리 말이 끄는 수레를 탄 것에서
　유래하였다.
4) 兩京(양경): 북경과 남경. 명나라는 원래 양쯔강 이남의 금릉(金陵)을 수도로 삼았는데, 3대 황
　제 영락제(永樂帝) 때에 수도를 북경으로 옮기고 금릉을 남경으로 개칭하였다.
5) [교감] 蠙珠: 국도본 蠙貝珊瑚.
6) 難得者時, 易失者機也(난득자시, 이실자기야): 『사기』 「회음후열전淮陰侯列傳」에 "무릇 공은 이루
　기 어렵지만 패하기는 쉬우며 때는 얻기는 어렵지만 잃기는 쉽다[夫功者難成而易敗, 時者難得而
　易失也]"는 구절이 있다.
7) 朝紙(조지): 조보(朝報). 관리의 임명 등 조정의 소식을 전하는 일종의 관보.

夫人! 何以脫身至此, 而彼驢子蒼頭, 何處出也?" 其人驚曰: "夫人之說, 是何言也?" 桂花曰: "夫人屢經風霜, 眼睛大傷, 而不能記小婢等之面目耶? 抑蒼黃變服, 欲永諱蹤跡, 而詎與小婢等而瞞之耶? 以此以彼, 其情俱可哀也." 兩人相與痛哭. 其人仰天駭愕. 俄而, 笑曰: "爾等意中, 必有似我之[8]夫人. 爾等錯認我爲其夫人也. 吾乃山東尹公子也. 吾之姊妹[9], 爲花尙書子婦, 在越王城下. 故吾今秣驢於此, 將向花府, 而偶然落鞭於爾家也." 陽雲曰: "是哉! 是哉! 嘗聞尹夫人有同胎所生, 而容貌酷相似也. 公子無乃是耶?" 公子曰: "然." 桂花笑曰: "吾固疑其身之稍長, 其手之稍大也."

因謂公子曰: "公子聞翰林之遭慘乎?" 公子愕曰: "未聞也." 桂花泣曰: "小妾乃翰林之乳母也." 遂告翰林之前後逆境, 及南夫人之鞭撻幽囚, 苦楚萬端, 而一夜之間, 忽不知所去也. 公子擊地失聲, 曰: "此必殺之矣." 又傳珤平將納尹夫人於嚴家之計, 公子色靑. 良久, 奮然曰: "吾顧不能殺兩賊而食其肝乎!" 又問陽雲曰: "姊[10]氏方在何處耶?" 陽雲曰: "在北園之小閣也." 公子曰: "何得以入見乎?" 兩人驚曰: "虎口安可入也? 入則必危矣." 公子沈思. 移時, 問曰: "北園小閣, 距內堂幾何?" 兩人曰: "相去八九里, 而人跡不相到也." 公子喜曰: "爾等能與我, 到北園墻下, 指示姊[11]氏之所處小閣否?" 兩人曰: "諾. 然則公子望見其小閣, 而欲將何爲哉?" 公子曰: "吾有一計, 如此如此." 兩人相顧大奇. 於是, 桂花進美酒珍饌. 公子無心醉飽, 强飮一盃, 卽以靑驢向越王城下. 陽雲桂花亦騎馬從之. 到花府北園外, 崇垣周遭而其高五丈. 桂花曰: "此垣外雖險絶, 而內則因山勢而築之, 其高堇周於腋下也." 公子乃使蒼頭伐木而積其下, 乘之而上.

此時, 尹夫人在深園萬木之中. 秋風一氣, 黃葉滿庭, 哀猿晝啼, 山鬼

8) [교감] 之: 국도본에는 없음.
9) [교감] 姊妹: 국도본 妹娣.
10) [교감] 姊: 국도본 娣.
11) [교감] 姊: 국도본 娣.

夜哭. 夫人與乳娘雪姑, 單衾冷床, 齎咨涕洟. 且念南夫人之生死安危, 魂夢屢驚焉. 忽聞戶外有人跡, 雪姑出見之, 驚呼曰: "夫人! 吾公子來矣." 夫人聞之, 茫然如墮於雲霧中. 公子入而執夫人痛哭. 夫人亦嗚咽流涕而已. 夫人問兩堂安否. 公子抆淚, 對曰: "寢食雖無所減, 而每念姐姐與南妹, 涕淚無乾時也." 夫人聞此益泣[12]. 公子問曰: "姐姐危苦至此, 而前月便中, 奈何以平安相報, 略不道此等光景也?" 夫人嘆曰: "吾等之初到也, 尊姑慈仁, 待吾等不薄矣. 近爲趙女之讒, 至於此境也. 且憂患之說, 徒亂父母之心, 故不相報也." 公子又哭, 問於夫人曰: "南妹之變, 花兄之禍, 姐姐知之耶?" 夫人驚曰: "吾何以知之?" 於是, 公子將桂花之言, 一一傳之. 夫人號哭欲絶, 曰: "南妹必死矣. 吾與南妹, 死生同之, 今何忍獨生乎?" 公子又以瑃平之謀告之. 夫人嘆曰: "吾得死所矣." 公子又告己之計. 夫人不可曰: "吾則一女子, 死不足惜, 而汝則父母之望, 門戶之責, 皆在於汝身矣. 奈何輕身自投於必死之地乎?" 公子見夫人之意, 斷無聽從之理, 因以恐動曰: "南妹旣死, 而姐姐又將死之, 則小弟義不可獨存於人世之間也. 姐姐若不聽吾計, 則吾當直入內堂, 執此趙家賊女而臠食之, 因復披面抉目[13]於花氏之門也." 夫人大驚, 且素知公子之固執, 遂强而許之.

　於是, 公子着夫人服, 夫人着公子衣, 公子送夫人於垣上. 時, 夫人侍婢[14]英雲楚娥, 自明珠庵下來, 欲探花府之消息, 與桂花相遇, 待夫人垣下. 夫人見英雲等, 而聞南夫人之入蜀, 與陽雲桂花, 揮淚立語. 遂向山東而去. 英雲等從之焉.

　公子與雪姑還房中, 破窓風鳴, 颼颼颾颾, 而虫絲飄揚[15], 輕塵四起.

12) [교감] 益泣: 국도본 益泣悲切.

13) 피면결목(披面抉目): 낯가죽을 벗기고 눈을 뺌. 섭정(聶政)의 고사를 차용한 표현이다. 자객이었던 섭정은 엄중자(嚴仲子)의 부탁을 받고 재상 협루(俠累)를 죽인 후에 누이에게 죄가 연좌될 것을 염려하여 스스로 낯가죽을 벗겨내고 눈알을 빼었으며 배를 가르고 창자를 꺼내어 죽었다고 한다. 이 이야기는 『사기』「자객열전刺客列傳」에 나온다.

14) [교감] 侍婢: 국도본 婢.

15) [교감] 揚: 국도본 楊.

雪姑自作夕食, 而以鹽菜粟飯進之. 公子不能下箸, 笑謂雪姑曰: "姊氏可謂忍人也. 使我處此[16]數日, 當作西山之鬼[17]也." 是夜, 公子支一塊木枕, 臥床上, 冷氣徹骨, 不能交睫. 起坐而笑曰: "花家祖上, 作此小閣者, 正欲一困我尹汝玉也." 雪姑亦大笑.

明日, 沈氏果使侍婢等, 持朝紙及小轎激之, 一如桂花所傳張平之謀. 公子內笑而佯動喜色, 曰: "吾之不死, 正待今日也." 翩然而起, 裙短足露, 袖短腋見. 雪姑微笑之. 公子乘轎還秘春堂, 雕欄畫棟, 錦屏重重. 雪姑開夫人衣函, 出新件衣裳, 又以粧奩諸具進之. 公子自持鸞鏡, 畫眉玲瓏, 顧謂侍女曰: "吾之容貌, 比前何如?" 侍女對曰: "玉顔比昔加豊, 而但眉毛太長矣." 公子嘻嘻而笑. 俄而, 正堂侍女, 以沈氏命召之. 公子以[18]繡穀綠衫[19], 紅錦[20]寶裳, 體態輕盈, 步武安詳. 侍女等相顧稱嘆曰: "備嘗困厄而艶色依舊, 必天神保佑也."

公子入正堂, 拜現於沈氏. 沈氏强爲和顔, 曰: "向者吾過聽人言, 而使賢婦久處陋地, 慚恨無已. 然此亦賢婦之厄會也. 言之奈何?" 公子斂袵謝曰: "小妾罪當萬死, 而恩赦至此, 不勝惶感." 仍問於沈氏曰: "南妹與小妾, 同時被譴, 不知今日亦蒙赦命否?" 沈氏含糊. 良久, 曰: "十餘日前, 成夫人忽送人馬於南婦, 南婦不稟於吾, 而任意自往. 吾心未安矣." 公子佯驚, 嘅然曰: "南妹材[21]性昏暗, 且早失[22]父母, 全無所學. 故每事如此, 豈不寒心乎?" 沈氏笑曰: "兒女之[23]事, 何足深責也?" 言未已, 有一冠者入來. 公子知其爲瑃, 而起拜之. 瑃慇懃慰藉, 而公子亦隨口唯唯.

16) [교감] 處此: 국도본 處之此.
17) 西山之鬼(서산지귀): 수양산에서 굶어 죽은 귀신. 서산(西山)은 수양산(首陽山)으로, 주나라 무왕이 은(殷)나라를 멸망시키자 백이(伯夷)와 숙제(叔齊)가 무왕의 신하가 될 수 없다고 하여 은둔하여 살다가 굶어 죽은 산이다.
18) [교감] 以: 국도본 而.
19) [교감] 繡穀綠衫: 만송본 綠穀繡衫, 규장각본 綠裙繡衫.
20) [교감] 錦: 국도본 裙.
21) [교감] 材: 국도본 村.
22) [교감] 早失: 국도본 失早.
23) [교감] 之: 국도본에는 없음.

雪姑數日公子, 公子起歸寢室. 雪姑從容言曰: “觀公子今日言動, 大不類於夫人也. 若此不已, 則本色必露矣. 願公子益加敬恭焉.” 公子笑曰: “吾以婉聲愉色, 膝席致敬, 如斯足矣. 此外又復加恭, 則將尻天囑地, 如嬰兒之匍匐乎?” 雪姑大笑.

　瑃, 自聞趙女淫事之後, 丘山之情, 雲消雨磨. 每遇趙女, 輒反目相視. 趙女憤怨而詛罵之. 沈氏輕佻, 泄張平之謀於趙女. 趙女大恐, 以爲尹夫人一入嚴府, 則必報怨於自家與范漢也. 乃往秘春堂, 欲先告於尹夫人, 而使之自決焉. 公子望見妖冶之態, 以爲此必是趙女也. 依枕而坐, 凝然不動. 趙女怫然曰: “夫人將爲嚴太常之寵姬, 故驕倨若是乎?” 公子佯驚, 怒而握其頸, 曰: “汝以匹夫之賤妾, 敢辱宰相之正室乎?” 趙女拂袖發惡, 公子捉其頸而前之, 反掌批頰, 聲如碎竹. 趙女吃吃[24]然不能言, 如河豚鼓毒, 腹背俱漲. 公子內癢忍笑, 曰: “此非細事, 當告尊姑而處之.” 因擧其頸, 至正堂之北階上. 趙女大慌哀乞, 公子乃翻手投之, 蛙張於地. 公子軒然一笑, 回向寢堂. 侍女等駭然視之.

　後數日, 沈氏母子留趙女, 將向京師. 公子登轎自若, 瑃與沈氏竊喜之. 至皇城, 張平果待於城門之外, 以公子之轎, 走嚴嵩之家. 雪姑佯哭而從之, 平叱逐之. 公子於轎中, 竊笑曰: “癡子雖高張北山之羅, 其於橫絶四海之翼[25], 何哉?”

　俄見朱門嵯峨, 粉牆邐迤, 紅粧侍女十餘雙, 出迎於門外. 公子至重門, 下轎而入. 儺珮珊珊, 蓮步纖妙. 嚴家諸婦等, 望之贊嘆, 而世蕃精魂迷蕩, 跳履顚倒.

　公子入房中, 殷紅寢牀, 刺繡寶帳, 珊瑚之案, 文玉之几, 聯珠之燈, 綴翠之扇, 璀璨炫煌, 如入於波斯肆[26]中, 而侍女等或奉盥頮, 或奉鉛黛,

---

24) [교감] 吃吃: 국도본 呢呢.

25) 橫絶四海之翼(횡절사해지익): 사해를 가로지르는 큰 날개. 『사기』「유후세가留侯世家」에 “큰 기러기 높이 나니, 한 번에 천리를 난다네. 날개가 이미 자라나서 사해를 가로지르네. 사해를 가로지르니 어찌할까? 비록 주살이 있다 한들 그 무슨 소용이리[鴻鵠高飛, 一擧千里. 羽翮已就, 橫絶四海. 橫絶四海, 當可奈何. 雖有矰繳, 尙安所施]”라는 구절이 있다.

26) 波斯肆(파사사): 페르시아 상점. 중국의 수(隋)나라와 당나라 때 서역으로부터 진상하러 온 사

催粧於公子. 公子笑曰: "吾以薄姿陋質, 猥膺君子之抄簡, 何敢復自粉飾, 眩惑人之心目乎?" 世蕃窺聞此言, 愛之欲狂, 開戶而入. 公子翻身起迎, 世蕃揖而就坐, 曰: "晚生久慕芳名, 遠接餘香, 而蓬山弱水[27], 佳會杳然. 幸因張生靑鳥[28]之信, 獲瞻仙娘玉面, 銅雀春風, 庶不爲周郞之所笑矣[29]." 公子佯爲悲色, 斂衽徐對曰: "妾非不知樂昌越宮之恥[30], 綠珠金谷之節[31], 而爲此閨閣唾鄙之行, 强擧顔面於相公之前者, 誠以有隱痛

<hr />

람들이 장안에 상점을 열어 진기한 보물들을 팔았기 때문에 중국인들에게 페르시아는 보물이 가득한 이방(異邦)으로 인식되었다.

27) 蓬山弱水(봉산약수): 넘을 수 없는 장애물. 봉산은 '봉래산(蓬萊山)'으로 바다 한가운데 떠 있고 신선들이 산다고 하는 전설 속의 산이다. 당나라 이상은(李商隱)의「무제無題」에 "봉래산이 여기에서 그리 멀지 않으니 파랑새야 살며시 살펴봐다오[蓬山此去無多路, 靑鳥殷勤爲探看]"라고 하였다. 약수는 물에 부력이 없어서 아무것도 뜰 수 없다는 전설 속의 강으로『해내십주기』「봉린주鳳麟洲」에는 "봉린주는 서해 가운데 있는데 크기가 천오백 리이다. 이곳은 사면이 약수로 둘러싸여 있는데, 약수는 기러기의 깃털도 뜰 수 없어서 이곳을 건너갈 수가 없다[鳳麟洲在西海之中央, 地方一千五百里, 洲四面有弱水繞之, 鴻毛不浮, 不可越也]"라고 하였고, 송나라 소식의「금산묘고대金山妙高台」에는 "봉래산에는 이를 수 없고 약수는 삼만 리 떨어져 있네[蓬萊不可到, 弱水三萬里]"라고 하였다.

28) 靑鳥(청조): 서왕모의 소식을 전한다는 전설 속의 새. 흔히 반가운 소식이나 이를 전하는 사람을 의미한다.『예문유취藝文類聚』「한무고사漢武故事」에 "칠월 칠일에 황제가 승화전에서 재계가 한창이었는데, 갑자기 파랑새가 서쪽에서 와서 대궐 앞에 앉았다. 황제가 동방삭에게 물으니 동방삭이 말하기를 '이는 서왕모가 오려는 것입니다' 했다. 잠시 후에 서왕모가 이르렀는데, 까마귀 비슷하게 생긴 두 마리 파랑새가 서왕모를 곁에서 모시고 있었다[七月七日, 上於承華殿, 齋正中, 忽有一靑鳥從西方來, 集殿前. 上問東方朔, 朔曰: '此西王母欲來也.' 有頃, 王母至, 有兩靑鳥如烏, 俠侍王母旁]"라고 하였다.

29) 銅雀春風, 庶不爲周郞之所笑矣(동작춘풍, 서불위주랑지소소의): 동작은 삼국시대 조조(曹操)가 지었던 동작대(銅雀臺)이고, 주랑은 오나라의 장수 주유(周瑜)이다.『삼국지연의』48회에서 조조는 "내가 지금 장수 물가에 동작대를 세웠으니 강남을 얻게 되면 마땅히 대교와 소교를 데리고 와서 동작대에 두고 만년을 즐긴다면 더할 나위 없겠다[吾今新構銅雀臺於漳水之上, 如得江南, 當娶二喬, 置之臺上, 以娛養年, 吾願足矣]"라고 하였는데, 이 대목에 대하여 서술자는 두목(杜牧)이「적벽赤壁」에서 "동풍이 주랑을 돕지 않았다면 동작대 깊은 봄에 이교를 가두었으리[東風不與周郞便, 銅雀春深鎖二喬]"라고 한 구절을 인용하여, 조조가 주유에게 패하지 않았더라면 조조의 말대로 대교와 소교 두 미인이 동작대에 갇혔을 것이라고 하였다.『창선감의록』에서는 이 대목을 차용하여 엄세번이 이교처럼 아름다운 미인을 얻어 기뻐하는 말로 서술하였다.

30) 樂昌越宮之恥(악창월궁지치): 진(陳)나라가 수나라에게 망할 때에 마지막 황제 후주(後主)의 동생이었던 악창공주는 남편인 서덕언(徐德言)과 헤어지면서 거울을 반으로 깨서 나누어 지니고 정월 보름에 시장에 팔라고 하였다. 후에 악창공주는 수나라의 건국공신인 월국공(越國公) 양소(楊素)의 집으로 끌려가 양소의 사랑을 받았지만, 서덕언이 시장에서 공주가 지녔던 거울을 발견하고 뒷면에 시를 적어 보내자 슬퍼하며 식음을 전폐하였다. 결국 양소는 이들의 사연을 알고 감동하여 악창공주를 서덕언에게 돌려보냈다.

31) 綠珠金谷之節(녹주금곡지절): 녹주는 진나라의 부자 석숭(石崇)의 애첩이고, 금곡(金谷)은 석숭의 별장인 금곡원(金谷園)으로 이곳에서 석숭은 녹주와 함께 연회를 즐겼다. 녹주를 탐내던 세도

幽怨, 而不忍泯默而死者也. 妾夫花珍, 事母克孝, 爲弟克恭, 妾非敢阿
好[32]而指鐵稱金也. 雖使大舜[33]復生[34], 展禽[35]不死, 必不能多過於花珍
也. 其爲人如此, 而前後厄境, 實是人世之所未有也. 究其禍本, 則莫非
沈氏母子及范賊趙女, 毒手憯啄之所煽動交亂者也. 朝廷不能明卜其黑
白, 而枉把沈氏之一張誣狀, 作爲花珍之斷案, 珍之冤枉, 將飛五月之
霜[36]矣. 妾之愚意, 竊欲效向來楊繼盛妻張氏之事[37], 瀝血天門, 以明家
夫之冤, 而第念妾與沈氏, 有婦姑之名矣. 救夫之命而陷其姑, 不可. 顧
姑之顔而殺其夫, 不忍也. 百爾所思, 莫如投身他門, 與花家相絶, 然後
方以知己之義, 救出花珍之命也. 相公不聞樂毅[38]之對趙王之言乎? '臣
之事昭王, 亦猶今日之事大王也.'[39] 妾之事花珍, 亦猶今日之事相公也.
妾聞今天子所信任而信[40]聽之者, 莫如老丞相及相公云. 相公苟能救花

가 손수(孫秀)가 석숭을 역모로 모함하여 죽이자, 녹주는 금곡원의 누대에서 몸을 던져 죽
었다.

32) 阿好(아호): 호감을 사기 위해 아부함. 『맹자孟子』 「공손추상」의 "재아와 자공과 유약은 지혜
가 족히 성인을 알아볼 만하고 낮추어 보더라도 자신이 좋아하는 사람에게 아부하지는 않는
다[宰我子貢有若, 智足以知聖人, 汚不至阿其所好]"에서 온 말이다.

33) 大舜(대순): 은나라의 순임금. 어리석은 아버지와 포악한 계모로 인해 여러 번 죽을 고비를 넘
겼으나 이를 감내하고 결국에는 아버지의 마음을 감화시켰다. [교감] 大舜: 국도본 大大舜.

34) [교감] 復生: 국도본 生.

35) 展禽(전금): 중국 춘추시대(春秋時代) 노(魯)나라의 어진 대부(大夫) 유하혜(柳下惠). 올곧은 성품
으로 명망이 있었지만, 그의 아우는 당대의 포악하기로 이름난 도적 도척(盜跖)이었다.

36) 五月之霜(오월지상): 억울한 옥살이를 비유하는 말로, 중국 전국시대 사람으로 연(燕)나라 혜왕
(惠王)이 주위의 참소를 믿고 추연(鄒衍)을 옥에 가두었는데 추연이 하늘을 우러러 탄식하자
오월의 하늘에서 서리가 내렸다는 데서 비롯되었다.

37) 楊繼盛妻張氏之事(양계성처장씨지사): 명나라 세종(世宗) 황제 때 충신인 양계성이 당대 권력자
였던 엄숭(嚴嵩)을 열 가지 죄목으로 탄핵하다가 처형되었는데, 양계성이 하옥되었을 때 그 부
인 장씨(張氏)가 남편을 대신하여 죽겠다고 상소를 올린 일을 인용한 대목이다. [교감] 張: 국
도본 趙.

38) 樂毅(악의): 중국 전국시대 사람으로 연나라의 소왕(昭王)을 위해서 조(趙)나라와 함께 제나라
를 공격하여 큰 전공을 세웠지만, 소왕의 아들 혜왕이 제나라의 참소를 믿고 악의를 의심하
자 조나라로 도망하였다. 후에 혜왕은 잘못을 뉘우치고 악의를 다시 불러 악의는 조나라와
연나라 두 나라의 객경(客卿)이 되었다. 『사기』 「악의열전樂毅列傳」에 이에 대한 상세한 기록
이 전한다.

39) 臣之事昭王, 亦猶今日之事大王也(신지사소왕, 역유금일지사대왕야): 악의가 연나라 혜왕의 미움을 받
아 조나라로 도망갔을 때 조왕이 악의에게 연나라를 공격할 방책을 묻자 악의가 한 말이다. 조
나라의 신하인 것과 마찬가지로 연나라의 신하이기도 하기에 연나라를 공격할 수 없다는 뜻이다.

40) [교감] 信: 국도본 任.

珍將死之命, 而使一暴其寃於天地之間, 則妾當粉身糜骨, 以報相公之恩, 而如或不然者, 妾之懷中, 有三尺霜刃, 誓必效死於相公之前, 不作幽明間負義之魂也." 言罷慷慨墮淚. 世著自是荏弱小人也. 顚倒諾之曰: "美人可謂閨中之烈丈夫也. 晚生雖愚暗, 寧不感服乎? 當告于家親而奏之天子, 必救花珍焉. 美人毋惱芳心也."

於是, 侍女進瓊羞綺饌, 公子略無羞態, 連倒霞觴[41], 玉顔微紅. 世著愈益怳惚, 而時嵩之小女月華, 窺於窓外, 鄙而笑之曰: "斯人也, 汎濫如此, 宜其從二姓也." 俄而, 日已黃昏, 洞房曖曖. 世著使侍女燃燭, 公子端坐燭下, 百媚燦爛. 世著不勝狂興, 進執公子之玉手, 公子拂手正色, 而辭氣冷嚴, 若淸霜洌水, 曰: "妾以天官家貴箇嬌兒, 雖迫於事勢而黽勉到此, 初非從子于桑間[42]也. 何無禮之若是也? 相公果能雪花珍之寃, 而慰安妾心, 然後徐會宗戚, 以禮相迎, 則使妾雖赴湯蹈火, 無所辭也. 若夫花珍未出圓扉[43], 而徒以一時之私慾, 强相逼迫, 則妾雖懦怯, 不難於一死也." 世著退, 悵然曰: "君之執心, 過矣. 吾安可虛度今夜乎?" 侍女設寢於床上, 世著解帶就寢, 而侵公子數次, 公子峻拒之. 世著微嗟[44]幽歎, 通夜煩悶. 公子心笑曰: "吾公然作一場可笑之事, 斷盡癡子之肝腸也."

東方未白, 世著起盥洗, 被朝衣而出. 平明, 還曰: "今日家親, 欲以花珍事進達矣. 皇上適不御殿, 故未果也." 又曰: "昨[45]夜君畏我而不能寢, 弱質必傷. 今夜則吾當爲君出宿也. 君其安心也." 公子微哂不答. 侍女報曰: "洪夫人與小姐, 至矣." 世著謂公子曰: "洪夫人家親之副室夫人, 而小姐吾之季妹也." 公子起迎之. 其小姐英妙, 公子愛之, 相與琅琅語.

---

41) 霞觴(하상): 좋은 술이 가득 담긴 술잔. 여기에서 '하(霞)'는 좋은 술이란 뜻이다.

42) 桑間(상간): 음탕한 남녀가 은밀하게 만나는 곳. 『예기』 「악기편樂記篇」에서는 "상간과 박상의 음악은 망국의 음악이다[桑間濮上之音, 亡國之音也]"라고 하였는데, 『예기대전禮記大全』의 주석에서 "상간박상은 위땅 박수가의 뽕나무 숲속이다[桑間濮上, 衛地濮水之上, 桑林之間也]"라고 하였다.

43) 圓扉(원비): 옥문(獄門). 『문선』에 실린 왕융(王融)의 「삼월삼일곡수시序三月三日曲水詩序」에 "험한 길에는 북소리 희미하고 옥문에는 풀이 무성하네[稀鳴桴於祗路, 鞠茂草於圓扉]"라는 구절이 있다.

44) [교감] 嗟: 국도본 羞.

45) [교감] 昨: 국도본 作.

世蕃大喜, 謂其妹曰: "新人與吾未及親, 冷淡甚矣. 今見汝而言笑不絶, 所謂, '同聲相應, 同氣相求'⁴⁶⁾者, 良非虛語也. 汝須與新人終日焉." 因起出, 洪氏亦留小姐而歸.

小姐者卽月華, 而洪氏乃其母也. 公子心語曰: "吾之變服欺⁴⁷⁾人者, 雖出於不得已, 然非君子之正道也. 況復與人家處子, 接膝款款於暗室之中乎!" 已而笑曰: "此家之人, 皆以吾認之爲姊氏之身, 而吾與世蕃, 旣以對席接語矣. 吾他日一去之後, 終無以洗姊氏之累也. 吾當一戲此女, 以明吾之非姊氏也." 於是, 復與月華, 移席相近, 嬉笑粲然, 或執玉手, 或撫雲鬢, 宛然若風流豪士之挾弄姣姬也. 月華變色不悅, 甚鄙其太淫, 而終不能男子爲疑也. 是夜, 公子欲與月華聯枕, 而月華厭其放蕩, 稱託而去.

明日, 世蕃入見公子, 而笑曰: "美人安寢乎?" 公子答曰: "愁思在心, 終夜耿耿, 恨不能留小姐而消夜也." 世蕃笑曰: "然則, 來夜可也. 然君之愁思, 花珍之故也. 而卽今皇上, 御奉天殿⁴⁸⁾, 家親先已詣闕, 吾亦從此入去, 珍事或可出場矣." 公子喜曰: "相公速往, 無失事機也." 世蕃去, 日暮而還, 曰: "花珍生則生矣, 未能快雪其冤也." 公子曰: "何謂也?" 世蕃逼坐公子之前, 備傳筵說曰: "上與家親講邊事訖, 召刑部尙書鄭弼, 而問珍獄之延拖. 弼奏曰, '大獄多疑, 固不可立斷, 而臣之延拖, 竊冀陛下好生之德也.' 上怒曰, '珍之惡事昭著, 當卽施王法, 而特以都御史爭執, 欲一加嚴訊矣. 刑部儱侗, 罷職可也.' 於是, 家親奏曰, '臣初以此獄極論者, 只以沈氏告狀節節明白故也. 追聞物議⁴⁹⁾, 冤珍者亦多, 臣始知

---

46) 同聲相應, 同氣相求(동성상응, 동기상구): 『주역』「건괘乾卦」에 있는 "같은 소리는 서로 응하고 같은 기운은 서로 구하며 물은 습한 곳으로 흐르고 불은 마른 곳으로 나아가며 구름은 용을 따르고 바람은 호랑이를 좇는다[同聲相應, 同氣相求. 水流濕, 火就燥, 雲從龍, 風從虎]"를 인용한 것이다.

47) [교감] 欺: 국도본 斯.

48) 奉天殿(봉천전): 명나라 황제의 궁궐. 조회를 하는 등 조정의 주요 업무를 처리했던 곳으로 성조(成祖) 때 지어졌다. 가정(嘉靖) 황제 때 벼락을 맞아 불에 타서 재건한 뒤 이름을 황극전(皇極殿)으로 바꾸었다.

49) 物議(물의): 여러 사람들의 의견.

夏春海之言不爲無據也.’ 此際吾甚欲白脫花珍, 而家親曾與夏御史, 爭
此獄甚力, 到今太相矛盾, 亦甚顏厚, 故草草奏曰, ‘珍之八代祖花雲, 死
於王事. 太祖皇帝哀之, 賜之以丹書鐵券[50], 使雲之子孫, 雖有殺人大罪,
皆得以宥之. 今珍之罪, 不過殺一小婢, 而且其囊書一節, 終不近理, 豈
可以疑似難明之罪, 誅花雲之子孫乎?’ 上頗感悟曰, ‘卿等所奏, 出於公
心. 以此足以知花珍之曖昧也. 然風化所關, 不可仍置. 所謂沈氏, 令錦
衣衛決杖八十, 而徵告子不審之罪, 花珍投之遐裔[51]限其身, 勿令擧論於
赦典也.’ 因還收鄭弼罷職之命. 吾乃退出, 與鄭尙書相議, 定配所於成
都[52], 此地風土淸美, 猶可幸也.”

公子起拜辭曰: “老丞相恩德如天, 相公之委曲周旋如[53]此, 使妾之家
夫得保殘命, 妾當沒身而圖報也.” 世蕃大悅, 掀鬚謂公子曰: “吾已聽君
之請矣. 今夜君亦從吾之所請乎?” 公子曰: “此亦不難矣. 相公涓吉備禮,
迎以百兩之車, 戴妾以雙鳳之冠[54], 則妾以葑菲之下軆[55], 敢辭鐘鼓之同
樂乎?” 世蕃曰: “甚矣, 君之固執也. 吾已令日官[56]擇吉, 而所謂吉日, 猶
隔三四夜. 吾昨日之夜, 獨宿於外堂, 河影流天, 月色滿牀, 千愁萬歎, 輾
轉而不能寐, 頭上之白髮, 種種然欲生矣. 若復空送許多良夜, 則此嚴世
蕃, 當在於黃泉之下矣.” 公子佯怒曰: “相公見妾之欲事二夫, 而謂無貞
女之行, 賤侮之如此, 妾以何顏將奉相公之巾櫛[57]乎?” 世蕃見其辭色峻

---

50) 丹書鐵券(단서철권): 황제가 공신들에게 내려주는 일종의 면죄부로, 대대로 공신의 후손이 죄
  를 지어도 벌을 받지 않을 수 있음을 증명하는 문서이다.
51) 遐裔(하예): 먼 지방. 『삼국지』 「관녕전管寧傳」에 “날개를 먼 곳까지 펼쳐 푸드득 날아오른다[振
  翼遐裔, 翩然來翔]”라는 구절이 있다.
52) 成都(성도): 지금의 사천성 성도시. 명나라 때는 사천포정사(四川布政司) 성도부(成都府)였다.
53) [교감] 如: 국도본 至.
54) 雙鳳之冠(쌍봉지관): 금이나 옥으로 만든 봉황으로 장식한 관으로, 여자가 혼례를 할 때 머리
  에 썼다.
55) 葑菲之下軆(봉비지하체): 순무의 뿌리. 『시경』 「패풍」 ‘곡풍(谷風)’에 “순무를 캐고 순무를 뜯는
  것은 뿌리 때문이 아니라네[采葑采菲, 無以下軆]”라는 구절이 있다. 채소류에 속하며 뿌리와
  잎을 모두 먹을 수 있지만, 뿌리가 맛이 쓸 시기에는 먹을 수 없다. 여기에서 유래하여 비루
  한 사람이란 뜻으로 자신을 낮추어 말할 때 사용된다.
56) 日官(일관): 천상(天象)과 역수(曆數)를 관장하는 관리.
57) 巾櫛(건즐): 수건과 빗. 혼인하여 부인의 역할을 하는 것을 빗대어 흔히 건즐을 받는다고 한다.

烈, 難以强逼, 笑而謝曰: "吾直戲耳, 非實語也." 卽招月華而謂之曰: "新人愛汝, 汝且同寢, 慰其孤懷也." 月華心甚不平, 而難於[58]重違其兄之命, 乃使侍兒持自家衾具而來.

有間, 世蕃起出. 公子與月華, 坐於燭下, 引其羅裳, 促膝歡笑. 公子戲謂月華曰: "雙鸞非雌雄, 而交項相愛者, 憐其容色也. 今吾與小姐, 同是女子, 而慕悅之情, 不減於伉儷. 惜乎! 若使吾男子也, 琴臺一曲, 不讓於長卿之手[59], 而賈閨異香, 寧歸於韓壽之手乎?[60]" 月華聞此言, 熟視公子而不語. 俄而, 各相就寢.

半夜, 月華驚覺, 忽有一男子抱頸而臥. 月華心戰汗出而不能語. 公子笑曰: "吾乃花翰林夫人之弟, 山東尹汝玉也. 君兄以不美之心, 欲辱人之姊, 而反使其妹受辱於人, 造物非無心者也. 然君之丰姿美質, 高出一世, 而天下佳郎, 亦未有勝我者, 今夜同枕, 安知非天意乎?" 月華泣曰: "妾持身不謹, 落於公子之手, 死無以雪此羞也. 然妾閨中之妻子也. 不忍受行露之汚, 乞望公子留以他日花燭之約, 而勿以非禮相犯也." 於是, 公子起坐, 長歎曰: "吾之爲此, 非樂爲者也. 嗟乎! 仰愧屋漏[61], 俯怍[62]枕席, 此夜此擧, 當爲吾終身之恨矣." 遂退臥別床. 月華感歎曰: "此魯男子[63]也." 綷綷結裾, 起坐床上. 公子沈思曰: "此女雖貞靜可愛, 然吾不

---

58) [교감] 難於: 국도본에는 없음.

59) 琴臺一曲, 不讓於長卿之手(금대일곡, 불양어장경지수): 금대(琴臺)는 중국 사천성 성도(成都) 완화계(浣花溪) 부근에 있는 누대로 한나라 때 사마상여(司馬相如)가 이곳에서 비파를 연주하였다고 한다. 장경은 사마상여의 자이다. 사마상여가 비파를 잘 타서, 탁왕손(卓王孫)의 연회에서 비파를 타자 문틈으로 이를 들은 젊은 과부 탁문군(卓文君)이 반한 일을 인용한 것이다.

60) 賈閨異香, 寧歸於韓壽之手乎(가규이향, 녕귀어한수지수호): 중국 진나라 때 가충(賈充)의 딸 가오(賈午)가 한수(韓壽)에게 반하여 몰래 정을 통하고 아버지가 황제에게 받은 향을 훔쳐 한수에게 준 고사를 인용한 말이다.

61) 옥루(屋漏): 방의 서북쪽 구석으로 집 안에서 가장 어두워 사람의 시선이 닿지 않는 곳.『시경』「대아」 '억(抑)'에 "네가 방에 있을 때를 보니 옥루에도 부끄럽지 않았네[相在爾室, 尙不愧于屋漏]"라고 하였다.

62) [교감] 怍: 국도본 愧.

63) 魯男子(노남자): 노나라에 남자(男子)가 있었는데, 어느 날 이웃집 과부가 비바람으로 인해 집이 무너지자 노남자에게 하룻밤 재워달라고 했으나 문을 닫고 들이지 않았다고 한다. 이 고사는『시경』「소아」 '항백(巷伯)'에 대한 모씨(毛氏)의 해석에서 나오는데, 흔히 여색을 가까이 하지 않는 사람을 가리키는 말로 사용되었다.

忍爲嚴嵩之婿矣. 彼若爲我守節, 則畢竟將何以處之也?” 月華亦嘿量曰:
“此人替其姊氏, 來蹈虎穴, 可知其膽大多略者, 而吾家金門累重, 鐵垣
十丈, 衛士交闔, 皂隷巡宮. 彼若無崑崙走墻之足[64], 玄女飛天之術[65],
必不能脫身矣. 萬一不善周旋, 而蹤跡敗露, 則禍不可測. 吾自今日, 已
爲尹家之人矣. 豈可以區區羞澀之態, 默視其危而不能救, 終誤我百年
之大事乎?”

於是, 低聲問曰: “公子之情跡危甚, 不可久處於此矣. 未知欲以何計
脫身乎?” 公子曰: “吾自花府來時, 預以一件男衣, 藏之鏡函, 今在枕邊
耳.” 月華笑曰: “公子之計, 迂矣. 自此堂至外門, 凡度七重金鎖, 而又橫
過家兄所居之堂. 此計旣不可行之於晝, 不可行之於夜, 而不過行之於
欲明未明之際. 此時, 家中婢僕皆起, 聯肩駢武[66], 往來旁午[67]. 猝有生
面男子, 自內堂出來, 則孰不大訝而執訊之乎?” 公子驚曰: “君言良是矣.
吾又有婢子之襤衣弊裳, 蓬其髮而垢其面, 則可以得出乎?” 月華笑曰:
“此計差勝, 而猶不能萬全也. 容服可陋, 而體態不可掩也. 吾家多伶俐
婢僕, 而一人生疑, 則大禍至矣.” 公子嘆曰: “然則吾坐死而已.” 月華曰:
“妾感公子能抑駘蕩之情, 而存妾之紅點, 使得擧顔於父母之前. 妾豈無
報恩之心乎? 使公子脫身之策, 妾已默運於胸中, 而但未知公子一去之
後, 可能念妾向公子之精誠耶? 妾之父兄, 富貴太盛而好作威福, 賈怨斂
禍於天下之人. 今以公子之正方慷慨, 使之委禽[68]於貪權樂勢之門, 非但

---

64) 崑崙走墻之足(곤륜주장지족): 당나라 배형(裵鉶)의 전기(傳奇) 「곤륜노崑崙奴」에서 최생(崔生)의
하인 마륵(磨勒)이 주인을 업은 채 열 겹 담장을 뛰어넘어 사랑하는 사람과 만나도록 한 일을
인용한 것이다. 곤륜노는 피부색이 검은 하인을 뜻한다.

65) 玄女飛天之術(현녀비천지술): 현녀(玄女)는 황제(黃帝)에게 병법을 전수하여 치우(蚩尤)를 제압하
도록 도왔다고 하는 전설 속의 여신. 사람의 머리에 새의 몸을 하고 있었다고 한다.

66) 聯肩駢武(연견변무): 어깨와 다리가 서로 부딪침. 여기에서 '무(武)'는 '다리(脚)'를 의미한다. 흔
히 "비견접무(比肩接武)"의 형태로 사용되는데, 갈홍의 『포박자』 「논선論仙」에 "가령 재미 삼아
인간세상을 경험하며 신선임을 숨기고 밖으로 범상하게 하여 어깨와 다리를 부딪치며 지나간
다면 누가 알까? [假令遊戱, 或經人間, 匿眞隱異, 外同凡庸, 比肩接武, 孰有能覺乎?]"라 하였다.

67) 旁午(방오): 왔다갔다 분주하게 움직이는 모양. 『구당서舊唐書』 「양복광전楊復光傳」에 "절도사
주급이 거짓 명을 받아 적의 사신이 이리저리 왕래하였다[節度使周岌受僞命, 賊使往來旁午.]"라
는 구절이 있다.

68) 委禽(위금): 기러기를 전한다는 뜻으로 곧 빙물을 보내어 혼인을 정함.

公子之所不欲, 而亦妾之所不敢望也. 雖然, 妾以十四歲紅閨處子, 足跡不出於戶闥, 言語不接於僮僕, 而持心如氷, 愛身如玉. 今公子公然來汚之, 妾安得不羞憤而欲死乎? 公子若終垂大德, 不以父兄之累而賤棄之, 則妾雖抱衾執箒於婢妾之間, 亦所甘心. 而不然, 妾當守信深房, 終爲望門之婦而已." 公子聽罷, 敬歎於心曰: "以嚴嵩姦腹, 何以生此女也? 彼欲活我, 我不可以負恩也." 遂與月華, 吐心相語, 留以芳盟.

向曉, 月華翻身入內, 持一叢鑰匙來. 謂公子曰: "試持函中男服, 從妾而來." 遂自花園小門, 隨鑰輒開. 過五門而至西苑門. 月華曰: "此門之外, 乃四通大路也." 使公子改着巾服, 流涕而送之.

驛店得烈士 仙洞訪丈人

역점에서 의로운 사람을 만나고
청성산 장인을 찾아가다

尹公子直訪翰林下處於城門外, 見翰林而執手流涕, 曰: "自古仁人君子之逢逆境者, 何限[1], 而豈有如吾兄之寃者乎?" 翰林嘆曰: "長遠自遠方來, 安知吾之寃與不寃乎? 春秋[2], '天王出居于鄭', 以其不能事母, 故絶之也[3]. 夫吾不能事母[4]矣, 烏得免於王章乎? 今欲革心改面, 而尙恐天地之不容也." 遂引罪千, 萬淚隨聲落而不能禁. 公子見其至誠, 喟然歎服, 不敢開口於沈氏母子之事也. 翰林以嚴嵩之求己爲訝, 公子乃傳世蕃之說, 翰林變色無言.

---

1) [교감] 限: 국도본 恨.
2) 춘추(春秋): 공자가 지은 춘추시대 역사책. 객관적인 사실로만 서술하되 포폄(褒貶)을 행간에 드러나게 하는 이른바 춘추필법(春秋筆法)은 후대 역사서의 전범이 되었다.
3) '天王出居于鄭', 以其不能事母, 故絶之也(천왕출거우정, 이기불능사모, 고절지야): "천왕이 정(鄭)나라에 머물렀다[天王出居于鄭]"는 구절은 공자가 저술한 『춘추』 「희공이십사년僖公二十四年」에 나온다. 주나라 양왕(襄王)이 동생 대(帶)의 반란을 피해 정나라로 간 사건을 서술한 대목으로, 『춘추공양전春秋公羊傳』에서는 "왕에게는 밖이 없는데 '나간다'고 한 것은 왜인가? 그 어머니를 섬기지 못해서이다[王者無外, 此其言出何? 不能乎母也]"라고 하였다. 천자는 천하를 소유하기 때문에 '출(出)'이라고 할 수 없는데도 공자가 이렇게 말한 이유는 그 어머니를 섬기지 못하였기 때문에 폄하한 것이라고 해석한 것이다.
4) [교감] 事母: 국도본 事.

忽然, 雙蟾來謁於翰林, 自言自紹興新到, 而泣告南夫人尹夫人之事.
公子始聞南夫人之旣死而復生, 一喜一悲, 雙淚汎瀾. 翰林見之, 悵恨悲
懷於心曰: "他人男妹, 乃能如此, 吾之兄弟云, 胡其然也?" 公子恐嚴家
之或追蹤也, 起別翰林, 痛哭而去.

明日, 翰林發行. 夏御史來別於道上, 立車而言曰: "天將降大任, 必先
困苦其心志[5], 願兄加湌自愛, 毋負皇天玉成[6]之意也." 王謙之母送其子,
曰: "善奉翰林, 勿思徑歸. 老母恨不爲男子也."

范漢見翰林之出獄, 大驚, 密訪押吏李小裵三, 而厚賂之, 授以凶藥,
使之行毒於中路. 於是, 劉爾俶侍左右, 不離須臾, 王謙亦奉夏御史令,
監檢飮食, 李小等無以乘隙焉. 行至華州華山驛[7], 劉爾俶王謙, 忽皆病
臥, 翰林親自救護, 留四五日. 李小裵三相與謀曰: "吾等授范生之許多
銀子, 若不殺此人而歸, 則范生必還推之. 欲還之, 則其銀已盡用也. 不
欲還之, 則此子將起鬧矣. 此二者, 皆可悶也. 莫如乘此時, 先下手於罪
人, 竝與王劉而斃之, 入告于地主曰, '罪人病死矣.' 彼豈不信乎?"

言未已, 忽有一壯士, 身穿綠錦戰袍, 與從者四五人, 手執長劍入, 揖
翰林而問曰: "措大[8]方以何罪謫於何地也?" 翰林答曰: "罪人干犯倫常,
誤蒙天恩, 得保首領, 投竄蜀中耳." 其人熟視良久, 曰: "觀措大容貌, 與
罪名不相髣髴, 何言之太過也?" 翰林流涕, 答曰: "罪人奉母不能孝, 事
兄不能悌, 獲罪於天, 萬戮猶輕也." 其人驚曰: "然則先生得非紹興之花
翰林乎?" 翰林亦驚曰: "將軍何以知之?" 其人長跪膝席, 曰: "僕乃西安
府[9]趙摠兵[10]之麾下將, 兪聖禧季昌[11]者也. 前月, 以主將命上京師, 往

---

5) 天將降大任, 必先困苦其心志(천장강대임, 필선곤고기심지): 『맹자』 「고자하告子下」의 "하늘이 장차
　이 사람에게 큰 임무를 내리실 때에는 반드시 먼저 그 심지를 괴롭힌다[天將降大任於是人也, 必
　先苦其心志]"를 인용한 말이다.
6) 玉成(옥성): 갈고 다듬어 완성한다는 뜻으로, 송나라 장재(張載)가 지은 「서명西銘」의 "부귀롭게
　복을 누리는 일은 나의 삶을 풍요롭게 하며 가난하고 천하여 근심하는 일은 너를 다듬어 완성
　하도록 한다[富貴福澤, 將厚吾之生也. 貧賤憂戚, 庸玉汝於成也]"에서 나온 말이다.
7) 華州華山驛(화주화산역): 명나라 때 섬서포정사(陝西布政司) 서안부(西安府)에 속해 있던 역참(驛
　站). 역참은 국가의 공무를 보는 관리가 역마(驛馬)를 갈아타던 곳이다. [교감] 華山驛: 국도본
　華山.
8) 措大(조대): 벼슬을 하지 못한 가난한 선비를 지칭하는 말.

往於縉紳12)間, 聞先生之獄事, 知先生爲君子人也. 夫君子樂言其過, 而不言人之過. 今先生之言如此, 以是知翰林也."

仍命從者, 拉李小裵三等, 而至前, 厲聲問曰: "汝等所謂范生者, 何許人也?" 兩人失色相顧, 曰: "是何言也?" 聖禧按劍張目, 曰: "汝賤畜敢欲瞞我耶?" 兩人惶怯不能對13). 翰林爲聖禧: "彼等乃刑部押吏也. 將軍何所聞14)而操之太急也?" 聖禧曰: "僕平生重義, 好急人之難. 俄者, 隔壁聞囁喋語, 不覺心膽斗起, 杖釰而來." 遂令從者緊縛兩人, 而擧釰擬之曰: "汝等與罪人, 本無恩怨, 乃忍受人賂囑, 而謀害性命, 是甚於强盜也. 吾當斷汝兩頭, 送之京師. 直告則猶可生, 否則斫矣!" 兩人叩頭吐實. 聖禧顧視翰林曰: "先生果與范漢有怨乎?" 翰林曰: "有之." 聖禧曰: "所謂王劉者, 何人也?" 翰林曰: "王謙者, 夏御史之傔人, 劉爾俶者, 珍之鄕人也. 珍自紹興獄發, 保全于今者, 皆此兩人之力也." 聖禧曰: "其人安在?" 翰林曰: "彼臥病者, 是也." 聖禧進執王劉手, 曰: "君等捐妻子, 從翰林於萬里者, 其義足以動人也. 況識宰相於塵埃, 救英雄於危塗, 非有眼者, 能之乎?"

於是, 解李小等之縛, 曰: "下流賤人, 見利忘義, 固非異事也." 投其釰於地, 曰: "此釰直千金, 汝等持此而歸, 則足以償范漢之金. 勿復生非心也." 又令出其藥而燒之. 李小等感愧涕泣. 翰林觀聖禧, 磊落有烈士之風, 傾膽倒肝, 恨相見之晚也. 聖禧自言, '開國功臣兪通海15)之後裔. 家世流落於山西16), 父母蚤沒, 貧窮無依, 而倜儻17)有大志, 好讀書, 往往

---

9) 西安府(서안부): 지금의 섬서성(陝西省) 서안시(西安市).

10) 摠兵(총병): 명나라 때 병사(兵士)를 관리하였던 무관(武官)으로 정해진 품급(品級)은 없었다.

11) [교감] 季昌: 만송본과 규장각본을 비롯한 상당수 이본에서 秀昌.

12) 縉紳(진신): '진(縉)'은 신하가 황제를 조회할 때 손에 들고 갔던 홀을 꽂는 것이고 '신(紳)'은 사대부들이 허리에 매는 넓은 띠이다. 합하여서 벼슬아치를 지칭하는 말로 사용된다.

13) [교감] 不能對: 국도본 不對.

14) [교감] 聞: 국도본 問.

15) 兪通海(유통해): 원(元)나라 말기 아버지 유정옥(兪廷玉)과 함께 수군을 이끌고 가서 주원장이 금릉(金陵)으로 세력을 넓히는 데 일조했지만 서른여덟 살의 나이로 전사(戰死)하였다. 『명사』의 「유통해열전兪通海列傳」에는 자식이 없어서 그의 아우 통원(通源)이 유통해에게 추증된 관직을 이었다고 기록되어 있다.

從山西少年, 以弓馬爲戱. 年十八托於西安幕, 于今三年'云. 聖禧爲留數日, 與翰林, 晝則談古今治亂英雄之事, 夜則論天文兵書造化之妙. 聖禧益服翰林, 而歎曰: "先生可謂不遇時也. 使先生出於太祖皇帝之時, 豈令劉陶[18]專美乎?"

王劉病嗟, 翰林起程, 與聖禧行六七日. 聖禧分路向西安府, 馬上擧鞭揖曰: "昔程伊川兄弟[19], 自蜀而歸, 易學大明[20]. 張魏公[21]范景仁[22]起於蜀, 皆爲南朝之名臣. 先生得斯二者, 則安知蜀之不爲先生之基福地乎?" 翰林歎息曰: "罪人之願, 不敢在此. 但令他日生還故國, 一見老母而死, 足矣"

尹公子出嚴府之日, 世蕃入而見新人之不在, 問於月華. 月華曰: "不知." 四索而終不得. 世蕃愕然欲哭, 曰: "張生賣我也." 捉來張生而詰其由. 張生曰: "小生分明納尹氏, 而相公失之. 非小生之罪也." 世蕃語塞, 乃捨張平, 而奮然起曰: "此女直爲花珍計而弄我也. 吾必得此女而雪恥." 嵩不可曰: "近來皇上, 引用徐階, 而吾權日奪. 夏春海謝江[23]等, 挾彈睢肝. 奪人之妻, 豈美事而欲紛紛如此乎?" 世蕃遂止, 而噴咄不已.

洪氏見月華, 自尹氏一去後, 紅恨鎖眉, 如花悴玉殘, 而有時於燈前月

---

16) 山西(산서): 태항산(太行山)의 동쪽과 황하(黃河)의 남쪽. 춘추시대 진(晉)나라가 있었던 곳이며 지금의 산서성.

17) 倜儻(척당): 뜻이 크고 기개가 있음. 『진서』 「원탐전(袁耽傳)」에 "원탐은 어려서부터 재기가 있어 시속에 구속되지 않았다[袁耽少有才氣, 倜儻不羈]"고 하였다. [교감] 倜儻: 국도본 潤儻.

18) 劉陶(유도): 명나라 태조 주원장의 모사로 주원장이 천하를 통일하고 제업을 이루도록 도왔던 유기(劉基)와 도안(陶安).

19) 程伊川兄弟(정이천형제): 북송(北宋) 때 사람인 정호(程顥)와 정이(程頤)를 말한다. 이천(伊川)은 정이(程頤)의 호이다. 이들은 주희의 성리학에 큰 영향을 끼쳤다.

20) 自蜀而歸, 易學大明(자촉이귀, 역학대명): 정이는 부주(涪州)로 좌천되었다가 원부(元符) 3년에 돌아와 서경국자감(西京國子監)에 임명되었는데, 『이천역전伊川易傳』은 정이가 부주에서 저술한 것으로 알려져 있다. 부주는 지금의 사천성 중경시(重慶市)이다.

21) 張魏公(장위공): 남송 초의 재상으로 금(金)나라와 싸워서 다시 중원을 회복할 것을 도모하였던 장준(張浚). '장위공'은 그가 위국공(魏國公)에 봉해졌던 바 있어서 붙여진 호칭이다. 그는 지금의 사천성인 촉(蜀) 지방의 한주(漢州)의 면죽현(綿竹縣) 출신이다.

22) 范景仁(범경인): 북송의 인종(仁宗) 때 사람인 범진(范鎭). '경인(景仁)'은 그의 자(字)이다. 지금의 사천성 화양(華陽) 출신으로 왕안석의 신법(新法)에 반대하였다. 『창선감의록』에서는 '남조의 명신[南朝名臣]'이라고 하였으나, 범진은 북송이 망하기 전에 죽었으며, 남송 조정에서 벼슬한 적은 없다.

23) 謝江(사강): 명나라 세종 황제 때의 신하. 조문화(趙文華)의 횡령을 탄핵하려는 상소를 올렸다가 조문화를 비호하는 엄숭(嚴嵩)의 미움을 사서 파직되었다.

下, 清淚汍臉. 一日, 問於月華曰: "吾觀尹氏之顏, 色雖絶殊, 而終非雍容婦人, 與汝性不相近. 何愛慕之不忘也?" 月華不忍欺其母, 以實告之. 洪氏大驚, 引其臂紅[24]而見之, 歎曰: "尹郞仁者也." 於是, 嵩聞之, 大悅曰: "其人意氣如此, 必不負吾女也."

此時, 尹公子隱身於城西佛寺, 明年正月, 擢庭試[25]壯元. 以雙盖御樂[26], 歷入嚴嵩之家. 嵩賀慇懃, 而世蕃亦在側. 公子英眄雅笑, 淸光照座. 嵩喜溢眉睫, 世蕃黯然喪魄. 公子莞爾謂世蕃曰: "向蒙足下之高義, 妹[27]兄得配善地, 感謝何極!" 世蕃大慚垂頭, 嵩佯若不知, 曰: "乃是鄭尙書之功, 豚兒何力哉?" 而已, 進酒饌, 公子引盃韽酩, 流目視世蕃曰: "此酒雖香, 猶不若向日之情醞也." 嵩笑曰: "壯元初到吾家, 曾於何日, 嘗吾家之情醞耶?" 公子軒[28]然笑曰: "小生洞房之春眠未醒, 猶作夢中語耳." 嵩撫掌粲然笑, 而世蕃面若凝[29]朱, 良久不能擧. 於是, 侍女等拍手相語曰: "今日尹壯元, 果然是尹夫人也." 有間, 公子告退. 嵩留之, 言月華婚事. 公子笑曰: "此事小生已與令愛商量矣. 閤下勿慮." 嵩大喜.

後數日, 公子以翰林學士兼春坊右庶子, 與左學士白瓊, 伴直於春坊. 白學士對其面, 而頗懷疑訝, 問曰: "兄之字, 長遠耶?" 答曰: "然." 又問曰: "兄倘記白蓮橋邂逅耶?" 尹學士微笑而答曰: "五年間事, 何可忘也?" 白學士曰: "兄其間, 與陳氏成親否?" 尹學士歎曰: "陳氏消息, 如隔幽明, 安得成親也?" 仍謂白學士曰: "當年, 兄辱書垂問, 而弟適有呻吟, 未能

---

24) 臂紅(비홍): 조선시대 한글소설에서는 혼인하지 않은 어린 여자들의 팔에 앵무새의 피를 찍는 장면이 많이 나오는데, 이를 비홍 혹은 앵혈(鶯血)이라고도 하며 순결을 잃게 되면 사라진다고 하여 처녀성의 상징으로 보았다.

25) 庭試(정시): 조선 후기 국가에 경사가 있을 때에 별도로 치러졌던 과거시험 가운데 하나이다. 그런데 『창선감의록』이 배경으로 하고 있는 명나라 과거제도에는 '庭試'가 없었다. 다만 '廷試'가 있었는데, 이는 황제의 앞에서 치러지는 최고의 시험을 지칭하는 말이다. '廷試'를 잘못 옮겼을 가능성도 있지만, 국도본뿐만 아니라 만송본과 규장각본, 현토본까지 대부분의 이본에서는 모두 '庭試(정시)'라고 하였다.

26) 雙盖御樂(쌍개어악): 과거에 급제한 사람에게 내리는 하사품으로, 쌍개는 햇빛을 가리는 일산(日傘)의 일종이며 어악은 궁중의 악대이다.

27) [교감] 妹: 국도본 媂.

28) [교감] 軒: 국도본 憪.

29) [교감] 凝: 국도본 澄.

修謝. 兄必以弟爲無情也. 其後歲月屢更, 不知令妹桃夭[30]已卜於下處也?" 白學士變色曰: "長遠何爲此非君子之言也? 吾與長遠, 成說丁寧矣. 豈有不待長遠之敎, 而先自改路之理乎?" 尹學士謝曰: "兄以路次間立馬草草之約, 守信如此, 良可感也. 然弟與陳氏, 生長一室, 有遶床弄梅[31]之情. 今不可以禍亂之故, 相負也. 其時家親答書中, '當探雲南聲息, 徐徐更議'云者, 正以此也." 白學士曰: "然則, 其時兄何以云欲更求婚處也?" 尹學士知其言已左, 無以復答. 大笑曰: "此陳氏之言, 非弟之言也." 仍將陳氏變服走淮南之事, 及別紙中所云者, 而告之. 白學士大驚稱歎, 仍笑曰: "吾固疑兄顔面之異昔, 而鄕貫旣合矣, 名與字又合矣. 神彩髣髴, 而年齒不相爽矣. 吾安得不終信乎? 嗟乎! 陳氏萬古之[32]淑女也. 宜兄之思服而不能忘也. 今趙文華已敗, 嚴嵩之勢日傾, 陳公之賜環, 當在早晚, 而兄之佳約, 可以從此得成矣. 兄以風流男子, 早登龍門, 金馬玉堂[33], 名威隆盛[34], 不妨置兩夫人. 幸兄迎陳氏之後, 亦無忘小妹也." 尹學士笑而快諾之.

是年秋, 白學士遷文淵閣[35]修撰, 上疏極論陳公之寃. 上大悟[36], 特放陳公, 以工部尙書召之. 陳公夫婦, 卽與公子小姐登道, 明年至京師. 時, 尹侍郞已與夫人還皇城, 而兩家相喜, 擇吉日備六禮[37]. 尹學士以香車玉輪, 同日迎陳白兩小姐矣.

---

30) 桃夭(도요): 복숭아꽃 피는 때. 즉 시집가는 시기를 비유하는 말이다. 『시경』 「주남周南」의 '도요(桃夭)'에서 비롯되었다.

31) 遶床弄梅(요상농매): 남녀가 어린 시절부터 서로 스스럼없이 어울리는 것을 말한다. 이백의 「장간행長干行」에 "그대는 대나무말 타고 와서 상을 돌며 푸른 매실로 장난을 쳤지요[郞騎竹馬來, 繞牀弄靑梅]"라고 하였다.

32) [교감] 之: 국도본에는 없음.

33) 金馬玉堂(금마옥당): 한림원과 한림학사를 지칭하는 말로, 한나라 때 학사(學士)들이 금마문(金馬門)와 옥당서(玉堂署)에서 황제의 조서를 기다리던 것에서 유래하였다.

34) [교감] 盛: 국도본 成.

35) 文淵閣(문연각): 문연각은 원래 책을 보관하던 곳으로 자금성(紫禁城)의 문화전(文華殿) 뒤에 있었다. 명나라 성조(成祖) 때 신하를 선발하여 문연각에서 숙직하며 천자를 모시게 하면서 명나라 고유의 정치제도인 '내각'이라는 명칭이 사용되었다.

36) [교감] 悟: 국도본 寤.

37) 六禮(육례): 혼인의 여섯 가지 절차로 납채(納采)·문명(問名)·납길(納吉)·납폐(納幣)·청기(請期)·친영(親迎)을 말한다.

翰林至配所後, 謂王謙曰: "吾旣無事到此, 汝可歸也." 謙曰: "小人得事夏御史與相公, 自幸斯世受知於二君子. 且老母有言, 小人何忍棄相公而歸乎?" 自此, 翰林與王劉二人, 托朋友之義, 兼奴主之情. 謙汲泉而淅米, 爾淑負樵而炊飯. 或弋取雪嶺之鳥, 釣得錦江之魚. 羹以薇蕨之春拳[38], 菜以蘘荷[39]之夏肱, 桂筋竹盤, 風味佳絶. 其比竹友堂苦鹽蔬糲, 不啻如羅千鼎享萬鐘[40], 而有時以藤杖葛履岸巾[41], 嘯傲[42]於玉露楓林之下, 幽花錦石[43]之間. 回思半年圄囹之苦, 脫然若羽化而登仙矣. 然翰林之仁孝出天, 友愛根心, 對食則思母, 遇景則懷兄, 南陔[44]之淚未斷, 而春草之句[45]先成. 行必瞻狄公之雲[46], 臥必撫姜生之衾[47]. 飮泣太息曰: "吾若得母親兄丈一日之歡心, 則雖朝暮死而無限也." 自餘富貴之事, 妻孥之樂, 皆似秋雲浮芥耳. 以是身在蜀中者周年, 而未暇念及於南夫人也.

一日, 遊於浣花溪[48]林亭之上, 次第見楣頭之題咏中, 有七律一首, 而

---

38) 薇蕨之春拳(미궐지춘권): 어린 고사리가 어린아이 주먹처럼 말려 있는 모습. 원(元)나라 정복(丁復)의 「기사자목寄謝子木」에 "강호의 나그네는 늙었지만 고향의 어린 고사리는 봄이면 주먹처럼 말려 있겠지[湖海客身皆暮齒, 家山兒蕨等春拳]"라고 하였다. 이 밖에 송나라 시인 황정견(黃庭堅)의 「절구絶句」에도 "죽순은 누런 송아지 뿔처럼 돋아나고 어린 고사리는 아이 주먹 같이 자랐네[竹筍纔生黃犢角, 蕨芽初長小兒拳]"라는 구절이 있다.

39) 蘘荷(양하): 생강과에 속하는 풀로, 붉은 것은 식용으로 쓰이며 흰 것은 독을 치료하는 약재로 사용된다.

40) 羅千鼎享萬鐘(나천정향만종): 관직이 높아서 녹봉을 많이 받는 일. 높은 관직과 두터운 녹봉을 뜻하는 '오정만종(五鼎萬鐘)'을 차용한 말이다. 여기에서 '정(鼎)'은 고대에 제사를 지낼 때 사용하는 솥으로 대부(大夫)는 다섯 개의 솥을 사용할 수 있었다.

41) 岸巾(안건): 두건을 젖혀 씀. 편안하고 소탈한 모습을 말한다.

42) 嘯傲(소오): 길게 휘파람 불며 얽매이지 않는 모습. 곽박(郭璞)「유선遊仙」에 "휘파람 길게 불며 세상 그물 버리고 내키는 대로 홀로 가노라[嘯傲遺世羅, 縱情在獨往]"라는 구절이 있다.

43) [교감] 石: 국도본 江.

44) 南陔(남해): 『시경』 「소아」의 편명인데 가사는 전해지지 않고 "남해는 효자가 부모의 봉양을 경계하는 노래이다[南陔, 孝子相戒以養也]"라는 설명만 남아 있다.

45) 春草之句(춘초지구): 중국 동진(東晉)의 시인 사령운(謝靈運)이 죽은 아우 사혜련(謝惠連)을 꿈에 본 뒤 "연못에는 봄풀이 돋아난다[池塘生春草]"는 유명한 시구를 얻었다는 고사가 있다.

46) 狄公之雲(적공지운): 적공은 당나라 사람 적인걸(狄仁傑)로, 그가 태항산(太行山)에 올라 흰 구름을 바라보며 부모를 그리워하였다는 고사가 있다.

47) 姜生之衾(강생지금): 후한의 강굉(姜肱)이 아우와 우애가 두터워서 항상 한 이불을 덮고 잤다는 고사가 있다.

48) 浣花溪(완화계): 지금의 사천성 성도시에 있는 강 이름. 당나라 시인 두보의 초당이 있었던 것

其尾題云: "靑城山人, 南子平稿." 翰林見其詩, 頷聯云: "層峰不盡潮州淚, 白雪長思工部兒." 大驚曰: "此分明吾岳丈南御史也. 杜工部[49]之嬌兒, 顔色白勝雪[50], 而韓文公之謫潮州也[51], 女挐死於層峰驛[52]. 世間寧有兩箇南子平, 情境如此相同者乎? 嗟哉! 安得見南公而說其女之在蜀也?" 怊悵徘徊之際, 忽有儒冠數人, 自林外聯筇而至. 翰林迎揖, 與之數語, 因指南公詩而問曰: "此公本京師之人, 流落此邦, 自以爲靑城山人, 蹤跡必在於此山之中. 或者僉兄, 聞其所居之洞壑否?" 其中一人曰: "去年春, 此公與雲水洞[53]郭先生, 來遊於此, 題詩而歸. 若問於郭仙公, 則可知矣." 翰林頷之而[54]還.

　明日, 向靑城之雲水洞. 時, 南御史夫婦, 無日不思其女兒, 而但以歲月之久, 心緖稍寬矣. 一日, 仙公謂南御史曰: "公之厄運將盡, 令兒之玉郎, 今當至矣." 南御史聞之, 半信半疑. 俄而, 童子入告曰: "門外有一位佳君子, 請謁於先生及南御史矣." 御史瞿然驚奇. 仙公笑, 使童子迎入. 禮而坐定, 仙公向翰林曰: "弊居僻陋, 貴人儼屈, 多謝多謝." 翰林拱手曰: "小生西土之累人也. 蹤跡鄙賤而猥慕先生之高風, 敢煩門童, 唐突深矣. 先生貶尊俯待, 彌切悚惶." 仙公笑曰: "足下天子師保[55], 國家棟樑也. 顧此山野間無用之匹夫, 安敢望[56]尊乎?" 翰林見仙公, 昂昂若出群

　　　으로 유명하다. 두보는 「장부성도초당도중유작將赴成都草堂途中有作」에서 "차가운 대나무 푸른 모래의 완화계, 찔를 듯한 귤나무와 등나무가 지척을 가린다네[竹寒沙碧浣花溪, 橘刺藤梢咫尺迷]"라고 하였다.

49) 杜工部(두공부): 공부원외랑(工部員外郞)을 지냈던 당나라 시인 두보.

50) 顔色白勝雪: 두보의 「북정北征」에 있는 "평생에 사랑한 아이, 얼굴이 눈보다도 희었지[平生所嬌兒, 顔色白勝雪]"를 인용한 것이다.

51) 韓文公(한문공): 당나라 문장가 한유. 문공(文公)은 그의 시호(諡號)이다. 한유는 형부시랑으로 있다가 「불골표佛骨表」를 올린 죄로 조주자사(潮州刺史)로 좌천되었다.

52) 女挐死於層峰驛(여나사어층봉역): 한유가 조주로 좌천된 뒤 그의 가족이 조주로 오던 도중에 딸 '나(挐)'가 층봉역에서 죽었다. 한유는 뒤에 사면받고 돌아가는 길에 딸의 무덤에서 쓴 시에 "내 죄로 말미암아 너를 무고히 죽게 하였으니 백 년의 아픔에 눈물이 줄줄 흐르는구나[致汝無辜由我罪, 百年慚痛淚闌干]"라는 구절이 있다.

53) [교감] 雲水洞: 국도본 雲洞.

54) [교감] 而: 국도본에는 없음.

55) 師保: 왕실 자제를 교육하고 황제를 보필하는 사(師)와 보(保)를 통칭하는 말.

56) [교감] 望: 국도본 忘.

之鶴, 而御史布衣葛巾[57], 雙淚欲墜. 翰林愀然, 問於御史曰: “大人莫是壬子年間謫降岳州之南御史耶?” 御史忙答曰: “晚生果其人也. 足下何以知之, 而何以問之也?” 翰林起而復跪, 歔欷流涕曰: “小生卽汝陽侯花公之不肖孤, 珍也. 小生兒時, 見亡親因山東尹侍郎, 聞大人爲水賊所害也, 垂淚傷慘焉. 乃亡親面上之草七宿[58], 而小生得拜大人於人世之上, 小生益不勝存亡之痛矣.” 御史滾然淚下, 曰: “令尊捐館, 朝廷無復老成人矣.” 仍問曰: “僕漏籍於世, 今已九載矣. 茫然無聞於人間之事, 足下或知尹仲晦安否耶?” 翰林對曰: “尹大人乃小生之岳丈也. 小生西來時, 逢尹大人之胤子汝玉, 聞其起居如昔云. 小生有二妻, 一則尹大人之親女也, 一則其養女南氏也. 尹大人云, ‘南氏吾友南某之女也.’ 小生亦於大人, 當爲外甥也.” 御史顚倒執手, 口急心忙曰: “然則吾女生存乎? 吾女生存乎?” 於是, 翰林備將其首末而傳之. 御史悲與喜極, 淚如噴迸. 但瞻翰林之口而已.

時, 韓夫人聞女婿來至, 惝怳如夢, 欲急見其面目. 御史與翰林入內, 而翰林拜於韓夫人. 夫人流淚琅琅, 曰: “老妾自失女兒之後, 因無人世之念, 常願速死相從於黃壤之下矣. 今者夢寐之外, 得逢君子, 聞女兒之不死. 此心聳喜, 如登九天[59]也. 然而中腸酸嘶, 積哀烟動, 今日得女之悲, 倍於當初失女之時也. 第問女兒今在何處, 而君子以丰神玉骨, 仁和粹[60]面, 何罪於世而流竄萬里也?” 翰林垂淚長嘆, 略道自家夫婦之禍厄 而稱: “偏母慈諒, 家兄仁厚. 然門運不幸, 妖妾作亂, 此皆小生夫婦命道之奇薄也.” 仍傳南夫人遭毒於趙女, 而爲淸遠所救, 男服入蜀之事. 韓夫人面靑胸塞, 久而定神. 謝於翰林曰: “女兒昏弱, 不能善處於危難之際, 而致此凶禍, 莫非自己之罪也. 敢怨夫家乎?” 翰林深服韓夫人之德量焉.

---

57) [교감] 葛巾: 국도본 革帶.
58) 面上之草七宿(면상지초칠숙): 무덤에 자란 풀이 일곱 해 되었다는 말. 『예기』 「단궁상檀弓上」에 “친구의 무덤에 해를 넘긴 풀이 있으면 곡하지 않는다[朋友之墓, 有宿草而不哭焉]”라는 구절이 있다.
59) 九天(구천): 하늘 중에서 가장 높은 곳.
60) [교감] 粹: 국도본 醉.

御史問於翰林曰: "所謂淸遠者, 何山之尼僧, 而女兒入蜀時, 見而傳
之者, 誰也?" 翰林曰: "尹府婢雙蟾, 傳於路上, 而嚴程倉卒, 心事悲撓,
不能詳問其山名也." 韓夫人歎曰: "八九年前, 淸遠來吾家云, 在蜀中某
山, 而禍亂之餘, 心身大傷, 吾亦茫然不記其山之名耳. 嗟乎! 其時, 淸遠
見女兒之容貌, 愕然熟視之, 必其有妙理, 而惜哉! 吾不能問之也." 御史
又謂翰林曰: "女兒旣云入蜀, 而君與我相逢於此地. 此必皇天俯矜, 欲
令父女夫婦, 同會於一處也. 君能與老夫, 履山跋川, 周流求訪於全蜀數
千里之間乎?" 翰林太息, 對曰: "小甥非無此意, 而但以罪繫之身, 未可
以遠出也." 御史嘆曰: "君之事勢, 誠然. 老夫當獨往矣."

是夜, 御史與[61]翰林, 歸所居小堂, 挑燈相對. 御史問曰: "賢壻從何得
聞老夫之消息, 而來訪於此山也?" 翰林告杜老亭[62]詩板, 及儒冠之言.
御史曰: "郭仙公神人也. 往者, 與吾遊於其亭, 勸吾作詩, 而題其楣, 謂
曰, '明年必有, 以此詩而來訪者.' 今果然也."

61) [교감] 與: 국도본에는 없음.
62) 杜老亭(두로정): 완화계 옆에 있으며, 두보가 살았던 초당이다.

白衣赴廣南 丹符破妖賊

광남에서 백의종군하고
부적으로 적을 물리치다

明日, 翰林將歸, 御史問仙公曰: "先生觀花君面上, 厄限幾何?" 仙公笑曰: "殷眞人在, 老父何言哉?" 御史曰: "殷眞人, 誰也?" 仙公曰: "五季[1]時仙子, 而花君之前世師友也." 翰林甚誕其言.

還出洞門, 行十餘里, 漸見巖壑益邃, 峰巒益奇, 濃雲淡靄, 乍起乍滅, 靈淑之氣, 氤氳[2]之臭, 習習籧籧, 郁郁霏霏[3]. 翰林信步而前. 忽然, 椵壁雙峙, 洞天曠闊中, 有靈禽異獸, 接翼聯隊而遊. 翰林覺其失路, 怊悵四顧, 見西北層巖之上, 有一老人, 蒼顔華髮, 衣冠甚偉. 翰林就而揖曰: "小生以塵中累跡, 偶到名山, 迷失東西, 而日色將暮, 願先生指其歸路焉." 老人起而答揖曰: "上仙別來無恙[4]否?" 翰林驚曰: "小生泡漚世界, 一介飯囊[5]也. 先生何以云上仙也?" 老人笑曰: "君以睿虛之性, 辭淸眞

---

1) 五季(오계): 당나라가 망하고 송나라가 건국되기 전까지의 기간으로, 후량(後梁)・후당(後唐)・후진(後晉)・후한(後漢)・후주(後周) 다섯 나라가 교체하던 혼란스러운 시대.
2) 氤氳(인온): 연기나 향내가 자욱한 모양.
3) [교감] 霏霏: 국도본 非非.
4) [교감] 恙: 국도본은 蛞.
5) 飯囊(반낭): 밥주머니. 꼴은 갖추고 있지만 쓸모가 없는 인간을 가리키는 말로, 『삼국지연의三國志演義』에 "나머지는 모두 옷걸이, 밥주머니, 술통과 고기부대일 뿐입니다[其餘, 皆是衣架飯囊酒

之府, 落魔淫之墟, 飽風霜之厄, 精汚神濁, 宜不知前生事也." 乃以丹藥
一丸賜之, 曰: "嚥此, 則可以自覺矣." 翰林辭之不受, 曰: "小生旣作人
間之人, 而妄知天上之事, 則無益於身, 而徒亂心懷耳. 藉令此藥, 一飮
成仙, 小生有偏母孤兄, 何忍捨之而獨往乎?" 老人嘆曰: "賢哉! 孝子之
言也. 至誠如此, 天豈不感動乎? 君之母與兄, 悔過不遠矣." 翰林聞此言,
喜甚出涕曰: "小生命薄矣. 亦能有兄弟接手而舞彩衣[6]之日乎?" 老人曰:
"君之悲日已盡, 樂日將生. 入而有萱堂棣華之樂[7], 出而有風雲魚水[8]之
歡, 忠孝之福, 其靈[9]長也哉!"

因與之坐石上, 曰: "天上之事, 君旣不願知之矣. 今與我論人間之事,
可也." 乃自袖中, 出太公六韜[10], 曰: "君之急務, 在此一書, 而君雖嘗涉
獵, 不過其糟粕耳. 兵者危事, 不可不熟講也." 於是, 展之石上, 毫[11]分
縷析. 翰林自是英透之才, 如竹迎刃, 而無所礙滯. 老人犁然而笑. 又出
一軸小簇, 指其畵中山川遠近闊狹之勢. 又以丹符一張授之, 曰: "此乃
太上老君[12]伏妖之符也. 君持歸, 則亦當有用處也." 因與談陰陽五行之
妙, 瓊屑[13]霏霏, 慧韻鏘鏘[14], 不覺暝靄生林, 宿鳥飛還. 俄而, 月輪東上,

桶肉袋耳]"라는 말이 있다.

6) 舞彩衣(무채의): 부모의 마음을 기쁘게 하는 것을 말한다. 춘추시대(春秋時代)에 초(楚)나라의 노
   래자(老萊子)가 부모님을 기쁘게 하기 위해서 일흔의 나이에 색동옷을 입고 춤을 춘 데서 온
   말이다.

7) 萱堂棣華之樂(훤당체화지락): 어머니를 모시고 형제가 화목하게 사는 즐거움. 훤당(萱堂)은 어머
   니가 머무르는 북당(北堂)으로 그 앞에 망우초(忘憂草)라고도 하는 훤초(萱草)를 심었기 때문에
   훤당이라고 부르게 되었다. 또한 체화(棣華)는 형제간의 우애를 뜻하는 말로 『시경』 「소아」 '상
   체(常棣)'에 '아가위 꽃이여, 꽃받침이 화사하지 않은가? 지금 사람 중에 형제만한 이가 없다네[常棣
   之華, 鄂不韡韡. 凡今之人, 莫如兄弟]"에서 왔다.

8) 風雲魚水(풍운어수): '풍운(風雲)'은 『주역』 「건괘乾卦」의 "구름은 용을 따르고 바람은 호랑이를
   따르며 성인이 일어나면 만물이 바라본다[雲從龍, 風從虎, 聖人作而萬物覩]"에서 온 말로 서로
   뜻이 통하는 사람이 만나는 것을 의미한다. 또 '어수(魚水)'는 『삼국지』 「제갈량전諸葛亮傳」에서
   유비가 "나에게 제갈공명이 있는 것은 물고기에 물이 있는 것과 같다[孤之有孔明, 猶魚之有水
   也]"고 한 데서 온 말로, 임금과 신하가 서로 뜻이 잘 맞는 것을 의미한다.

9) [교감] 其靈: 국도본 靈其.

10) 太公六韜(태공육도): 중국의 주나라 때 문왕의 신하였던 강태공(姜太公)이 지은 병법서.

11) [교감] 毫: 국도본 豪.

12) 太上老君(태상노군): 도교에서 노자를 신성화하여 부르는 호칭.

13) 瓊屑(경설): 옥가루. 보통 눈서리를 비유하는 말인데, 여기에서는 화진과 은진인이 진지하게
    이야기를 나누는 모습을 묘사하고 있다.

玉露滿襟. 老人與翰林, 歸巖間茅茨, 掃地而臥.

翰林因倦就睡, 覺而視之, 紅日初高, 松籟瑟然. 老人謂曰: "國事方急, 君其速歸也." 翰林收其六韜及符簇, 而懷之. 拜辭於老人, 曰: "三山[15] 夐邈, 十洲[16] 莽闊. 一隔人天, 不可以復接影響也. 願聞先生之尊號也." 老人笑曰: "郭仙公不言乎?" 翰林始知其爲殷眞人, 而纔轉數步, 不見老人與茅茨. 茫然嘆嗟而歸, 昨日路上之丹楓黃菊, 盡化爲杜鵑躑躅矣.

王謙出門而望之, 雀躍大呼曰: "相公歸矣!" 爾淑自房中, 跣足跳出曰: "相公! 相公! 遊於何處, 而經冬不歸乎? 小人三往靑城, 南御史老爺, 亦再度來臨, 而終不聞消息. 小人等謂, '深山窮谷, 丁寧遭虎豹之患也.'" 仍謂王謙曰: "君急走官府, 告于兪將軍." 翰林驚曰: "季昌胡爲來也?" 爾淑曰: "卽今朝廷有大事, 以相公爲廣南府[17]從事, 兪將軍親奉聖旨而來矣."

俄而, 兪聖禧與知府耿敞, 飛鑣而至. 聖禧持翰林手曰: "先生何乃驚人若是?" 翰林向知府而謝罪曰: "罪人宜不敢擅離所配, 而偶訪山中之故舊, 失道狼狽, 致淹時月, 愧惶至極, 無所逃罪也." 仍問於聖禧, 曰: "俄者, 爾淑草草傳季昌來此之由, 而急未能詳問焉. 望季昌備傳之." 聖禧曰: "年前, 海賊徐山海大寇瓊崖[18], 盡陷萬化[19]等諸州, 自號萬化天王, 南方騷亂, 民皆荷擔而立. 朝廷徙主將趙公, 爲廣南府經略, 使鎭控喉嗌矣. 前冬, 山海自安南[20]海口大入, 而沿邊州縣, 雲撓風駭. 趙公與廣西[21]副摠兵戚繼光[22], 合力守富州城[23], 相持數月, 賊勢益張. 趙公使

---

14) [교감] 鏽鏽: 국도본 琗琗.
15) 三山(삼산): 삼신산(三神山). 도가에서 신선이 산다고 하는 봉래(蓬萊), 방장(方丈), 영주(瀛洲)의 세 산.
16) 十洲(십주): 도가에서 신선이 산다는 열 개의 섬.
17) 廣南府(광남부): 지금의 운남성(雲南省) 문산장족묘족자치주(文山壯族苗族自治州) 광남현(廣南縣). 명나라 때는 운남포정사(雲南布政司)에 속해 있었다.
18) 瓊崖(경애): 지금의 해남성(海南省). 명나라 때는 광동포정사(廣東布政司)에 속한 경주부(瓊州府)였다.
19) 萬化(만화): 만주(萬州)와 화주(化州). 만주는 지금의 해남성 만녕시(萬寧市). 명나라 때 광동포정사 경주부에 속한 고을이었다. 화주는 지금의 광동성(廣東省) 화주시(化州市)로 명나라 때는 광동포정사 고주부(高州府)에 속한 고을이었다.
20) 安南(안남): 지금의 베트남. 명나라 영락년간에 토벌되어 교지포정사(交阯布政使)를 두기도 하였으나 선덕년간에 독립하여 이후로는 중국에 조공을 바치면서 독립국으로 존재하였다.
21) 廣西(광서): 지금의 광서장족자치구(廣西壯族自治區) 일대. 명나라 때는 광서포정사(廣西布政司)를 두어 통치하였다.

吾親走京師, 面議於廟堂焉. 吾見閣老徐公曰, '山海溟峒[24]之點寇也. 富州南服之要衝矣. 一失富州, 則海岱[25]之間, 非復爲國家之有也.' 徐公曰, '旣今廟議, 欲別遣大將, 增兵以守, 而大將無可合之人也.' 吾曰, '趙經略戚繼光, 武勇皆冠世, 何必他將[26]? 且但守禦而不撲滅, 則南憂幾時可平乎? 山海奸謀鬼計, 千變萬化[27], 如得運籌折衝. 如張子房[28]諸葛孔明[29]者, 或可得平, 而不然, 雖使廉頗[30]李牧[31], 驅百萬賁育[32]而往, 無所施也.' 徐公笑曰, '今世安得張葛乎?' 吾曰, '天之生才, 本無古今, 特閣下未之見也. 豈世無其人乎?' 徐公又笑曰, '君能見其人乎?' 吾曰, '小將見之矣. 今成都謫居人花某, 今世之張葛也.' 徐公笑曰, '彼固將種, 而終是白面書生, 君言無乃過耶?' 吾慨然笑曰, '周瑜[33]年十八, 爲軍師於江東. 耿弇[34]年二十, 而建大策於光武. 張良陳平[35], 亦皆白面書生, 而佐漢高帝取天下. 苟如閣下之言而棄白面, 則是使周瑜耿弇, 當待年於草澤之中, 而張陳不敢言於慢罵之帝也.' 徐公憮[36]然無語. 適兵部尙書夏公至, 徐

<hr>

22) 戚繼光(척계광): 명나라 가정년간의 무장(武將)으로, 유대유(兪大猷)와 함께 절강(浙江), 복건(福建)에 침입한 왜구를 소탕하는 데 큰 활약을 하였다.

23) 富州城(부주성): 지금의 중국 운남성 문산장족묘족자치주 부령현(富寧縣). 명나라 때는 운남포정사 광남부에 속해 있었다.

24) [교감] 溟峒: 국도본 瞑峒.

25) 海岱(해대): 중국의 동쪽 바다에서부터 태산(泰山)까지의 지역. 『서경』의 「우공」에 "해대는 청주이다[海岱惟青州]"라고 하였는데, 청주(青州)는 지금의 산동이다. 그러나 여기에서는 단순히 해안의 산간지방을 의미하는 말로 사용된 듯하다.

26) [교감] 他將: 만송본 待他將, 국도본 何他將.

27) [교감] 化: 국도본 訛.

28) 張子房(장자방): 유방을 도와 한나라를 세우는 데 공을 세웠던 전략가. 이름은 장량(長良)으로 자방(子房)은 그의 자(字)이다.

29) 諸葛孔明(제갈공명): 후한 말 삼국시대(三國時代)에 촉(蜀)을 세웠던 유비(劉備)를 도왔던 전략가. 이름은 제갈량(諸葛亮)으로 공명(孔明)은 그의 자(字)이다.

30) 廉頗(염파): 중국 전국시대 조(趙)나라 혜문왕(惠文王) 때의 명장.

31) 李牧(이목): 중국 전국시대 조나라 혜문왕 때의 명장으로 흉노를 물리치는 데 공을 세웠다.

32) 賁育(분육): 중국 전국시대 때 힘이 세고 용맹스러웠던 장사(壯士) 맹분(孟賁)과 하육(夏育).

33) 周瑜(주유): 후한 말 삼국시대 때 오나라의 신하. 문무를 겸비한 인물로 23세의 젊은 나이로 손책(孫策)에게 등용되어 건위중랑장(建威中郞將)이 되었다.

34) 耿弇(경감): 후한을 건국한 광무제의 장수. 서한(西漢) 말에 광무제에게 황제에 즉위할 것을 권하였고 이후 광무제가 천하를 평정하도록 도왔다.

35) 陳平(진평): 뛰어난 지략(智略)으로 유방이 한나라를 세우는 데 중요한 역할을 했던 인물로 한나라가 건국한 후에 재상이 되었다.

公以吾言, 問於夏公. 夏公大悅曰, '學生雖不知花某之將略何如, 而古人之好用福將者, 良有意也. 花某自是食祿[37]貴人之相, 願閤下爲國旋力焉.' 吾乃大言曰, '閤下試使花某, 白衣從事於富州營, 如不能發奇策而建大功者, 小將請獻頭於閤下之前矣.' 於是, 徐公動色.

明日, 奏於龍陛, 皇上沈吟不允曰, '花某文士也. 安能討賊乎?' 翰林學士尹汝玉, 出班奏曰, '郤縠[38]說禮樂敎詩書[39], 而爲晉元帥, 杜預射不穿札[40], 而立平吳之勳. 是知中權制謀, 不取一夫之勇.[41] 花某臣之姊夫也, 臣熟知其人. 誠使花某一往, 則南方不足憂也.' 上大喜乃允. 吾是日奉旨, 晝夜馳十九日. 到此處, 聞先生輕身獨出, 無聲息者八朔云. 愕然茫然, 萬慮俱生, 引領四望, 腸斷臆裂, 萬一先生過明今日不至, 吾幾嘔血而死矣." 翰林謝曰: "吾往靑城, 不過爲數宿之計, 事乃大謬, 惱吾季昌, 頌罪無已. 然季昌使我欺徐丞相, 何也? 吾之一身狼狼, 固不足恤, 而但恐爲羞於季昌, 無益於國家也." 聖禧笑曰: "先生奈何以流俗過謙之態, 外此知己也? 大丈夫立身事君, 出則爲方叔召虎[42], 入則爲皐陶稷契[43]. 夫富貴之難免, 如禍厄之難逃也. 時至[44]而行[45], 時往而止. 是以古之聖人,

---

36) [교감] 憮: 국도본 撫.

37) [교감] 祿: 국도본 福.

38) 郤縠(극곡): 춘추시대 진문공(晉文公)의 장수.

39) 說禮樂敎詩書(열예악돈시서): 진(晉)나라 대부(大夫) 조최(趙衰)는 극곡(郤縠)을 장수로 추천하면서 "극곡이 적합합니다. 저는 자주 그 말을 들었는데, 예악을 즐기고 시서에 일가견이 있습니다[郤縠可. 臣亟聞其言矣, 說禮樂而敎詩書]"라고 한 바 있다. 『춘추좌전』 「희공 27년」에 이 말이 나온다.

40) 杜預射不穿札(두예사불천찰): 두예는 서진(西晉) 무제(武帝) 때의 장수로 오나라를 멸망시키는 공을 세웠지만, 몸이 약하였다고 한다. 『진서』 「두예전杜預傳」에 "두예는 말에 걸터앉지도 못하고 활을 쏘아도 얇은 나뭇조각도 뚫지 못하였다[預身不跨馬, 射不穿札]"고 하였다.

41) 郤縠說禮樂詩書, 而爲晉元帥, 杜預射不穿札, 而立平吳之勳. 是知中權制謀, 不取一夫之勇: 윤여옥이 황제에게 아뢰는 이 말은 당나라의 노보(盧俌)가 돌궐족을 깨뜨릴 비책을 묻는 황제에게 "春秋謀元帥, 取其說禮樂敎詩書, 晉臣杜預射不穿札, 而建平吳之勳. 是知中權制謀, 不在一夫之勇"이라고 상소를 올린 것을 거의 그대로 차용하고 있다. 이 내용은 『구당서』 「골돌록열전骨咄祿列傳」 및 『자치통감』에 나온다.

42) 方叔召虎(방숙소호): 주나라 선왕(宣王) 때의 신하 방숙(方叔)과 소호(召虎). 방숙은 형만(荊蠻)을 평정하였고 소호는 회이(淮夷)를 정벌하였다.

43) 皐陶稷契(고요직설): 고대 순임금의 신하. 고요(皐陶)는 형벌을 다스렸고, 직(稷)은 농사를 관장하였으며, 설(契)은 교육을 맡았다.

44) [교감] 時至: 국도본 時.

能與時推移. 陰符經46)曰, ‘天有五賊, 見之者昌47).’ 知時之謂也.” 翰林嘆
曰: “吾遇季昌於華山驛, 命也. 隨季昌於富州城, 亦命也. 能平賊而報國,
不平賊而喪元48), 莫非命也. 吾當任命而已.” 於是, 知府治行送之, 王劉
等皆相隨起程焉.

初, 瑃之到皇城也, 范漢往見, 問曰: “景玉猝然上來, 何意也?” 瑃色變
而答曰: “家多災亂, 欲避之以禳耳.” 范漢冷笑曰: “景玉不以情告我也.”
瑃顧他而不答. 漢熟視瑃而又問曰: “兄之家屬, 亦同來否, 抑留紹興耶?”
瑃發怒曰: “吾之家屬來不來, 兄何以欲知耶?” 漢勃然起去, 彰其惡而告
諸人曰: “花之兩子中, 瑃之罪, 先可誅也.”

及送李小等之後, 卽歸紹興, 言於趙女曰: “花珍今則必不免矣. 吾之
宿憤已攄, 而近觀景玉, 待我無狀, 此必張平賊子間之也. 兩竪之命, 將
不久矣.” 趙女大樂曰: “景玉自郞君北上之後, 疑妾日甚, 頃於正堂, 怒
目叱妾曰, ‘汝以東墻下淫女, 素行鄙賤, 近又與范生交奸, 情跡狼藉. 南
氏之死, 荊玉之禍, 皆汝淫夫淫婦之所爲也. 吾恨不能磔汝兩人之肉, 祭
南氏之魂, 而慰荊玉之寃也.’ 妾握其兩手, 詰其言根, 景玉拂袖絶衫, 以
足蹴妾, 曰, ‘張平言之耳.’ 妾自此埋頭49)切齒, 苦待郞君之至, 而欲雪憤
於兩竪也. 今者郞君先獲我心, 願叩囊中之餘智.” 因告瑃以張平之謀納
尹夫人於嚴府. 漢聽此大驚曰: “吾之所欲行計者, 只有此嚴家一路而已.
今平先據之, 大事去矣. 向者嚴丞相父子, 猝然救花珍, 吾甚怪之, 果有
此事也.” 仍謂趙女曰: “檀公三十六計中, 走爲上計也50). 今吾計已敗, 莫

---

45) 時至而行(시지이행): 병서의 일종인 『황석공소서黃石公素書』에 “만약 때가 이르러 행하면 능히
    높은 지위에 오를 수 있고 기회를 얻어 움직이면 절대의 공을 세울 수 있다[若時至而行, 則能
    極人臣之位. 得機而動, 則能成絶代之功]라는 구절이 있다.
46) 陰符經(음부경): 황제(黃帝)가 지었다고 전해지는 도가의 경전.
47) 天有五賊, 見之者昌(천유오적, 견지자창): 여기서 ‘오적(五賊)’은 ‘오행(五行)’이다. 하늘에는 오행
    의 운수가 있으니 이를 알고 따르는 사람이 흥한다는 말이다. [교감] 賊: 국도본 星.
48) 喪元(상원): 목숨을 잃는다는 뜻으로, 여기에서 ‘원(元)’은 머리이다. 『맹자』 「등문공하滕文公下」
    에 “뜻있는 선비는 자신의 시신이 구학에 던져질 것을 잊지 않고, 용감한 선비는 목이 잘릴
    것을 잊지 않는다[志士不忘在溝壑, 勇士不忘喪其元]”는 구절이 있다.
49) [교감] 頭: 국도본 怨.
50) 檀公三十六計中, 走爲上計也(단공삼십육계중, 주위상계야): 단공은 남조 송 때의 장군 단도제(檀

394 │ 교주본 창선감의록

如走也." 是夜, 漢與趙女及蘭秀, 盡偸花府金銀寶貝而走.

先時, 張平納尹公子於世蕃, 自以爲好爵可得也. 又取瑄之三千金及雜寶, 稱以納於洪氏, 而自納於橐中, 咯咯笑曰: "吾以一尹氏, 足以取太守, 又奚用貨賂哉? 今當腰金上楊州[51], 而所乏者, 唯一隻丹頂[52]也." 及遭世蕃之詰責, 而聞尹氏之走, 錯莫失圖, 歸而欲哭. 旣而又笑曰: "好官不過多得錢耳. 今太守之計雖左, 而得錢之路[53]未斷也." 乃走花府, 以虛禍空福, 誑誘恐動於痴怯無知之沈氏母子, 公然花府之金錢藏幣, 日罄月朽, 而平以狼心兎目, 往來不已. 又爲瑄曰: "尹氏與嚴太常, 相得甚歡[54], 招我言曰, '花景玉若獻我紹興稻田四十頃, 當除浙江通判.'" 瑄大悅, 欲從之.

時, 平以桂香爲妾, 買屋皇城中. 忽聞御史中丞尹汝玉, 令順天府發榜懸購, 搜捕范張二賊. 平大驚曰: "此必花家之事發矣. 吾積許多財貨, 何忍棄之遠遁乎?" 與桂香謀曰: "尹中丞, 尹氏之弟也. 必甘心[55]於我也. 且汝於翰林, 結怨深矣. 成夫人還, 則汝必死也. 汝與沈氏, 雖以一時勢利相合, 而本非沈氏之婢, 乃花氏之婢也. 何必爲沈氏守死乎? 今乘此時, 汝擊登聞鼓[56], 明翰林之寃, 吾發狀於御史臺[57], 告沈氏母子之罪, 則尹

道濟)로, 병법을 서른여섯 가지로 정리했다고 알려져 있다. 이 말은 남조 제나라의 왕경칙(王敬則)이 군사를 일으켰을 때 태자인 보권(寶卷)이 겁먹고 도망가려 하자 "단공의 삼십육계 가운데 도망치는 것이 상책이다[檀公三十六策, 走爲上策]"라고 비웃은 데서 비롯되었다. 이 내용은 『남제서南齊書』 『남사南史』 등에 기록되어 전한다.

51) 腰金上楊州(요금상양주): 양주학(楊州鶴)의 고사를 인용한 것이다. 세 사람이 소원을 말하는데, 어떤 사람은 양주자사(楊州刺史)가 되고 싶다고 하고 어떤 사람은 재물이 많으면 좋겠다고 하고 어떤 사람은 학을 타고 신선이 되고 싶다고 하였다. 그러자 한 사람이 나서며 "허리에는 십만 관의 돈을 차고 학을 타고 양주로 날아오르리라[腰纏十萬貫, 騎鶴上楊州]"라고 하였다고 한다. 이 고사는 『고금사문유취古今事文類聚』 등에 수록되어 있다.

52) 丹頂(단정): 이마가 붉은 학. 양주학(楊州鶴)의 고사를 두고 한 말이다.

53) [교감] 路: 국도본 計.

54) [교감] 歡: 국도본 勸.

55) 甘心(감심): 여기에서는 죽여서 분을 푼다는 뜻으로 해석된다. 『좌전』 「장공莊公 9년」에 "관중과 소홀은 원수이니 죽여 분풀이를 할 수 있도록 보내주시기를 청합니다[管召, 讎也. 請受而甘心焉]"라는 구절이 있는데, 두예(杜預)는 "감심은 통쾌하게 찔러 죽이는 것을 말한다[甘心, 言快意戮殺之]"라고 주를 달았다.

56) 登聞鼓(등문고): 황제가 백성의 억울한 사정을 직접 듣기 위해서 대궐 밖에 매달아 놓은 북. 진나라 때부터 등문고원(登聞鼓院)을 설치하여 백성들의 주장(奏章)을 관리하게 하였으며 명나

中丞必大悅, 而沈氏母子受誅矣. 此乃吾與汝, 立功自效, 死中求生之道也." 於是桂香擊登聞鼓.

平作一張大狀, 聳贊翰林, 出於大舜曾子[58]之上, 臚列瑃罪[59], 甚於檮杌盜跖[60], 而沈氏之惡, 范漢之罪, 殫手極力, 縛如囓豬. 晨詣肅政臺[61], 而呈之曰: "小生韓範, 卽花珍之知己也. 見其受誣罔極, 不勝憤惋, 敢以親所睹聞者, 來暴良友之寃於風憲[62]之前." 時, 御史謝江林潤, 中丞白瓊尹汝玉等, 皆坐堂上. 謝御史白中丞, 手持白簡[63], 奮然起曰: "吾等聞花家孝子之寃, 久矣. 而以其變出骨肉, 難於立證. 故迄未能明正風化, 溺職素餐[64], 無大於此矣. 今韓生所告, 倍於吾等之所聞, 知此而置之, 人倫斁矣. 當亟奏天陛, 使花瑃亂子身首二處也." 林御史嘆曰: "花瑃吾之妹婿, 吾不可參此議也. 然向者, 沈氏之將決杖於錦衣衛[65]也, 夏尙書恐傷荊玉之心, 奏而免. 兄等苟愛荊玉, 當借餘地於沈氏也." 仍顧尹中丞曰: "荊玉賢者也. 其取友必端, 而今見韓範者, 眸子不正, 言語大黠, 無乃反覆奸人之欲乘機徼利者耶?" 尹中丞大悟曰: "范漢張平, 自是同惡同罪之人, 而此狀極論范漢, 而不擧張平, 此必張賊變名而來也." 於是,

---

라 이후에는 통정원(通政院)에서 관할하였다.

57) 御史臺(어사대): 관리를 규찰하고 국가의 중죄인을 심문하는 등의 일을 담당하였던 사법, 감찰 기관이다. 그런데 어사대는 명나라 초기에 폐지되었고, 명나라 홍무(洪武) 15년부터는 도찰원(都察院)으로 대신하였다.

58) 大舜曾子(대순증자): 중국 고대의 순임금과 공자의 제자 증삼(曾參). 두 사람은 모두 효행(孝行)이 뛰어난 인물로 일컬어진다.

59) [교감] 瑃罪: 국도본 瑃.

60) 檮杌盜跖(도올도척): 도올은 중국 고대의 황제인 전욱(顓頊)의 아들이자 우(禹)임금의 아버지 곤(鯀)인데 어리석고 흉악하였다. 도척은 춘추시대 사람으로 현인(賢人) 유하혜(柳下惠)의 아우이지만 잔인무도한 도적이었다.

61) 肅政臺(숙정대): 어사대의 별칭.

62) 風憲(풍헌): 기강을 바로잡는다는 뜻으로, 어사(御史)를 가리키는 말이다.

63) 白簡(백간): 탄핵하는 글.

64) 溺職素餐(익직소찬): 관리가 제 역할을 하지 못함. '익직(溺職)'은 관리가 그 소임을 감당하지 못하는 것이고, '소찬(素餐)'은 '시위소찬(尸位素餐)'을 줄인 말로서 관리가 녹을 받기만 할 뿐 하는 일이 없는 것이다. 『시경』 「위풍魏風」의 '벌단(伐檀)'에 "저 군자는 공밥을 먹지 않는구나[彼君子兮, 不素餐兮]"라고 하였다.

65) 錦衣衛(금의위): 명나라 때 황제 직속의 군사기구였는데, 중죄인을 체포하고 심문하는 등의 사법권도 행사하였다.

設威嚴問, 果然張平也. 謝御史等, 列奏琄罪狀, 請令司寇⁶⁶⁾嚴刑正法, 上卽允. 又以桂香, 下刑部嚴查. 刑部尙書鄭公, 趣駕赴衙, 發遣健差數十人於花府.

此時, 琄之母子, 纔聞趙女與范漢逃走之報, 怨憤撑腸, 搶地大哭曰: "吾喪心失性, 惑於妖惡淫邪之女, 投簪之變, 落囊之計, 茫然不覺, 使荊玉夫妻冤徹九天. 天道不爽, 則吾豈無事乎?" 忽然, 婢僕等震動, 入告曰: "刑部群差, 急索公子矣". 沈氏若疾雷搏顙, 昏倒於地. 群差捉琄而去.

鄭公以韓範狀辭, 發問甚嚴. 琄怯惶罔措, 對曰: "所謂韓生者, 與小生有宿怨, 故誣陷至此耳." 鄭公笑謂衙役曰: "俄者御史府所送罪人, 捉入焉." 琄見之, 乃張平也. 琄意以爲平亦爲韓範之所告也. 回頭語平曰: "吾與君, 俱見疾於韓範, 竟遭此辱, 豈不冤憤乎?" 平肘之曰: "吾已直招, 勿復多言." 鄭公視之, 拊掌大笑, 左右衙役, 莫不掩口.

又使桂香與琄面質, 桂香對琄, 鼓掌數惡. 琄不能自明, 唧唧曰: "母親於汝, 恩義至厚, 何忍反也? 諺云, '狐向窟嗥不祥', 爲其忘本也⁶⁷⁾." 桂香反脣曰: "吾之於夫人, 公子之於先老爺, 其恩義輕重, 何如也? 公子忍反先老爺, 而乃責吾之反夫人乎? 且吾父母, 皆花氏之人也. 吾當以花氏爲本乎, 以沈氏爲本乎?" 琄曰: "翰林獨花氏, 而吾獨非花氏乎?" 桂香曰: "公子得罪先祖, 自絶於花氏, 吾之所仰, 惟翰林而已也." 琄勃然曰: "汝自以爲不惡, 而埋凶正堂, 謂林氏爲之者, 何人也?" 桂香喪氣, 不能答. 是日, 琄平桂香皆準刑, 而事事歸之於范漢趙女. 於是, 械囚三人於各獄, 卽日, 行移文于十三省, 令搜捕范趙焉.

時, 貴陽⁶⁸⁾通判柳聖讓, 以治民第一, 擢拜武英殿學士. 乘馹上來, 與

---

66) 司寇(사구): 형부상서의 별칭.

67) 狐向窟嗥不祥, 爲其忘本也(호향굴호불상, 위기망본야): 이 말은 당나라 때 가서한(哥舒翰)이 안녹산(安祿山)에게 한 말을 인용한 것으로 보인다. 안녹산과 가서한은 평소에 사이가 좋지 않아서 황제가 고력사(高力士)를 시켜 화해를 주선하도록 하였다. 이때 안녹산이 가서한에게 자신과 출신이 비슷하다고 하자 가서한은 "옛사람이 말하기를 '여우가 굴을 향해 울면 불길하다'고 했지요. 형께서 부모님을 만나고 싶으시면 제가 진심으로 도와드리지 않을 수 있겠습니까? [古人云, '狐向窟嗥不祥', 爲其忘本也. 兄苟見親, 翰敢不盡心?]"라고 대답했다. 이 구절은 『구당서舊唐書』 및 『자치통감』에 나온다.

翰林遇之於東蘭州[69]. 學士慰翰林之別來風霜, 而嗟歎不已, 咽曰: "觀荊玉氣色, 似未聞伯氏之消息也." 仍將璿平獄事, 傳其槩略. 翰林聽未竟, 北望失聲, 汪然泣下交頤, 曰: "兄長之陷於死地者, 不肖弟之罪也. 兄長死, 則吾不忍獨視息於人世也." 顧聖禧曰: "吾之方寸, 亂矣. 安能謀事軍中乎?" 仰頭太息曰: "吾生也, 不如死之, 久矣. 何命途之窮厄至此也?" 聖禧慘然慰之曰: "自古逢縲絏之厄者, 未必盡死也. 往時先生之在囚也, 人皆謂之必死, 而終得無事. 今伯氏之危[70], 未有過於先生之往時也. 且以先生之至誠友愛, 天豈無心於伯氏乎?" 翰林泣曰: "不然. 珍之無狀, 朝廷不知, 皆欲快心於家兄也. 今其至冤, 誰復爲之一言乎? 嗟乎! 尹長遠知我心, 則猶可爲也." 柳學士曰: "吾觀刑部行移者, 不過數日, 而范趙兩賊, 未易卽捉. 此獄決末, 似在吾還朝之後矣. 吾當與林御史極力周旋, 而若逢尹中丞, 則亦當以兄言傳之也. 兄須寬心焉."

俄而, 花夫人彩轎至. 翰林入, 與姊氏相見, 痛泣言兄丈之冤. 花夫人怛然悲傷, 涕淚淋浪曰: "此時母親何以爲心, 而林姐姐不在, 誰復進粥飮也? 萬一哥哥不幸, 則吾與荊玉, 當爲天地間罪人矣. 生亦何顏, 死何以見父母乎?" 因相對涕泣, 柳學士益感其姊弟之至德也.

明日, 柳學士與翰林分手而別. 行到皇城, 璿已累被杖訊, 命在朝夕. 柳學士往見林御史, 而嘆曰: "花璿罪誠難貸. 然僕來時, 與荊玉相遇於逆[71]旅, 其惻怛之情, 哀苦之語, 令人墮淚, 而其言曰, '兄死, 我亦死' 其人非易言者也. 夫一璿之生死不足道, 而獨不念荊玉乎?" 林御史喟然曰: "僕與荊玉, 交分雖不深, 而舍妹每稱其賢, 比之於閔子騫[72]. 其愛兄之心, 不言可知也. 且以僕之私情言之, 自璿繫獄之日, 舍妹泥首[73]席藁,

68) 貴陽(귀양): 중국 서남쪽에 있는 귀주성(貴州省)의 성도(省都). 명나라 때는 귀주포정사(貴州布政司)에 속하였다.
69) 東蘭州(동란주): 명나라 때 광서포정사(廣西布政司) 관할 경원부(慶遠府)에 있던 고을.
70) [교감] 危: 만송본, 규장각본 厄.
71) [교감] 逆: 국도본 驛.
72) 閔子騫(민자건): 공자의 제자 민손(閔損). 자건(子騫)은 그의 자(字)이다. 『논어』 「선진先進」에 공자가 민자건에 대해서 "효성스럽다! 민자건이여. 사람들이 그 부모형제의 칭찬하는 말에 트집잡을 수 없구나[孝哉! 閔子騫. 人不間於其父母昆弟之言]"라고 한 말이 있다.

晝夜號泣, 勺飮不下, 爲其同氣者, 寧不矜憫, 而顧瑢罪犯至重, 鄭尙書
持議最峻, 僕不敢以區區私情, 開口於[74]鄭公矣. 且[75]兄與僕之言, 皆非
公論也. 縱費脣舌, 鄭公豈動念乎? 歷數縉紳[76]中, 無可以一言緩頰[77]於
鄭公者. 謝學海白聖圭, 皆參奏之人, 初不可擧論, 而徐相國夏兵部, 疾
瑢如讐, 決無顧藉容護之理, 卽今公論之可以救瑢者, 唯尹長遠一人也."

於是, 柳學士往見尹中丞, 曰: "兄以荊玉爲何如人也?" 曰: "仁者也."
曰: "然夫以仁者, 而由己之故而殺其兄, 則可能揚揚立於當世乎? 荊玉
遇弟於路上, 仰天垂淚曰, '嗟乎! 尹長遠知我心, 則猶可爲也.'" 尹中丞,
翻然起曰: "吾已諭矣." 卽往見鄭尙書, 曰: "花荊玉, 天下之友愛也. 其
兄朝死, 則其弟夕死矣[78]. 雖快於去惡, 獨不慘於殺賢乎?" 鄭公曰: "君
言是則是矣. 然花瑢之罪, 雖十人分之, 猶不能得生, 奈何?" 尹中丞曰:
"學生非敢欲卽日放釋也. 但望大人姑寬刑杖, 以待荊玉之還歸, 然後觀
勢處之焉." 鄭公曰: "諾."

此時, 瑢已怨悔刻骨, 痛泣自責曰: "媚於吾者, 莫如范張趙女, 媚於母
親者, 莫如桂香蘭香, 而漢賊挾趙女而逃, 平賊發我罪惡, 桂香擠母親於
坑塹. 使蘭婢在者, 亦安知無凶計乎? 吾昏暗不肖, 溺於此輩, 使聖弟賢
妻抱寃失所, 吾罪當死, 九泉他日, 何面目見荊玉林氏乎?" 夜夢之間, 亦
呼荊玉, 而淚流枷頭, 獄吏等見而悲之.

沈氏亦追愆思善曰: "吾之薄待荊玉, 徒以先公之鐘愛太偏, 而賞春亭
一事, 入骨髓故也. 十餘年間, 荊玉之至誠如一, 終不見尤怨之色, 此眞
孝子也. 先公之器待而偏愛之者, 良以此也. 今吾事日敗, 而荊玉之寃日

<hr>

73) 泥首(이수): 원래는 진흙을 머리에 칠하며 죄를 사죄한다는 뜻인데, 후에 용서를 빌며 머리를
    조아린다는 의미로 사용되었다.
74) [교감] 於: 국도본에는 없음.
75) [교감] 且: 국도본에는 없음.
76) [교감] 縉紳: 국도본 紳.
77) 緩頰(완협): 원래는 천천히 말하는 것이지만, 말 잘하는 사람 또는 남을 설득하는 것을 가리키
    는 말로 통용된다. 『사기』 「위표열전魏豹列傳」에 유방이 역이기(酈食其)에게 "완협은 가서 위표
    를 설득해라[緩頰往說魏豹]"라고 말한 데서 유래하였다.
78) 其兄朝死, 則其弟夕死矣(기형조사, 즉기제석사의): 『논어』 「이인里仁」의 "아침에 도를 들으면 저
    녁에 죽어도 좋다[朝聞道, 夕死可矣]"를 차용한 표현이다.

彰, 天道不可誣也. 且吾自別先君以來, 未嘗一見於夢. 近者數夢先君, 以和顔笑色, 慇懃謂余曰:‘始惡終善, 猶勝於始善終惡也. 今以佳兒佳婦 托君, 永享晩福而好自愛也.’ 吾覺而輒汗出霑額. 嗟乎! 吾平生萬事, 莫 非罪也. 當自裁⁷⁹⁾而謝天地, 而但念吾死之後, 無以報荊玉之孝也. 且可 隱忍苟活, 以慰孝子之心也.”

忽聞柳學士夫人至. 顚倒下堂, 執手痛哭, 而自數其罪曰: “當年老母 頑嚚⁸⁰⁾, 使汝娣妹屢遭厄境, 中間又爲趙女所蔽, 迫黜林婦, 幽苦尹南, 畢竟使荊玉斥逐萬里. 瑃兒桎梏於獄中, 老母之罪. 雖自擢其髮, 不能贖 也.” 夫人見沈氏, 黑髮盡白, 眼枯眶窮, 衣垢頭塵, 而面一無舊容. 夫人 慘然傷肝, 哀哭欲絶. 良久對曰: “雪霜風雨, 無非敎也. 草木何敢恩怨於 天地乎? 哥哥爲張賊所誣陷, 禍實叵測, 而小女聞尹中丞見鄭尙書而緩 頰云, 荊玉若成功還歸, 則哥哥自然無事矣.” 沈氏泣謝曰: “吾兒之死骨 生肉, 柳郞與尹中丞之德也. 尹中丞不念其妹之怨, 而力救吾兒之命, 君 子之用心, 實非小人之所可測也.”

於是, 夫人進以新服, 奉以滋味, 周旋左右, 言笑闔闔. 沈氏撫膺, 長歎 曰: “汝之娣妹及林婦, 猶可以赦老母之罪也. 至於尹氏嚴府之辱, 南氏 浣溪之怨, 老母安得免天誅乎?” 夫人始以所聞於翰林者, 告尹南兩夫人 之無恙⁸¹⁾. 沈氏快喜, 若眯夢初醒, 而甚奇尹夫人脫身也.

翰林至富州, 趙公遂戚繼光等, 大喜出迎, 待以上賓, 願聞奇計. 翰林 自至城上, 望見山海軍, 水陸布勢, 如蟻屯雲結, 梯衝⁸²⁾亂舞, 砲丸交飛. 謂公遂等曰⁸³⁾: “敵軍外張虛勢, 而內無實備, 彼乃玩敵⁸⁴⁾而生驕也.” 後

79) [교감] 裁: 국도본 載.
80) 頑嚚(완은): 어리석고 간사함. 『서경』「요전」에서 순임금에 대해서 “눈먼 자의 아들로 아버지
   는 완악하고 어머니는 어리석으며 상은 오만합니다[瞽子, 父頑, 母嚚, 象傲]”라고 한 데서 나
   온 말이다.
81) [교감] 恙: 국도본 蟲.
82) 梯衝(제충): 운제(雲梯)와 충차(衝車). 운제는 성을 오를 수 있도록 만든 높은 사다리이고 충차
   는 성벽을 깨는 데 사용하던 수레이다.
83) [교감] 曰: 국도본에는 없음.
84) 玩敵(완적): 적을 가볍게 여김. 손책(孫策)의 「책원술서責袁術書」에 “이제 사방의 사람들이 모두
   적을 가볍게 여기고 싸움을 하고 있습니다. 저들은 어지러운데 나는 잘 다스리고 저들은 운

五日, 與公邃等, 又至城上觀之, 曰: "兵法云, '見利不失, 遇時不疑[85]'. 今敵之旌旗繆繞, 戎馬驚奔, 金鐸之音下以濁, 鼜鼓之聲濕如沐[86], 此敗徵已見, 而其將走也. 今以輕車突騎, 出其不意, 疾如流矢, 擊如發機[87], 則彼將掩胠奪肩, 護腹失背, 當之者破, 近之者碎. 是所謂, '疾雷不及掩耳, 迅電不及閉目'[88]者也." 公邃等大悅曰: "唯先生命."

於是, 翰林使星禧將精兵二千, 以玄旗旅服, 夜啣枚出城, 先伏於尾塘口. 又使中軍將韋立, 潛引兵出磅礴海口[89], 旗甲倣[90]安南, 自稱安南援兵, 結航於中流. 又令軍士鑿地道[91]數十處, 選超距輕足之士三千人, 赤其衣甲, 各持火鼓[92], 納於地道, 令曰: "聞喊聲而出." 乃使公邃帥壯勇敢死者千二百騎, 持天棒柯斧鉤槍利戟, 而當前衝殺. 使繼光帥強力暴銳知進而不知退者, 二千四百人, 持剛車[93]疾弩大[94]幡雪槊, 而左右翼擊. 使副將八人帥餘軍四千人, 持鎮于[95]鉦鐲[96]鳴鑼[97]鳴角而前後鼓勇.

명을 거스르는데 나는 운명을 따라야 이길 수 있을 것입니다[今四方之人, 皆玩敵而便戰鬪矣. 可得而勝者, 以彼亂而我治, 彼逆而我順也]"라는 구절이 있다.

85) 見利不失, 遇時不疑(견리불실, 우시불의): 중국의 주나라 때 문왕의 신하였던 강태공이 지은 병법서인 『육도六韜』「용도龍韜」의 '군세(軍勢)'에 나오는 말이다.

86) 今敵之旌旗繆繞, 戎馬驚奔, 金鐸之音下以濁, 鼜鼓之聲濕如沐(금적지정기무요, 융마경분, 금탁지음하이탁, 비고지성습여목): 이 말은 『육도』「용도」의 '병징(兵徵)'에 있는 "대오가 가지런하지 못하고, 깃발이 어지러이 서로 엉키고, 큰 바람이나 심한 비를 유리하게 이용할 줄 모르고, 병사들은 두려워하여 사기가 끊겨 서로 이어지지 못하고, 말은 놀라 내달리고, 수레의 축이 빠지며 방울 소리가 처져서 탁하고 북소리가 습기를 머금은 듯한 것은 크게 패할 징조이다[行陣不固, 旌旗亂而相逃, 逆大風甚雨之利, 士卒恐懼, 氣絶而不屬, 戎馬驚奔, 兵車折軸, 金鐸之聲下以濁, 鼜鼓之聲濕以沐, 此大敗之徵也]"를 차용한 것이다. [교감] 繆繞: 국도본 穆繞.

87) 疾如流矢, 擊如發機(질여류시, 격여발기): 이 구절은 『육도』「용도」의 '기병(奇兵)'에 나온다.

88) 疾雷不及掩耳, 迅電不及閉目(질뢰불급엄이, 신전불급폐목): 이 구절은 『육도』「용도」의 '군세'에 나온다.

89) 磅礴海口(방랑해구): 지명인 듯하나 정확하지 않다. '방랑(磅礴)'은 북소리나 천둥소리를 나타내는 의성어이다. 의성어를 이용하여 작가가 허구적으로 만든 지명이 아닌가 한다.

90) [교감] 倣: 국도본 放.

91) 地道(지도): 적을 공격하기 위해서 땅속으로 낸 참호.

92) 火鼓(화고): 횃불과 북. 밤에 전투를 벌일 때 병사들을 지휘하고 사기를 진작시키기 위해서 사용하는 도구들이다. 『손자孫子』「군쟁軍爭」에는 "그러므로 밤에 싸울 때는 횃불과 북이 많고 낮에 싸울 때는 깃발이 많은 것은 사람의 이목을 바꾸는 것이다[故夜戰多火鼓, 晝戰多旌旗, 所以變人之耳目也]"라고 하였다.

93) 剛車(강거): 무강거(武剛車). 무강거는 덮개가 있는 수레이다. 『손오병법孫吳兵法』에 "쓰개가 있고 덮개가 있는 것을 무강거라 한다[有巾有盖, 謂之武剛車]"라고 하였다.

94) [교감] 大: 국도본 火.

夜三更, 大開城門, 三隊飛出, 如流星落雷. 翰林與王劉二人, 望見於
城上, 賊軍澒洞駭亂, 頂尻相搏. 喊聲已大震, 而無數火鼓, 從地跳出, 赤
衣赤甲, 燦亂恍惚. 東擣西盪, 若驚若狂, 鐵騎直衝, 强弩夾發. 金鼓之聲,
天動地吸. 山海大慌, 急行妖術, 而狂風暴雨, 忽然大作. 翰林出股眞人
神符, 粘竿揮之, 風雨自止. 官軍踐血蹂屍, 席捲虜劉[98]. 山海急收殘兵,
從陸路逃走. 至尾塘口, 爲兪聖禧攔道厮殺, 山海獨以匹馬躱免. 山海舟
軍退至磅硪, 望見安南旗幟, 不以爲疑, 從船上自言其敗. 韋立大鏖洋中,
殺之殆盡.

　明日, 趙公遂等置酒高會, 拜於翰林曰: "小將等閱歲守城, 焦思極慮,
不能使狂虜退一步, 先生獨運神機, 擊坑數十萬之賊於一夜之間, 此萬
古奇功也." 翰林謝辭, 因曰: "山海今雖敗衂, 不久當復擧國而來. 且其
脅降安南, 最爲南方之大患也. 安南叛, 則中國之人不能高枕而臥[99]也.
將軍勿以一勝爲快, 深惟大計, 表請明春大發三方兵馬, 平定化州, 使徐
賊之頭, 懸於藁街[100], 然後廣西廣南, 兵革永絶矣." 公遂曰: "善." 於是,
表奏朝廷, 一如翰林所敎.

95) 錞丁(순우): 구리로 만든, 사람 머리 모양의 악기. 군대에서 북과 함께 사용되었다.
96) 鉦鐲(정탁): 구리로 만든 금속 악기로 두들기거나 흔들어서 소리를 냈다.
97) 鳴鑼(명라): 구리로 만든 징의 일종. 군대를 경계시킬 때 사용하였으며, 고위관리가 지나갈 때
　　이 악기를 쳐서 사람들이 길을 비키도록 하였다.
98) 席捲虜劉(석권건류): 자리를 말듯이 지나가며 살육함. 좌사의 「위도부魏都賦」에 "구름이 흉포한
　　무리를 쓸어버리며 남김없이 죽이네[雲撤叛渙, 席卷虜劉]"라고 하였다.
99) 高枕而臥(고침이와): 걱정 없이 편안하게 잠. 『전국책』의 「제책齊策」에서 풍원(馮諼)이 맹상군(孟
　　嘗君)에게 "교활한 토끼는 굴이 세 개가 있어야 죽음을 면할 수 있습니다. 그대는 이제 굴이
　　하나이니 베개를 높이 하고 잘 수 없습니다[狡冤有三窟, 僅得免其死耳. 今君有一窟, 未得高枕而臥
　　也]"라고 한 데서 비롯하였다.
100) 藁街(고가): 한나라 수도 장안의 거리 이름. 오랑캐의 사신 등 외국인이 거주하던 곳이며, 정
　　벌에서 사로잡은 포로나 죄인의 머리를 베어 매달아 놓는 곳이기도 하였다.

元戎拜皇詔, 美人投匕首

원수元帥는 조서를 받들고
미인은 비수를 던지다

廣南經略使趙公逷等捷書到闕, 天子御文華殿. 翰林讀奏表文, 龍顔
大悅, 顧徐閣老曰: "花珍天下奇才也. 朕不明, 往者幾殺此人也." 徐閣
老稽首曰: "臣待罪. 輔相心知花珍之寃, 而不能一言於陛下. 臣實慙於
夏春海兪聖禧也." 上笑曰: "珍之英風偉度, 朕一見, 謂汝陽侯復生, 而
紹興之獄, 終不免投杼[1]. 以此言之, 朕之慚恧, 尤倍於卿矣." 因曰: "趙
公逷等爲國效勞, 斬賊十萬, 班功行賞, 不可小緩[2]." 徐閣老奏曰: "山海
之狡猾, 甚於張士誠[3], 雄據南隅, 徒衆日繁, 而以輕舸巨艦, 出沒無常,

---

1) 投杼(투저): 아들이 살인했다는 유언비어를 들은 증삼의 어머니가 달아났다는 이른바 '증모투저
(曾母投杼)'의 고사를 말한다. 『전국책』「진책秦策」에 "예전에 증자가 비 땅에 머물 때에 비 사
람 중에서 증자와 이름이 똑같은 사람이 있었는데, 그 사람이 사람을 죽였다. 어떤 사람이 증
자의 어머니에게 '증삼이 사람을 죽였어요'라고 말하자 증자의 어머니는 '내 아들은 사람을 죽
이지 않습니다'라고 하면서 태연히 베를 짰다. 잠시 후에 사람이 또 와서 '증삼이 사람을 죽였
어요'라고 해도 그 어머니는 태연히 베를 짰다. 잠시 후에 또 한 사람이 와서 '증삼이 사람을
죽였어요'라고 하자 그 어머니는 두려워하며 베틀 북을 던지고 담을 넘어 도망갔다[昔者曾子處
費, 費人有與曾子同名族者, 而殺人. 人告曾子母曰: '曾參殺人.' 曾子之母曰: '吾子不殺人' 織自若. 有頃焉,
人又曰: '曾參殺人' 其母尙織自若也. 頃之一人又告之曰: '曾參殺人' 其母懼投杼踰牆而走]"라고 하였다.
2) [교감] 緩: 국도본 援.
3) 張士誠(장사성): 원나라 말기 봉기하여 오국(吳國)을 세우고 주원장(朱元璋)과 패권을 다투던 인

此社稷之深憂也. 一時摧敗, 不足以永弭後患. 今公遂等表中所請, 出於
至計. 臣謂花珍當拜上將, 而兪聖禧爲副將, 與趙公遂戚繼光等, 直擣瓊
崖復立功, 然後論其爵土, 未爲晚也." 兵部尙書夏春海, 奏曰: "閣臣所
奏, 誠是. 然今番大捷, 實是近古所無. 當先施[4]重賞, 慰勸將士. 且花珍
猶着白衣, 而罪名自在, 不可遽拜上將. 兪聖禧曾無一資半級[5], 何以號
令三軍[6]乎?" 上曰: "兩卿言皆是也. 前花珍以翰林學士免爲庶人矣. 爲
先還給其職牒, 擢拜武英殿太學士, 征南兵馬大元帥, 假節鉞[7]. 兪聖禧
力薦花珍, 夫進賢受上賞[8], 特拜領兵摠管龍門大將軍, 以趙公遂爲征南
副元帥, 戚繼光爲前將軍[9]. 使史部郎中孫植[10], 諭詔征南大元帥花珍,
賜尙方劍[11]一口, 千里大宛馬[12]二匹, 黃金甲冑各一件, 又以白金五萬

물. 원래는 태주(泰州)의 백구장(白駒場), 즉 염전에 근거를 둔 소금 중개인이었다. 1353년에 그
아우 장사덕(張士德)·장사신(張士信)과 함께 난을 일으켜 태주를 장악하고 고우(高郵)를 함락시
킨 후에 국호를 대주(大周)라 하였다. 이후 고소(姑蘇)를 도읍으로 정하고 원나라를 항복시킨 후
에 스스로 오왕(吳王)이라고 하며 명나라를 세운 주원장과 패권을 다투었으나 1367년 명나라
군대에 패하자 자결하였다.

4) [교감] 先施: 국도본 施.
5) 一資半級(일자반급): 낮은 관직과 품계.
6) 三軍(삼군): 군대 전체를 이르는 말. 『논어』 「자한」에 "삼군의 장수를 빼앗을 수는 있지만, 한
   사람의 뜻을 빼앗을 수는 없다[三軍可奪帥也, 匹夫不可奪志也]"고 하였다.
7) 假節鉞(가절월): 황제가 전쟁터로 떠나는 장수에게 군대의 생살여탈을 스스로 처리할 수 있는
   권한을 주는 일. 부절(符節)과 도끼는 그 권한을 상징하는 물건이다.
8) 進賢受上賞(진현수상상): 『사기』 「소상국세가蕭相國世家」에 "황제가 말하기를 '나는 어진 이를
   천거하면 최고상을 받는다고 들었다. 소하(蕭何)의 공이 비록 높지만 악군(鄂君)을 만났기에 더
   욱 밝아진 것이다[上曰, '吾聞進賢受上賞, 蕭何功雖高, 得鄂君乃益明]"라고 하면서 소하를 천거한
   악천추(鄂千秋)에게 봉작을 내린 기록이 있고, 『한서』 「무제기武帝紀」에는 "또한 어진 이를 천
   거하면 최고상을 받고 어진 이를 가리면 주륙을 하는 것이 옛 법도이다[且進賢受上賞, 蔽賢蒙顯
   戮, 古之道也]"라고 하였다.
9) 前將軍(전장군): 한나라와 삼국시대의 무관직(武官職). 대장군 바로 밑에 표기장군(驃騎將軍)과 군기
   장군(軍騎將軍)이 있고 그다음의 지위로 전후좌우(前後左右)의 장군이 있었다. 한나라 명장 이광(李
   廣)과 삼국시대 촉나라의 관우(關羽), 위나라의 하후돈(夏侯惇) 등이 전장군의 지위에 있었다.
10) 孫植(손식): 명나라 가정년간의 문신. 명나라 왕세정(王世貞)의 『엄산당별집弇山堂別集』 「남경형부
    상서표南京刑部尙書表」에는 "절강 평호 사람. 가정 을미년에 진사가 되고 융경 원년에 형부상서를
    역임하다가 삼년 뒤에 물러났다[浙江平湖人. 嘉靖乙未進士, 隆慶元年任, 三年致仕]"라고 하였다.
11) 尙方劍(상방검): 황제가 사용하는 물건을 제조하는 관청인 상방(尙方)에서 만든 칼로, 중대한 사
    안이 있을 때 일을 맡은 신하에게 내려주어 선참후계(先斬後啓)의 전권(全權)을 위임한다는 뜻으로
    보인다.
12) 大宛馬(대완마): 원래는 서역의 대완국에서 나는 말을 지칭하였는데, 후대에는 좋은 말을 일컫
    는 말로 널리 사용되었다. 『사기』 「대완열전大宛列傳」에 "대완국은 흉노의 서남쪽에 있다.
    …… 좋은 말이 많은데 말이 땀을 피처럼 흘리니 타고난 뛰어난 말이다[大宛在匈奴西南……

斤, 絹六十萬疋, 頒賜征南將士."

孫吏部銜命[13]到廣南府, 趙公遂出迎十里外陪詔. 函到, 營中已設香
案諸儀仗. 孫吏部謂公遂曰: "花元帥當親受詔旨" 兪聖禧出迎花元帥,
元帥以白衣, 入跪庭中, 孫吏部讀詔曰

皇帝詔廣南府白衣從事花珍. 憬彼[14]南方小醜, 敢肆凶戾, 侵擾我邊.
鄙寇略我黎庶, 櫓山筏海, 蜂集蝟結[15]. 暫奪益肆, 乍僵旋突, 聯冬綴夏,
兵連禍結, 朕用是憂, 丙枕靡安[16]. 卿以忠將佳裔, 名卿賢胤, 貌類冠
玉[17], 胸藏萬甲[18], 指顧風雲, 運籌若神. 援枹[19]登陣, 作我士氣, 雷動猋
駭, 星流霆擊[20]. 狡酋喪魄, 僅逃首領, 功績懋[21]焉, 朕甚嘉之. 玆乃還授
卿翰林學士職牒, 前所負累, 罪悉蕩滌. 嗚呼! 去賊如去草, 捨根不除, 後
復滋蔓[22]. 今宜詰戎[23]遄驅, 擣巢盪穴[24]! 特以卿拜武英殿太學士, 征南

多善馬, 馬汗血, 其先天馬子也]"라고 하였다.

13) 銜命(함명): 황제의 명을 받듦. 『예기』 「단궁하檀弓下」에 "군명을 받들어 사신 간다[銜君命而
使]"라는 말이 있다.

14) 憬彼(경피): 오랑캐를 가리킬 때 관습적으로 쓰는 말. 『시경』 「노송魯頌」 '반수(泮水)'에 "은혜
를 깨달은 저 오랑캐들이 와서 보배를 바치는도다[憬彼淮夷, 來獻其琛]"에서 온 말이다.

15) 蝟結(위결): 임방(任昉)의 「주탄조경奏彈曹景」에 "그러므로 고슴도치와 개미처럼 모이게 하니
수초처럼 따랐다[故使蝟結蟻聚, 水草有依]"라고 하였다. [교감] 蝟結: 국도본, 규장각본, 현토본
蝟張, 만송본 蟻張.

16) 丙枕靡安(병침미안): '병침(丙枕)'은 황제가 병야(丙夜), 즉 자정에 잠자리에 드는 것을 말한다.
『신당서』 「순리열전循吏列傳」에 "태종이 일찍이 말씀하시기를 '짐은 천하의 일을 생각하느라 자
정이 되도록 편히 잠을 자지 못한다'[太宗嘗曰, 朕思天下事, 丙夜不安枕]"고 하였다. [교감] 丙枕
靡安: 국도본 丙枕.

17) 冠玉(관옥): 관(冠)에 장식으로 다는 옥인데, 잘생긴 미남자를 비유하는 말로 흔히 사용된다.

18) 胸藏萬甲(흉장만갑): 장수로서 능력이 뛰어남. 『송명신언행록宋名臣言行錄』에 "지금 범중엄의 뱃
속에는 원래 수만의 병사들이 있다[今小范老子腹中, 自有數萬甲兵]"의 구절이 있다.

19) 援枹(원포): 북채를 잡고 북을 쳐서 군대를 지휘하는 것을 말한다. 『좌전』 「성공成公 2년」에
"왼쪽으로는 고삐를 나란히 하고 오른쪽으로는 북을 친다[左幷轡, 右援枹而鼓]"는 말이 있다.

20) 雷動猋駭, 星流霆擊(뇌동표해, 성류정격): 사마상여(司馬相如)의 「자허부子虛賦」의 "우레가 울리고
바람이 이르듯, 별이 흐르고 벼락이 치듯[雷動猋至, 星流霆擊]"을 인용한 것이다.

21) [교감] 懋: 국도본 茂.

22) 滋蔓(자만): 풀이 무성한 것으로 세력이 커져서 제거하기 어려운 상태를 비유하는 말이다. 『좌
전』 「은공원년隱公元年」에 "무성하도록 하면 안 되니 무성하면 도모하기 어렵다[無使滋蔓, 蔓,
難圖也]"에서 비롯하였다.

23) 詰戎(힐융): 융복 즉 군복을 잘 정비한다는 말로, 『서경』 「주서周書」 '입정(立政)'에 "너의 융복
과 병기를 잘 다스려라[其克詰爾戎兵]"라고 하였다.

兵馬大元帥, 令趙公遂以下, 皆聽卿節度. 戎政大小, 一以相委, 三方兵馬, 量宜調發, 不須禀裁, 卿其懋哉! 嘉靖四十二年春正月, 詔.

元帥叩頭流涕, 仰告使者曰: "負罪賤臣, 縱效一時微勞, 何遽猥當隆擢乎? 有死而已, 不敢奉詔." 孫史部正色謂之曰: "先生過矣. 皇上拔先生於罪籍之中, 洗滌冤枉, 授以大元帥印綬, 此正先生盡力仰報之秋也[25]. 先生不念知遇之恩, 徒執過謙, 愚生竊爲之過也." 元帥於是, 起拜受命. 俞聖禧跪上大元帥官服及印綬, 元帥退坐將臺[26], 受趙公遂等禮數, 威容甚嚴, 雖俞將軍, 莫敢仰視, 而王劉二人, 歡極垂淚. 元帥傳令三方, 召敍州[27]總兵薛星文, 將步騎二萬, 鎮雄[28]提督王琳[29], 將騎兵一萬, 桂林[30]總兵魏瑩, 將步兵一萬, 福建[31]摠管嚴鎮, 將步兵八千, 以五月五日, 會于富州.

至期, 諸鎮兵馬皆會. 元帥乃以御賜金帛, 頒將卒. 以前將軍戚繼光爲左先鋒, 龍門將軍俞聖禧爲右先鋒, 王謙劉爾叔爲左右校尉[32]. 使副元帥趙公遂, 將本鎮兵馬二萬, 居後隊. 諸鎮大將各以其兵隨後. 元帥以步騎八千, 中陣而行.

至安南境, 安南王陳興, 戎服郊迎. 元帥乃下車執手曰: "王沐皇朝厚恩, 何忍與徐賊潛和, 坐見其侵陵上國, 而曾不動心乎?" 王頓首涕泣曰:

24) 擣巢盪穴(도소탕혈): 적의 소굴을 소탕함. 조선시대 서거정(徐居正)의 「오원자부烏圓子賦」에도 "소굴을 소탕하여 번식하지 못하게 한다[擣巢盪穴, 無俾易種]"는 말이 나온다.
25) [교감] 也: 국도본에는 없음.
26) 將臺(장대): 장수가 군사를 지휘하고 점검하는 누대.
27) 敍州(서주): 지금의 사천성 의빈시(宜賓市). 명나라 때 사천포정사(四川布政司)에 속한 부(府)였다.
28) 鎮雄(진웅): 지금의 운남성(雲南省) 소통시(昭通市) 진웅현(鎮雄縣). 명나라 초기에는 운남에 속했던 곳인데, 홍무(洪武)년간에 망부군민부(芒部軍民府)로 승격하여 사천포정사 밑에 두었다. 가정년간에 진웅부(鎮雄府)로 이름을 바꾸고 토착세력 대신 중앙의 관리를 파견하였다.
29) 王琳(왕림): 남조 양(梁)나라의 장수 왕림을 차용하여 설정된 인물이 아닌가 한다. 왕림은 양나라가 망한 뒤에 진나라의 항복 요구에 응하지 않고 끝까지 싸우다가 죽었다.
30) 桂林(계림): 지금의 광서장족자치지구(廣西壯族自治地區)의 동북쪽에 있는 계림시(桂林市). 명나라 때 광서포정사(廣西布政司) 관할 구역이었다.
31) 福建(복건): 지금의 복건성(福建省). 명나라 때는 복건포정사(福建布政司)를 설치하였다.
32) 左右校尉(좌우교위): 한나라 때는 장군에 버금가는 지위였는데, 명나라 때는 장군을 호위하는 낮은 직책이었다.

“荒外小臣, 安敢乃爾? 但以國弱兵孱, 不能枝梧. 奸賊强修隣好, 而一念何敢忘天朝乎?” 元帥欣然款慰, 遂與王同入國城, 軍令嚴肅, 鷄犬不驚.

明日, 元帥與王, 論平賊之策. 王曰: “皇靈所及, 何憂小醜? 然山海挾奇技妖術, 能使神兵, 是可患也.” 元帥笑曰: “但王使王之信臣機警[33]解兵者一人, 率三百騎, 聽吾指揮, 而王且嚴兵守城, 賊至, 斷後.” 王諾而出, 引其左衛督邴馬鐵, 現於元帥. 元帥乃作王書, 使王親寫之, 與馬鐵而謂之曰: “汝持此往化州, 如此如此.”

於是, 元帥揮軍將進, 展殷眞人小蔟, 山川道里, 森羅目前. 元帥捨大路, 從捷勁踰花石嶺, 分付薛星文等, 設伏於諸處. 元帥與趙公遂戚繼光兪聖禧等, 列營于摩訶川. 時, 正九月上旬. 西顥沆碭, 秋氣蕭殺[34], 朔管[35]引淸, 霜角流哀[36]. 元帥以幅巾鶴氅[37], 夜步轅門[38], 悄然北望, 淚下霑襟. 兪將軍從以寬譬之.

是時, 邴馬鐵至萬化城, 見徐山海, 上安南王手書. 其略曰

月日, 安南國王陳興, 上萬化國徐王榻下. 小國之所以輸誠[39]大國, 盟爲兄弟者, 誠以大國威德, 足以庇覆我小國也. 往者大國之征富州也, 小國以歲饑民病, 實無一騎一卒混屬之塵而執飛芻[40]之役者. 乃今[41]明天

---

33) 機警(기경): 그때 그때의 상황판단을 잘함.

34) 西顥沆碭, 秋氣蕭殺(서호항탕, 추기숙살): 한나라 무제(武帝) 때 지어진 「교사가郊祀歌」의 한 구절이다. 여기서 '서호(西顥)'는 가을을 뜻하는 말로, 가을이 오행 중 서쪽이고 흰색과 관련이 있기에 붙여진 말이며, '항탕(沆碭)'은 흰 기운이 만연한 모습이다. 흰색은 병란이 일어날 징조로 보기도 한다.

35) 朔管(삭관): 변방 오랑캐의 악기. 『문선』에 있는 사장(謝莊)의 「월부月賦」에 “저녁에 우는 학 소리 듣고, 상성(商聲)을 연주하는 오랑캐 피리 소리 듣는다[聆皐禽之夕聞, 聽朔管之秋引]”라는 구절이 있다.

36) 霜角流哀(상각유애): '상각(霜角)'은 변방 병사가 부는 피리 소리다. 명나라 척계광(戚繼光)의 「등반산절정登盤山絶頂」에 “변방 병사의 피리 소리에 초목이 슬프고, 구름이 일어나는 곳에 석문이 열리네[霜角一聲草木哀, 雲頭對起石門開]”라고 하였다.

37) 幅巾鶴氅(폭건학창): 폭건(幅巾)은 한 폭의 천으로 위는 둥글게 말고 아래로 길게 늘어뜨린 모자이고, 학창(鶴氅)은 소매가 넓고 흰데다가 검은 테를 둘러서 학의 모습을 연상시키는 도포로, 제갈공명이 이 옷을 입었다고 한다. 폭건과 학창은 모두 도사나 은사들의 복장이다.

38) 轅門(원문): 군대에서 대장이 머무르는 영(營)의 입구. 『육도六韜』 「견도犬韜」에 “대장은 영을 설치하여 벌여놓은 후 원문을 세워 표시한다[大將設營而陳, 立表轅門]”라고 하였다.

39) 輸誠(수성): 항복하여 귀순함.

子, 怒甲移乙謂, '小國陰黨大國, 侵軼邊境, 而繕供甲兵, 給饋糧草.' 乃以十萬大軍, 風馳雷奔, 來薄⁴²⁾城下. 小國自知强弱懸絶, 顚亡無日, 恇撓惶怯, 莫省所措, 而猶能背負先人之社稷, 嬰城固守⁴³⁾者, 實望大國之或者有以垂德, 而矜救之也. 且小國之危亡覆滅, 固不足道, 而但恐下齊之甲必振於燕⁴⁴⁾, 而平隴之師, 復指於蜀⁴⁵⁾也.

山海覽畢, 大笑曰: "明人自送死, 乃今可雪前冬之恥也." 謂馬鐵曰: "吾大發軍馬, 從摩川大路, 計至汝國, 不過費三十日. 汝王可能耐三十日否?" 馬鐵大聲痛哭曰: "小國意外受兵, 亡在朝夕. 今之救者, 雖如捧漏甕而沃焦釜⁴⁶⁾, 猶懼其不能及也. 苟若大王所敎, 則當尋吾王於枯魚之肆⁴⁷⁾矣." 山海拔劍起坐曰: "吾今將精兵八萬⁴⁸⁾, 直從武當峽, 日馳百餘

---

40) 飛芻(비추): 비추만속(飛芻輓粟)과 같은 뜻으로, 꼴과 식량을 빨리 나른다는 뜻이다. 『한서』「주부언전主父偃傳」에 "또한 천하로 하여금 꼴과 식량을 빨리 나르게 한다[又使天下飛芻輓粟]"라는 말이 있다.

41) [교감] 今: 국도본에는 없음.

42) 薄(박): 가까이 접근한다는 뜻으로 '迫'과 같은 뜻이다. 『좌전』「희공僖公 23년」에 "조의 공공은 그가 통갈빗대라는 말을 듣고 벗은 몸을 보려고 목욕할 때에 가까이 가서 살펴보았다[曹共公聞其駢脅, 欲觀其裸, 浴, 薄而觀之]"의 구절이 있다. [교감] 薄: 국도본 迫.

43) 嬰城固守(영성고수): 적에게 포위된 채 성문을 굳게 닫고 지킴. 『한서』의 「괴통전蒯通傳」에 "반드시 성문을 굳게 닫고 지키려는 것은 견고한 성과 근접할 수 없는 못이 있기 때문이다[必將嬰城固守, 皆爲金城湯池]"라는 말이 있다.

44) 下齊之甲, 必振於燕(하제지갑, 필진어연): 연(燕)나라와 제(齊)나라는 모두 전국시대 칠웅(七雄)에 속한 나라들이었다. 제나라는 산동반도 일대에 위치하였고, 지금의 하북성에 있던 연나라는 제나라의 북쪽에 인접하였다. 두 나라는 자주 전쟁을 벌였지만, 전국시대 말에는 소진(蘇秦)의 합종책(合縱策)을 받아들여 진나라에 대항하는 동맹을 맺기도 하였다.

45) 平隴之師, 復指於蜀(평롱지사, 부지어촉): 농(隴)은 지금의 감숙성(甘肅省) 지역이다. 이 말은 후한의 광무제가 공신(功臣) 잠팽(岑彭)에게 내린 글에서 "사람들은 만족할 줄 모르고 농의 땅을 평정하면 다시 촉을 바라본다[人苦不知足, 旣平隴復望蜀]"라고 한 것을 인용하였다. 이 구절은 『후한서』「잠팽전岑彭傳」에 나온다.

46) 捧漏甕而沃焦釜(봉루옹이옥초부): 황급히 서두르는 모습. 『전국책』「제책齊策」의 "또한 조나라를 구하는 일은 마땅히 깨진 독으로 타는 솥에 물을 대는 것과 같이 해야 합니다[且夫救趙之務, 宜若奉漏甕沃燋釜]"를 인용한 것이다.

47) 枯魚之肆(고어지사): 곤경에 처한 것을 비유하는 말. 『장자』「외물外物」에 있는 말로, 수레바퀴 사이에 있는 붕어가 한 되의 물을 가져다가 자신을 살려달라고 하였는데, 이에 장자가 오월(吳越)에 가서 서강(西江)의 물을 대주겠다고 하자 붕어가 화를 내면서 "차라리 일찌감치 건어물 상점에서 나를 찾는 것만 못하다[曾不如早索我於枯魚之肆]"라고 한 데에서 비롯하였다.

48) [교감] 萬: 만송본, 규장각본 百.

里, 則十日當到汝國, 然則何如?" 馬鐵百拜稱謝.

於是, 山海卽起裝束, 點出軍馬, 以軍不卽辦, 斬軍司馬[49]五人. 令軍士每人[50]持八升糒[51], 輕其輜重, 又使其大將石萬, 將步騎十萬, 從叢石嶺[52], 過遷峰洞, 會於安南城下. 卽日, 山海自化州離發.

鐵佯發脅痛, 臥化州城中. 翌夜, 使所將騎卒, 各持芒硝[53]硫黃之屬, 放火於宮府倉廩, 須臾火光連天. 時城中丁壯皆從征, 而獨有老弱婦女, 號哭震沸. 馬鐵與騎, 馳突入府中, 殺諸王妃嬪, 及守宮將相以下數百人. 因晝夜西馳, 從山海軍, 遇之於武當山[54].

山海已爲薛星文所敗, 憤恚甚. 馬鐵佯哭曰: "大王親救小國之難, 而見此敗辱. 臣願爲大王一死之." 遂挺槍上馬, 與三百騎, 直向星文軍. 星文望見馬鐵, 佯與交鋒, 戰未數合, 撥馬回走. 馬鐵佯若乘勝, 衝突大陣, 星文軍故爲駭亂狀. 山海望之, 鼓噪而至, 星文斂軍入險. 山海欲搏[55]擊之, 馬鐵曰: "今大敵在前, 大王奈何欲頓銳於小敵乎?" 山海曰: "敵在背而棄向前, 無乃危事乎?" 馬鐵冷笑曰: "以臣怯懦, 猶視彼若無, 大王以神威雄天下, 而謂彼爲敵, 臣竊羞之. 且彼之來此, 不過欲截大國之救兵也. 今旣失守, 放過大軍, 彼誠斷根絶葉耳. 復何能爲哉?" 山海深然其言. 乃前進數十里, 止營於山谷下. 馬鐵謂山海曰: "小國渴望大王之來. 臣請先往而告之." 山海許諾, 馬鐵馳去.

明日, 山海褥食[56]將發, 忽然, 守宮都督薛永來, 伏山海前, 被髮痛哭曰: "大王發行之明日夜三更, 安南將郫馬鐵, 放火燒宮, 劍殺王妃, 將相

---

49) 軍司馬(군사마): 군대의 하급 장교. 『후한서』에는 한나라 때 대장군이 통솔하는 군영(軍營)을 다섯으로 나누고 각각의 부(部)에 부교위(部校尉) 한 사람과 군사마(軍司馬) 한 사람을 두었다고 하였다.
50) [교감] 每人: 국도본 人.
51) [교감] 糒: 만송본, 규장각본 糧.
52) [교감] 叢石嶺: 국도본 叢嶺.
53) 芒硝(망초): 황산나트륨.
54) 武當山(무당산): 무당산이 실제 존재하는 곳인지는 불확실함. '무당산'이라 불리는 산 중에는 지금의 호북성 서북부에 있는 도교의 명산이 있고 이 밖에 광동성(廣東省) 남웅시(南雄市)에 소무당산(小武當山)이 있었다고 하는데, 모두 『창선감의록』의 내용과 부합하지는 않는다.
55) [교감] 搏: 국도본 博.
56) 褥食(욕식): 이른 새벽 이부자리에서 식사함.

殆無遺類." 山海撞胸大哭曰: "天殺予! 天殺予! 陳興老賊, 與明將合謀, 誘引我至此也. 吾必生吞此賊矣." 薛永哭曰: "馬鐵視高氣揚[57], 臣已知其有異心, 而大王酷信其言, 臣畏誅不敢言也. 今大王果墮奸賊術中, 此行必不利也. 國中雖蕩殘, 猶有城池人民. 若重建宮府, 輸入諸處倉穀, 則亦足以草草成樣, 深溝高壘, 以待明軍. 彼勞我逸[58], 彼饑我飽, 彼懸軍深入[59], 形孤影絶, 欲戰不得, 欲退不可, 其勢自然成擒耳. 山海大哭曰: 骨肉皆盡, 我生何爲? 當奮死直前, 先執讎人, 磔作萬端. 勿復多言!"
遂上馬, 馳三晝夜.

抵華林谷[60], 谷深樹密, 軍吏[61]告曰: "此谷險隘, 夜不可行軍." 山海不聽入谷, 行十餘里. 夜已向深, 軍馬但照火光而行. 忽然霹雷撼山, 天地撞春, 無數大石, 從山上跳下.

先時, 王琳已將三千兵, 銜枚伏山上密林中, 使遊騎[62]望山海軍, 度其夜當過谷中, 令軍士運聚大石, 列置于山坂上, 乘其半度, 一時推下. 山海軍首尾相撑, 不能進退, 太半死傷. 山海仰天大哭曰: "天地不助, 山鬼亦殺我!" 王琳知山海憤極, 接必殊死戰. 且已奉元首密旨, 故遂斂軍寂然.

是夜, 山海與殘兵五萬, 出華林谷, 宿大野中. 又行三四日, 到摩訶川.

---

57) 視高氣揚(시고기양):『장자전서張子全書』「기질氣質」에 "눈을 치켜뜨면 기가 높고 눈을 낮추면 마음이 부드럽다[視高則氣高, 視下則心柔]"는 구절이 있다. [교감] 視高氣揚: 국도본에는 뒤에 '言' 추가.

58) 彼勞我逸(피로아일):『북제서北齊書』「단영열전段榮列傳」의 "지금 눈이 많이 쌓여 있으니 맞서 싸우기 불편합니다. 진을 치고 기다리고 있으면 저들은 피로해지고 나는 편안하니 반드시 이길 것입니다[今積雪旣厚, 逆戰非便. 不如陣以待之, 彼勞我逸, 破之必矣]"에서 차용한 구절로 보인다.

59) 懸軍深入(현군심입): 군대가 지원군 없이 적진에 깊이 들어감.『자치통감』「진기晉紀」에 "지금 군대가 홀로 만리 밖 적진에 깊숙이 들어갔으니 이기면 큰 공을 세울 수 있겠지만, 이기지 못한다면 한 사람도 살아남지 못할 것입니다[今懸軍深入萬里之外. 勝則大功可立, 不勝則噍類無遺]"라는 구절이 있다. [교감] 深入: 국도본 入深.

60) 華林谷(화림곡): 지금의 강서성(江西省)에 화림산(華林山)이 있지만, 안남 부근으로 설정한『창선 감의록』의 내용과 어긋난다. 아마도 적벽대전(赤壁大戰)에서 패한 조조(曹操)가 화용도(華容道)에 서 매복해 있던 관우(關羽)에게 사로잡혔던 일을 차용하여 지명을 정한 것으로 보인다.

61) 軍吏(군리): 대장 휘하의 장수를 총칭하는 말.『주례』「하관夏官」에 "제후는 용 깃발을 들고 군리는 곰과 호랑이 깃발을 든다[諸侯載旂, 軍吏載旗]"라고 하였는데, 정현(鄭玄)은 "군리는 군 대의 장수들이다[軍吏, 諸軍帥也]"라고 하였다.

62) 遊騎(유기): 적에 대한 정찰과 기습공격을 담당하는 기마부대.

望見明軍, 陣川北原上, 軍容整暇[63]), 樵採遍野. 山海欲壁於川東駱山下. 馬鐵以匹馬立於川上, 喚謂山海曰: "徐王良苦. 遠涉險阻, 得無憊乎?" 山海忿怒燸急, 拍馬而出. 山海善鎗刀又善射, 發無不中, 馬鐵跋轡而逃. 山海欲悉銳擊明軍, 薛永叩馬諫曰: "我軍疲極, 不可遽戰. 願大王忍憤休士, 待石萬軍到, 腸背挾擊, 蔑不勝也." 山海叱之曰: "老畜沮軍?" 遂進薄明營. 元帥使戚繼光先與交鋒, 又使俞聖禧夾戰, 到四五十合, 馬鐵飛馬橫抄山海之前, 曰: "奸賊欲保首領, 莫如早降." 山海張目大聲, 吐血如湧, 拖槍而走. 繼光等欲奮力追之, 元帥鳴金收軍. 聖禧入, 問於元帥曰: "俄者幾捉妖賊, 而遽鳴金, 何也?" 元帥笑曰: "吾望敵軍, 鼓聲不衰, 未可輕也."

山海還陣, 病不省事. 大將鄂堅等, 大憂懼秘之. 趙公遂等聞之, 告元帥曰: "徐賊病不出者, 三日. 今日擊可滅也." 元帥曰: "不可. 南民反覆數叛, 非大服其心, 不能絶後患也. 今乘其病而功滅之, 則彼必曰, '病也. 非戰之罪也[64].' 吾恐班師之後, 又有如山海者, 接跡而起也." 乃使軍校, 謂鄂堅等曰: "聞汝主病困, 須善護之. 病瘳卽相報也. 吾奉詔討罪, 不忍乘人之危也." 鄂堅等大疑, 守備益嚴. 過十餘日, 明軍不至, 而山海病瘳. 鄂堅等私相嘆曰: "使花元帥病者, 吾王必不能然矣.

是時, 石萬過遷峯峒, 魏瑩將弓弩手八千, 伏於峒中, 夾射殺數萬人. 石萬血戰入峒, 疾馳倒安南城下. 城守甚嚴, 而城外無一軍. 石萬大訝之, 獲安南游騎, 始知明軍在摩訶川, 方與山海對陣. 大驚卽趨華石嶺, 又爲嚴鎭所敗, 殺軍過半, 嶺斷而不得進. 安南王出兵截其後, 魏瑩又以强弩, 從後掩擊之. 石萬自殺, 其軍皆降於嚴鎭.

---

63) 整暇(정가): 규율이 잘 잡혀 있으면서도 여유로운 모습. 『좌전』「성공成公 32년」에 "일전에 신이 초(楚)나라에 사신 갔을 때에 자중이 진나라의 용맹함을 물었습니다. 신이 '병사의 수가 많지만 규율이 잘 잡혀 있습니다'라고 하자 다시 '또 어떠하냐?'고 하여 신이 '여유롭습니다'라고 하였습니다[日臣之使於楚也, 子重問晉國之勇. 臣對曰, '好以衆整.' 曰, '又何如?' 臣對曰, '好以暇]"에서 비롯한 말이다.

64) 病也. 非戰之罪也(병야. 비전지죄야): 『사기』「항우본기」에서 항우가 "이는 하늘이 나를 망하려하는 것이다. 전쟁을 못한 탓이 아니다[此天之亡我, 非戰之罪也]"라고 한 말을 차용한 것이다.

山海左衛督卓林, 謂山海曰: "臣聞明元帥用兵如神, 不可以智力破也.
大王盍試神術焉?" 山海曰: "吾術未嘗一敗, 而富州之戰, 風雨乍作旋止,
吾至今怪之耳. 無乃數盡而術亦無靈耶?" 卓林驚曰: "大王何爲不祥之
言也? 臣請爲大王取明元帥之頭矣." 因獻一計, 山海點頭大悅曰: "汝計
深妙! 雖然其人未易得65), 奈何?" 卓林曰: "其人已在咫尺, 臣當招來之."
卽與數騎, 向寶雲山66)而去.

是夜, 元帥與兪聖禧, 散步營中, 仰觀天象. 元帥謂聖禧曰: "妖星67)犯
太角右星68), 因忽不見. 今夜刺客必入吾帳中, 而終不敢犯我也. 季昌試
在吾傍, 觀其所爲, 愼勿妄動也."

夜四更, 元帥以絳羅輕衫, 戴華陽小巾69), 帳中燃雙龍畫燭, 倚枕而睡.
聖禧卸甲捨劍, 從容左右. 忽有一道陰飆, 颯然入帳, 有一箇美人, 身着
蛺蝶繡裙, 頭上作斜月髻, 頂太乙神符, 手執八尺匕首, 立視元帥. 元帥
欠伸, 徐問曰: "美人爲人所遣, 何不取吾頭去?" 美人琅然一笑, 耀匕爲
將進狀. 元帥延頸受之. 美人錚然投匕, 斂袵拜跪曰: "元帥天朝大人也.
徐王遊魂一方, 如魚在鼎中, 而迷不歸順, 欲售陰計. 妾雖乏鉏麑觸槐之
節70), 詎效紅線偸盒之蹤71)耶? 雖然, 妾若不歸報徐王, 則徐王必復遣他

---

65) [교감] 易得: 국도본 得易.

66) 寶雲山(보운산): 동일한 이름을 가진 산은 여러 곳에 나오며, 그중에서 갈홍이 연단(煉丹)했다
는 항주(杭州) 서호(西湖) 부근의 보운산이 가장 유명하다. 그러나 『창선감의록』의 내용처럼 안
남이나 그 부근에 있는 보운산은 확인되지 않는 것으로 보아 허구적으로 설정한 것이 아닌가
한다.

67) 妖星(요성): 혜성처럼 좋지 않은 징조를 보이는 별. 『진서』 「천문지天文志」에는 "요성은 혜성
이라고도 하니 이른바 살별이다. …… 나타나면 병란이 일어나고 홍수가 든다[妖星一曰彗星,
所謂掃星……見則兵起, 大水]"라고 하였다.

68) 太角右星(태각우성): 태각(太角)은 대각성(大角星)이 아닌가 한다. 대각성은 북두칠성의 꼬리 방
향에 있는 목자자리의 가장 밝은 별, 아르크투루스(Arcturus)이다. 『사기』에는 "대각은 천왕과
황제의 자리이다. 그 양쪽으로는 각각 세 개의 별이 솥처럼 있는데, '섭제'라고 한다[大角者,
天王帝廷. 其兩旁, 各有三星, 鼎足句之, 曰攝提]"라고 하였다. 태각우성은 대각성 오른쪽의 섭제
성으로 아마 황제의 신하인 화진을 상징하는 별로 보인다.

69) 華陽小巾(화양소건): 도사나 은자들이 쓰던 모자의 일종.

70) 鉏麑觸槐之節(서예촉괴지절): 춘추시대 진나라 영공(靈公)이 포악한 짓을 하자 대부(大夫)인 조
순(趙盾)이 자주 간언을 하였다. 그러자 영공은 이를 싫어하여 서예(鉏麑)를 보내어 찔러 죽이
라고 하였다. 그러나 서예는 조순의 충성스런 모습을 보고 차마 충신을 죽일 수 없었다. 그렇
다고 주군(主君)의 명을 저버릴 수도 없었기에 홰나무에 머리를 부딪쳐 죽었다. 이야기는 『사

人矣. 屬鏤[72]無眼, 安知後來者亦如妾心乎? 願得元帥信物, 歸傳徐王, 使不敢復生心也." 元帥乃作手書, 備陳禍福, 趣其面縛[73]早降[74]. 書畢, 堅封押署其上, 卽付美人. 仍問美人姓名, 美人對曰: "妾安南人李八兒也. 學釖於寶雲山中, 昨日, 徐王召妾而使之. 妾辭不得已, 强爲此行." 元帥點頭, 八兒再拜而去.

是曉, 山海苦待八兒. 忽然寒光襲人, 而八兒在前. 山海喜甚, 急問曰: "花珍之頭, 安在?" 八兒自袖中, 投一封小紙. 山海折封瞥看, 勃然大怒, 急擧大刀, 撞八兒. 八兒飄忽空中, 不知去處.

기』와 『좌전』 등에 나온다.

71) 效紅線偸盒之蹤(효홍선투합지종): 홍선(紅線)은 당나라 때의 여성 협객이었다. 위박(魏博) 절도사
인 전승사(田承嗣)가 노주(潞州)를 침략하려고 하자 노주 절도사 설숭(薛嵩)이 근심하였다. 그러
자 그의 시비였던 홍선이 밤에 위군(魏郡)에 가서 전승사의 침실에 있던 금합(金盒)을 훔쳐가
지고 돌아왔다. 설숭이 전승사에게 편지를 보내며 금합을 돌려주자 전승사는 사신을 보내어
사죄하였다고 한다. 이 이야기는 『태평광기太平廣記』 「홍선전紅線傳」에 나온다.

72) 屬鏤(촉루): 보검의 이름. 『좌전』 「애공哀公 11년」에 "오나라 왕이 듣고 오자서에게 촉루검을
내려 죽으라고 하였다[王聞之, 使之屬鏤以死]"라고 하였다.

73) 面縛(면박): 두 손을 뒤로 묶어서 항복의 뜻을 나타냄. 『사기』 「미자세가微子世家」에 "주 무왕이
주왕을 쳐서 은나라를 이겼을 때, 미자는 제기를 들고 군문에 나아가 옷고름을 풀어헤치고 양손
을 뒤로 묶은 채 왼쪽으로는 양을 끌고 오른쪽으로는 새끼줄을 잡고 무릎으로 나아가 고하였다[周
武王伐紂克殷, 微子乃持其祭器, 造於軍門, 肉袒面縛, 左牽羊, 右把茅, 膝行而前以告]"고 하였다.

74) [교감] 早降: 국도본 降.

元戎拜皇詔, 美人投匕首 | 413

義士逢好逑 孝女副至願

의기로운 사람이 좋은 짝을 만나고
효성스런 딸은 간절한 소원을 이루다

明日, 元帥分付戚繼光等曰: "今夜賊軍必至. 公等知'鷙鳥斂翼, 猛獸
弭耳'[1]之意乎?" 繼光等領諾而退, 臥旗鼓, 散士卒, 四五爲隊, 闊若晨星.
或坐或立, 讙呼相搏. 又束蒿爲數百人, 衣人衣置其中, 使騎士奔斬之,
若禁亂狀. 山海望之, 果笑曰: "明將驕而士卒亂矣."

時夜, 使鄂堅卓林, 各帥五千兵, 銜枚襲明營. 鄂堅等未至明營繞三十
步, 趙公遂郙馬鐵帥精騎, 從左右傍出, 躍馬大呼. 賊軍大驚相殺, 而繼
光已令萬弩伏營中, 一時齊發, 賊死者成丘. 鄂堅卓林亦皆中弩死. 賊卒
數人逃報山海. 山海大愕, 落㭇曰: "吾命訖矣." 薛永扶起曰: "勝敗兵家
之常事[2]. 大王何躁若是耶? 今勁卒已盡, 所餘皆憊殘, 而石萬無消息, 莫

---

[1] 鷙鳥斂翼, 猛獸弭耳之意(지조렴익, 맹수이이지의): 『육도六韜』「무도武韜」의 "매가 공격하려고 할
   때 낮게 날면서 날개를 거두고 맹수가 달려들려 할 때 귀를 늘어뜨리고 엎드린다[鷙鳥將擊, 卑
   飛斂翼. 猛獸將搏, 弭耳俯伏]"를 인용한 것으로, 전투를 하기 전에 허술하게 보여서 상대방이 공
   격할 기미를 알아차리지 못하게 하는 전술을 의미한다.
[2] 勝敗兵家之常事(승패병가지상사): 이기고 지는 일은 전쟁을 하다보면 자주 겪는 일이라는 뜻으
   로, 『구당서舊唐書』「배도전裴度傳」의 "이기고 지는 일은 전쟁에서 늘 있는 일이다[一勝一負, 兵
   家常勢]"에서 온 말이다. 『수호전水滸傳』의 55회에도 "오용권이 말하기를 '형은 걱정 마시오
   승패는 전쟁에서 늘 있는 일인데 어찌 마음에 담아두시오?' [吳用勸道, '哥哥休憂, 勝敗乃兵家常
   事, 何必掛心.']"라는 구절이 있다.

如還守故國, 引彼以圖之耳." 山海然其言, 則徹營而走.

薛星文王琳, 已奉元帥命, 橫斷山海之歸路, 山海力戰不能出. 元帥又
將大軍, 掩後而至. 賊將窮勢來降者相屬. 元帥使人呼賊軍曰: "棄兵者
赦罪!" 賊軍皆棄兵. 兪聖禧馳斬薛永於山海之前, 因與山海交鋒. 山海
慌急, 仰天口呪, 獰風猝起, 黑氛四漲, 無數神兵, 從空亂下. 元帥一揮符
竿, 天地明朗, 不見一物. 山海嘔血墮馬, 聖禧斬之. 元帥進軍至瓊崖, 百
姓迎拜流涕曰: "今日始脫虎口, 入父母懷中矣." 元帥乃以皇旨, 大赦[3]
瓊崖, 鼓舞之聲, 彌日[4]不絶.

元帥回軍到安南. 安南王設宴, 賀功於宮中玉淸殿. 時, 王女陽阿公主
舜嬌, 姿容絶世, 志氣俊爽, 心中竊慕天下英雄而願從之. 是日, 從簾隙
望見兪將軍聖禧, 秀眉鳳眼, 身長八尺, 稱艷再三. 王后卓氏, 微覰其意,
時夜從容語王.

明日, 王請元帥, 復宴於玉淸殿. 酒酣, 王向元帥欲有所言, 而囁嚅[5]不
發, 如是三四. 元帥怪問曰: "王似有所懷而不言, 晩生於王 雖受知日淺,
古人有言, '傾蓋如故'[6], 王何外珍太甚也?" 王斂膝拱手曰: "僕非敢然也.
胸中所懷, 殊涉慚惶, 亦恐僉位大人不賜肯允, 故躊躇耳. 然大人業已[7]
垂問, 僕安敢隱默乎? 僕有一女陽阿, 姿性不甚庸陋. 僕私心愛重, 常願
邂逅當世之英傑, 俾奉巾櫛. 而顧小國賤陋, 人物趢趗[8], 以是年過二八,

---

3) 大赦(대사): 국가에 경사가 있을 때 죄 지은 사람을 풀어주거나 형벌을 가볍게 하는 일이다.
4) [교감] 彌日: 국도본 弭日.
5) 囁嚅(섭유): 겁이 나서 말하기를 주저함. 한유(韓愈)의 「송이원귀반곡서送李愿歸盤谷序」에 "발은
   나아가려 해도 주저하고 입은 말하려 해도 머뭇거린다[足將進而越趄, 口將言而囁嚅]"고 하였다.
6) 傾蓋如故(경개여고): 잠깐을 만나도 마음이 통하여 마치 오래 사귄 친구와 같다는 뜻이다. '경개
   (傾蓋)'는 수레의 햇빛가리개를 기울인다는 뜻으로 『공자가어孔子家語』 「치사致思」의 "공자가 담
   (郯)나라에 가다가 길에서 정자를 만났다. 일산을 기울이고 종일토록 이야기를 나누었는데 아주
   친밀했다[孔子之郯, 遭程子於塗, 傾蓋而語終日, 甚相親]"에서 나온 말이다. 또한 『사기』 「추양열전
   鄒陽列傳」에서 "속담에 말하기를 '머리가 다 세도록 만나도 처음 본 사람 같고 잠깐 수레의 가
   리개를 기울이고 말해도 오랜 친구 같다'고 하였다. 왜인가? 서로의 마음을 알고 모르고의 문제
   이다[諺曰, '白頭如新, 傾蓋如故.' 何則? 知與不知也]"라는 구절이 있다.
7) 業已(업이): 이미, 벌써.
8) 趢趗(녹촉): 그릇이 작은 것을 말한다. 장형(張衡)의 「동경부東京賦」에 "삼왕의 좁은 국량을 갑갑
   해하고 오제보다 멀리 달린다[狹三王之趢趗, 軼五帝之長驅]"는 구절이 있다.

未卜絲蘿[9]. 僕衰老多病, 常恐飮恨入地. 一自逢季昌將軍也, 心中踊躍,
歡喜不能自勝, 而近因杯酒之從容, 數接其風流談笑, 竊自慕仰, 輸魂瀉
魄. 父女私情可悲可笑. 雖然談梅畵餠[10], 庸救飢渴乎?" 元帥聞此言, 顧
視季昌, 聖禧瞠目而不語. 趙經略跪告元帥曰: "季昌早失怙恃[11], 未有室
家, 棲身幕府, 歷落無聊. 偶然連建戰功, 結綬拖印, 皆固季昌之風雲幸
會也. 而復娶藩王之愛女, 凱歌還都, 則又爲丈夫之勝事. 伏望元帥許諾
季昌也." 元帥未及言, 聖禧離席長跪曰: "人臣受命伐罪, 萬里杖戈, 天
王旰食[12], 士卒暴露[13], 何心獨安私娶外國之女子乎?" 元帥動容[14]欽服,
曰: "季昌守禮執正, 良難勸諭. 然天之所賜, 棄之不祥[15], 季昌且思之."
聖禧對曰: "誠如盛教. 但未有君命, 私心終有所不敢也." 趙經略曰: "不
然. 元帥在上, 老夫主婚. 今日之責, 不在季昌." 王復整襟嘆曰: "寡人爲
女陳情, 見過於季昌, 自顧慚恧, 誠欲無言. 然元帥大人旣垂矜察, 中心
所有[16]不敢不盡. 僕雖僻處荒隅, 見識鹵莽[17], 敢以非禮貽累於季昌哉?
僕與季昌, 同是陛下臣子. 人之所欲, 天必從之[18]. 臣子至願, 君父豈有

---

9) 絲蘿(사라): 넝쿨 식물의 일종인 토사(菟絲)와 여라(女蘿)이다. 이들 식물이 다른 나무를 타고 올
   라가 엉키기 때문에 흔히 혼약을 맺는 것에 비유되곤 한다.

10) 談梅畵餠(담매화병): 이야기 속의 매실과 그림 속의 떡. 귀로 듣고 눈으로 보지만 실제로는 가
   질 수 없는 것을 가리킨다. '담매(談梅)'는 조조가 갈증으로 지쳐 있는 병사들에게 "앞에 넓은
   매실 밭이 있는데 열매가 새콤하여 갈증을 해갈할 수 있을 것이다[前有大梅林, 饒子甘酸, 可以
   解渴]"라고 거짓말을 하여 병사들이 입안에 침이 돌아 행군을 계속할 수 있었다는 고사와 관
   련이 있는 듯하다. 이 이야기는 『태평어람太平御覽』과 『세설신어世說新語』 등에 나온다.

11) 怙恃(호시): 믿고 의지함. 흔히 아버지와 어머니를 비유한다. 『시경』 「소아」 '육아'에 "아버지
   없으니 무엇을 믿으며 어머니 없으니 누구를 의지할까〔無父何怙, 無母何恃]"에서 온 말이다.

12) 旰食(간식): 해가 진 다음에야 식사를 한다는 말로 업무가 바빠서 끼니를 제대로 챙기지 못하
   는 모양을 말한다.

13) 士卒暴露(사졸폭로): '폭로(暴露)'는 몸을 가릴 곳이 없이 들에서 이슬을 맞으며 자는 것을 뜻
   한다. 『사기』 「사마양저열전司馬穰苴列傳」에 "지금 적국이 깊이 침입하여 나라가 소란하며 사
   졸들은 국경에 이슬을 맞으며 자고 있고 임금은 잠자리가 편안하지 않고 음식 맛도 모르고
   있습니다〔今敵國深侵, 邦内騷動, 士卒暴露於境, 君寢不安席, 食不甘味]"라는 구절이 있다.

14) [교감] 動容: 국도본 容動.

15) 天之所賜, 棄之不祥(천지소사, 기지불상): 명나라 문인 담원춘(譚元春)의 「영회아사소인迎滙兒詞小
   引」에도 "하늘이 주시면 절하여 받는다. 하늘이 주셨는데 받지 않으면 좋지 않다〔天賜也, 拜而
   迎之. 天之所賜, 不迎不祥]"는 구절이 있다.

16) [교감] 所有: 국도본 有所.

17) 鹵莽(노망): 거칠고 조잡함. 두보의 「공낭空囊」에 "세상 사람들이 모두 거치니 내 길은 험난하
   다네〔世人共鹵莽, 吾道屬艱難]"라는 구절이 있다.

416 │ 교주본 창선감의록

不從乎? 季昌苟欲奉承元帥之盛敎, 則僕當奉疏天庭, 瀝血陳懇, 將老臣白頭, 替當季昌之罪也." 元帥繼曰: "此則吾已有思量. 季昌勿復固執." 聖禧拜而受命. 王大悅, 親自歷吉[19].

明日, 行禮於宮中芙蓉殿. 禮畢, 聖禧出外殿, 趙經略戚總兵等, 賀語紛紛. 聖禧感念父母, 無心杯酒, 引領西望[20], 抗袖拭淚. 元帥亦爲之改容. 有頃, 聖禧膝席告曰: "聖禧猥蒙元帥大人之知遇, 恩踰骨肉, 而趙大人拔擢聖禧於泥塗之中, 備數[21]驅馳於行陣之間. 今日頂踵, 皆兩大人賜也. 聖禧仰兩大人若伯兄伯父[22], 而今蒙大德, 得有优儷, 聖禧父母不存, 亦無伯叔[23], 縱復眷歸故國, 誰當禮現乎? 今兩大人若不疏外聖禧, 則願使新人敬謁焉." 趙經略欣然諾之, 元帥沈吟不答. 聖禧再三懇乞, 元帥嫌其非禮, 而勉强從之. 於是, 王與聖禧, 揖引兩公, 入芙蓉殿. 公主被袿衣[24]振明璫, 戴九眞翠華之冠[25], 垂六出[26]文玉之珮, 遼禮于七寶席上, 顏色爽朗, 若秋空霽月, 眞季昌之天生佳匹也. 兩公復與聖禧出外殿, 元帥將歸館所, 笑顧聖禧, 而給三日暇. 聖禧含笑拜領焉.

過三日, 元帥謂王曰: "晚生等閱歲從征, 歸心如矢, 而且王程有限, 不可以遲留矣[27]. 大王纔置東床, 新情未洽, 遽爾作別, 想當缺然." 王不敢

18) 人之所欲, 天必從之(인지소욕, 천필종지): 『서경』 「태서泰誓」의 "하늘이 백성을 불쌍히 여기니 백성이 하고자 하는 바를 하늘은 반드시 따른다[天矜于民, 民之所欲, 天必從之]"를 인용한 것이다.
19) 歷吉(역길): 여기서 '역(歷)'은 '선택한다'는 의미로 사용되었다. 사마상여(司馬相如)의 「자허부子虛賦」에 "이에 좋은 날을 가려서 목욕재계하였다[於是, 歷吉日以齋戒]"는 구절이 있다.
20) 引領西望(인령서망): 간절히 기다리는 모습이다. 『전국책』 「효문왕孝文王」에 "자이인(子異人)은 어진 인재입니다. 조(趙)나라에 버려져 있고 집안에는 어머니가 없어, 목을 빼고 서쪽을 바라보며 한번 고국으로 돌아가기를 간절히 원하고 있습니다[子異人賢材也. 棄在於趙, 無母於內, 引領西望, 而願一得歸]"라고 하였다.
21) 備數(비수): 머릿수를 채우도록 한다는 뜻으로, 관직에 있는 것을 겸손하게 이르는 말이다.
22) [교감] 伯兄伯父: 만송본 伯兄仲父, 국도본 伯仲父兄.
23) [교감] 伯叔: 국도본 叔伯.
24) 袿衣(규의): 부녀자들이 입는 긴 저고리.
25) 九眞翠華之冠(구진취화지관): 九眞(구진)에서 나는 물총새의 깃털로 장식한 관. 구진은 지금의 베트남 중부 지역으로, 한나라 무제가 남월(南越)을 정벌한 뒤에 설치하였던 아홉 개의 군(郡) 가운데 하나이다. 翠華(취화)는 물총새의 깃털로 황제의 깃발을 장식하는 데 사용된다.
26) 六出(육출): 눈꽃. 꽃은 보통 꽃잎이 다섯 개인데, 눈의 결정은 육각(六角)이기 때문에 나온 말이다.
27) 王程有限, 不可以遲留矣(왕정유한, 불가이지류의): 왕정(王程)은 임금의 명을 받들어 멀리 파견되

請留, 太息對曰: "僕早晚當入朝[28]皇京, 固知匪久重奉聲欬[29]. 但以盛德浹骨, 令人傷別也." 又執聖禧手曰: "寡人牽於私情, 强成大禮, 惱擾季昌之歸心, 殊加慚歎. 然寡人老矣, 王后多病. 陽阿一生, 惟恃郎君耳. 願季昌終垂大信, 矜顧小女也." 聖禧悵然對曰: "大王不以小甥卑鄙, 授以玉女, 銘恩佩德, 無地圖報. 女子有嫁, 卽當從夫, 而軍行非便, 不[30]能眷歸. 明年大王入朝時, 必與偕來, 無孤懸望也." 王許諾.

明日, 王修方物貢獻, 親自監封[31], 拜表[32]謝罪. 又以黃金綵緞名馬寶珠, 贐元帥. 元帥但受兩馬, 分與王劉, 而却其他物. 厚賞邠馬鐵, 而令王超擢, 王卽拜大將軍. 送餞于郊亭, 元帥深知王忠勤純實, 不復以南方爲憂.

時, 天子日夜望大軍捷音, 中朝[33]累歎. 兵部尙書夏春海, 進曰: "臣等忝居機密, 而不能宣化柔遠[34], 使狂盜猖獗. 主憂至此, 臣等死罪. 雖然高宗伐鬼方, 三年始克[35], 大舜征有苗[36], 舞干羽而後格[37]. 今王師之出,

---

어 행하는 공식적인 임무를 말한다. 『태평광기』의 「왕공王典」에 "나랏일에는 기한이 있으니 감히 붙잡아 머물 수 없다[王程有限, 不敢淹留]"는 구절이 있다. [교감] 不可: 국도본 可不.

28) 入朝(입조): 제후나 속국의 왕이 수도에 가서 황제에게 인사하는 것을 말한다.

29) 聲欬(성해): 말소리와 웃음소리. 『장자』의 「서무귀徐無鬼」에 "무릇 아무도 없는 곳으로 도망친 사람은 명아주와 콩잎이 족제비의 길을 막고 있는 텅 빈 곳을 걷다가 사람의 발소리가 들리면 기쁜 법이니 하물며 형제 친척의 기침소리가 그 옆에서 남이랴[夫逃空虛者, 藜藋柱乎鼬鼪之逕, 踉位其空, 聞人足音跫然而喜矣. 又況乎昆弟親戚之聲欬其側者乎?]"라고 하였는데, 『장자주莊子注』 등의 주석서에서 경해(聲欬)는 말소리로 해석되었다. [교감] 聲欬: 국도본 謦欬.

30) [교감] 不: 국도본 未.

31) 監封(감봉): 관리가 공물을 꾸릴 때에 직접 감독하여 봉하는 일.

32) 拜表(배표): 제후가 사신을 통해 황제에게 표문을 올리면서 표문에 절하는 의식이다. 우리나라에서는 중국 황제에게 사신을 보낼 때에는 반드시 배표례를 행하였다.

33) 中朝(중조): 임금이 신하들의 조회를 받을 때를 말한다. 『사기』 「범저열전范雎列傳」에 "소왕이 조회에 임하여서 탄식하니 응후가 나아가 아뢰기를 '신은 듣건대 임금이 근심하면 신하들이 욕되다고 하였습니다. 지금 대왕께서 조회를 하시면서 근심하시니 신은 감히 죄를 청합니다'라고 하였다[昭王臨朝歎息, 應侯進曰, '臣聞主憂臣辱, 主辱臣死. 今大王中朝而憂, 臣敢請其罪']"고 나온다.

34) 柔遠(유원): 먼 지방 백성들을 다독여서 회유하는 일. 『서경』 「순전舜典」에 "먼 곳은 다독거리고 가까운 곳은 친근하게 한다[柔遠能邇]"라는 말이 있다.

35) 高宗伐鬼方, 三年始克(고종벌귀방, 삼년시극): 고종(高宗)은 은(殷)나라 20대 왕인 무정(武丁)으로, 당시 북방을 자주 침범하던 귀방(鬼方)을 정벌하였다. 귀방은 지금의 섬서성 북서부, 산서성 북부와 내몽고(內蒙古) 서쪽에 거주하던 유목민족이다. 『주역』 「기제旣濟」에 "고종이 귀방을 정벌하여 삼 년 만에 이겼다[高宗伐鬼方, 三年克之]"라는 구절이 있다.

36) 有苗(유묘): 중국 고대 남방에 있었던 부족. 삼묘족(三苗族)이라고도 한다.

37) 舞干羽而後格(무간우이후격): 순임금이 남방의 유묘족을 정벌할 때에 무력으로는 실패하고 결

未周二朞, 而且十萬大衆, 深入客地, 進退緩急, 自有多費時月. 伏願陛下, 少寬聖心. 臣觀大元帥花珍, 英略蓋世[38], 且其孝友仁儉, 宜享多福, 必能立德建功, 增光社稷, 而龍門將軍兪聖禧, 意氣雄豪, 不讓古人. 戚繼光等, 老於戰陣, 宿諳兵事, 化州捷書, 不日當至." 後數日, 捷書果至, 朝野懽忭[39]. 百僚畢賀, 上親執夏尙書手曰: "卿昔救花珍於死獄中, 今又報其必捷, 其言果然. 使花珍成功者, 皆卿之力也." 因與群臣, 議遣近侍於中路, 迎慰元帥.

忽然, 殿前校尉[40]朴蕢圭趨入, 奏蜀賊蔡伯貫[41]等反書, 群臣失色. 徐閣老奏曰: "今蜀中將士, 南征未還, 而伯貫等乘其空虛, 敢生凶圖. 四川主鎭, 必皆披靡, 賊勢鴟張[42]. 當發三秦[43]兵馬, 登卽討平也." 吏部尙書郭朴[44]奏曰: "賊徒據險搆亂, 未易討平. 西州[45]大將只有薛星文王琳, 而今皆南征. 欲遣他將, 則唯劍南[46]總兵崔光近可, 而亦不可獨任. 臣意以

국 덕으로 이들을 교화시켰다는 말. 『서경』 「대우모」에 "순임금이 문덕을 베푸시어 섬돌 사이에서 춤을 추니 70일 만에 유묘가 감화되어 이르렀다[帝乃誕敷文德, 舞干羽於兩階. 七旬, 有苗格]"라고 하였다.

38) [교감] 世: 국도본 時.

39) 懽忭(환변): 기뻐함. '환변(歡忭)'이라고도 쓴다. 『송사』 「예지禮志」에 "교제사가 이루어져서 중외가 일제히 기쁨을 이기지 못한다[郊祀禮成, 中外恊心, 不勝懽忭]"는 구절이 있다.

40) 殿前校尉(전전교위): 교위(校尉)는 장수 밑에 두어 군대를 실질적으로 통솔하던 하급 장교를 이르는 말이다. 전전교위는 아마도 황제를 호위하는 직책인 듯한데, 명나라 때 실재하였던 관직이었는지는 확인되지 않는다.

41) 蔡伯貫(채백관): 사천성 대족(大足) 사람으로 백련교도(白蓮敎徒)였다. 명나라 가정 45년에 대당(大唐)을 국호로 하고 반란을 일으켰다가 진압되었다.

42) 鴟張(치장): 솔개가 날개를 펼친 것처럼 기세가 등등하고 흉포함. 『삼국지』 「손견전孫堅傳」에 "동탁이 죄를 두려워하지 않고 기세가 등등하여 큰 소리 치니 마땅히 불러서 때에 맞추어 오지 못하면 군법으로 목을 베어야 합니다[卓不怖罪而鴟張大語, 宜以召不時至, 陳軍法斬之]"라는 구절이 있다.

43) 三秦(삼진): 지금의 섬서성(陝西省) 일대. 진나라가 망한 뒤에 항우가 관중(關中)을 셋으로 나누어 휘하 장수를 봉했던 데에서 온 지명이다.

44) 郭朴(곽박): 가정년간 문신 곽박(郭樸)을 염두에 두고 설정한 인물이 아닌가 한다. 곽박은 가정 40년에 이부상서로 있었으며 가정 45년에 무영전태학사(武英殿太學士)를 지냈으나 융경 원년에 벼슬을 사직하고 고향으로 돌아가 은거하였다.

45) 西州(서주): 사천성 일대. 『후한서』 「염범전廉范傳」에 "염범의 아버지가 난리를 만나 촉한에서 객사하자 염범은 서주에 흘러들어가 살게 되었다[范父遭喪亂, 客死於蜀漢, 范遂流寓西州]"라는 구절이 있다.

46) 劍南(검남): 장안에서 사천성으로 들어가는 길목인 검각(劍閣) 이남 지역을 말한다. 당나라 때는 촉 지방의 행정구역을 검남도(劍南道)라 하였는데, 현종(玄宗)이 촉으로 피난 갔다가 돌아간 후

爲急招花珍, 歷路平蜀, 則賊聞花珍之威聲, 必不戰而瓦解矣." 上曰:
"卿言雖善. 然花卿萬里征伐, 辛苦還軍, 而朝廷未答大功, 重以兵事勞
之, 朕心不安也." 徐閣老又奏曰: "人臣死生許國, 敢言勞逸乎? 但花珍
國之柱石也. 聖上宜加護惜, 而伯貫等不過草竊强盜[47]耳. 一二偏將, 足
以芟平. 臣謂千斤之刀, 不足加於狐[48]鼠之頸也." 時, 廷議不一, 多同朴
議者, 上卒從其議, 令翰林草詔, 盛獎元帥之大功, 仍命回軍三川[49], 討
伯貫等.

是日, 薑圭奉聖旨, 乘驛疾馳, 遇元帥於武岡州[50]. 元帥四拜受詔, 卽
使趙公遼魏瑩嚴鎭等, 各歸本鎭, 獨與薛星文王琳, 選精兵二萬, 直向四
川. 薑圭辭於元帥, 元帥上表謝恩, 又以手書上沈氏焉.

先是, 南御史別翰林, 卽以尺童匹驢, 訪女兒蹤跡. 周遊蜀中, 而終無影
響. 茫然望斷, 謂夫人曰: "女兒之消息, 如大海浮萍, 此生此世, 無復可望.
然花君丁寧言女兒之不死, 吾雖升天入地, 必訪乃已." 夫人哀痛, 移時乃
謂御史曰: "父子之情, 雖一日難堪, 而吾夫婦自失此兒, 猶能耐過九年矣.
今涼飆正緊, 朔氣漸猛, 相公跋履霜雪, 易有觸傷. 暫停行李, 忍待開春
焉." 郭仙公亦挽止之. 御史雖姑寢行意, 而潛淚暗嘆, 度日如年.

明年二月, 復自東川以西幽庵深刹, 窮搜極覓. 至三月初旬, 抵華萼山
資賢庵. 有尼姑數人, 迎入進茶. 御史住[51]節徘徊, 無心眺賞. 忽有丹尾
靈雀, 飛自殿庭叢竹間, 來坐袖上. 仰首咬咬, 如有所訴. 御史驚心異之,
顧視尼姑. 其中一尼姑, 年可五十餘, 秀顔明眸, 道氣絪縕. 其尼姑仰見
御史之容色, 悽遑進前, 問曰: "相公緣何到此, 有其悲懷而神色不怡乎?"
御史愀然無答, 長吁數聲. 良久曰: "老夫命薄, 嘗失嬌兒, 謂之已死者,

에 동천(東川)과 서천(西川)으로 나누어 각각 절도사(節度使)를 파견하였다. [교감] 劍: 국도본 有.
47) [교감] 强盜: 국도본 强.
48) [교감] 狐: 국도본 孤.
49) 三川(삼천): 지금의 사천(四川) 지역. 당나라 때 검남도의 서천과 동천, 그리고 산남도(山南道)의
   서도(西道)를 함께 이르면서 나온 말이다.
50) 武岡州(무강주): 지금의 호남성 무강시(武岡市). 명나라 때는 호광포정사의 보경부(寶慶府)에 속
   해 있었다. [교감] 岡: 국도본 剛.
51) [교감] 住: 국도본 柱.

十年矣. 前秋忽逢女婿花珍, 始聞女兒在世, 而備經危厄, 變服入蜀山中, 依止於僧尼清遠云. 老夫自聞此報, 周訪一蜀, 仰祝天神, 俯叩地祇, 閱月經歲, 心殫力盡矣. 今到此庵, 忽然心動, 不知師姑, 或知吾家恩菩薩清遠師姑否?” 尼姑聽畢, 微微帶笑, 合掌對曰: “元來相公有此懷抱也. 雖然, 天道深遠, 會合有時, 且少寬懷, 暫入禪堂, 情念一意, 神明自感.” 御史聞此言, 心紆軫[52]而益悲, 涕滿眶而橫流.

時, 南夫人在庵北小堂, 而季鸞適過寮下, 聞御史與清遠相語, 側聽久之, 始知舊主南御史生存來此. 悲喜踊躍, 入告於夫人. 夫人驚甚喜極, 聲淚俱發. 急令季鸞出請清遠. 清遠含笑而入, 遙謂夫人曰: “夫人, 夫人! 十年困厄, 忽如春夢. 死父死女, 生逢斯世. 從今以往, 福祿無量. 但厄限未滿, 且須消盡今夜, 然後父女相見焉.” 夫人以滿面哀淚, 起向清遠, 無數謝恩而已.

明晨, 清遠引夫人而至禪堂, 笑告於御史曰: “相公欲見所失嬌兒乎?” 御史舉目, 大驚急扶夫人, 相與放聲痛哭. 季鸞哭扶夫人, 哀動一室. 左右諸尼姑, 無不揮淚. 御史撫夫人背而哭, 且謂曰: “老父惡積罪盈, 鬼憤神怒, 使汝至此.” 夫人攀御史衣, 哀哀告曰: “小女賦命凶釁, 失散爺孃, 流離困厄, 至於此境. 固知一死勝於萬生, 而湘君明教, 觀音慈旨, 不啻丁寧, 故或冀斯世復見爺孃, 偸活至今耳.” 因告金沙洲仙娥之言, 明珠庵觀音之夢, 及清遠師姑慈悲求甦之恩. 御史大驚, 顧謝清遠曰: “吾家恩菩薩清遠師姑, 果非別人而乃師姑也. 恩山德海, 世世生生, 何以盡報?” 清遠謝曰: “山人本以慈悲爲業, 此非異事. 且縱無清遠, 天下豈無救南夫人者乎?” 御史謂夫人曰: “汝之母親, 日夜望汝. 吾當先歸言之, 卽以驢子, 迎汝還矣.” 清遠進曰: “夫人厄盡, 不可一日復留山門也. 此去雲水洞, 不過百餘里, 請夫人改着男服, 隨相公之驢後. 貧道當與季鸞從之矣.” 夫人大悅, 卽入換衣, 從御史而歸.

---

52) 心紆軫(심우진): 슬픔이 가슴에 맺힘. 『초사』 가운데 엄기(嚴忌)의 「애시명哀時命」에 “놀랍고 두려워 오래도록 생각하니 가슴에 맺혀 더욱 슬프다네[悵惝罔以永思兮, 心紆軫而增傷]”라는 구절이 있다.

是時, 韓夫人苦望女兒. 一日, 御史與絶美少年, 忙步而入. 韓夫人悅惚難狀. 南夫人上堂, 扶韓夫人而哀號. 韓夫人執之, 痛哭曰: "汝吾彩鳳也?" 南夫人哭而言曰: "小女日見爺孃投身大江, 獨竄性命, 忍至今日. 上負蒼穹, 下愧黃壤." 因寬慰之曰: "兩堂無恙, 小女生存, 往悲旣訖, 新樂無窮. 何用復自過慽, 斷盡餘腸乎?" 韓夫人嗚咽曰: "得汝而死, 吾何恨也!" 因向淸遠, 千萬謝德. 淸遠辭謝曰: "兩位夫人, 積功佛家, 故得有今日. 貧道不過奉行大師之慈旨而已. 顧有何德哉?" 韓夫人復與夫人, 敍別來滄桑53). 夫人强揮悲色而韓夫人淚浪浪54)不絶.

韓夫人問花府事, 夫人歎息良久曰: "小女早離膝下, 未蒙訓誨, 養父母過加恩愛, 隨事承意. 以是驕逸自恣, 婦德子行, 一無所修. 前後危辱, 罔非自取, 屛跡空山, 萬事皆悔. 靜言思之55), 尙寐無訛56)." 韓夫人嘉其言, 歎曰: "向者, 花君之引罪自責, 亦如此. 聖人云, '德不孤必有隣'57) 詎不信哉!" 時夜, 韓夫人招季鸞, 細問夫人之前後禍厄. 鸞自洞庭湖事, 歷歷備陳, 而盛稱尹府之厚德, 感淚縱橫. 至花府事, 鸞微視夫人, 而不敢直告, 草草說去. 至明珠庵發簀, 嗚咽不能言.

明日, 淸遠告歸. 御史夫婦送于中堂. 問以後期, 淸遠對曰: "貧道之師兄二人, 在天竺國58). 貽書相邀者, 已三年, 而但以夫人之故, 不得往矣. 從此當歸西天59), 永與中土訣也." 仍向南夫人而嘆曰: "今別夫人之玉容, 此心戀戀. 自笑情塵60)未磨耳. 但望別後益懋盛德, 自求多福." 夫人

---

53) 滄桑(창상): 창해상전(滄海桑田)을 줄인 말이다. 상전벽해(桑田碧海)와 같은 뜻으로 뽕나무 밭이 푸른 바다로 변한다는 뜻이다.

54) 浪浪(낭랑): 눈물이 흐르는 모습이다. 위(魏)나라 조식(曹植)의 「낙신부洛神賦」에 "비단 소매 들어 눈물을 가리니 눈물이 옷깃에 줄줄 흐르네[抗羅袂以掩涕兮, 淚流襟之浪浪]"라고 하였다. [교감] 浪浪: 국도본 琅琅.

55) 靜言思之(정언사지): '정언(靜言)'은 '조용하게' '자세하게'의 뜻이다. 『시경』 「패풍」 '백주(柏舟)'에 "가만히 생각하면 깨어나 가슴을 치네[靜言思之, 寤辟有摽]"라는 구절이 있다.

56) 尙寐無訛(상매무와): '訛'는 '吪'와 통용된다. 『시경』 「왕풍王風」 '토원(兎爰)'의 "내가 태어난 후 백 가지 근심이 생기니 차라리 잠들어 깨지 않으리[我生之後, 逢此百罹, 尙寐無吪]"를 인용한 것으로 보인다.

57) 德不孤必有隣(덕불고필유린): 『논어』 「이인里仁」에 나오는 구절이다.

58) 天竺國(천축국): 당나라 때 인도를 지칭하던 말로 'Sindhu'를 음차한 것이다.

59) 西天(서천): 인도

送之重門, 玉淚汍瀾. 季鷿失聲悲泣, 淸遠不忍捨去, 遲回久之.

此後, 夫人斑衣⁶¹⁾侍側, 歡笑度日, 而每憶尹侍郎夫婦及尹夫人, 傷懷無已. 一日, 思叢桂⁶²⁾亭之詩, 流涕謂季鷿曰: "此神明告我也, 而惜哉! 吾之不悟也."

---

60) 情塵(정진): 불가에서 사랑이나 욕망을 티끌에 비유하여 이르는 말. 당나라 왕유(王維)의 「희증장오제인戲贈張五弟諲」에 "나는 살면서 청정한 것을 좋아하여 채소 먹으며 정욕을 버렸다네[吾生好淸靜, 蔬食去情塵]"라고 하였다.

61) 斑衣(반의): 색동옷. 부모님의 마음을 기쁘게 하는 것을 말한다. 춘추시대 초(楚)나라의 노래자(老萊子)가 일흔의 나이에 늙으신 부모님을 기쁘게 하기 위해서 색동옷을 입고 춤추었다는 데서 온 말이다.

62) [교감] 桂: 국도본 竹.

饗士錦官樓 策功文華殿

금관루에서 잔치를 열고
문화전에서 제후로 봉해지다

沈氏自悔以來, 愛柳學士夫人, 如萬金寶珠. 坐臥[1]相須[2], 頃刻難忘.
又常假寐永嘆[3], 憎懍懷悲. 語及元帥, 淚輒交流. 及聞化州捷音, 動色驚
喜, 攢手謝天曰: "珍兒之迴日, 瑃兒之生日也." 又聞其班師入蜀, 茫然
失心, 寢食俱廢. 忽然朴蓋圭來傳元帥手書. 沈氏顚倒折封. 其書曰

罪子珍泣血頓首, 再拜上書于母夫人閣下. 罪子賦性闇弱, 處心無良,
不念母親鞠育[4]之恩, 終昧兄丈友于之情[5], 悖義戕德, 傷倫犯紀. 自顧平
生, 死有餘罪. 豈圖蒼穹無聞, 鬼神無知? 子反脫累, 兄獨罹禍, 天不可
恃, 理不可信也. 罪子一聞此報, 心骨震碎, 立欲刎頸, 自裁於象魏[6]之下,

---

1) [교감] 坐臥: 국도본 坐.
2) 相須(상수): 서로 의지하고 돕는 것, 혹은 서로 마주 대하는 것이다.
3) 假寐永嘆(가매영탄): 『시경』 「소아」 '소변(小弁)'에 "졸면서 길게 탄식하니 걱정으로 늙는다네[假
   寐永歎, 維憂用老]"라는 구절이 있는데, 주희는 『시경집전詩經集傳』에서 '가매(假寐)'를 "의관을
   벗지 않고 자는 것[不脫衣冠而寐]"으로 설명하였다.
4) 鞠育(국육): 어머니가 길러주신 은혜. 『시경』 「육아蓼莪」의 "아버지 날 낳으시고, 어머니 날 기
   르셨네[父兮生我, 母兮鞠我]"에서 온 말이다.
5) 友于之情(우우지정): 형제간의 우애. 『서경』 「군석君奭」의 "惟孝, 友于兄弟[효도하고 형제를 사랑
   하라]"에서 온 말이다. [교감] 友于: 국도본 于友.

以明兄丈窮天之寃, 而顧以身係軍籍[7], 不得自由, 懷鬱長慟, 恨無羽翼
而已. 乃者慈德感天, 先靈冥騭[8], 畏以不肖遽膺征鉞[9], 自量儜淺, 立知
僨事[10], 而乃敢奮然領命, 生死赴難者, 萬一僥倖得遂寸功, 則朝廷必赦
罪濫譴, 放還故土. 伊時, 相率百口[11], 擊鼓叫閽[12], 鳴此至寃, 是所願也.
慈念所及, 果蒙天幸, 不至喪軍辱先, 此豈罪子之緜力薄才[13], 所能致乎
哉? 誠以慈福無量, 兄丈之酷寃極痛, 感動神明也. 班軍將還之際, 此心
忙急, 如懷湯握火, 行到岡州[14], 又奉西討之命. 愕然喪圖, 中腸崩斷, 而
皇旨截嚴, 不可以私辭[15]也. 行當火速了事, 疾驅東歸, 而第伏念慈望日
深, 兄危日領, 撫情酸辛, 此懷何達? 臨紙抑塞, 筆舌亦哽[16], 萬祝慈體,
益加康寧.

　　沈氏看畢, 迸淚嗚咽, 顧謂花夫人曰: "老母不仁, 負此賢子, 咋指出血,

6) 象魏(상위): 대궐의 문. 『주관周官』「천관天官」 '대재(大宰)'에 "정월 초하루에 온 나라에 개정된
　　법령을 공포하되, 대궐 문에 법령을 게시하여 만백성으로 하여금 법령을 볼 수 있도록 하고
　　열흘이 되면 보관한다[正月之吉, 始和布治于邦國都鄙, 乃縣治象之法于象魏, 使萬民觀治象, 挾日而斂
　　之]"라고 하였다.

7) [교감] 軍籍: 국도본 籍軍.

8) 冥騭(명즐): '騭'은 '隲'이라고도 쓴다. '음즐(陰騭)' 혹은 '음덕(陰德)'과 같은 뜻이다. [교감] 冥
　　騭: 국도본 宜隲.

9) 膺征鉞(응정월): 여기서 '응(膺)'은 받는다는 뜻이다. 『서경』「주서」의 '무성(武成)'에 있는 "크게 천
　　명을 받으시어 중국을 아루만지시다[誕膺天命, 以撫方夏]"에서 그 용례를 찾아볼 수 있다. '월(鉞)'
　　은 전쟁에 나가는 장수에게 황제가 내려주는 '부월(斧鉞)'로, 군대의 지휘권을 상징한다.

10) 僨事(분사): 일을 그르침. 『대학大學』에 "한마디 말이 일을 망치고 한 사람이 나라를 정한다[一
　　言僨事, 一人定國]"는 구절이 있다.

11) 百口(백구): 온 식구. 『열자列子』「설부說符」에 "물가에 사는 사람들은 물에 익숙하고 흐르는
　　물에 용감하며 배를 조정하여 뱃삯을 받아 온 식구를 먹여 살린다[人有濱河而居者, 習於水, 勇
　　於泅, 操舟鬻渡, 利供百口]"라고 하였다.

12) 擊鼓叫閽(격고규혼): '격고(擊鼓)'는 억울함을 알리기 위해서 등문고(登聞鼓)를 두들기는 것이고,
　　'규혼(叫閽)'은 원통한 일이 있을 때에 여러 사람이 함께 대궐 문 앞에서 호소하는 일이다.

13) 緜力薄才(면력박재): 자신의 능력과 재주를 겸손하게 칭하는 말. 송나라 기숭례(綦崇禮)의 「사전
　　관병가은표謝轉官幷加恩表」에 "어찌 족히 공을 헤아려 보잘것없는 힘과 재주를 다하겠습니
　　까? [豈足計功, 竭緜力薄才之勞?]"의 구절이 있다. '緜力'은 '綿力'이라고도 쓰는데, 소식의 「답이
　　방숙서答李方叔書」에 "부귀는 운명이니 보잘것없는 힘으로 반드시 이룰 수 있는 바가 아닙니
　　다[至於富貴, 則有命矣. 非綿力所能必致]"라는 구절이 있다.

14) 岡州(강주): '무강주(武岡州)'를 말한다. [교감] 岡: 국도본 剛.

15) [교감] 私辭: 국도본 辭私.

16) [교감] 哽: 국도본 硬.

悔之何及? 荊玉猶極言自己之罪, 而稱吾之德與其兄之寃, 是荊玉之不知吾之改過, 而視之猶前日也. 使天有梯, 吾可逃於天上也. 使地有縫, 吾可竄於地下也. 吾豈敢以此面, 復對荊玉乎?" 花夫人對曰: "當年母親不察荊玉之誠者, 徒以讒[17]言間之也. 非母親之本情也. 詩云'盜言孔甘, 亂是用餤[18]'. 自古讒言之禍, 類皆如此, 母親何獨怛怳於荊玉乎?" 沈氏對曰: "汝之此言, 亦欲隱諱老母之過惡, 而非眞情之言也. 老母若以平生作惡, 諉之於聽讒, 而自以爲非本心, 則是貌改而心不改也." 花夫人涕泣曰: "母親引過太甚, 盛敎及此, 小女與荊玉, 豈能安於心乎?"

此時, 蔡伯貫等, 已攻破大足銅梁等七城, 僞呼大唐[19], 有衆數萬人. 方欲大陷成都而據之. 忽聞花元帥至, 賊徒望風奔潰, 薛星文追斬伯貫, 蜀中復安.

元帥入成都, 大饗將士於錦官樓[20], 四川布政使以下, 匍匐於轅門, 撞洪鍾[21]擊靈鼓[22], 奏破陣之樂[23]. 兪龍門戚摠兵等, 醉拔劍起舞[24], 王兪兩校尉, 倚立於樓北欄頭, 指萬里橋[25]西川屋數間, 而相語淚下曰: "此吾

---

17) [교감] 讒: 국도본 纔.
18) 盜言孔甘, 亂是用餤(도언공감, 난시용담):『시경』「소아」의 '교언(巧言)'에 있는 구절. 헐뜯는 말을 달콤하게 생각하여 이로써 분란이 진행된다는 뜻이다. [교감] 用餤: 국도본 用讒.
19) 蔡伯貫等, 已攻破大足銅梁等七城, 僞呼大唐(채백관등, 이공파대족동량등칠성, 위호대당): 대족(大足)과 동량(銅梁)은 모두 지금의 사천성 중경시(重慶市)에 있는 현(縣)으로 명나라 때는 사천포정사(四川布政司) 중경부(重慶府)에 속해 있었다. 채백관은 명나라 가정(嘉靖) 45년에 반란을 일으켜 국호를 대당(大唐)이라 하고 대족(大足)과 동량(銅梁)을 비롯하여 합천(合川)·영창(榮昌)·안거(安居)·정원(定遠)·벽산(璧山) 등의 일곱 개의 성을 함락시켰다가 진압되었다.
20) 錦官樓(금관루): 지금의 사천성의 성도시에 있는 누대이다. 송나라 원풍년간(遠風年間)에 여대방(呂大防)이 세웠다.
21) 洪鍾(홍종): 큰 종. 장형(張衡)「동경부東京賦」에 "큰 종을 울리고 영고를 친다[撞洪鍾, 伐靈鼓]"는 구절이 보인다.
22) 靈鼓(영고): 육면(六面)으로 된 북.
23) 破陣樂(파진악): 악곡의 이름이다. 당나라 태종이 진왕(秦王)으로 있을 때에 유무주(劉武周)를 정벌한 것을 축하하기 위해서 지어졌다고 전해진다.
24) 拔劍起舞(발검기무):『사기』「항우본기」에 나오는 홍문연(鴻門宴) 잔치 장면에서 "항장이 칼을 빼들고 일어나 춤을 추자 항백이 또한 칼을 빼들고 일어나 춤을 추었다[項莊拔劍起舞, 項伯亦拔劍起舞]"라는 구절이 있다. 우리나라 평안도 지역에서는 홍문연 잔치의 고사를 바탕으로 '항장무(項莊舞)'라는 무극(舞劇)이 만들어지기도 하였다.
25) 萬里橋(만리교): 만리교는 사천성의 성도시에 있는 다리이다. 주인공 화진이 만리교 서쪽 초당에 머물렀다고 한 것은 두보의 「광부狂夫」 시에 "만리교 서쪽의 한 초가집, 백화담의 물이 곧 창랑이라네[萬里橋西一草堂, 百花潭水卽滄浪]"라고 한 것과 관련이 있을 듯하다.

翰林老爺, 三年喫苦之處也."

元帥召謂爾叔曰: "汝往青城, 探南御史消息而來." 爾淑聽令而退. 忽見將臺之前, 有乘朱轎張盖而來者, 陣門虎士等, 咆喊辟除之聲, 若疾雷急霆, 而帳前騎士, 飛鞚而出, 問其官人之姓名. 御者云, '青城山南御史老爺, 陞拜通政司參議, 方承召上京矣'. 騎士還報, 元帥大喜, 使王謙出引於陣門外, 元帥降樓而迎之. 南公以峨冠[26]玉笏, 粲笑而入曰: "老夫今日, 始知大元帥威儀也." 仍執元帥之手, 上樓促席而坐曰: "賢壻之南征西討, 功名煥爀, 固知賢壻之分內事, 不足多賀, 而老夫以窮山枯朽之餘, 自分爲蜀中羈旅之魂矣. 幸蒙賢壻之恩, 而復乘天風, 將得埋骨於先人丘墓之側. 此豈始望之所敢及哉?" 元帥對曰: "小甥驅馳戰陣, 不能詳聞[27]於朝廷之事矣. 然岳丈之今日此行, 莫非皇上之洪私[28]. 何以云小甥之恩也?" 南公乃自囊[29]中, 出一張細書, 授元帥曰: "此尹仲晦之所報也. 賢壻觀此, 則可知老夫之言也."

元首歷覽其首尾, 自南公竄謫後, 公私消息, 無不備載, 而特於元首夫婦之事, 又詳悉焉. 其下段[30]曰: "皇上自聞藍道行[31]之言, 益疑嚴嵩, 眷遇日衰. 御史林潤, 劾奏世蕃驕僭不道之罪, 下獄論死[32], 而削嵩爵, 籍其家. 鄢懋卿[33]等, 亦皆廢黜. 上摠攬權綱, 朝廷肅然. 一日, 上臨朝嘆曰,

---

26) 峨冠(아관): 흔히 '아관박대(峨冠博帶)'의 형태로 사대부나 유생의 복식을 지칭하는 말로 사용되는데, 조회할 때의 복식을 의미하기도 한다. 이색(李穡)의 「귀도망천마제산부도망제산(歸途望天磨諸山婦途望天磨諸山)에 "높은 관에 옥홀 들고 대궐을 향했네[峨冠奉笏向明堂]"라는 구절이 있다.

27) [교감] 聞: 국도본 問.

28) 洪私(홍사): 큰 은혜. 송나라 범중엄(范仲淹)의 「사의소결의구지등주표謝依所乞依舊知鄧州表」에 "엎드려 황제 폐하의 큰 은혜를 입어 특별히 중지를 내리시니[伏蒙皇帝陛下曲軫洪私, 特回中旨]"라고 하였다. [교감] 私: 국도본 福.

29) [교감] 囊: 국도본 束.

30) [교감] 段: 국도본 端.

31) 藍道行(남도행): 명나라 가정년간의 도사. 『명사기사본말明史紀事本末』에는 "방사 남도행은 부란이라는 점으로 총애를 얻어 황제가 신통하다고 여겼다. 하루는 조용히 신하들이 현명한지에 대해 물었다. 도행은 귀신 기선이 나타난 듯 속여서 엄숭 부자가 농권하는 상황을 자세히 말했다[方士藍道行, 以扶鸞見得幸, 上以爲神. 一日從容問輔臣賢否, 道行遂詐爲箕仙, 對其言嵩父子弄權狀]"라고 하였다.

32) 論死(논사): 사형에 처하도록 판결함. 『자치통감』 「한고조 9년」에 "지금 나의 삼족이 모두 사형에 처하게 되었다[今吾三族皆以論死]"라는 구절이 있다.

'南某以慷慨孤忠, 力擊權奸, 不勝而死, 其令禮部贈爵致祭焉.' 侍讀學
士柳聖讓奏曰, '南某花珍之妻父也. 臣自貴陽承召時, 逢珍於東蘭州. 珍
云, 與南某相遇於蜀山中. 某自言投死洞庭湖之夜, 爲蜀人所拯救, 同歸
巖穴, 苟保性命云.' 上聞之大奇, 特命還給職牒, 擢通政司參議. 臺臣³⁴⁾
以亡命不現, 據法爭論. 上曰, '爾等之所執, 誠得臺體. 然朕之此命, 非獨
憐南某而已. 實爲花卿地也.' 是日又詔, 封花卿之元妃尹氏爲晉國夫人,
次妃南氏贈楚國夫人. 兒子汝玉奏曰, '向者臺奏中, 以南氏爲花瑈妾趙
女之所殺, 而臣追聞之, 南氏亦爲蜀中女僧之所救, 今在成都云.' 上嘆曰,
'南某父女, 皆爲蜀人之所救活, 誠亦異事也.' 因命改封爲蜀國夫人, 詔
成都知府耿敝, 護送南夫人之行. 後數日又下詔曰, '孝者百行之源也³⁵⁾.
今武英殿太學士, 征南大元帥花珍³⁶⁾, 孝聞於天下, 朕甚嘉之. 夫孝莫大
於推恩³⁷⁾, 其贈珍父故兵部尙書汝陽侯郁爲魏國公, 珍母鄭氏爲魏國夫
人, 待珍凱還³⁸⁾後, 遣禮官致祭於其廟.' " 元帥見之至此, 起而北望四拜,
感淚如雨.

南公又傳訪女之始末, 而或涕或笑. 因曰: "仲晦以此紙, 專人³⁹⁾相報
於干戈之際, 耿知府又奉詔命, 具車馬威儀而來. 故昨日與郭仙公相別,
率夫人及女兒而行. 聞賢壻方饗士於此, 老夫駈車先到耳." 元帥於是,
使劉校尉迎兩夫人彩轎, 歇下于府西海棠樓⁴⁰⁾.

是夕, 元帥與南公, 同往海棠樓. 韓夫人見女壻之榮貴甚盛, 顧其女兒

---

33) [교감] 卿: 국도본 鄕.

34) 臺臣(대신): 어사대 관원.

35) 孝者, 百行之源也(효자, 백행지원야): 『효경孝經』 서문에 "이것으로 효가 덕의 근본임을 알 것
이다[是知孝者德之本歟]"라고 하였고, 또 "비록 신분에 따라 효를 행하는 방법은 다르지만 백
행의 근본이라는 점은 다르지 않다[雖五孝之用則別, 而百行之源不殊]"라고 하였다.

36) [교감] 花珍: 국도본 珍.

37) 推恩(추은): 황제가 나라에 공을 세운 신하에 대해 그 선조까지도 봉작을 내리는 일. 『명사』「직
관지일職官志一」에 "무릇 봉작을 추증하는 데 있어……7품 이상은 모두 그 조상을 추증한다[凡
封贈……七品以上皆得推恩其先]"라는 구절이 있다.

38) [교감] 凱還: 국도본 還凱.

39) 專人(전인): 어떤 일로 인해 일부러 사람을 보냄.

40) 海棠樓(해당루): 지금의 사천성의 성도시의 서쪽에 있는 누대로, 당나라 때 이회(李回)가 세웠다.

而喜不自勝焉. 元帥對南夫人而太息曰: "學生命薄罪重, 延禍於夫人. 今日相逢, 無以爲面也." 南夫人斂容對曰: "妾不敏, 自速大戾, 誰怨誰咎? 君子杖鉞驅馳, 車徒無撓, 妾心慶幸耳." 元帥與南公, 從容語. 南公曰: "浮雲一捲, 大明自若. 賢壻之幼學壯行[41], 正得其時也. 老夫以危死餘喘, 世味索然. 今行, 當一謝恩命而止耳. 吾夫妻窮獨無歸, 幸依賢壻而畢餘年. 尹仲晦之德, 銘骨難報也." 元帥嘆息. 又曰: "岳丈受恩於郭仙公者至厚, 而其人物外高士也. 岳丈將何以報之也?" 南公曰: "吾與郭仙公臨別, 謂曰, '先生春秋已高, 小生亦已朽落無餘矣. 此生恐不能報德也.' 先生笑曰: '吾之塵緣無幾, 後會難, 而吾以孫兒托於花元帥, 公之報我, 亦已厚矣.' 吾驚問曰, '先生之孫兒, 今在何處, 而何時托於花君耶?' 郭仙公又笑曰:'天機不可先泄, 而吾之一子瑋, 在江南之松江[42]. 距今三年後, 當生貴子, 而初年必有危厄. 非花元帥, 莫可救也.' 吾聞之荒唐, 而抵此翁神奇, 每如此. 賢壻博通古書, 世間亦有此等虛靈之理耶?" 元帥笑曰: "自古方外之流, 往往有弔詭[43]之談, 而終非聖人不言神怪之意[44]也."

明日, 南公發行. 南夫人以珠冠翟褘[45], 金輪華轂, 設國夫人儀仗, 鸞旗拂天, 鳳戟彗雲[46]. 彩女三百人, 濃粧麗服, 繡鞍寶馬, 前擁後衛, 翕爀昭爛. 成都知府, 率軍馬三千, 按部護行, 元帥送之於昇仙橋[47].

41) 幼學壯行(유학장행): 어려서 배운 것을 어른이 되어 실천함. 『맹자』「양혜왕하梁惠王下」의 "사람이 어려서 배우는 것은 장성하여 실행하고자 함이다[夫人幼而學之, 壯而欲行之]"를 인용한 말이다.

42) 松江(송강): 지금의 강소성 상해시(上海市). 명나라 때는 남경 관할하 송강부(松江府)였다.

43) 弔詭(조궤): 괴이하고 기이함. 『장자』「제물론齊物論」에 "구와 너는 모두 꿈이다. 내가 너에게 꿈이라고 말하는 것도 모두 꿈이다. 이런 말을 조궤라 한다[丘也與女皆夢也. 予謂女夢亦夢也. 是其言也, 其名爲弔詭]"에서 온 말이다.

44) 聖人不言神怪之意(성인불언신괴지의): 『논어』「술이」의 "공자께서는 괴이한 일, 힘쓰는 일, 난을 일으키는 일, 귀신에 관한 일은 말씀하지 않으셨다[子不語怪力亂神]"를 인용한 말이다.

45) 翟褘(적위): '적의(翟衣)'라고도 한다. 꽁지가 긴 꿩의 깃으로 장식하거나 혹은 꿩을 수놓은 옷으로, 지체 높은 부인들이 입었던 옷이다.

46) 彗雲(혜운): 하늘을 찌름. 한나라 반고의 「동도부東都賦」에 "병사는 들을 뒤덮었고 무기는 하늘을 찌르네[元戎竟野, 戈鋋彗雲]"라고 하였다.

47) 昇仙橋(승선교): 지금의 사천성의 성도시의 북쪽에 있는 다리. 사천에서 타지로 떠나는 사람을 전송하던 정자가 근처에 있었다. 한나라 때 사마상여(司馬相如)가 장안으로 갈 때 승선교 기둥에 "네 마리 말이 끄는 높은 수레를 타지 않는다면 너의 밑을 지나지 않겠노라[不乘高車駟馬, 不過汝下]"라고 썼는데, 후에 과연 그 뜻대로 금의환향하였다고 한다.

先時, 成太守已入爲春坊學士. 成夫人還紹興, 痛哭於尙書祠堂, 仍處翠霞堂. 府中婢僕, 如逢慈母. 歡聲洋洋焉. 夫人作手書, 寄林小姐及花夫人尹夫人, 而不問沈氏之母子, 成學士亦屢過花府門外, 而不入見沈氏. 沈氏益慚焉.

及三川捷書至, 成學士與尹學士, 奉皇命迎元帥於中道, 逢南夫人行車. 望見其威儀之盛, 成學士顧尹學士而嘆曰: "兄氏妹氏, 福祿如此, 雖有百趙女, 安能害之乎?" 乃設幄次於路傍官亭之上, 兩學士與南夫人相見. 夫人向尹學士, 喜極不能言48), 而擎涕幽咽. 尹學士失聲揮泣. 成學士與南公, 亦爲歔欷. 南公執尹學士手, 移時款語49), 相別而去.

兩學士與元帥, 遇於絳州50). 傳皇旨訖, 元帥先問沈氏安否, 及獄中消息於成學士, 而雙淚澘然. 成學士感之, 嘆曰: "愚兄入京數月, 終不能歷拜於沈叔母. 今見荊玉, 可使薄夫懷慚也." 尹學士謂元帥曰: "往者, 弟聞柳子得之言, 爲往見鄭尙書而緩伯氏之獄矣. 近因獄吏輩, 聞伯氏頗有怨悔之意云, 竊爲兄賀之也." 元帥起拜於尹學士曰: "長遠可謂樂善君子也. 珍之立於天下, 皆長遠之賜也." 此日, 兩學士與兪將軍始相面, 而接手歡喜如平生至交. 豪傑之士, 慕義無窮, 盖如此也.

初, 范漢之逃走也, 歷抵婁級而謂之曰: "吾書生也. 載兩美娥, 又多持金寶, 趨山鶩野, 恐不無盜賊之患. 子能爲我左右之, 則當分子千金焉." 級笑曰: "千金, 千金! 亦能以一美娥見分乎?" 漢擧手指蘭秀. 級大悅, 棄妻子, 卽拂劍而從之. 至河南府51), 漢變姓名曰雷轍, 出金貰屋, 分兩妖女而荒淫自樂, 結無賴少年, 夜出椎剽52), 隣里指疑之.

---

48) [교감] 喜極不能言: 국도본 極不能喜言.
49) [교감] 語: 국도본 晤.
50) 絳州(강주): 지금의 산서성 임분시(臨汾市)의 일부 지역. 명나라 때는 산서포정사(山西布政司) 평양부(平陽府)에 속하였다.
51) 河南府(하남부): 지금의 하남성 낙양시(洛陽市). 명나라 때는 하남포정사(河南布政司)에 속한 하남부였다.
52) 椎剽(추표): 살인하고 물건을 약탈함. 『사기』「화식열전貨殖列傳」에 "사나이들이 서로 모여 놀면서 강개히 슬픈 노래를 부르다가 일어나면 서로 따르며 살인과 약탈을 하고 쉴 때는 무덤을 파고 간사한 일을 꾸민다[丈夫相聚遊戲, 悲歌忼慨, 起則相隨椎剽, 休則掘塚作巧姦冶]"라고 하였다.

過二年, 漢聞天下捕己, 大懼. 級謂曰: "今隣里多睨者. 久坐之鳥, 必帶箭[53], 莫若浮萍於四海也." 漢曰: "善." 遂棄屋夜遁, 周流於閩越[54]之間. 又歲餘至太原[55], 匿於楡次縣[56].

未數月, 忽然邑里震動云: "府尹將出迎花元帥於境上!" 漢驚謂級曰: "李小襄三, 又失好機, 使讐兒得志. 此兒一號令於天下, 則吾與子, 不可鑽穴而得逃也. 刺袁盎於安陵郭門[57], 而人不知其刺者, 豈非妙乎?" 級掉頭曰: "花公天護也. 竹友堂餘悸尙存, 吾不可以復爲也." 漢脅之曰: "我若見捉, 援子同死!" 級垂頭嘿思曰: "吾與其殺不可殺而敗而死, 曷若殺可殺而成而生乎?" 卽席拔劍斬漢頭, 走告于府尹曰: "官有捕范漢之令, 而其人詭詐易失, 故直斬而獻矣." 府尹大驚, 又疑其有虛實, 縛累級, 使史卒掩其家, 捕趙女蘭秀. 馳往降州, 迎謁於元帥, 告其狀, 縛跪妻級兩女於元帥前. 兩女仰見元帥, 但請死罪. 成尹兩學士, 拍掌稱快. 級自言漢凶事, 使自家刺沈氏, 誤斃蘭香, 及竹友堂喑啞事. 元帥塞耳不忍聞, 謂府尹曰: "彼雖斬漢, 其凶甚於漢者. 並兩女械上京師焉" 府尹又告曰: "吏捕蘭趙時, 多得金銀雜貨, 而其中有兩奇物, 問趙女, 其所供如此如此. 小官驚駭敢告之." 成學士曰: "莫是玉釧玉佩耶?" 府尹對曰: "是也." 成學士使劉校尉, 受藏於元帥行箱中.

元帥到涿鹿驛[58]. 翰林檢討陳昌雲與太監, 奉御醞而至. 且天子出迎于玉河橋[59]. 元帥以黃金甲冑, 跨御賜千里大宛馬, 高牙大纛[60], 金鉞玉

---

53) 久坐之鳥, 必帶箭(구좌지조, 필대전): '오래 앉아 있으면 새도 살 맞는다'는 우리말 속담을 번역한 것이다. 이덕무(李德懋)의 「열상방언冽上方言」에서는 '鳥久止, 必帶矢'로 번역하였다.

54) 閩越(민월): 지금의 복건성(福建省) 지역. 고대에 월족(越族)이 살았고 한나라 때에 이곳에 민월국(閩越國)이 있었는데, 한 무제(武帝) 때 멸망하였다.

55) 太原(태원): 지금의 산서성 태원시(太原市). 명나라 때는 산서포정사(山西布政司) 태원부(太原府)였다.

56) 楡次縣(유차현): 명나라 때 산서포정사 태원부에 속하였던 현.

57) 刺袁盎於安陵郭門(자원앙어안릉곽문): 원앙(袁盎)은 한나라 문제(文帝)와 경제(景帝) 때 신하로 바른 소리를 잘하였다. 경제의 아우 양왕(梁王)이 미워하여 자객을 보냈는데, 처음에 온 자객은 원앙의 사람됨을 보고 차마 죽이지 못하고 돌아갔으나 이후 온 자객에 의해 결국 살해되었다. 『사기』「원앙열전袁盎列傳」에는 "뒤에 양왕이 보낸 자객이 과연 원앙을 안릉성문 밖에서 찔러 죽였다[梁刺客後曹輩, 果遮刺殺盎安陵郭門外]"라고 하였다.

58) 涿鹿驛(탁록역): 명나라 가정년간에 설치한 역으로 북경 순천부 탁주(涿州)의 서남쪽에 있었으니, 지금의 하북성 탁록현(涿鹿縣)이다.

戚[61], 朱雀蒼龍之幟[62], 招搖句陳之旗[63], 拂雲翳日於百里之間, 而王劉兩校尉, 貝冑虎鞁, 皆騎龍驄, 夾衛元帥. 兪將軍戚先鋒, 分爲二隊, 清道[64]按列, 而星陳天行, 金鼓之響, 凱歌之聲, 如山動海飜. 天子望之於鼪幕黃蓋之下, 而喜動八彩, 令御樂奏江漢之詩[65]而迎之. 元帥下馬稽首, 天子使近臣, 揖引元帥. 元帥免冑叩頭, 請代兄瑇之死罪. 天子卽使中官, 持節赦花瑇於刑部獄. 元帥涕泣謝恩, 天子親執元帥之手[66], 恩奬寵賜, 曠絶古今. 群臣無不動色, 而夏尙書喜氣尤洋溢焉.

是日, 沈氏聞元帥到城外, 與花夫人不勝歡喜, 使婢僕等絡繹傳語. 忽然報曰: "大公子自獄中, 蒙赦而至矣!" 沈氏足不及履, 顚倒出重門. 瑇蓬頭鬼形, 果然入來. 母子相持痛哭, 花夫人泣扶上堂, 瑇叩頭於花夫人之前. 噫! 人窮反本[67]. 此母子不困厄, 烏能如此哉?

元帥之前驅至府門, 蒼頭入報於侍婢曰: "元帥相公, 以白衣席藁, 待罪於門外矣." 沈氏大驚, 泣曰: "荊玉不諒吾母子也. 吾當抉腹出腸, 以自明於荊玉矣." 蒼頭以此言, 出告於元帥. 元帥卽起而入. 沈氏急扶元帥, 哀哭曰: "母凶罵, 使孝子抱寃. 皇天震怒, 罪罰疊至, 而偸命假息, 迄

---

59) 玉河橋(옥하교): 북경 순천부 남쪽에 있는 옥하(玉河)에 있던 다리. 『대명일통지』에는 "(옥하교가) 셋이 있었는데, 하나는 장안문 동쪽 거리에 있었고 하나는 문덕방(文德坊) 거리에 있었으며 다른 하나는 성 근처에 있었다[凡三, 一跨長安東街, 一跨文德坊街, 一近城垣]"라고 하였다.

60) 高牙大纛(고아대독): 대장군을 상징하는 큰 깃발.

61) 金鉞玉戚(금월옥척): 정벌하러 떠나는 군대의 장수에게 군중의 사법권 등을 모두 일임한다는 의미에서 주는 의장.

62) 朱雀蒼龍之幟(주작창룡지치): 주작기(朱雀旗)는 다섯 방위를 나타내는 군기의 하나로 붉은 비단에 주작을 그리고 구름 문양을 넣었다. 진영의 문 앞에 세워 전방부대를 통솔한다. 창룡기(蒼龍旗)도 다섯 방위를 나타내는 군기의 하나로 푸른 비단에 창룡을 그리고 구름 문양을 넣었다. 진영의 문 왼쪽에 세워 왼쪽 부대를 지휘할 때 사용한다.

63) 招搖句陳之旗(초요구진지기): 초요기(招搖旗)는 군대에서 대장이 지휘할 때 신호용으로 사용하던 깃발로, 황색 바탕에 칠성(七星)이 그려져 있다. 구진기(句陳旗)의 '구진'은 북극성을 호위하는 여섯 개의 별이다. 구진기는 이를 그린 깃발로 추정된다.

64) 淸道(청도): 황제 및 높은 관리가 행차할 때에 미리 앞에서 길을 정리하는 일.

65) 江漢之詩(강한지시): '강한'은 『시경』 「대아」에 있는 노래의 제목으로, 주나라 선왕(宣王)의 명을 받아 소목공(召穆公)이 회수 남쪽의 오랑캐를 평정한 일을 찬미하는 노래이다.

66) [교감] 之手: 국도본 手.

67) 人窮反本(인궁반본): 『논어』에서 증자(曾子)가 "사람이 장차 죽으려 하면, 그 말이 착하다[人之將死, 其言也, 善]"라고 하였는데, 이에 대해서 주희가 "사람이 곤궁하면 원래의 심성으로 돌아가게 되니 그 말이 선하다[人窮反本, 故言善]"라고 해석한 것을 인용한 것이다.

保飲啄, 莫非汝孝子之恩也." 元帥伏地泣雨曰: "小子無狀." 沈氏大哭曰: "荊玉是何言也? 謂天不淸, 謂日月不明, 則猶或似也. 荊玉豈有髥髴於無狀乎?" 瑃對元帥, 哭且言曰: "愚兄暗憨, 得罪於賢弟者, 如山若海, 賢弟以洪量大德, 縱不介意, 愚兄安敢復以人類自處乎?" 元帥見其形貌換易, 憮然傷心, 失聲悲慟. 沈氏慰止之曰: "瑃之負犯, 合被萬戮, 而今日天恩, 汝之德也." 元帥泣而對曰: "子愛其母, 弟愛其兄[68], 天理之常也. 母親奈何以恩德二字, 再下不安之敎也?" 沈氏亦泣曰: "汝以無罪, 輒稱有罪, 吾心之不安, 當甚於汝矣." 元帥自此, 不敢復引罪也.

元帥與花夫人, 纔接數語, 蒼頭告曰: "徐閣老夏尙書等, 諸宰相來臨." 元帥出迎於外堂. 是日, 門巷喧咽, 車馬騈闐, 旗旒霓飜, 戈戟霜飛, 韎韐[69]魚箙之士, 成隊趍蹌於兩階之間[70]. 府中僮僕, 以禍亂荒殘之餘, 見繁華煇嚇之光, 無不流涕曰, "不圖今日復見先老爺盛時也."

南參議之到皇城也, 與南夫人直入尹府. 尹侍郎跣足出迎, 淚迸言前曰: "子平! 死者不可復作[71], 虛言也." 南公拜謝其恩曰: "使死者復生而無愧者[72], 仲晦之謂也." 趙夫人尹夫人, 執南夫人痛哭, 而陳白兩夫人亦爲之揮淚. 侍郎見南夫人豊艶凝重, 儼然成國夫人之體貌. 撫之欣愛, 因又太息曰: "人生世上, 悲樂相參, 呼吸之間, 一冷一暖, 理固然也. 然流離辛苦, 萬死一生, 豈有如吾兒者乎? 自古蛾眉招殃, 英才不祥, 物忌太

---

68) 子愛其母, 弟愛其兄(자애기모, 제애기형): 주희가 편찬한 『이정유서二程遺書』 「부동견록후附東見錄後」에 "자식은 그 어미를 사랑하고 어미는 그 자식을 사랑한다[子愛其母, 母愛其子]"는 구절이 있다.

69) 韎韐(매겁): 가죽으로 만든 무릎가리개.

70) 兩階之間(양계지간): 양계는 동쪽과 서쪽의 섬돌을 말한다. 『예기』 「곡례상曲禮上」에 "주인은 동쪽 섬돌로 가고 손님은 서쪽 섬돌로 간다[主人就東階, 客就西階]"라고 하였다. 따라서 본문에서 무사들이 양쪽의 섬돌을 오갔다는 것은 화진이 손님을 맞이하는 모습을 묘사한 것이라 할 수 있다.

71) 死者不可復作(사자불가부작): 한나라 때 효녀 제영(緹縈)이 자신이 노비가 되어 아버지의 형벌을 대신하겠다고 하면서 문제(文帝)에게 올린 글에 "죽은 자는 다시 살아날 수 없고 육형을 받은 자는 다시 몸을 이을 수 없습니다[死者不可復生, 而刑者不可復續]"라고 한 구절이 있다. 이 내용은 『사기』 「창공열전倉公列傳」에 있다.

72) 使死者復生而無愧(사사자부생이무괴): 춘추시대 진헌공이 죽을 때에 대부(大夫)였던 순식(荀息)에게 신의가 무엇인지 묻자, 순식이 "죽은 자가 다시 살아나도 살아 있는 자가 부끄럽지 않으면, 자신의 말을 지켰다고 할 수 있습니다[使死者復生, 生者不愧, 爲之驗]"라고 하였다. 『사기』 「진세가晉世家」에 이 내용이 나온다. [교감] 愧: 국도본 魄.

潔, 神厭太美. 斯干之詩曰, ‘無非無儀. 唯酒食是議, 無父母貽罹’[73]者, 聖人之至言也. 今花君遭遇聖明, 騫翥吉運, 位登廊廟, 名振四海. 爲其內助者, 含光韜德, 折節遜約, 夙夜寅畏, 永保天命[74], 老父之望也.” 南夫人再拜祗受.

明日, 天子坐文華殿, 召元帥及大臣諸宰, 論功定封. 以夏尙書爲首功, 授輸忠輔國[75]光祿大夫[76]上柱國[77], 兼吏部尙書文淵閣太學士, 入內閣, 封平原侯, 食祿三千石, 特賜進賢冠[78]. 以元帥授奮忠效武光祿大夫上柱國, 兵部尙書兼文華殿太學士, 參知政事[79]太子太傅[80]提督山西廣東軍務事[81], 封晉國公, 食祿五千石. 兪聖禧授[82]榮祿大夫[83]右柱國[84], 武臣特進殿前[85]都指揮使, 兼錦衣衛龍門大將軍, 封西平侯, 食祿二千石. 戚繼光趙公遂薛星文, 皆進爵有差. 特進王謙劉爾叔, 爲殿前校尉. 平原侯以下, 稽首謝恩. 上謂晉公曰, “卿世篤忠貞, 服勞王室, 豐功偉績, 紀于

---

73) 無非無儀. 唯酒食是議, 無父母貽罹(무비무의. 유주식시의, 무부모이리): 『시경』 「소아」 ‘사간(斯干)’의 한 구절이다. 딸로 태어나서 너무 뛰어나지도 못나지도 않고 여성으로서 할 일을 다하면서 부모에게 걱정을 끼치지 않는다는 말이다. 남어사의 말에는 남채봉이 너무 뛰어나고 성품이 강해서 화를 자초하였다는 뜻이 담겨 있다.

74) 夙夜寅畏, 永保天命(숙야인외, 영보천명): ‘인외(寅畏)’는 두려워하며 공경하는 것을 말한다. 『서경』의 「무일無逸」에 “엄숙하고 공경하며 삼가고 두려워하여 천명으로써 자신을 단속한다[嚴恭寅畏, 天命自度]”라는 구절이 있다.

75) 輸忠輔國(수충보국): 충성스런 사람을 천거하여 나라에 보답했다는 뜻이다.

76) 光祿大夫(광록대부): 명나라 때 정1품에 해당하는 관직으로, 대부 중 최고 지위.

77) 上柱國(상주국): 전쟁에서 공을 세운 대장군에게 내려주는 관직.

78) 進賢冠(진현관): 황제에게 조회할 때에 쓰는 예모 원래는 유가의 선비들이 썼지만 당나라 때는 조정의 백관들이 모두 진현관을 썼다. 그런데 본문에서 황제가 특별히 진현관을 하사한 것은 ‘어진 사람이 조정에 나가도록 한다’는 ‘진현(進賢)’의 뜻 때문이라고 할 수 있다.

79) 參知政事(참지정사): 송나라 때는 재상에 버금가는 관직이었으나, 명나라 때는 재상을 따로 두지 않으면서 폐지되었다. 따라서 본문에서 참지정사에 임명한 것은 실제 역사적 사실과 어긋난다고 할 수 있다.

80) 太子太傅(태자태부): 태자를 보필하는 정1품의 관직으로, 보통 명망이 있는 고관들을 임명하였다.

81) 提督山西廣東軍務事(제독산서광동군무사): 산서포정사와 광동포정사 두 지역의 사법과 군사, 행정을 맡은 지방의 행정장관.

82) [교감] 授: 국도본에는 없음.

83) 特進榮祿大夫(특진영록대부): 명나라 때 품계의 하나로, 먼저 특진영록대부에 임명되었다가 뒤에 광록대부(光祿大夫)로 승진한다고 한다.

84) 右柱國(우주국): 국가에 특별히 공적이 있는 사람에게 내리는데, 문관의 경우에는 좌주국(左柱國)을 무관의 경우에는 우주국을 내린다고 한다.

85) [교감] 前: 국도본에는 없음.

太常⁸⁶⁾. 朕心之喜, 庸有⁸⁷⁾極乎?" 因命宣醞於殿上, 上親擧玉杯, 賜平原
侯⁸⁸⁾曰,"昔韓信⁸⁹⁾之將斬也, 滕公救之. 郭子儀之將斬也, 李白救之⁹⁰⁾.
朕每讀書至此, 恨漢唐之不能以滕公李白爲第一功也." 群臣皆稱萬歲.

---

86) 卿世篤忠貞, 服勞王室, 豐功偉績, 紀于太常(경세독충정, 복로왕실, 풍공위적, 기우태상): 이 구절은
『서경』의 「주서」 '군아(君牙)'의 "오직 너의 할아버지와 아버지가 대대로 충성심이 돈독하여
왕실을 위해 수고하고 공을 이루니 그 공이 태상에 새겨졌다[惟乃祖乃父, 世篤忠貞, 服勞王家,
厥有成績, 紀于太常]"를 인용한 것이다. 여기에서 태상(太常)은 황제의 수레에 세워 놓는 큰 깃
발로 해와 달을 그리고 신하의 공적을 써서 그 영광을 드러낸다.

87) [교감] 有: 국도본 于.

88) [교감] 平原: 국도본 平.

89) 韓信(한신): 한나라 유방을 도와서 한나라가 천하를 통일하는 데 중요한 역할을 하였던 장수.
유방의 막하로 투신한 뒤에 처음에 인정을 받지 못하였는데, 어느 날 군법을 어긴 죄로 처형
될 위기에 처해 있었다. 이때 등공(滕公) 하후영(夏侯嬰)에게 자신을 죽이지 말라고 당당하게 말
해 처형을 피할 수 있었다.

90) 郭子儀之將斬也, 李白救之(곽자의지장참야, 이백구지): 곽자의(郭子儀)는 당나라 현종(玄宗) 때부터
대종(代宗) 때의 명장으로, 안녹산(安祿山)의 난을 비롯하여 당대 지방의 여러 반란을 진압하는
데 탁월한 공을 세웠다. 이백(李白)은 당나라 때의 시인이다. 『창선감의록』에서는 곽자의가 이백
의 도움을 받아 살았다고 했는데, 이 일은 확인되지 않는다. 다만, 안녹산의 난이 일어났을 때
에 이백은 영왕(永王) 이린(李璘)의 막하에 있었던 일로 사형에 처할 뻔했는데, 이때 곽자의가 구
해주었다. 아마도 이 일이 잘못 서술된 것으로 보인다.

孝婦返舊堂 恨女成好緣

효성스런 며느리는 시댁으로 돌아오고
한 맺혔던 여자는 인연을 이루다

是日, 晉公還府中, 以晃服現於沈夫人. 沈夫人喜極出涕曰: "以先公與鄭夫人之至德, 不見汝孝子今日之榮光, 而如我之不仁無義者, 獨享此福, 天理未可知也." 晉公感淚不安. 景玉執晉公之手, 赤心至愛, 藹然春廻. 此後, 兄弟問寢視膳¹⁾於正堂, 沈夫人輒先撫晉公, 而次及於景玉焉.

一日, 晉公偶得微感, 呻吟數日. 沈夫人保護枕側, 不捨須臾. 景玉自執藥鐺, 吹火煎之. 柳學士見之, 嘆曰: "景玉之改過也, 尤賢於荊玉也."

時, 太原罪人等至京師, 與張平將行刑於都市. 沈夫人欲使人數罪於趙女. 花夫人諫曰: "誅之足矣. 數之何益? 且惡人難與言, 或恐有不遜也." 沈夫人曰: "吾終不²⁾可以忍也." 乃使人數之曰: "汝有五大罪. 汝以妖容淫粧, 往來峽垣下, 而目挑心招³⁾, 陷吾子於非禮, 罪一也. 猜妬主母,

---

1) 問寢視膳(문침시선): '문안시선(問安視膳)'이라고도 하며 자식이 부모를 모시는 예법이다. 주나라 문왕이 세자로 있을 때에 하루에 세 번씩 아버지의 안부를 묻고 식사를 하실 때면 먼저 음식의 온도를 확인하는 등 정성을 다했다는 고사에서 비롯된 말이다. 문왕의 고사는 『예기』「문왕세자文王世子」에 나온다.

2) [교감] 終不: 국도본 不終.

3) 目挑心招(목도심초): 『사기』「화식열전貨殖列傳」에 "무릇 조나라 여자와 정나라 미인이 얼굴을 꾸미고……눈길로 유혹하며 마음으로 불러 천리를 멀다 않고 늙은이든 젊은이든 가리지 않는 것은

誣以詛呪, 罪二也. 做傳正堂之命, 而毒害淑女, 捲箧投江, 罪三也. 陰結凶客, 劍及正堂, 而擠翰林於大禍, 罪四也. 盡偷貨寶, 夜與淫夫逃走, 罪五也. 汝負此五大罪, 而敢逃寸斬乎?" 趙女勃勃曰: "元帥老爺殺我, 則吾當甘心. 沈夫人不可以責我矣. 夫人之子知禮, 則[4]吾雖淫挑, 彼豈踰墻乎? 夫人仁明[5]不納讒, 則吾安能誣林氏乎? 夫人苟知南夫人之爲淑女, 則何以自答囚於外廊也? 夫人愛翰林夫婦如親生而無間焉, 則吾雖有禍心, 何以乘隙乎? 夫人之子, 取端友而嚴內外, 則吾從誰得奔乎? 空穴來風, 腐肉虫生. 夫人之家不亂, 則獨我敢亂之乎?" 一市之人, 粲然皆笑. 沈夫人聞之, 懟悔曰: "余恨不從女兒之言也."

晉公往尹府. 侍郎携其手, 而入尹夫人之寢房, 歡喜笑曰: "君之夫婦, 年纔踰兩旬矣. 假令六禮遮遲, 今始[6]相逢, 猶不可謂之過晚矣. 向來悲歡, 付之前生, 可也." 晉公歎息, 對曰: "禮云, '三十而娶'[7]者, 意非偶然. 而國朝之早婚成風, 使童孩無知, 强體乾坤[8], 災安得不生乎?" 侍郎笑曰: "苟如君言, 而必膠守古禮, 則君距三十猶遠矣. 世間豈有未娶之國公乎?" 有間, 侍郎起出. 晉公向夫人嘆曰: "學生以薄軀貌福, 荷天矜顧, 得復與夫人等相會. 夫臨危[9]省罪遇福思災, 是乃事天之道也. 夫人等毋敢以榮貴自居也" 夫人竦然對曰: "妾等安敢然也?"

後數日, 景玉勸晉公邀兩夫人. 晉公曰: "林嫂未還, 尹南何敢先歸乎?"

돈벌이에 급급해서이다[夫趙女鄭姬設形容.……目挑心招, 出不遠千里, 不擇老少者, 奔富厚也]"라는 구절이 있다.

4) [교감] 則: 국도본에는 없음.

5) [교감] 仁明: 국도본 明.

6) [교감] 始: 국도본 如.

7) 三十而娶(삼십이취): 『주례』에 "남자는 서른에 혼인하게 하고 여자는 스물에 시집가게 한다[令男三十而娶, 女二十而嫁]"라고 한 것을 인용한 듯하다. 이 밖에 『예기』「곡례」에 "서른이 되면 장성하였다고 하고 아내를 둔다[三十曰壯, 有室]"는 말이 있다.

8) 强體乾坤(강체건곤): 남녀가 부부가 되는 일을 하늘과 땅이 만나는 것에 비유하여, 나이가 차지 않은 남녀가 억지로 혼례를 치르는 것을 말한다. 『주례주소周禮注疏』에서는 "남자가 서른에 혼인하고 여자가 스물에 시집간다[男三十而娶, 女二十而嫁]"는 말에 대해서, "2와 3은 하늘과 땅이 받들고 덮는 숫자이다. 『주역』「설괘說卦」에 '3인 하늘과 2인 땅이 서로 어울린다'라고 하였다[二三者天地相承覆之數也. 易曰, '參天兩地而倚數'焉]"고 설명하여, 남녀의 혼인을 하늘과 땅에 비유하였다.

9) [교감] 臨危: 국도본 厄.

景玉歎曰: "愚兄竊慚於林氏, 而亦恐林氏之不肯也." 晉公曰: "自古淑女哲婦之遭妖妾禍者, 多矣. 豈以林嫂之德量, 介懷[10]於前事乎?" 於是, 晉公告于沈夫人, 迎林小姐. 沈夫人送陽雲於林府而曰: "善爲我說辭焉." 陽雲至林府, 見小姐, 備告夫人公子之日遷善不已. 小姐嘆曰: "叔叔, 大舜後一人也."

是日, 小姐還花府. 沈夫人執手流涕, 曰: "吾之母子, 亡兆非一, 而自君之出矣, 家益大亂. 苟非賢婦之至德感天, 吾之母子, 安得有今日乎?" 小姐離席俯伏, 曰: "向來變亂, 皆由於小妾之不敏. 小妾之罪當死, 而天地樂育之恩, 竝及於旣飄之蓬, 已援之葵, 小妾實不知死所也." 於是, 景玉, 與小姐相見. 景玉拱手長歎曰: "學生戕倫滅義, 自取顚隮[11], 啜其泣矣, 何嗟及矣[12]?" 小姐見景玉, 辭令簡整, 儀度端肅, 非復昔日之[13]編言瑣貌也. 起敬而對曰: "妾懦弱, 不能事君子. 君子之失德, 妾之罪也." 因向晉公曰: "社稷默祐, 貴體康吉, 國之福也. 豈特私門之慶也?" 又與花夫人, 各敍別來情懷, 而涕淚涓涓[14]雙墮矣.

明日, 沈夫人治送車仗, 迎尹南兩夫人. 兩夫人承命而至矣. 沈夫人涕泣, 謝曰: "詩云, '有覥面目, 視人罔極[15]' 老母之謂也. 吾雖不殺南賢婦, 賢婦之禍, 由我之不明, 而至於嚴府之辱, 老母實欲刳肚, 而謝於尹賢婦也." 兩夫人惶恐, 但稱己罪. 沈夫人手撫兩夫人曰: "甚矣! 荊玉與君等之引過也. 老母益無置身之所. 雖然聖人許人改過, 老母得賴君等夫婦之餘德, 庶幾免罪殘年, 而以沒於地也." 因以晉公之所得玉釧玉佩, 分與兩夫人, 而歎曰: "垂棘之璧, 復歸晉藏[16]矣." 於是, 沈夫人召晉公, 而

<hr/>

10) [교감] 介懷: 국도본 介介, 규장각본 介意.
11) 顚隮(전제): 뒤집히고 전복된다는 말로, 『서경』 「상서尙書」의 '미자微子'에 '왕자가 떠나지 않으면 우리는 전복되고 말 것이다[王子弗出, 我乃顚隮]'라는 구절이 있다.
12) 啜其泣矣, 何嗟及矣(철기읍의, 하차급의): 『시경』 「국풍國風」의 '중곡유퇴中谷有蓷'에 있는 구절을 그대로 인용한 말이다.
13) [교감] 之: 국도본 人.
14) [교감] 涕淚涓涓: 국도본 淚涓, 규장각본 涕涓涓, 만송본 淚涓涓, 현토본 涕流涓涓.
15) 有覥面目, 視人罔極(유전면목, 시인망극): 『시경』 「소아」 '하인사何人斯'에 나오는 구절이다.
16) 垂棘之璧, 復歸晉藏(수극지벽, 복귀진장): 수극垂棘은 춘추春秋시대 진晉나라 땅으로, 이곳에서 좋은 옥이 많이 났다. 진나라 헌공獻公은 굴산屈産의 말과 수극垂棘의 옥을 우虞나라

與兩夫人雙置於前, 歡淚喜歡, 至誠動人. 老婢等相顧出涕, 曰: "雖鄭夫人復起, 何以加此?"

一日, 兩夫人與花夫人, 侍側沈夫人前. 沈夫人謂諸夫人曰: "老母涔寂少歡, 君等相與嬉言以助笑也." 花夫人笑謂尹夫人曰: "吾來此之日, 侍女等傳夫人批趙女之頰, 而不能知夫人之決無是也. 夫人言行, 恐未見孚於下流也." 沈夫人笑曰: "下流何足道也? 吾亦聞此, 而不能覺其非尹賢婦而乃尹學士也." 尹夫人笑對花夫人曰: "舍弟放蕩, 作此禮外可駭之擧, 揚揚來誇於妾曰: '吾恐蹤跡之敗露, 猶未能快意猛擊也.'" 沈夫人絶倒. 花夫人琅琅笑曰: "斯已快矣, 何猛之益快乎?" 顧謂雪姑曰: "汝往嚴府乎?" 雪姑笑而對曰: "小婢老儱, 甚欲落後. 張平逐之, 是所謂打欲啼之兒也." 沈夫人又大笑.

晉公上疏, 請省掃先塋, 迎歸家廟. 上手詔不允曰: "卿征戰驅馳之餘, 不宜復遠役矣. 卿之家廟, 使成僑迎來焉." 於是, 成學士向紹興. 沈夫人謝罪請邀於成夫人. 景玉欲從往, 晉公以形神未蘇, 諫止之. 時, 景玉深居內寢, 自處以廢人. 但與弟妹, 終夕歡愉於母夫人側, 雖賓客請見, 而輒以病爲辭.

一日, 西平侯尹學士等, 固請與相面. 景玉猶不肯出見. 沈夫人曰: "兩公汝之恩人也. 向非兩公之力, 汝得有人倫之至樂乎?" 景玉黽勉出外堂, 踽蹶之容, 愧怍之狀, 如不能自容. 西平侯告晉公曰: "小生昨拜於平原相公. 相公曰, '吾聞晉公之伯氏, 改過爲善人'云. 吾欲薦而官之, 以獎其自新之善." 晉公未及言, 景玉大驚, 蹢躅曰: "吾寧被髮入山, 決不可抗顔自立於士大夫之林也." 後月餘, 果除大理評[17]事, 而景玉終不應命. 時論多之.

先時, 嚴嵩之未敗也. 洪氏欲催婚於尹學士, 嵩曰: "不可! 尹爀難者.

왕에게 주면서, 괵(虢)을 정벌하려고 하니 길을 빌려달라고 하였다. 그런데 우나라 왕이 길을 빌려주자 진나라는 괵을 멸망시킨 뒤에 우나라까지 함락시켰다. 그리고 진나라 헌공이 우나라 왕에게 주었던 보물은 다시 진나라로 돌아오게 되었다. [교감] 晉: 국도본 秦.

17) [교감] 評: 국도본 平.

假使吾威權如往時, 猶不可以脅也. 況吾勢已頹乎? 向見尹汝玉, 朗仁愷悌, 決非負義者. 且近來所謂名流者, 交章攻我, 而獨汝玉無一言, 其意可知也. 夫人且待之." 其後, 洪氏病死. 纔過二年耆而薨敗. 月華與其乳母, 逃禍於養濟院[18].

時, 白夫人之乳娘錦仙, 往來於院中, 見月華之嫺妙可憐, 率與俱歸, 置於家. 白夫人聞其非常, 欲一見其面, 屢懇於錦仙. 錦仙笑曰: "其人雙眸如曙星, 兩頰如桃花, 朱脣晧齒, 鬢髮鑑暎[19], 如[20]斯而已. 夫人欲見, 擧鏡自照, 可也. 且彼雖窮困而托於人, 自以處子之身, 其肯出入於少年名士之家乎?" 夫人猶苦懇不已. 錦仙歸而始言於月華曰: "隣家小姐有欲與君相識者, 而其小姐慈諒愛人, 君儻與我一往見之否?" 月華曰: "誰家小姐也?" 錦仙曰: "其家寒族, 但稱爲白公子之妹氏也" 月華辭曰: "妾雖賤微者, 奔走交人, 大非女子之事, 不敢聞命." 錦仙佯怒而强之曰: "我已許彼, 君若不往, 彼必責我. 我何能堪乎?" 月華變色. 錦仙曰: "君聞我此言, 疑我有他心乎? 苟有此心, 直告於君, 何所不可而乃復黯黮相欺, 孤負當初率來之好意乎?" 月華見其難却, 出涕許之, 猶疑其心, 潛置小刀於懷中.

錦仙遂以小嬌擔月華, 見白夫人於尹府. 夫人見之, 嗟異問曰: "君誰家女子, 何事流離也?" 月華對曰: "妾之姓名紅梅, 兒幼失父母, 飄泊東西耳." 夫人聞其語音, 如微風振簫, 幽鳴可聽[21]. 愛之謂曰: "人之五倫, 朋友居一, 吾等雖女子, 苟其臭味相合, 不妨爲閨中之知己也. 吾之所處,

---

18) 養濟院(양제원): 명나라 때 가난하거나 일가가 없어 의지할 곳이 없는 사람들을 수용하던 곳으로, 매월 일정한 식량과 면포를 배급하였다.

19) 鬢髮鑑暎(진발감영): 검은 머리에 윤기가 흘러 거울처럼 비친다는 뜻. 『고금사문유취古今事文類聚』「진발이미鬢髮而美」에서 "예전에 잉씨의 딸이 머리가 검어 아주 아름다웠고 거울처럼 비쳤기에 이름을 '현처'라고 하였다[昔有仍氏女鬢黑而甚美, 光可以鑑, 名曰, '玄妻']"라고 설명하였다.

20) [교감] 如: 국도본 於.

21) 如微風振簫, 幽鳴可聽(여미풍진소, 유명가청): 『잡사비신雜事秘辛』에는 동한(東漢)의 환제(桓帝)가 의헌양후(懿憲梁后)를 간택하기 위해서 유모를 보내 몸검사를 하는 내용이 실려 있는데, 이 장면에서 "마치 미풍에 피리 소리 같아서 그윽한 울림이 들을 만했습니다[若微風振簫, 幽鳴可聽]"라는 표현이 있다.

有靜僻夾室, 君幸留數日, 使吾得襲芳香否?" 月華雖因錦仙强之, 迫不得已來見夫人, 而其容貌服飾, 居處之華麗, 決非寒士家小姐也. 心中大疑錦仙之紿己, 而又聞其請留之言, 益懷不安. 對曰: "妾以窮陋之蹤, 得侍左右, 一奉巾帨, 豈非至願乎? 然妾夙嬰奇疾[22], 夜輒作苦, 不可經宿於門下也."

言未罷, 尹夫人適至. 月華仰見尹夫人, 低頭錯愕, 潸然淚下. 尹夫人異之, 問於白夫人曰: "彼女子何人也?" 白夫人以其言告之. 尹夫人熟視月華, 乃目白夫人而出, 與語曰: "此女一見我, 而顏色忽變. 其情可怪也. 昔日長遠替我入嚴嵩之家矣, 頃於吾私室說嚴家之事, 而與嵩之小女有如此如此可笑之戲, 畢竟得脫於虎口者, 乃嚴女之功云. 而長遠悄悵, 自歎曰, '嚴家女之要紹[23]閒麗, 亦足爲高品閨秀, 而其意英邁, 紅粉中所稀聞者也. 以其容貌才慧, 一爲吾之所汚, 而將守紅枯落於靑閨之中也. 吾以[24]姊[25]氏之故, 公然積惡於人矣.' 吾聞之嗟傷, 欲一懇陳於大人之前, 使長遠有可以少解嚴女之怨者, 而嵩之罪名, 日益狼藉, 故未敢開口矣. 自嵩籍黜[26]之後, 觀長遠之意, 悠悠忽忽. 此非憐色蕩子繾綣嫚嫚之情也. 愛德樂仁者, 自不得不如此也. 吾之所嗟, 不獨嚴女, 而實恐長遠之爲負義人也. 今見此女之都雅, 恰似長遠之所傳, 而其哀容怨態, 令人悲切. 意者嚴女情窘跡危, 無所託身, 而冒嫌來投於錦婆之家也." 白夫人頓悟, 悵然曰: "向日, 陳夫人謂妾曰, '君子之失信背德於嚴家之兒女者, 吾等之羞也. 吾等盍爲之旋力乎?' 妾於是始聞君子之有此事也. 妾言之於家兄, 陳夫人亦言陳翰林, 家兄與陳翰林, 同聲懇告於尊舅之前, 而尊舅切痛嚴嵩, 峻辭不許, 及加嚴責於君子也, 妾等方切悚惶矣. 今夫人之

22) 夙嬰奇疾(숙영기질): '嬰'은 병을 앓는 것이다. 진나라 이밀(李密)의 「진정표陳情表」에 "조모 유씨는 일찍이 병을 앓아 항상 자리에 누워 지냅니다[劉夙嬰疾病, 常在牀蓐]"라는 구절이 있다.
23) 要紹(요소): 아름다운 모습. 장형(張衡)의 「서경부西京賦」에 "아리따운 자태에 옷차림도 화려하네[要紹修態, 麗服颺菁]"라는 구절이 있다.
24) [교감] 吾以: 국도본 以吾.
25) [교감] 姊: 국도본 娣.
26) [교감] 黜: 국도본 出.

敎及此, 妾大覺此女之爲嚴女無疑, 而尤悲其情事也. 然尊舅之威德至嚴, 妾等不敢復容喙²⁷⁾也. 夫人異於妾等, 願夫人垂德於嚴女也."

於是, 白夫人還入房中, 笑問月華曰: "君無乃與尹夫人曾有面分耶? 俄²⁸⁾者, 觀君之俯仰, 吾心大訝矣." 月華悲咽不敢言, 白夫人進執其手而嘆曰: "君昔救君子於危秋之地, 吾豈敢忘君之恩乎? 但君安命處順, 以待天緣之自至也." 月華垂淚起拜, 曰: "夫人照妾心曲, 生我者父母, 知我者夫人也²⁹⁾. 妾雖罹家禍罔極, 變名流離, 然自是相門一女, 一段羞惡之心³⁰⁾, 粗知遠嫌, 而焚林之兎, 不擇走所, 落罟之魚, 未定常穴. 遂以投鳥之情, 枉犯鷹稚之譏³¹⁾. 妾於此實欲溘死而無知也." 白夫人喟然哀之, 慇懃加待. 乃以華衣美饌, 送還錦仙之家.

至是, 尹夫人言之於晉公. 晉公往見尹侍郞曰: "夫君子忘人之惡, 而不忘人之德. 嚴嵩之罪, 雖貫盈天地, 而其女之德於長遠者, 不下於晉文公之秦嬴³²⁾也. 岳丈何忍, 使長遠負恩於兒女也?" 侍郞曰: "近者白聖圭陳子望, 亦以此言於老夫, 而老夫終不可以國賊之女爲子婦也. 且朝廷知之, 當以我爲何如人也?" 晉公曰: "小甥非敢以岳丈之敎爲過也. 然長

---

27) 容喙(용훼): 어떤 일에 대한 의론에 참여함. [교감] 喙: 국도본 啄.

28) [교감] 俄: 국도본 我.

29) 生我者父母, 知我者夫人也(생아자부모, 지아자부인야): 『사기』 「관안열전管晏列傳」에 나오는 "나를 낳으신 것은 부모지만, 나를 알아주는 이는 포숙이다[生我者父母, 知我者鮑子也]"를 차용한 말이다.

30) 羞惡之心(수오지심): 바르지 못한 행실을 부끄러워하는 마음. 『맹자』 「공손추상公孫丑上」에 "수오지심이 없으면 인간이 아니다[無羞惡之心, 非人也]"라고 하였는데, 주희는 이 구절에 대해서 "부끄러움은 자신의 착하지 못한 것을 부끄러워하는 것이다. 미움은 다른 사람의 착하지 못함을 미워하는 것이다[羞, 恥己之不善也. 惡, 憎人之不善也]"라 해석하였다.

31) 鷹稚之譏(응치지기): 응치는 매의 일종. 『진서』 「효우전孝友傳」 '허자許孜'의 "매는 자신의 서까래에 깃들인다[鷹雉棲其梁]"를 인용하여, 남의 집에 머무는 자신의 처지가 부끄럽다는 뜻을 나타냈다.

32) 晉文公之秦嬴(진문공지진영): '영(嬴)'은 진(秦)나라 왕의 성씨(姓氏)이므로 진영(秦嬴)은 일반적으로 진나라 왕을 뜻하나, 여기에서는 진 목공(穆公)의 딸 회영(懷嬴)을 지칭하는 것으로 보인다. 회영은 인질로 잡혀 있던 진회공(晉懷公)이 진나라를 탈출할 때 진왕(秦王)의 뜻을 어길 수 없다며 그를 따르지는 않았지만 탈출을 묵인하여 부부의 도리를 지켰다는 평을 들었다. 그후 진나라에 온 중이에게 다시 시집갔는데, 중이는 회공(懷公)을 죽이고 왕위에 올랐으니 그가 진문공(晉文公)이다. 『창선감의록』에서 월화가 윤여옥을 도운 일을 진회공의 일에 빗대어 말하면서 진문공으로 잘못 인용한 것이 아닌가 한다.

遠立名當世, 前程萬里, 而遽使一介女子含冤而死, 則豈不爲長遠白玉之玷乎? 小甥已以此事, 反覆思量, 亦有可以善處之道矣. 岳丈幸許焉." 侍郞笑曰: "夫以賢婿之峻正守禮, 其言如此, 可知老夫之不通也. 玆雖甚難便, 吾安得不聽賢婿之言乎?"

於是, 晉公見夏閣老而議之. 夏公嘅然嗟歎, 從容奏達於天子曰: "王政不可使一物不得其所, 而今左春坊太學士尹汝玉, 嘗與嚴嵩之女有情盟矣. 其父嫌嫌其國賊之女, 而不與之結親. 嚴女誓死守節, 其情可矜云." 上驚曰: "以尹汝玉之情槃, 奈何與嚴女有情盟乎?" 夏公乃奏其顚末. 上笑曰: "世蕃事事, 無狀如此, 其誅也, 宜哉! 然其弱媒無罪, 特令汝玉取之爲小室也." 於是, 尹學士大喜, 卜日迎嚴氏. 白中丞盛備儀物, 陳白兩夫人親治吉服, 行禮於白府.

噫! 昭天之福, 迎之以祥[33]. 陳白有之矣.

---

33) 昭天之福, 迎之以祥(소천지복, 영지이상): 이 말은 『대대례기大戴禮記』 「우대덕虞戴德」에 "하늘의 복은 받아들여 상서롭게 하고 땅의 농사는 다스려서 번성하게 하며 백성의 덕은 지켜서 기른다[昭天之福, 迎之以祥. 作地之稿, 制之以昌. 興民之德, 守之以長]"에서 인용한 것으로, 윤여옥의 두 부인인 진씨와 백씨가 하늘의 뜻에 순종하여 엄월화를 윤여옥의 첩으로 삼도록 주선한 일을 칭찬하는 말이다.

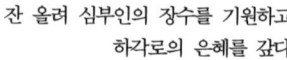

　　成學士到紹興. 成夫人見沈夫人之書, 喜而謂其子曰: "斯人也, 有斯
人性之本善, 乃如是." 夫人遂登道至京師. 晉公兄弟出迎家廟. 晉公心
事不言可知, 而評事免冠稽顙, 涕若河決. 成夫人執手可歎曰: "老身死
見亡弟, 亦可以有辭矣." 因與沈夫人歡笑相語. 沈夫人辭曰: "夫人不念
舊惡, 赦妾[1]母子, 妾雖萬死, 無復遺恨也." 成夫人笑曰: "君之母子捨過
從善, 人理大明. 皇天祖宗亦已赦之矣. 吾縱欲勿赦, 其可得乎[2]?" 乃謂
林小姐曰: "莊姜[3]抱恨, 班妃[4]受誣, 雖緣[5]兩君之不明, 而亦自己之命之
不幸也. 夫一覆之水終不能滿盃, 而今聞景玉之敬重君者, 百倍於前日,
是皇天偏厚於君, 而使班妃莊姜, 益怨兩君於泉臺之下矣." 又謂尹南兩
夫人及晉公曰: "夫玉不琢, 則不能成器. 君等安知, 今日之顯榮不自厄

---

1) [교감] 妾: 국도본 罪.
2) [교감] 其可得乎: 국도본 得乎.
3) 莊姜(장강): 춘추(春秋)시대 위(衛)나라 장공(莊公)의 부인이다. 아들을 낳지 못하여 장공의 사랑을 잃
　고, 첩의 모함으로 부인의 자리에서 쫓겨난 것을 풍자한 노래가 『시경』「패풍」 ‘녹의(綠衣)’이다.
4) 班妃(반비): 한나라 성제의 왕비였던 반첩여(班婕妤). 조비연(趙飛燕)의 모함으로 장신궁(長信宮)으
　로 쫓겨난 뒤에 자신의 처지를 가을부채에 비유한 시 「원가행怨歌行」을 지었다.
5) [교감] 緣: 국도본 然.

困中出耶?" 諸人皆拜手敬謝, 而沈夫人尤大悅焉.

於是, 天子使禮官致祭於魏國公, 因推恩於沈夫人, 封晉國大夫人. 諸臣又奏林氏之孝義, 特命旌閭, 授縣夫人職牒. 花府之恩榮, 聳驚一世, 而晉國公新第已成, 天子賜宴, 壽沈夫人於晉公之第. 於是, 三晉[6]方物, 蜀國金羅, 十三省州縣禮幣, 鱗集雲委. 柳學士新陞南京都御史, 選上南京妓女八百人, 晉府妓女亦五百人.

其日, 沈夫人盛服, 坐正堂慶恩樓, 內外姻親及公卿夫人, 一齊來會, 而時安南王與陽阿公主, 到京師. 公主參於內宴, 王參於外宴. 翠幕雲浮, 畫屛山開, 文茵綺席, 星羅碁布, 而尹南兩夫人具國夫人章服, 林夫人姚夫人皆以七寶凝粧, 護衛沈夫人成夫人而坐. 分東西爲客位, 東邊徐相國夫人爲首, 而鄭尙書夫人以下, 諸夫人坐之. 西邊夏相國夫人爲首, 而尹侍郎夫人以下, 諸夫人坐之. 花容月態, 兩兩相照, 金翠之色, 珠繡之光, 炫[7]動一樓, 而少年夫人中, 天姿精耀, 俯仰如神, 蜀國夫人爲第一, 而其次柳御史夫人, 蛾眉連蜷[8], 綽約滂浩[9]. 其次尹御史夫人陳氏, 嫻都瑳笑[10], 眇䁉流光[11]. 其次晉國夫人, 濃粧莊靜, 高妙秀朗. 其次陽阿公主, 淸爽警發, 光儀淑穆[12]. 其次白夫人及陳翰林夫人段氏, 而其餘夫人, 亦多秀[13]色矣.

彩妓等各持風物, 庭扣鐘磬, 堂撫琴瑟. 舞袖蹈節, 如驚鴻翩翩[14], 歌

---

6) 三晉(삼진): 중국의 전국(戰國)시대 조(趙)나라・위(魏)나라・한(韓)나라를 함께 부르는 말이었는데, 뒤에는 산서(山西) 지방을 지칭하게 되었다.

7) [교감] 炫: 국도본 炫煌.

8) 蛾眉連蜷(아미연권): '아미(蛾眉)'는 미인의 눈썹이고 '연권(連蜷)'은 둥그런 모양이다. 장형(張衡)의 「남도부南都賦」에 "살짝 흘리는 눈길, 눈썹이 둥그렇네[微眺流睇, 蛾眉連卷]"라고 하였다.

9) 滂浩(방호): 신체가 훤칠한 모습이다. 『초사』「대초大招」의 "길쭉하고 훤칠하니 화려하고 아름답도다[妙修滂浩, 麗以佳只]"라고 하였다.

10) 瑳笑(차소): 하얗게 이를 보이며 웃는 모습이다. 『시경』「위풍」 '죽간(竹竿)'에 "흰 이를 드러낸 어여쁜 웃음, 패옥 소리 울리는 우아한 걸음걸이[巧笑之瑳, 佩玉之儺]"라고 하였다.

11) 眇䁉流光(묘묘유광): 장형(張衡)의 「서경부西京賦」에 "아름다운 눈길로 한 번 보면 나라가 기운다네[眇䁉流眄, 一顧傾城]"라는 구절이 있다. [교감] 眇䁉: 국도본과 만송본, 규장각본은 眇貌.

12) 光儀淑穆(광의숙목): 『한무제내전漢武帝內傳』에 서왕모를 묘사하는 대목에서 "의복이 선명하고 자태가 우아하다[文采鮮明, 光儀淑穆]"라고 표현한 구절이 있다.

13) [교감] 秀: 국도본 殊.

14) 驚鴻翩翩(경홍편편): 조식(曹植)의 「낙신부洛神賦」에서 하수(河水)의 여신(女神)에 대해 "놀란 기

音繞梁[15], 如雌鳳鏘鏘[16]. 彤盤玉豆, 繽粉洛繹, 豊珍上果, 芳華百味[17],
藹翳葳蕤, 芬馨酷烈, 而晉公以端冕[18]九旒, 黻衣繡裳[19], 顔如瑞玉, 氣
若和風. 與兩國夫人, 酌延年之酒於琥珀之鐘, 雙擎跪壽, 葱珮瑲瑲. 沈
夫人手撫晉公之背, 欵愉解頤, 歡極流歠. 廉内諸夫人, 無不嘖嘖嗟賞於
沈夫人之晚福也. 評事夫婦, 及花夫人柳御史成學士以下, 諸親獻壽畢.
夏閣老西平侯尹學士等, 亦陞堂獻壽. 天子又送八珍[20]御醞, 使禮部侍郎
林閨, 奉命壽沈夫人. 是日榮光, 曠古所無也. 自此, 沈夫人來處晉府, 日
與晉公兄弟[21]三婦一女, 繁華之樂, 榮貴之養, 使天下之爲子者, 勃然興
起而思孝焉.

晉公立朝數年, 天眷日隆, 輿望日重, 而夙夜祗懼, 謙恭下士[22]. 兩夫
人德洽閨闈, 上下肅雝[23]. 連生子女, 而箇箇如明珠. 尹夫人子天麟, 生
三歲, 沈夫人絶愛之, 使林夫人養以爲子, 評事大悅. 其後, 林夫人生二

러기처럼 펄럭이다[翩若驚鴻]"라고 묘사한 바 있다. [교감] 驚鴻: 만송본, 국도본에는 驚鵠.

15) 繞梁(요량): 『열자列子』 「탕문湯問」에 나오는 한아(韓娥)의 고사에서 비롯된 말로, 옛날 한아라
는 노래를 잘하는 사람이 제나라에서 노래를 하여 식량을 얻었는데, 그가 떠난 뒤에도 노랫
소리가 사흘 동안이나 들보를 감싸며 사라지지 않았다고 한다.

16) [교감] 鏘鏘: 국도본 瑲.

17) 豊珍上果, 芳華百味(풍진상과, 방화백미): 『한무제내전』의 서왕모가 준비한 음식을 묘사한 대목
에 "맛좋은 과일 향기로운 온갖 음식, 지초와 둥굴레 향기가 그릇에 가득하네[豊珍上果, 芳華
百味, 紫芝葳蕤, 芬芳填櫑]"라는 구절이 있다.

18) 端冕(단면): 현단복(玄端服)과 면류관(冕旒冠). 현단복은 제후가 제사를 지내거나 황제를 배알할
때 입었던 검은색의 예복이다. 면류관은 현단복과 함께 갖추어 쓰던 제후의 예관(禮冠)으로,
직사각형 모양이고 구슬을 늘어뜨려 장식하였다.

19) 黻衣繡裳(불의수상): 『시경』 「진풍秦風」 '종남(終南)'에 "군자께서 이르셨으니 보불의 저고리에
수놓은 치마를 입으셨네[君子至上, 黻衣繡裳]"라는 구절이 있는데, 모형(毛亨)은 "검은색과 청
색을 '불(黻)'이라고 하고 오색을 갖춘 것을 '수(繡)'라고 한다[黑與青謂之黻, 五色備謂之繡]"고
풀이하였다. '黻'은 예복에 주로 사용하는 '亞' 모양의 무늬이다.

20) 八珍(팔진): 여덟 가지 진귀한 음식이다. 두보의 「여인행麗人行」에 "환관의 말은 먼지 없이 달
리고 수라간에서 끊임없이 팔진미를 보내네[黃門飛鞚不動塵, 御廚絡繹送八珍]"라고 하였다.

21) [교감] 兄弟: 국도본 第.

22) 謙恭下士(겸공하사): 『주역』 「손괘巽卦」에 "상전(象傳)에 '사냥에 세 등급의 짐승을 얻도다' 한
것은 공(功)이 있는 것이다[象曰, '田獲三品', 有功也]"에 대한 유염(兪琰)의 설명 중에 "대신이
된 사람은 겸손하게 아랫사람들에게는 자신을 낮추어서 천하의 인재를 모아야 한다[爲大臣者,
當謙恭下士, 以收拾天下之人才]"는 구절이 있다.

23) 肅雝(숙옹): 엄숙하면서도 편안한 모습. 『시경』 「소남」 '하피농의(何彼襛矣)'에 "어찌 엄숙하고
편안하지 아니한가, 공주님의 수레여[曷不肅雝, 王姬之車]"라는 구절이 있다.

子, 而終以天麟爲長子焉.

一日, 南夫人向晉公歎曰: "夫富貴而忘人之功, 不祥也. 妾之流楚入蜀也, 相與爲命者, 獨季鸞一人也. 今妾位極閨閣, 而鸞猶不免於丫鬟之列. 夫金銀縑帛, 非所以報恩也." 陳公大悟, 遂放籍季鸞, 爲王謙之妻. 謙感慕其忠, 甚相敬重.

時, 晉公與西夏兩閣老, 協心輔國. 尹柳兩學士, 文章才德, 炳燿一世, 皆擢正卿. 成學士亦陞吏部侍郎, 而陳昌雲白瓊等, 聯翩名途24), 贊明君德. 世稱嘉靖末年治化彬蔚焉.

先是, 天子以嚴嵩之第, 特賜西平侯. 是皇城之第一大宅也. 高堂邃閣, 層臺疊榭, 金璧之璫25), 綺疎之窻, 圖以雲氣, 畵以仙靈26), 彷彿於帝王27)之居, 而其苑囿之壯, 二十餘里, 嘉卉灌木, 蔚若鄧林28), 藥欄花渚, 時聞29)鳥獸之聲. 西平侯嘗邀晉公, 歌舞樂甚. 晉公悠然嘆曰: "嵩豪奢如此, 安得不亡乎? 前車之覆, 後車之戒也30)." 西平侯瞿然失席, 卽日毁去亭閣之太侈者. 自是衣服車馬, 務從儉約. 晉公之愛人以德, 皆此類也.

一日, 西平侯與公主, 說南征時事, 嘆曰: "晉公天人也. 刺客李八兒揮劍將進, 吾坐見其傍, 魂震神駭, 而晉公岸幘31)笑語, 使八兒不覺投匕,

---

24) [교감] 途: 국도본 塗.
25) 金璧之璫(금벽지당): 금박으로 만든 서까래 끝의 장식물. 반고의 「서도부」에 "아로새긴 주춧돌로 기둥을 받치고 금박으로 서까래를 장식했네[雕玉瑱以居楹, 裁金璧以飾璫]"라는 구절이 있다.
   [교감] 璧: 국도본 壁.
26) 綺疎之窻, 圖以雲氣, 畵以仙靈(기소지창, 도이운기, 화이선령): 『후한서』 「양기전梁冀傳」에 "창문은 모두 격자와 청쇄로 장식하였고 구름과 신선을 그려 넣었다[窗牖皆有綺疎青瑣, 圖以雲氣仙靈]"라고 하였다. 양기(梁冀)는 후한 순제(順帝) 때 양황후(梁皇后)의 오라비로서 권력을 남용하고 축재를 일삼았던 인물이다.
27) [교감] 帝王: 국도본 帝.
28) 鄧林(등림): 전설 속의 숲. 과보(夸父)가 해를 따라가다가 중간에 목이 말라 죽었는데, 그가 던진 지팡이가 울창한 숲이 되었다고 한다.
29) [교감] 時聞: 국도본에는 없음.
30) 前車之覆, 後車之戒也(전거지복, 후거지계야): 유향(劉向)의 『설원說苑』 「선설善說」에 "주서에 말하기를 '앞 수레가 뒤집힌 것을 뒷수레는 경계한다'고 하였으니 대개 그 위태로움을 말한 것이다[周書曰, '前車覆, 後車戒.' 蓋言其危]"라는 구절이 있다.
31) 岸幘(안책): 두건을 벗음. 소탈하고 편안한 모습을 말한다. 『진서』 「사혁전謝奕傳」에 "두건을 벗고 웃으며 읊조리니 평상시와 다르지 않았다[岸幘笑詠, 無異常日]"라고 하였다.

其崇嚴[32]若北斗, 凝重若泰山. 吾平生自視雄豪, 始覺天下有眞雄豪也." 公主聞之, 愀然含淚. 西平侯驚問曰: "夫人聽此言, 而[33]忽有悲色, 何也?" 公主對曰: "所謂李八兒者, 妾之在藩宮時侍兒也. 其人英慧慕義, 善詩通史, 妾愛之肝膽相照. 嘗與妾講詩江有汜[34]之章, 笑而謂妾曰, '玉主亦將不我與, 而使我有嘯歌乎?' 妾憐其言. 其後不幸爲儲兄所窺, 屢逼而幾不免, 八兒逃之深山, 隱於劍術. 聞妾迎將軍, 以詩寄妾曰, '煖閣寒梅萼, 陽春空自知. 可憐窓外樹, 還有未開枝.' 妾之來時, 八兒自山中送妾于盤江[35]之上, 又爲詩曰

有鳥生南海, 乘風將北歸.
山頭落一羽, 獨與孤雲飛.

因歌落花春一闋, 其音悽咽, 如玉簫中斷, 令人不堪. 妾雖無樛木[36]之德, 將軍義高, 豈可使此女失其所歸乎?" 西平侯大悅, 遂迎八兒於安南, 爲小室焉.

時, 南參議已致仕, 移家比隣於晉公之第, 與南夫人相依, 而有時與尹侍郎陳尙書, 散浪嘯傲於郭外之山水. 晉公及尹尙書, 必聯策而從之. 一日, 遊於玉泉山之西湖[37], 湖環十餘里, 荷蒲菱芡與沙禽水鳥, 隱映雲霞中[38]. 諸公相顧樂之, 浮杯而飮.

---

32) [교감] 崇嚴: 국도본 嚴嵩.
33) [교감] 而: 국도본 以.
34) 江有汜(강유사): 『시경』 「소남」의 노래 제목이다. 처가 첩을 데리고 가지 않아 첩이 원망하는 내용으로 '그대는 시집가는데, 나는 함께 가지 못하네[之子歸, 不我與]'라는 구절이 있다.
35) 盤江(반강): 운남성에서 발원하여 귀주성으로 흘러가는 남반강(南盤江).
36) 樛木(규목): 『시경』 「주남」의 편명. 주나라 문왕의 후비(后妃)가 후궁들을 질투하지 않고 덕으로 교화한 일을 노래하였다.
37) 玉泉山之西湖(옥천산지서호): 옥천산(玉泉山)은 북경 순천부 서북쪽 삼십 리에 있는 산이며 서호(西湖)는 옥천산(玉泉山) 아래에 있는 호수이다.
38) 湖環十餘里, 荷蒲菱芡與沙禽水鳥, 隱映雲霞中(호환십여리, 하포능검여사금수조, 은영운하중): 이 구절은 『대명일통지』의 "그 호수의 둘레는 십여 리쯤 하는데, 연꽃과 부들, 마름 등과 물새들이 안개 속에서 나타났다 사라지는 것이 은은히 보이니 실로 아름다운 광경이다[環湖十餘里, 荷蒲菱芡與夫沙禽水鳥, 出沒隱映於天光雲影中, 實佳境也]"를 인용한 것으로 보인다.

忽有被葛帶索者, 鬖髮滄浪, 行步傴僂, 自山谷間而來. 侍郎望而流涕,
曰: "丞相憊甚矣." 諸公驚訝而問之. 侍郎曰: "此嚴崑也." 命尙書曰: "汝
往邀之." 尙書揖引而至. 侍郎賜坐太息曰: "君黃扉[39]三十年, 亦知有今
日乎?" 崑流涕, 謝平生之罪[40]. 侍郎曰: "吾等已作世外之逸民矣. 不須
言當時之恩怨, 且與子飮酒, 可乎?" 使進酒壺肴橙於崑前. 崑飮數杯, 顧
尙書而流涕. 侍郎曰: "君之女賢淑, 吾已收爲子婦矣. 君勿悲焉." 崑起
而百拜, 淚下如汪. 侍郎嘆曰: "此乃皇上之恩命, 吾何德哉?" 因解衣予
而送之. 是日, 晋公歸對尹夫人而傳其言, 嘆曰: "岳丈之心德如此, 長遠
之子孫必昌矣."

世宗皇帝賓天後, 晋公念平生之知友, 痛龍馭之莫攀[41], 啜泣[42]三年,
不近酒肉. 隆慶[43]二年, 以吏部尙書入內閣. 典機務, 秉德無私[44], 寅亮
天地[45]. 天子待以殊禮, 號稱尙父[46]. 後六年, 穆宗又賓天. 晋公與夏閣
老, 同受顧命[47], 翼輔幼主於危疑之際, 正色立朝, 風采凜然.

時, 群璫[48]用事, 有太監馮保者, 陰譎多智, 潛結宰相張居正, 謀欲擊

---

39) 黃扉(황비): 재상(宰相)・삼공(三公)・급사중(給事中)을 지칭하는 말로, 예전에 이들 고관(高官)들
  이 사는 집의 문을 황색으로 칠한 데에서 비롯한 말이다.
40) [교감] 罪: 국도본 悲.
41) 龍馭之莫攀(용어지막반): 전설 속의 황제(皇帝)인 황제(黃帝)가 형산 아래에서 솥을 만들다가 솥
  이 완성되자 용이 끄는 수레를 타고 승천한 것을 인용한 표현이다. 황제(黃帝)가 승천할 때에
  신하와 후궁 칠십여 명만 따라가고 나머지는 용에 올라타지 못하여 수염을 잡았는데 수염이
  뽑히는 바람에 떨어졌다고 한다. 이 고사는 『사기』 「봉선서封禪書」 등에 나온다.
42) 啜泣(철읍): 흐느껴 울다. 『시경』 「왕풍王風」의 '중곡유퇴(中谷有蓷)'에 "한 여자가 남편과 이별
  하고 흐느끼며 우노라[有女仳離, 啜其泣矣]"라는 구절이 있다.
43) 隆慶(융경): 명나라 목종(穆宗)의 연호. 1567년에서 1572년까지의 기간이다.
44) 秉德無私(병덕무사): 『초사』 「구장九章」 '귤송(橘頌)'에 "덕을 잡아 사사로움이 없이 천지에 참
  예하네[秉德無私, 參天地兮]"라는 구절이 있다.
45) 寅亮天地(인량천지): '인량(寅亮)'은 공경하고 받든다는 뜻이다. 『서경』 「주관周官」에 "천지를
  공경하여 받들어 나 한 사람을 보필하라[寅亮天地, 弼予一人]"라는 구절이 있다.
46) 尙父(상보): 원래는 주나라 여망(呂望)을 지칭하는 말이었는데, 후대에 대신을 높여 부르는 말
  로 사용되었다.
47) 顧命(고명): 왕이 임종에 남기는 유언. 『서경』 「고명顧命」에 "성왕께서 돌아가시려 하매 소공
  과 필공에게 제후들을 인솔하여 강왕을 도우라 명하시며 '고명'을 지으셨다[成王將崩, 命召公畢
  公率諸侯相康王, 作顧命]"는 구절이 있다.
48) 璫(당): 환관(宦官)을 지칭하는 말. 한대(漢代)의 환관 중에서 무관을 맡아보았던 자들이 그 모
  자를 당(璫)과 초미(貂尾)로 장식하였던 것에서 유래하였다.

去大臣, 自作威福, 而皇太后深仗晉公, 天子亦師事之, 保等不敢售讒計.
先以夏閣老搆誣於兩宮曰: "春海云, '孀婦孤兒, 未堪多難, 莫如擇長君
而立之.'" 上與皇太后, 聞之大疑. 遂於正朝會班, 降旨削奪夏閣老官
爵[49]. 夏公莫知其罪, 待命於錦衣獄.

時, 晉公適乞差新陵享官, 在享所. 盖保等恐晉公必爭, 故乘其出外而
作此變也. 群臣急上諫疏, 而格不能. 晉公方歸, 在道上聞變. 嘅然嘆曰:
"吾受兩朝隆恩, 敢不以一死報之乎?" 疾駈而還, 直入朝堂, 率吏部尚書
尹汝玉, 戶部尚書成儁, 太學士柳聖讓, 刑部尚書孫植, 禮部侍郎林潤,
西平侯兪聖禧, 左都御史葛守禮[50], 右都御史海瑞, 吏部侍郎白瓊, 戶部
侍郎陳昌雲等, 請對上前.

保大懼, 欲遏[51]而勿白. 殿前校尉王謙, 按劍勵聲曰: "晉公先帝之尚
父也. 公等安敢若是乎?" 保等惶駭, 使黃門郎急持[52]東掖門[53]. 西平侯
嗔目直入, 曰: "吾武夫也. 但知樊將軍排闥[54]耳." 於是, 晉公等得入焉.
上方在涵敬堂. 晉公至上前, 涕泣抗聲曰: "大行皇帝[55]將棄天下也, 置陛
下於前, 引執夏春海曁臣珍手, 而詔之曰, '朕永與卿等辭矣. 國危子弱,
所恃者, 唯卿等耳.' 臣等涕泣受命, 相顧踧踖, 以爲不隕首塗肝[56], 不可

---

49) [교감] 遂於正朝會班, 降旨削奪夏閣老官爵: 이 대목은 국도본의 판독이 어려워 규장각본으로 대신함.
50) 葛守禮(갈수례): 명나라 가정년간에서 만력연간 때의 문신. 조선 중기 문신 윤근수(尹根壽)는 『월정만필月汀漫筆』에서 자신이 만력 원년에 주청부사(奏請副使)로 북경에 가서 당시 좌도어사였던 갈수례를 보았으며 깨끗한 절조를 지닌 인물이라고 하였다.
51) [교감] 欲遏: 국도본 遏.
52) [교감] 持: 국도본 持止.
53) 東掖門(동액문): 명나라 북경의 동문(東門)인 조양문(朝陽門)의 오른쪽에 있는 문.
54) 樊將軍排闥(번장군배달): 번장군(樊將軍)은 한고조(漢高祖)의 건국에서 중요한 역할을 하였던 번쾌(樊噲)이다. 위 내용은 『사기』「번력등관열전樊酈滕灌列傳」에 "경포(黥布)의 난이 일어났을 때, 고조가 일찍이 병이 심해서 사람들 보기를 싫어하였다. 궁궐에 누워 있으면서 문지기에게 신하들을 들이지 말라고 지시하였기에, 신하들과 강관은 열흘 동안 들어가지 않았다. 번쾌가 이에 문을 부수고 바로 들어가니 대신들이 따라 들어갔다[黥布反時, 高祖嘗病甚, 惡見人, 臥禁中, 詔戶者無得入群臣. 群臣絳灌等莫敢入. 十餘日, 噲乃排闥直入, 大臣隨之]"라고 한 것을 인용한 것이다.
55) 大行皇帝(대행황제): 황제가 죽고 난 뒤 미처 시호를 정하지 못하였을 때에 황제를 부르는 말.
56) 隕首塗肝(운수도간): '도간(塗肝)'은 '간뇌도지(肝腦塗地)'를 줄인 말로 목숨을 다 바치겠다는 뜻으로 '운수(隕首)'와 의미는 같다. 진(晉)나라 이밀(李密)의 「진정표陳情表」에 "외람되이 미천한 몸으로 동궁을 모시는 것은 신이 목숨을 바쳐 폐하께 보답할 수 있는 일이 아닙니다[猥以微賤

拜於泉下矣. 於是, 春海治內, 臣治外, 奉陛下而南面, 肅宮府而將禮[57].
山陵纔訖, 覆土未乾, 春海忽得罪殿庭, 蒼黃屛黜[58], 簪紳錯愕, 婦孺咨
嗟. 臣竊伏聞諸臣言, 春海之罪, 不甚明白. 太學士張居正, 與司禮太監
馮保等, 猝相善潛往來, 而此禍作. 噫噫! 其可知也. 春海忠戀剛果, 積不
平於閹小輩[59], 而居正傾側險詐, 欲富貴無厭, 其乘機投隙, 橫圖非福,
如上官傑於霍光[60]也, 而弘恭石顯欲快怨於蕭望之[61]也. 陛下沖年卽祚,
好惡未定, 而此輩煽動內外,[62] 天下將大亂矣. 陛下試觀周成王時[63], 造
流言者何人? 漢靈帝時, 竇武陳蕃死於誰手乎[64]? 禮云, '天子崩, 王世子
聽於冢宰三年[65]' 今春海冢宰也. 身佩安危, 生死當國. 苟謂先帝不知人
則已, 如其不然, 陛下所事, 唯有朝夕哭臨而已. 今之讒春海者, 必曰,'春
海有非心'. 使春海果有非心, 小臣與春海一心也. 陛下何不退小臣, 獨退

當侍東宮, 非臣賤首所能上報]"라는 구절이 있다.

57) 將禮(장례): 대례(大禮), 즉 제사의 예법. 『서경』의 「낙고洛誥」에 "종족을 후히 하여 예법을 지
킨다[惇宗將禮]"는 구절이 있다.

58) 屛黜(병출): 물리쳐서 쓰지 않음. 제갈량(諸葛亮)의 「임종유표臨終遺表」에 "간사한 무리를 쫓아내
어 풍속을 두터이 하십시오[屛黜姦奸, 以厚風俗]"라는 구절이 있다. [교감] 屛黜: 국도본, 만송본
에는 屛出, 규장각본 迸走.

59) 閹小輩(엄소배): 환관의 무리. '엄(閹)'은 거세를 뜻한다. 『후한서』의 「환자전서宦者傳序」에 "중
흥의 초기에 환관들은 모두 거세한 사람을 썼다[中興之初, 宦官悉用閹人]"라고 하였다.

60) 如上官傑於霍光(여상관걸어곽광): 곽광(霍光)은 한나라 무제(武帝)의 신하로 무제의 유지(遺旨)를
받들어 소제(昭帝)를 보필하였다. 상관걸(上官傑)과는 사돈 사이였는데, 상관걸이 자신의 딸을
황후가 되도록 하는 데 곽광이 반대하자 원한을 품고 곽광을 모함하였다. 그러나 소제는 참
소를 믿지 않고 오히려 모함한 상관걸의 일족을 멸하였다.

61) 弘恭石顯欲快怨於蕭望之(홍공석현욕쾌원어소망지): 소망지(蕭望之)는 한나라 선제(宣帝) 때 중용되
어 선제의 유지를 받들어 원제(元帝)를 보필하였다. 그러나 환관의 무리 홍공(弘恭)과 석현(石
顯)이 모함하자 독약을 먹고 자결하였다.

62) [교감] 如上官傑於霍光也~而此輩煽動內外: 이 대목은 국도본의 판독이 어려워 규장각본으로 대
신함. 단, 규장각본의 '上官傑之'는 '上官傑於'로 수정함.

63) 周成王時(주성왕시): 주나라 성왕(成王)이 어린 나이에 왕위에 오르자, 삼촌인 주공(周公) 단(旦)
이 어린 조카를 대신하여 정치하던 시기를 말한다. 주공은 7년 뒤에 성왕에게 다시 왕권을
돌려주었다. 그런데 성왕 즉위 초에 관숙(管叔)·채숙(蔡叔)·곽숙(霍叔)은 주공이 왕위를 빼앗으
려 한다는 유언비어를 퍼뜨리며 반란을 일으켰다.

64) 漢靈帝時, 竇武陳蕃死於誰手乎(한영제시, 두무진번사어수수호): 두무(竇武)는 후한 환제(桓帝)의 장
인으로 영제(靈帝)가 즉위하자 진번(陳蕃)과 함께 환관의 무리를 제거하고자 했지만, 환관 조절
(曹節)과 왕보(王甫) 등이 이를 미리 알고 조서를 위조하여 살해하였다.

65) 天子崩, 王世子聽於冢宰三年(천자붕, 왕세자청어총재삼년): 『예기』 「단궁하檀弓下」에 나오는 구절
이다.

春海也?" 上聽未畢, 煥悟[66]流涕曰: "微先生言, 小子幾亡社稷矣." 於是,
立竄張居正於遠地, 杖黜馮保等十三人於外. 手詔召夏閣老而復其官.
天下聞而嘆曰: "夏公之救花公, 花公之救夏公, 可謂能知人能報德, 而
皆天下之至公, 非一身之私恩也."

萬曆六年, 晉公與西平侯, 討平金山賊馬芳枝於江南, 獲其所謂世子
善慶者, 年十歲. 西平侯欲斬之, 晉公見其有異貌, 心動急止之, 召其兒
與語. 兒自言, '松江郭瑋之子, 父母皆死於離亂, 兒與乳母爲賊軍所掠.
芳枝無子, 憐兒岐嶷[67], 養之爲世子'云. 晉公覺郭仙公之言, 恍惚嗟異,
收之而歸. 南參議思郭仙公而流涕[68], 撫愛如子.

晉公累立大勳, 身爲[69]將相, 以天下爲己任者, 五十年, 而天子倚重,
百姓愛慕, 殊類[70]詭俗, 聞名羅拜. 論者謂有郭汾陽[71]之忠信, 韓魏公[72]
之德量, 而追先帝之殊遇, 欲報之於嗣君, 諸葛武侯[73]近之矣.

尹夫人之子, 天寶天祥天壽. 南夫人子, 天雄天卿天老, 女明嬌玉嬌.
七子次第登科, 而天麟天寶天雄, 皆擢壯元. 天麟娶西平侯之女, 天寶年
十六, 以翰林學士尙[74]桂陽公主, 爲駙馬都尉. 才兼文武,[75] 出將入相,

---

66) [교감] 煥悟: 국도본 澳悟, 규장각본 澳淚, 만송본 澳然.

67) 岐嶷(기억): 아이가 조숙하고 총명함. 『시경』 「대아」의 '생민(生民)'에 "태어나서 기어 다닐 때
도 모습이 총명하고 숙성하였네[誕實匍匐, 克岐克嶷]"라는 구절이 있다.

68) [교감] 流涕: 국도본에는 없음.

69) [교감] 爲: 국도본 踏.

70) 殊類(수류): 오랑캐. 유의경(劉義慶)의 『세설신어世說新語』 「상예賞譽」에 "비록 먼 곳의 오랑캐
이지만 또한 변방의 인재였네[雖遠方殊類, 亦邊人之傑也]"라는 구절이 있다.

71) 郭汾陽(곽분양): 당나라 현종 때의 장수였던 곽자의(郭子儀). 안사(安史)의 반란을 진압하고 분
양왕(汾陽王)에 봉해졌다.

72) 韓魏公(한위공): 송나라 인종(仁宗), 신종(神宗) 때의 재상. 밖으로는 서하(西夏)를 물리치고 안으
로는 불합리한 정치를 개혁하였으며 지방관으로 있을 때는 재난으로 굶주리는 백성들을 구휼
하는 등의 치적으로 존경받는 재상이었다.

73) 諸葛武侯(제갈무후): 삼국시대 유비(劉備)를 도와 촉(蜀)을 세우고 재상이 되었던 제갈량. 삼국
통일을 위해서 위(魏), 오(吳)와 다투는 가운데 유비가 죽자, 유비의 어린 아들 유선(劉禪)을 보
필하며 두 차례 「출사표出師表」를 올려 출전하였지만 오장원(五丈原)에서 병사하였다.

74) 尙(상): 공주와 혼인함. '받든다[奉]'는 뜻이다. 『사기』의 「장이열전」에 "장오는 이미 출세하여
노원공주 사위가 되었으므로 선평후에 봉하였다[張敖已出, 以尙魯元公主故封爲宣平侯]"라는
구절이 있다.

75) [교감] 天麟娶西平侯之女~爲駙馬都尉. 才兼文武: 이 대목은 국도본의 판독이 어려워 규장각본으
로 대신함.

功名最盛, 封太原王. 是晉公之嗣子也. 夏閣老臨卒, 以幼子晟托於晉公.
及長以明嬌妻之. 晟早達, 事君盡節, 有乃父之風[76]. 明嬌小姐亦克肖南
夫人. 天雄幼時, 徐閣老以孫女定婚. 徐公卒後, 徐小姐揀於皇子妃. 徐
小姐矢死[77]拒命, 禍將難測[78]. 桂陽公主救之, 終爲天雄妻. 南參議以玉
嬌妻郭善慶. 郭善慶與天寶, 同破倭賊八十萬於萊州[79], 封定丘侯. 柳尚
書有四子, 成尚書亦有子女. 尹尚書入閣封濟南伯. 有子十一人, 八子登
第, 皆爲達官. 女三人, 評事之子爲其第二壻. 西平侯之子賢輔, 官至[80]
大司馬[81], 尹閣老之第一女卽其妻也. 賢輔之弟四人, 其二人李氏出也.
有義輔者, 勇健善戰, 立功封常山侯, 皆有別傳. 劉爾叔王謙之子, 亦多
顯者云.

　沈夫人享晉公之福三十年而終. 晉公之哀慕, 一如喪鄭夫人之時. 成
夫人亦以壽考終[82]. 晉公年八十告老, 與兩夫人還紹興, 童顏不衰, 風骨
翛然[83], 望之若神仙云.

　噫! 忠孝性也. 死生禍福命也. 命非吾所知也. 但當盡吾性而已矣. 范趙
雖竭巧殫惡, 祇令人速富貴而自勦其命, 天亦可知也. 夏兪之或先或後,
相藉而成其名, 豈人謀之所及哉? 彼王劉等者, 亦意氣相感者也. 夫黃鵠

---

76) 乃父之風(내부지풍): 아버지를 닮은 풍도. 조선시대 남구만(南九萬)의 「서계박공언행록西溪朴公言
行錄」에 "영의정 정태화가 손님에게 말하기를, '박모는 그 아버지의 풍도가 있다'고 하였으니
사람의 집안은 보지 않을 수 없다[領相鄭公太和, 語客曰, '朴某有乃父之風'. 人之門地. 不可不見
也]"는 구절이 있다.

77) 矢死(시사): 여기에서 '矢[화살]'는 맹세한다는 뜻이다. 『논어』「옹야雍也」에 "선생님께서 말씀
하시기를 '내가 잘못을 했다면 하늘이 싫어할 것이다, 하늘이 싫어할 것이야!' 하셨다[夫子矢
之曰: '予所否者, 天厭之, 天厭之!']"라고 하였다.

78) [교감] 難測: 국도본 測.

79) 萊州(내주): 지금의 산동성 내주시(萊州市). 명나라 때는 산동포정사(山東布政司)의 내주부(萊州府)였다.

80) [교감] 官至: 국도본 至.

81) 大司馬(대사마): 한나라 때는 군대를 통솔하는 직책이었는데, 명나라 때는 병부상서의 별칭으
로 사용되었다.

82) 考終(고종): 정해진 수명대로 살다가 죽는 것. 『서경』「홍범洪範」에 "다섯번째는 제 명대로 편
안하게 죽는 것이다[五日考終命]"라고 하였다.

83) 翛然(소연): 세상을 초탈한 모습. 『장자』「대종」에 "소연이 가고 소연이 올 따름이다[翛然而往,
翛然而來而已矣]"라고 하였다.

遺其音而鷦鷯延頸, 杜若保其香而蓬蒿把臂, 是固物之理也. 況雲出而雲
從之, 馬鳴而馬應之者乎? 雖然, 花氏之樹德不固, 則殆其未易振[84]也.

84) 振(진): '돕다' 혹은 '구하다'의 의미이다. 『순자』 「요문堯問」에 "하늘이 선생으로 하여금 과인
의 잘못을 구하도록 하였습니다[天使夫子振寡人之過也]"라고 하였다.

해설

천도^{天道}가 실현되는 세상을 꿈꾸다

🌸 『창선감의록』은 하나가 아니다

『창선감의록』은 화욱 집안의 배다른 형제 간의 갈등을 그려낸 조선 시대 소설이다. 조희웅 선생이 조사한 바에 의하면 확인된 필사본만 260여 종에 달한다. 또한 조동일 선생은 오늘날 전해지는 한글소설 중에서 필사본이 가장 많은 작품이라는 점에 주목하였다.[1]

필사본이란 손으로 베껴 쓴 텍스트를 말한다. 조선시대에는 소설의 간행과 유통이 발달하지 않았기 때문에 소설책을 얻기 위해서는 주로 남에게 빌려서 베꼈다. 소설책을 소유하기 위해서도 필사를 했지만, 필사를 하면서 소설을 읽기도 하고 글씨를 연습하거나 한글을 익히기도 했다. 여하튼 필사본은 곧 오늘날의 판매부수와 비슷하게 독자의 호응도를 나타내어, 필사본이 많이 남아 있는 소설일수록 인기 소설이었다고 할 수 있다.

---

[1] 조동일, 『소설의 사회사 비교론2』, 지식산업사, 2001, 123쪽.

근대식 활자가 상업적 출판에 이용되면서 『창선감의록』은 활자본으로도 여러 차례 간행되었다. 1914년과 1916년에 조선서관에서 국한문을 병용하여 출간했고, 신구서림에서는 1917년, 1918년, 1923년 세 차례에 걸쳐 순국문본으로 간행했다. 1917년과 1919년, 1924년에는 현토^{懸吐}한 한문본도 간행되었으며, 이 밖에 1916년에는 밀양에서 석판으로 찍어낸 한문본이 간행되기도 했다.

이렇게 보면 『창선감의록』은 한 가지가 아닌 다양한 모습으로 남아 있음을 알 수 있다. 형태만 다양한 것이 아니라 내용도 단일하지 않다. 표기 문자부터 한글본과 한문본으로 나뉘어 있으며, 한문본 중에서도 두 부류의 이본이 존재한다. 한글본의 경우는 한문본보다 훨씬 다양하다. 또 1914년 이후에 간행된 한글 활자본은 이전의 한글본과는 또 다른 모습을 보인다.

우선 『창선감의록』의 제목은 '彰善感義錄^{창선감의록}' '倡善感義錄^{창선감의록}' '花公言行錄^{화공언행록}' '花氏孝行記^{화씨효행기}' '彰善錄^{창선록}' '倡義錄^{창의록}' '창선감의록' '화진전' 등 다양하게 나타나고 있다. 제목뿐만 아니라 내용상의 차이도 나타난다. 먼저 한문본은 거의 모든 이본이 다음과 같은 내용으로 시작된다. 다음은 한문본의 내용을 번역한 것이다.

무릇 사람이라면 남자거나 여자거나 귀하거나 천하거나, 반드시 충효를 근본으로 삼아야 한다. 형제간의 우애나 부모 자식 간의 사랑, 착한 일을 즐기고 덕을 행하려는 마음이 모두 여기에서 비롯되기 때문이다. 자손이 잘되고 부귀영화를 누릴 수 있는 복은 먼 곳에서부터 시작되니, 그 기반이 튼튼하면 잠시 위태롭더라도 나중에는 편안하게 되나 기반이 충실하지 못하면 잠시 복을 누리더라도 나중에는 위태롭게 된다. 이는 당연한 이치이다.

나는 요즘 천식으로 집에서 몸조리를 하며 지낸다. 가끔 부인네들에게 여항의 한글소설을 읽으라 하여 듣곤 하는데 그중에 『원감록』이란 것이 있었다. 서로 복수하고 원수를 갚는 내용이 몸이 떨리고 뼈가 시릴 정도로 끔찍하지만, 착한 일을 하면 반드시 흥하고 나쁜 짓을 하면 반드시 망한다는 점은 사람을 감동시켜 교훈이 될 만하다.

옛날 화운花雲 장군이 명나라 태조를 도와 싸우다가 태평부太平府에서 죽을 때의 일이다. 그 부인 고씨가 절개를 지켜 남편을 따라 죽은 뒤, 어린 자식이 으앙으앙 울면서 물속에서 이레 동안을 버티다 살아났으니, 이것이 하늘의 뜻이 아니겠는가? 다음은 그 후손에 관한 이야기이다.

한문본에서는 대체로 위의 내용을 유지하고 있지만, 한글본의 경우에는 이본에 따라 생략되기도 하고 축약되기도 한다. 필자가 직접 검토한 75종의 한글 필사본 중에서 서두의 내용이 온전하게 들어 있는 이본은 15종뿐이었다. 3종의 이본에서는 서문의 내용이 들어 있으나 세번째 단락이 변형되어 있었고, 14종의 이본에서는 두번째 단락이 생략되었으며, 18종에서는 위의 내용이 전혀 나타나지 않았다.

이본 간 차이는 본문에서도 나타난다. 한문본에서는 중간 중간 시가 삽입되어 있지만, 많은 한글본에서 삽입시가 생략되었다. 또 서술순서가 바뀌기도 한다. 유모 계화가 위기에 처한 윤옥화를 걱정하고 있을 때 윤옥화의 쌍둥이 남동생 윤여옥이 나타나는 장면을 살펴보자. 대다수의 한문본에서는 다음과 같이 나타난다.

잠시 후에 문밖에서 똑똑 두드리는 소리가 나서 계화가 문틈으로 엿보았더니, 놀랍게도 윤부인이 비단 도포에 검은 띠를 맨 채 푸른 나귀를 타고 문 앞에 서 있고 하인 네댓이 그 뒤를 따르고 있었다. 계화가 크게 기뻐하며 양운에게 말했다.

"윤부인이 오셨네."

양운은 박수를 치며 놀라고 신기해했다. 두 사람은 부인을 나귀 밑에서 맞이하여 안방으로 모시면서 말했다.

"부인, 부인! 어떻게 빠져나와 이곳으로 오셨으며, 저 나귀와 하인들은 어디서 나셨습니까?"

그러자 그 사람이 놀라서 물었다.

"부인이라니 그게 웬 말이오?"

계화가 말했다.

"부인이 풍상을 여러 번 겪으시면서 눈동자가 크게 상하시어 우리를 몰라보시는 겁니까? 아니면 갑자기 옷을 바꾸어 입으시고 종적을 영영 감추시려고 저희들까지도 속이시는 겁니까? 이렇거나 저렇거나 사정도 참 딱하십니다."

두 사람은 함께 통곡했고, 그 사람은 하늘을 우러르며 황당해하더니 잠시 후에 웃으며 말했다.

"틀림없이 나와 닮은 부인이 있어 나를 그 부인으로 착각한 듯싶구나. 나는 산동의 윤여옥이다. 내 누이가 화상서의 며느리가 되어 월왕성 밑에 살지. 그래서 지금 여기서 나귀에게 꼴을 먹이고 화씨 집으로 가려다 우연히 자네의 집에 잘못 들었네."

그러자 양운이 말했다.

"맞다, 맞아! 예전에 윤부인에게 쌍둥이 동생이 있어 용모가 흡사하다는 말을 들었습니다. 도련님께서 바로 그 쌍둥이 동생 아니십니까?"

윤여옥이 말했다.

"그렇다네."

한문본에서는 계화의 시점에서 윤여옥의 출현을 서술하여 윤여옥을 '윤부인'이라고 했다. 계화는 쌍둥이 누이 윤옥화와 용모가 똑같은 윤여옥이 들어오는 것을 보고는 윤옥화가 남자 옷을 입고 화씨 집안에서 탈출한 것이라 생각한다. 영문을 몰라 어리둥절하던 윤여옥이 잠시 후에 계화가 자신을 누이로 착각했음을 깨닫고 계화에게 자신은 윤옥화의 쌍둥이 동생 윤여옥임을 밝힌다.

그런데 동일한 장면이 신구서림본에서는 다음과 같이 서술되고 있다.

아이오 문밖에 박탁지성이 나거늘 지게 문틈을 엿보니 홀연 윤부인의 행거 오니 이 어찌 된 일인고? 하회를 볼지어다.

선시에 윤공자가 경사의 과거 소식을 듣고 부전에 고왈

"경사에서 설과한다 하오니 소자 관광도 하며 겸하여 누이를 보고자 하나이다."

공의 부부가 허락하니 공자 동복 일인과 청려를 몰아 경사로 향할새 여러 날 만에 화부 근처에 다다라 소식을 들으니……

신구서림본에서는 계화와 양운이 윤여옥을 보고 놀라서 묻는 장면을 축약해 요약적으로 서술하면서 밑줄 부분과 같이 윤여옥이 산동으로 오게 된 경위는 오히려 자세하게 서술한다. 그리고 한문본에서 윤여옥이 계화 등에게 전하는 말을 통해서 간접적으로 드러났던 내용은 서술자가 직접 서술하였다. 한문본은 계화와 양운이라는 제한된 시점으로 서술하여 서사의 흥미와 긴장감을 느끼게 했지만, 신구서림본은 이 부분을 전지적 시점으로 제시하여 서사의 묘미를 느끼기 어렵게 되었다.

등장인물의 캐릭터도 이본에 따라 미세한 차이를 보인다. 배다른 형제인 화진과 화춘 사이의 갈등을 중심으로 살펴보자.

한문본에서 화춘은 악하기보다는 어리석고 소심한 인물로 형상화되고 있다. 화춘은 어머니 심씨가 화진이 화춘과 심씨의 자리를 넘보려 한다며 길길이 날뛰자 마지못해 동생에게 매질을 한다. 그리고 동성에서 고모가 화진의 안부를 묻는 편지를 보내자 자신이 동생 화진을 때린 일이 발각될까 봐 걱정하며 화진을 찾아가는데, 화진이 자신을 보고 오히려 반가워하며 모든 것이 제 잘못이라고 하면서 눈물을 흘리자 감동하여 심씨 몰래 화진을 원래의 방으로 옮겨준다. 그런데 한글 필사본 중에서 김광순 소장본(『김광순 소장 필사본 한국고소설전집36』)에서는 동생에게 매질을 하는 장면에서 "고성대질하고 비복을 명하여 또 무수히 난타"하였다고만 하고, 화진의 우애에 감동하는 내용도 없다. 역시 한글본인 나손본(『나손본 필사본 고소설자료총서66』)에서는 "춘은 본대 완특하고 은포한 자라 오히려 감동하는 마음이 조금도 없"었다고 하였다.

이처럼 『창선감의록』의 이본들은 줄거리는 동일하지만, 서술방식이나 등장인물의 캐릭터, 갈등구도 면에서 미묘한 차이를 보이고 있다. 이를 통해 당대 독자들이 읽었던 『창선감의록』은 하나가 아니었음을 짐작할 수 있다. 한글로 읽었는지 한문으로 읽었는지에 따라 『창선감의록』은 다른 작품으로 이해될 수 있으며, 같은 한글본이라 해도 어떤 이본을 선택하느냐에 따라 다르게 파악되었을 것이다. 한편으로 작자가 창작했을 당시에는 하나였던 텍스트가 이처럼 다양한 이본으로 파생된 현상은, 독자들이 텍스트를 서로 다르게 읽었음을 의미하기도 한다. 필사과정에서 독자들은 자신들의 교양수준과 이해도, 문화적 취향에 따라 텍스트를 변형하였다.

다양한 『창선감의록』의 모습은 오늘날의 독자에게도 영향을 미친다. 수많은 이본 중에서 어떤 텍스트를 선택하는가에 따라 작품의 주제는 다르게 파악되며, 작품에 대한 평가도 다르게 나타날 수 있다. 한문본을 읽는다면 『창선감의록』을 공간구도가 치밀하고 등장인물이 사실적이며 서술시점을 다양하게 활용한 텍스트라고 평가하겠지만, 김광순 소장본이나 신구서림에서 간행된 활자본을 읽는다면 전지적인 서술자가 서사를 요약적으로 제시하면서 선악구도를 선명하게 드러낸 소설이라고 평가할 것이다.

이 책에서 선택한 이본은 국립중앙도서관에서 소장하고 있는 한문본이다. 여러 이본 중에서 어떤 것이 원본에 가까운지는 현재로서 알 수 없다. 학계에서는 한문본과 한글본 중에서 어느 것이 선행하는가에 대해서도 논란이 계속되고 있다. 따라서 이번 번역과 주석 작업에서는 원본과의 거리보다는 작품성을 기준으로 대상 이본을 선택했다. 한문본 『창선감의록』은 서사가 치밀하면서 서술상의 기교가 뛰어나며, 역사에 대한 진지한 문제의식도 뚜렷하게 나타난다. 한문본 중에서 석인본 계열은 적강謫降구도와 선악갈등이 강조되는 통속적인 면모가 나타나 이와 다른 계열인 국립중앙도서관 소장본을 저본으로 택했다.

▓ 『창선감의록』의 작자는 누구인가

『창선감의록』은 도대체 누가 지었을까? 19세기 사람인 조재삼은 『송남잡지松南雜識』에 다음과 같이 기록하고 있다.

> 나의 선조 졸수공조성기의 행장行狀에는 "대부인은 고금사적과 기이한 이야기를 두루 잘 알고 계셨다. 만년에는 누워서 소설을 듣는 것을 좋아하셔서 이로써 잠을 쫓고 걱정을 잊으시곤 하셨다"는 언급이 나온다. 졸수공께서는 스스로 옛이야기를 덧보태어 몇 책을 지어다 드렸다. 세상에서는 『창선감의록』과 「장승상전」 등의 책이 이것이라고 한다.

조재삼의 기록을 바탕으로 『창선감의록』의 작자는 조성기로 받아들여지고 있다. 그러나 조재삼의 기록은 「졸수재행장」을 차용하여 밑줄 부분을 덧붙인 것으로, 『창선감의록』의 작자 추정에 결정적인 단서가 된 밑줄 부분은 행장에는 나타나지 않는다. 또한 조재삼이 세상의 소문을 옮긴 것으로 볼 수 있어 조성기 창작설에 의문을 제기하는 학자들도 많다.

조성기 창작설을 인정하는 학자들은 그동안 조성기와 『창선감의록』 간의 연관성을 찾고자 노력을 기울였다. 조성기는 병으로 평생을 집안에서만 보냈지만, 당대의 대학자 김창협·김창흡 형제와 교유하는 등 명망 있는 학자였다. 연암 박지원은 「허생전」에서 "졸수공은 적국에 사신으로 보낼 만한 사람이지만 포의로 늙어 죽었다" 하며 애석해했다. 조카 조정위趙正緯가 쓴 행장에 의하면 조성기는 성인의 경전과 여러 훌륭한 문인과 제자백가의 글은 물론이고 도가와 불가의 책과 패설稗說에 이르기까지 널리 읽고 그 이치를 궁구했으며,[2] 소설 듣기를 좋아하는 어머니를 위해 소설책을 힘써 구해드렸고 스스로 짓기까지 했다고 했다. 이러한 기록은 조성기 창작설에 대한 정황적 근거가 되었다.

또한 조성기의 철학도 소설 창작과 관련하여 주목되었는데, 조성기는 이理의 주체성을 강조한 퇴계의 학설과 기氣의 주재를 강조한 율곡의 학설을 절충한 학자로 알려져 있다. 사람의 인성에 대해서는 "사람의 마음에 갖추어진 이치는 하늘로부터 품부稟賦받은 것으로, 순수하다"[3]고 하면서, 사람의 기품氣稟이 편벽되고 기욕嗜欲이 사사롭기 때문에 본래의 선함을 가리게 된다고 하였다. 이러한 조성기의 사유는 화춘과 심씨가 결국에는 본연지성을 회복하고 선한 사람이 되도록 한 『창선감의록』의 주제의식과 관련이 있을 것으로 추정된다. 그러나 악한 인물의 개과改過는 당시 사대부들의 보편적 의식이라는 점에서 조성기 사유의 개성적인 면모에 부합하는가 하는 의문이 제기될 수 있다.

---

2) 聖人之經. 賢人才士之籍. 百氏之記. 歷代之史. 以及道佛之書. 稗家之說. 無不浸淫玩索旁稽博考也.
3) 蓋此心中所具之理. 得諸天而賦之身. 其全體大用之純粹至善.

한편, 초기 국문학자인 가람 이병기는「조선어문학명저해설」에서
『창선감의록』의 작자를 김도수로 적었다. 그리고『조선소설사』를 지은
김태준은 조성기 창작설의 근거가 되는 조재삼의『송남잡지』기록을
인용하면서, "일설에는 정준동의 작이라는 설과 김도수의 작이라는 설
이 있다"고 했다. 또한 임형택은 김도수가 한글로 창작된 소설을 한문
으로 번역한 사람이라고 보았고, 진경환은 개작자라고 했다.

그동안『창선감의록』의 작자 혹은 번역자, 개작자로 지목된 김도수
는 18세기 초에 살았던 인물이다. 그는 현종의 장인인 청풍부원군의
손자로 왕실의 외척이었지만, 그의 아버지는 첩의 자식인 서얼이었다.
이러한 그의 배경 탓인지 그의 문집『춘주유고春洲遺稿』의 글에서는 버림
받고 소외된 인물에 대해 공감어린 시선을 보내고 있다.

그러나 조성기의 경우와 마찬가지로 김도수를『창선감의록』의 작자
로 볼 만한 근거도 미약하다. 따라서 보다 확실한 단서가 나오기 전까
지『창선감의록』의 작자에 대한 판단은 유보해야 할 것이다.

🌿 한문본『창선감의록』의 매력

역사를 가장한 허구의 서술방식

『창선감의록』은 명나라 가정 연간을 배경으로 하고 있다. 우리나라
소설이면서 중국을 배경으로 하고 있다는 점에 대해 현대의 독자들은
의아하게 생각할 수 있겠지만, 그 당시 조선시대 사대부들에게 명나라
는 타국이 아닌 문화의 중심이자 문명국이었다. 이는 정치적인 예속관
계와는 다른 차원으로, 중국과 동일한 학문과 문학, 역사를 공유하는
것은 서양의 여러 나라가 라틴어 문학을 이탈리아 문학으로만 한정해
인식하지 않았던 것과 동일하다. 다시 말해 중국 명나라를 배경으로 한

것은 '타국'보다는 '역사'의 의미에 초점을 두고 이해해야 할 것이다. 명나라 가정 연간은 타국의 역사가 아닌 역사 그 자체였던 것이다.

『창선감의록』에 등장하는 화진 집안의 이야기는 분명한 허구이다. 그러나 작자는 몇 가지 설정을 통해 허구를 역사적 사실과 공존하게 함으로써 사실처럼 보이도록 위장했다. 먼저 등장인물의 구성이 그러하다. 서계, 임윤, 엄숭과 엄세번, 조문화 등은 모두『명사明史』에 기록이 남아 있는 역사적 실존 인물이다. 이들을 화진, 화춘, 윤여옥, 윤옥화, 남표, 남채봉, 진채경, 진형수, 유성희, 하춘해, 왕겸, 계영 등은 작자가 만들어낸 허구적 인물과 공존시킴으로써 허구를 역사처럼 보이게 하였다.

또한 작자는 서술을 통해서도 역사처럼 보이도록 했다. 예컨대 '가정 23년 춘이월', '가정 43년 춘정월' 등 구체적 연호를 사용해서 시간을 서술하고 있는데, 이는 소설이 배경으로 하고 있는 가정 연간의 역사적 시간에도 부합한다. 예를 들어『창선감의록』에서 화진은 가정 42년에서 43년 무렵에 서산해를 물리쳤는데,『명사』에는 가정 43년에 유대유俞大猷와 척계광戚繼光이 남방의 왜구를 소탕한 것으로 되어 있다. 그리고『창선감의록』에서 화진은 서산해를 정벌하고 돌아오는 길에 촉으로 가서 채백관의 난을 진압하는데,『명사』에는 채백관이 가정 45년에 촉에서 난을 일으켰다고 기록되어 있다.

공간 또한 사실에 맞게 구체적으로 서술하려는 경향을 보이고 있다. 예를 들어 이부시랑 윤혁이 오부인, 진채경과 함께 상경하는 대목은 다음과 같이 서술하고 있다.

개봉부에서 시랑이 기실을 시켜 부인의 수레를 모시고 동창을 지나 바로 제남으로 가도록 했다. 그리고 시랑은 광평을 지나 경사로 돌아가서 대궐에 나아가 복명하고……

악주에서 개봉부를 거쳐 북경과 제남으로 가는 경로는 명나라 당대의 역로도와도 비슷하여, 작자가 사실에 따라 구체적으로 서술하려고 했음을 알 수 있다.

또 작자는 지리지에 있는 내용을 그대로 차용하기도 했다. '호수의 둘레는 십여 리쯤 되는데, 연꽃과 부들, 마름 위로 여러 물새들이 날아다니는 모습이 안개 속에서 은은히 보였다'라고 한 옥천산 서호에 대한 묘사는 『명일통지明―統志』의 서술과 정확히 일치한다.

이같이 지리서에 기반한 공간에 대한 구체적이고도 정확한 서술은 허구인 『창선감의록』을 역사서와 대등하게 보이려는 작자의 의식에서 비롯되었다고 할 수 있다.

허구를 통한 역사의식의 실현

앞서 살펴보았듯이 『창선감의록』이 역사와 유사한 서술을 통해 역사를 가장하고 있기는 하지만, 이야기의 대부분은 허구이다. 그렇다면 꾸며낸 이야기를 통해 작자가 의도했던 것은 무엇일까? 단지 재미와 흥미였을까? 『창선감의록』의 작자는 장면 묘사와 상황 설정에 능숙한 작가적 재능을 보여주고 있지만, 재미와 흥미를 위해서 소설을 썼다고 보기에는 전반적으로 작품이 다소 진지하다.

여주인공 남채봉이 동정호에서 수적을 만나 부모를 잃고 계집종 계앵과 함께 금사주에서 울고 있을 때 선녀가 나타나 위로하는 장면을 보자. 선녀는 남채봉에게 아버지 남표와 같은 충신은 천지신명이 보살펴주신다고 위로한다. 그러자 옆에 있던 계앵이 굴원과 악비는 충성스러운 사람이었는데도 왜 하늘이 돕지 않았느냐며 따진다. 역사적으로 충심을 품고도 억울하게 죽은 신하들이 많다는 점에서 계앵의 의문은 당연하다고 할 수 있다. 계앵의 의문에 대한 선녀의 답변은 다음과 같다.

"그대는 모르고 있군요. 천지신명이 충신을 보살피는 것이 단지 그 사람을 위해서만이 아닙니다. 나라와 임금을 위한 것이기도 하지요. 저 초나라와 송나라의 임금은 기꺼이 망하는 것을 감심하여 충신의 바른말을 듣지 않고 그 마음을 저버렸으며, 깊이 사욕에 빠져서 무릎 꿇어 원수를 섬겼습니다. 그러니 하늘도 그들의 부덕을 싫어하였습니다. 지금의 황제는 비록 잠깐 간신의 말을 듣고 잘못을 했지만 부모에 대한 효심이 뛰어나서 쉰 살이 되어서도 오히려 부모를 그리워하고 있습니다. 세상에 효도를 다하고도 잘되지 않은 자가 있습니까?"

선녀는 하늘이 충신을 돕는 것은 충신이 섬기는 황제를 위한 것이기도 하다면서 명나라 가정 황제는 효심이 지극하니 하늘이 망하게 그냥 놔두지 않는다고 하였다. 이는 결국 충신이 때를 만나지 못하면 굴원이나 악비처럼 한을 품고 죽을 수밖에 없다는 말이기도 하다.

그런데 선녀의 말은 천도天道를 강조하고 있지만, 결과적으로 천도에 대한 의문을 재확인하고 있다. 선녀의 말 중 밑줄 부분은 『맹자』의 「고자하告子下」에 나오는 '순임금은 효성이 지극하여 쉰이 넘어서도 부모를 사랑했다舜其至孝矣. 五十而慕'를 인용한 말이며, 충효를 근본으로 해야 한다는 서문의 내용과도 연결된다. 선녀는 결국 하늘이 과연 충신을 돕는가에 대한 해답으로 효를 행하면 복을 받는다는 원론만 되풀이한 셈이다.

그러나 이렇게 당위를 강조하는 것을 '뻔한 소리'라고 치부할 수는 없다. '하늘은 충효를 행하는 사람을 돕는다'는 명제는 작자가 믿고 싶은 당위이다. 작자도 현실은 그렇지 않다는 사실을 모르는 것이 아니다. 계앵이 지적한 것처럼 굴원과 악비는 충을 행하다가 죽었다는 것을 잘 알고 있다. 그럼에도 작자는 그가 그래야만 한다고 생각하는 당위가 현실에서도 실현된다고 믿고 싶은 것이다.

이 점이 바로 작자가 소설 『창선감의록』을 쓴 이유이다. 『창선감의록』은 '그래야만 하는' 당위가 구체적으로 실현되는 허구적 공간이다. 주인공 화진은 계모인 심씨와 배다른 형 화춘의 모진 구박에도 이들에 대한 효심과 우애를 버리지 않았다. 결국 심씨와 화춘은 화진의 우애에 감화되었다. 그리고 효를 실천하던 화진은 국가에도 큰 공을 세워 진국공에 봉해졌다.

명나라 가정 연간 황제는 도사道士에 빠져 정사를 제대로 돌보지 않았고, 엄숭이 권력을 휘두르던 혼란한 시대였다. 그런데 『창선감의록』에는 '가정 말년의 치세' 운운하면서 화진과 하춘해 같은 충신으로 인해 통치가 잘되었던 시기라고 했다. 이 점을 작자도 잘 알고 있었을 것이다. 그런데도 작자는 허구를 통해 사실을 바꾸었다. 작자는 소설을 통해서 자신이 세상이 그래야만 한다고 믿는 당위를 실현시키고자 했기 때문이다. 그렇다면 작자가 소설 『창선감의록』을 쓴 것은 역사에 대한 일종의 문제제기일 수 있다.

작자의 소설쓰기는 사마천이 「백이열전伯夷列傳」에서 천도天道에 대해 의문을 제기하여 역사를 저술한 것에 비견될 수 있다. 사마천은 도척과 같이 남을 해치고 세상을 어지럽혔던 도적놈은 제 수명이 다할 때까지 잘살았는데, 안연처럼 어진 이가 젊은 나이에 요절한 일을 예로 들면서 현실에서 천도가 행해지는가에 대한 강한 회의를 표했다. 사마천이 역사를 저술한 것은 바로 천도에 대한 회의 때문이었다. 도를 실천하다가 이름 없이 죽어간 사람들과 악행을 행한 사람들에 대해 역사가 포폄襃貶을 통해 보상과 처벌을 해야 한다고 생각한 것이다. 이 점에서 『창선감의록』의 작자는 사마천이 제기한 문제의식을 공유하고 있다. 작자는 허구로 꾸며낸 역사를 통해서 천도가 실현되는 세상을 그리고자 한 것이다.

당대의 현실과 『창선감의록』

『창선감의록』은 명나라 가정 연간을 배경으로 하고 있으며 주요 등장인물들도 당시 사람들로 설정되어 있다. 그럼에도 불구하고 200종이 넘는 이본 수에서 알 수 있듯, 『창선감의록』이 그처럼 널리 읽혔던 까닭은 무엇일까? 그것은 『창선감의록』에 나타나는 갈등 양상이 당대현실에서도 공감을 얻었기 때문이라고 할 수 있다.

이 작품에서 가장 두드러진 갈등은 화춘, 심씨 모자와 화진의 갈등이다. 서술자는 화춘과 심씨의 성품 탓으로 원인을 돌리고 있지만, 면면을 자세히 살펴보면 심씨 모자의 성품 탓으로만 돌릴 수 없음을 알게 된다. 서술자는 첫째 부인 심씨는 시샘이 많은 여성이고, 둘째 부인은 요절했으며, 셋째 부인은 단정한 부인이어서 화욱이 사랑하였다고 했다. 이처럼 여러 부인을 둔 남편의 편애는 이미 갈등의 씨앗이라고 할 수 있다.

게다가 화욱의 편애는 그 부인 소생의 자식에게까지 영향을 미치고 있다. 화욱은 심씨가 낳은 화춘은 사랑하지 않고 정씨가 낳은 화진만 사랑하는 것이다. 이러한 상황에서 아버지의 사랑을 받지 못하는 화춘이 아우를 미워하게 되는 과정이 상당히 설득력 있게 서술되고 있다.

형제간의 우애는 유교 이념에 기반하고 있던 조선 사회에서 중시하던 덕목 중 하나이다. 주세붕의 「오륜가五倫歌」에서는 "형제가 불화하면 개돗개돼지이라 하리라"고 하였고, 정철의 「훈민가訓民歌」에서는 "한 젖 먹고 자랐으니 딴 다음 먹지 말라"고 하며 형제간 우애를 강조했다. 그러나 형제간의 반목과 갈등은 조선시대에도 존재했다. 우암 송시열은 시집가는 딸에게 준 『계녀서戒女書』에서 "노비 전답 다투어 형제는 한 번 잃으면 다시 얻지 못하나니……"라고 하면서 시댁에 가서 형제간 화목할 수 있도록 살피고 조심하라 경계했는데, 이는 재산 분쟁으로 인한 형제간 불화가 적지 않았음을 반증한다고 하겠다. 그렇다면 화춘과 화진의 갈등은 당시 사대부 가문에서 충분히 나타날 수 있는 이야기라고 할 수 있다.

『창선감의록』에는 부부간의 갈등도 나타난다. 부부간 불화를 가장 전형적으로 보여주는 것은 화춘과 임씨이다. 화춘은 덕이 있으나 용모는 아름답지 않은 임씨가 마음에 들지 않아 아리따운 여성을 재취로 맞이할 궁리를 한다. 임씨는 또 임씨대로 어리석고 경박한 남편을 사랑하지 않아 잠자리마저 거부한다. 이들 부부의 갈등은 당사자의 의사와는 상관없이 부모와 가문의 뜻에 따라 혼인하던 조선시대에 흔히 있었을 법한 모습이다.

화춘은 임씨가 잠자리마저 거부하자 더욱 임씨를 싫어하게 되는데, 그러던 중 이웃에 사는 조씨와 사통하고 첩으로 들인다. 조씨는 첩으로 들어온 뒤에 화춘과 임씨 부부 사이를 더욱 이간질하여 화춘의 애정을 독점하려 하고 급기야 임씨를 모함하여 내쫓는다.

남편이 첩을 들임으로써 집안에 불화가 생기는 일은 당대에 흔한 일이었다. 17세기에 우암 송시열은 『계녀서』에서 "고금 천하에 투기로 망한 집이 많으니……"라고 하였고, 또 18세기 사람인 이덕무는 『사소절士小節』「사전士典」편에서 당대 선비들이 특별한 이유 없이 첩을 들이는 풍속에 대해 개탄하는 한편, 아녀자의 도리를 적은 「부의婦儀」편에서는 남편이 이유 없이 첩을 들여서 부모를 돌아보지 않고 가산을 낭비하면 진정으로 깨우치도록 해야 하는데, 조급한 성품으로 독기를 부려 부부가 반목하고 저주한다고 하였다. 송시열과 이덕무의 발언은 첩으로 인한 가정문제가 많이 발생했기 때문에 나온 것으로 볼 수 있다.

이 밖에도 『창선감의록』에는 맏며느리의 지위를 인정받고 싶어하는 조씨와 신분이 낮은 조씨를 맏동서로 인정하지 않는 남채봉 간의 동서 갈등, 시누이와 올케 사이인 성부인과 심씨 간의 갈등이 잘 나타나 있다. 이러한 갈등 양상은 당대의 현실을 반영하고 있다고 할 수 있다.

명나라를 배경으로 하고 있는 『창선감의록』이 당대 독자들에게 공감을 얻을 수 있었던 이유는 여기에 있었다고 할 수 있다.

이지영

김병권, 「17세기 후반 창작소설의 작가사회학적 연구」, 부산대 박사논문, 1990.

민 찬, 「조성기의 삶의 방식과 창선감의록」, 『천봉 이능우 박사 칠순기념논 총』, 1990.

박일용, 「창선감의록의 구성원리와 미학적 특징」, 『고전문학연구』 18, 한국 고전문학회, 2003.

엄기주, 「창선감의록 연구」, 성균관대 석사논문, 1984.

이내종, 「창선감의록의 원본과 조술본에 대하여」, 『고소설사의 제문제』, 성 오 소재영 박사 회갑기념간행위원회, 1993.

이내종, 「창선감의록 이본고」, 『숭실어문』 10, 숭실대 숭실어문학회, 1993.

이승복, 「조성기와 창선감의록」, 『고전소설과 가문의식』, 월인, 2000.

이승수, 「창선감의록의 인물과 은폐된 현실」, 『한국학논집』 26, 1995.

이원주, 「창선감의록 소고」, 『동산 신태식 박사 고희기념』, 계명대출판부, 1979.

이종묵, 「조성기의 학문과 문학」, 『고전문학연구』 7, 한국고전문학회, 1992.

이지영, 「창선감의록 이본 변이 양상과 독자층의 상관관계」, 서울대 박사논 문, 2003.

_____, 「구활자본 창선감의록의 변이와 독자의 분화」, 『국문학연구』 8, 2002.

_____, 「한문본 창선감의록의 변이와 독자의 소설향유방식」, 『고소설연구』 14, 2002.

임형택, 「17세기 후반 규방소설의 성립과 창선감의록」, 『동방학지』 57, 연 세대 국학연구원, 1988.

정길수, 「창선감의록의 작자 문제」, 『고전문학연구』 23, 한국고전문학회, 2003.

_____, 『한국 고전장편소설의 형성 과정』, 돌베개, 2005.

진경환, 「창선감의록의 작품구조와 소설사적 위상」, 고려대 박사논문, 1992.

(＊ 표시된 인물은 본문에 직접 등장하지 않고 언급만 되는 인물이다)

＊**고 씨**部 氏 　화욱의 선조로 설정된 화운의 부인. 『명사明史』의 「화운열전花雲
列傳」에 의하면 화운의 부인이 남편을 따라 죽은 후 화운의 세 살 된 아이
는 시비侍婢 손씨孫氏가 업고 달아났는데, 적군이 이들을 강물에 던졌지만
이레 동안 연밥으로 연명하며 기적적으로 살아났다. 훗날 태조는 화운의
아이에게 '휘煒'라는 이름을 내려준다.

＊**구 란**仇 鸞 　명나라 가정 연간 사람. 대총병大總兵으로 있으면서 몽고족 엄
답俺答과 내통하여 대동大同을 침입하지 않도록 하고 이들에게 마시馬市를
열도록 주선했는데, 이후 엄답은 교역을 확대할 것을 요구하면서 북경까
지 침범했다. 이때 구란은 엄답을 막지 못했지만, 엄숭에게 뇌물을 바쳐
위기를 모면하고 오히려 관직이 높아져 태자태보太子太保가 되었다.

＊**남도행**藍道行 　명나라 가정 연간에 점을 치는 일로 세종 황제의 총애를 받았
던 도사. 황제에게 엄숭이 권력을 독점하고 횡포를 부리는 것을 간접적
으로 알려서 엄숭이 실각하는 데 중요한 역할을 했다. 『창선감의록』에서
는 직접적으로 등장하지는 않고 엄숭이 실각하는 과정에서 이름만 언급
된다.

곽 박郭 樸 　가정 40년에 이부상서로 있었으며 가정 45년에 무영전태학사
武英殿太學士를 지냈으나, 융경 원년에 벼슬을 사직하고 고향으로 돌아가
은거했다. 『창선감의록』에서는 곽박郭朴이란 이름으로 등장하여 사천에
서 반란을 일으킨 채백관의 토벌 방법에 대한 의견을 제시한다.

사 강謝 江 　명나라 세종 황제 때의 신하. 조문화의 횡령을 탄핵하려는 상
소를 올렸다가 조문화를 비호하는 엄숭의 미움을 사서 파직되었다. 『창
선감의록』에서는 어사대의 어사로 등장하여 장평과 계향의 죄상을 조사
한다.

서 계徐 階 명나라 가정 연간의 신하. 가정 41년에 엄숭이 실각한 뒤, 그 이듬해 엄숭을 대신하여 수보首輔가 되었다. 수보로 있는 동안 백성을 위한 선정을 베풀어 엄숭 집권기간 동안 흐트러졌던 정치를 바로잡고자 힘썼다. 그러나 장거정과 고공이 내각에 들어오면서 갈등하게 되자 사임했다. 『창선감의록』에서는 이러한 서계의 이미지를 그대로 수용하고 있다.

서 해徐 海 명나라 가정 연간에 왜구와 결탁하여 중국의 동남 해안에서 변란을 일으켰으나 호종헌胡宗憲에 의해 토벌되었다. 서해의 반란과 토벌과정은 모곤茅坤의 『기초서해본말紀剿徐海本末』 등에 기록되어 있으며 그의 이야기를 허구화한 소설 「김운교전金雲翹傳」이 전한다. 『창선감의록』에서는 서산해徐山海라는 해적으로 변형되어 등장하며, 반란을 일으켰다가 화진에게 토벌된다.

언무경鄢懋卿 명나라 가정 연간의 간신. 엄숭의 하수가 되어 온갖 비리를 저지르다 엄숭이 실각된 뒤에 탄핵을 받고 처형되었다.

엄 숭嚴 嵩 명나라 세종 황제 때의 재상. 대례의 논쟁과정에서 황제의 신임을 얻어 이십여 년 동안 정권을 잡았다. 『명사』에는 전권을 휘두르며 현명한 신하를 모함한 간신으로 평가되고 있으며, 가정 연간을 배경으로 한 많은 소설에서 주인공과 대립하는 간신으로 등장한다.

오 붕吳 鵬 명나라 가정 연간 사람으로 이부상서 등을 역임했다. 엄숭과 뜻을 같이하여 선량한 신하들을 모함하다가 엄숭과 함께 탄핵받고 파직되었다. 『창선감의록』에서는 유성양과 성준이 지방관에 부임하기를 청하자 이를 들어주는 이부상서로 잠깐 등장한다.

*유통해俞通海 원나라 말기에 아버지 유정옥俞廷玉과 함께 수군을 이끌고 나가 주원장朱元璋이 금릉金陵으로 세력을 넓히는 데 일조했지만 서른여덟의 나이로 전사했다. 『명사』의 「열전列傳」에는 자식이 없어서 그의 아우 통원通源이 유통해에게 추증된 관직을 이었다고 기록되어 있다. 『창선감의록』에서는 유성희의 선조로 설정되었다.

임 윤林 潤 명나라 가정 연간의 관리. 어사로 있으면서 가정 39년에 번무경鄢懋卿을 탄핵했고, 가정 43년에는 엄세번嚴世蕃이 도적과 내통하여 역모를 꾸민다는 상소를 올려 엄세번을 처형당하게 했다. 『창선감의록』에서는 화춘의 아내 임씨의 오빠로 나온다.

장거정張居正　명나라 세종 때 진사시에 합격했고, 목종穆宗 때 고공高拱과 결탁하여 수보首輔의 위치에 올랐다. 이후 신종神宗이 즉위했을 때 환관 풍보와 모의하여 고공을 축출하고 수보가 되어 정권을 장악했다. 그는 일조편법一條鞭法 같은 개혁정치를 시행하여 국가의 재정을 개선시키는 등 정치를 잘했지만, 아버지가 돌아가셨을 때 삼년상을 치르지 않은 점과 환관과 결탁한 점, 그리고 만년의 사치스런 생활 등으로 비난을 받았다. 사후에 탄핵을 받아 가속이 혹독한 처벌을 받았다.

조문화趙文華　명나라 가정 연간의 관리. 탐욕으로 인해 벼슬을 잃었는데, 후에 엄숭에게 뇌물을 써서 다시 관직을 얻었다. 엄숭의 아들 엄세번과 친밀하게 지내면서 엄숭을 양아버지로 섬겼다. 『창선감의록』에서는 진채경을 강제로 며느리 삼기 위해 진형수를 모함하여 투옥되게 한다.

*채백관蔡伯貫　사천성 대족大足 사람으로 백련교도였다. 명나라 가정 45년에 대당大唐을 국호로 하여 반란을 일으켰다가 진압되었다. 『창선감의록』에서는 채백관이 반란을 일으키자 화진이 이를 정벌하러 촉으로 가게 되면서, 장인 남표와 부인 남채봉과 상봉한다.

척계광戚繼光　명나라 가정 연간의 장수. 유대유兪大猷와 함께 절강浙江, 복건福建에 침입한 왜구를 소탕하는 데 큰 활약을 했다.

풍　보馮保　명나라 가정 연간의 환관. 목종 사후 어린 신종이 즉위하자 처음에는 고공과 결탁했다가 나중에는 장거정과 손을 잡고 고공을 파직시킨 후 권력을 잡았다. 그러나 장거정이 죽은 뒤에 어사 이식李植의 탄핵으로 남해로 유배를 갔다.

*하　언夏言　명나라 가정 연간의 관리. 박학하고 재주가 있는 데다 황제의 마음까지 잘 헤아려 유례 없는 빠른 승진으로 수보의 자리까지 올랐다. 그러나 가정 25년에 하언이 하투河套의 회복을 주장하는 섬서총독 증선曾銑을 지지하자 엄숭이 변방의 장수 구란에게 뇌물을 주어 하언과 증선을 모함하도록 했다. 가정 27년에 북쪽 오랑캐 엄답이 쳐들어오자 엄숭은 하언 등이 하투를 회복하자고 주장한 탓이라고 참소하여 처형되었다. 부인 소씨蘇氏와의 사이에서는 자식이 없었고 첩이 낳은 자식이 한 명 있었으나 젊은 나이에 병으로 죽었다. 『창선감의록』에는 하언이 등장하지 않지만, 하언의 아들 하춘해라는 인물이 허구적으로 설정되어 있다.

*해 서海 瑞   명나라 가정 연간의 관리. 청렴하고 강직한 인물로, 가정 45년에 황제의 실정에 대한 상소를 올린 일로 옥에 갇혔다가 가정 황제가 죽은 뒤에야 풀려났다. 『창선감의록』에서는 엄숭이 전횡하면서 임윤과 함께 파직되는 인물로 잠깐 언급된다. 이는 역사적 사실을 차용한 것으로 보이지만, 이때는 엄숭이 실각하는 시기라 역사적 사실과 완전히 일치하지는 않는다.

화 운花 雲   명나라 태조가 된 주원장이 진우량陳友諒과 패권을 다툴 때 주원장의 수하에 있었던 장수. 진우량의 공격에 맞서 태평성을 지키다가 포로가 되었지만 끝까지 항복하지 않고 맞서다가 온몸에 화살을 맞고 죽는다. 화운에 관한 내용은 『명사』의 열전에서도 확인되지만, 『대명영렬전大明英烈傳』 등 소설에도 나타나고 있다. 『창선감의록』에서는 화씨 집안의 선조로 설정되어 있다.

중앙 관직

내각內閣

명나라의 실질적인 최고의결기관이다. 명나라 태조는 승상이 지나친 권력을 휘두르는 것을 방지하기 위해 중서성을 폐지하였으며, 재상을 두지 않고 내각을 두어 정무를 결정하도록 했다. 승상 대신에 황제를 보필하는 태학사를 선발하여 화개전華蓋殿, 무영전武英殿, 문연각文淵閣 등 대궐 안의 전각殿閣에서 숙직하도록 했다. 초기에는 황제의 수행비서에 가까웠지만, 점차 권한과 지위가 높아져서 가정 연간에 와서는 내각 우두머리인 수보首輔가 사실상의 승상 역할을 했다.

육부六府

이부, 호부, 예부, 병부, 형부, 공부를 말한다. 중서성이 폐지된 이후 황제 직속의 행정기구가 되었다.
상서(정2품), 좌시랑·우시랑(정3품), 낭중(정5품), 원외랑(종5품).
[이부吏部]
문관의 선발, 승진, 임명 등을 관장했다. 조정에서 이부가 육부를 통솔하기 때문에 이부의 관리를 천관天官이라고도 하는 등 그 지위가 육부의 다른 부에 비해 높았다.
[호부戶部]
국가의 조세와 재정을 담당했다.
[예부禮部]
제사와 의례, 제조와 공문, 연회 등을 관장했다.
[병부兵部]
군사제도 및 무관의 선발을 관장했다.
[형부刑部]

형벌을 관장하는 사법기구. 도찰원, 대리사와 함께 삼법사三法司라 불렀다.

[공부工部]

궁궐과 성곽 등의 건설, 치수와 수리 등 관개시설 공사 등의 일을 관장했다.

기타 관청

[한림원翰林院]

문서와 역사를 편찬하는 등의 일을 관장했다. 경연經筵과 일강日講도 한림원에서 담당했다. 성화成化 연간 이후에 예부상서와 시랑은 반드시 한림원 관원으로 뽑았으며, 이부시랑도 반드시 한림원 출신을 뽑았다. 또한 명나라 중후기에는 내각 태학사가 되기 전에 거치는 벼슬이었기 때문에 한림원의 관리들은 장래가 보장되는 엘리트들이었다.

학사學士(정5품), 시독학사侍讀學士·시강학사侍講學士(종5품), 시독侍讀·시강侍講(정6품), 사관수찬史官修撰(종6품), 편수編修(정7품), 검토檢討(정7품).

[춘방春坊]

세자의 교육을 담당하는 기관. 보통 한림원 관리가 겸직했다.

학사學士(정5품), 좌우 서자左右庶子(정5품).

※ 황태자를 보필하는 명예직

태자태부太子太傅·태자태사太子太師·태자태보太子太保(정1품), 태자소보太子小保·태자소사太子少師·태자소부太子少傅(종1품).

[통정사通政司]

신하나 백성들의 글을 황제에게 전달하는 일을 관장했던 기관. 명나라 태조 주원장이 재상권을 경계하기 위해 설치한 기관이다. 가정 연간에는 군사기밀을 수시로 황제에게 전달하도록 했다.

통정사通政使(정3품), 좌우 통정左右通政(정4품), 좌우 참의左右參議(정5품).

[태상시太常寺]

제사와 예악에 관한 조례를 관장했다.

경卿(정3품), 소경少卿(정4품).

[광록시光祿寺]

제사와 연회 등에 사용하는 음식과 술을 관장했다.

경卿(정3품), 소경少卿(정4품).

[국자감國子監]

북경과 남경에 두었던 최고교육기관.

좨주祭酒(종4품), 사업司業(정6품).

[흠천감欽天監]

천문天文과 역수歷數 등의 일을 관장했다.

감정監正(정5품), 감부監副(정6품).

[사례감司禮監]

환관의 업무조직인 환관 12감 중에서 가장 중요한 기관.

태감太監(정4품), 좌우 소감左右少監(종4품), 좌우 감승左右監丞(정5품).

감찰과 사법기구

[도찰원都察院]

관리의 규찰과 탄핵을 맡은 감찰기구. 명나라 태조 때는 어사대御史臺라 했는데, 홍무洪武 15년에 어사대를 없애고 도찰원을 설치했다.

좌우 도어사左右都御史(정2품), 좌우 부도어사左右副都御史(정3품).

[대리시大理寺]

죄인의 죄상을 검토하고 미진한 부분에 대한 심문을 하던 기관.

경卿(정3품), 좌우 소경左右少卿(정4품), 좌우 사승左右寺丞(정5품), 평사評事(종7품).

[금의위錦衣衛]

중죄인의 체포와 심문 등을 관장하던 황제 직속의 사법기관. 명나라 홍무 15년에 처음으로 설치되었다. 처음에는 황궁을 호위하고 황제의 외출을 관장하는 부서였는데, 후에 점차 황제의 최측근으로 형벌을 관장하는 권력을 지니게 되었다.

도지휘사都指揮使(정3품), 동지同知(종3품), 첨사僉事(종4품), 진무鎭撫(종5품).

※ 그 밖의 언관言官

육과六科에 대한 감찰을 맡은 언관으로 급사중給事中이 있었다.

급사중給事中(정8품), 좌우 급사중左右給事中(종9품).

군사기구

오군도독부 五軍都督府
명나라 때 중앙의 군사기구.
좌우 도독左右都督(정1품), 도독동지都督同知 · 도독첨사都督僉事(종1품).

위소衛所
명나라 때 군대조직의 기본 단위. 주요 위소를 도지휘사사都指揮使司 또는 도사都司
라 했다.
도지휘사都指揮使 · 도지휘사사의 장수(정2품. 지방은 정3품), 도지휘동지都指揮同知(종2품. 지
방은 종3품), 도지휘첨사都指揮僉事(정3품. 지방은 정4품).

* 경력사經歷司–도지휘사사都指揮使司 산하조직
경력經歷(정6품. 지방은 종7품), 도사都事(정7품. 지방은 정8품의 지사知事).
* 진무사鎭撫司–도지휘사사都指揮使司의 산하조직
진무鎭撫(종5품).

총병總兵, 부총병副總兵, 유격장군遊擊將軍, 참장參將, 총관摠管 등
명나라 때는 품계나 정원이 별도로 정해지지 않은 무관이 많았다.

지방통치기구

지방관
[총독總督, 제독提督, 경략經略]
지방의 군사와 행정, 사법권을 아우르는 장관. 통솔 지역이 한 성省에 한정되기
도 하고 여러 성을 함께 다스리는 경우도 있었다. 정해진 품계는 없었다.
[순무어사巡撫御史]
지방의 민심을 안정시키고 지방관의 권력을 견제하기 위해 중앙에서 파견하던
감찰관.

지방의 사법과 군사

[도지휘사都指揮使]

지방의 위소衛所를 중심으로 군사를 총괄하던 정2품 무관. 품계가 포정사나 안찰사보다 높았다. 명나라 중기 이후에는 총독이나 총병이 겸직하는 일이 많아지면서 권한이 약해졌다.

[안찰사사按察使司]

중앙정부의 도찰원의 기능과 대응하는 지방의 사법 감찰기관.

안찰사按察使(정3품), 부사副使(정4품), 첨사僉事(정5품).

지방행정 조직

명나라 때 지방의 행정은 13개의 포정사사와 그 아래의 부, 현으로 조직되었다. 지방관은 형벌과 세금 부과 등의 업무를 담당했다.

[포정사사布政使司]

좌우 포정사左右布政使(종2품), 좌우 참정左右參政(종3품), 좌우 참의左右參議(종4품).

[부府]

지부知府─부의 규모에 따라 종3품에서 종4품까지 될 수 있었다.

동지同知(정5품), 통판通判(정6품), 추관推官(정7품).

[현縣]

지현知縣─고을에 따라 정6품에서 종6품까지 될 수 있었다.

현승縣丞(정8품), 주부主簿(정9품).

※ 직예주直隸州

남경 응천부南京應天府와 북경 순천부北京順天府는 조정 직할의 직예주였다.

부윤府尹(정3품), 부승府丞(정4품).

문학동네 한국고전문학전집을 펴내며

　우리가 고전에 눈을 돌리는 것은 고전으로 회귀하기 위해서가 아니다. 한국의 고전은 고전으로서 계승된 역사가 극히 짧고 지금 이 순간에도 발견되고 있으며 심지어 어떤 작품은 저 구석에서 후대의 눈길을 간절하게 기다리고 있기도 하다. 우리의 목표는 바로 이런 한국의 고전을 귀환시키는 것이다. 그러니까 고전 안에 숨죽이며 웅크리고 있는 진리내용들을 다시 불러들이고 그것으로 이 불투명한 시대의 이정표를 삼는 것, 이것이 우리의 궁극적인 목적이다.

　문학동네 한국고전문학전집은 몇몇 전문가의 연구실에 갇혀 있던 우리의 위대한 유산을 널리 공유하는 것은 물론, 우리 고전의 비판적·창조적 계승을 통해 세계문학사를 또 한번 진화시키고자 하는 강한 열망 속에서 탄생하였다. 그래서 문학동네 한국고전문학전집은 이미 익숙한 불멸의 고전은 말할 것도 없고 각 시대가 새롭게 찾아내어 힘겨운 논의 끝에 고전으로 끌어올린 작품까지를 두루 포함시켰다. 뿐만 아니라 한국 고전의 위대함을 같이 느끼기 위해 자구 하나, 단어 하나에도 세밀한 정성을 들였다. 여러 이본들을 철저히 비교하는 과정을 거쳐 정본을 획정했고, 이제까지의 모든 연구를 포괄한 각주를 달았으며, 각 작품의 품격과 분위기를 충분히 살려 현대어 텍스트를 완성했다. 이 모두가 우리의 고전을 재발명하는 것이야말로 세계문학의 인식론적 지도를 바꾸는 일이라는 소명감 덕분에 가능했음은 물론이다. 부디 한국의 고전 중 그 정수들을 한자리에 모은 문학동네 한국고전문학전집이 그간 한국의 고전을 멀리했던 독자들에게 널리 읽히고 창조적으로 계승되어 세계문학의 진화를 불러오는 우리의, 더 나아가 세계 전체의 소중한 자산으로 자리하기를 기대해본다.

문학동네 한국고전문학전집 편집위원
심경호, 장효현, 정병설, 류보선

옮긴이 **이지영**

충북대학교 국어국문학과 교수. 서울대학교 국어국문학과에서 「〈창선감의록〉의 이본 변이 양상과 독자층의 상관관계」로 박사학위 논문을 받았으며, 문학텍스트의 형성과 수용에 관심을 가지고 연구하고 있다. 최근의 논문으로는 「춘향전의 가치에 대한 비판적 검토」, 「일제 강점기 고소설의 '고전' 형성 맥락」, 「조선시대 장편한글소설에 나타난 '못된 아버지'와 '효자 아들'의 갈등」, 「〈옥중화〉를 통해 본 20세기 초 '춘향형상'의 변화」 등이 있다.

한국고전문학전집 010

창선감의록

ⓒ이지영 2010

1판 1쇄 | 2010년 8월 28일
1판 5쇄 | 2022년 3월 3일

옮긴이 이지영

책임편집 구민정 | 편집 임혜지 이도겸 오동규 | 독자모니터 양은희
디자인 윤종윤 엄혜리 최미영 | 브랜딩 함유지 함근아 김희숙 정승민
마케팅 정민호 이숙재 박보람 한민아 김혜연 이가을 안남영 김수현 정경주 이소정
제작 강신은 김동욱 임현식 | 제작처 영신사

펴낸곳 (주)문학동네 | 펴낸이 김소영
출판등록 1993년 10월 22일 제2003-000045호
주소 10881 경기도 파주시 회동길 210
전자우편 editor@munhak.com | 대표전화 031)955-8888 | 팩스 031)955-8855
문의전화 031)955-8895(마케팅), 031)955-2671(편집)
문학동네카페 http://cafe.naver.com/mhdn | 트위터 @munhakdongne
북클럽문학동네 http://bookclubmunhak.com

ISBN 978-89-546-1154-1 04810
     978-89-546-0888-6 04810 (세트)

www.munhak.com